**EUROPA**VERLAG

VIKTOR
MARTINOWITSCH

# NACHT

Aus dem Russischen von Franziska Zwerg

ROMAN

EUROPAVERLAG

MIX
Papier | Fördert gute Waldnutzung
FSC® C083411
www.fsc.org

Der Umwelt zuliebe
- produzieren wir zu über 90% in Deutschland
- achten wir auf kurze Transportwege
- drucken wir auf Papier aus nachhaltiger Waldwirtschaft und anderen kontrollierten Quellen


Umschlaggestaltung: Hauptmann & Kompanie Werbeagentur, Zürich
Lektorat: Silwen Randebrock, Berlin
Layout und Satz: Robert Gigler, München
Druck und Bindung: cpi, Leck
ISBN: 978-3-95890-546-7

# VORWORT DES INDISCHEN ÜBERSETZERS

## গুড মর্নিং শুভ সকাল

*Śubha sakāla, Wanderer!*

*Möge sich dir das Lied des Universums in seiner ganzen Schönheit offenbaren!*

*Mein Name ist Satish Sivacharyar, und ich habe den Text, den du jetzt liest, ins Englische übersetzt. Ich kaufte das Manuskript in einem Trödelladen in der College Street in Kolkata für einen Liter sauberes Wasser, ein Garnknäuel und kaum getragene Flip-Flops. Ich habe keine Ahnung, wie der bengalische Ladenbesitzer an die drei Notizbücher gekommen ist. Als ich mit ihm darum feilschte, schien mir das unwichtig, und als es mir wichtig schien, war der Ladenbesitzer bereits an Malaria gestorben. Der lange, von Hand geschriebene Text in einer mir (zum damaligen Zeitpunkt) unbekannten Sprache zog mich sofort in seinen Bann. Da wollte ich meinen früheren Beruf wieder aufgreifen und diese Schrift entziffern. Bald darauf wurde mir klar, dass dieser Zufallskauf etwas absolut Einzigartiges darstellte, denn Wortschatz und Grammatik unterschieden sich von anderen Sprachen mit kyrillischen Buchstaben, deren Lehrbücher ich in R. Tagores Bücherei fand. Als ich schließlich wusste, was genau ich da vor mir hatte, wandte ich mich an meine ehemaligen Kollegen und besorgte mir entsprechende Lehr- und Wörterbücher, ohne die ich sprachlos und hilflos gewesen war. In der Zeit, die ich zur Vervollkommnung meiner Übersetzung brauchte, ergraute mein Haar.*

*Warum ich diesen Zeitvertreib nicht aufgab?*

*Ich bin lange genug auf der Welt, um zu wissen, dass es keine Zufälle gibt. Bis zum heutigen Tag versuchen die hellsten Köpfe des Kontinents herauszufinden, was Shiva mit uns tat, als es Nacht wurde. Schnell war mir klar, dass ich eine wertvolle und sorgfältig verschlüsselte Antwort in meinen Händen hielt. Und dass es von mir abhing, ob auch nur irgendwer diese Wahrheit erfährt.*

*Schließlich machte ich mich an die schriftliche Übersetzung.*

*Selbstverständlich wollte ich die Weltsicht des Helden und seine Sicht auf die Abenteuer, die er erlebte, ein wenig glätten. Zumindest dort, wo der Antiquar auf den Avatar Harihari trifft und zum Überbringer der Antworten wird, nach denen es die Menschheit dürstet. Und auch dort, wo sein durch christliche Vereinfachungen getrübtes Bewusstsein nicht zu erkennen vermag, welche Rolle er in der ganzen Geschichte spielt.*

*Aber eine Übersetzung ist ein Mysterium.*

*Und so ließ ich seine Voreingenommenheit unangetastet. Jeder muss dieses Gleichnis aufs Neue und auf eigene Weise entschlüsseln.*

*Jetzt, bei der Neuauflage meiner Übersetzung, sind die Haare meiner Söhne ergraut.*

*Mein Vorwort wurde gleichzeitig zum Nachwort.*

*Die Geschichte beginnt vom glücklichen Ende her.*

*Als das Manuskript seine Reise in Kolkata beendete, wurde aus drei Notizbüchern ein Buch.*

*Der Antiquar hat das Morgenrot erreicht. Wir erkannten erneut die Nacht.*

# PROLOG[1]

Jedem Warten haftet Unruhe an. Elf Monate hatte ich auf diesen Anruf gewartet, und damals konnte man sich unter dem Ausdruck »elf Monate warten« noch etwas vorstellen. Das Telefon klingelte, als ich jede Hoffnung aufgegeben hatte. Damit fing alles an.

Was ich in diesem Moment tat? Das weiß ich noch genau. Denn was bedeutet Einsamkeit? Das bedeutet, dass nichts mit einem passiert, was man nicht selbst geplant hätte. Kleine Korrektur: Ich bin nicht einsam, ich habe Gerda. Aber Gerda, die ausgiebig gefuttert hatte und spazieren war, lag schlafend im Bett, in dem sie eigentlich gar nicht schlafen durfte.

Wie in den dreihundertdreißig Nächten zuvor starrte ich in den Mac auf meinen Knien. Die letzte Nachricht, die der Erdbevölkerung vor dem Ende des Internetzeitalters übermittelt wurde, war ein Bericht über die Fortschritte bei der Erschaffung eines künstlichen Menschen in Kalifornien. Das Silizium-Wesen bestand nicht nur den Turing-Test, sondern war auch ziemlich

---

1 Dieses Fragment wurde mit Bleistift auf A4-Blättern geschrieben, die vierfach gefaltet an das Vorsatzblatt des ersten Notizbuchs geheftet waren. Der Zustand des Papiers zeigt, dass dieses Fragment deutlich vor dem Hauptteil des Textes entstanden sein muss, möglicherweise zu einem Zeitpunkt, als der Antiquar noch nicht sicher war, ob er seine »Chronik der Nacht« schreiben würde. (Anmerkung des indischen Übersetzers)

gekränkt, als es erfuhr, warum ihm all diese Fragen gestellt wurden.

Kränkung. Das menschlichste aller Gefühle. Seinetwegen hatte ich elf Monate auf diesen Anruf warten müssen. Manchmal wünschte ich mir, dass unsere Liebsten unfähig wären, diesen Turing-Test zu bestehen, und dass unsere Dummheiten ihnen nichts anhaben könnten.

Können Sie sich erinnern, was das war – das Internet? Dieses Ding ließ einen vergessen, dass sich außerhalb der eigenen vier Wände ein muffiges Viertel einer der schwierigsten Hauptstädte dieser Welt befand. Dass man in einer winzigen Matrjoschka-Wohnung hauste, deren drei Räume alle ineinander übergingen und in einer Miniküche endeten. (Diese Katakomben ließen Erinnerungen an die Kapselhotels in Tokio lebendig werden, wo man auch ständig gegen die Wände stieß.) Und man vergaß, dass da draußen November herrschte, man also maximal vom Sommer entfernt war. Während man in seinen Mac starrte, war das erträglich. Solange man surfte, war man fast nicht allein.

In meinem Browser war das rote, runde TR-Icon ausgeschaltet, das aufleuchtete, wenn man einen von Robotern generierten Content las. Dieses Ratespiel war eine Nostalgie nach jener Zeit, als ich noch gutes Geld verdienen konnte mit *belles lettres*, die von talentierten (nicht siliziumgenerierten) Autoren stammten. Ich versuchte immer zu erraten, ob das konfuse Zeug, an dem ich hängen geblieben war, das Werk eines Menschen oder einer Maschine war, und meistens lag ich richtig. TR or not TR.

Einige wenige gute Texte wurden weiterhin von Menschen geschrieben: Für diesen Job nahmen sie Langzeitarbeitslose, Alkoholiker, Menschen mit Einschränkungen – also jene, die keinen Verdienst in einem normalen digitalen Unternehmen finden konnten.

Im Fall der Nachricht über den Homo Google war es undurchsichtig. Zum einen unterließ die Reportage über dieses

Wesen sorgfältig eine Erwähnung seines Geschlechts. Daraus folgte jedoch nicht unbedingt, dass der Text von einem geschlechtslosen Roboter geschrieben worden war. Denn nach einer Reihe von Skandalen hinsichtlich der Gender-Korrektheit verhielten sich die Menschen unter den Nachrichtenschreibern mittlerweile genauso wie die Maschinen mit ihrer »angeborenen« Geschlechterambivalenz. Gleichgültigkeit und versteckte Neugier gleichen sich sowohl auf den ersten Blick wie auch bei näherem Hinsehen.

Einige Details in der Reportage wiesen kognitive Verzerrungen auf, die für ein Machwerk der künstlichen Intelligenz typisch sind. Die ersten Worte aus dem Munde von Homo Google blieben unerwähnt, dafür gab es eine ausführliche Beschreibung des Banketts, das die Demiurgen für Presse und Sponsoren veranstaltet hatten. Kein Wort über die Augenfarbe, das Skelett, über Blut und Muskeln, dafür ein ganzer Absatz darüber, dass die finale Version der KI auf Basis von Durante-Software-Builds entwickelt wurde, die ursprünglich Google Translate zur Übersetzung selbst überaus komplexer poetischer Texte wie der »Göttlichen Komödie« befähigen sollten. Die Erwähnung von Durante stufte ich übrigens als hauseigene Google-Werbung ein.

Aber der Text über den ersten künstlichen und sogar gekränkten Menschen konnte doch nicht von einem Roboter generiert worden sein? Das wäre ebenso verletzend gewesen. Ich drückte auf das TR-Symbol, dachte über die Antwort nach, und da klingelte das Telefon. Ich wusste sofort: Das ist der erwartete Anruf. Für alle anderen war es zu spät.

Das Erste, was ich im Hörer vernahm, war Windrauschen. Dann wurde das Geräusch von einer heiseren, aber sehr vertrauten Stimme durchbrochen.

»Hallo.«

»Grüß dich«, sagte ich, und spürte mein Herz stocken. Ein paar Windstöße, Schweigen. »Alles gut?«

»Ja. Es ist nur kalt.«

»November. Gestern Tauwetter, heute friert es wieder. Das übliche belarussische Wetter. ›Nahe null‹.«

»Ich wusste, dass du nicht schläfst, und hatte das Gefühl, ich sollte dich anrufen. Trotz allem. Als sei was Schlimmes passiert. Wie geht's Gerda?«

»Sie schläft, deine Gerda«, erwiderte ich. Dabei war Gerda eigentlich aufgewacht und lauschte mit erhobenem Kopf dem Gespräch.

»Und wie (nach einer Sekunde pfeifenden Windes) geht's dir?«

»Mir? Ich schlafe nicht. Bin irgendwie schlaflos.«

»Denk bloß nicht, ich hätte dir verziehen. Dass ich zurückkomme oder so. Ich ruf nur so an. Hatte irgendwie das Gefühl, ich sollte anrufen.«

Gerda winselte und gab ein fröhliches Bellen von sich, als sie die Stimme ihres ehemaligen Frauchens erkannte.

»Ehemaliges Frauchen«. Das klingt genauso seltsam wie »synthetisierter Mensch«.

»Siehst du, jetzt hast du das Hundl geweckt«, kommentierte ich. Ich wog die Zulässigkeit meiner Frage in Anbetracht des derzeitigen Stands unserer Beziehung ab und rang mich durch, sie zu stellen:

»Bist du noch in Tibet?«

»Ich wurde aus Tibet ausgewiesen. Ich bin zurück in Nepal. Derzeit in Sarangkot.«

»In Sarangkot?« Mir blieb die Stimme weg, und ich fühlte mich plötzlich wie der künstliche Mensch, der in Kalifornien aus Silizium synthetisiert worden war. »Sonnenaufgang gucken?«

Ihre Verlegenheit überspielend, fing sie an zu schnattern: »Ja, in Sarangkot. Aber im Unterschied zu damals habe ich beschlossen, zu Fuß hochzugehen. Gegen Mitternacht bin ich los. Ein Taxi hätte zwanzig Dollar gekostet.«

»Wir sind damals mit dem Bus gefahren.«

»Nun ja, ich wollte Geld sparen. Nach dem Abendessen habe ich die Thermoskanne mit Tee gefüllt und mich nach oben aufgemacht. Kein großer Höhenunterschied, weniger als ein Kilometer, man kann sich Zeit lassen. Ich habe Musik gehört. Da lag schon Tau, deswegen verließ ich den Pfad und ging auf eine zerfahrene Straße. Und auf jener Wacholderallee nahm mich ein Jeep mit chinesischen Touristen mit.«

An dieser Stelle wollte der Silizium-Mensch in mir fragen, ob sie deshalb anrief, weil sie gerade den Sonnenaufgang in Sarangkot erlebte. Aber mein innerer Silizium-Mensch würde nie den Turing-Test bestehen, so blöd war er. Denn in Anbetracht des derzeitigen Stands unserer Beziehung war eine solche Frage menschlich gesehen unangemessen. Stattdessen sagte ich, geradezu bestätigend:

»Schön ist es da.«

»Der Gipfel ist von Wolken verdeckt, aber dazwischen kann man etwas erkennen. Das ist nicht nur ein Bergriese, sondern eine Wand von geradezu unglaublichen Ausmaßen. Viele Kilometer hoch. Hier fühlt man, dass das Universum unermesslich größer ist als die Welt der zweibeinigen Käfer. Wenn die Sonne rauskommt, dann färbt sich diese Wand orange, erinnerst du dich?«

»Ich erinnere mich«, schluckte ich.

»Aber es dämmert noch nicht einmal, der Himmel ist schwarz.«

Plötzlich krachte es im Hörer, als sei in der Nähe von ihr ein Flugzeug gestartet. Gerda bellte erneut, dieses Mal beunruhigt.

»Was ist das?«, fragte ich besorgt.

»Das ist so ein Joke. ›Trompeten des Untergangs‹. In der Nähe der Aussichtsplattform gibt es ein buddhistisches Kloster. Als es zum ersten Mal dröhnte, rannten die Chinesen hin und fragten, was da los sei. Und die Mönche antworteten ihnen, sie feiern eine

›Puja des Endes‹. Die Chinesen wollten natürlich wissen, warum die Buddhisten ausgerechnet vor Sonnenaufgang eine ›Puja des Endes‹ abhielten, und sie erklärten fröhlich, es sei einfach Zeit dafür. Und gleich waren sie wieder weg, völlig beschäftigt mit ihren Trompeten.«

Wir schwiegen eine Weile. Der Wind am anderen Ende war verstummt. Der Mensch kann sich schlecht selbst imitieren. Ich hatte mich so auf dieses Gespräch gefreut, und jetzt waren alle meine Worte in der Novemberkälte erstarrt. Ich hätte um Verzeihung bitten können. Noch einmal.

»Soll ich dir ein paar neue vorlesen?«, schlug sie schließlich vor. Das hatte ich nicht erwartet.

»Und warum gehst du nicht auf Twitter?«, antwortete ich mit meinem Gewohnheitsscherz.

»Welchen Wert hat ein Aphorismus, den das ganze Internet kennt? Statt eine Weisheit kundzutun, zeigt man damit nur, dass man online ist.«

»Früher hast du immer etwas anderes geantwortet: ›Für Memoiren ist es für mich noch zu früh.‹«

»Also, dann hier für dich etwas aus den Himalaja-Notizen: ›In den Bergen muss man nicht unbedingt wandern, damit sich die Landschaft verändert. Das erledigen die Sonne und der Wind.‹«

Ich schwieg unbeeindruckt. Sie gluckste verlegen und fuhr fort:

»Alle glücklichen Familien sind einander im Unglück ähnlich, jede unglückliche Familie jedoch ist auf ihre besondere Weise glücklich.« Das gefiel mir, aber in Anbetracht des derzeitigen Stands unserer Beziehung dachte ich, ich sollte mir ein Lob besser verkneifen.

Am anderen Ende ertönte ein neues, seltsames Geräusch, das einem entfernten Kreischen ähnelte. Gerda, die den Nachhall aus dem Hörer mitbekam, fletschte die Zähne, als wolle sie losheulen.

»Was ist das?«, fragte ich lauschend.

»Komisch …« Ihre Stimme klang beunruhigt. »Jetzt heulen die Hunde. Alle Hunde des Dorfes. Als hätte jemand das Kommando dazu gegeben.«

»So was kommt vor. Hunde stimmen gewöhnlich in das Geheul der anderen ein. Einer beginnt, die anderen machen mit.«

»Da ist noch etwas, was ich nicht verstehe. Der Uhr nach hätte die Sonne schon vor zehn Minuten aufgehen müssen. Dabei ist der Himmel noch nicht mal grau.«

»Da hast du dich wohl verrechnet. Oder die Uhr hat sich mit irgendwas falsch synchronisiert und ist zehn Minuten zurückgesprungen. So was gibt's. Falls es im Weltraum einen Zeitplan gibt, auf den man sich verlassen kann, dann ist es der Zeitplan von Sonnenaufgang und -untergang.«

Ihre Stimme beruhigte sich:

»Vielleicht ist wirklich alles in Ordnung. Jetzt sind auch alle Lichter unten am See erloschen. Da ist eine riesige Stadt. Und die liegt nun völlig im Dunkeln. Und der Wind hat sich beruhigt. So ist es wohl immer vor Sonnenaufgang. Energieeinsparung.«

»Automatik wohl eher. Bei uns in Minsk ist es dasselbe. Kurz vor Sonnenaufgang gehen die Straßenlaternen aus.«

Die Hunde setzten ihr hysterisches Geheul fort. Gerda starrte mir besorgt ins Gesicht. Durch den Kopf schoss mir ein neuer, apokalyptischer Gedanke: Wenn dort am anderen Ende etwas passierte, konnte ich nichts, also einfach gar nichts tun, um zu helfen. Was allerdings hätte passieren können? Sie war in Nepal, nicht in Afghanistan. Und dass die Minsker Straßenlaternen eigentlich erst dann automatisch abgeschaltet wurden, wenn es hell war, musste mich nicht beunruhigen. Wer wusste schon, welche energiesparenden Algorithmen sie im Himalaja verwendeten.

»Irgendwie ist auch der Strom auf der Aussichtsplattform weg«, sagte ihre Stimme ruhig. »Und bei den Chinesen ist endlich das Telefon abgesoffen, aus denen ihr Pop gedudelt hat. Gruslig still. Aber sie versuchen zu singen. Hast du das über den Homo Google gelesen?«

Antworten konnte ich darauf nicht mehr, denn wir wurden unterbrochen. Und wenige Sekunden später ging auch in meinem Zimmer das Licht aus. Draußen herrschte ebenfalls Finsternis – die Straßenlaternen auf dem Prospekt, den ich durch die Äste der entfernten Pappeln erkennen konnte, waren abgeschaltet und dunkel wie auch die Fenster der benachbarten Fünfstöcker. Ich überlegte, welche Ausmaße ein Stromausfall haben musste, der sich gleichzeitig im nepalesischen Himalaja und in unserer nicht sonderlich alltagsfreundlichen Hauptstadt ereignete, und tat die Möglichkeit eines Zusammenhangs als schlechten Witz ab. Zufall, einfach nur Zufall.

Die Eisschicht auf der Fensterscheibe bildete ein spitz zulaufendes Muster, das einem Ahornblatt ähnelte. Früher, bevor es auf beiden Seiten der Scheibe Nacht wurde, war mir das kaum aufgefallen. Ich ging ins Treppenhaus, das nach nassen Lappen roch, um die Sicherungen zu überprüfen, aber wie sehr ich auch mit den Schaltern klapperte, der Stromfluss ließ sich nicht wiederherstellen. Nicht an diesem Abend und auch später nicht.

Wenn ich die Dinge aufzählen sollte, die ich ekelhaft fand in dieser Welt und die mit diesem nächtlichen Gespräch endeten, dann kämen an erster Stelle die von lebenden Menschen geschriebenen Texte, die sich in Logik und Stilistik nicht mehr von denen der Roboter unterscheiden.

Das Internet im Mac war weg, das Gerät selbst hielt noch sieben Stunden durch. Sie hatten schon immer gute Akkus. Leider war in den ersten Minuten des Blackouts niemandem bewusst, wie wertvoll jeder Moment dieser dahinscheidenden Technik war.

Was würde ich tun, wenn ich meinen alten elektronischen Freund jetzt wenigstens für eine Minute wieder einschalten könnte? Ich würde den Song einer alten Band abspielen. Die Melodie geht mir immer noch durch den Kopf. Da ist zu Beginn ein langsames, sogar etwas nachlässiges Gitarrenzupfen. Dann setzt eine Stimme ein. Sie spricht eher, als dass sie singt. Sie spricht mit jemandem, der ihr sehr nahesteht. Sie sagt: Wach auf. Wisch die Tränen weg. Und lauf. Ich habe den genauen Text und den Titel des Songs vergessen, und nachschauen kann ich jetzt nirgendwo mehr. Glauben Sie mir, man kann mit diesem Gerät nichts tun, was sinnvoller, inspirierender und herrlicher wäre, als dieser Melodie zu lauschen. Egal, zu welchen Zeiten.

# ERSTES NOTIZHEFT

## Erster Abschnitt

Das Erste, was ich beim Öffnen der Augen zum fernen Schlagen der Stadtglocke sah, war ein spitz zulaufendes Muster, das einem Ahornblatt ähnelte. Silbrig schimmerte es auf dem geschwärzten Samt des reifbedeckten Fensterglases. So viel Zeit war vergangen, doch die zarten Äderchen schmolzen nicht, hatten sich nicht im Geringsten verändert – der beste Beweis, dass die niedrige Temperatur seit Ewigkeiten konstant geblieben war (falls jemand einen solchen Beweis braucht). Das Hundl war, wie üblich, wenige Augenblicke vor dem ersten Glockenschlag aus dem Bett gesprungen, in dem wir uns gegenseitig wärmten, und scharrte mit den Krallen auf dem Boden vor der Wohnungstür.

Ich warf die alten Schaffellmäntel und Pelze ab, unter denen ich mich zusätzlich zu zwei Decken gewärmt hatte, und lauschte der Glocke. Nun ja, »Glocke« ist natürlich übertrieben. Da die Stadtverwaltung heute keine andere Möglichkeit zur Benachrichtigung der Bevölkerung mehr hat, schlägt ein Glöckner mit dem Namen Gazak zu Beginn eines Werktages achtmal gegen eine rostige Schiene, die über dem See hoch oben am Fabrikschornstein angebracht ist. Das bedeutet: Vermutlich ist es jetzt »acht Uhr« am »Morgen«. Selbstverständlich haben wir seit einer Ewigkeit keinen »Morgen« mehr gesehen, aber irgendwie musste man den »neuen Tag« ja beginnen. Und fragen Sie mich jetzt bloß nicht, wie Gazak die Zeitspanne zwischen dem letzten »Abend«-Läuten und dem ersten »Morgen«-Läuten bestimmt. Die Hälfte des freien Hruschawka argwöhnt nämlich, dass er schummelt. Einfach nur, um sich über die Stadtbewohner lustig zu machen, die ihm, dem Spitzbart, vertrauen.

Da es keine batteriebetriebenen Uhren mehr gibt (denn wer will schon kostbares Zink für so eine relative Sache wie »Zeit« ausgeben), kann Gazak den »Morgen einläuten«, sobald er wieder einen klaren Kopf hat nach einem ordentlichen Quantum Fusel, mit dem er seinen »abendlichen« Gang zum Schornstein ausklingen lässt. Sie können ihn ja mal fragen, wie er die Zeit im Auge behält, dann zeigt er Ihnen unbedingt drei mechanische Wecker, bei denen das Klingeln genau auf acht Uhr eingestellt ist. Nur zeigen die Wecker immer unterschiedliche Zeiten an. Es ist auch schon vorgekommen, dass die freie Stadt Hruschawka aufwachte und anfing sich zu regen, Handel zu treiben und zu streiten, ohne Gazaks Glocke abgewartet zu haben.

In solchen Fällen fand man den Glöckner krank in seinem Zimmer, und die Abgase dort ließen keinen Zweifel daran, woran er erkrankt war. Dann bekam er einen Rüffel vom Bürgermeister, behielt aber seinen Posten, sein Zimmer und das Zink der Steuerzahler. Gazak war unersetzlich, denn wer sonst wollte auf das Ticken der kleinen mechanischen Monster achten, die den Lauf der verendeten Zeit maßen.

Früher maß man die Dauer eines Tages anhand der Rotation der Erde um ihre eigene Achse und die Dauer eines Jahres anhand der Rotation der Erde um die Sonne. Nach dem Blackout musste das Konzept »Sonne« neu überdacht werden. Einige der benachbarten Stadtstaaten, wie zum Beispiel die verlassene und überaus unsichere »Kulturbrauerei«, haben die einheitliche Zeit für alle komplett abgeschafft. Die Märkte dort sind nie geschlossen, und daher muss man in jedem Moment dieser Finsternis mit Überfällen rechnen.

Das »Morgenläuten« gerät bei Gazak immer etwas matt, ist aber hörbar genug, damit man sich mit dem Rest von Hruschawka synchronisieren kann. Zumindest beim achten Mal. Doch gleich nach dem achten Mal muss man die Ohren spitzen. Denn das ist der Zeitpunkt der öffentlichen Bekanntmachungen. Verkündet werden sie von »Apparatschik«, einer längeren gusseisernen Schiene, die schrill und sehr böse klingt. Drei Schläge gegen »Apparatschik« bedeuten eine Generalversammlung. Da muss man sich in Schale werfen und in der Aula des ehemaligen Krankenhauses erscheinen, die eine beträchtliche Anzahl von Einwohnern der Munizipalie aufnehmen kann. Gewöhnlich wird bei einer Generalversammlung die Frage nach der Wiederwahl des Bürgermeisters entschieden, immerhin sind wir nicht irgend so eine Militärdiktatur, in der ein nichtgewählter Bürgermeister regieren könnte. Seit dem Blackout wurde der Bürgermeister nicht mehr ausgewechselt. Er ist schließlich nicht mehr jung, und wir sind ja nicht so gemein, den alten Mann in den Ruhestand zu schicken, wo er doch hier alles geregelt hat. Ihm verdanken wir, den Krieg um das Territorium nicht verloren zu haben. Ihm verdanken wir die Demokratie und eine gewisse Ordnung. Nicht so wie in der »Kulturbrauerei«.

Zwei Schläge bedeuten Quarantäne. Dann haben die Kohlehändler irgendein Virus ins freie Hruschawka eingeschleppt: Schnupfen, Rotavirus oder sogar die Grippe. Da kommt man besser nicht aus seinem Kämmerlein gekrochen, möge die Mikrobe erst verrecken.

Ein Schlag gegen »Apparatschik« – wie jetzt gerade – bedeutet, wir haben heute »Heißwasser-Fest«. Nun ja, »heiß« ist natürlich übertrieben. Das Wasser ist dann nicht ganz so kalt, und wer nicht allzu wärmeliebend ist, kann sich damit sogar waschen.

Sofort beginnen die Rohre zu quietschen – die Pumpen im Kesselhaus bringen lauwarmes Wasser ins System. Gewöhnlich werden das Wasser aus dem Wasserhahn wie auch die Heizkörper so weit erwärmt, dass die Heizungsrohre nicht einfrieren. Deshalb steht mir in meiner Matrjoschka-Wohnung nicht die ganze Zeit der Atemhauch vorm Mund. Und noch nie ist in der Küche das Wasser in einer Tasse eingefroren. Ich kann mir nicht vorstellen, wie die Leute in der »Kulturbrauerei« leben, wo es kein Kohlekesselhaus gibt und sich die Menschen an Feuerchen wärmen, die unerlaubt auf dem Betonboden entfacht werden.

Die Wassertemperatur würde nicht lange halten, deswegen war Eile geboten. Ich hob eine Dynamo-Taschenlampe vom Boden, drehte sie so weit auf, dass sie ein gleichmäßiges, fahles Licht abgab, und lief ins Badezimmer. Wie immer schien das Badezimmer dunkler als der Rest der Wohnung. Auf den in der Dämmerung versinkenden Regalen machte ich ein Stück Seife ausfindig, das eher einer platt gedrückten Paraffinkerze ähnelte. Der flaue Wasserstrom aus der Dusche hatte einen gemütlich rostroten Farbton, und im bläulichen Licht der Diodenlampe sah es so aus, als ob ich mich mit Tee wusch.

Gerda kratzte nervös an der Tür. Ihrer Meinung nach duschte Herrchen zu oft. Außerdem befiel ihn diese ungesunde Angewohnheit ausgerechnet in der Früh, wenn er sein einziges Haustier spazieren führen sollte. Törichtes Herrchen! Nachdem ich mich mit dem in der Kälte bös kratzenden Handtuch abgetrocknet hatte, sprang ich in meinen Mantel, setzte die schwere Hasenfellmütze auf und ging mit dem Hund hinaus. Noch war es ruhig hier: Die freien Bürger duschten.

Wie immer war der Himmel mit einer Wolkendecke in der Farbe von kupfernem Perlmutt bedeckt. Der Winterhimmel über Minsk. Wie üblich: kein Mond, keine Sterne. Keine Freude, keine Hoffnung. Wie auf den Gemälden alter Meister im Bildband »Die sowjetische Landschaft auf Kunstwerken der Belarussischen Sowjetrepublik«.

Die Schlaumeier, die auf dem Marktplatz beim Feilschen um jedes Kilo Brennholz leidenschaftlich gern mit ihren profunden

Kenntnissen über Astronomie prahlten, hatten anfangs darüber gestritten, ob es nach dem Verlust des Sonnenlichtes die Wolken waren, die die Erde vor einer Abkühlung auf kritische Temperaturen schützten. Aber nachdem Gazak tausendmal mit seinem Eisenteil den »Morgen« verkündet hatte, die Quecksilbersäulen auf den Thermometern des freien Hruschawka jedoch auf dem magischen »Nahe null« verharrten und sich keinen Millimeter bewegten, waren die filzbestiefelten Akademiker verstummt. Um die Zeitspanne zu benennen, in der es früher hell gewesen war und jetzt nicht mehr, erfanden die Menschen sogar eine neue Bezeichnung: »dunkler Tag«.

Alles wäre nicht so schlimm gewesen ohne diese ewige Kälte. Gerda beendete ihr Geschäft im nahen Gebüsch und kam zu mir zurück, demonstrierte mit ihrem Gebaren, dass sie nichts dagegen hatte, direkt in die Wohnung befördert zu werden und eine gewisse Menge an Kalorien zu konsumieren.

Zu Hause spülte ich zunächst noch das Geschirr mit dem Wasser, das sich nun rasch abkühlte. Die Funktionalität der Standard-Dreiraumwohnung hat sich seit dem Blackout gründlich verändert. Der Kühlschrank mit Vorhängeschloss ist nun ein Tresor für Zink, für wertvolles Getreide (das bald gänzlich als Zahlungsmittel für erneuerbare, tierische Lebensmittel dienen würde), für hochprozentigen Alkohol (ich besitze eine zu zwei Dritteln gefüllte Flasche echten »Teacher's«) sowie für verschiedene kostspielige Haushaltsgegenstände wie Stirnlampen.

Den Gasherd der Brester Firma »Gefest« habe ich zum Arbeitstisch umfunktioniert: Auf einer massiven Stahlabdeckung, unter der sich die Brenner befinden, kann ich bequem Knochen für Gerda zerhauen (wenn ich echtes Fleisch zu kaufen kriege) oder auch Holzspäne für das Balkonfeuer hacken. Interessanterweise wird durch das stillgelegte Rohr über dem Gasherd immer noch Gas geleitet, das habe ich vor einiger Zeit überprüft.

Viele freie Bürger der Munizipalie Hruschawka haben ihre

Fenster mit Ziegelsteinen vermauert und ihre Behausung damit endgültig in eine Höhle verwandelt. Sinn macht das schon, denn es dringt sowieso kein Licht durch die Fenster, und so wird es bleiben. Die Ziegel halten die Temperatur besser, mehren die Wärme von Heiz- und Menschenkörpern. Ich betrachte jedoch so gern die Umrisse der fernen Pappeln vor dem Hintergrund des Himmels aus Kupferperlmutt. Und ich mag das spitze Ahornblatt, das ich beim ersten Augenaufschlag sehe.

Ich trat auf den Balkon hinaus, öffnete die Verglasung und schob Holzspäne in die Röhre des Samowars. Vor langer Zeit, in einer weit entfernten Galaxie, hatte ich diese Wohnung vom Honorar für einen besonders fetten Auftrag gekauft. Der grauhaarige Vorbesitzer wirkte damals auf mich wie ein Marc Chagall, der beizeiten beschlossen hat, die Malerei aufzugeben, in der UdSSR zu bleiben und sich der wissenschaftlich-technischen Intelligenz anzuschließen. Der Balkon war sein geheimer Garten gewesen: sorgfältig getäfelt und verglast, mit Messingriegeln, einem Blechschild als Regenschutz, mit schlangenförmig eingeschlagenen Nagelköpfen aus Kupfer. Dazu ein selbst gebauter Liegestuhl mit Ellbogenlehnen, die er bei seiner jahrzehntelangen Lektüre der Literaturzeitschrift »Druschba narodow« blank poliert hatte.

Ich musste fast weinen, als ich die Holzverkleidung abriss, weil es brandgefährlich ist, in der Nähe von Holzflächen Feuer zu machen. Und wie unerträglich war es, den Liegestuhl zu verbrennen! Nun stand nur noch das Nötigste auf dem Balkon: ein Samowar mit Herstellermedaille, fünf Liter. Der wird schneller heiß, als meine Zehen zu frieren anfangen. An einer Stelle wurde ein Loch verzinnt. Aber ohne Risse würde so einer zehnmal so viel kosten. Die Waschmaschine dient mir als Tisch. Und ja, manchmal setze ich mich auf den Mikrowellen-Elektrogrill, wenn ich keine Angst habe, mir den Hintern abzufrieren.

Mein Feuerplatz befindet sich in der Mitte unter meinem Fenster auf einer ganzmetallenen Stahlfelge vom Rad eines

BMWs. Zwei Zink hat mich die Scheibe gekostet, eingeschlossen der Arbeit, die vom BMW-Besitzer höchstpersönlich mit Begeisterung ausgeführt wurde. Feuer direkt auf dem Beton zu entfachen ist nicht zu empfehlen: Da könnte die Metallarmierung schmelzen, und dann kracht der Balkon mitsamt dem glücklosen Pyromanen hinunter.

Der Feuerstein zirpte, die Holzspäne begannen zu rauchen. Nun war Frühstückszeit. Nun ja, »Frühstück« ist natürlich übertrieben. »Morgens« trinke ich gewöhnlich zwei Tassen Tee vom selben Beutel »Prinzessin Noori« mit einem Stück Zucker. Natürlich nur, wenn die Karawane nicht aufgehalten wurde und sie tatsächlich Zucker nach Hruschawka geliefert hat. Allein Prinzessin Noori vermag zu sagen, woraus »Prinzessin Noori« gemacht ist. Die Händler vom Markt schwören, das Getränk sei echt und stamme vom Verteilungslager des Hypermarktes »Korona« in Sosny, den sie im Namen aller Monarchen von Ceylon ausgiebig plündern. Die satte Torffarbe, die öligen Flecken auf der Oberfläche und vor allem der undefinierbare Beigeschmack von Rüben lassen den Verdacht aufkommen, dass bei der Herstellung dieser Teemischung aus »Assam« und »Orange Pekoe« keine einzige Teepflanze zu Schaden gekommen ist.

Wenn der Samowar zu brummen beginnt, stelle ich die Dose mit Gerdas Futter darauf. Tiernahrung zu finden ist kein Problem. Die gibt es auf allen Lebensmittelmärkten in Hruschawka in echten Original-Dosen aus dünnem Stahl und mit einem Ring. Heute, bei unseren Technologien aus dem Kohlezeitalter, kann man das gar nicht nachmachen. Warum kein guter Tee erhältlich ist, dafür aber jede Menge Katzenfutter, hat einen einfachen Grund. Aber sagen Sie Gerda nichts davon, ja? Es ist nämlich so, dass alle Haustiere aufgegessen wurden, bevor sie alle Reserven des für sie hergestellten Futters vertilgen konnten. Was jetzt im Angebot ist, wird nicht für Hund und Katz gekauft, sondern für den Eigenbedarf unkritischer Zweibeiner. Ich habe es selbst ein paarmal probiert. Es riecht etwas seltsam, aber die Zutaten sind passabel.

Vom Dosenetikett starrte mich eine mondäne, flauschig-weiße Katze an. Bei ihrem Anblick musste ich aus irgendeinem Grund an meine Hasenfellmütze denken. Und dass sie an zwei Stellen speckig und abgerieben war. »Leuchtender Glanz eines gesunden Fells« versprach der Slogan auf der Dose. Ich hätte wohl meine Mütze damit füttern sollen, damit sie so elegant und schneeweiß aussähe wie die Katze auf dem Bild. Gerda kratzte ungeduldig an der Balkontür und schien sagen zu wollen, na los, du Meisterkoch, hör schon auf mit diesem Katzenvoyeurismus! Ein Hund frisst das auch kalt! Bis heute kann ich nicht verstehen, warum sich Gerda lieber auf das Katzenfutter als auf das Hundefutter der Marke »Freundchen« stürzt, das zertifiziert ist vom ehemaligen Landwirtschaftsministerium der ehemaligen »Republik Belarus«. Es kann natürlich sein, dass sich meine Hündin an der symbolischen Benachteiligung von Konkurrenten freut (nach dem Motto: Je mehr ich fresse, desto weniger kriegen die mit dem »leuchtenden Glanz eines gesunden Fells«).

Ich steckte mir ein Stück Zucker zwischen die Zähne und schlürfte genüsslich meine Rübenprinzessin »Noori«. Die Dröhnung kam in erster Linie von der Temperatur des Tees und erst dann vom süßen Geschmack im Mund. Die ständige Kälte wäre für uns alle viel erträglicher gewesen, wenn wir genauso viel wie früher hätten essen können oder zumindest per Knopfdruck am Wasserkocher Tee kochen. Gerda schlang das Fressen mit einem Happs hinunter.

Das Frühstück war beendet. Zeit, zum Markt zu gehen. Ich nahm das Vorhängeschloss vom Tresor ab, warf einen Blick ins ehemalige Gefrierfach und stellte zufrieden fest, dass ich mit Zink für viele Jahre eines unbeschwerten Lebens versorgt war. Zwei volle Fächer, das obere und das mittlere. Der Anblick von mehreren Tausend aufgereihten Metallpatronen, die im Licht der Dynamolampe aufblitzten, hinterließ bei mir wie immer ein Gefühl unerklärlicher Gelassenheit. Zink – das ist Nahrung, Licht, relative Wärme und Sicherheit in der freien Munizipalie Hruschawka. Solange Zink da war, würde mich niemand von hier fortjagen. Von Zeit zu Zeit öffne ich gern meinen Tresor und betrachte meine nationale Goldreserve, um sicherzugehen, dass die Schätze unseres Königsreichs noch nicht geschmolzen sind.

Schließlich nahm ich drei Patronen heraus, überprüfte sie mit dem Detektor und steckte sie in die Tasche. Das würde erst mal reichen. Ich schaltete meine Stirnlampe an und schnappte mir meinen Schlitten – den würde ich heute brauchen, denn ich musste Trinkwasser kaufen.

Gerda tippelte ungeduldig vor der Wohnungstür herum und sauste hinunter, kaum hatte ich sie ins Treppenhaus hinausgelassen, das immer noch nach alten Lumpen roch.

Hruschawka. Meine heimatliche Scholle. Ein Labyrinth aus aufgedunsenen, fünfstöckigen Häusern, zwischen denen gefrorene Kastanien, plumpe Weiden und hohe Pappeln stecken. Als sich das Brennholz zum ersten Mal um das Zehnfache verteuerte, stürzte sich jeder auf sie, der eine Kettensäge, einen Fuchsschwanz, eine Laubsäge oder wenigstens große Messer im Haushalt hatte. Doch dann verfügte der Bürgermeister, jeden aus der Munizipalie auszuweisen, der auch nur einen vertrockneten Zweig von einer Grünpflanze abbrach. Und nach der Verbrennung aller Holzmöbel, die in Wohnungen, Kellern und auf Flohmärkten zu finden gewesen waren, wechselten die Leute zu ehemaligem Exportgut. Manchmal gibt es bei Kohle- und Brennholzhändlern wirklich interessante Dinge zum Verbrennen. Einmal bereitete ich ein herrliches Abendessen auf dem Eichenholzbein eines Konzertflügels zu. Auf ihm hatte einst Nikola Teslas belarussischer Vorgänger Jakub Jodko-Narkiewicz gespielt, der Erfinder der drahtlosen Stromübertragung.

Das spiegelglatte Eis auf dem Weg schimmerte im Licht der Laterne wie Glimmer. Ich kenne hier jede Biegung, jede Unebenheit auf der glitzernden Eiskruste: Da, an einer Stelle ist das Milchglas des Eises zerbröselt, da kann man die brüchigen Platten des Gehwegs sehen. Und gleich am Durchgang zum Hof dräut Cheops, eine riesige Schneewehe, Hinterlassenschaft des Räumfahrzeugs, das den Schnee von mehreren Höfen hierhergeschoben hat, als die Schneepflüge noch fuhren und räumen konnten. Hinter Cheops erstreckt sich eine riesige gefrorene Pfütze. In prähistorischen Zeiten hat ein Fuß hier zwei eindrucksvolle Abdrücke hinterlassen. Zu jener Zeit, als die Sonne noch aufging, hatten ihre morgendlichen Strahlen das Eis auf der Pfütze geschmolzen und die Kruste auf der Oberfläche aufgeweicht, wonach jemand bis zu den Knöcheln im Wasser versank. Schließlich wurde es wieder kalt, und die Pfütze fror endgültig zu. Der Mensch, von dem diese Fußspuren stammen, wird altern und sterben, aber seine Fußabdrücke, das einzige Zeugnis dafür, dass es hier Leben gegeben hat, werden für immer bleiben, hier, mitten im freien Hruschawka, im ewigen Eis.

Wir kamen an einem Lebensmittelladen vorbei, den Diebe nach ihrer Plünderung abgefackelt hatten, weil anfangs niemand wusste, ob der Blackout andauern oder der helle Tag zurückkehren würde und mit ihm die Institutionen des vormaligen Staates mit seinen durchgreifenden Ermittlungsbehörden. Wie immer hüpfte Gerda munter die hohen Stufen hinauf, schlüpfte durch den Spalt zwischen den geschmolzenen Kunststofftüren und erfüllte den ehemaligen Laden mit einem Bellen, in dem Triumph anklang über etwas, was eindeutig Triumph wert war. Ich weiß nicht, warum sie das jedes Mal tat, wenn wir an diesem Laden vorbeikamen. Vielleicht gefiel ihr einfach das Echo des eigenen Bellens im leeren Raum aus Beton.

Dann kam Gerda die Treppe hinunter und schüttelte sich zufrieden. Ihr Maul war geöffnet, die Zunge hing zur Seite heraus, die Augen leuchteten. Ich wusste, da war ein Lächeln auf Gerdas Schnauze. Auch wenn Katzenzüchter behaupten, Hunde können nicht lachen.

Hinter dem Laden liegt der Park, und hinter dem Park ist die Abzweigung zum Markt. Hier waren jetzt deutlich mehr Passanten: Hruschawka war nun endlich mit dem Duschen fertig und hatte hinaus auf die Straße gefunden.

An der Ecke, an der Biegung zum Markt, rußte ein Rauchwölkchen. Dort befand sich der Straßenstand von Kartschin mit dem Spitznamen Carnifex. Oder vielleicht hieß er Carnifex und hatte den Spitznamen Kartschin, keine Ahnung. Eines weiß ich jedoch mit absoluter Sicherheit: Früher hatte Kartschin ein Amt innegehabt und wie jeder imposante Mann mit großem schwarzem Auto die Landessprache nicht beherrscht. Wenn Kartschin mich sieht, versucht er jedes Mal, wie ein Einheimischer zu wirken, und spricht mich bemüht in einer Sprache an, die er für Belarussisch hält. Doch leider will ihm dies nicht recht gelingen.

»Schön Morgen, pani Antiquar!«, rief Kartschin.

»Seien Sie gegrüßt, Genosse Carnifex!«

Bei dem Wort »Carnifex« versteinerte sich das Gesicht meines Gegenübers. Vielleicht war es doch sein Spitzname und spielte darauf an, was er getrieben hatte, als er damals in seinem großen schwarzen Auto unterwegs war.

»Wie gehen Sie, pani Antiquar?«

»Oh, sehr gemächlich.«

»Sehr gemächlich?« Er hob die Augenbrauen. »Ich hören erste Mal ein solch Wort.«

»›Gemächlich‹, das bedeutet ›sehr gut‹, als ob man wichtigen Aufgaben entgegeneilt«, versicherte ich Carnifex. Ich liebte es, ihm manchmal im Scherz ein nicht allzu abgenutztes Wort mit veränderter Bedeutung unterzujubeln. »Und wie sieht es bei Ihnen aus, Genosse Kartschin?«

»Alles Ordnung. Nur Schinken tut weh«, antwortete er freimütig.

»Was?«, fragte ich nach.

»Schinken. Links. Zieht bis ins Bein! Wohl verkühlt«, antwortete er und rieb sich den Rücken im Bereich des linken Ischias.

Offenbar bin ich nicht der Einzige, der sich über Carnifex' Sprachkenntnisse lustig macht.

»Möchten Sie vielleicht ein Schluck Met?«, bot der Besitzer des Straßenstandes gastfreundlich an und wies auf eine riesige, verrußte Kanne, unter der die Kohlen rosig schimmerten.

Früher wurden solche Kannen in den Kolchosen für Milch verwendet, jetzt dienen sie im Straßenhandel für den Verkauf von Met. Nun ja, »Met« ist natürlich übertrieben. Das Wörtchen ist ein Tribut an unsere glorreiche Vergangenheit und die uralte Tradition der Schnapsbrennerei. An all die Branntweine wie »Subrowka«, »Krambambuli«, »Starka« und andere, von denen nur der poetische Name für die Art des Fusels geblieben ist, der in heutigen dunklen Zeiten gebraut wird. Met ist ein säuerliches Gebräu aus Brotresten, angefaultem Gemüse, Zucker und Kümmel (damit es weniger stinkt). Das alles lässt man gehörig gären, wonach es erhitzt wird, damit es stärker dröhnt und die Kälte vertreibt. Nach einem Becherchen Met ist man fähig, bis zum Abend durch die Stadt zu laufen und die Leute zu belästigen, bis Schlag sechs, auch wenn man auf dem Markt nur Brennholz kaufen wollte. Nach zwei Becherchen Met lässt man sich selbst als Brennholz auf dem Markt verkaufen. Zugegeben ist der Kater danach episch, und all die großen Schlachten des Großfürstentums Litauen spielen sich direkt im eigenen Kopf ab (wobei die Bösen gewinnen).

»Danke, Genosse Kartschin, aber auf Met verzichte ich lieber«, schüttelte ich den Kopf. »Da fällt mir der Schinken ab. Erst die rechte Seite, dann die linke.«

»Dann Sie vielleicht blättern in Zeitung?« Er wies auf den Hocker für Gäste neben der Kanne. Deswegen kommen die Leute an die Straßenstände: um die Nachrichten zu lesen, ein Becherchen Met zu kippen, zu plaudern.

»Sehr für Sie kostenlos, pani Antiquar«, präzisierte Carnifex für alle Fälle.

Carnifex gehört zu meinen Stammkunden. Meist nimmt er Krimis und Erotik im Taschenbuchformat, also besonders gefragte Ware. Gelegentlich kriegt er von mir Rabatt, weil er so fleißig unsere Sprache lernt. Deswegen bekam ich nun dieses Angebot der kostenlosen Teilhabe an den Nachrichten.

Die Zeitung »Gazette« (weil in unserer Munizipalie nur ein Produkt dieser Art hergestellt wird, hatte sich die Spitzfindigkeit bei der Namensgebung erübrigt) ist durchaus kein billiges Vergnügen. Eine Nummer kostet ein ganzes Zink, das Durchblättern vor Ort ein halbes. Der Preis ergibt sich aus der erschwerten Produktion: Die einzelnen Exemplare werden mit einer Schreibmaschine getippt, wobei der Schriftsetzer mit Durchschlagpapier nur drei Exemplare auf einmal herstellen kann und das vierte schon blass und unleserlich wird. Außerdem ist die »Nachrichtenbeschaffung« recht nervig. Dazu kommen dann noch die handgezeichneten Illustrationen.

Ich nahm eine Nummer vom Regal und richtete meine Stirnlampe auf die erste Seite. »FEIERLICHE PARADE AUF DEM PROSPEKT DER FREIHEIT«, verkündete die Schlagzeile.

*Heute, nach Schlag vier, nimmt der Bürgermeister und Oberbefehlshaber der Freien Munizipalie Hruschawka zusammen mit dem Kommissar für Innere und Äußere Angelegenheiten der Volksdiktatur Kalvaria auf der Tribüne »Kaufhaus Fix« am Prospekt der Freiheit eine feierliche Parade ab, durchgeführt von den Streitkräften der Freien Munizipalie Hruschawka zusammen mit Streitkräften der Volksdiktatur Kalvaria, die im Rahmen des für bessere Zeiten geschlossenen zwischenstaatlichen Abkommens über den Wärmeaustausch entsandt wurden. An der Parade nehmen auch drei Skla-*

*vinnen teil, die als Zeichen der Ehrerbietung und in der Tradition der gutnachbarschaftlichen Beziehungen von der Volksdiktatur Kalvaria an die Freie Munizipalie Hruschawka als Geschenk übergeben wurden. Die Menschen bereiten bereits Lagerfeuer vor.*

Wie immer war aus dem Zeitungstext nichts zu verstehen. Genau deswegen stand neben der Kanne ein Hocker für Gäste. Solange man eine Nachricht nicht diskutierte, erkannte man darin keinen Sinn.

»Hm, was mag das wohl bedeuten, Genosse Kartschin? Ich habe mich ein wenig verirrt in diesen Schachtelsätzen.«

»Ich gleich erklären schmeichelhaft!« Nun ja, manchmal wünschte ich mir wirklich, er würde aufhören, unsere Sprache zu imitieren. »Diese Tage Bürgermeister hat Pakt auferlegt mit Kämpfern aus Kalvaria. Denn wir groß Schutz brauchen nun vor Angriffen wieder aus Ödland, und die nicht werden gepackt von Wärme. Denn sie nicht haben Kesselhaus. Aber haben viele Waffen.«

Hier muss erwähnt werden, dass die Volksdiktatur Kalvaria entstanden war, nachdem eine Gruppe durchgeknallter Genossen die Sicherheitsbehörden überfallen hatte, die sich hinter unserer Grenze befanden. Das geschah fast unmittelbar nach der Verdunklung des Himmels. Dort, in der Abteilung Inneres – oder was immer dort untergebracht war – hatte sich ein gediegenes Lager mit Maschinengewehren befunden. Infolgedessen entstand an der Westgrenze von Hruschawka ein starker Staat. Dort wurde sofort eine Sklavenhaltergesellschaft ausgerufen. Die Einteilung der Menschen in Klassen erfolgte nach einem leicht vorhersehbaren Prinzip: Wer ein AK-74-Sturmgewehr besaß oder genug Wertsachen, um sich eine solche »Kalaschnikow« zu kaufen, war nun Sklavenhalter. Alle anderen wurden Sklaven. Zusammen mit ihren Ehefrauen und den Greisen.

Wichtig ist zu erwähnen, dass der US-Dollar, der Euro und der chinesische Yuan in unserer lichtlosen Welt keinen Wert haben.

Dabei war es in Kalvaria kalt, weil es dort kein Heizungssystem mehr gab, um Wohnungen mit dem zu erwärmen, was in der heutigen Welt noch Wärme erzeugt. Die Diktatur war deswegen in doppeltem Sinne lichtscheu.

»Heizungen noch kälter werden«, nörgelte der Met-Verkäufer. »Aber vielleicht diese Männer mit Waffen erbeuten mehr Kohle für uns, dann Heizer kann Träger von Wärme mehr erhitzen. Und mit Handpumpen, da kein Problem soll sein, da stellen Kommissare ihre Sklaven ran.«

»Hruschawka ist eine freie Munizipalie«, sagte ich betrübt. »Hier werden Menschen mit Respekt behandelt. Das fehlte noch, dass man über uns erzählt, wir halten uns durch Erbeutetes warm und waschen uns mit Tränen und Schweiß anderer Menschen.«

Meine Bemerkung fand bei Carnifex keine Zustimmung, rasch wechselte er das Thema. Es war offensichtlich, dass ihm das Regierungssystem von Kalvaria gefiel. Der Mann sehnte sich nach einer starken Hand. Nicht umsonst hatte er den Spitznamen Carnifex.

»Also, heute, nach Schlag vier, werden Filipp, Manka mit den Gewehren und die Brigade des Nomaden zusammen mit den Soldaten unserer neuen Armee über den Prospekt paradieren. Man sagt, Kalvaria schickt drei Züge mit ›Kalaschis‹ an jedes Tor.«

Ich blätterte die Seite um und sah dort eine riesige, ganzseitige Illustration zur Nachricht über die Parade: Der Künstler hatte seinen Vorstellungen über die Großartigkeit von Militärparaden freien Lauf gelassen. An den siechen Fünfstöckern fuhren echte Panzer über den Prospekt der Freiheit, gefolgt von Traktoren und Mähdreschern. An die Anhänger und Erntemaschinen waren Bomben und Raketen gekoppelt. Der Künstler hatte offenbar vergessen, wie Militärparaden in der Diesel-Epoche abgehalten wurden. Da wurde ja noch eine ganz andere Technik für den

Transport von Raketen verwendet. Wie hieß die noch gleich? Kipper? Limousine?

Auf den breiten Stufen des Mausoleums von »Kaufhaus Fix« stand der gesamte Stab des Hruschawkaer Politbüros: der Bürgermeister, seine Sekretärin Magdalena und der Glöckner Gazak. Auf dem Prospekt gingen drei Sklavinnen hinter Panzern und Mähdreschern her. Sie hatte der Künstler in eng anliegenden Gymnastikanzügen dargestellt, mit langen Bändern in den Händen – so waren früher Turnerinnen aufgetreten.

»Da, sehen Sie, sehen Sie! Vor allem zusammen mit Kämpfern von Kalvaria marschieren auch echte Sklavinnen. Interessant, oder? Müssen sich ausziehen für Parade? Denn welchen Sinn hat Sklavin, wenn sie angezogen?«

Ich schaute zu Carnifex. Seine Visage mit der Riesennase zog sich zu einem halben Grinsen auseinander, seine Augen waren aufgerissen. Ein Ausdruck wie der von Gerda, wenn sie nach ausgiebigem Bellen aus dem ausgebrannten Laden getrabt kam. Um meine Abscheu zu überwinden, schlug ich die Seite mit den internationalen Nachrichten auf.

Dort war eine kurze Zusammenfassung:

*Vertreter vom Stamme der Neurer, die sich in Wölfe verwandelt haben, verwüsteten zwanzig Siedlungen der Brester Konföderation. Danach verwandelten sie sich in Menschen und könnten jetzt unter uns sein.*

*In der Republik Chepetivka haben Androphagen einen Kampf gegen die Skythen eröffnet und sie besiegt. Sechs Bewohner von Chepetivka wurden beim Siegesfest verspeist.*

*Die Geloner haben alle Biber im Heiligen See vernichtet und ernähren sich nun, wie die Budiner, von Tannenzapfen.*

*Die Stadt des Lichts verkündet die Ankunft der Ära des Wohlstands. In diesem Zusammenhang wurden die Eintrittspreise erhöht.*

*Ziegenfüßige haben zwei Handelskarawanen niedergemetzelt.*

*Eine Expedition britischer Wissenschaftler auf dem Weg zum Rand der Erde meldet die Entdeckung eines unergründlichen Canyons, hinter dem nur ein schwarzer Abgrund zu sehen ist. Vorläufige Messungen haben ergeben, dass die Tiefe des Abgrunds die Möglichkeiten des Messgeräts (eine lange Schnur mit einem Senkblei) deutlich überschreitet. Die Expedition untersucht den Abhang in seiner gesamten Länge, um seine Ausdehnung abzuschätzen. Die britischen Wissenschaftler schließen nicht aus, dass der Abgrund, den sie im Dunkeln gefunden haben, etwas mit dem Rand der Erde zu tun haben könnte.*

»Und das sind die Nachrichten von unserem Planeten?«

Auf einmal wollte ich unbedingt etwas vom Gebräu aus der Kanne hinunterkippen.

»Oh ja!«

»Ich wollte fragen: Glauben Sie das etwa? Was kommt als Nächstes? Werden britische Wissenschaftler Riesenschildkröten entdecken, auf denen die Erde wie ein Pfannenkuchen ruht?«

»Kein Grund ich habe zu zweifeln, pani Antiquar. Zeitung immer prüft alle Informationen sorgfältig. Falls Zweifel haben Sie, dann gehen doch heute nach Schlag vier zu Prospekt der Freiheit. Dort alles sein wird, wie hier geschrieben. Also ohne Panzer, natürlich. Panzer sind Künstlers Fantasie.«

»Das mag sein. Aber der ›Rand der Erde‹. ›Androphagen‹, ›Neurer‹. Wie kann das sein? Wie soll man das glauben?«

»Aber woran soll glauben, wenn nicht daran? Dass Erde rund ist und sich um Sonne dreht?«

»Aber allem Anschein nach sind das doch … wie nannte man das früher? Fake News.«

»Gefälschte Nachrichten war notwendig damals, denn Leute keine Lust hatten, echte Nachrichten lesen. Aber jetzt – warum etwas erfinden? Guck in Himmel!«

»Wissen Sie was, ich komme auf Ihr Angebot zurück. Bitte geben Sie mir einen Schluck«, ging ich das Wagnis ein.

Der Mann lächelte gastfreundlich, öffnete die Kanne und ließ mit einer löchrigen Schöpfkelle eine dunkle Flüssigkeit in einen Becher tröpfeln. Dann goss er – und zwar ausnahmsweise – auch sich selbst einen halben Becher ein.

»Wohlig!«, schlug er vor, und wir stießen an.

»Wohlsein!«, hauchte ich und kippte die Hälfte hinunter. »Ich muss sagen, Ihr Met ist viel besser geworden.«

»Der Fortschritt nicht steht auf Stelle.« Carnifex grinste. »Experimentiere ich jetzt mit Schwarzpfeffer und Minze. Natürlich jetzt teuer ist Mischung, muss ich nehmen anderthalb Zink für zwei Becher. Aber für Sie kostenlos«, wiederholte er.

Der Mann würde sogar seine Seele dreimal an den Teufel verkaufen.

Der Met erreichte meinen Magen und explodierte dort in einem smaragdgrünen Feuerwerk. Ich unterdrückte meinen Würgereiz. Gerda wimmerte mitleidig – sie weiß genau zu unterscheiden, wann ich aus Höflichkeit lüge und wann ich die Wahrheit sage. Kurz danach spürte ich, wie in meinem Kopf ein reißender Strom entstand, der mein Bewusstsein fortspülen wollte. Träge ergaben sich meine Gedanken und meine Aufmerksamkeit diesem fremdartigen und beharrlichen Strom und verwandelten sich derart, dass sich für alles Schlechte eine gute Erklärung fand. Ich sah zu Carnifex. Seine Visage schien mir nicht mehr abstoßend, und jene innere Trägheit flüsterte mir zu, dass einem bei der Übelkeit, die dieses Dreckszeug auslöste, jedes Weltproblem unbedeutend schien.

»Also ich gesehen Karawanenführer, der von Neurer gebissen«, fuhr Kartschin fort. »Sogar Narbe er hat gezeigt.«

»Vielleicht kam die von einem Wolf. Oder einem Hund.«

»Hunde alle längst verspeist, pani Antiquar«, grinste der Händler vergnügt. Und zwinkerte Gerda zu. »Nichts für ungut!«

»Und trotzdem …« Ich wollte den Rest aus dem Becher nicht mehr ausschlürfen. Mir reichte es erst mal. »Wir leben schon seit so vielen Jahrtausenden auf der Erde. Warum sind wir früher nicht auf diese Androphagen gestoßen?«

»Sie keine Vorstellung haben, wie oft Monologe solche ich höre«, seufzte Carnifex. »Ich noch mal sagen. Guck in Himmel.«

»Hören Sie, können Sie mir noch mal erklären, wie deren System zur Beschaffung internationaler Nachrichten funktioniert?«, fragte ich und stellte meinen halb ausgetrunkenen Becher ab.

Carnifex schüttete den Rest des Mets geschickt in die Kanne zurück.

»Nicht schlimm, gärt noch weiter, wird noch besser«, erklärte er seine Geste. Und kehrte zu meiner Frage zurück. »Der Korrespondent sitzt am höchsten Punkt in Munizipalie, auf Dach von Wolkenkratzer neben evangelisch Friedhof. Dort er kriegt Lichtsignale, die kommen von höchsten Punkt der Umgebung – das ist ehemaliger Fernsehturm im Königreich ›Zentrum‹. Sie kommunizieren mit Lichtalphabet, lange und kurze Blitze. Nach Absprache mit dem internationalen Lichtsignal-Netzwerk ›Reporter ohne Grenzen‹ gibt er eine Zusammenfassung weiter an Türme, die sehen ihn. Mit Taschenlampen machen sie das, die sind nicht so stark, aber etwa so«, wies er zu seinen Füßen, wo eine Standard-LED-Rundumleuchte mit einem Kurbel-Dynamo glomm. Ich bemerkte, dass sein Belarussisch nach dem Trunk flüssiger wurde.

Er leerte seinen Becher, räusperte sich, nahm seine überaus speckige Bibermütze vom Kopf, und in Ermangelung eines Happens zum Alkohol schnupperte er daran. Dann sprach er weiter: »Wenn völlig dunkel, solche Blitze man sieht bis zu hundert Kilometer weit, aber Empfänger in den Stadtstaaten sind ja viel näher.«

»Und woher bekommen diejenigen, die auf dem Turm von ›Zentrum‹ sitzen, ihre Nachrichten?«, fragte ich.

»Sie fangen Signale von Uhrenfabrik. Und die wiederum von Nationalbibliothek. Was denn, wollen Sie etwa eigenen Nachrichtendienst aufmachen?«, spottete er.

»Aber es muss doch eine Primärquelle geben. Irgendeine zentrale Stelle.«

»Gibt es«, sagte Carnifex und goss sich noch einen halben Becher aus der Kanne ein. »Irgendwie mich nicht überzeugt der Geschmack. Nächste Mal ich Dill nehme statt Minze«, fügte er wohlüberlegt hinzu.

Seine Augen hatten sich gerötet, seine Bewegungen waren unsicher geworden.

»Sie also fragen nach ›Zentrum‹. Ist irgendwo im Süden. Weit, weit weg. Ein riesig Turm da steht. Viele Kilometer nach oben. So hoch, dass Stahlseile sogar ihn stützen. Damit nicht umfällt.« Er gestikulierte, um zu zeigen, wie hoch der Turm war, etwa fünfzig Zentimeter. Und dann breitete er seine Hände noch weiter aus, wie ein prahlender Angler. »Auf Turm sitzt Orakel. Und er ist wichtigster, Orakel. Alle anderen sich beziehen auf ihn hier.«

»Und woher weiß das Orakel alles?«, ließ ich nicht locker.

»Wieso woher?«, Carnifex richtete sich verwirrt die Bibermütze auf dem Kopf. »Er ist Orakel! Muss doch wissen!«

Ich bedankte mich für die Bewirtung und die Nachrichten und sagte, es sei Zeit für mich zu gehen. Jäh packte er mich am Ellbogen. Die Geste wirkte sehr professionell, und offenbar erschrak der angetrunkene Wirt vor den vagen Schatten seiner Vergangenheit. Rasch zog er seine Hand zurück.

»Ein Moment! Ich noch sagen will. Heute Fremdling kam hier. Freund von Ihnen. Physiker. Er auch hat Zeitung gelesen und auch war ärgerlich. Er sagt, ich ausrichten soll, er kommt vorbei, will plaudern.«

Ich bedankte mich und bewegte mich nicht sonderlich gradlinig durch den Schnee voran. Gerda trottete mitfühlend neben mir her. Mir schien, sie wolle mich mit ihrer schwarzen Flanke stützen, damit ich nicht in den Schnee fiel, und sie schien sagen zu wollen: Was habe ich für ein Pech, an ein solches Herrchen geraten zu sein. Und jetzt hat sich dieser Suffkopp auch noch im entscheidenden Moment volllaufen lassen, bevor er für sein Hundl Futter kaufen sollte! Und gleich wird er sich noch den Schädel aufschlagen, dann muss ich das Zeug selbst kaufen und ihm auch noch die Rübe flicken, damit er mir die Futterdose öffnet. Ach ja, selbst eine Katze ist besser als ein solches Herrchen! Mein Frauchen, das war ein guter Mensch, doch die hat er gekränkt, vertrieben, und wo ist sie jetzt? »Keine Sorge, Gerda, wir finden dein Frauchen«, sagte ich laut. Was habe ich da vorhin über Einsamkeit gefaselt? Einsamkeit ist, wenn man meint, der Hund spricht zu einem.

Aber hinter mir schrie tatsächlich jemand etwas. Ich drehte mich um.

»Schonen Sie Ihren Schinken!« Carnifex winkte mir hinterher.

»Bleiben Sie gemächlich!«, rief ich zurück.

## Zweiter Abschnitt

Würde jemand auf Bruegels Gemälde »Die Jäger im Schnee« das Licht ausknipsen und den See am Fuße des Hügels dicht mit Marktzelten und mit Sternen funkelnder Kerzen umgeben, dann käme dabei folgendes Panorama heraus: »Herr Antiquar und Frau Gerda erreichen den Markt«. Der Antiquar wäre einer der deprimierten Männer, die zum See hinuntergehen, Gerda einer der schwarzen Hunde, die die glücklosen Jäger begleiten.

Dass Bruegel perfekt zu dieser Stadt passt, wurde mir bereits in der glücklichen Epoche von Morgensonne und Abendrot bewusst. In Minsk war der Schnee schon immer wie bei Bruegel, ebenso die Passanten und die Bäume.

Über dem rechteckigen kleinen See ragt unser imposanter »Glockenturm« auf, der hohe Schornstein der verfallenen und längst geplünderten Fabrik. Von hier aus verkündigt Gazak den

Morgen und den Abend. Gleich hinter der Fabrik beginnt die Grenzmauer, die unser Territorium von Kalvaria trennt. Der Markt selbst ist das Zentrum des gesellschaftlichen und politischen Lebens sowie der Zerstreuung in Hruschawka. Allerdings gibt es hier nur wenig Vergnügliches: Verkaufsstände mit Gebräuen verschiedener Arten, die Zeitung »Gazette« sowie eine Eislaufbahn, in die der rechtwinklige Teich umfunktioniert wurde.

Zwei Reihen von Verkaufszelten neben dem Abstieg vom Hügel bieten Kleidung feil. Je wärmender, desto teurer. Ich drängte mich durch die dort aufgehängten Lammfelle, Pelze und Mützen, vorbei an den Vorposten von Wollsocken, über das Manövriergelände von Halbschuhen und Kampfstiefeln.

Dank seines funktionierenden Kesselhauses gilt Hruschawka als die wohlhabendste Munizipalie der Umgebung, und deshalb ist es sehr schwierig, eine Handelsgenehmigung für den Marktplatz zu ergattern, und alle, die etwas zu verkaufen haben, drängen auf diesen Markt. Ein Reigen unbekannter Gesichter, jeder schiebt einem etwas unter die Nase, und jeder preist seinen »Nahezu-Zobelmantel« oder seinen Schafspelz »für nur zwanzig Zink« an. Manche erkennen auch auf den ersten Blick: Da geht jemand, der gut gekleidet ist, dem wird man nichts verkaufen können, und dann ziehen sie die Sache anders auf: »Natschalnik, wie viel kostet die Hasenfellmütze? Natschalnik, ich nehme den Hasen für zwei Zink! Dann kaufst du dir einen Biber!«

Dumm sind sie nicht, sie sehen meinen Hund und ziehen sofort ihre Schlüsse auf die Zahlungsfähigkeit des Kunden. Gerda hat sich an mich gedrückt, auf dem Markt sind wir immer ein wenig in Sorge, dass jemand sie stehlen könnte.

Nach den Marktbuden mit Pelzen kommen die fast menschenleeren Stände mit Kleidern, Hemden, Jacketts und T-Shirts: In der Dämmerung kann man beim Schein von Taschenlampen und Kerzen Stücke aus wunderschönen Stoffen mit märchenhaften Mustern erkennen. Kleider von Feen und Prinzen, eine Erinnerung an eine herrliche Epoche, eine Silhouette aus der Laterna magica.

Zu früheren Zeiten kostete eine Seidenbluse mehr als ein Schaffellmantel, aber heute gilt Schönheit nichts mehr. Die Verkäuferinnen hier sind alle wie handverlesen – anmutige Grazien, die mit ihrem wundervollen Aussehen daran erinnern wollen, dass Kleidung einst nicht nur warm halten, sondern auch verschönern sollte. Dunkelheit und Kälte haben uns das alles genommen. Und egal, welch exquisite Krawatte man kauft – die noble Wahl werden nur diese Verkäuferinnen zu schätzen wissen, und auch das nur, während man darum feilscht. Denn wenn man sie dann umbindet, den Mantel überzieht, sich darin einmummelt und gebeugt davongeht, wird es allen gleichgültig sein, welches Schmuckstück man darunter trägt.

Ich erinnere mich an den Moment, als man auf unserem Markt aufhörte, am Altmetallstand Kohlebügeleisen feilzubieten: ein nützliches Ding, könnte man meinen, zumindest nicht weniger nützlich als eine zerkratzte Mischbatterie oder ein Duschkopf. Aber wer bügelt schon einen Rock, der ständig – sowohl drinnen als auch draußen – von schwerer Oberbekleidung verdeckt ist? Genauso gut könnte man versuchen, mit Sonnenbrillen reich zu werden.

Bei den Lebensmittelständen kommen zuerst verschiedene Fischsorten: Die Vietnamesen bieten frischen Pangasius feil, der in einem Teich des benachbarten Stadtstaates gezüchtet wird. Fett, riesig, ohne Augen. Ein Fisch des Weltenendes. Dann kommen tiefgefrorener Lachs, Forelle, Seehecht, Garnelen, alle zum gleichen Preis, wobei der Preis für hundert Gramm den Lebenskosten für ein Jahr in unserem freien Städtchen entsprechen. Weiter kommen lebende Tauben, die wie Ratten überall Wärme und Nahrung finden, überleben und sich vermehren können. Nach dem Geflügel kommen Knochen großer Tiere mit angefrorenem Blut, ein Anblick, der jeden zum Vegetarier werden lässt. Es folgen Ratten und Feldmäuse (Letztere sind teurer, da sie keinen unangenehmen Beigeschmack oder Geruch haben und zusammen mit den Knochen gegessen werden können, wenn man sie gut durchbrät).

Und schließlich kommt mein Lieblingsessen, optimal in Hinsicht auf Preis, Sättigung und Herkunft der Zutaten: Es ist die »Fingerstopfwurst«. Ein Zink pro Kilo. Ein echtes Schnäppchen!

In den Zeiten, als das Laub an den Bäumen noch im Morgenlicht bebte, war die »fingergestopfte Wurst« das Nationalgericht unserer Region. Im Gegensatz zu den Pfannkuchen, die die belarussische mit der russischen Küche gemeinsam hat, sowie den Kartoffelpuffern mit Grieben, die zusammen mit Zeppelin-Kartoffelklößen und Babka-Kartoffelkuchen zu den litauischen Gerichten zählen, ist die »Fingerstopfwurst« von jeher ein rein belarussisches Gericht. Früher wurde sie aus dem Besten vom Schwein und Rind zubereitet, mit Speck und Pfeffer. Aber man beachte, schon damals ergab sich ihre Bezeichnung nicht aus der Zusammensetzung (zum Beispiel Wurst aus Nebenprodukten), sondern aus der Art des »Befüllens«.

Was der Sowjetmensch zu *kotlety* formte (wobei er diese Buletten aus nichtswürdigem Hackfleisch mit dem vornehmen Wort *cotlette* bezeichnete, einem Wort, das überall sonst auf der Welt »Fleisch am Knochen« bedeutet), das stopfen die Belarussen seit Menschengedenken in Schweinedärme, die dann im Ofen braun gebacken oder in einer ländlichen *sup-ratatui* gekocht werden (nicht zu verwechseln mit der provenzalischen *Ratatouille*).

Ich weiß, warum die Händler auf dem Markt des verdunkelten Hruschawka kein Interesse daran haben, im Namen ihrer Würste auf deren Zusammensetzung anzuspielen. Aber es ist mir ein Rätsel, warum der Ursprung jener »Fingerstopfwurst« aus längst vergangenen Zeiten immer noch ein Geheimnis für alle ist. Und vor allem, warum ihr Geschmack praktisch unverändert blieb. Besonders dann, wenn man sie auf Kohle gut durchbrät. Deswegen möge mir um Himmels willen nie jemand erzählen, aus welchem Zeugs das hergestellt wird, wofür ich gleich mein Zink hergebe. Es interessiert mich nicht! Und bitte wundern Sie sich nicht über den vorangegangenen gastronomischen Vortrag: Wenn jemand ständig Hunger hat, wird er mit der Hingabe eines Knut Hamsun das Essen besingen.

Und nun, da die Wurst ausgewählt und abgewogen wurde, ist es an der Zeit, von dem zu erzählen, was in unseren dunklen Zeiten die Hauptsache ist. Eine Sache, für die man alles kaufen kann, abgesehen von einer ordentlichen Heizung in der Wohnung und dem Sonnenschein vor deren Fenstern (sowie anderen Nebensächlichkeiten).

Es ist das Zink. Als die Händler realer Güter (also von Licht, Wärme und Lebensmitteln) kein Papiergeld mehr annahmen und es selbst am Met-Stand nicht mehr schicklich war, über Vermögen zu sprechen, die man zusammen mit Bankkonten und dem Bankensystem längst begraben hatte, stürzte sich die Welt in den Tauschhandel. Die Menschen tauschten Decken gegen Kerzen, eingelegte Äpfel gegen Kanonenöfen, Kohle gegen Feuerzeuge. Schnell jedoch fand sich ein Ding, das kaum verbreitet war und wirklich nützlich (im Gegensatz zu Gold, mit dem die Leute nun schon ihre Samoware ausbesserten). Eine Quelle von Licht und – hinsichtlich kurzlebiger Heizgeräte – von einer relativen Behaglichkeit. Der letzte zuverlässige Speicher kleinerer Quanten von Elektrizität.

Ich kann nur vermuten, warum man dazu überging, Batterien, also meist galvanische, Nickel-Metallhydrid- und Nickel-Cadmium-Akkus, als Zink zu bezeichnen. Schließlich sind nur sehr wenige Ni-Zn-Akkus im Umlauf, und sie werden ebenso geschätzt wie Ni-Mh- und Ni-Cd-Akkus. Ich denke, es liegt daran, dass

»Zink« einfach toll klingt[2] und die Leute sehr empfänglich sind für solche Sachen. Ihnen entgeht vielleicht die Melodik der Lyrik des belarussischen Liebes- und Unabhängigkeitsdichters Uladzimir Zhylka, aber sie können durchaus die Klangfülle und Klarheit des Wortes »Zink« von der intonatorischen Schlaffheit der Worte »Nickel« und »Cadmium« unterscheiden. Die neue Weltwährung kann ja nun nicht »Cadmium« heißen, oder? In »Zink« klingen sowohl Zynismus als auch Verachtung für diejenigen an, die kein »Zink« besitzen. Versuchen Sie mal zu fragen: »Wo hast du dein Zink? Warte, gleich bist du es los!« Und vergleichen Sie das mit »Cadmium«. Ein Riesenunterschied!

Wenn die Wurst wie in meinem Fall 1,60 kostet, kommt Kleingeld ins Spiel, Münzen aus aller Welt. Ich trage in meiner Tasche eine Sammlung aus polnischen *Groszy*, litauischen *Cent*, russischen *Kopeken* sowie asiatischen und afrikanischen Kupfermünzen, von denen nur der Nominalwert zählt. Übrigens ist die Lesbarkeit des eingeprägten Nominalwerts die unabdingbare Voraussetzung dafür, dass Münzen in Umlauf gebracht werden können. Falls man noch eine silberne 25-Pence-Münze von seinem numismatischen Großvater hat, auf welcher der Wert in englischer Sprache angegeben ist, dann wird kein Geldwechsler diese Münze entgegennehmen, und man sollte sie besser wegwerfen. Denn sowohl Münzfälschung als auch Bezahlung mit »entladenem« Zink (und jeder charakterschwache Händler kann die Spannung jeder Batterie mit einem Detektor überprüfen) wird mit der Verbannung aus unserem warmen und kuschligen Paradies bestraft. Die Größe (AAA oder AA), der Typ und die

2 In Wirklichkeit liegt der Grund dafür darin, dass Nickel-Zink-Akkus die höchste Spannung in diesem Produktbereich liefern, nämlich 1,6 Volt gegenüber 1,5 Volt bei galvanischen Batterien – eine Tatsache, die in Indien allgemein bekannt ist. (Anmerkung des indischen Übersetzers)

Wiederaufladbarkeit der Batterie haben keinen Einfluss auf ihren Wert. »Ein Zink« entspricht hundert Münzen oder 1,2 bis 1,6 Volt, sonst nichts.

Ich kramte in meiner Tasche eine Handvoll Münzen zusammen und bemerkte in meinem Rauschzustand nicht sofort, dass dem Händler ein kleines Etui vor die Füße gerutscht war, ein geschlossener, flacher Visitenkartenhalter. Er wollte ihn aufheben, ich bückte mich, um dem Händler zuvorzukommen, schaffte es aber nicht: Schon hatte er das Silberding in den Händen.

»Es ist meins, meins! Nicht anfassen, bitte! Geben Sie her!«

Der Händler fuhr überrascht zurück und reichte mir respektvoll das Fundstück; er hatte gar nicht vorgehabt, es zu öffnen. Ich wurde rot. Wahrscheinlich wirkte ich wie ein Spinner. Als ich wegging, bemerkte ich, dass der Wurstverkäufer, bei dem ich keineswegs zum ersten Mal eingekauft hatte, mit einer raschen Geste mein Zink durch den Detektor jagte: Wer weiß, womit dieser Psycho da bezahlt hat.

Ich umklammerte den kalten Fisch meines Visitenkartenhalters mit der linken Hand und ließ ihn nicht los, während ich Gerdas Konserven, Brot und einen Zwanzig-Liter-Behälter mit Wasser bezahlte. Da stellte sich heraus, dass ich nach dem ausgiebigen Aufwärmen mit Carnifex' Met meinen Schlitten bei ihm vergessen hatte. Ich musste also das Plastikungetüm mit der blubbernden Flüssigkeit hinter mir über den vereisten Asphalt schleifen. Gerdas Schnauzenausdruck beim Anblick meiner Balletteinlage auf dem Eis brauche ich wohl nicht zu beschreiben – das können Sie sich vorstellen. Man hätte das Bild durchaus für Plakate einer Anti-Alkohol-Kampagne verwenden können.

Nachdem ich meinem vergifteten Organismus zu Hause eine auf Holzkohle gegrillte Wurst zugeführt hatte, hörte der Boden unter meinen Füßen auf zu schwanken, und Gerdas Schnauzenausdruck wurde weicher. Ich schaufelte Brot in mich hinein, spülte mit süßem Tee nach – das Brot hatte keinen Geschmack, was normal ist bei Backwaren, die aus Ersatzstoffen hergestellt werden. Schließlich wächst in unserer Gegend kein Weizen und keine Gerste mehr. Ich beendete mein Mittagessen mit einer Handvoll Vitaminen, ohne die einem heutzutage vom Skorbut rasch die Zähne ausfallen würden.

Von Gazak kam Schlag zwei, Gerda hatte sich neben dem Heizkörper zum Mittagsschlaf niedergelassen und ich die Batterien in den Lampen erneuert. Schließlich läutete die Glocke, zu der von der Haustür eine Schnur bis zu meiner Wohnung führte, und die Besuche begannen.

Als Erster kam der Doktor, dessen gesamtes Erscheinungsbild das Bild vom Puppendoktor aus Kindermärchen Lügen strafte. Stereotype sind dafür da, damit die Besten von uns ihnen niemals entsprechen. Denn wer, wenn nicht die Besten, würden der Kunst der Lebensrettung treu bleiben, wenn es im Operationssaal kalt und dunkel ist, das Beatmungsgerät nicht funktioniert und ein MRT nur durch Öffnen des Patientenschädels durchgeführt werden kann? Jung und schneidig war er, der Herr Doktor, und allem Anschein nach gereizt. Völlig ausgelaugt von der Arbeit.

Ich erkundigte mich nach der sanitär-epidemiologischen Lage in unserem freien Hruschawka. Er winkte ab:

»Die Menschen sterben an einer gewöhnlichen Angina, Antibiotika gibt es nicht mehr, der Bürgermeister hat Geld für Medikamente, aber man kann sie nirgends kaufen, die Kumpel haben schon die Stützpunkte von ›Belfarmazija‹ in der Nähe durchsucht. Verbandsmaterial lässt sich mehr oder weniger ohne Strom herstellen, aber wie und woraus kann man Insulin machen?«

Nach einigem Nachdenken sagte er: »Aber interessant ist doch, dass es weniger schwere Krankheiten gibt. Ich kann mich nicht erinnern, wann ich das letzte Mal einen Tumor diagnostiziert habe.«

»Alles hat zwei Seiten«, versuchte ich, das Ganze positiv darzustellen.

»In Wirklichkeit ist es so, dass niemand lange genug lebt, um einen Tumor zu entwickeln«, sagte er. »Man muss bei guter Gesundheit sein, um mit siebzig Jahren an einem Tumor zu sterben. Derzeit sterben die Leute mit fünfzig.« Rasch prüfte er mit einem Blick mein Gesicht, um mein Alter abzuschätzen und zu sehen, ob mich diese Feststellung belasten könnte. »Und wenn wir davon sprechen, dass ›alles zwei Seiten hat‹, so muss ich sagen, dass ich in den letzten vierundzwanzig Stunden bei zehn Entbindungen dabei war. Bei deiner Alexijewitsch habe ich gelesen, dass die Menschen sich im Krieg besonders leidenschaftlich geliebt haben. Jetzt ist es genauso. Ringsum ist es dunkel und kalt, und in jeder Familie gibt es fünf Kinder. Aber wie wollen sie die satt kriegen? Wenn dann auch noch alle Militärkonserven und strategischen Vorräte zu Ende gehen?«

»Der Mensch ist im Dunkeln besonders sensibel. Schon immer wurde er nachts von seinen Gefühlen gelenkt. Und so lieben sich die Menschen.«

»Nein, ich denke, es ist was Biologisches. Gefahr aktiviert die Selbsterhaltungsmechanismen einer Spezies.« Wieder dachte er nach. »Und hier eine weitere Beobachtung. Da findet man, zum Beispiel, eine heiß begehrte Schachtel Analgin. Haltbarkeit bis zweitausendfünfzig. Und dann steht man da und überlegt: Hatten wir schon zweitausendfünfzig oder nicht? Was meinen Sie, Herr Bibliothekar? Welches Jahr haben wir gerade, abgesehen von jeglicher Relativierung?«

Ich zuckte mit den Schultern und korrigierte ihn sanft:

»Ich bin Antiquar, nicht Bibliothekar. Die Bibliothekare waren es, die zuließen, dass die gesamten Bestände der Kinderbibliothek von Hruschawka verfeuert wurden.«

»Bei uns gab es eine Bibliothek?«

»Ja«, brummte ich, »und nicht die schlechteste. Die hatten dort zehnmal mehr Bücher als ich. Doch als das Chaos ausbrach, schlossen sich die Bibliothekare in ihren Häusern ein und schützten die Bücher nicht, niemand hielt die Plünderer davon ab, sie auf dem Marktplatz zum Preis von Brennholz zu verkaufen. Doch meine private Sammlung ist unversehrt.«

»Wie konnte es den Menschen nur einfallen, Bücher zu verbrennen? Die kann man ja jetzt nicht mehr kaufen!«

»Das ist nun so. In der Zeit kurz nach dem Blackout, da wusste keiner mehr, wie schön das Lesen ist. Nur wenige erinnerten sich an den Wert von Büchern. Und mit dem Feuer eines Buches kann man, wie ein russischer Gourmet schrieb, sogar ein Steak durchbraten. Deshalb wurden die Wohnungen mit der gesammelten Weisheit der Menschen geheizt.«

Im Raum wurde es still. Nur Gerdas Schniefen war zu hören. Dem Doktor vertraute sie, deswegen schlief sie in seiner Gegenwart.

»Was kann ich Ihnen diesmal empfehlen? Vielleicht Bulgakow, ›Aufzeichnungen eines jungen Arztes‹?«

»Auf keinen Fall!« Er riss die Augen auf. »Glauben Sie, ich hätte davon nicht schon genug im Operationssaal? Ich möchte etwas Leichtes. Nicht über diese verrückte Welt. Etwas über Freundschaft, Abenteuer, vielleicht irgendein Krieg, aber ohne Blut und Verbände.«

»Verstehe. Warten Sie kurz.«

Niemals lasse ich meine Kundschaft hinter die verschlossene Tür meines Schlafzimmers. Wie wohlhabend sie auch sein mögen, ich will sie nicht in Versuchung bringen mit dem Anblick der Bücher, die sich in engen Reihen vom Boden bis zur Decke stapeln. Die für mich wertvollsten Exemplare – Ausgaben von Klassikern zu deren Lebzeiten, Bücher, die von berühmten Autoren signiert wurden, habe ich in Papier eingeschlagen und hinter billige Abenteuerromane gestellt. Die Vorsicht ist unnötig, denn Abenteuerromane sind aus der Sicht des Durchschnittsdiebs am wertvollsten.

Aber wie schön ist es doch, den Band »Planets for Sale« beiseitezuschieben und die graue Papiermappe mit der verblassten Aufschrift »Kochanek Wielkiej Niedźwiedzicy«, das Original von »Der Geliebte der Großen Bärin« von Sergiusz Piasecki mit der Verlagsangabe »1937, Wydawnictwo Rój« in die Hand zu nehmen. Oder unter einem völlig abgegriffenen »Call of Cthulhu« – dem absoluten Hit der neuen Zeit – das bescheidene blaue Büchlein »100 años de soledad« mit der Goldprägung »1967« auf dem Buchrücken zu finden.

Nachdem ich ein wenig über die Bitte des Doktors nachgedacht hatte, holte ich von ganz oben den ersten Teil von »Herr der Ringe« herunter. Fester Einband, mit einem Gandalf auf dem Umschlag, der unserem Gazak ähnelte. Genau das, was der Doktor wollte: Freundschaft, Abenteuer, Krieg ohne Verbände. Außerdem würde er bald wiederkommen für den zweiten und den dritten Teil. Der Doktor händigte mir ein Zink für die übliche dreitägige Nutzung des Buches aus und ging, um sich auszuruhen.

Über den Flur stapfte bereits ein weiterer Leser mit Namen Kumpel. Gerda spannte sich an, als er eintrat: Sie hob den Kopf und verfolgte jede seiner Bewegungen. Kumpel musterte mein Zimmer mit dem professionellen Blick eines Mannes, dessen Lohn und Leben abhing von einer unablässigen Abschätzung drohender Gefahren und der raschen Ausforschung von dunklen, kalten Räumen nach Sachwerten aller Art. Nachdem er mit seinem Blick die Wände abgetastet hatte, setzte er sich so auf den Gästehocker, dass er gleichzeitig die Fenster, Gerda und die Wohnungstür im Blick behielt. Erst dann stellte er seine M-16 ab: den Kolben auf den Boden, den Lauf gegen die Wand.

Ich weiß nicht, warum man sie Kumpel[3] nennt, jene Männer, die außerhalb der Stadtgrenzen nach Sachen und Substanzen suchen, die die Menschheit nicht mehr produziert, aber immer

---

3 In unserem Teil der Erde nannte man sie Sadhu. (Anmerkung des indischen Übersetzers)

noch dringend benötigt. Es gibt Kumpel, die Artefakte auf Bestellung suchen, und solche, die einfach nur durch das Ödland streifen und das aufsammeln, was andere verloren oder zurückgelassen haben oder was Plünderer noch nicht erbeuten konnten. Was unterscheidet einen Kumpel von einem Plünderer? Sie würden niemals Menschen überfallen. Kumpel begreifen alles um sich herum als unberührte Lagerstätte, aus der symbolisch das Erz abgebaut werden muss.

»Grüß dich, Antiquar! Ich hätt gern so ein Buch zum Lesen«, sagte der Besucher, »dass man das Hirn nicht zu sehr bemüht. Und dass es von der Nacht handelt. Und von der Gefahr. Und dass jemand nachts irgendwo hingeht. Und um ihn rum ist eine feindliche Welt. Ich möchte trainieren. Das letzte hat mir gefallen.« Er gab mir »Im Westen nichts Neues« zurück. »Das war witzig. Aber jetzt will ich was ohne Witz. Etwas übers Leben. Hier, das ist für die Verspätung. Ich war auf Mission, im Feld. Ich konnte es nicht früher zurückbringen.« Er holte aus seiner Westentasche zehn AAA-Batterien, die, mit Klebeband umwickelt, wie Schießpatronen aussahen.

Ich musste nicht lange überlegen, was ich ihm empfehlen sollte. In der Bibliothek herumzustöbern, während so ein Dreschflegel im Nebenzimmer bei Gerda saß, das wollte ich nicht.

Ich kam zurück und gab ihm den Partisanenroman »Sotnikow« von Wassil Bykau.

»Hier. Das ist übers Leben. Und über die Nacht auch.«

»Vielen Dank, Antiquar. Ich gebe es zurück, wenn ich wieder da bin.« Er nahm das Gewehr und stand auf.

»Hören Sie, ich wollte Sie etwas fragen. Aber verzeihen Sie, dass es ein wenig mit Ihrer Arbeit zu tun hat.« Ich machte eine entschuldigende Pause, denn die Kumpel reden tatsächlich nicht so gern über das, was außerhalb des eigenen Gemüsegartens liegt. »Haben Sie schon einmal jemanden vom Stamm der Neurer gesehen?«

Er steckte den Bykau ein und streckte sich. Dann überlegte er mit schreckenerregendem Blick. Schließlich grinste er, was trotzdem nicht sonderlich charmant aussah.

»Einen lebendigen Neurer hab ich nie gesehen. Aber den, der einen gesehen hat, den habe ich gesehen.« Sein Auge zuckte. »Wie eine zerfetzte Entladung – alles im Inneren weggefressen, zusammen mit den Knochen. Kein Kopf, kein Rückgrat. Und die Stiefel standen da. Geschnürt. Und in den Stiefeln steckten die Füße, unberührt. So sieht jemand aus, der einen Neurer gesehen hat. Kein Wolf würde so was tun.«

Mir ging durch den Kopf, dass auch ein Mensch den anderen Menschen töten kann. Und dass die Überreste vielleicht ein Hund abgenagt hat. Offenbar stand mir der Zweifel ins Gesicht geschrieben. Denn Kumpel sprach weiter:

»Es gibt viele Tote in den Wohnungen. Hinter der Mauer. In den kalten Staaten. In der Einöde. Die Menschen schlafen ein und wachen nicht mehr auf. Wegen der Kälte. Oder einer Krankheit. Tiere rühren solche nicht an. Nagen nicht an erfrorenen Körpern. Aber das Schlimmste sind nicht die Neurer. Sondern die Ziegenfüßigen. Die habe ich aber auch nie gesehen. Dafür jene, die sie gesehen haben. Im Süden gibt es einen Kerl, den nennt man ›Zweischwänziger Dachs‹. Er ist der Einzige, der mal einen Ziegenfüßigen getötet hat. Und sonst findet man bei jeder zweiten aufgeriebenen Karawane Ziegenspuren ringsum. Wenn jemand fliehen kann oder überlebt, dann berichtet er von einem Grunzen. Manche erzählen auch was von Schweinerüsseln. So sieht es aus im Westen, Antiquar.«

Er warf sich das Gewehr über die Schulter und wollte gehen.

»Hören Sie, ich wollte noch etwas fragen. Wenn ich nun in den Süden will. Ich muss dorthin … Was raten Sie mir da? So ganz allgemein?«

»Ich rate Ihnen, es nicht zu tun«, sagte er und musterte meine Gestalt mit schwerem Blick. »Aber wenn es unbedingt sein muss, sollten Sie sich warm anziehen. Zink einstecken. Eine Waffe. Essen und Trinken brauchen Sie nicht mitzunehmen. Davon gibt es hinter der Mauer mehr als hier. Gehen Sie zum Heizer ins Kesselhaus. Er hat eine große Landkarte. Noch von damals. Der wollte auch irgendwohin. Hat sie bei mir bestellt. Ich habe sie mit mir rumgeschleppt und eingezeichnet, was ich sah. Da ist die Stadt des Lichts eingezeichnet, die Eisenbahn, alles. Er hat sie genommen und bezahlt. Hat ihn viel gekostet. 50 Zink. Aber dann war was mit seinem Knie. Und er blieb. Die Karte hat er.«

Kumpel nickte zum Abschied. Bevor er die Tür schloss, drehte er sich noch einmal zu mir um.

»Und überlass der Stadt deine Bücher, wenn du gehst. Ich hab keine Lust, deine Wohnung heimlich auszuplündern, wenn du verschwindest.«

Nach dem Kumpel kam Frau Händlerin vom Markt, ebenfalls eine Stammkundin. Sie ist so ein Fall, dass jemand reichlich Zink hat, aber trotzdem etwas fehlt. Freundliche Augen, kluges Gesicht. Die Kinder und der Mann waren auf der Krim geblieben, nachdem die Sonne nicht mehr aufging. Anfangs fragte sie nach sentimentaler Literatur, dann wurde sie ironisch und vertiefte sich in philosophische Schriften. Sie fing mit Platon an und kam über die Frankfurter Schule bis zum Poststrukturalismus. Sie wollte sogar weiter, aber da gab es kein »Weiter«. Einmal beobachtete ich, wie sie auf dem Markt beim Verkauf von eingelegtem Knoblauch über das Imaginäre bei Lacan schwafelte. Dies scheint der letzte Nutzen der Philosophie in einer Welt zu sein, in der die Menschen nicht einmal mehr dem Papiergeld trauen. Heute gab sie mir Žižeks »Die Puppe und der Zwerg« zurück. Und zwar mit einem verhaltenen Gesichtsausdruck. Sie bat um etwas »Gescheites«, aber es sollte etwas »über den Menschen und sein Leben« sein.

Ich gab ihr die »Briefe an Lucilius« von Seneca mit den Worten »Sie sollten einige Aussprüche aus diesem Buch auswendig lernen«. Danach entschuldigte ich mich für Žižek und gab ihr den Zink zurück, den sie dafür gezahlt hatte. Künftig würde ich mich an die Antike halten: Alles, was damals gesagt wurde, hat Bestand, auch jetzt, nachdem die Kinoleinwände erloschen sind.

»Gerade beginnt die Parade auf dem Prospekt der Freiheit. Ich bin rein zufällig auf dem Weg dorthin. Wollen Sie mich nicht begleiten?«, fragte sie mich beiläufig wie ein Intellektueller den anderen.

»Ich mag keine Ansammlungen von Menschen. Ich mag keine Waffen. Und noch weniger mag ich Ansammlungen von Menschen, die gekommen sind, um sich Waffen anzusehen. Ich bitte um Entschuldigung.«

Sie war offenbar nicht gekränkt: Wer viel liest, verliert die Fähigkeit, gekränkt zu sein.

»Bei einer Militärparade geht es nicht um Waffen, sondern um Freude. Die Menschen versammeln sich, weil sie gemeinsam eine Parade von Trickstern sehen wollen. Anstatt bewaffneter Soldaten könnten dort auch bunt gekleidete Figuren des Bürgermeisters und Gazaks oder Marionetten der Neurer und der Dunkelheit aufmarschieren. Der Sinn des Ganzen ändert sich dadurch nicht. Wir schauen zu, und in unserer Distanziertheit, in dieser Sicherheit der Rollenverteilung, liegt die Quelle des karnevalesken Glücks.«

»Ja, ja, aber ich habe viel zu tun«, hob ich die Hände. »Heute geht es einfach gar nicht.«

Es ist doch erstaunlich. Wenn man einer klugen Frau einen Korb gibt, reagiert sie viel hilfloser als eine törichte Frau.

»Na gut, dann also …« Ihr war anzumerken, dass sie keine weiteren Versuche unternehmen wollte. »Dann geh ich jetzt mal zur Parade mit Ihrem Seneca.« Sie schlug die Türen etwas heftiger zu, als es die Höflichkeit erlaubte.

Ich setzte mich an den Tisch, nahm einen Bleistiftstummel und kritzelte auf ein Stück Papier:

1) Warme Kleidung
2) Zink
3) Waffe
4) Landkarte

Hinter den dritten Punkt setzte ich ein Fragezeichen: Ich hatte nicht gescherzt, als ich zu Frau Händlerin sagte, ich könne keine Flinten und Maschinengewehre ausstehen. Nimmt jemand auf seine Wanderung eine Knarre mit, so lehrt das Prinzip »Tschechows Gewehr«, wird er damit unweigerlich auf jemanden schießen. Und auf lebendige Wesen schieße ich nun einmal nicht gern.

Bald darauf ertönten Trommeln in der Ferne: Die Parade hatte begonnen.

Nach Schlag sechs kam Fremdling herein.

»Gute Nacht«, sagte er leise zu mir und rief meinen Namen. Er ist der letzte Mensch in dieser Stadt, der die Leute bei ihren alten Namen anspricht und nicht mit ihrer Berufsbezeichnung.

»Gute Nacht, Herr Reytan«, sagte ich und bat ihn in die Küche. Gerda setzte sich unter seine Hand, und Fremdling begann, sie hinter dem Ohr zu kraulen. Gerda mochte ihn. Hypnotisiert von seinen sanften Berührungen, konnte sie stundenlang so dasitzen.

Fremdling wirkte müde und gealtert. Wir hatten uns eine Weile nicht gesehen, davor jedoch pflegten wir bei mir zusammenzusitzen und von Gazaks Abend- bis zu seinem Morgenläuten zu debattieren. Dann blieb er weg, und ich ging ihn nicht besuchen, weil ich ihn nicht stören wollte.

Reytan war Einzelgänger, hatte keine Kinder. Er betonte immer, er stamme »von jenen Reytans« ab, und mit ihm werde »das Geschlecht der Reytans aussterben«. Meine guten Manieren verboten mir zu fragen, was für »Reytans« das waren und was diese »Reytans« auszeichnete. Einmal erwähnte er, einer seiner entfernten Vorfahren habe versucht, Belarus davor zu bewahren, »dass es in Stücke gerissen wird, war aber den ›Schwadroneuren‹ unterlegen«. Und seine Familiengeschichte hatte auch etwas mit Hruschawka zu tun. Ohne Google kriege ich die Details nicht mehr zusammen, aber seiner verworrenen Rede habe ich entnommen, dass dieser Vorfahre hier auf unserem evangelischen Friedhof begraben wurde. Weil er ein Fremdling war. Denn wo sonst könnte man in unserem Hruschawka[4] einen Fremdling begraben?

Reytan hat früher als Gamedesigner gearbeitet. Er war, wie man damals sagte, ein AiTi-ler. Aiti war eine Gemeinde im Département Haute-Corse auf der französischen Insel Korsika. Irgendwann wurde die dortige Schule geschlossen, weswegen die Bewohner von Aiti nun eigene Sprachen entwickelten, Programmiersprachen, die ihnen Wohlstand brachten. Aufgrund der Ähnlichkeiten zwischen den Bewohnern der korsischen Insel und den Bewohnern von Silicon Valley wurden letztere als AiTiler bezeichnet.

Reytan erschuf damals digitale Welten. Studiert hatte er Mathe und Physik, das heißt, er war wahrscheinlich nicht für das Design zuständig, sondern für den digitalen Teil. Nach den von diesem angesehenen und wohlhabenden Mann geschaffenen Gesetzen hatten Millionen von Gamern gelebt, für sie erschuf er »Landschaften« und »Level«. Noch immer trauert er seinem riesigen Haus nach, gebaut im Minsker Bezirk Ratamka, wie es sich für einen Gott gehört – schließlich war er Schöpfer elektrischer Universen gewesen. Bis jemand Mächtigeres das Kabel aus der Steckdose zog.

---

4 Mithilfe einer Enzyklopädie lässt sich dieser Witz entschlüsseln. (Anmerkung des indischen Übersetzers)
Oder mit einem Blick ins Glossar im Anhang. (Anmerkung der deutschen Übersetzerin)

Und so blieben ihm heute nur die Dunkelheit und ein Zimmer unweit des Prospekts der Freiheit. Um nach Ratamka zu gelangen, muss man heute die Grenzen von sechs Stadtstaaten passieren. Ein sinnloses Risiko: Sein Haus hatte eine Gaskesselheizung; es gab darin weder einen Kamin noch einen Herd, das war damals aus ökologischen Gründen nicht angesagt. Heute jedoch kann man in einem solchen Haus unmöglich überleben.

Eine Arbeit hat Fremdling nach Einbruch der Dunkelheit nicht mehr. Er lebt von dem Kapital, das er ansammeln konnte, als er erkannte, dass er seine Dollars schnell gegen anderes tauschen musste (als Mathematiker war er einer der Ersten gewesen, die das begriffen). Als Genie der Rationalität versucht er bis ins Letzte alles, was ringsum geschieht, vom wissenschaftlichen Standpunkt aus zu erklären. Und darüber haben wir vom relativen Abend bis zum relativen Morgen auch immer debattiert. Nur war er in letzter Zeit verstimmt, wie ich schon erwähnte, und sein Blick getrübt.

Reytan holte eine versiegelte Schuhcremedose aus seiner Tasche und schraubte triumphierend den Deckel ab. Darin befand sich eine kleine Zellophanrolle.

»Hier, das habe ich für schlechte Zeiten aufbewahrt. Setz Wasser auf. Gleich gönnen wir uns was.«

»Was ist das? Das kann nicht sein!«, rief ich ungläubig. Denn der Geruch drang sogar durch das Zellophan.

»Ja, das sind die letzten Vorräte. Vielleicht sogar die letzten auf der Welt. Keine Eicheln. Keine Zichorie. Den habe ich mal aus Java mitgebracht. Schwarz, mittlere Röstung. Frisch gemahlen. Echter Kaffee! Den wollte ich mit einem Freund teilen.«

Denn Freude, die man allein erlebt, ist unwirklich. Es bleiben keine Erinnerungen.

Ach, wie wir diesen Kaffee zelebrierten! Selbst Richard Pratt aus Roald Dahls Erzählung »Geschmack«, der sein Haus verwettet bei dem Versuch, Anbaugebiet und Jahrgang vom Wein seines Gastgebers zu erraten, hat nicht so intensiv auf die geschmacklichen Nuancen geachtet wie wir. Kein Witz: Es war der letzte Schluck Kaffee auf Erden! Welch unendliche geschmackliche Noten konnten wir ausmachen! Welche den Gaumen schmeichelnden Nuancen konnten wir finden, die sich allerdings auf Stoffe bezogen, die längst aus unserem Gedächtnis gelöscht waren.

»Zimt! Ich schmecke Zimt!«, brüllte ich. »Und dieser feine nussige Geschmack?«

»Geröstete Haselnuss, im zweiten Moment des Nachgeschmacks.« Reytan rollte mit den Augen. »Und jetzt, wo er etwas abgekühlt ist – echte Schokolade.« Ich schnippte mit den Fingern.

Gerda beobachtete das Ganze ein wenig abschätzig: Sie konnte nicht verstehen, warum diese lächerlichen Menschen ein Ding nicht an den Qualitäten erkannten, die ausschließlich dafür charakteristisch sind. Frisch gemahlener Kaffee riecht wie frisch gemahlener Kaffee und schmeckt wie frisch gemahlener Kaffee. Genau deshalb haben wir zu Zeiten, als man ihn in jedem Geschäft kaufen konnte, so gerne Kaffee getrunken.

»Das ist das Beste unter diesem dunklen Himmel«, sagte ich, als die Flüssigkeit in unseren Bechern zur Neige ging.

»Er ist gar nicht so dunkel«, bemerkte Reytan pedantisch.

»Siehst du jetzt schon die Sonne am Himmel?«, spottete ich.

»Kannst du die Umrisse der Äste von dem Baum dort draußen erkennen?« Fremdling nickte zum Apfelbaum, der vor meinem Haus im Dunkeln fror. »Wenn der Himmel absolut dunkel wäre, wenn sich hinter den Wolken nichts verbergen würde, keine Lichtquelle, dann könnte dein Auge nicht einmal diese Äste erkennen. Hast du darüber noch nie nachgedacht?«

»Du kannst mir glauben, mein Freund, unter den Dingen, die mir Sorgen machen, steht diese Frage an letzter Stelle. Was dort hinter den Wolken schimmert? Ist mir doch egal.«

»Woher kommt dieser Perlglanz … Früher sorgte die Stadt mit ihren Lichtern für einen solchen Abglanz. Und jetzt? Das verstehe ich nicht … Ich habe übrigens noch etwas mitgebracht.«

Reytan griff in seinen Mantel und fischte, während ich erfreut aufstöhnte, eine blaue Dose Kondensmilch heraus. Mit einem Taschenmesser stieß er zwei Löcher hinein. Ich brach das Brot in große Teile und übergoss mit dem Rest des kochenden Wassers die Rote-Bete-Prinzessin »Nouri«. Das krümlige, fast geschmacklose, ungesäuerte Ersatzbrot in Kombination mit süßer Kondensmilch vom Rogatschowski-Kombinat – das war selbst in gesegneteren Zeiten ein königlicher Schmaus gewesen.

»Lieber Freund, nun gib's schon zu, du hast ein geheimes Lagerhaus mit den Schätzen einer alten Zivilisation gefunden. Denn beides, Kaffee und Kondensmilch auf einmal, das übersteigt die menschlichen Möglichkeiten«, plapperte ich.

Aber Reytan wurde ernst. Von Anfang an hatte ich gespürt, dass ihn irgendetwas bedrückte und er deswegen nur angestrengt lachen und sich freuen konnte.

»Weißt du, woran ich dieser Tage denken musste?«, fragte er. »Dass die alten, perfekt entwickelten Zivilisationen genau auf diese Weise untergegangen sein könnten. Warum endete das Alte Reich im alten Ägypten? Warum wussten ausgerechnet die Ägypter, die ein einzigartiges Bewässerungssystem in der Wüste gebaut hatten, im Jahre minus 2200 nicht mehr, wie man es funktionsfähig hält? Was ist mit ihnen passiert? Das Reich von Akkad in Mesopotamien, die Maya und all diese verlassenen uralten Metropolen in Asien, von denen du erzählt hast nach deinen Reisen mit … Allein Bagan in Myanmar. Vielleicht sind sie ebenso zugrunde gegangen?«

»Meinst du die Sonne? Das Licht verschwand, der Hunger kam. Keinerlei Zerstörung. Die Tempel stehen unversehrt da wie nach einem Atomschlag. Die Historiker kratzen sich die Birne.«

»Ich meine die Technologie. Das Bild der Welt. Sobald eine bestimmte technologische Grenze erreicht war, ergab sich irgendein Umstand, der die Menschen in die Steinzeit zurückwarf. Früher habe ich gedacht, das Internet könnte für uns zu einem solchen Umstand werden. Die Leute sind ihm ja verfallen und haben gar nicht mehr richtig gelebt.«

»Nicht ohne Euer Zutun, Hochwohlgeboren, nicht ohne Euer Zutun.« Ich stieß ihm in die Seite. Doch Reytan blieb ernst.

»Hör mal, bist du jetzt der Mystik verfallen, mein Freund? Du hast doch sonst immer alles so klug und wissenschaftlich erklärt. Erinnerst du dich an unseren Streit darüber, warum Gas und Benzin überall auf der Erde nicht mehr brennbar waren nach dem Blackout? Ich habe darauf bestanden, dass es sich eher um eine himmlische Strafe als um eine militärische Intervention oder etwas Rationales handelt.«

»Ach, das ist leicht erklärlich.«

Er ging zum Herd, hob den zerkratzten Deckel, drehte das Gas auf und klickte mit dem Feuerzeug. Die Funken flogen in dicken Garben und trafen den Brenner, aber selbstverständlich entzündeten sie nichts. Er beobachtete das Ganze nachdenklich.

»In einer Atmosphäre, die aus Fluor besteht, würde Wasser brennen«, sagte er, während er weiter mit seinem Feuerzeug klickte. »Eine winzige Änderung der chemischen Zusammensetzung der Luft hat eine Neuformatierung aller chemischen Reaktionen zur Folge.«

»Hör mal, es reicht.« Ich nickte zum Brenner, aber er überschüttete ihn weiter mit Feuerzeugfunken.

»Primär dürfte hier der Einbruch der Dunkelheit gewesen sein. Wenn man ihn erklärt, ist auch alles Weitere zu erklären. Zum Beispiel, warum Kohlenwasserstoffe nicht mehr auf Feuer reagieren, während Schießpulver, Kohle und Holz ihre Eigenschaften behalten haben.«

»Es reicht, Reytan! Du vergiftest uns!«, rief ich erneut aus.

»Methan ist nicht giftig und war noch nie gesundheitsschädlich«, hielt er mit ruhiger Stimme dagegen und fuhr fort. »Unser Pech ist, dass wir unsere Zivilisation auf chemischen Reaktionen aufgebaut haben. Wir fuhren Autos, die durch die Umwandlung eines chemischen Stoffes in einen anderen angetrieben wurden, und schliefen in Häusern, die nach dem gleichen Prinzip beheizt wurden.«

Ich sprang auf, zog ihn vorsichtig vom Herd weg, schaltete den Brenner aus und drehte den Hahn zu:

»Es reicht, Bruder. Gerda niest davon. Hab Mitleid mit dem Hund, ihr juckt vom Methan das Fell, und der Rotz läuft. Stimmt's, Gerda?«

Sie lag auf dem Boden und hob nicht einmal den Kopf; sie war beleidigt, dass Reytan aufgestanden war und sie nicht mehr kraulte. Fremdling setzte sich schwerfällig an den Tisch. Ich versuchte, das Thema zu wechseln:

»Warst du bei der Parade?«

»Ja, bin dran vorbeigekommen.« Seine Augen erwachten zum Leben. »Die haben sich aus Kalvaria ziemlich schwere Jungs rangeholt. Mit ›Kalaschis‹. Da hat sich der Bürgermeister eine Laus in den Pelz gesetzt. Wenn die mal in Rage geraten, dann sieht sie alt aus, die Brigade des Nomaden mit Manka, also unsere Polizeitruppen, die fangen dann an zu schlottern. Sie sind nicht nur gut bewaffnet, sondern sehen auch aus wie versierte Straßenräuber.«

»Was ist mit den Sklavinnen? Die haben sie doch nicht angerührt?«

»Die Mädels liefen hinter ihnen her. Total aufgedonnert. In knappen Pelzjacken. Nackte Füße. Denen war sicher kalt. Die Kerle in der Menge haben gepfiffen, die Frauen Beleidigungen geschrien. Ich denke, das war falsch, was haben sie denn Schlechtes getan? Sie sind schließlich Sklavinnen. Die hat man da hingestellt, und los ging's. Als sich die Kolonne der Tribüne vom ›Kaufhaus Fix‹ näherte, hängte sich ein betrunkener Flegel von hinten an eine der Sklavinnen. Ein Typ mit einer Riesennase und Bibermütze. Wohl ein Händler. Vielleicht kennt er den Unterschied zwischen einer Parade und einer Orgie nicht. Hatte sogar schon sein Gehänge entblößt. Aber seine Leute zerrten ihn weg, warfen ihn zu Boden und traten ihn ein paarmal, damit er Hruschawka keine Schande macht. Wir sind eine freie Stadt, in der die Menschenwürde geachtet wird. Nicht irgendeine mittelalterliche Tyrannei.«

»Hat sich der Bürgermeister die Mädchen geholt? Oder denen von Kalvaria überlassen?«

»Ach was! Er hat direkt dort, von der Tribüne aus, verkündet, dass Hruschawka ihnen die Freiheit schenkt. Dass sie jetzt freie Bürgerinnen unserer Munizipalie sind und einen anständigen Beruf wählen können.«

»Und die von Kalvaria?«

»Der Kommissar und seine Männer waren völlig baff. Denn schließlich werden sich nun alle Sklaven von Kalvaria fragen, warum es im Bruderstadtstaat keine Sklaverei und Ausbeutung gibt, die Häuser aber trotzdem warm sind.«

»Macht nichts, die werden da sicher auch irgendeine Zeitung haben. Extra für die Sklaven. Die werden ihnen den Sachverhalt schon irgendwie erklären. Als einzige Wahrheit.«

Ich begoss ein Stück Brot großzügig mit Kondensmilch und steckte es mir in den Mund. Warum hat vor dem Blackout niemand mitbekommen, wie köstlich das ist? Neutrales, feuchtes, pappiges Brot und süße, cremige Kondensmilch.

»Hast du das vom Rand der Erde gelesen?« Reytan verdüsterte sich. »Was meinst du dazu?«

»Völliger Blödsinn. Also das mit den Neurern oder denen, die sich vor ihnen erschreckt haben, das kann ich noch glauben. Aber ein Rand der Erde? Seit wann ist die Erde eine Scheibe?«

»Vielleicht schon immer.« Reytan zuckte zweifelnd mit den Schultern. »Unser Wissen über die Galaxis, den fernen Kosmos, die innere Erde, den Meeresgrund beruht auf dem Extrapolieren des Bekannten auf das Unbekannte. Unsere Vorstellungen von der Struktur des Planeten ziehen wir aus Messungen der Ausbreitungsgeschwindigkeit reflektierter seismischer Wellen bei Erdbeben. Unsere Vorstellungen über die Erdkruste, den Erdmantel und den Erdkern stammen ausschließlich aus indirekten Berechnungen. Und was war uns die ganze Zeit näher, wenn nicht die Erde? Können wir aufgrund der Ausbreitung der seismischen Wellen ausschließen, dass sich im Mittelpunkt der Erde kein Kern, sondern beispielsweise die Hölle befindet? Nach dieser überholten Theorie müssten wir jetzt in der Küche minus zweihundertdreiundsiebzig Grad Celsius haben.«

»Es scheint, als hätten wir die Positionen getauscht, mein Freund.« Ich klopfte ihm auf die Schulter. »Du redest genauso wie ich sonst immer. Und ich muss deinen Text sprechen. Für alles gibt es eine logische Erklärung. Ja. Ganz sicher!«

»Aber vielleicht nicht innerhalb der Grenzen der bisherigen Logik«, schmunzelte er unfroh. »Weißt du, was mich bei alldem ein wenig aufhorchen lässt? Bei der Erwähnung der Neurer, Androphagen, Skythen? Ich habe das Gefühl, ich habe das schon einmal irgendwo gelesen. Früher. Als würde ich das alles schon kennen. Kannst du dich an so was erinnern? Du hast schließlich mehr Bücher als ich gelesen, oder?«

Ich dachte nach. In meinem Kopf tanzte Tacitus mit Flavius Josephus Breakdance, und zwar seltsamerweise vor der Kulisse des Hollywood-Films »Troja« (Brad Pitt als Achilles stand mir dabei besonders plastisch vor Augen). Nach einigem Nachdenken antwortete ich:

»Weißt du, je mehr Bücher man liest, desto weniger erinnert man sich an ein bestimmtes. Besonders dann, wenn man jahrzehntelang nicht mehr reingeschaut hat. Und die meisten blättert man nur einmal durch. Als ich in der Zeitung zum ersten Mal von den Neurern las, kam mir das auch bekannt vor. Aber jetzt assoziiere ich sie höchstens noch mit den neuesten Nachrichten aus unserer Welt.«

»Mir geht es genauso. Aber hier juckt mich was.« Er tippte sich mit dem Finger an die Stirn.

Reytan verteilte die letzten Kaffeekrümel in die Tassen, fügte Zucker hinzu und goss kochendes Wasser darüber. Der »polnische Espresso« glänzte fettig schäumend. Fremdling nahm seinen Becher, als wäre er mit Cognac gefüllt, und sagte feierlich:

»Ich möchte anstoßen. Auf den untätigen Menschen. Ein Kind unserer Zeit. Diese Zeit ist nun zu Ende gegangen, und damit ist auch unser Ende zu erwarten. Wenn die Menschen in der Antike, im dunklen Mittelalter, in der Renaissance und in der Neuzeit mit einem Problem konfrontiert waren, handelten sie. Anreiz – Reaktion, verdammt noch mal! Später gab es Google und Instagram. Und wir gewöhnten uns ans Googeln, ans Posten von Selfies. Bevor sie endgültig dem Internet verfiel, reduzierte die Menschheit ihre Interaktionen mit der Umwelt auf diese beiden grundlegenden Aktionen. Je länger das so ging, desto weniger interagierten sie mit der Umwelt. Und dann klebten sie endgültig am Bildschirm fest und glotzten nur noch.

In Minsk gab es sechs Wärmekraftwerke. Sechs, verflucht noch mal! Die Hälfte davon funktionierte mit Kohle und Heizöl. Und als die Gasturbinen ausfielen, was kam dem untätigen Menschen da in den Sinn? Er versuchte zu googeln, aber das klappte nicht mehr, weil mit dem Strom auch das Internet ausgefallen war. Dann machte er Selfies, weil die Macs noch funktionierten. Und als ihm dann klar wurde, dass er nie wieder auf Instagram kommt, verwendete der untätige Mensch seine Energie auf das Plündern aller wertvollen Dinge, die er in den Wärmekraftwerken finden konnte. Auf Gewalt und Krieg. Auf Ladendiebstahl in Supermärkten. Auf Prügeleien um warme Kleidung. Und als die neue mittelalterliche Halbstaatlichkeit etabliert war, gab es keine Spur einer Infrastruktur mehr, die wieder aufgebaut werden konnte. Wie auch? Die ganze Technik hing ja ebenfalls von diesem Strom ab. Und der untätige Mensch konnte keinen mehr produzieren. Google hatte ihm das ausgetrieben! Also, wir haben uns das selbst eingebrockt und mussten einfach so enden: in kalten Höhlen und mit Brotersatz. Und nein, ich spiele hier nicht den Mystiker. Das ist ein rational völlig nachvollziehbares Finale.«

Etwas amüsiert vom eigenen Pathos nahm er einen Schluck aus seinem Becher. Diplomatisch tat auch ich einen Schluck aus meinem und presste hervor:

»Du bist mir ein Pessimist, Bruder.«

»Doch das Wichtigste ...« Er stellte sein Getränk ab und klopfte mit der Handfläche auf den Tisch, »... das Wichtigste ist doch Folgendes. Schau mal. Wenn die Temperatur überall auf der Welt an dem Punkt stehen geblieben ist, wo sie zum Zeitpunkt des Blackouts war, dann heißt das doch, weiter südlich ist es viel angenehmer. Man müsste nicht mal den ganzen Weg bis die Türkei zurücklegen. Schon in Brest – erinnerst du dich an diese Stadt? – waren die Winter nicht ganz so ekelhaft wie hier. Fünf Grad plus im November. Kaum Schnee. Da erfriert niemand in seiner Wohnung. Fazit: Wir sollten in den Süden gehen. Diese Stadt verlassen, die – nein, nicht bequem ist, sondern sich lediglich für ein beschissenes Hundeleben eignet. Uns zusammentun und abhauen. Aber das macht niemand. Weil alle Angst haben. Denn da draußen lauern ja die Neurer! Die Ziegenfüßigen! Und Androphagen raufen sich mit Amazonen, hol sie alle der Teufel. Und dann kommt der Rand der Erde, da fällst du dann runter. Wir warten immer noch darauf, dass Google wieder eingeschaltet wird, um zu fragen: ›Wie überlebe ich nach dem Weltuntergang?‹ Wir haben nichts anderes verdient, das kann ich dir sagen. Es würde mich nicht wundern, wenn irgendwo in diesem Moment der Himmel blau strahlt und die Sonne scheint. Denn es kann nicht sein, dass es keinen Ausweg gibt für jene, die vorangehen und Mut und Charakter haben für den Kampf. Aber so sind wir nicht. Wir sind verdammt.«

Fast sofort darauf fragte er, ob ich etwas von Mishima Yukio habe, und ich gab ihm den Band »Bekenntnisse einer Maske«. Aus der Reihe »ABC-Klassiker«, Taschenbuch, zweihundert Seiten. Ich erinnere mich, dass Reytan, bevor er aufstand und sich verabschiedete, den Zettel auf dem Tisch genau betrachtete mit meiner Liste, die ich nach dem Gespräch mit Kumpel erstellt hatte. Hätte er gefragt, was das ist, hätte ich ihm die Wahrheit gesagt. Ich hätte ihm von meinem Plan erzählt, Hruschawka zu verlassen. Höchstwahrscheinlich wären wir zu dritt losgezogen: er, Gerda und ich. Wir hätten all die Abenteuer gemeinsam durchgestanden. In Momenten voller Angst hätten wir uns Witze erzählt, in Momenten voller Schwierigkeiten hätten wir uns gegenseitig aufgemuntert. Und vor allem: Seine Tragödie wäre verhindert worden.

Warum hat er mich nicht gefragt? Weil er auf seine feine, fremdländische Art meine Privatsphäre respektierte. Ein Reytan ist eben ein Reytan. Warum habe ich ihm nicht ungefragt von meinen Plänen erzählt?

Weil ich Hruschawka durchaus nicht deshalb verlassen wollte, weil ich auf der Suche nach Wärme und Komfort war.

## Dritter Abschnitt

Gazak hatte gerade zum achten Mal gegen die Stange geschlagen, als es an meiner Tür klingelte. Ich war überrascht: Das Verlangen nach Literatur überkommt meine Kunden normalerweise erst in der zweiten Hälfte eines dunklen Tages. Die erste Hälfte verbringen sie mit Versuchen, Zink zu verdienen, um damit ihr Verlangen nach Literatur stillen zu können. Hier jedoch schien jemand direkt vor meiner Haustür auf den Tagesanbruch gewartet zu haben. Ich öffnete.

Zuerst strömte ein Duft herein – altmodisch und raffiniert (solche Parfüms werden heute nicht mehr hergestellt), tropisch und sogar erdrückend süß. Und erst nach diesem Duft folgte eine Frau. Sie trat ein, ließ mit derselben Professionalität wie Kumpel ihren Blick durchs Wohnzimmer streifen, machte eine unmerkliche Handbewegung in Richtung Schlafzimmer, aber ich hob mit traurig entschuldigendem Gesichtsausdruck die Schultern als Andeutung: Dort empfange ich nicht.

Sie interpretierte das Zeichen richtig und setzte sich auf den Hocker. Gekleidet war sie teuer, aber etwas zu exzentrisch für Hruschawka. Ihr Haar war blondiert. Die Besonderheit ihrer Kleidung bestand darin, dass sich jedes einzelne Teil rasch abwerfen ließ – buchstäblich mit einer Handbewegung. Gleich hier und jetzt. Nachdem sie sich hingesetzt hatte, fuhr sie sich mit den Fingern vom Hals bis zum Bauch, und schon sprang ihr Pelzjäckchen auf, hinter dem ein Pelzkragen hervorschaute, unter dem ihr Schlüsselbein aufschien.

All dies vollzog sich in Stille. Ich wartete darauf, dass sie sich vorstellte, und sie wartete auf den richtigen Moment, um sich möglichst effektvoll vorzustellen.

An dieser Stelle muss Gerda erwähnt werden. Das Hundemädchen beobachtete unseren Gast aufmerksam und mit leicht ironischem Ausdruck. Sie zeigte keine Verachtung, keine Aggression. Ich konnte mich also entspannen.

Meine Besucherin war nicht mehr jung. Und sie war sehr schön. Wie kann ich ihre Schönheit beschreiben? Es gab eine Zeit in meinem Leben, da verschlang ich bücherweise zeitgenössische belarussische Prosa, weil ich eilig eine Auswahl für einen sehr wichtigen Kunden zusammenstellen musste. In diesen Büchern stieß ich immer wieder auf erotische Szenen. Einander übertreffend ergingen sich die Literaten in Lobpreisungen über das Aussehen von Frauen, derer sich ihre Figuren bemächtigen wollten. Nach zwei Dutzend solcher Erzählungen und Romane verschmolzen die Beschreibungen weiblicher Schönheit in meinem Kopf zum monotonen Summen eines Bienenstocks. Die Adjektive wiederholten sich von Text zu Text, Lippen, Brüste, Waden vermengten sich zu Rosinenquark. Die Gegenwartsprosa summte gleichmäßig und neutral vor sich hin, wie der Motor eines Busses, der amerikanische Kinder zur Schule bringt. Und um mich von Möpsen und Laken zu erholen, schlug ich ein klassisches Werk des letzten Jahrhunderts auf, »Die Ähren unter deiner Sichel« von Uladsimir Karatkewitsch.

Gleich auf der ersten Seite wurde mein Blick von einer Beschreibung von Schönheit angezogen, die so beredt war, dass alles, was ich zuvor gelesen hatte, verblasste. Allerdings beschrieb der Meister keine Frau. Es war ein Baum. Ein blühender Birnbaum. Ich möchte meine Besucherin also mit Karatkewitschs Worten beschreiben:

»Es war die letzte Blüte dieser Birne. Alle ihre Äste waren bis auf den letzten Zweig mit üppigen, weiß-rosa Blüten übersät. Wallend verging sie, ertrank im Bienengesumm. Und war dabei so mächtig und frisch, und so rasend stritten die Bienen in ihrem rosigen Paradies, dass es schien, es könne nie ein Ende für sie geben. Und doch näherten sich ihre letzten Tage.«

»Ich bin Kassandra«, sagte die Frau schließlich überaus würdevoll. »Bis gestern war ich Sklavin von Kalvaria. Aber euer Bürgermeister hat mir die Freiheit geschenkt.«

Ich wusste nicht, was ich darauf erwidern sollte. Jegliche Erwiderung wäre hier unangebracht gewesen. Sogar ein »Willkommen«.

»Er ist ein guter Mann, euer Bürgermeister«, sagte sie mit erhobenem Kopf, den Blick geradeaus gerichtet. »Gut, aber naiv. Er bot mir an, ich könne eine Arbeit annehmen, nach der mir der Sinn steht. Als ich ihm sagte, nach welcher Art von Arbeit mir der

Sinn steht, sagte der Bürgermeister, ich könne nicht in seinem Haus bleiben. Weil er verheiratet ist und es in eurem Staat einem Mann nicht erlaubt sei, solche wie mich bei sich zu behalten. Dass dies als inakzeptabel gilt. Das hat er mir gesagt. Und nun weiß ich nicht, ob das stimmt oder ob ich ihm einfach nicht gefalle.«

An dieser Stelle drehte sie sich mit dem ganzen Körper zu mir und richtete ihren Blick direkt in mein Gesicht.

»Ja, ja, das stimmt«, murmelte ich und merkte, dass ich rot wurde. »Also nicht, dass Sie dem Bürgermeister nicht gefallen hätten, nein, nein! Sie sind sehr schön!« Meine Ohren waren so rot, dass ich schon merkte, wie das Blut in ihnen pulsierte. Besonders spürte ich es in den Rillen am Rande meiner Ohrmuscheln. »Bei uns ist es nur tatsächlich nicht üblich, dass Frauen …« Quälend suchte ich nach dem richtigen Wort, und meine gestrige Begegnung mit Žižek brachte mich auf den richtigen Gedanken. »Es ist nicht üblich, sie auszunutzen. Bei uns wählt die Frau selbst, wen. Ich meine, mit wem. Sie wird nicht zum Objekt.«

Ich hatte mich verheddert und verstummte. Gerda gähnte appetitlich und ausgiebig. Sie hätte das alles sicher besser und verständlicher erklärt als ich. Aber ich bin nicht Gerda, mir fehlen ihr Zynismus, ihre Ironie und ihr Verstand.

»Es ist hier nicht üblich, Frauen auszunutzen«, wiederholte Kassandra das Wort in meinem Tonfall. »Aber es ist hier üblich, Frauen zu beleidigen. Als ich den Bürgermeister fragte, welche anderen Möglichkeiten es für eine freie Kassandra gäbe, riet er mir, auf dem Markt zu arbeiten. Auf dem Markt! Und als ich ihm darauf ins Gesicht lachte, sagte er, dass an der Südgrenze der Munizipalie, in den Privathäusern an der Stadtmauer, die Bauern Schweine und Hühner züchten und dass ich dort Hand anlegen könne. Bei Schweinen und Hühnern!«

Wieder wusste ich nicht, was ich erwidern sollte, deswegen schwieg ich.

»Können Sie sich das vorstellen? Ein Schweinestall! Hühnermist wegputzen! Soll das etwa ein angemessenes Angebot sein?« Mein Schweigen begann sie zu beunruhigen. Sie legte die Maske der beleidigten Nofretete (Provinztheater-Version) ab und fragte in umgänglichem Ton: »Wie können Sie hier überhaupt leben? Was haben Sie hier für eine Freiheit?«

»Das ist nicht unsere Freiheit. Das ist die Freiheit schlechthin«, quetschte ich heraus. »Wer dich zu sich nimmt, der ernährt dich auch. Hat man keinen Herrn und Meister, muss man sich selbst versorgen.«

»Der Bürgermeister sagte, Sie seien ein wohlhabender Mann.«

Dafür fluchte ich insgeheim auf dieses verschlagene Oberhaupt von Hruschawka.

»Wohlhabend und einsam«, fuhr Kassandra fort. Sie sagte das alles ohne theatralische Posen, sie gestikulierte ganz natürlich. Das Gefühl der Unbehaglichkeit zwischen uns war verschwunden.

»Dass ich einsam bin, stimmt«, räumte ich ein. »Derzeit lebe ich allein. Mit Hund. Nun, und Wohlstand ist etwas Relatives. Die zehn Zink für die Miete und die Sicherheit von Hruschawka kann ich an jedem dreißigsten Morgenruf locker zahlen.«

Sie hielt inne, sah mir in die Augen und sagte fast freundschaftlich:

»Und wie wäre es, wenn ich die Deine wäre, einsamer Mann? Wie wäre es, wenn ich dir im Haushalt helfe, Essen koche, Tee mache? Deinen Hund ausführe? Wie wäre es, wenn ich dich liebe?« Sie studierte meinen Gesichtsausdruck und versuchte, sich zu korrigieren: »Dich und deine Freunde. Du verleihst mich, revanchierst dich mit mir für Gefälligkeiten anderer? Willst du mich besitzen?«

Während ich noch nach Worten für eine Antwort suchte, war sie schon vom Hocker aufgestanden, hatte ihr aufgeknöpftes Pelzjäckchen abgeworfen und streifte mit einem Griff den Kaftan darunter ab. Entblößt war die weiß-rosa Blüte. Wallend verging sie, ertrank im Bienengesumm in meinen Ohren.

»Ich bin sehr geschickt, einsamer Mann«, sagte das in eine weiße Blütenpracht getauchte Bäumchen. »Mit mir kommst du auf deine Kosten.«

»Tut mir leid, Kassandra«, sagte ich und wandte meinen Blick ab. »Sie sind eine sehr schöne Frau. Aber ich gehöre zu jemand anderem. Ich liebe sie und ...«

»Und wo ist sie? Diese andere?«, fragte das Blütenrascheln.

»Sie ist gerade nicht hier«, antwortete ich heiser.

Gerda half mir, winselte lange und kläglich. Keine Ahnung, weshalb sie jammerte, wegen mir oder wegen meiner Besucherin. Aber es half – ich starrte Gerda an und verfügte streng:

»Bedecken Sie sich, bitte.«

Ich wusste nicht, was ich sagen sollte, damit Kassandra schnell verschwand. Sie zum Gehen aufzufordern war nicht das Beste, was man einer Frau sagen konnte, die schon einmal abgewiesen wurde. Sie hätte den Eindruck gewinnen können, Freiheit bedeutet, dass Männer ständig Nein sagen. Die Rettung war ein erneutes Klingeln an der Tür – was für ein seltsamer Morgen! Ich hörte das Geräusch eines Reißverschlusses und drehte mich vorsichtig zu Kassandra um. Sie stand bereits vollständig angezogen da. Mir war das alles unangenehm, und ich versprach aufrichtig:

»Bitte, seien Sie nicht gekränkt. Ich habe eine Idee. Bald findet sich für Sie eine anständige und gut bezahlte Arbeit. Warten Sie einfach ein wenig. Haben Sie Geld? Für die erste Zeit kann ich Ihnen aushelfen.« Kassandra schnaubte.

Die Tür öffnete sich, und auf der Schwelle stand Heizer aus dem Kesselhaus. Und warum kam der nun angetrottet?, fragte ich mich. Hatte Kumpel ihm vielleicht von meinem Interesse an der Landkarte erzählt?

Kassandra ging, ohne sich zu verabschieden. Heizer warf ihr einen taxierenden Blick nach, und seinem Gesichtsausdruck nach zu urteilen, begutachtete er sie wie einen Holzklotz – wie viel Grad Wärme und Joule Energie man gewinnen könne, wenn man Kassandras nicht allzu üppige Pfunde in den Ofen steckte. Dann nickte er mir finster zu. Er war völlig verräuchert und mit Kohlenstaub überzogen. Nur die Augen hoben sich als zwei weiße, Unheil verkündende Punkte aus seinem Gesicht ab. Dabei war er sehr leicht bekleidet – ein schwarzes T-Shirt, die leichte Lederjacke aufgeknöpft. Als wäre er aus der Unterwelt aufgestiegen und könne nicht herunterkühlen.

»Fremdling, auch Reytan genannt, ist er dein Bekannter?«, fragte Heizer und schaute zu Gerda.

»Ja, das ist ein guter Freund von mir. Noch aus lichten Zeiten. Was ist passiert?«

»Er hatte sonst niemanden. Komm, wir gehen. Das muss so sein. Das verlangt die Prozedur.«

Er warf mir eine zweifach zusammengefaltete »Gazette« zu. Ich faltete sie auseinander. An der auffälligsten Stelle befand sich ein Bild, die Zeichnung einer männlichen Figur, die in unnatürlicher Pose auf dem Boden erstarrt war. Unter der Figur befand sich ein schwarzer, verschwommener Fleck. Nichts, was ihm ähnelte. Nicht einmal annähernd. Daneben verkündete ein kurzer Text:

*Der ständige Resident der Munizipalie Hruschawka Reytan (auch bekannt als »Fremdling« und »Physiker«) wurde heute Morgen von einer Patrouille der Volksmiliz unter Kommando des Brigadekommandeurs Genosse Manka in leblosem Zustand aufgefunden. Nach offiziellen Angaben trat der Tod durch einen Sturz aus einem der obersten Stockwerke der Bauruine des Hochhauses an der südlichen Grenze der Munizipalie Hruschawka ein, bei dem der Körper mit hoher Geschwindigkeit auf den Asphalt aufschlug, wodurch Reytan mehrere lebensgefährliche innere Verletzungen erlitt und starb. An der Leiche zeigten sich keine Spuren eines Kampfes, außer denen, die durch den Asphalt verursacht wurden.*

*Bei der Leiche wurde ein Abschiedsbrief gefunden, aus dessen Inhalt hervorgeht, dass es sich bei dieser Tragödie um Selbstmord handelt, verursacht durch einen instabilen Geisteszustand (Wahnsinn). Nach Aussagen von Nachbarn litt Reytan in letzter Zeit unter Depressionen, hatte finanzielle Schwierigkeiten und brachte außerdem vorweg seinen gesamten Vorrat an Brennholz und Lebensmitteln zu den alten Menschen im Nachbarhaus. Eine strafrechtliche Untersuchung des Falls ist nicht geplant. Der Abschied von Reytan findet heute um 10 Uhr in der Trauerhalle des städtischen Kesselhauses statt. Danach wird der Leichnam nach Tradition und gängiger Praxis dem Feuer zur Erwärmung der Lebenden übergeben.*

Der Heizer und ich gingen schweigend durch dunkle Höfe, und mein Kopf fühlte sich seltsam an. Erst als wir ankamen, merkte ich, dass ich meine Mütze nicht aufgesetzt hatte und ziemlich verkühlt war. Mich erfasste Panik, und ich fragte, wo mein Hund sei. Heizer sagte, er habe Gerda in der Wohnung eingeschlossen und dass sie ein paarmal hinter der Tür gebellt und sich dann beruhigt habe.

Im Kesselhaus war es stickig. Offenbar handelte es sich um den einzigen Ort in der gesamten Munizipalie, an dem es richtig heiß war. Die meisten Anwesenden sahen aus wie Schaulustige, angezogen von fremdem Leid, von dem sie aus der »Gazette« erfahren hatten. Ein älteres Ehepaar stand da, beide weinten. Außerdem war da ein professionelles Klageweib, ständiger Gast solcher Trauerfeiern. Sie war bereits an dem Punkt angelangt, an dem sie nicht mehr mit voller Kraft weinte, denn es war offensichtlich, dass keine zahlungsfähigen Angehörigen zur Trauerzeremonie kommen würden (ich redete ihr zu, gab ihr ein Zink, und sie greinte erneut, laut und sehr professionell).

Die Menschen umringten eine große Metallplatte, die an die angelehnte Ofentür geschraubt war. Die Szene wurde durch Lichtreflexe erhellt, die durch die Ritzen der Luke fielen, und davon gab es reichlich – so gierig und hell brannte die künstliche Sonne im Ofen. Auf der Metallplatte lag ein flacher Gegenstand, dessen schreckliche Unbeweglichkeit es unmöglich machte, ihn selbst in der Vergangenheitsform als »Mensch« zu bezeichnen. Ich trat näher heran, jemand murmelte »sein Freund«, und die anderen traten auseinander. Die Überreste waren mit einem schwarzen Tuch bedeckt. Es war Reytan, den jemand, während Hruschawka schlief, aus gelbem Sandstein gemeißelt hatte: steinerne Stirn, steinerne Schläfen, steinerne Augen, eines davon halb geöffnet.

In diesem Moment öffnete Heizer die Nachbarluke und begann, Kohle in den zweiten Kessel zu werfen. Der Raum wurde von einem Flammeninferno erleuchtet, Feuchtigkeit trat auf meinem Gesicht hervor, und ich wischte sie mit dem Ärmel ab. Der Ofen verströmte Wellen heißer Luft, Funken sprühten wie Sterne durch die Dunkelheit und erloschen auf dem Boden, auf dem Kohlehaufen, auf dem steinernen Reytan. Das helle Licht schmerzte in den Augen, und die Hitze zwang alle Anwesenden, ihre Mäntel aufzuknöpfen, ihre Wickelgamaschen und Schals loszubinden. Kurz darauf schloss Heizer die Luke und stützte sich auf seine Schaufel, um Luft zu holen. Ich trat auf ihn zu, und mir fiel nichts Besseres ein, als zu fragen:

»Kumpel sagte mir, Sie haben eine Landkarte. Dass Sie von ihm mal eine alte Karte mit Orientierungspunkten der neuen Welt bekommen haben. Ich will weg von hier. Könnten Sie mir die Karte verkaufen? Mir ist klar, dass sie eine Menge Geld wert ist. Nennen Sie einen Preis.«

»Gehen wir«, befahl er knapp und legte die Schaufel auf den Kohlehaufen. In gewissem Abstand zu den Trauernden und Schaulustigen standen drei Gestalten mit Pistolen im Halfter. Als wir näher kamen, drehten sie sich zu uns um.

»Tach auch, Genosse Manka«, schnarrte Heizer und legte wie ein Gauner seine Hand zum militärischen Gruß an die Schläfe.

Er streckte seine stämmige Gestalt in ein »Stillgestanden«. »Hier ist er!«, nickte er in meine Richtung.

Einer der drei Männer, kahlköpfig und in schwarzer Uniform, starrte mir ins Gesicht.

»Wer ist der junge Mann?«, erkundigte sich der Anführer nach mir.

»Herr Antiquar.«

»Ist Ihnen dieser junge Mann dort bekannt?« Er nickte in Richtung der Metallplatte, auf der die Überreste von Reytan lagen. Reytan war etwa zwanzig Jahre älter als derjenige, der ihn gerade als »jungen Mann« bezeichnet hatte.

»Ja, er ist mein Freund. War mein Freund.«

»Nennen Sie seinen Namen.«

»Reytan. Auch bekannt als Fremdling oder Physiker.«

»Wann haben Sie ihn das letzte Mal gesehen?« Die Augen des Kahlköpfigen durchbohrten und zwangen mich, meine Worte sorgfältig zu wählen. Als würde ich die Unwahrheit sagen, und ein überflüssiges Wort könne mich der Lüge überführen.

»Gestern. Wir haben Kaffee getrunken.«

»Worüber wurde gesprochen?«

»Über die Nacht. Über die Neurer. Über die Form der Erde.«

»Die Form der Erde! Durchgeknallt war er, ganz klar«, richtete einer der Untergebenen das Wort an Manka.

»Was denn, gibt es etwa Zweifel am Hergang?«, stellte ich die Standardfrage aus den Filmen der Vergangenheit. »Meinen Sie, es könnte Mord gewesen sein?«

»Zweifel gibt es keine, eine reine Formalität. Gemäß den Vorschriften sollten alle Unklarheiten vor der Trauerzeremonie beseitigt sein.« Manka kratzte sich die Stoppeln am Kinn. »Es ist nämlich so, dass Ihr Freund einen ziemlich seltsamen Abschiedsbrief hinterlassen hat.«

»So seltsam wie nur irgendwas«, stimmte sein Untergebener ein.

»Der Brief wirft Zweifel hinsichtlich der Klarheit seines Verstandes auf. Geisteskrankheiten müssen wir gesondert erfassen. Zu Quarantänezwecken.«

»Und was stand dort?«, fragte ich.

»Dass er, wenn die Gesetze der Physik nicht mehr gelten, nach dem Absprung wie ein Vogel zum Horizont fliegen können müsste.«

»Immerhin stehen wir hier ja auf dem Boden und fliegen nicht«, ließ der Untergebene nicht locker. »Schauen Sie mal, steige ich hier etwa gleich in die Lüfte?« Er machte einige Schläge mit den Armen, imitierte einen Flug, lief um uns herum. Dabei gab seine Munition ein lautes Klappern von sich.

»Was meinen Sie? War Ihr Freund Reytan wahnsinnig?« Manka starrte mich an.

Ich zögerte nicht lange. Verrückte verschenken ihre Vorräte vorm Tod nicht an solche, die sie am dringendsten brauchen. Oder doch? Andererseits war da noch Mishima. Er hatte um einen Band von Mishima gebeten.

»Nein. Ich bin sicher, es waren Vereinsamung und Verunsicherung, die Reytan zugrunde gerichtet haben.«

»Gut«, nickte Manka schnell. »Beginnen wir mit der Prozedur!«, rief er.

Aber Heizer war nicht in der Halle.

»Los geht's, habe ich gesagt!«, befahl Manka lauter. Heizer tauchte hinter einer schwarzen Tür auf, die von einem der Kessel verdeckt wurde – wahrscheinlich wohnte er da. Er riss den Ofen auf, reizte die Flammen mit ein paar Schaufeln schwarzen Appetizers und schaute zu den Anwesenden in der Erwartung, dass jemand etwas sagen würde.

Die früheren Traditionen hatten doch einen gewissen Reiz, als ein Priester oder eingeladene Popstars als Gastredner bei Beerdigungszeremonien sprachen. Aber Hruschawka war ein säkularer Staat, jegliche Religion zum Abschuss freigegeben, und der letzte Popstar hatte noch zu der Zeit, als ihn jeder auf der Straße erkannte, einen Job als Verkäufer von Schweineohren auf dem Markt ergattert. Die einzigen Profis, die sich zu den Beerdigungen bemühten, waren die alten Klageweiber. Deshalb vollzog sich der Abschied wortlos, unter Geschniefe.

Alles, was ich meinem Freund Reytan hätte sagen können, hatte ich schon gestern nicht gesagt, als ich es wirklich hätte tun sollen.

Heizer zog am Hebel unter der Metallplatte, sie klappte hoch, und Reytan rutschte in die Flammen. Die Luke klirrte, der stählerne Riegel drehte sich, und wieder war es fast dunkel in der Halle. Die Menschen gingen auseinander. Mankas Brigade war schon vorher aufgebrochen. Ich blieb allein mit Heizer zurück. Die Kreatur aus der Unterwelt kam auf mich zu und stellte sich neben mich. Rieb sich das mit Kohlenstaub bedeckte Gesicht.

Jedes Mal, wenn er das tat, traten neue Merkmale auf seiner Physiognomie hervor. Die Konfiguration der schwarzen Flecken und hellen Hautstellen veränderte sich. Jetzt sah er geradezu freundlich aus. Die Augen waren das Einzige, was sich durch diese Berührungen nicht veränderte. Und genau sie strahlten nun Menschlichkeit aus.

»Den Abschiedsbrief hatte er in seiner Faust«, sagte Heizer. »Den hat Manka konfisziert. Und das hier war in seiner Tasche. Beim Aufprall hat sich das ein wenig in ihn hineingedrückt. Ich musste es aus dem Körper lösen. Denk bloß nicht, ich suche die Taschen der Toten ab, bevor ich sie verbrenne. Das heißt, das tue ich zwar, aber was macht das schon? Ist das etwa schlecht? Die Toten können es nicht mehr gebrauchen, die Lebenden schon.«

Ich schwieg.

»Nun also, dieses Ding hier scheint für dich bestimmt zu sein.«

Heizer hielt mir einen kleinen Blechgegenstand hin. Er war mit einer Kruste aus geronnenem Blut überzogen. Ich nahm ihn in die Hand und erkannte die Schuhcremedose, die ich gestern gesehen hatte.

»Was ist da drin?«, fragte ich. »Kaffee?«

»Wieso Kaffee, du Dummkopf? Ein Brief. An dich!«

Ich drehte am Deckel, meine Finger glitten über das feuchte Metall. Schließlich bekam ich ihn zu fassen, und das Geheimfach öffnete sich. Da war ein Stück Papier. Darauf standen zwei Dinge. Als Erstes: An den Antiquar. Als Zweites: Herodot. Ich fragte mich, was »Herodot« zu bedeuten hatte, und erinnerte mich an das gestrige Gespräch über die Zeitungsnachrichten und daran, dass sie Reytan an etwas erinnerten, was er einmal gelesen hatte. Ich wollte gerade das Kesselhaus verlassen, als Heizer mich rief.

»Lass die Dose da«, befahl er und streckte mir seine Handfläche entgegen.

Ich gab ihm die Schuhcremedose.

»Und das ist für dich.« Er hielt mir ein vielfach gefaltetes Blatt aus dickem Papier hin.

Als ich es auseinanderfaltete, bemerkte ich sofort die Aufschrift »Karte der Belarussischen Sozialistischen Sowjetrepublik«, und erst dann die Umrisse von Straßen, salatgrünen Waldflächen, himmelblauen Flecken von Seen und Minsk in der Mitte, wie im Zentrum eines Spielzeuglabyrinths, wohin man die Kugel rollt. Das Papier war an vielen Stellen mit Zeichnungen, Abkürzungen und Beschriftungen übersät.

»Zink will ich keins. Ich überlasse sie dir kostenlos. Du kannst sie gebrauchen. Ich nicht. Es ist wie mit den Toten und den Lebenden. Gute Reise!«

Ich ging hinaus. Und spürte keine Kälte. Mein von der Unterwelt durchwärmter Körper fühlte sich im ewigen belarussischen »Nahe null« so an wie früher, als wir in warmen Häusern lebten, sättigendes Essen hatten und ultraviolettem Licht ausgesetzt waren. Beim Öffnen der Haustür hörte ich Gerdas Begrüßungsbellen – sie hört meine Schritte immer schon von Weitem. Wenn wir ein paar Stunden getrennt sind, streift sie alle Ironie und allen Sarkasmus ab und wird einfach zu einem treuen Hund, der sich auf sein Herrchen freut. Jetzt schlug Gerdas Schwanz hin und her, als wäre sie ein gewöhnlicher Köter und nicht die schwarze, edle, schäferhundähnliche Dame, die Kassandra noch vor wenigen Stunden bespöttelt hatte.

Ich kraulte sie hinter dem Ohr, so wie Reytan es gestern getan hatte. Sie wimmerte, als würde sie fühlen, was mit dem Mann geschehen war, der sie immer so sanft zu streicheln vermocht hatte. Dann schnappte ich mir die Trittleiter, kletterte zum Hängeboden hoch und angelte von dort meinen verstaubten Neunzig-Liter-Rucksack hervor. Er war schwarz, hatte breite Schulterriemen und eine brünierte Gürtelschnalle. Robust, wasserfest, hatte er im Laufe seines Lebens deutlich mehr Länder gesehen als der durchschnittliche Einwohner von Hruschawka. Einmal hatte ich in diesem Rucksack unsere gemeinsamen Sachen getragen. Sie wird sich freuen, ihn wiederzuerkennen, wenn wir uns endlich sehen.

Ich vertiefte mich in die Bibliothek und fand nach langer Suche das, was ich suchte. »Herodot. Historien«. Aus der Buchreihe »Denkmäler des historischen Denkens« der Akademie der Wissenschaften der UdSSR. Ein kapitales Hardcover mit einer Muse auf dem Frontispiz. Den Einband wollte ich sofort abreißen – der Reisende hatte schon Oberhand gewonnen über den Hüter der Bücher. Ein Hardcover wog zu viel und ließ sich nur schwer verpacken. Aber dann begnadigte ich Herodot und legte ihn unversehrt ganz unten in den Rucksack.

Danach zog ich mit Mühe die zwei schweren Zinkpaletten aus meinem Tresor, dem vormaligen Gefrierfach. Meine nationale Goldreserve passte nicht einmal auf den Tisch, einiges musste ich auf dem Fußboden durchzählen. Viertausendsechshundert

Einheiten. Verdammt viel! Das hätte gereicht, um für die nächsten 38 Jahre die Miete in Hruschawka zu bezahlen (wenn es noch Jahre gegeben hätte). Doch hier fiel mir vorhersehbar der klare Vorteil des Papiergeldes gegenüber dem postkapitalistischen Geld ein.

Ich schüttete die Batterien in den Rucksack und versuchte, ihn vom Boden hochzuheben. Es gelang mir nicht. Klagend knirschten die Nähte, und mir wurde klar, dass sich der Boden des Rucksacks mitsamt seinem wertvollen Inhalt zu lösen drohte. Ich schleppte ihn auf die mechanische Waage, mit der ich auf meine Figur geachtet hatte in einer Zeit, als das Hauptproblem der Menschheit die Gewichtszunahme und nicht der Gewichtsverlust gewesen war. Ich schaute dorthin, wo der Zeiger zum Stillstand kam, und stöhnte – achtzig Kilo. Seufzend lud ich das Zink aus dem Rucksack, bis der Zeiger der Waage die Fünfunddreißig-Kilo-Marke erreichte. Vorsichtig hob ich ihn jetzt auf die Schultern. Das war so ungewohnt, dass der Schmerz in meinem Rücken pochte und die Haut unter den Trägern kribbelte. Ich tat einige Schritte. Es war auszuhalten. Ich konnte gehen. In den ersten Tagen, bis ich mich daran gewöhnt hätte, würde es anstrengend werden, aber dann würde ich das Tempo erhöhen und nicht mehr merken, dass ich die Hälfte meines eigenen Gewichts zusätzlich auf dem Rücken trug.

Ich steckte den Whisky aus dem Safe in den Rucksack (kostbare zwei Drittel eines echten »Teacher's«, mit dem ich etwas besonders Wertvolles würde bezahlen können, falls das Zink ausging), außerdem Buchweizen, Salz und Zucker in versiegelten Beuteln, und ich stopfte Pullover und Wollsocken hinein, um mich warm zu halten, falls ich in einer der Nächte kein Holz für das Feuer finden sollte. Hinzu kam ein Arktis-Schlafsack, von dem es früher hieß, darin könne man bei minus zehn Grad im Schnee gut schlafen.

Dann verteilte ich fünfundvierzig Kilo des restlichen Nickel-

Metallhydrids, das in unserer dunklen Welt wertvoller war als Gold und Platin zusammengenommen, in zwei große karierte Taschen und stellte sie auf den Schlitten.

»Mach dich fertig, liebe Gerda. Wir gehen raus, für eine gute Tat«, schlug ich der Hündin vor, als müsse sie, bevor sie das Haus verließ, erst noch Make-up für Augen, Lefzen und Krallen auflegen.

Die Pralinen! Ich schnappte mir die Pralinen, und drei Minuten später waren wir unten. Keine weitere Minute später sammelte ich das Nickel auf, das sich aus der geplatzten Tasche über den ganzen Hof verstreut hatte, wobei mich die Frage quälte, ob ich die Taschenlampe anschalten sollte oder nicht. Nach längst überholten Begrifflichkeiten wirkte die Szene so, als hätte jemand dicke Geldscheinbündel im Schnee verstreut und tappte dann im Dunkeln, um sie einzusammeln.

Unser Weg zum Majorat sah folgendermaßen aus: Die liebe Gerda zog den Schlitten, und ich hielt die zerfledderte Tasche. Wäre jemand auf die Idee gekommen, uns zu verfolgen, dann hätte er uns anhand der Batterien finden können, die von unserem Gefährt fielen wie die Brotkrumen im grimmschen Märchen von Hänsel und Gretel. Ich hatte keine Hände frei, um sie aufzusammeln. Gerdas Schnauzenausdruck erinnerte mich an einen der Wolgatreidler auf Ilja Repins Gemälde, die den Lastkahn nicht aus dem Wasser zu ziehen, sondern im Gurt zu hängen scheinen. Ihre Augen drückten das Verlangen aus, ihr Unterdrücker, also ich, möge ihrer niederen Klasse Barmherzigkeit widerfahren lassen.

»Halt durch, mein Mädchen!«, stöhnte ich, doch Gerda wandte stolz ihre Schnauze ab.

Es war ihr anzumerken, dass sie einen neuen Eintrag gemacht hatte in jenem kleinen schwarzen Büchlein, in dem sie die Missbrauchsvorfälle ihres Herrchens vermerkte und Pläne für mögliche Racheaktionen schmiedete.

Die Dienstwohnung des Bürgermeisters befand sich im ersten Stock des ehemaligen Kardiologiezentrums, und das war nur logisch, denn der Bürgermeister war ein herzensguter Mann. Früher hatte er Gäste direkt in seinem Wohnhaus empfangen, das unterhalb des Glockenturms auf einer Anhöhe lag. Von dort zeigte sich oberhalb der Begrenzungsmauer ein malerischer Ausblick auf die schwarzen Silhouetten der fernen Hochhäuser des Fürstentums Puschkinau. Doch für die Massen von Flüchtlingen und Personen, die in der Munizipalie eine Aufenthaltsgenehmigung beantragen wollten, war nicht nur dieser Empfangsraum des Bürgermeisters irgendwann zu klein geworden, sondern auch sein Hof. Also wurde der Empfangsraum in das geräumige und relativ warme Kardiologiezentrum verlegt, um die unvermeidliche Ablehnung der meisten Hilfesuchenden zumindest teilweise zu kompensieren: Hruschawka nahm nur die Wohlhabendsten auf. Im kalten Fürstentum Puschkinau konnte man hingegen für nur zehn Zink im Jahr in einer Gemeinschaftswohnung leben, allerdings waren dort die Heizkörper kalt.

Unser Erscheinen in der mit Menschen überfüllten Empfangshalle wurde ohne Begeisterung aufgenommen. Ein tätowierter Hüne verkündete, wir müssten uns in die »elektronische Warteschlange« einreihen, und zwar auf Platz zweihundertsechsundsiebzig. Er reichte uns sogar ein Stück Papier mit der darauf gekritzelten Zahl. Zunächst dachte ich, er selbst hätte die Nummer zweihundertfünfundsiebzig, doch das war ein gewaltiger Irrtum, denn kurz danach bot uns der Hüne den Platz einundneunzig für nur zwei Zink zum Kauf an. Bald darauf wurde mir klar, dass der Mann eigentlich genau diese Warteschlange war, die willkürlich entschied, wer auf wen folgte und auf welcher Grundlage.

Ich erinnerte mich an die übliche Ausrede für solche Fälle: »Ich wollte nur kurz was fragen«, und benutzte den Schlittenkahn als Rammbock, um mich zur Tür unseres höchsten Oberhaupts durchzuschlagen und dort hineinzudrängen. Da stieß ich auf eine weitere Barriere, die Sekretärin Magdalena, für die ich einen besonderen Trick bereithielt.

Kaum hatte sie den Mund geöffnet, um zu sagen, der Bürgermeister sei beschäftigt und dass ich warten müsse, bis ich an der Reihe sei, hatte ich aus meiner Tasche schon die Pralinen gezaubert, von denen ich zwei Dutzend für ein Zink auf dem Markt gekauft hatte. Ich näherte mich der Kratzbürste.

»Ich grüße die hochwohlgeborene Panna Magdalena. Ich muss ganz kurz zu philanthropischen Zwecken beim Bürgermeister reinschauen.« Ich rasselte mit den Taschen voll Zink.

»Wenn es philanthropische Zwecke sind, dann dürfen Sie«, sagte sie herzlich und nahm die Pralinen entgegen.

Wie leicht es doch ist, ein System zu brechen, das auf einer Kombination spärlicher demokratischer Triebe und der betonharten Tradition der Nomenklatura aus der Entstehungszeit von Heizers Landkarte beruht! Gerda markierte mit ihrer Schnauze Verärgerung über meine Durchtriebenheit. Sie hätte bis zum Morgengrauen in der Schlange gestanden.

Das Bürgermeisterbüro wurde von gleich acht großen Laternen (mit je vier Batterien) beleuchtet, die in den Ecken aufgestellt waren. Wie immer bei solchen Besuchen musste ich die Augen zusammenkneifen vor diesem ruhmvollen Glorienschein des staatlichen Verwaltungssystems von Hruschawka. Tränen schossen mir aus den Augen. Der Bürgermeister empfing mich an der Tür – er hatte gerade einen weiteren Einbürgerungsbewerber abgewiesen. Sein Gesicht drückte rituelle Anteilnahme aus.

»Ah, der Antiquar!«, sagte er in pastoralem Ton. Würde man ihn diese Affektiertheit weiter ausbauen lassen, würde er anfangen zu predigen, dass die Demokratie zuallererst die Gleichheit menschlicher Werte bedeutet (wobei er unter Werten ausschließlich das Zink verstand).

Ich ließ Gerda vorausgehen. Sie beschnüffelte den Bürgermeister freundschaftlich und zerstörte damit die symbolische

Barriere zwischen uns. Wie hätte ich mich noch einschüchtern lassen können durch den Besitzer von acht brennenden Vier-Zink-Laternen, wenn dieser gerade von meinem Hundl beschnüffelt wurde?

»Ich habe etwas mit Ihnen zu besprechen«, sagte ich und stellte dem Bürgermeister die karierte Tasche vor die Füße. »Hier sind etwa vierzig Kilo Geld. Ich würde es gerne der Stadt spenden. Vielleicht hilft es den Umsiedlern.«

»Und was ist mit Ihnen?« Er nahm eine Batterie heraus, drehte sie in seinen dicken Fingern und untersuchte sie sorgfältig.

»Ich bin gekommen, um darum zu bitten, die Stadt verlassen zu dürfen.«

»Wie das?« Der Bürgermeister starrte mich an. »So was wird bei uns nicht verlangt. Normalerweise werden wir um das Gegenteil gebeten.«

»Ich muss in den Süden. Es ist dringend.«

Der Bürgermeister schaute mich an, ging zum Tisch, schaute mich nochmals an, ging um den Tisch herum, blieb stehen, setzte sich und starrte mich erneut an. Er kratzte sich den kahlen Kopf mit seinen hervorstehenden, klugen Augen. Gluckste. Schüttelte den Kopf und fragte:

»Willst du dich etwa den Skythen anschließen?«

»Skythen reisen zu Pferd, Herr Bürgermeister«, antwortete ich sanftmütig und starrte zu Boden. »Und ich habe kein Pferd. Nur einen Hund.«

Gerda bellte fröhlich, das schlaue Mädchen. Der Bürgermeister zuckte überrascht zusammen.

»Das musst du mir erklären, Junge! Du bist doch ein ehrbarer Bürger. Hast Geld, ein Einkommen. Eine Bibliothek. Ich habe noch keine Zeit gefunden, bei dir vorbeizuschauen. Wegen der Regierungsgeschäfte. Aber vielleicht käme ich gern ein Buch holen. Eins, das nicht zu kompliziert ist, sodass ich mir den Kopf nicht zerbrechen muss.«

»Was gibt es da zu erklären? Ich lebe allein. Ich muss weg.«

»Willst du zu den Amazonen? Dir ein Mädel aussuchen?«

»Ich habe eine Frau«, antwortete ich ebenso unterwürfig, ohne den Blick zu heben.

»Ach, hör bloß auf!« Der Bürgermeister und ich hatten uns nämlich schon einmal über dieses Thema unterhalten. Er war der Auffassung, dass ein ehrbarer Bürger unbedingt eine mollige Frau haben und sich hier und jetzt mit ihr fortpflanzen sollte. Und dass Liebe das Gefühl sei, das man nach einem Becher Met zu einer Fingerstopfwurst hegt. »Hör bloß auf, ja? Ich habe dir eine gute Frau empfohlen. Die zu allem bereit war. Und was hast du mit ihr gemacht?«

»Um Kassandra geht es im zweiten Teil meines Vorschlags. Ich überlasse der Stadt mein Geld. Meine Bibliothek. Sie können sie zur kostenlosen Benutzung für alle freigeben.«

»Ja klar!«, rief der Bürgermeister. »Eine freie Bibliothek wurde bereits geplündert!«

»Ich überlasse sie Ihnen kostenlos. Und außerdem gebe ich Ihnen noch Geld. Aber ich habe eine Bitte. Ich möchte, dass Kassandra Bibliotheksverwalterin wird. Sie braucht einen Job. Sie ist nicht dumm, sie macht sich schnell mit den Beständen vertraut.«

Der Bürgermeister schaute so wütend, als wolle er auf den Boden spucken. Doch er wusste, dass er die Spucke danach selbst wegwischen musste (die Sekretärin Magdalena war wegen ihres antiken Charakters absolut nicht für solche Arbeiten geeignet).

»Kassandra?«, brüllte er noch lauter: »Kassandra? Ich muss Ihnen, junger Mann, leider mitteilen, dass eine Frau namens Kassandra heute mit einem Wagenzug voller Lebensmittel in die Volksdiktatur Kalvaria zurückgekehrt ist. Allem Anschein nach, um wieder Sklavin zu werden.«

»Wie? Sie ist zurückgegangen?« Ich war so fassungslos, dass ich mich auf einen Stuhl am Tisch setzte, obwohl der Bürgermeister ihn mir nicht angeboten hatte. »Sie haben ihr doch die Staatsbürgerschaft geschenkt.«

»Freie Bürger haben den Luxus, selbst entscheiden zu können, was sie mit ihrem Leben anfangen. Es ist ihr gutes Recht, ihre Freiheit zu opfern und Sklavin zu werden.«

Ich musste an ihren wallenden, vergehenden und ertrinkenden Körper denken, den anzuschauen ich nicht das Recht gehabt hatte. Ich wollte ihr sagen, dass sie einen Fehler gemacht hat, dass sie nichts verstanden hat. Dass Freiheit nichts Schreckliches ist, dass der freie Wille besser ist als die Sklaverei. Und dass man sich nur ein wenig umzusehen braucht, um das zu verstehen. Nur gab es in unserer Welt kein Telefon, mit dem ich sie anrufen und ihr das hätte erklären können.

Ich zog schweigend meinen Briefkastenschlüssel vom Schlüsselring und legte ihn auf den Tisch.

»Ich gehe morgen nach der Morgenglocke. Die Schlüssel zur Wohnung und zur Bibliothek hinterlasse ich im Briefkasten.«

Der Bürgermeister durchbohrte mich mit seinem Blick und hoffte wahrscheinlich, dass diese Bohrlöcher meinen Willen schwächen und mich umstimmen würden. Er nahm ein Stück Papier, schrieb rasch etwas, drückte einen Stempel darauf und teilte mir mit:

»Die Schlüssel lasse ich morgen holen. Dann suche ich mir einen Antiquar aus den Reihen der Klugen und Vertrauenswürdigen. Du bist frei! Brich dir nicht das Genick da draußen, außerhalb der Mauer.«

Ich ging hinaus, schaltete meine Stirnlampe an und sah, was der Bürgermeister geschrieben hatte:

»Der Idiot, der dieses Papier vorlegt, darf in keiner Weise daran gehindert werden, eines der Ausgangstore der Munizipalie Hruschawka einmalig zu passieren«. Position, Stempel, das war's.

Auf dem Heimweg ging ich beim Markt vorbei, kaufte Konserven für Gerda. Ich bog ein zur Reihe, in der mit Schrott und mechanischen Geräten gehandelt wurde, die zu verkaufen noch einigermaßen Sinn machte. »Haben Sie einen Kompass auf Lager?«, fragte ich an einer, an einer zweiten und an dritter Stelle. Der Erste, ein junger Verkäufer, wusste nicht einmal, was das ist. Der Letzte verwies mich an einen alten Kaukasier, an dessen Stand es kupferne Getreidemühlen, Mörser, Messinggewichte für Waagen, silberne Kerzenleuchter und ähnlichen Billigkram gab.

»Einen Kompass?«, lachte der Händler. Die Frage amüsierte ihn. »Natürlich habe ich den. Und nicht nur einen.«

Er beugte sich über einen Emailleeimer, in dem er seinen ganzen nutzlosen Krempel aufbewahrte, wühlte zwischen Uhren und Computerchips herum und legte vier Geräte von unterschiedlichen Herstellern und verschiedenem Abnutzungsgrad auf den Tisch. Der erste, ein neuer Kompass, zeigte an, dass Norden rechts lag. Die Nadeln der beiden anderen zeigten in entgegengesetzte Richtungen, nach oben und nach unten. Der letzte, ein völlig zerkratzter, aber gediegener sowjetischer »Azimut« behauptete, Norden sei links.

»Welchen willst du?« Der Verkäufer strich sich zufrieden über den Schnurrbart.

Enttäuscht murmelte ich etwas und wollte schon gehen, als er sagte:

»Warte mal, mein Lieber. Schau, ich zeig dir einen Trick.« Er nahm den ersten Kompass und drehte ihn um seine Achse. Die Nadel, die sich mehrmals gedreht hatte, zeigte nun nicht mehr nach rechts, sondern nach oben.

»Diese Welt ist verrückt geworden«, kommentierte der Kaukasier. »Und wenn die Welt verrückt geworden ist, hilft der Kompass sicher nicht dabei, den gesunden Menschenverstand zu finden. Dafür ist er nicht gedacht.«

Auf dem Heimweg fragte ich mich, wie ich herausfinden sollte, wo Süden war, wenn selbst ein Kompass das nicht mehr wusste. Zu Hause nahm ich die beste Haushaltstaschenlampe, schaltete sie auf volle Leistung an, ohne die Batterien zu schonen, und legte die Landkarte auf dem Tisch aus. Die Hauptstadt der Belorussischen Sozialistischen Sowjetrepublik, die Heldenstadt Minsk, war von Kumpels Hand in zahlreiche Fragmente von Stadtstaaten geteilt worden. Der größte von ihnen, das Matriarchat »Grüne Wiese«, war ohne Abkürzungen benannt. Die kleineren, »Hrusch« oder »Puschk«, waren mit einer Abbreviatur gekennzeichnet.

Die Orte, die Kumpel mit eigenen Augen gesehen hatte, waren klar gekennzeichnet. Diejenigen, von denen er nur gehört hatte, waren mit einem Fragezeichen versehen. So jedenfalls entschlüsselte ich seine Zeichensetzung, da ich in der »Legende« dieser von Hand geschaffenen Karte keine weiteren Hinweise fand. Von den Minsker Staaten hatte er lediglich das Matriarchat »Grüne Wiese« nicht aufgesucht, was durchaus verständlich war, wenn man bedachte, was den Überlieferungen nach in diesem recht wohlhabenden Stadtstaat mit Männern gemacht wurde.

Der Maßstab der Karte erlaubte es nicht, auch nur irgendwelche Minsker Straßen zu beschriften, und das war auch sinnlos, denn inzwischen waren die Namen geändert worden, je nach den Wertvorstellungen der Staaten, die sich um Plätze und Gassen herum gebildet hatten. Das Oval von Hruschawka lag an einer Hauptverkehrsader, die zur Stadt Dserschinsk führte. Eine vage Erinnerung in meinem Kopf ließ mich vermuten, dass der Prospekt, dessen Straßenlaternen ich einst hinter den Pappeln sehen konnte, ebenfalls den Namen Dserschinsk trug, nach jenem machtvollen Hexer, der einmal ein ganzes Land für viele Jahre verwünscht hatte. Dserschinsk lag auf der Karte in südwestlicher Richtung, und ich wollte Richtung Südost.

Ich konnte diesen Prospekt über das Tor der Morgenröte betreten und mich Richtung Umgehungsstraße vorarbeiten, um dann von dort in Richtung der verlassenen Stadt Homel abzubiegen. Wenn die Straßen noch in begehbarem Zustand waren.

Wenn dort keine Grenzen von Stadtstaaten verliefen. Wenn, wenn, wenn.

Ich schaute mir die Straßen genauer an und verfolgte die Autobahnen in südlicher Richtung. Aus Kumpels Beschriftungen ging hervor, dass die Grenzen des besiedelten Gebiets von Minsk auf den Raum geschrumpft waren, der von der Umgehungsstraße begrenzt wurde. Dahinter erschienen die besiedelten Orte und Stadtstaaten weit verstreut. Dabei hatte sich die Hauptstadt vor dem Blackout bis nach Smaljawitschy, Radaschkowitschy und Saslauje erstreckt. Das große Gebiet um die Minsker Stadtstaaten herum hieß nun »Ödland« und »bewaldetes Ödland«. Hier und dort war ein tollpatschiger und überhaupt nicht furchterregender Wolf eingezeichnet.

Daraus folgte, dass die Menschen ihre Wohnungen in großer Entfernung von den ehemaligen Minsker Ballungsgebieten verlassen hatten und in das Gebiet innerhalb der Umgehungsstraße umgezogen oder gestorben waren.

Bis Assipowitschy in Richtung Homel gab es laut Kennzeichnung kein einziges besiedeltes Gebiet an der Wegstrecke. Dafür befand sich direkt bei Minsk ein akribisch eingezeichnetes Trapez, das dem Hochland des Colorado-Plateaus ähnelte. Daneben stand die unverständliche Bezeichnung »König des Berges«.

Auf der Höhe der ehemaligen Stadt Sluzk (wo es in der Nähe keine moderne Staatsformation mehr gab, die Kumpel betreten oder von der er zumindest hätte erfahren können) verlief eine gepunktete Linie. Sie erstreckte sich horizontal über die gesamte Karte und bedeckte eine Fläche von etwa fünf Zentimetern. »Nebelgebiet«, stand hier geschrieben. Auch das Land nördlich von Aschmjany wurde von einer relativ geraden horizontalen Linie durchschnitten. Der gesamte nördliche Teil der Karte oberhalb dieser Linie war dicht übersät mit einem Symbol, das einem Baum ähnelte, dessen Äste nur an einer Seite des Stammes wachsen. »In der Luft stehende Federn (unpassierbar)« hatte hier

Kumpels Hand vermerkt. Neben dieser Inschrift stand ein mehrfach eingekreistes Fragezeichen.

Unter den früheren Städten »Brest«, »Pinsk« und »Masyr« waren Pfeile eingezeichnet, die nach unten zeigten. Daneben stand jedes Mal das Wort »Skythen«. Alle drei Stellen waren dazu mit einem Fragezeichen versehen. Kumpel schien davon auszugehen, dass die Skythen südlich dieser Geisterstädte lebten, aber er hatte sie nicht mit eigenen Augen gesehen – so verstand ich es. Östlich von Homel stand das Wort »Sauromaten«, ebenfalls mit einem Fragezeichen. Das Wort »Neurer« erschien viermal auf der Karte, neben den heute nicht mehr existierenden Städten Njaswisch, Mahiljou, Baranawitschy und Lida. Alle waren mit Fragezeichen versehen. Das konnte bedeuten, dass die Neurer nur hier zu finden waren, oder auch, dass sie den gesamten Raum auf der Karte besiedelten, der nicht von den Skythen und Sauromaten kontrolliert wurde.

Doch das schien mir letztlich nicht das größte Problem zu sein. Ich glaubte nicht so recht an Werwölfe, und die Tatsache, dass neben der Erwähnung all der unbekannten Kreaturen auf der Karte Fragezeichen standen, war für mich nur der Beweis dafür, dass sich diese Welt vielleicht gar nicht so sehr verändert hatte, wie in der »Gazette« behauptet wurde. Die Frage war jedoch, wie ich mich im Dunkeln mit einer Karte, aber ohne Kompass zurechtfinden sollte.

Auf die Hilfe von Straßenschildern und Wegweisern konnte ich nicht zählen – sie waren aus hochwertigem, verzinktem Stahl gefertigt worden und wurden daher massenhaft zerstört, nachdem die Menschen ihre letzten Holzmöbel verbrannt hatten.

Ich musste rasch packen und aufbrechen. Diese Regel hatte ich mir bereits zu reisefreundlicheren Zeiten angewöhnt. Rasch zu packen war notwendig, um keine Zeit zu haben, die getroffenen Entscheidungen wieder rückgängig zu machen. Alles, was man dabei vielleicht vergisst, braucht man eigentlich gar nicht.

Als Pass diente mir jetzt ein abgestempeltes Stück Papier, das mich als Idioten bezeichnete. Meine Fahrkarte war die Landkarte einer nicht mehr existenten Welt, oberhalb derer eine andere Welt markiert war, an deren Existenz selbst derjenige, der sie kartografiert hatte, nicht recht glauben wollte.

Träume, die man in der Nacht vor einer Reise hat, sind immer prophetisch. Wenn man ins Unbekannte aufbricht, steigen Prophezeiungen in ihrem Wert, denn welche Rätsel könnte es in der Zukunft eines Menschen geben, der immer denselben Weg durchläuft? Ich ging zu Bett und hoffte auf Träume.

Ich hatte Pech …

Ich konnte nicht einschlafen, bis die Morgenglocke ertönte.

# ZWEITES NOTIZHEFT

## Erster Abschnitt

Im Laufe meines Lebens habe ich mich daran gewöhnt, meine Heimat als kalten, unwohnlichen Ort zu betrachten, nach dem man sich allenfalls dann sehnt, wenn man zur Hölle gefahren ist. Was sollte ich schon vermissen? Den hässlichen Fabrikschornstein? Den Marktplatz, wo unter den Füßen ständig der Schlamm schmatzte? Die schäbigen Chruschtschowka-Wohnhäuser? Als ich jetzt zum letzten Mal durch unsere Munizipalie ging, fiel mir auf, dass es hier doch sehr viel Schönes gab. Dass ich die gefrorenen Pfützen, die zur Hälfte schon einen Namen trugen, irgendwie lieb gewonnen hatte. Wie auch die Schneewehen, die nie schmelzen würden. Oder die schwarzen Bäume, deren Astgebilde sich mir eingeprägt hatten wie die Linien auf meinen Handflächen. Doch vor allem zeigte sich, dass meine Bücher für mich gleichbedeutend mit Heimat waren. Die Sehnsucht nach ihnen packte mich, kaum hatte ich meine Wohnung verlassen.

Ich kaufte beim Met-Händler einen Pappbecher heißen Tee. Als ich die ausgetretenen Pfade verließ, auf denen mein Fuß jedes Schlagloch kannte, schaltete ich meine Stirnlampe ein. Gerda trottete neben mir her mit einem Schnauzenausdruck, als müsse ein Ansager aus dem Fernsehzeitalter Nachrichten verlesen, die gerade erst im Studio eingetroffen waren, sodass er ohne Regieanweisungen nicht wusste, wie er sie zu bewerten hatte. Die

Hündin verstand nicht, was vor sich ging, warum Herrchen einen riesigen Rucksack auf den Schultern trug und nach Unsicherheit und Adrenalin roch. Sie gab sich unbeteiligt und doch irgendwie feierlich, wie eine Ex-Freundin auf der Hochzeit ihres ehemaligen Geliebten. Wir kamen immer tiefer in das Pappelwäldchen, das sich entlang der Mauer erstreckte. Früher hatten diese Pappeln bei starkem Wind geknarzt wie die Masten eines riesigen Segelschiffs. Jetzt, da der Wind zusammen mit dem Licht verschwunden war, herrschte in diesem Hain nichts als stummes Grauen.

Kurz darauf fand ich eine kaputte Straße, die zum Grenzkontrollpunkt führte – von der anderen Seite bewegte sich ein Zug von Sternchen darauf zu, in die entgegengesetzte Richtung jedoch wollte niemand. Die Straße führte zu zwei riesigen, unfertigen Wolkenkratzern. Der schmale Durchgang dazwischen wurde »Tor der Morgenröte« genannt, und dort war ein Grenzkontrollpunkt eingerichtet.

Wir wurden sehr herzlich empfangen. Als es noch zwanzig Schritte bis zum Tor waren und der Lichtkegel meiner Stirnlampe auf zwei auf Halterungen montierte Maschinengewehre fiel, regte sich der Soldat, der neben einem der Gewehre stand, richtete die Mündung auf uns und ließ den Verschluss klicken. Ins Falsett rutschend schrie er:

»Was ist da? Was soll der Sch…? Stehen bleiben! Waffen runter! Hände hoch! Keine Bewegung, habe ich gesagt!«

Gleichzeitig heulte eine mechanische Sirene, und ein riesiger Halogenscheinwerfer blitzte auf und blendete mich und meinen Hund.

»Halt! Stehen bleiben! Ich schieße! Waffe auf den Boden!«, jaulte die Stimme, die vom Schreien schon heiser war. Gleichzeitig ertönten irgendwo weiter hinten leisere Stimmen.

»Was ist denn hier los?«

»Beruhige dich, Mann!«

»Schaut, was ist das da, zum Teufel?«, antwortete ihnen die jaulende Stimme. »Da drüben! Was ist das für ein schwarzes Monster? Ein Maul mit Zähnen?«

»Hast du noch nie einen Hund gesehen, du Idiot?«, erwiderte der Kundigere. »Das ist unser Antiquar. Mit seiner Hündin. Das ist ein Hund.«

»Und warum hat er die Waffe nicht abgeworfen?«, ließ der nervöse Soldat nicht locker.

Ich wagte es, meine Hand zu heben und mein Gesicht zu bedecken: Der Schmerz in den Augen war selbst bei geschlossenen Lidern unerträglich.

»Ich habe keine Waffe«, rief ich.

»Da, siehst du«, beruhigte die Stimme des Kundigen. Und dann kommentierte er in seitliche Richtung. »Da haben sie uns die Grünschnäbel von Kalvaria geschickt. Sehen einen Hund und machen sich in die Hosen.«

»Wieso keine Waffe? Wozu bist du dann hier?« Ich hörte ein metallisches Klicken – der Soldat hatte den Abzug wieder gesichert.

Der Suchscheinwerfer erlosch, die Sirene verstummte. Im Schein meiner Stirnlampe konnte ich Gerdas verzweifelte Schnauze sehen, sie war völlig verheult vom blendenden Licht.

»Ich verlasse die Mauern der Munizipalie, weil ich im Ödland etwas erledigen muss. Ich habe eine Genehmigung des Bürgermeisters zur Auswanderung. Soll ich sie vorzeigen?«

»Durchgehen!« Die Silhouette des Kundigen schubste den Soldaten vom Maschinengewehr weg. Ich machte einige unsichere Schritte auf das Grenzwärterhäuschen zu und erkannte im Kundigen den Polizisten Manka.

Er sah mich aufmerksam an und fügte hinzu:

»Ohne Waffe würde ich die Mauern nicht verlassen. Du solltest dir wenigstens eine Schreckschusspistole oder so was zulegen.«

Er ging auf den furchtsamen Soldaten zu, nahm ihm kurzerhand den Gürtel mit dem schweren Plastikholster ab und zog eine gewaltige Pistole mit langer Mündung heraus.

»Ich rate dir, wenigstens das zu nehmen«, sagte Manka. »Eine Stetschkin, zwar alt, aber die Laufleistung ist noch nicht ausgeschöpft. Auf zehn Meter triffst sogar du ein Viech. Zehn Millimeter, zwanzig Schuss im Magazin. Mit Holster und vier zusätzlichen Magazinen macht das 30 Zink. Wenn du sie jetzt nicht hast, zahlst du, wenn du zurück bist.«

Mit Unbehagen betrachtete ich die Waffe. Der Gedanke, irgendein »Viech« zu erschießen, gefiel mir nicht. Schließlich war Gerda auch ein Viech. Alle Aggressionen in der Welt beruhen auf Missverständnissen und der Unfähigkeit, sich zu einigen. Wenn jemand, der in die Welt hinausgeht, ein Mordwerkzeug dabeihat, verwandelt er sich aus einem Wanderer in einen Soldaten. Dadurch wird dieser Planet nicht friedlicher. Ich hatte mich aufgemacht, die halbe Welt zu umrunden, ohne Kompass, nur mit einer Karte bis zur verlassenen Stadt Homel im Gepäck. Um meinen Plan wenigstens halbwegs umzusetzen, brauchte ich sehr viel Glück. Und wie viel Glück man hat – das hatte ich auf früheren Reisen gelernt –, hängt sehr stark davon ab, wie man sich unterwegs verhält und mit welcher Einstellung man loszieht.

Deshalb ratterte ich entschlossen herunter:

»Nein, das nehme ich nicht. Aus Prinzip.«

»Na dann, leb wohl, Antiquar. Ich sage nicht ›Auf Wiedersehen‹, denn ich habe vor, noch eine Weile zu leben.«

Das mit Stacheldraht besetzte Doppeltor öffnete sich langsam. Ich ging hindurch und fand mich in einem schmalen Durchgang zwischen kahlen Häuserwänden wieder. Auch an dessen Ende wartete ein Soldat, diesmal einer von uns, aus Hruschawka, deswegen erschreckte er sich auch nicht vor Gerda. Er musterte mich aufmerksam und ließ uns schweigend vorgehen. Dann öffnete er das Grenztor, aber nur einen Spaltbreit, sodass ich mich gerade so hindurchzwängen konnte.

Und was war auf der anderen Seite?

Menschenmassen! Kaum hatte sich das Tor geöffnet, regte sich die Menge schwarzer Gestalten und heulte auf. Mir entgegen stürzte ein Dutzend derjenigen, die nach Hruschawka wollten.

»Zurück!«, kommandierte der Soldat, aber die Leute drängelten, um als Erste durchzukommen. »Zurück!«, rief er erneut und riss die Mündung seines Gewehrs hoch.

Die Menschen rückten beiseite, sodass Gerda und ich hinauskonnten, um dann erneut das Tor zu belagern. Anders als im Empfangsraum des Bürgermeisters gab es keine Warteschlangen, sondern Händler, Asylsuchende, Vagabunden, Abenteurer, Astrologen und andere Wilde wimmelten ungeordnet durcheinander.

Diese Leute waren so versessen darauf, dorthin zu gelangen, von wo ich freiwillig wegging, dass ich unangenehm berührt war. Je weiter ich mich vom Kontrollpunkt entfernte, desto weniger Menschen sah ich. Manche kamen mit Fuhrwerken in der Hoffnung, ihre Waren irgendwie durch die belagerten Tore zu bekommen. Schließlich erreichte ich über den von Tausenden von Füßen zerfurchten und zertrampelten Weg eine Kreuzung. Eine breite schwarze Landstraße führte geradeaus, während eine weitere Straße nach links abzweigte. Hier stand ein selbst gebauter Wegweiser aus dem einzigen Material, das für die Wärmeproduktion ungeeignet war – ein riesiges Kunststoffschild. Ein Pfeil nach links wies zum Königreich »Zentrum«. Ein Pfeil geradeaus zur »Kulturbrauerei«.

Ich richtete meinen Rucksack und trottete nach rechts. Meine Richtung hatte keine Bezeichnung. Im gefrorenen Schnee waren fast keine menschlichen Spuren zu sehen. Die Straße unterquerte eine Überführung und wurde nach einer großen Kreuzung zur sechsspurigen Schnellstraße. Hier und da sah ich verlassene Autos, die dort stehen geblieben waren, wo ihre Motoren aufgehört hatten, das Benzin oder den Diesel zu verbrennen. An Kreuzungen und bei Ampeln gab es mehr verlassene Autos.

Ich ging auf der breiten Fahrbahn zwischen diesen vereisten Skeletten entlang und dachte, dass, wenn die Sonne endlich aufgehen und die Motoren wieder anspringen würden, die Leute alle Hände voll zu tun hätten, um diesen rostigen Schrott von den Straßen zu holen. Allerdings wäre das bei einem erneuten Sonnenaufgang eines der geringsten Probleme einer bereits so gut wie ausgestorbenen Zivilisation, die dann versuchen müsste, sich zu erneuern.

An meinen Augen zogen die vertrauten Umrisse von Wohnhochhäusern, Kinos und »multifunktionalen Einkaufs- und Unterhaltungszentren« vorbei. Die Bezeichnung kannte ich noch, mein Gedächtnis flüsterte mir die Namen »Globo«, »Titan«, »Bjaresze« zu. Ich drehte mich zu einem von ihnen um. Früher gab es im Erdgeschoss ein Café, da saß ich gerne bei einer großen Tasse Cappuccino. Die roten Buchstaben am Eingang waren nicht abgeblättert, aber die Eingangstüren hatte schon jemand vor mir aufgebrochen. Drinnen war alles unverändert: dieselben Kunstledersofas (Sofas aus echtem Leder wären längst geplündert worden), die alten Tische aus dickem Glas. Doch Kälte und Dunkelheit hatten den Ort bis zur Unkenntlichkeit verändert, da kam keine Nostalgie auf. Wir alle liebten nicht Wände oder Möbel (beides war ja noch vorhanden), sondern die vertrauten Gesichter der Kellner, die Gerüche im Inneren und vor allem die Beleuchtung. Hier war es immer so gemütlich gewesen im Schummerlicht, da konnte man stundenlang in seinem Mac versinken.

Als wir auf den Prospekt zurückkamen, bemerkte ich, dass die zuvor fröhliche und ausgelassene Gerda unvermittelt still und vorsichtig geworden war. Sie machte ein paar Schritte, spitzte die Ohren und blieb lauschend stehen. Zwar bellte sie nicht, aber irgendetwas schien sie zu beunruhigen. Die Stimmung des Hundes übertrug sich sofort auf mich. Ich ging auf Zehenspitzen, um kein Geräusch zu machen, aber es nützte nichts, meine

Lampe verriet mich. Ich schaltete die Stirnlampe aus und sofort wieder ein. Ohne den Lichtstrahl war die Dunkelheit vor uns zu unheimlich. Da bemerkte ich rechts in der Ferne drei bewegliche Punkte. Sie sahen aus wie Lichter von Taschenlampen, bewegten sich aber zu schnell für Menschen. So schnell kamen nicht einmal Läufer voran. Alles vollzog sich in völliger Stille. Ich hörte keine Schreie, keine Worte. Das waren sicher keine Menschen. Ein Schauer lief mir über den Rücken. Ich erinnerte mich an all die Fabelwesen, von denen die »Gazette« berichtet hatte. Gerda starrte zu den Punkten, und sogar sie schien den Atem anzuhalten. Mir wurde klar, dass sie den Prospekt entlangfuhren, den Gerda und ich verlassen hatten. Da umrundete eines der Lichter offensichtlich ein Auto, und die anderen taten es ihm nach. Und noch etwas Seltsames: Die beweglichen Punkte überstiegen die Größe eines Menschen. Um was für Kreaturen es sich auch handeln mochte, sie waren riesig und sehr schnell. Ich stellte mir drei Neurer vor, die mit Stirnlampen auf Wolfsköpfen, die vor ihrer Verwandlung menschliche gewesen waren, voranrasten und sich schon das Maul leckten.

Kurz kam mir der Gedanke, dass eine Waffe eigentlich recht nützlich gewesen wäre, wenn man vernünftig war und sie nur im Extremfall einsetzte. Ich konnte mich kaum noch beherrschen und wich zurück. Gerda folgte mir schweigend und wandte ihren Kopf ebenfalls nicht von der Bedrohung ab.

Und dann erstarrte ich zur Salzsäule. Die drei tanzenden Lichtsternchen bogen von der Allee ab und rasten direkt auf uns zu. Ich versuchte, etwas zu erkennen – Reißzähne, aufgerissene Mäuler, funkelnde Augen –, aber wie immer war die Dunkelheit rund um die Lichtquelle nur noch schwärzer.

Als sie schon nah, sehr nah waren, legte ich meine Hand auf Gerdas Nacken und kraulte sie hinterm Ohr, um sie aufzumuntern. Wenn schon sterben, dann zusammen. Etwa im selben Moment hörte ich Geräusche: ein konzentriertes Schnaufen und ein gemessenes Knirschen. Als die Ungeheuer bis auf Sprungweite herangekommen waren, öffnete sich bei jedem von ihnen ein zweites, noch helleres Auge auf Höhe der Taille. Ein unerträglich weißes Licht, unmenschlich und schrecklich, beleuchtete ekelhaft dünne Skelette, als seien die Knochen aus Metall, irgendwelche hässliche Speichen. Ein Schrei entfuhr meiner Brust. Da sprach das erste Monster mit einer freundlichen menschlichen Stimme:

»Ach, Sie haben ein Hündchen dabei.«

»Gute Nacht«, sagte die andere Stimme keuchend.

»Seid gegrüßt, Wanderer«, rief der Dritte.

Der Lichtstrahl meiner Stirnlampe fiel auf das, was sich in der Dunkelheit bewegte, und fast hätte ich losgelacht. Es waren Fahrräder. Wie lange schon hatte ich so etwas nicht mehr gesehen. In Hruschawka hatte das Fahrradfahren keinen Sinn gemacht – die Munizipalie war zu klein, alle Entfernungen ließen sich im gemütlichen Spazierschritt zurücklegen.

»Woher sind Sie?«, fragte der Radfahrer, der mir am nächsten war.

»Ich komme aus Hruschawka und gehe Richtung Süden«, gehorchte mir meine Zunge widerwillig.

»Wir kommen aus ›Zentrum‹. Wir haben den Segen des Königs, die Gebiete im Süden auszukundschaften«, antwortete er.

»Wir dachten, je weiter man nach Süden kommt, desto wärmer wird es«, sagte der dritte Mann.

»Wir haben kein Kesselhaus wie ihr Glückspilze. Keine Wirtschaft, keinen Handel, nichts, womit man Kohle kaufen könnte. Alles, was brennbar ist, haben wir verbrannt. Im Königspalast ist es eiseskalt. Wir heizen mit den Parkettdielen aus den Stalin-Bauten und den Balken aus den Decken.«

»Seit unserer Jugend sind wir zusammen mit dem Fahrrad unterwegs. Ganz Belarus sind wir abgefahren«, vermeldete eine neue Stimme. Sie klang so positiv, dass es geradezu kränkend schien, dass ausgerechnet sie mich zu Tode erschreckt hatte. »So dachten wir uns: Wenn es noch Straßen gibt, müssen wir sehen, was im Süden los ist.«

»Und los ging's auf Erkundungstour. Der König hat's erlaubt.«

»Velo-Kundschafter«, prahlte einer von ihnen (ich konnte schon nicht mehr auseinanderhalten, wer von ihnen gerade sprach, so gleichermaßen enthusiastisch wirkten sie alle).

»Vorposten«, korrigierte der Dritte. »Es gibt so einen militärischen Begriff für jene, die vorangehen.«

»Ihr habt mich ziemlich erschreckt, ihr Vorposten«, gab ich ehrlich zu.

»Aber wir sind harmlos«, versicherten die verschiedenen Stimmen. »Wir sind nicht mal bewaffnet. Wozu auch?«

»Nun, das finde ich auch, wozu Waffen?«, griff einer von ihnen den Gedanken auf.

»Wir sind ja auf Rädern unterwegs, uns holt niemand ein«, lachte der Dritte.

»Das ist seltsam, in diese Richtung ist der Weg überhaupt nicht ausgetreten. Aber hier geht es nach Süden. Wir müssen alle dahin. Raus aus dem Schnee hier.«

»Und der Hund heißt wie?«

»Sie haben auch keine Waffe?«

»Warum sind Sie nicht mit dem Fahrrad unterwegs?«

»Darf ich den Hund streicheln?«

»Beißt er auch nicht?«

Ich schaffte es nicht, auf all diese Fragen zu antworten. Erschrocken hatte sich die liebe Gerda hinter mir versteckt und beobachtete die flackernden Lichtstrahlen durch meine Beine hindurch. Daraus ergab sich für alle, dass der Hund nicht gestreichelt werden durfte und sehr bissig war.

»Ich habe eine Karte mit den Einzeichnungen eines erfahrenen Kumpels«, sagte ich. »Daraus ist zu entnehmen, dass alle Straßen noch befahrbar sind. Über den Prospekt kommen Sie zur Umgehungsstraße, das müsste eine breite sechsspurige Autobahn mit guter Fahrbahndecke sein. Die zweite große Ausfahrt von der Umgehungsstraße nach rechts führt genau nach Süden. Zumindest war Süden dort, als die Karte erstellt wurde.«

»Er denkt, wir haben keine Karte«, sagte eine der Stimmen in einem Ton, als wolle sie einen Witz erzählen. Derjenige, der sprach, richtete seine Stirnlampe auf den Lenker seines Fahrrads – dort war ein laminierter Atlas befestigt.

»Er denkt, wir wüssten nicht, wie man in den Süden kommt«, stimmte der Zweite im selben Tonfall ein.

»Er glaubt uns nicht, dass wir schon ganz Belarus abgefahren sind«, sagte der Dritte zu den anderen.

»Also dann, gute Fahrt! Passen Sie auf sich auf!«, unterbrach ich ihr Geschnatter. Eigentlich wollte ich noch gute Wünsche hinzufügen, etwas wie »viel Kraft und ausreichend Licht«, aber mir war klar, dass sie antworten würden: »Er denkt, wir haben keine Energy-Drinks dabei«, und: »Er hat nicht gesehen, dass wir spezielle Fahrrad-Thermosachen tragen.«

»Wir sollten dem Mann mit Hund etwas Gutes tun«, blendete der Erste mit seinem Lichtstrahl die anderen.

»Dem Mann ohne Fahrrad«, unterstützte ihn der Zweite, während er seinen Lichtstrahl in der Luft bewegte.

»Denn bei ›Healthy living‹ geht es nicht nur um den Körper, sondern auch um die Ethik.« Der dritte Mann machte eine Handbewegung, vielleicht formte er eine Faust mit dem Daumen nach oben. Aber das war im Dunkeln nicht zu erkennen.

»Wir müssen Menschen mit Hund und ohne Fahrrad helfen.«

»Und was bedeutet ›Healthy living‹?«

»Ernährung, Bewegung, Lebensstil.«

Ich bereute meine Frage und hoffte inständig, dass sie nicht noch ein viertes Klappfahrrad dabeihatten – sonst hätte ich mir die Ethik von ›Healthy living‹ bis zur Umgehungsstraße aneignen müssen. Und dabei konnte ich auch nicht ausschließen, dass sie zudem ein fünftes, kleines Hundeklappfahrrad dabeihatten und dass auch Gerda lernen müsste, in die Pedale zu treten.

»Wir essen kein Fleisch«, sagte die erste Stimme würdevoll.

Ich wollte sagen, dass auch ich kein Fleisch esse, denn das, was in unserer Welt als Fleisch verkauft wurde, hatte diese Bezeichnung schon lange nicht mehr verdient.

»Wir haben Falafel. Die machen wir selbst, aus Erbsen.«

»Wollen Sie Falafel?«, fragten sie mich.

»Kann man auch Hunden geben.«

»Ich habe genug zu essen«, log ich, obwohl ich nach Kumpels Rat nichts für mich mitgenommen hatte – der Rucksack war ohnehin schon zu schwer.

»Was machen wir dann?«

»Für den Mann mit Hund?«

»Den Mann ohne Fahrrad?«

»Ich brauche nichts«, sagte ich ehrlich. »Ich bin es gewohnt, auf mich gestellt zu sein und mich nur auf mich selbst zu verlassen.«

»Wir werden Ihnen unsere Notizen zukommen lassen. Mit wichtigen Informationen. Die wir unterwegs sammeln.«

»Und daneben ein CHLQ, zum Ausleuchten.«

»Er weiß nicht, was CHLQ ist.« Anscheinend korrigierten sie sich nicht mehr gegenseitig, sondern jeder sich selbst, mit unterschiedlichen Stimmen.

»CHLQ ist eine chemische Lichtquelle.« Einer von ihnen richtete seine Taschenlampe auf ein lakritzähnliches Bündel von phosphoreszierenden Stäbchen, die am Rahmen befestigt waren.

»Gute Fahrt«, wiederholte ich das bereits geäußerte Geleitwort.

Sie schwangen sich auf ihre Sattel, und im Fahren lenkten sie die Strahlen ihrer Lampen noch mehrmals zu mir zurück, um sich zu verabschieden. Ich war während des Gesprächs mit ihnen ordentlich durchgefroren und erhöhte jetzt mein Gehtempo, um genussvoll das Blut durch meinen Körper zu pumpen. Wie gut es sich doch im Laufen dachte! Zu Hause, über einem Buch, am Schreibtisch, schienen die Gedanken in eine Art Hülle gezwängt. Hier flogen sie in verschiedene Richtungen auseinander, nahmen sich gegenseitig auf und übertrafen sich, genau wie diese Radfahrer.

Ich betrachtete die verdunkelte Stadt unter dem Himmel, der die Farbe einer schwarzen Kuh mit rotbraunen Flecken hatte, und dachte, es sei doch logisch, dass alle früheren Staaten in kleine feudale Fürstentümer zerfallen waren. Auf wundersame Weise war es das Licht gewesen – tagsüber das der Sonne, nachts das der Elektrizität –, das uns alle wie ein Band in imaginären Gemeinschaften zusammengehalten hatte. Wenn man auf seinem Heimweg jeden Tag dreimal an einem Plakat mit der Aufschrift »Der Sawodski-Bezirk von Minsk heißt Sie willkommen« vorbeikommt, hält man sich mit der Zeit unwillkürlich für einen Bürger dieses »Sawodski-Bezirks« und der Metropole »Minsk«. Ohne Licht zerfallen solche Worte zu Staub, verschwinden sowohl die Toponyme als auch die Gemeinschaften. Zurück bleiben nur Kälte, Dunkelheit und die Notwendigkeit des Überlebenskampfes. In einer solchen Welt taugen die großen, modernen Staaten wenig, ein solcher Kampf lässt sich besser in kleinen mittelalterlichen Königreichen ausfechten.

Ich hatte nicht das Gefühl, durch eine »Stadt« zu gehen. Mit dem Erlöschen der Lichtmasten, dem Verblassen von Aushängeschildern an Geschäften und Cafés, mit dem Verschwinden des Widerscheins von Behaglichkeit in den Fenstern der Plattenbauwohnungen hatte die Stadt aufgehört zu existieren. Ohne Werbung, Autoscheinwerfer, ohne Glühbirnen über den Hauseingängen hatte sich der städtische Raum mit verlassenen dunklen Wohnhäusern, die ihre Schultern hochzogen, mit einsamen Betonstämmen von Laternenmasten, mit asphaltierten Schnellstraßen, die ausgetrockneten Flussbetten ähnelten, in eine menschengemachte, scheußliche kalte Wüste verwandelt. Zurückgeblieben war ein Ödland.

Gott trennte das Licht von der Dunkelheit, und dann kam der Mensch und verdrängte die Dunkelheit mit Licht. Und nun hatte die Dunkelheit vorübergehend die Oberhand gewonnen.

Mir ging außerdem durch den Kopf, dass all diese »Neurer« und der »Rand der Erde« dieselbe Ursache hatten wie die Desurbanisierung. Nahm man dem Menschen das Licht weg, dann erblickte er in einem harmlosen Radfahrer einen »Neurer«. Die Finsternis ließ die Fantasie erblühen. Und die Fantasie mehrte im Dunkeln meist die Angst.

Nach dem Gespräch mit den »Vorposten« kam mir die Welt wieder sicher und durchschaubar vor. Genau wie in Hruschawka. Nur die Orientierung war nun unerwartet problematisch: Auf der Karte kreuzte der Prospekt nur einmal eine breite Straße, und zwar die Umgehungsstraße. In der Realität jedoch gingen alle zwei oder drei Kilometer breite Schnellstraßen vom Prospekt ab. Ich versuchte, die Gegend wiederzuerkennen und nicht in Panik zu geraten. Jedenfalls musste sich die Zahl der Wohngebäude vor der Umgehungsstraße verringern, denn wer wollte damals schon mit einem Meer von Autos vorm Haus leben?

Mit dieser Überlegung stellte ich fest, dass vielen Autos auf unserem Weg die Reifen fehlten, und je näher ich den beiden durch den Prospekt voneinander getrennten Wohnkomplexen kam, desto mehr »beinamputierte« Autos sah ich.

Ich erinnerte mich an die Werbung für diese Hochhäuser. Darauf hatte das eine wie eine Pyramide ausgesehen, und das andere ragte als hundertstöckiger Quader in die Wolken. Früher gehörten sie einem Bauunternehmer und wurden mit poetischen Namen zum Verkauf angeboten, ich glaube, sie hießen »Lissitzky und Malewitsch«. Errichtet wurden sie auf dem Höhepunkt des Baubooms zur Auffüllung von Baulücken, als ganze Viertel in der Nähe der Metro für jene entstanden, die sich für wohlhabend hielten. Nun strebten diese Kolosse mit Tausenden von Wohnungen als tote Verklumpungen von Dunkelheit in den schwarzen Himmel – kein Licht, keine Bewegung. Durch einige Stockwerke schimmerte der rotbraune Himmel punktförmig hindurch: Dort lagen große Wohnungen über die gesamte Breite des Gebäudes, aus deren Panoramafenstern man sowohl den Sonnenaufgang als auch den Sonnenuntergang hatte sehen können. Ich musste mich jetzt nur noch daran erinnern, ob sie vor der ersten Umgehungsstraße lagen oder schon dahinter.

Gerda, die etwas witterte, stürzte voran und kam dann mit einem unergründlichen Schnauzenausdruck zurück, als wollte sie sagen: »Gleich siehst du es selbst.«

Den Autos entlang des Prospekts fehlten jetzt nicht mehr nur die Reifen, sondern auch Türen, Motorhauben und Kofferraumklappen. Auf der Suche nach herrenlosem Metall hatte man bei einigen sogar die Kotflügel abgeschraubt.

Die Barrikaden waren tiefschwarz, zwei Mann hoch. Das Material, aus dem sie sich zusammensetzten, ähnelte weichen Backsteinen, sie glänzten im Licht meiner Stirnlampe. An mehreren Stellen gab es Spalte, durch die rostiger Draht hervorschien. Mir war nicht sofort klar, dass diese Aufbauten entlang der Häuser aus Autoreifen bestanden. Der Asphalt zwischen ihnen war verkohlt, mit Furchen von Explosionen, übersät mit großen Glasscherben, selbst gebastelten Granaten und riesigen Steinen.

Einschussspuren gab es im Gummi der Barrikaden kaum: Offenbar hatten jene, die hier in eine Konfrontation geraten waren, kaum echte Waffen gehabt, und die Munition hatte sich schnell verbraucht. Anscheinend hatten die Kugeln die Reifen durchschlagen, ohne die schweren Felgen zu verschieben. Die Barrikaden waren also nicht als Schutz vor Kugeln errichtet worden.

Auf der Erde lagen unzählige schmutzige Sandsäcke verstreut. Gerda umrundete sie vorsichtig. Aus einem von ihnen ragte ein selbst gemachter Speer, in dem ich einen Skistock mit einem daran befestigten Küchenmesser erkannte. Aus irgendeinem Grund glänzte an der Stelle, wo der Speer den Sack durchbohrt hatte, rote Marmelade. Als ich näher kam, erkannte ich, dass der Sandsack ein toter Mensch war. Die Leiche lag mit dem Gesicht zu Boden, ihr grauer Arm war bis zu den Knochen abgeknabbert. Oberhalb des Ellbogens war mit schwarzem Filzstift ein Dreieck aufgemalt.

Mir wurde übel. Ich entfernte mich von der Barrikade, richtete den Lichtstrahl auf meine Füße und ging vorsichtig auf der Mitte des Prospekts hindurch. Wie sehr ich meinem Kopf auch untersagte, irgendwelche Theorien aufzustellen, zeichnete er dennoch verschiedene Versionen eines Angriffs. Zombies? Skythen? Androphagen? Eine jedenfalls hollywoodmäßiger als die andere. Wehrlose Menschen der beiden letzten Bastionen des Humanismus im gemeinsamen Kampf gegen die Belagerung durch Nichtmenschen, die aus der Umgehungsstraße herandrängten. Eingänge verbarrikadiert, Wachen aufgestellt, Menschen an ihren Verwundungen gestorben.

Im Lichtstrahl tauchte zu meinen Füßen ein Schädelfragment auf, mit einem Stein anstelle des Auges. Abgefeuert mit einer selbst gebauten Schleuder, anders konnte es nicht gewesen sein. Was sonst hätten die Knochen brechen können? Über dem Ellbogen des Arms, den der Mann vor seinem Tod vors Gesicht gehoben hatte, befand sich ein sorgfältig mit Filzstift gemalter Quader.

Ich drehte den Kopf nach rechts: Über der Barrikade hing vor dem Eingang zum Pyramidenhaus eine deutlich sichtbare Fahne mit einem Dreieck. Über dem Eingang zum Koloss links machte ich im Lampenlicht ein angebrachtes Plastikschild mit einem sorgfältig gezeichneten Quader aus. Was für Zombies! Krieg der roten und der weißen Rose. Die Lancasters gegen die Yorks. Weshalb hatten sie gekämpft? Um sich gegenseitig die Reste an Nahrung streitig zu machen, anstatt sich zusammenzutun und gemeinsam neue zu suchen? Ich beschleunigte meine Schritte.

Unweit von den verstrittenen Lissitzkys und Malewitschs tat sich ein kleines Feld auf, und inmitten des Feldes war ein riesiger Verbrauchermarkt notgelandet. Dorthin bog ich ab in der Hoffnung, mich mit Vorräten eindecken zu können, denn früher oder später würde ich selbst nach dem, was ich gesehen hatte, wieder etwas essen wollen. Aber der Hangar war restlos ausgeräumt worden. Jemand hatte sogar versucht, die Lüftungsrohre aus Alufolie, die unter der Decke verliefen, zu zerstören. Nicht nur die Kassen waren herausgerissen (aber wer konnte so etwas gebrauchen und wozu?), sondern auch die Aluminiumtheken, auf denen früher die Waren angeboten wurden. Der gesamte Ladenraum war leer, von einer Wand zur anderen. Dieser Markt war offenbar lange Zeit ein Mekka für Plünderer aller Art gewesen, das war zu spüren. Zuerst hatten sie das Wertvollste und dann das Nützliche herausgeholt und dann, als es nichts Wertvolles und Nützliches zum Wegtragen mehr gegeben hatte, kam das an die Reihe, was man leicht mitgehen lassen konnte – als Souvenir. Und am Ende dann die totale Verwüstung, wie in einer Kirche nach dem Einfall der Goldenen Horde. Doch hier glitzerten nass gewordene und dann gefrorene Geldscheine unter meinen Füßen. Warum keiner der Plünderer sie mitgenommen hatte, war klar: Was nützten Scheinchen, die nicht brannten?

An den Rändern des Prospekts folgten Hangars, Autohäuser, Parkhäuser und Speiselokale, die Wohngebäude rückten in die zweite Reihe. Ganz offensichtlich lag in der Nähe ein großer Verkehrsknotenpunkt. Bald zeigten sich die Umrisse einer hohen Überführung, unter der sich nach links und rechts der schwarze Fluss einer Autobahn ausbreitete. Am Fuße der Brücke war ein buntes Flackern erkennbar. Etwas leuchtete knapp über dem Boden in der Farbe von jungem Klee. Gerda war ruhig, also drohte uns wohl keine Gefahr. Ich ging so schnell, wie es der auf meinen Schultern ruhende Panzerschrank zuließ, bis ich einen sorgfältig von Schnee und Eis befreiten Hügel und darauf ein längliches

Metallobjekt erkannte, mit dem etwas Weißes auf dem Boden beschwert wurde. Die Wand war von CHLQ erhellt – einem phosphoreszierenden Stäbchen, wie ich es bei den Radfahrern gesehen hatte.

Der Metallzylinder entpuppte sich als eine kleine Thermoskanne, unter der sich ein Stück Papier mit einer Bleistiftnotiz befand. Ich warf mein Gewicht ab und zog die Matte und eine Konservendose für Gerda aus meinem Rucksack.

»Rast«, befahl ich müde, breitete die Matte auf dem gefrorenen Gras aus und ließ mich darauf fallen.

Gerda stürzte sich mit einem hungrigen Knurren auf ihr Fressen. Ich nahm die Thermoskanne und dachte, darin könne sich, Pardon!, Falafel befinden. Als ich den Deckel abschraubte, stellte ich fest, dass es heißer, echter, aber kaum gesüßter Tee war. Das war so wohltuend nach dem langen Fußmarsch, der Müdigkeit, der Kälte, dass ich laut »Danke!« rief. Nach ein paar Schlucken stellte ich fest, dass meine unsichtbaren Freunde für uns auch den Hang von Schnee und Eis befreit hatten. Mögen sie stets genug Luft im Reifen haben! Ich nahm noch ein paar Schlucke, schob mir die Hasenfellmütze in den Nacken, legte mich auf den Boden und ruhte eine Weile aus. Dann faltete ich den Zettel auseinander und las ihn. Ich war gerührt.

»Kopf hoch, Mann mit Hund. Du bist nicht allein auf diesem Weg.«

Wie immer nach einer Rast fiel mir das Gehen eher schwerer als leichter. Nach der Pause nahmen die Muskeln nur widerwillig die mühsame Arbeit wieder auf. Gerda versuchte mich aufzuheitern, spielte mit dem Lichtfleck auf meiner Stirn, schaute mir in die Augen und lächelte mit ihrer verschmitzten schwarzen Schnauze.

Wir hatten sie als Welpen aus dem Tierheim in der Gursky-Straße geholt, dieser urigen Haustierhölle. Damals hielt man in diesem Kerker die auf den Straßen eingefangenen Kätzchen und

Hündchen durchschnittlich drei Tage fest. Diejenigen, die sich »aggressiv« verhielten, bekamen bereits am fünften Tag eine Giftspritze, wonach sie in industrietaugliche Bauteile für Kleber, Seife und Gelatine zerlegt und die Reste einer Müllverbrennungsanlage zugeführt wurden. Lieber würde ich nun an dieser Stelle eine Geschichte von einem Muttertier erzählen, das unter den Rädern eines Lastwagens starb, und von den drei kleinen Fellknäueln, die neben ihrem Körper winselten, bis sie von den fürsorglichen Händen der Hundefänger in eine Tierarztstation gebracht wurden. Aber so war es nicht. Unser kleines Fellknäuel war verstoßen worden. Im September, am Ende der Datscha-Saison, hatten sich Gerdas Besitzer von ihrer Mutter losgesagt, wie auch von zwei Brüderchen von Gerda. Sie entfernten ihr das Halsband und lieferten sie ab mit der Behauptung, sie sei eine freilaufende Mutterhündin. Aber die Mitarbeiter dieser Haustierhölle waren schwer zu täuschen, sie hatten schon genug Hundekummer gesehen: Wie konnte die Hündin »freilaufend« sein, wenn sie auf ihre Besitzer hörte und nicht wahrhaben wollte, dass sie und ihre Jungen in einen Käfig gesteckt wurden, der kurz zuvor vom Leid des vorigen Hundes gereinigt worden war?

Ich weiß nicht, wer solche Jobs annimmt, aber der »leitende Experte«, der uns das alles erzählte, schien ein freundlicher Mensch zu sein, der Tiere früher genauso gemocht hatte wie jeder andere. Aber die Notwendigkeit, jeden Tag entscheiden zu müssen, wer leben durfte und wer nicht, hatte seine Gefühle gegenüber Katzen und Hunden abgewandelt. Er erzählte uns, dass Gerdas Mutter am fünften Tag »eingeschläfert« werden musste, weil sie sich »aggressiv« verhalten habe. Sie konnte den Verrat ihrer Besitzer nicht verwinden. Gerdas Brüder wurden von einem Polizisten in Obhut genommen, der hoffte, die Fast-Schäferhunde zu unnachgiebigen Diensthunden erziehen zu können, aber unser Mädchen hatte niemand haben wollen. Sie schlief, als wir mit ihr im Taxi nach Hause fuhren.

Sie hatte sich in meinen Armen zusammengerollt und geschnieft: schwarz und heiß. Später jedoch mochte sie ihr Frauchen mehr. Bis diese sich von mir und Gerda lossagte. Letzteres allerdings war meine Schuld, nicht ihre.

Jenseits der Umgehungsstraße türmten sich, soweit ich es sehen konnte, gleichförmige Klötze mit standardisiertem Wohnraum. Mit ihrer Gesichtslosigkeit hatten mich diese Viertel früher an die Umgebung des Atatürk-Flughafens in Istanbul erinnert. Und wo waren die Eigentümer von alldem? In einer Frauen-WG in »Grüne Wiese«? In den Fenstern brannte nirgendwo Licht. Keine Bewegung, kein Rauchfähnchen.

Ohne Sonne und Sterne am Himmel konnte man nur mithilfe einer Uhr nachvollziehen, wie lange man schon unterwegs war. Ich besaß keine Uhr, also musste ich mich auf meine Empfindungen verlassen. Laut Karte war die Strecke von der Umgehungsstraße bis zum Abzweig nach Homel doppelt so lang wie die von Hruschawka zur Umgehungsstraße. Diese Strecke hatte ich meiner Empfindung nach bereits zurückgelegt. Die Empfindung machte sich am Ausmaß der Steifheit meiner Beine, an der Anzahl der Gedanken, die ich seit der Biegung gedacht hatte, und an den Schmerzen im Kreuz von der Last auf meinem Rücken fest. Meine Füße waren eiskalt, nach der Übernachtung würde ich ein weiteres Paar Socken überziehen. Der Rücken tat von oben bis unten weh, jeder Schritt war von Schmerzen begleitet. Gedanken kamen mir fast keine mehr. Mein Körper war zu müde, als dass ich in den Wolken hätte schweben können.

Um ehrlich zu sein, wuchs mit jedem weiteren Kilometer, den ich zurücklegte, meine Enttäuschung. Hier, außerhalb der hohen Mauern der Munizipalie, war alles anders, als ich es mir vorgestellt hatte. Ich hatte gehofft, wenn ich weit genug von Hruschawka entfernt wäre, um Gazaks Glockenturm nicht mehr sehen zu können, würde ich einen ausreichend hohen Hügel erklimmen und am Horizont zumindest einen Hoffnungsschimmer erkennen, der mir die Kraft gäbe, weiterzugehen. Schon den Grenzübergang hatte ich mir anders vorgestellt. Die Scharen von Gewürzhändlern, die Karawanengänger mit Holzkohle, die Verkäufer heißer Getränke und Süßigkeiten aus fernen Ländern hatten darauf hingedeutet, dass auch jenseits der Mauer einiges los war. Dass das Wort »Ödland« lediglich eine Metapher für ein schwach besiedeltes Gebiet war. Dass sie statt Met dort miserables Bier einschenkten und einem statt Fingerstopfwurst einen Kebab aus Hundefutter andrehten, dass es aber trotz allem Menschen gab und zumindest irgendeinen Service. Und dass man mit ausreichend Zink im Gepäck auch nicht vor Kälte starb.

Doch das Ödland entpuppte sich nun, zumindest auf den ersten Blick, als eiskalte und trostlose Wüste. Die Hoffnung, dass irgendwo hinter der nächsten Kurve die Zivilisation wieder auferstanden war und man für zwei Batterien einen Burger mit Jalapeño und Country-Potatoes essen konnte, rückte um mindestens zwanzig Kilometer in die Ferne – das war die Entfernung bis zum Horizont von der großen Überführung aus.

Ich fragte mich, was Kumpel gemeint haben könnte, als er sagte, hier gäbe es mehr Lebensmittel als in Hruschawka.

Auf der rechten Seite zeigte sich eine breite Fahrbahn, auf der sich gefrorene Autos türmten. Ich hob einen Stein vom Straßenrand auf, schlug damit die Scheibe eines »Porsche Cayenne« ein, öffnete die Tür und kletterte mit Gerda hinein, wobei ich meinen Rucksack bei den Rädern ließ. Auf den Ledersitzen war es so kalt, dass ich mir die Matte unter den Hintern legen musste. Im Auto zu schlafen war keine Option, stellte ich automatisch fest. Wir mussten uns nach geeigneteren Übernachtungsmöglichkeiten umsehen. Ich verglich die mit bloßem Auge erkennbare Kurve mit dem auf der Karte eingezeichneten Autobahnverlauf Mahiljou – Homel. Derselbe Kurvenverlauf, so schien es mir. Ich war schon so müde, dass ich fast eingeschlafen wäre, als ich für einen Moment meine Augen schloss.

»Stopp! Wach bleiben! Sonst wirst du krank oder wachst nicht mehr auf!«, kommandierte ich mich selbst. »Los, jetzt suchst du eine Unterkunft und Verpflegung!«

Ich kletterte aus dem Auto, kroch unter den Rucksack, erhob mich langsam und lehnte mich an die Motorhaube. Gerda wollte nicht aus dem Auto kommen, sah mich flehend an: »Lass uns hierbleiben und ausruhen, du Sadist!« Auch ihr Akku war leer.

Ich schaute mich um auf der Suche nach einem geeigneteren Platz zum Übernachten. Einige Kilometer hinter der Umgehungsstraße zeigten sich die geraden Reihen der typischen neunstöckigen Plattenbauten in exakt gleichen Abständen. Kein Baum, kein Strauch – alles, was beim Bau nicht ausgerissen worden war, war später beim Heizen verbrannt worden.

Wir verließen die Fahrbahn (und ich wunderte mich noch über die frischen Spuren von drei Fahrradreifen – die »Vorposten« hätten viel früher nach Süden abbiegen müssen) und betraten das Wohnviertel. Gerda wollte die Situation unter ihre Kontrolle bringen, stellte den Schwanz auf, lief zum Hauseingang eines neunstöckigen Hauses und bellte einladend. Hierher, du Idiot!

Ich schaute mir das Haus von außen genau an. Über einigen Fenstern waren schwarze Streifen herausgeschnitten, wodurch sich die stark verrußten Doppelglasfenster noch mehr abhoben. An manchen Stellen ragten aus den Wänden oder den mit Lappen abgedichteten Löchern in den Fenstern Rohre von Kanonenöfen. Es gab aber auch Wohnungen ohne Anzeichen von illegaler Beheizung. Der Logik nach war davon auszugehen, dass in diesen Wohnungen seit dem Blackout niemand mehr gewohnt hatte. Deswegen musste es dort unangerührte Vorräte geben.

In diesem Hauseingang gab es unbeschadete Fenster – im zweiten Stock links, im vierten Stock rechts und im sechsten Stock links. Ich ging ungehindert hinein. Am Hauseingang gab es nicht einmal ein Zahlenschloss.

Die Türen auf den Etagen waren noch verschlossen: Offenbar kamen keine Plünderer hierher, weil sie von der Armut dieser Viertel wussten. Zweiter Stock. Glastüren zum Vorraum von zwei Wohnungen. Ich stellte meinen Rucksack ab, zerschmetterte das Glas mit dem Fuß und ertastete vorsichtig, um mich nicht zu schneiden, den Schnapper eines einfachen Tastenschlosses auf der anderen Seite. Zog an der Tür, öffnete sie und richtete die Stirnlampe ins Innere. Im Vorraum gab es zwei Eingänge. Einer führte nach rechts, die Fenster dieser Wohnung mussten zur anderen Seite des Hauses zeigen, und der andere nach links. Das war meine Option.

Eine gewöhnliche Tür aus einer spröden Spanholzplatte zwischen zwei Hartfaserschichten. Ein Billigschloss. Gleich würden wir sehen, was dahintersteckte. Ich stieß mich von der Wand ab und trat mit voller Wucht mitten in die Türverkleidung. Die Späne knirschten. Mein Fuß war stecken geblieben, mit Mühe zog ich ihn wieder heraus. Noch zwei sanftere Tritte und die Zunge des Schlosses glitt aus der beschädigten Halterung. Gerda wollte nicht hinein, und schon das hätte mir eine Warnung sein müssen. Aber das triumphale Gefühl, zum ersten Mal in meinem Leben in eine fremde Wohnung eingebrochen zu sein, trieb mich voran. Ein mit Raureif bedeckter Teppich, ein ausgeklapptes und mit Bettzeug bezogenes Sofa, eine Küche zur Linken. Bei der Vorstellung von Dosen mit Kondensmilch und Päckchen mit Zwieback wäre ich fast gestolpert.

Ein Mensch saß mit dem Rücken zu mir. In einem Rollstuhl. Regungslos. Sehr dünn.

Ich schämte mich, seinen Frieden so dreist gestört zu haben, zog mich aus der aufgebrochenen Wohnung zurück und lehnte die zerbrochenen Türen vorsichtig an. Gerda stand immer noch draußen.

Den Rucksack hatte ich umsonst hochgeschleppt. Ich hätte ihn vor meiner Erkundungstour einfach unten stehen lassen sollen, ein toller »Vorposten« war ich! Der Vorraum im vierten Stock war durch eine solide Eisentür verschlossen. Riegelschloss, legierter Stahl. Diese Tür hätte nicht einmal Superman mit bloßen Händen öffnen können. Ich klopfte ohne jede Hoffnung an, drückte die Messingklinke der Tür und stieg seufzend noch höher hinauf. Sechster Stock, Vorraum verschlossen, Tür mit Drahtglas. Ich stieß mit dem Fuß gegen das Glas, und die Oberfläche, die mit dünnen Stahlfäden durchzogen war, federte, gab jedoch nicht nach. Daraufhin holte ich mein Jagdmesser heraus, schob die Klinge zwischen Türpfosten und Schloss und drückte ohne große Mühe die Zunge des Schlosses ein.

Im Vorraum standen nagelneue Schuhe. Es waren viele Paare – auf dem Markt in Hruschawka gingen sie für zehn Zink pro Paar weg. Die Tür war aus Sperrholz, und ich bekam sie mit dem ersten Tritt nahe der Klinke und dem Schloss auf. Diesmal schlüpfte Gerda wie eine versierte Einbrecherin hindurch. Ich zog meinen Rucksack hinein.

Eine gewöhnliche Zweizimmer-Plattenbauwohnung: Schlafzimmer gegenüber vom Eingang, ein luxuriöses Bett, eine Bettdecke, ein kariertes Wollplaid. Ein großes Wohnzimmer auf der rechten Seite: die üblichen verleimten Möbel, Kristall hinter Glas, ein paar Bücher (da wurde ich besonders aufmerksam): Tolstois »Anna Karenina«, »Die Wanderungen des jungen Bartholomäus« (aus der Reihe »Perlen des orthodoxen Denkens«), ein Bildband Salvador Dalí, zwei Bände von Osho, ein Büchlein mit dem Titel »Living Dharma«, ein illustriertes Handbuch »U-Boote im Zweiten Weltkrieg«, der vierte Band von C. S. Lewis' »Die Chroniken von Narnia«.

Anhand der Bücher kam ich zu dem Schluss, dass hier eine geschiedene Frau gewohnt hatte, eine Cholerikerin mit Hochschulbildung, zwischen vierzig und fünfzig Jahre alt, geringes Einkommen, Sohn im Teenageralter, mit einem Liebhaber, der als Fahrer eines Linientaxis arbeitete.

Ich eilte in die Küche. Eine Unzahl von Details deutete darauf hin, dass die Wohnung in großer Eile verlassen und nur die scheinbar wertvollen Dinge mitgenommen wurden. Allerdings waren die Besitzer danach nicht die Dinge holen gekommen, die wirklich wertvoll waren. Allein für das Wollplaid hätte es sich gelohnt. Oder für den Hocker aus echtem Holz. Ich öffnete den Kühlschrank, und mein Mund öffnete sich ebenfalls – von selbst. Das Innere war vollgestopft mit Lebensmitteln: ein Stück Räucherwurst, eine Ecke holländischer Käse von der Farbe einer Mumie, überzogen mit grau-weißem Schimmel – er war schon verdorben, bevor die Temperatur im Kühlschrank unter null gesunken war, genauso wie der Hering, der durch die Salzlake nicht vollständig gefrieren konnte. Ausgetrocknete Würstchen, Champignons im Glas mit aufgeblähtem Deckel, versteinerte Kartoffeln und Rote Bete, Kohl im Gemüsefach, Ketchup, Mayonnaise, Senf, eine Zweiliterflasche Kwass, eine Zweiliterflasche Mineralwasser, eine ungeöffnete Flasche georgischen Rotweins in der Tür. Außerdem Piroggen mit Kartoffel-Dill-Füllung im Tiefkühlfach.

Die Hälfte dieser Lebensmittel durfte man nicht einmal probieren. Über den Zeitraum, den sie im Kühlschrank gelegen hatten, war aus der fröhlichen, albernen Welpin Gerda eine zynische Hundedame im balzacschen Alter geworden. Mit einer Schnauze, die so viele verschiedene Emotionen ausdrücken konnte, dass sie im Fernsehzeitalter als Stand-up-Comedian hätte auftreten können. Deswegen war leicht vorstellbar, welch komplexe Zivilisationen von aeroben und anaeroben Bakterien in der Zwischenzeit auf Heringen und Pilzen entstanden waren. Wahrscheinlich hatten die da bereits das Internet erfunden. Aber der Kwass … Nein, auch der Kwass war inzwischen sauer geworden und hatte sich in etwas Ranziges und Schleimiges verwandelt, mit einem stechenden Gärgeruch. Ich schob den Korken in den Hals der Weinflasche, nahm einen Schluck und spuckte ihn aus: Ich hatte nicht gewusst, dass Flaschenwein auch bei niedrigen Temperaturen verdirbt. Aber da waren ja noch die Piroggen! Während sich auf dem Balkon ein Feuerchen aus Hocker, Osho und den Holzteilen des Sessels entwickelte, durchsuchte ich die Schränkchen über dem Gasherd. Zur Beute wurden eine Zweiliterflasche echter Coca-Cola, ein Kilo Reis, ein Kilo Buchweizen, eine Konservendose mit Fisch in Tomatensoße und – halten Sie sich fest – eine riesige Tüte unangerührter Chips.

Die Vermutung des erfahrenen Antiquars hinsichtlich des Teenager-Sohnes, die auf der Grundlage der Analyse der vorhandenen Bücher getroffen wurde, fand in dieser jugendlichen Delikatesse ihre Bestätigung.

Die Chips waren nicht ranzig geworden. Ich nahm einen in den Mund, knackte ihn vorsichtig und verschluckte mich fast am Speichel: Es war der Geschmack einer Zeit, als die Menschheit noch zivilisiert und Gerda noch jung gewesen war. Ich vertilgte das Junkfood mit vollen Händen, und das Knacken im Raum war ohrenbetäubend. Gerda beobachtete mich amüsiert und bellte, und ich reichte ihr einige Kartoffelchips. Sie knusperte daran und schaute mich zweifelnd an, als wolle sie sagen: Nun ist er endgültig irre geworden. Erst hat er die Mauern seiner Stadt verlassen, weil's ihm zu Hause langweilig war. Und nun frisst er auch noch gefärbten Kunststoff.

Wie immer, wenn ich mich mit Chips vollstopfe und die Tüte sich dem Ende zuneigt, überkam mich ein brennendes Schuldgefühl, gemischt mit Ekel vor dem ausgeprägten chemischen Beigeschmack all dieser Zusatzstoffe, die mein Körper zunächst für Sauerrahm und Paprika gehalten hatte. Doch es war zu spät. An meinen Fingern klebte ein Film aus chemischem Fett, das ich sorgfältig an der Polsterung des Sofas abwischte. Dann schaltete ich meine Stirnlampe aus, zündete vier Kerzen an, die ich in der Küche gefunden hatte, und kochte mir schnell ein paar Piroggen in Mineralwasser.

Diese Klumpen schmeckten auch Gerda, und sie verschlang eine Handvoll davon. Dann saß ich bei Kerzenlicht da, völlig ermattet von allem Verspeistem (nie hatte ich mir in Hruschawka dermaßen den Bauch vollgeschlagen). Ich schlürfte die Coca-Cola aus einem Kristallglas mit Sektbläschen als Verzierung und dachte, dass ich, auch wenn ich den Endpunkt meines Weges nicht erreichen sollte (was ziemlich wahrscheinlich war), die mir zugemessene Zeit zumindest angenehm verbrachte. Die Aussicht, durch eine erloschene Welt zu wandern, erschien mir nicht mehr ganz so hoffnungslos. Ich träumte von unbekannten Städten, neuen und interessanten Bekanntschaften – da sieht man, was ein gutes Essen ausmacht. Ich ging ins Schlafzimmer, stellte die immer noch brennenden Kerzen aufs Fensterbrett und neben das Bett, kletterte in meinen Schlafsack, zog eine Decke und eine Wolldecke darüber. Die Kerzen sorgten für eine angenehme, harmonische Stimmung, und ich glaube, dieses Licht war schuld, dass ich entdeckt wurde. Aber noch war ich drinnen, und sie ließen mich in Ruhe, weil sie sich sicher waren, dass ich genauso bewaffnet war wie jeder andere Wanderer in dieser Einöde.

Ich fiel rasch in einen tiefen Schlaf, mit Gerda zu meinen Füßen. Die Albträume, die ich hatte, ließen sich durch die Begegnung mit dem toten Mann erklären, der einige Stockwerke tiefer in seinem Rollstuhl saß.

Beim Erwachen begrüßte mich kein spitzes Ahornblatt auf der Eisschicht an der Rückseite des Fensterglases. Auch nicht die fernen Pappeln von Hruschawka vor dem Hintergrund des kupferfarbenen Perlmutthimmels. Aber da war noch der Himmel, der wie die Innenseite einer riesigen schwarzen Perlenmuschel aussah. Wie sich zeigte, war es gar nicht so leicht, diesem Himmel zu entkommen.

## Zweiter Abschnitt

Kaum hatten wir den Hauseingang verlassen, fing Gerda an zu bellen. Zuerst dachte ich, sie verurteilt mich lautstark dafür, dass ich sie eigenwillig aus dieser bequemen Diebeshöhle herausgeholt hatte. Von einem Ort, an dem es noch so viel zu fressen gab. Der herrliche Buchweizen zum Frühstück, die Fischdose, die wir uns brüderlich teilten (ich aß sie trotzdem allein auf, denn sie konnte verdorben sein, und Gerda genoss das gefahrlose Katzenfutter), versetzten mich in Unbekümmertheit. Ich versuchte, das Licht der Stirnlampe auf ihre Schnauze zu richten, um ihre Stimmung zu ergründen, aber sie lief voraus, mit gespitzten Ohren. Also ging ich hinterher und redete ihr gut zu:

»Warum heulst du so laut? Hast dich wohl an den Komfort gewöhnt, mein Mädchen? Dann lass dich als Katze adoptieren. Denn Herrchen ist rastlos. Er sucht den Sturm. Wie schrieb Lermontow? ›Als läg im Sturme seine Wonne …‹«

Mir wurde etwas mulmig, denn nun fixierte der Lichtstrahl ihren Kopf, und ich konnte sehen, dass Gerda sehr erregt war. Sie starrte zur Seite, in einen Durchgang zwischen den Häusern, mit gesenktem Schwanz, angespannter Körperhaltung. Sie bellte ein paarmal und wandte sich dann mit vielsagender Miene an mich, als wolle sie sagen: »Kriegst du eigentlich gar nichts mit, du zweibeiniger Narr?« Der Lichtstrahl der Lampe reichte nur über etwa zehn Meter. Dann wurde das Licht von der Dunkelheit verschluckt. Dort konnte ich keine Bewegung erkennen.

Die Spuren mehrten sich, als wäre mir ein Paar zusätzlicher Beine gewachsen. Aber offenbar waren Gerda und ich am Vorabend hier lange herumgelaufen. Ich versuchte, das Viertel in Richtung Schnellstraße zu verlassen, und verirrte mich: überall gleichförmige Plattenbauten und dazwischen gleichförmige Durchgänge. Ich folgte den Spuren vom Vortag, aber bald teilten sie sich, als hätte ich mich verdoppelt, und als wären die Doppelgänger in verschiedene Richtungen gelaufen. Deshalb kletterte ich auf eines der Autos, das in einer Einfahrt stand, schaltete meine Stirnlampe aus, gewöhnte meine Augen an das schummrige Himmelslicht und entdeckte eine deutliche Lücke zwischen den Plattenbauten – dort gab es mehr Himmel, also musste dort eine breite Schneise auf beiden Seiten der Straße sein. Gerda bellte noch immer.

Nachdem ich ein paar Schritte ohne die Stirnlampe gegangen war, stellte ich fest, dass meine Augen ohne sie viel weiter sehen konnten – auch wenn die Aussicht grau und unschön war. Aber nachdem ich über etwas auf dem Eis gestolpert war, kam ich zu dem Schluss, dass diese unschöne Aussicht nicht verhindern konnte, dass ich mir in dieser Dämmerung den Hals brach. Also schaltete ich die Lampe wieder ein, richtete sie so aus, dass ich den Untergrund sah, auf dem ich ging, und erreichte schließlich die Schnellstraße. Es brauchte einige Sekunden, bis ich mich daran erinnerte, woher ich gekommen war. Ohne Beleuchtung sah die in Dunkelheit getauchte Straße aus wie ein Weg aus dem Nirgendwo ins Nirgendwohin. Gerda bellte noch immer.

Bald darauf erkannte ich auch drei Linien von Fahrradreifen, die mir vom Vortag bekannt waren. Das mit den Spuren war irgendwie ziemlich unsinnig.

Ich schaffte noch einige Kilometer in Richtung Berg. Sie beobachteten mich geduldig. Wahrscheinlich wollten sie sich vergewissern, dass der Hundebesitzer mit seinem schweren Rucksack wirklich so ein Volltrottel war, wie es auf den ersten Blick schien. Ich war Gerdas Bellen leid und verwickelte sie in mein Lieblingsspiel. Dabei fokussierte ich den Lichtkegel meiner Stirnlampe und drehte im Gehen meinen Kopf hin und her, um mit dem kleinen Lichtpunkt etwas auf den schneebedeckten Asphalt zu zeichnen. Die Hundedame bellte der Ordnung halber noch ein wenig, doch dann erfasste sie der Eifer, dem Lichtpunkt nachzujagen. Es war still geworden, da waren nur meine Schritte, ihr Schnaufen und Hüpfen sowie ein Knurren in den Momenten, wenn ihr der Strahl unter den Pfoten entglitt. Als ich wieder einmal meinen Kopf nach vorn warf, traf der Lichtstrahl nicht auf den Boden. Stattdessen fiel das Licht auf einen Bären, der mir im Weg stand. Nach einem Bruchteil einer Sekunde sagte der Bär fröhlich:

»Tach!«

Dann drehte er die Mündung des Gewehrs, das er über der Schulter trug. Der lange Gewehrkolben aus Holz beschrieb einen Halbkreis und donnerte gegen mein Kinn. Ich hörte, wie meine Zähne klangvoll gegeneinanderschlugen. Gott sei Dank schaffte es meine überraschte Zunge, sich noch zurückzuziehen. Dann warf mich der Schwung des Aufpralls hoch und führte mich in einem malerischen Bogen zurück. Ich flog lange und schön, das Gewicht meines Rucksacks verlieh meinem Gleiten eine fast schon aeronautische Anmut. Mir blieb sogar noch Zeit für einen trägen Gedanken: Warum liefen auf den Feldern eigentlich Bären mit Gewehren herum? Und wieso schlugen sie mit ihren Gewehren zu, statt gekonnt zuzubeißen oder zumindest ordentlich zu ballern? Wahrscheinlich, um Munition zu sparen, antwortete ich mir in dem Moment, als mein Hinterkopf beim Aufprall auf den Asphalt alle Vorzüge einer abgeriebenen, aber dennoch dicken Hasenfellmütze zu schätzen lernte. Ob wohl die Whiskyflasche zerbrochen war? Immerhin hatte ich vorsorglich meinen Pullover darum gewickelt, falls ich mal auf den Rücken stürzen sollte.

Meine Stirnlampe wurde mir vom Kopf gerissen, und über mir blitzten zwei Taschenlampen auf, sie waren direkt auf mein Gesicht gerichtet.

»Beruhige den Hund!«, befahl eine zweite, weniger bärbeißige Stimme. »Sonst erschießen wir ihn.«

Ich wollte aufstehen und einwenden, dass es einigermaßen schwer sei, den Hund zu beruhigen, wenn sein Herrchen von bewehrten Bären angefallen wurde. Aber ich konnte nicht aufstehen – das verhinderte der auf meine Brust gerichtete Gewehrlauf. Er roch stark nach Schießpulver, deshalb wurde ich sehr höflich.

»Guten Tag, meine Herren«, sagte ich in die Dunkelheit. »Womit haben wir Sie gekränkt?«

»Er denkt, er kann uns kränken«, sagte eine junge Stimme, die den Lichtstrahl auf den bärbeißigen Mann richtete. Der schien bärtig zu sein und trug einen Zobelmantel. Ich konnte kaum erkennen, wo sein Bart endete und wo der Zobelpelz begann.

»Beruhige den Hund!«, knurrte er nochmals.

Ich tastete im Liegen nach Gerdas Halsband, zog sie zu mir herunter und flüsterte:

»Gerda, meine Liebe, alles in Ordnung. Die wollten uns einfach nur kennenlernen. Und wussten nicht, wie sie die Sache angehen sollen.«

Die Hündin hörte auf, die Wilden anzuspringen, die uns gefangen hielten, aber mit dem Bellen hörte sie nicht auf.

»Aufstehen, los geht's!« Der Bär stieß mich mit dem Gewehrkolben.

Mit Mühe stand ich auf, während ich Gerda weiterhin am Halsband festhielt. Ich richtete meinen Mantel unter den Trägern des Rucksacks, weil die Falten im Rücken drückten. Ich kraulte Gerda zwischen den Ohren, um sie zu beruhigen. Irgendwie übertrug sich meine Selbstsicherheit auf sie. Sie war verstummt. Die Entführer liefen hinter mir her und trieben mich mit dem Gewehr an:

»Los, geh schon. Vorwärts! Wir sind direkt hinter dir. Halt den Hund fest, oder wir durchlöchern ihn mit Schrot.«

Ich ging und lauschte auf die Geräusche hinter mir. Im Rucksack war ein leises Glucksen zu hören. Die Whiskyflasche war ganz geblieben.

Gerdas Beißerchen blitzten im Licht der Stirnlampen unserer Entführer auf – sie ging mit gefletschten Zähnen und leise knurrend. Es gefiel ihr nicht, dass die Männer, die ihr Herrchen angegriffen hatten, nun ungestraft hinter uns hergingen und ihre Waffen auf uns richteten. Manchmal dachte ich, Gerda hätte als Bullterrier zur Welt kommen sollen, dann wieder meinte ich, besser als Zwergspitz. So riesig war die Bandbreite ihrer Emotionen.

Die Entführer stapften friedlich hinter uns her und fingen nach einer Weile an, sich zu unterhalten.

»Hattest du schon einmal das Gefühl, dass alle unsere Handlungen vorherbestimmt sind, Masaj?«, fragte die junge Stimme zutraulich.

»Ich weiß nicht, was du meinst, Hase«, antwortete der Zottelige schroff.

»Als ob es irgendeinen Plan gäbe. Oder ein Drehbuch. Und wir sind nicht einmal Schauspieler, sondern nur Marionetten. Und genau in diesem Moment vollzieht sich das, wofür wir geboren wurden: diese Witzfigur mit Hund zum König zu bringen.«

»Ich finde eher, es fehlt an Logik auf dieser Welt. Denn du, Hase, hättest schon längst als Sklave im Matriarchat ›Grüne Wiese‹ enden müssen.« Der Bärbeißige stapfte eine Weile schweigend weiter und fügte dann hinzu:

»Nein wirklich, irgendwie schlagen hier ständig Idioten bei uns auf. Erst diese Hipster auf Fahrrädern. Und jetzt der hier, mit Hund. Blieb auch noch zum Schlafen. Hat vor gar nichts Angst.«

»Moment mal«, mischte ich mich mit entschuldigendem Ton in das Gespräch ein, ohne meinen Schritt zu verlangsamen, um die Männer mit den entsicherten Gewehren nicht zu verärgern. »Sie haben da was verwechselt. Die Hipster auf Fahrrädern wollten nach Sluzk. Und wir gehen gerade auf der Autobahn nach Homel, richtig? Südosten?«

»Siehst du, Hase, mit welchem Material wir arbeiten müssen. Da latscht der irgendwohin. Mit Hund. Und einem Rucksack, so riesig, dass nur die Ohren vorgucken. Und dabei weiß er nicht mal, wohin er geht«, erklärte der Bärbeißige dem anderen.

»Wir sind auf der Autobahn Sluzk. Süden. Wir sind auf dem Weg zum König der Berge. Dem wird dein Hündchen sicher gefallen.«

Gerda quittierte die Mutmaßung hinsichtlich des »Hündchens« mit einem Knurren. Die wussten noch nicht, mit wem sie es zu tun hatten, und meinten wohl, sie sei ein Zwergspitz.

Ich versuchte zu verstehen, wie ich die Richtung verwechseln konnte, als ich viel zu früh abgebogen war. Starke Müdigkeit und mangelnde Übung hatten meine Sinne getäuscht, und mir war die Strecke seit Betreten der Umgehungsstraße viel länger vorgekommen, weshalb ich zu früh abgebogen war. Sobald uns die bewaffneten Männer gehen ließen, was schon bald der Fall sein müsste (denn was konnten sie schon von uns wollen), würden wir die erste Abzweigung nach rechts nehmen, um in Richtung Homel zu kommen.

»Entschuldigung, noch eine Frage«, sagte ich und wollte mich umsehen, bekam aber umgehend einen leichten Stoß in den Rücken. »Welche Ordnung herrscht da bei eurem König der Berge? Sklaverei? Ich mag es nämlich nicht, wenn die Freiheit von Menschen eingeschränkt wird, wissen Sie.«

»Noch so ein Philosoph! Womit hab ich das verdient?«, rief Masaj wütend.

»Wir halten keine Sklaven auf dem Berg«, beruhigte mich der Jüngere. »Wenn wir jemanden nicht brauchen können, erschießen wir ihn einfach.«

»Ach danke! Da bin ich aber erleichtert«, antwortete ich. »Haben Sie die Radfahrer auch erschossen?«

»Psychos rühren wir nicht an«, bemerkte der Bärbeißige.

»Fahrräder können wir nämlich nicht gebrauchen«, fügte

Hase hinzu. »Da könnte Masajs Pelzmantel in die Fahrradkette geraten.«

»Und bei Hase die Schwätzerzunge«, witzelte der Bärtige.

Die Reihen der Plattenbauten traten auseinander, große Felder wurden sichtbar: ohne Einkaufszentren, ohne Plattenbauwohnungen, ohne Parkplätze und ohne Lagerhallen – eine seltsame Anomalie des städtischen Raumes, der durch die Gier der letzten Jahre vor dem Blackout verunstaltet wurde. Nur Schnee und kümmerliche, zu Papier verwelkte Grashalme. Mitten in dieser Einöde befand sich in einiger Entfernung vor uns eine riesige Erhebung, die an die Mauer einer mittelalterlichen Burg erinnerte. Die Oberfläche dieses riesigen Trapezes von einigen Kilometern Länge war schwärzer als der Himmel und mit beweglichen orangefarbenen Lichtern gesprenkelt. Woher kam dieses Ungetüm? Wie konnte ein Bauwerk dieser Größenordnung in unserer Welt entstehen, in der niemand mehr etwas Neues baute? Schließlich war mit der Elektrizität auch die gesamte bisherige Technologie verschwunden, und der neue Reytan-Mensch, der »Untätige«, hatte doch nichts Neues hervorgebracht? Oder hatte das schon früher hier gestanden? Vor dem Blackout? Und wenn ja, warum war diese riesige Zikkurat niemandem aufgefallen?

Ich starrte auf die dunklen Umrisse des Trapezes, und mein Kopf weigerte mich, seinen Ursprung zu verstehen, also fragte ich Masaj und Hase:

»Entschuldigung, was ist das da, was so leuchtet?«

»Der Berg«, verlautbarte der Zottelige das Offensichtliche.

Ich wog meine nächste Replik ab, doch fiel mir nichts Gescheiteres ein, als zu fragen:

»Was ist das, ein Berg? So etwas habe ich noch nie gesehen.«

»Ein Berg ist ein Berg«, erwiderte Masaj.

Er hatte keine Lust auf heimatkundliche Erläuterungen.

»Keine Angst, Hundemann, der Berg ist das Königreich der Gerechtigkeit. Alles ist für alle da. Niemand wird benachteiligt«, erklärte der gesprächigere Hase. Nach reiflicher Überlegung beschloss ich, mich dennoch auf eine Diskussion einzulassen – wir mussten noch einen weiten Weg bis zu diesem Berg stapfen.

»Finden Sie nicht, dass es in einer absoluten Monarchie keine Gerechtigkeit geben kann? Der Ausdruck ›Königreich der Gerechtigkeit‹ ist doch wohl etwas strittig.«

»Nur ein Königreich kann wirklich gerecht sein«, antwortete Hase störrisch. »Wer, wenn nicht der Gute König, nimmt den einen etwas weg, um es anderen zu geben?«

Nun war mir alles klar über das Wesen dieser Gerechtigkeit. Blieb nur, das Wichtigste klären:

»Hat euer König sein Amt geerbt oder ist er gewählt?«

Die Frage verblüffte Hase.

»Wir haben den König noch nicht ausgewechselt. Er ist schließlich gut.«

»Und wie habt ihr ihn ausgewählt? Wer wurde zum König gemacht?«

»Derjenige, der am besten geschossen hat«, antwortete Hase wie selbstverständlich.

»Womit habe ich diese Philosophen verdient«, kommentierte Masaj stereotyp die Diskussion. Der Zobelpelz erschwerte ihm das Vorankommen, er schnaufte und keuchte.

»Keine Sorge, Hundemann«, sagte Hase erneut beruhigend, »allzu viel werden wir dir nicht wegnehmen. Wir sind ja keine Unmenschen, und du wolltest ja noch irgendwo hin. Wir werden dich nur ein wenig erleichtern, je nachdem, wie die individuelle Befragung des Königs ausfällt. So macht er es mit jedem, den wir fangen: Er überprüft die Rechtmäßigkeit des erworbenen Eigentums. Vielleicht wirst du enteignet, vielleicht aber auch nur enthundet.«

Masaj feixte über diesen dämlichen Neologismus. Wir gingen schweigend weiter, und ich bemerkte, dass es eigentlich Gerda war, die das Tempo unserer Schritte bestimmte – sie zog mich, angewidert von diesem Gespräch, voran. Als ein Lichtstrahl auf ihre Schnauze fiel, konnte ich darin alle ihre misanthropischen Gedanken lesen. Gerda war der Auffassung, man hätte die beiden Entführer in die Genitalien beißen und im Schnee verenden lassen sollen, anstatt sich mit ihnen zu unterhalten, dazu noch über heikle Fragen der Hundekunde. Wieder einmal hatte ich sie enttäuscht, und nach diesem Abenteuer würde ich, um unsere Beziehung zu retten, ihre Ration deutlich aufstocken müssen – um damit die Chancen zu erhöhen, dass sie mir verzieh.

Endlich kamen wir der Zikkurat näher. Der Geruch von dort war erst hier bemerkbar – die Kälte tat das Ihre und fror alles ein, was verrotten konnte. Die Luft war durchdrungen vom Gestank eines Mülleimers, der längst hätte rausgetragen werden müssen. Wir umrundeten einen abgesoffenen Lastwagen, dessen Karosserie mit allen möglichen Abfällen beladen war: Zellophan, Gummi, Gerümpel, einige Rahmen und Kunststoff – im Licht der Taschenlampe blitzte seitlich eine Aufschrift auf: »Deponie FHA Samachwalawitschi«.

Als ich mir die Abkürzungen der längst untergangenen Welt durch den Kopf rattern ließ, erinnerte ich mich daran, dass FHA für »Feste Hausabfälle« stand. Die Zikkurat, oder der »Berg«, wie meine Entführer sie poetisch nannten, war nichts weiter als eine riesige städtische Müllhalde.

In der uns zugewandten Mauer aus einer Mischung von Sand und den erwähnten »FHA« klaffte eine mannshohe Öffnung. Daneben brannten zwei Fackeln, und da stand ein hagerer Mann in einer Alaska-Jacke. Ein Lulatsch, der reinste Intellektuelle: eingefallene Augen, eine schäbige alte Kalaschnikow, Metallkronen im Mund, Bartstoppeln, Augenbrauen eines Neandertalers – der hatte bestimmt mehr als fünf Jahre gesessen.

»He. Was'n hier für ein Geschiss?«, fragte er meine Begleiter.

»Den haben wir in der Bauarbeitersiedlung geschnappt. Wir bringen ihn zum Guten König.«

»Geht das etwa mit dem Köter?«, teilte er seine Zweifel mit.

»Der ist gut erzogen«, versicherte ich dem Lulatsch, wofür mich Gerda nun noch mehr verachtete.

Der Knastbruder trat beiseite, wir quetschten uns durch den Eingang. Der Flur war ziemlich lang – an manchen Stellen wurde er von Balken gestützt, an anderen war er mit Bohlen verstärkt, durch die bei jedem Schritt Sand auf uns herunterrieselte.

Die Aussicht, bei einem zufälligen Einsturz dieses improvisierten technischen Bauwerks unter Tonnen von Müll begraben zu werden, fand ich wenig reizvoll. Ich rannte hinter Gerda her und war froh über ihre Schnelligkeit. Es stank hier so übel, dass ich den Atem anhalten wollte, bis sie uns wieder freiließen. Am Ende des Müllflurs erwartete uns ein weiterer Ganove, der den Zugang zu einer Holztreppe bewachte, die zu einem Wall aus Müll hinaufführte. Er musterte uns mit strengem Blick und ließ uns mit der freundlichsten aller menschlichen Gesten passieren – indem er zur Seite spuckte.

»Tolle Stimmung hier bei euch«, sagte ich. »Wie bei einem Treff von Paten.«

»Die gehören zur Obtschak-Bruderschaft. Wir haben ein Abkommen mit ihnen zur gegenseitigen Unterstützung. Sie schützen unsere Grenzen, und wir erlauben ihnen, Bodenschätze abzubauen.«

»Da habt ihr ja richtig Glück«, konnte ich mich nicht zurückhalten.

»Die sind in Ordnung. Die sehen nur seltsam aus, weil sie noch nicht ihre Gewohnheiten und ihren Dresscode korrigiert haben«, versicherte mir Hase. »Gerade wird Obtschak reformiert. Wie nennen die das? ›Gentrifizierungsbewegung‹, glaube ich. Die machen jetzt normale Jobs. Nach dem Motto: ›Wer Pate war, wird Patenonkel‹. Derzeit bauen sie diese Müllkippe ab. Bruder Jegorius ist ihr Anführer, drei Vorstrafen, fünfundzwanzig Jahre abgesessen, jetzt betreibt er einen Bauernhof, züchtet Schweine.«

Oben sah es aus wie im Inneren einer Festung. Die Ebene war von allen Seiten von einer hohen Mauer umgeben. Auf einer Fläche von mehreren Hektar standen Armeezelte, aus denen Rohre von Kanonenöfen ragten, überall waren Menschen mit Fackeln, Winden schöpften eimerweise aufgeschlossenes »Gestein« aus dem »erschlossenen Tagebau«. Der ekelerregende Geruch war verschwunden, vielleicht, weil der Müll mit einer Sandschicht bedeckt war, oder ich hatte mich auch einfach nur daran gewöhnt. Hase und Masaj warfen sich ihre Doppelflinten über die Schultern und gingen neben mir her. Wir bewegten uns auf eine kleine Steinhütte unter einem Metalldach zu, die dort in einiger Entfernung von den Zelten und der Abbauzone stand.

»Das ist die Zitadelle«, erklärte Hase. Nach der Begegnung mit den brutalen Fachkräften der Obtschak-Bruderschaft war er zugänglicher geworden. Er wirkte jetzt geradezu wohlerzogen. »Früher gab es hier eine Gasverteilerstation. Das Gas aus der Mülldeponie wurde zur Beleuchtung mehrerer Siedlungen verwendet. Als das Gas keine Energiequelle mehr war, wurden alle Vorrichtungen dafür entfernt. Und im Innern hat nun der Gute König seine Gemächer.«

»Wonach suchen die hier?«, fragte ich und nickte in Richtung der Männer mit Fackeln.

Diese Frage brachte selbst Masaj, der zuvor eher unbeteiligt gewesen war, zum Kichern.

»Wieso?« Hase war erstaunt. »Was meinst du denn, woher die Stiefel, Mäntel, Jacken und Hemden auf den Märkten in den Stadtstaaten kommen? Glaubst du, die Besitzer bringen das von selbst an, oder die Kumpel? Das würde doch nie und nimmer reichen, um eine Million Menschen für so viele Schlummer einzukleiden. Wir sind längst bei der Sekundärverwertung angekommen. Die Hauptquelle des Reichtums für alle Nachbarstaaten ist unser Berg. Genau hier lagert alles Wertvolle, das vom Industriezeitalter übrig geblieben ist. Seit 1968 wurden alle Abfälle menschlichen Tuns gesammelt, kannst du dir das vorstellen? Wie die Kobolde graben wir alles aus, sortieren es und schmeißen es auf den Markt.«

Wir betraten das Häuschen. Im Inneren glomm Kohle in einigen Kohlenbecken, an den Wänden hingen arabische Teppiche, die selbst vor der Apokalypse luxuriös gewirkt hätten. Eine gewisse Schäbigkeit verlieh ihnen zusätzlichen nostalgischen Charme. Hier drinnen war es warm, die Glut verströmte eine trockene Hitze. Auf dem Ledersofa saß ein Mann, der so alt schien wie der Held auf Ilja Repins Gemälde »Iwan der Schreckliche und sein Sohn«. Damit meine ich jetzt nicht den Zaren Iwan den Schrecklichen, sondern den ermordeten Zarensohn Iwan Iwanowitsch. Der gleiche Bart, das gleiche sieche Aussehen. Was kann ich dem Porträt noch hinzufügen? In Herzhöhe hatte er sich ein goldenes Reichskleinod an die Brust geheftet – ein Symbol mit Winkelmaß und einem Zirkel in einem Kreis, mit einer eleganten Krone aus kleinen Diamanten. Offenbar stammte es vom Ende des achtzehnten Jahrhunderts. Es hatte große Ähnlichkeit mit dem Abzeichen des Großmeisters einer regionalen Freimaurerloge.

Was noch? Bei den »Sechzigern« in der Sowjetunion war Hemingway äußerst beliebt, und in diesem Zusammenhang entstand ein Kult mit Tabakspfeifen mit einem geschnitzten Mephistopheles-Kopf. Mein Uropa hatte mir so eine hinterlassen. Also, dieser König hier sah so aus wie ein solcher Mephistopheles – aber nicht wie der, den wir uns bei der Lektüre von Goethe vorstellen, sondern eher wie die Demoversion einer sowjetischen Tabakspfeife, zu der sich der Schnitzer offenbar von alten Trotzki-Karikaturen (mit dem typischen keilförmigen Bart) hatte inspirieren lassen.

Neben dem König saß eine Frau von einer Schönheit, dass ich mit ihr nie einfach vom »Sie« zum »Du« übergegangen wäre. Ihre Lippenform hatte etwas Raubtierhaftes. Mephistopheles ging die vor ihm auf dem Tisch ausgebreiteten Wertgegenstände durch, die ihm offenbar kürzlich aus den Minen der Halde gebracht worden waren. Darunter befanden sich viele Waffen, zum Beispiel ein reich inkrustiertes Gewehr, ein altes, vielleicht sogar antikes Messer, mehrere Bücher in Ledereinbänden, ein Stück schwarzer Samt, eine Kette aus Türkisen. Ich fragte mich, wer und aus welchem Grund all diese Schätze weggeworfen haben könnte. Kaum waren wir eingetreten, erhob sich die Gefährtin des Königs mit missmutigem Gesichtsausdruck vom Sofa und huschte in den dunklen Flur, der hinter einem der Teppiche verborgen war. Der König schaute zu uns auf und rief, unklar ob freundlich oder sarkastisch:

»Namasté, amigos!«

Als Gerda diese Begrüßung hörte, begann sie sofort zu knurren. Sie mochte den König überhaupt nicht. Wenn jemand behauptet, er mag meinen Hund nicht, dann kann ich das nicht glauben. Aber ich glaube meinem Hund, wenn er einen Menschen nicht mag.

»Wen bringt ihr mir da, Großvater Masaj und sein Hase?«, fragte der König unsere Begleiter. »Einen Wolf habt ihr auch dabei? Gut gemacht, ihr Kundschafter.«

»Vorposten«, erhob ich meine Stimme in der Hoffnung, ihn zu beeindrucken.

»Was sagst du?«, fragte der König.

»Es gibt so einen militärischen Begriff ›Vorposten‹ für solche, die vorangehen.«

Des Königs Augen funkelten, und er lachte.

»Ein hervorragender Spitzname. Vollpfosten! Also, was sagt ihr, Vollpfosten? Wer ist das und was hat er dabei?«

Masaj und Hase lachten gezwungen. In Gegenwart des Autokraten wurden ihr Temperament und ihre Umgangsformen noch weicher. Sie benahmen sich wie zwei Narren, denen beigebracht wurde, sich vor ihrem Herrn zum Hanswurst zu machen.

»Endlich war es möglich, den Befehl Eurer Majestät auszuführen«, sagte Hase zu Mephistopheles. »Eure Majestät brauchte einen Hund, und wir haben für Eure Majestät einen Hund gefunden. Fast vierundzwanzig Stunden sind wir ihm gefolgt. Wir mussten uns die Nacht über im Schnee verstecken, damit er uns nicht entwischt.«

»Was ist das für ein Trauerkloß? Wie heißt er? Woher hat er den Hund?« Das Königlein ignorierte mich hartnäckig und sprach nur mit seinen Untertanen.

»Das haben wir ihn nicht gefragt, Eure Majestät. Wir hatten keine Zeit. Mussten ihm die ganze Zeit den Lauf auf den Rücken halten.«

»Damit er nicht wegläuft«, ergänzte Masaj.

»Und was ist im Rucksack?«

»Wir hatten keine Zeit, ihn zu durchsuchen«, plapperte Hase weiter.

»Damit er nicht wegläuft und den Hund nicht stiehlt. Hunde laufen ja so schnell«, pflichtete ihm Masaj bei.

»Vollpfosten seid ihr, ich sag es ja«, runzelte der König amüsiert die Stirn. »Was ist, wenn er ein Kilo TNT auf dem Rücken hat? Dann jagt er jetzt euren König in die Luft! Ist er irgendwie bewaffnet?«

Sie wechselten einen vielsagenden Blick. Mir wurde erst jetzt klar, dass meine nichtsnutzigen Entführer vergessen hatten, mich zu durchsuchen. Ich musste die Sache nun selbst in die Hand nehmen, denn sonst konnte die Belustigung des Königs durch Pat und Patachon hier noch lange dauern.

»Ich komme aus Hruschawka. Bin Antiquar. Gehe Richtung Süden. Bin vom Weg abgekommen. Den Hund gebe ich nicht her. Und ich würde jetzt auch gern gehen, denn ich habe es eilig.«

Der Autokrat sah mich neugierig an. Meine Unverfrorenheit schien ihn zu faszinieren.

»Weißt du, was ich normalerweise zu denen sage, die von Masaj und Hase auf meinen Straßen aufgelesen werden?« Der König richtete majestätisch das goldene Reichskleinod auf seiner Brust und fuhr fort: »Ich sage dann: Wenn du irgendwo hingehst, dann besitzt du etwas. Und wenn du nicht fähig bist, deinen Besitz zu schützen, dann hättest du diesen Weg gar nicht antreten sollen.«

»Aber es gibt doch auch die Menschen, die aufbrechen, weil sie alles verloren haben. Und sie gehen los, um es sich zurückzuholen.«

»Womit habe ich nur diese Philosophen verdient«, versuchte Masaj seine gewohnheitsmäßige Phrase einzustreuen, aber der König winkte ab.

»Wer nichts hat, der bleibt zu Hause und schafft Vorräte«, sagte er mit Nachdruck. »Und alle anderen sollten sich vorsehen. Und nicht auf der Straße rumlaufen. Wo meine Patrouillen stehen. Und wenn du dennoch losziehst, dann darfst du dich nicht wundern. Masaj, Hase, durchsucht seinen Rucksack.«

Des Autokraten Adjutanten machten einen Schritt in meine Richtung, aber ich hielt sie mit einer Geste auf.

»Schnüffeln Sie nicht in meinen Sachen rum. Ich werde selbst aufzählen, was ich auf dem Rücken trage. Fünfunddreißig Kilogramm Zink, ein paar warme Sachen und eine angebrochene Flasche Whisky. Von all dem gebe ich nichts her, denn jemandem das wegzunehmen, was er unterwegs braucht, ist ungerecht.«

»Fünfunddreißig Kilo Zink? In der Einöde wird man schon für eine Batterie getötet.« Der König sah mich ungläubig an. »Und dazu der Hund. Ein lebender Hund. Unter dem schwarzen Himmel wurden alle Hunde längst aufgegessen, und du kannst es dir noch leisten, deinen zu füttern. Ein sehr wichtiger Freund von mir braucht einen Hund. Geld hat er mehr als genug. Ich würde ihm gern deinen Hund geben, wenn du einverstanden bist, und ich lasse dir dein Zink.«

»Einen Hund kann man nicht verschenken. Er ist kein Ding. Gerda ist mir treu ergeben und akzeptiert kein anderes Herrchen«, sagte ich ruhig, ohne laut zu werden. »Außerdem streben Sie doch Gerechtigkeit an und werden sicher keine Willkür walten lassen.«

Der König nickte, entweder zustimmend oder darüber nachdenkend, was er zuerst in die Glut der Kohlenbecken legen sollte: meine Hand oder meinen Schopf.

»Du hast selbst von Gerechtigkeit angefangen«, hob er die Hände. »Aller Reichtum unserer Welt wird durch Verbrechen angehäuft.«

»Ich habe meinen Reichtum verdient, dank einer großen Bibliothek«, antwortete ich ruhig.

»… welche du verbrecherisch erbeutet hast«, krächzte Hase hinter mir.

»Das war lange, bevor es dunkel wurde«, wandte ich mich an Hase und fixierte ihn dermaßen mit meinem Blick, dass er weiter zu schrumpfen schien. »Mein Job bestand darin, Privatbibliotheken zusammenzustellen. Die Leute kamen zu mir – mein Name zog mehr zahlungskräftige Kunden an, als ich bedienen konnte –, und sie wollten, dass ich für sie, zum Beispiel, eine Sammlung von Erstausgaben von Werken der deutschen Romantik zusammenstellte – Originale und Übersetzungen, vor allem ins Russische, 600 Bände. Oder dass ich ihnen half, eine Sammlung juristischer Bücher für das Bürohaus des Kanzlers und früheren Justizministers zusammenzutragen, angefangen von der Antike bis zur Neuzeit. Meine Kenntnisse wurden sehr geschätzt angesichts der Tatsache, dass damals in bestimmten Kreisen das Ansehen weitgehend von den Namen abhing, die man auf den Buchrücken lesen konnte, wobei ein Fehler, zum Beispiel ein Machiavelli-Band in der Bibliothek eines Staatsmannes, dessen Karriere ruinieren konnte.

Gewöhnlich bekam ich fünfzehn Prozent des Einkaufswerts der erworbenen Bücher als Honorar für meine Hilfe beim Aufbau der Bibliothek. Im Laufe der Zeit erweiterte ich mein Profil und erstellte auch persönliche Leselisten, nachdem ich die entsprechende Person interviewt hatte. Zu jener Zeit schauten die Menschen schon immer seltener in Bücher, aber trotzdem galten Bücher immer noch als Zeichen von Intelligenz. Nach einer Weile genügten mir zehn Minuten Gespräch, um herauszufinden, welche Bücher eine Person gelesen hatte, welche sie nie lesen würde und welche Bücher ich ihr empfehlen konnte. Ich glaube, schon damals nannte man mich Antiquar.«

»Nun, und welches ist das Lieblingsbuch von Masaj und mir?«, mischte sich Hase ein, um sich vor dem König hervorzutun.

Erneut warf ich ihm einen prüfenden Blick zu, ich schwankte zwischen »Mykolka, der Partisanenjunge« und »Die Abenteuer von Arbusik im Land der Krokodilschwänze«.

»Nein, im Ernst, Antiquar«, wandte sich der König an mich. »Was meinst du, ist mein Lieblingsbuch?«

»Höchstwahrscheinlich Chuck Palahniuks ›Fight Club‹.« Ich sah, wie sich die Augenbrauen des Königs hoben. Der Autokrat sagte nichts mehr, und ich fuhr fort. »Als die E-Books aufkamen, bedeutete es das Ende für die meisten Bücher in unserem Teil der Welt. Bibliotheken ganzer Familien wurden hierher, zu Ihnen, geschafft und verrotten nun irgendwo zehn Meter unter unseren Füßen. Alle übrigen wurden in den ersten Monaten des schwarzen Winters verbrannt. Ich bewahrte meine Sammlung und begann, Bücher gegen eine geringe Gebühr auszuleihen. Daher kommt mein Reichtum. Und was meine Wanderung betrifft: In jener Nacht, als die Dunkelheit blieb und keine Morgendämmerung mehr kam, sprach ich das letzte Mal mit meiner geliebten Frau am Telefon. Sie war gerade auf der anderen Seite der Welt. Deswegen habe ich nun so viel Zink eingepackt, wie ich tragen kann, und bin auf dem Weg zu ihr.«

Hinter mir war es still: Sowohl Hase als auch Masaj hatten sich auf die Zunge gebissen.

»Deine Geschichte ist die eines ehrwürdigen Mannes«, sagte der König respektvoll. »Du hast meinen Respekt, und ich entschuldige mich, dass wir dich auf deiner Reise gestört haben.«

Er schwieg eine Weile, dachte über etwas nach. Dann machte er mir einen Vorschlag – in ironischem Ton, um niemanden von den Anwesenden zu kränken, falls ich Nein sagte:

»Du willst wahrscheinlich nicht bei uns bleiben und uns helfen, die Papierschätze zu sortieren, die wir aus den Minen holen, oder? Uns fehlt ein Experte, der uns berät, was wir sofort verkaufen und was wir zuvor lesen sollten.«

»Ich muss gehen. Ich habe ohnehin schon eine Menge Zeit verloren«, sagte ich höflich.

»Und was sagst du, ein Mann, der Tausende von Büchern gelesen hat, zu dem, was mit der Welt geschehen ist? Hast du in irgendeinem Buch eine nachvollziehbare Antwort gefunden?«, fragte der König.

»Ich hatte einen Freund. Er war Fremdling und Gelehrter. Er hat mir immer wieder gesagt, man könne alles wissenschaftlich erklären. Und ich habe ihm widersprochen und ein Fragment aus einem schönen Buch aus alten Zeiten zitiert. Nun ist dieser Freund aus dem Leben geschieden. Er war von allem enttäuscht. Und ich habe niemanden mehr, der mir beweisen könnte, dass es eine logische Erklärung für den dunklen Himmel gibt.«

»Und was war das für ein Fragment? Was hast du ihm erwidert?« Der König hatte sich vorgebeugt.

»Das Buch ist von Siarhiej Dubaviec, ich kann es aus dem Gedächtnis rezitieren.« Ich freute mich über seine Reaktion. Heutzutage ist das Rezitieren aus dem Gedächtnis eine seltene Gabe. »Also: ›Sie hatten es von Anfang an verdorben, und zwar ganz bewusst. Sie erfanden die Selbstbeschränkung und unterwarfen ihr alles. Und dann machten sie die Überwindung dieser Selbstbeschränkung zum Sinn ihres Lebens. Ich meine, das war ein völlig irrationaler Weg. Hier ein Beispiel. Für den Weltraum erfanden sie Begriffe der Weite – alle Arten von Entfernungen und die Lichtjahre. Allerdings finden sich in den Zeugnissen ihrer Vorfahren keinerlei Hinweise darauf, dass es schwierig gewesen sei, sich durch den Raum zu bewegen. Da machte sich jemand auf in die weite Ferne und erreichte den Mond. Keine Hürden, keine Anstrengung, keine Ermüdung. Sie glaubten, Distanz müsse überwunden werden. Und damit das alles nicht absurd schien, erfanden sie die Schwerkraft. Um das Vorankommen noch mehr zu erschweren.‹«

Wieder war es still. Ich erwartete nun, dass man mich verabschieden und mir eine gute Reise wünschen würde. Aber der König schien Gefallen an unserem Gespräch gefunden zu haben. Offenbar zögerte er bei einer schwierigen Entscheidung, die er treffen musste. Da wurde der Teppich hinter ihm beiseitegezogen und eine Frauenstimme fragte in aufgesetztem Flüsterton: »Sascha, was ist? Dauert es noch lange?« Der Hausherr machte eine scharfe Handbewegung mit abgespreiztem Daumen hinter seinem Rücken, und die Frau verschwand in der Dunkelheit.

»Ich habe Geologie an der Uni von Belarus studiert«, sagte der König in völlig neuem Tonfall und warf seinen Untergebenen einen kurzen Blick zu. Er schien zu überlegen, ob er Masaj und Hase während des vertraulichen Gesprächs aus dem Raum entfernen sollte. »Erinnerst du dich, was die Wirtin Prostakowa in Denis Fonwisins ›Der Landjunker‹ über Geografie sagt? Sie nennt sie ›Kutscherwissenschaft‹. Denn wen, außer den Kutschern, hätte es damals interessieren können, wo Sankt Petersburg in Relation zu Moskau liegt? Und auch jetzt haben wir eine Zeit für Geografen: Die erforschte Welt ist wieder unerforscht. Die Unüberwindbarkeit von Entfernungen wurde wiederhergestellt. Daher kommt auch dieser ganze Unsinn. Neulich habe ich davon in der ›Gazette‹ gelesen. Was stand da? Britische Wissenschaftler sind auf dem Weg zum Rand der Erde. Und sind schon fast am Ziel. Klettern da rum. Am Rand. Das ist nicht nur Unsinn, nicht nur Lüge, es ist eine unglaubliche Art, wie man es uns serviert. Wobei ein unerfahrener Koch am Werke war. Jemand will uns glauben machen, dass die Erde flach ist.«

»Und dass darüber Neurer, Skythen, Ziegenfüßige wandeln …«, ergänzte ich zustimmend.

»Nein, von den Neurern will ich nicht sprechen, unsere Patrouillen haben solche Dinge gesehen, das passiert … Das meine ich nicht. Ich spreche davon, dass man uns eine flache Erde mit mittelalterlicher Soße serviert. Nach dem Motto: Alles, was wir über den Kosmos zu wissen glaubten, war Fake. Die Sternbilder waren einfach ans Firmament gemalt, und das Raumfahrtprogramm, angefangen von Gagarin, war ein Projekt von Mosfilm und Hollywood. Der Mensch im Mittelalter jedoch, der wusste Bescheid! Drei Elefanten, eine Schildkröte, ein Wal. Skythen, Amazonen, Berge am Rande, damit kein Wasser von dieser Fläche ins All abläuft. Aber wer auch immer uns das auftischt, scheint nicht zu wissen, dass der Mensch im Mittelalter sehr wohl wusste, dass die Erde eine Kugel ist. Weil die Mönche damals antike Philosophen und Astronomen lasen. Weil schon Aristoteles Pythagoras' These von der kugelförmigen Erde durch den Mondschatten bewiesen hat. Der Mythos von der flachen Erde entstand, genau wie das Bild von den drei Elefanten und der Schildkröte, im Nachhinein. Im neunzehnten Jahrhundert. Als man vor lauter Fortschritten des rationalen Zeitalters das Bedürfnis hatte, die vergangenen Jahrhunderte mit Obskurantismus zu besudeln. Jeder Geograf weiß das. Aber diese Welt wird nicht von einem Geografen serviert.«

Der König wühlte in den Schätzen, die vor ihm lagen. Er schaute zu mir, zu Gerda, zwirbelte seinen keilförmigen Bart erst zur einen, dann zur anderen Seite. Schließlich verkündete er im Tonfall eines Gerichtsurteils:

»Masaj wird dich bis zur Straße nach Süden begleiten. Gehst du in Richtung des ehemaligen Sluzk?«

»Ich halte mich Richtung Homel«, korrigierte ich ihn fröhlich. »Ich hatte mich nur ein wenig verirrt, als ich die Umgehungsstraße verließ. Jetzt werde ich mich rechts halten.«

»Meide die großen Straßen«, riet der König. »Ich lasse dich ziehen, aber die Neurer werden es nicht tun. Erst folgst du der verlassenen Straße nach Sluzk. Nach einem Schlummer findest du dort einen großen Bauernhof. Der ist kaum zu übersehen, liegt direkt an der Straße.«

»Nach einem Schlummer?«, fragte ich ihn.

»Auf diese Weise markieren wir Entfernungen. Ein Schlummer, das ist, wenn man unterwegs einmal anhalten muss, um sich gründlich auszuruhen. Sieben Schlummer sind das, was früher eine Woche war. Das hängt natürlich auch von der Ausdauer desjenigen ab, der unterwegs ist.«

Ich würdigte insgeheim die Vernünftigkeit einer solchen Vermessung der Welt.

»Hinter dem Bauernhof biegst du nach links ab und gehst an den Fischerteichen und an der Quelle vorbei und kommst in das Dorf Slodych. Die Konditoreien dort produzieren den Löwenanteil aller Süßigkeiten unserer Welt. Vom Bauernhof bis dorthin sind es nur zwei Schlummer zu Fuß. Auf dem Weg dorthin liegen das Wirtshaus ›U Lejba‹ und der Gasthof ›Przymyslau‹, die werden von drei Polen geführt. Das Dorf Slodych liegt eigentlich neben der Strecke nach Homel, dort hilft man dir dann, den Weg zu finden.«

»Herzlichen Dank.« Ich verbeugte mich.

Der König senkte seinen Blick. Offenbar wollte er mir nicht in die Augen schauen, während er das aussprach, was er noch zu sagen hatte. Vielleicht war er es nicht gewohnt, eine Bitte auszusprechen, und fühlte sich deshalb unbehaglich.

»Aber ich möchte dich um einen Gefallen bitten. Ein guter Freund von mir wohnt dort auf dem Bauernhof, der ihm gehört. Er ist heute wahrscheinlich der reichste Mann. Seine Leute züchten

Schweine und Pferde für den Verkauf. Er gehört zur Obtschak-Bruderschaft. Unser Berg hier ist in vielen Dingen immer noch auf ihn angewiesen. Sein Name ist Bruder Jegorius. Bitte gib ihm ein Geschenk von mir. Als Zeichen meiner Hochachtung.«

Er nahm ein Messer in einer Lederhülle vom Tisch und reichte es mir. Ein schwerer Griff, aus Ebonit und Elfenbein, eine aufwendige Prägung auf der Lederhülle, die mit Silberfäden genäht war. Ich öffnete den Knopf und legte die Klinge frei. Nichts Besonderes. Hergestellt Anfang des zwanzigsten Jahrhunderts. Matter, schlecht polierter Stahl. Ein gewöhnliches Jagdwerkzeug, das einem Gymnasiallehrer gehört haben könnte. Nicht gerade ein königliches Geschenk. Aber manchmal schenken Könige keine Dinge, sondern Botschaften. Offenbar zögerte ich länger, als von mir erwartet wurde, denn der Zar hielt es für notwendig hinzuzufügen:

»Ich hätte auch Masaj oder einen seiner Hasen schicken können. Aber Bruder Jegorius kann sie wegen ihrer Beschränktheit nicht ausstehen.«

»Wieso das?« Masaj wollte sich in das Gespräch einmischen, aber der Autokrat warf ihm einen durchdringenden Blick zu, worauf der Bärtige verstummte.

»Und der Gerechtigkeit halber«, hier hielt er inne, und mir war unklar, welche »Gerechtigkeit« er nun wieder meinte und warum er jetzt an sie appellierte. »Der Gerechtigkeit und Ausgewogenheit halber möchte ich dir ein Schießeisen schenken. Ohne Schießeisen hat man in der Einöde nicht die geringste Chance.«

Vor ihm lag eine prächtige Doppelflinte: mit untereinander angeordneten Mündungen und Intarsien am Handschutz und seitlich am Kolben. Er hob sie vom Tisch auf, warf sie hoch in die Luft und packte sie am Kolbenhals.

»Höchstwahrscheinlich klebt Blut an diesem Schießeisen, sonst wäre es nicht im Müll gelandet. Siehst du, wie leicht es ist?

Ein echtes Kunstwerk. Nicht sonderlich alt, trotz der Goldverzierungen. Achtzigerjahre des zwanzigsten Jahrhunderts. Waffenfabrik Ischewsk, limitierte Serie.«

Plötzlich warf er mir die Waffe zu, fast wäre sie zu Boden gefallen – ich konnte sie im letzten Moment auffangen. Ich hob mit der Linken die Doppelflinte am Handschutz hoch und legte die rechte Hand auf den Schaft: Die Länge war perfekt. Auf der Basküle befand sich ein Muster: ein silberner Wermutstängel, der mit einem goldenen Ahornzweig verwoben war, und das alles vor dem Hintergrund des vertrauten Eisblumenmusters aus spitzen Ahornblättern.

»Ein schönes … Gerät«, musste ich zugeben. Der Gedanke, die Waffe abzulehnen, kam mir diesmal nicht in den Sinn. Ich erinnerte mich nur zu gut an den Geschmack der Angst, wenn alles ringsum schwarz war, an mein vor Schreck verkrampftes Herz, als Gerdas Zähne das einzige Mittel der Verteidigung gewesen waren.

»Masaj gibt dir noch drei Schachteln mit Acht-Millimeter-Patronen und Ballistol. Aus zwanzig Metern Entfernung kannst du damit sogar den Kopf eines Tyrannosaurus durchpusten. Aber Vorsicht – der Rückstoß ist heftig.«

Ich verbeugte mich erneut und zerrte Gerda aus den Gemächern des Königs. Er schaute uns mitfühlend nach. Als wir schon an der Tür waren, wurde der Teppich hinter seinem Rücken zurückgezogen, und wieder flüsterte eine Frauenstimme gut hörbar aus der Dunkelheit: »Sascha, war's das? Seid ihr fertig?«

Die von Fackeln beleuchteten Flure und Tunnel, durch die wir zur Straße zurückkehrten, sahen paläontologisch aus. Allerdings waren sie in allerneueste Fossilien geschlagen worden, die nicht die Erde hervorgebracht hatte, sondern der Mensch aus den Abfällen seiner Lebenstätigkeit.

Masaj rief beim Abschied unerwartet: »Na komm, Junge!«, und wollte mich umarmen. Was für sentimentale Kerle, diese

Entführer. Gerdas Schnauzenausdruck drückte geradezu Wohlwollen aus: Der Versuch, uns auszurauben, endete letztlich mit der Eroberung eines ordentlichen Schießeisens.

## Dritter Abschnitt

Nach den bullig warmen Gemächern des Königs zwackte mich das »Nahe null« auf der Straße unangenehm in die Waden, kroch in den Kragen und nagte an meinen Fingern. Allen Warnungen zum Trotz zogen wir weiter die Straße entlang. Vorsichtshalber richtete ich die Stirnlampe direkt auf meine Füße, damit sich der Lichtkegel nicht meterweit ausbreitete. Ich glaubte, dass man uns auf Entfernung dann weniger gut sähe. Doch ganz ohne Licht hätte ich nicht gewusst, wie ich mich, ohne die weiße Linie der Straßenmarkierungen neben mir, bei völliger Dunkelheit orientieren sollte.

Wir hatten schon zweimal Rast eingelegt, als ich, nachdem wir einen Hang hinaufgestiegen waren, in der Dunkelheit des Tals vor uns eine Ansammlung von unbeweglichen Lichtpunkten entdeckte. Der Berg lag schon weit hinter uns, und es war keine Hilfe zu erwarten, wenn etwas passieren sollte. Ich erinnere mich noch, dass Gerda in diesem Moment ausdrucksvoll zu wimmern anfing.

Ich schaltete meine Stirnlampe aus und bewegte mich stolpernd und vorsichtig auf das fahle Sternbild zu. Ich zählte fünf Sterne darin, drei gleich große und an den Rändern je einen noch größeren. Das Sternbild leuchtete deutlich schwächer als eine gewöhnliche Stirnlampe und erinnerte eher an Sumpflichter oder regungslose Riesenglühwürmchen. Die Straße führte an dieser Stelle durch ein Waldstück, das an die Fahrbahn grenzte. Dort, hinter den Bäumen, hätte sich alles Mögliche verbergen können, aber die Lichter schienen direkt auf dem Asphalt erstarrt zu sein.

Wenn man durch absolute Finsternis schleicht und auf solche Lichtflecken starrt, meint man, die Lichter bewegen sich. Mehrmals blieb ich stehen – dann hielten auch die Lichter inne. Schließlich setzte ich mich hin, nahm vorsichtig meinen Rucksack ab, öffnete die Seitentasche und holte die Schachtel mit Munition heraus. Ich riss sie auf, der Inhalt verstreute sich zu meinen Füßen. Fluchend sammelte ich die Munition auf. Ich betastete die Basküle, um herauszufinden, wie man das Magazin öffnete. Der Hebel des Mechanismus war oben, die Sicherung am Abzug. Ich steckte die Patronen in die Läufe, verstaute die restliche Munition im Rucksack und entsicherte die Doppelflinte. Flüsternd befahl ich Gerda, auf den Rucksack aufzupassen, und sie widersprach nicht einmal. Langsam ging ich näher an die Lichtflecken heran – bis dorthin waren es noch an die zweihundert Meter.

Ich hielt die Flinte nach vorne gerichtet und starrte auf die Sternchen. Offenbar bewegten sie sich doch nicht. Finger am Abzug. Ringsum wie immer Stille – kein Geräusch, kein Windhauch. Und da rutschte mein Fuß in ein Loch am Straßenrand, die Mündung wurde heruntergerissen, einer der Abzüge gab nach, und die Waffe spuckte Funken. Sofort knallte es auch in meinen Ohren, und nach dem Schuss blieb dort ein Nachhall. Das Schrot sprühte zehn Schritte von mir entfernt pyrotechnische Funken aus dem Asphalt, von wo es abprallte und aufflog. Die Sternchen hatten sich nicht von der Stelle bewegt – entweder war da etwas Unbelebtes oder etwas völlig Furchtloses. Ich klappte den Lauf auf, zog die heiße Hülse heraus, richtete die Mündung in den Himmel und legte den Finger auf den Abzug: Den sicheren Umgang mit der Waffe musste ich mittels meiner eigenen Dummheit lernen.

Noch ein paar Schritte. Im Abglanz des nächstgelegenen Lichtflecks sah ich deutlich die Konturen eines menschlichen Gesichts. Ich sicherte die Waffe, warf sie mir über die Schulter und rannte darauf zu. Etwas Metallisches knirschte unter mir, mein Fuß hatte sich in einer Art weichem Draht verfangen, ich stolperte und wäre fast gestürzt. Ich schaltete die Lampe ein. Es war ein Fahrrad. Ich zog meinen Fuß aus der Schlinge der Fahrradspeichen. Der Besitzer des Fahrrads lag einige Meter weiter. Die drei hellen Sterne waren Stirnlampen. Die beiden großen Lichtflecken entpuppten sich als Lichtreflexe ihrer Strahlen auf dem schwarzen Schnee. Die Batterien der Lampen hatten sich fast erschöpft, was bedeutete, dass sie schon lange hier lagen.

Ein Radfahrer war auf dem Rücken liegend gestorben, den Kopf zum Berg gewandt, der Lichtkegel seiner Stirnlampe wurde von nichts reflektiert. Deshalb waren es fünf und nicht sechs Sternchen. Der Schnee war schwarz, aber warum? Da war viel Blut, gefroren zu Pfützen auf dem Asphalt, und es färbte das Eis und den Schnee am Straßenrand schwarz. Mein Lichtkegel irrte über gefrorene Finger, verdrehte Waden, bleiche Fersen bis hin zu den in einem lautlosen Schrei geöffneten Mündern. Die Schuhe waren von den Füßen gezogen. Seltsam, dass nicht auch die Stirnlampen weg waren – des Zinks wegen, das man daraus gewinnen konnte. Der Zweite war auf seinem Fahrrad gestorben – offenbar wurde er angegriffen, als er anhielt und in der Dunkelheit zu erspähen versuchte, was mit dem Ersten geschehen war. Ein sauberer, chirurgisch präziser Schnitt. Vom Ohr bis zur Halsmitte. Viel Blut. Ein Vieh würde so nicht zubeißen. Da brauchte es Stahl, keine Krallen. Der Dritte hatte versucht sich zu verteidigen. An seinem Fahrrad waren die Felgen verbogen, womöglich hatte er sich mit dem Rahmen in den Händen gewehrt. Aber ein Fahrrad ist eine unbequeme Waffe. Zu unhandlich, um den Gegner zu treffen, und zur Verteidigung zu schwer. Diesen hier hatte es ziemlich erwischt. Mehrere schwarze Wunden auf dem Rücken, die Kleidung auf Brust und Bauch blutgetränkt.

Als wir das erste Mal aufeinandergetroffen waren, hatte ich ihre Gesichter nicht erkennen können. Da waren vor allem die drei energischen, fröhlichen Stimmen aus der Dunkelheit gewesen. Jetzt betrachtete ich die Gesichter der Männer, die ich vor Kurzem noch gutmütig verspottet hatte. Sie wirkten jugendlich, trotz der ergrauten Schläfen. Waren glatt rasiert. Ein wenig naiv. Das Blut hatte ihre Lippen purpurrot gefärbt. Wer von ihnen hatte mir Falafel angeboten? Wer von ihnen nach Gerdas Namen gefragt? Wem war ich die Antwort schuldig geblieben, ob man sie streicheln durfte?

»Kopf hoch, Mann mit Hund. Du bist nicht allein auf diesem Weg.«

Nun war ich doch allein.

Alles Weitere tat ich nicht sonderlich bewusst. Ich zerrte die Leichen an den Straßenrand. Sammelte die geöffneten und ausgeweideten Rucksäcke und Fahrradtaschen ein und stellte sie neben die Besitzer. Alles wurde aus ihnen herausgeschüttelt, sogar die phosphoreszierenden Stäbchen waren aus den Fahrradrahmen herausgerissen.

Ich betrat den Wald, sammelte ein paar trockene Äste und schichtete sie zu einem großen Abschiedsfeuer. Die Fahrräder legte ich obendrauf. Ich überlegte, ob ich die Thermoskanne dazulegen sollte, in der sie mir Tee hinterlassen hatten, meinte dann aber, dass man Toten keine Geschenke zurückgab. Gerda saß die ganze Zeit am Straßenrand und sah schweigend zu. Ich schlug Funken aus Birkenrinde – sie fing schnell Feuer, die Flammen griffen auf die vertrockneten Äste über, und bald wurde es sehr hell. Eine Grube hätte ich im gefrorenen Boden mit meiner Zwergenaxt nicht ausheben können. Es war die einzige Möglichkeit, meine guten Bekannten auf menschliche Weise zu verabschieden. Es wurde nun sehr hell, als würde die Sonne dem Wald einen Abschiedsbesuch abstatten. Ich hockte mich hin und wischte mir mit Schnee das Blut von den Fingern. Da entdeckte ich etwas, was ich vorher nicht bemerkt hatte. Der Schnee am Straßenrand wie auch an dem Abhang, der die Fahrbahn mit dem Wald verband, war mit Spuren übersät.

Es waren längliche, paarige Tropfen, oben spitz und unten abgerundet. Die Spuren erinnerten am ehesten an Gerdas Ohren, wenn sie gespannt auf etwas lauschte. Der Ausdruck »Ziegenfüßige« kam mir unwillkürlich in den Sinn, auch wenn ich dem, was ich sah, gar keinen Sinn geben wollte. Mehrere Linien von Fußspuren führten hinter die Bäume, andere erstreckten sich entlang der Straße. Etliche hatten auf der Innenseite einen roten Rand, als ob die Hufe mit frischem Blut befleckt gewesen wären. Ich stellte mir die Kreaturen vor, die solche paarigen, scharfkantigen Spuren hinterließen und jemandem so chirurgisch die Kehle durchschneiden konnten. Dabei wurde mir sehr ungemütlich an meinem hellen Feuer. Über wie viele Kilometer war wohl dessen Widerschein zu sehen? Würde ich Zeit genug haben, die Waffe zu ziehen, bevor sie mich ausweideten? Und wen sollte ich eigentlich fürchten? Welche Größe hatten sie? Die einer Ziege oder die eines Menschen?

Ich wartete, bis die Flammen erloschen waren, verließ die Straße, betrat den Wald und wanderte nun durch den Schnee. Ich wollte die Autobahnen nicht mehr benutzen und die Stirnlampe nur, wenn es nicht anders ging. Dass ich meinen Rucksack vergessen hatte, fiel mir erst auf, als ich auf den Seelenfrieden der Radfahrer einen Whisky trinken wollte.

Ich musste ein gutes Stück zurücklaufen, und diese Umkehr ließ mich an die Seligkeit des Lebens in der freien Munizipalie denken. Dort gab es jetzt vielleicht eine letzte Chance für häusliches Glück. Ich hatte ja gesehen, welche Gefahren der Weg barg. Die zentralen Stadtstaaten froren sich zu Tode, und einige Stunden Fußweg entfernt von ihnen lagen unberührte Wälder, aus denen es keine Wiederkehr geben konnte. Die Ordnung, die in der ehemaligen Heldenstadt Minsk etabliert worden war, hatte sich aus Hunderten solcher Todesfälle herauskristallisiert. Vielleicht war es falsch von mir, diese Ordnung anzufechten? Von nun an konnte ich nur noch weitergehen. Sollte ich nach einem Dutzend Schlummern die Sinnlosigkeit meiner Wanderung erkennen, würde ich nicht mehr umkehren können. In der Einöde konnte man kein Taxi per Uber rufen.

Ich nahm einen Schluck Whisky aus der Flasche – zum Gedenken an die Radfahrer und auf den Entschluss weiterzugehen. »Teacher's«, früher mal der billigste Blended Scotch auf dem Markt, erblühte auf meiner Zunge mit dem Geschmack der guten alten Welt. Eine Hitzewelle durchfuhr meinen Körper bis in die Fingerspitzen.

Gerda folgte mir als schwarzer Schatten. Meine Augen gewöhnten sich schnell – hier lag mehr Schnee, und dadurch konnte ich die Linie der Straße, an die ich mich halten musste, besser erkennen. Hundert Meter von der Schnellstraße entfernt hatte sich im verharschten Schnee geradezu die Magistrale eines Trampelpfads herausgebildet. Ich schaltete kurz die Stirnlampe an und sah Hunderte von Spuren: von Stiefeln, Turnschuhen, Hufeisen, die die Schneeschicht bis auf die Grasnarbe aufgerissen hatten, außerdem eine separate Wildschweinspur mit massiven Vertiefungen – die Keiler hatten Nahrung gesucht und mit ihren Rüsseln ganze Erdschichten abgetragen. Scheinbar wurden die Straßen nur von furchtlosen Idioten benutzt.

Ich meinte, ich würde es nach dem durchlittenen Schock bis zum Bauernhof ohne Ausruhen und »Schlummer« schaffen, aber der schwere Rucksack dämpfte meine Erregung, er vertrieb ängstliche Gedanken sowie generell alle Gedanken, bis er mir schließlich alle Kraft bis hin zur vollständigen Erschöpfung nahm. Egal, wie angespannt oder verängstigt man ist, egal, wie sehr das Blut vor Adrenalin kocht, nach dreißig, vierzig Kilometern wird man sich unweigerlich mit dem Rucksack an Bäumen verfangen, immer öfter stolpern, fast umfallen, bis man sich schließlich am liebsten direkt im Schnee schlafen legen würde. Auf verlassene Wohnviertel traf ich nun nicht mehr. Mithilfe der Karte eine andere Siedlung zu finden, ohne meinen eigenen aktuellen Standort zu kennen, war unsinnig. Als ich dann eine einsame Scheune inmitten eines schneebedeckten Feldes entdeckte, bog ich sofort ab, ohne Hoffnung, dort etwas Besseres zu finden.

Vom Bauernhaus neben den Wirtschaftsgebäuden war nur das Fundament übrig. Höchstwahrscheinlich war es von Landhausbesitzern irgendwann wegen der Balken auseinandergenommen und an einen anderen Ort transportiert worden. Der Heuboden war unversehrt, damit hatten die Möchtegern-Dorfbewohner wohl nichts anfangen können. Drinnen roch es noch immer nach Tieren – am Eingang war ein Kuhstall gewesen. Der Heuboden stand auf Pfosten, eine hölzerne Leiter führte hinauf, und nach einer lakonischen, aber emotionsgeladenen Diskussion in der Tradition britischer Parlamentsdebatten gestattete es Ihre Majestät, nach oben getragen zu werden. Die entscheidende Rolle bei diesem argumentativen Schlagabtausch spielte eine Dose hundetauglichen Katzenfutters, gegen die Gerda dann nichts mehr einzuwenden wusste.

Ich verkroch mich im Heu und schlief fast sofort ein. Gern würde ich behaupten, von einem Sommer auf dem Lande geträumt zu haben, aber dem war nicht so: Wieder einmal erschreckte mich die Nacht mit Albträumen.

Das erste Gefühl beim Aufwachen war beißender Hunger. Wie in der Nacht zuvor hatte ich keine Ahnung, wie lange ich geschlafen hatte. Ohne Gazaks Signale war die Zeit, die man im Laufen oder Liegen verbrachte, etwas völlig Relatives. Meine Füße trugen mich zum Pfad, und ich rannte los bei der Vorstellung von Schweinsbratwurst, die ich auf dem Bauernhof kaufen würde (wenn ich ihn denn erreichte). Die Riemen meines Rucksacks knarrten vom zügigen Gehen, und Gerda trottete matt neben mir her, missbilligte ganz offensichtlich das von mir gewählte Tempo. Genau in diesem Moment bemerkte ich zum ersten Mal, dass dort jemand ging.

Dazu ist zu sagen, dass es ringsum scheinbar etwas heller geworden war und die Farbe des Himmels sich verändert hatte. Er war nun silbrig-neblig, nicht mehr kupferfarben wie in Hruschawka. Möglicherweise war der von Reytan erwähnte Schleier, der unsere verschneite Landschaft von einer geheimnisvollen Lichtquelle trennte, hier dünner. Wie auch immer, als ich über das schneebedeckte Feld wanderte, erkannte ich weit voraus ganz deutlich einen Zaun aus trockenem Schilf. Und ich sah auf einmal eine schwarze Gestalt, die durch eine kleine Lücke in diesem Zaun geschlüpft kam. Sie war weit weg, aber ich konnte erkennen, dass es sich um einen Menschen handelte. Er war allein, trug ein Gewehr auf dem Rücken und ging recht schnell.

Ich beschleunigte mein Tempo noch mehr, um ihn einzuholen und zu fragen, wie weit es noch bis zum Bauernhof sei. Da geschah etwas Unerwartetes. Er schlug, ohne sein Tempo zu verändern, einen Weg ein, der viel weiter links lag. Er tat dies automatisch und ohne zu zögern, als wäre es in der Einöde eine unausgesprochene Regel für jeden Entgegenkommenden. Ich ging auf ihn zu, und als er es bemerkte, blieb er abrupt stehen.

Als die Gestalt etwa hundert Schritte entfernt war, nahm der Mann sein Gewehr von der Schulter. Gerda knurrte und wollte schon loslaufen und ihm die Genitalien abbeißen.

»Bei Fuß«, kommandierte ich ruhig und blieb ebenfalls stehen.

»Guten Tag«, rief ich dem Mann zu und versuchte, meine Stimme so freundlich wie möglich klingen zu lassen. »Ich möchte nur etwas fragen.« Ich hob meine Arme, um meine guten Absichten zu demonstrieren. Die Gestalt antwortete nicht, musterte mich mit erhobener Waffe. Ich ging ein paar Schritte auf ihn zu. Er rief:

»Bleib da stehen. Komm nicht näher. Ich schieße.«

»Sagen Sie bitte, ist es weit bis zum Bauernhof?«, fragte ich.

»Etwa vierzig Kilometer. Über die Autobahn«, murmelte er.

»Entschuldigung, vielleicht haben Sie was zu beißen? Ich bin sehr hungrig, und auf dem Weg ist nichts zu finden.«

»So läuft das nicht«, antwortete der Mann ruhig.

»Ich zahle gut! Irgendeine Stulle. Oder Wurst. Irgendwas. Mein Magen knurrt, die Gedärme verknoten sich schon.«

Die Figur starrte mich eine Minute lang an und sagte dann erneut:

»So läuft das nicht. Wenn du jemanden siehst, gehst du hundert Schritte nach rechts, und er tut das Gleiche. Wenn nicht, kannst du schießen.«

»Der Hund und ich sind am Verhungern«, schob ich Ihre Majestät entschuldigend vor.

»Schweinesteak. Ein ganzes Brot und ein Stück Speck so groß wie ein Feuerstein. Zehn Zink«, bot er an. Der Preis war exorbitant, aber was sollte ich tun. »Ich lege das Fleisch auf den Boden und entferne mich hundert Meter. Du nimmst es und legst das Zink hin. Wenn du schummelst, schieße ich.«

»Einverstanden.« Fast hätte ich applaudiert.

Während wir diesen Verkaufstanz aufführten, wurde mir klar, dass der Mann ein Kumpel war: Das war nicht nur unmissverständlich an seinem Auftreten, sondern auch an der M-16 mit einem Unterlauf-Granatwerfer zu erkennen. Wäre er ein Bandit gewesen, hätte er mich leicht mit einer Salve aus seinem Schießgewehr niedermähen können. Aber die Kumpel hatten einen eigenen Kodex. Respektvoll gingen wir auseinander, ich vertiefte mich in das Waldesdickicht, brach Fichtenzweige ab, öffnete die Plastiktüte und entdeckte eine dicke, gesalzene und gehörig durchgebackene Schweinelende. Darüber, wie ich sie, auf zwei Zweigen knusprig gebraten, dann verzehrte, wird die Menschheit eines Tages ein Epos in Versen dichten. Erwähnung finden werden darin auch der Rauchgeschmack und das Knirschen grober Meersalzkrümel zwischen meinen Zähnen sowie Gerda, die mich ansah, wie Gott wohl nach der Erschaffung der Welt von seiner Gattin angeschaut wurde. Selbstverständlich fand sich auch ein kleines Stück für sie. Sie schloss genüsslich die Augen, als sie es verschlang.

Wie immer nach einer warmen Mahlzeit stieg meine Laune ordentlich, und die Lust, irgendwo hinzugehen, sank auf null. Kaum konnte ich noch ein Bein vors andere setzen, und während der nächsten vierzig Kilometer kreisten meine Gedanken um verschiedene – höchst einfallsreiche – Möglichkeiten, wie ich kleine schwarze Wesen mit vier Beinen und einem Schwanz zum Tragen meines stark gesättigten Körpers heranziehen könnte. Gerda spürte meine Stimmung und hielt ein wenig Abstand. Allein die Schwere in Armen und Beinen hinderte mich daran, sie doch noch einzuspannen.

Näher am Bauernhof traf ich immer häufiger auf Menschen. Ich machte keine Dummheiten mehr, und wenn ich eine Gestalt sah, ging ich diszipliniert zur Seite, um eine Konfrontation zu vermeiden.

Weil er hinter einer Kurve lag, tauchte der Bauernhof recht überraschend auf: Er stand direkt neben der Straße, die Rückseite war in den Wald hineingewachsen. Über den Wirtschaftsgebäuden dominierte eine massive Backsteinfestung, erbaut in dem für die Neunzigerjahre des letzten Jahrhunderts typischen, barbarisch-romanischen Stil.

Ein runder Turm mit zinnenförmigen Fenstern, in denen überall Licht brannte, war ein Zeichen echten Reichtums der Besitzer. Das Gelände ringsum war von gelblichen Laternen beleuchtet – es sah nicht nach Phosphor oder LED aus, ich hatte noch nie eine solche Lichtquelle gesehen. Am Haus bemerkte ich die Gestalt eines Reiters – er saß so sicher auf seinem Pferd, dass er einem Zentauren ähnelte. Interessanterweise gab es hinter den Gebäuden, die am Waldrand standen, weder einen großen Zaun noch sonst irgendeine symbolische Abgrenzung. Offenbar war der Besitzer eine solche Autorität, dass niemand auf die Idee gekommen wäre, auf sein Territorium vorzudringen und etwas zu stehlen. Hier herrschte sichtlich keine Furcht vor Neurern oder Banditen. Als ich näher kam, stellte ich fest, dass das Gebäude früher eine Art Gasthaus mit Motel gewesen war. Die aus Balken und Brettern gezimmerten Schweine- und Pferdeställe waren später entstanden. Ich nahm Gerda am Halsband, richtete meinen Rucksack und die Doppelflinte auf meinem Rücken und ging auf einen Pferch zu, der sich neben dem Eingang zu einem der Ställe befand. Auf einer gehobelten Kiefer, die das Geländer bildete, saß ein schwerfälliger, glatzköpfiger Mann in einem aufgeknöpften Kurzpelz, unter dem ein Matrosenhemd hervorschien. Von Zeit zu Zeit leuchtete in der Nähe seines Gesichts ein roter Punkt auf, und eine Nebelwolke umhüllte seine Gestalt. Außerdem roch es hier stark. Ein Geruch der Vergangenheit. In der untergegangenen Welt konnte man ihn ebenso häufig antreffen wie billigen »Teacher's« Whisky. Heute gab es diesen Geruch nicht mehr.

Der Glatzkopf hob träge die Hand an die Lippen, dann nahm er eine Zigarette aus seinem Gesicht. Streifte die Asche ab. Nahm noch einen Zug. Er rauchte Tabak. Die Zigarette war weiß, mit einem gelben Filter. Dieses Vergnügen vergangener Zeiten war vermutlich das ganze Zink wert, das ich dabeihatte. In Hruschawka waren Zigarettenstummel zunächst eimerweise, dann stückweise und schließlich jeder Filter millimeterweise verkauft worden. Bis sie gänzlich verschwanden.

»Gute Nacht«, sagte ich beim Näherkommen. »Man trifft nicht oft auf einen Menschen mit einem so kostspieligen Hobby.«

Der Glatzkopf starrte Gerda an, dann blickte er zu mir auf, offenbar verstand er gar nicht, wovon ich sprach. Ich nickte zum Lichtpunkt in seiner Hand.

»Ah, das meinst du …« Er nahm einen Zug. »Es gibt nichts Schöneres auf der Welt als den ersten Zigarettenzug am Morgen.

Das mache ich immer, sobald ich wach bin. Noch vor dem Kaffee.«

Ich schloss daraus, dass dieser Mann Kaffee trank, vielleicht sogar nach jedem Aufwachen.

»Möchtest du?« Er zog er eine volle Packung »Camel« aus seiner Hosentasche und reichte sie mir.

Noch nie zuvor habe ich ein so teures Angebot abgelehnt.

»Sie wachen aber ganz schön spät auf.« Ich ließ meinen Rucksack zu Boden fallen und setzte mich neben den Mann auf den Zaun des Geheges. »Ich habe schon vierzig Kilometer zurückgelegt.«

»Dann bist du aus dem Takt«, grinste der Glatzkopf. »Du kommst offenbar von weit her. Es ist Morgen. Hier haben gerade die Hähne gekräht.«

»Ich komme aus Hruschawka«, nickte ich. »Bei uns wäre jetzt schon Abend. Aber wer weiß, ich habe keine Uhr, unterwegs habe ich ohne Wecker geschlafen.«

Der Glatzkopf schaute weiter zu Gerda. Sie spürte, dass er sich für sie interessierte, und schmiegte sich an mich, als wolle sie ihm sagen: Du siehst doch, das Mädchen ist vergeben. Nichts zu machen.

»Du hast auch ein haariges Hobby. Rüde oder Hündin?«

»Ein Mädchen«, bezeichnete ich feinfühlig das Geschlecht meiner Gefährtin.

»Wie heißt sie?«

»Gerda.«

Der Mann kniff die Augen zusammen und nahm einen tiefen Zug.

»Verkaufst du?«, fragte er und atmete den Rauch aus.

»Nein, wie kommen Sie darauf!«

»Und wenn ich dir ganz viel biete?« Er sog erneut seine Lungen voll Rauch.

»Einen Hund kann man doch nicht verkaufen.« Mir schien,

ich sagte etwas Offensichtliches. »Er ist seinem Herrn treu ergeben und kann nicht bei jemand anderem leben.«

»Davon träume ich von klein auf«, sagte der Glatzkopf und stuckte die Zigarette in einen vollen Aschenbecher, der am Geländer befestigt war. Offenbar rauchte er gerne hier. »Zuerst haben es meine Eltern nicht erlaubt. Sie waren Katzenmenschen. Und dann hat es sich nicht ergeben. Ich war lange festgesetzt. Hielt mich immer an die Regeln. Bekam Druck und hab selbst Druck ausgeübt. Aber da war mir nicht nach Hunden. Und jetzt sind sie alle aufgegessen. Und die, die nicht gegessen wurden, fressen selbst, stürzen sich auf Menschen. Einen Hengst konnte ich ausfindig machen, aber Hunde gibt es keine mehr. Sie haben mir kleine Wölfe gebracht, aber die gehen nicht zu Menschen. Ich brauche einen Hund. Einen normalen Haushund.«

Die gelbe Lampe in der Ecke des Pferchs leuchtete das Gesicht des Glatzkopfs gut aus. Kartoffelnase, fleischige Ohren, rege, nervöse Lippen. Zu Beginn unseres Gesprächs hatte er auf dem Filter seiner Zigarette herumgekaut, nun knabberte er an seiner Unterlippe. Interessanterweise hatte er trotz seines unruhigen Munds einen schweren Blick, als wolle er seinen Gesprächspartner in den Boden drücken. Der Kerl sah aus wie ein zorniger Buddha.

Ich betrachtete die ungewöhnliche Lampe genauer: Die Lichtquelle darin war ein zerklüfteter, durchsichtiger Stein von der Größe einer Faust, der mit einem Draht an einer hölzernen Strebe befestigt war. Der Stein hatte eine ungleichmäßige Textur, es gab hellere und dunklere Bereiche, Äderungen, rötliche und goldene Schichten. Er leuchtete relativ gleichmäßig, ähnlich einer Phosphorlampe, war aber viel heller. Man hätte damit lesen können.

»Hast du noch nie so einen großen gesehen?«, fragte der Glatzkopf.

»Ich sehe so etwas zum ersten Mal. Was ist das?«

»Tränen der Heliaden.« Der Glatzkopf holte aus seiner Tasche einen winzigen Thermo-Espressobecher, schraubte den Deckel ab – darin brannte ein wenig Glut. Er zündete sich daran eine Zigarette an und steckte sein »Feuerzeug« weg. »Tränen der Heliaden«, wiederholte er mit einem gewissen Sarkasmus in der Stimme. »Aber eigentlich ist es nur Bernstein.«

»Und warum leuchtet er?«

»Weil er, wie die Dealer sagen, im Fluss Eridanos gefunden wurde. Baltischer Bernstein leuchtet nicht, meine Brüder und ich haben das überprüft. Nur welcher aus dem Eridanos. Denn er ist der einzige, der die ›Tränen der Heliaden‹ weint«, sprach der Glatzkopf ohne Begeisterung und ein wenig verwirrend. »Der Eridanos ist ein gewöhnlicher Fluss, er verläuft hinter der Stadt des Lichts. Breit ist er. Ich weiß nicht mehr, wie er früher hieß. Dnepr? Oder vielleicht Prypjat? Oder Dwina? Wen interessiert das noch? Heute nennt man ihn ›Himmelsstrom‹. Genau«, brummte der Glatzkopf. »Ich denke, mit dieser Bezeichnung wollten sie den Preis für Bernstein ins Astronomische treiben. Aber die Bernsteindealer behaupten, dass er so heißt, weil der Bernstein in tiefem Wasser zu leuchten beginnt. Und das erst seit Kurzem. Offenbar ist diese Nachricht noch nicht bis in euer Hruschawka vorgedrungen … Also, die Menschen dachten daraufhin, im Fluss spiegeln sich die Sterne.«

Ich blickte auf die mit silbrig-schwarzen Wolken bedeckte Höhe.

»Aber wie könnten sich Sterne, die am Himmel nicht sichtbar sind, im Fluss spiegeln?«

»Das musst du die Bernsteindealer fragen«, grinste der Glatzkopf. »Aber wenn du mit denen verhandelst, dann sieh zu, dass sie dir keinen Schmu andrehen. Uns wurden hier vor Kurzem Steinchen untergejubelt, in denen eine gelbe Glühdiode steckte. Das war ein Aufriss, diesem Typen nachzulaufen, um ihm das Lämpchen sonst wohin zu stecken …«

»Wissen Sie vielleicht, wie ich Bruder Jegorius finden kann?«, unterbrach ich den Glatzkopf, um mir nicht anhören zu müssen, wo genau der falsche Bernstein nun steckte.

Der Glatzkopf nahm einen tiefen Zug, und ich bemerkte, dass eine der Tätowierung auf seinen Fingern eine kleine Krone darstellte.

»Der bin ich«, grinste er.

»Der König des Bergs schickt mich«, sagte ich und sprang von der Querstange, um das Geschenk aus meinem Rucksack zu holen.

»Ach, Sascha«, winkte der Glatzkopf ab, als wolle er sagen, wieso König, der ist doch nur ein Bambino im Buddelkasten.

Ich reichte Bruder Jegorius das Messer in der Lederscheide und hockte mich wieder neben ihn auf die Sitzstange.

Der Glatzkopf runzelte die Stirn, knöpfte die Lederhülle auf, zog die Klinge aus der Scheide und untersuchte sie genau. Hier, neben seinem riesigen Haus, nahm sich der graue, unpolierte Stahl besonders unansehnlich aus. Das Gesicht des Landwirts drückte Konzentration, nicht Enttäuschung aus. Er drehte das Jagdmesser hin und her.

»Und was soll das bedeuten?«, fragte Bruder Jegorius schließlich. »Wie ist das zu verstehen? Hat Sascha vielleicht noch eine Nachricht dazu?«

»Ich denke, es ist eine Art Gruß. ›Namasté, amigo‹, so was in der Art. Dass er Sie wertschätzt. Als ›Zeichen meiner Hochachtung‹, hat er gesagt. Er bat mich einfach, beim Bauernhof vorbeizuschauen und Bruder Jegorius dieses Geschenk zu geben.«

Der Blick des Glatzkopfs blieb am Hund hängen. Gerda drückte sich noch stärker gegen mein Bein und versuchte, mit der Dunkelheit zu verschmelzen und unsichtbar zu werden.

»Ah, alles klar«, sagte Bruder Jegorius schließlich. Er ließ das Messer achtlos in seine Tasche gleiten. »Also, dann lade ich dich als Gegenleistung ein, heute bei uns zu übernachten. Wir haben was zu essen und, wenn du willst, gibt es einen Ausritt ins Land des Nebels.«

Ich hörte kaum, was er sagte. Mein Blick war am Lehm unter unseren Füßen hängen geblieben. Der Lehm im Inneren des Pferchs, auf dessen Zaun wir saßen, war mit gut erkennbaren Spuren bedeckt – gegabelt, oben spitz und unten abgerundet.

»Was ist los? Hast du den Leibhaftigen gesehen?« Der Glatzkopf redete schon eine Weile auf mich ein, aber ich hörte es nicht. »Was ist mit dir?«

»Sie haben dort Spuren. Woher kommen die? Züchten Sie hier Ziegenfüßige?« Am liebsten hätte ich meine Waffe von der Schulter genommen und sie einfach in der Hand gehalten, für alle Fälle. Aber das war sinnlos, sie war nicht geladen.

Bruder Jegorius betrachtete die Spuren auf dem Boden und schnippte mit den Fingern vor meinen Augen.

»Was für Ziegenfüßige? Bist du bekloppt? Hier ist ein Schwein durchgelaufen. Und dort drüben«, er zeigte auf den Eingang zum Hof, »ist der Stall. Wir lassen die Schweine frei weiden. Hast du überhaupt schon mal ein Schwein gesehen, Junge?«

Was er sagte, klang vernünftig. Aber außer den Schweinen hatte ich auch aufgeschlitzte Menschen gesehen. Die Stelle, an der sie umkamen, war über und über mit solchen Fußspuren bedeckt gewesen. Langgestreckt wie Gerdas Ohren, wenn sie aufmerksam lauschte.

»Entschuldigung, ich muss gehen«, sagte ich und sprang von der Querstange. Ich hockte mich unter die Riemen meines Rucksacks und stützte mich am Zaun ab.

»Willst du nicht ausruhen, hab Mitleid mit dem Hund. Der muss was fressen. Treibst du ihn, stirbt er.«

»Kein Problem, Gerda ist durchtrainiert. Wir müssen nur bis zum Wirtshaus ›U Lejba‹. Es ist noch früh am Morgen. Wie Sie sagten, haben ja gerade erst die Hähne gekräht. Tagsüber zu schlafen ist schlecht für das Fell. Es hört auf zu glänzen.«

Ich schaute mich um, um festzustellen, woher ich gekommen war und wohin ich nun gehen sollte. Bruder Jegorius' Blick war noch schwerer geworden, er presste seine unruhigen Lippen zusammen, als wolle er gleich eine unschöne Entscheidung treffen. Doch dann schaute er zur lieben Gerda, auf die sich meine Aufregung übertragen hatte, und schon kam dem Landwirt offenbar ein anderer Gedanke in den Sinn. Seine Gesichtszüge glätteten sich ein wenig.

»Lejbas Wirtshaus steht an der Straße, ein hoher Zaun mit Fackeln, das kannst du nicht verpassen. Alle Pfade führen dorthin. Es sind an die dreißig Kilometer.«

»Leben Sie wohl!« Ich ging ein paar Schritte zurück, drehte mich zu ihm um, die Hand auf dem Kolben. Aber er blieb friedlich, zog eine weitere Zigarette hervor.

»Pass auf die Hündin auf«, riet mir der Glatzkopf. Und mit einem Blick zur Seite fügte er hinzu. »Nicht mal zu essen hat er was gekauft. So eilig hat er's, der arme Kerl.«

Als ich mich aus der Schussweite entfernt hatte, bog ich zur Straße ab, und ging mit zügigem Schritt voran. Ich musste die Abzweigung in die frühere Richtung Homel finden, von welcher der König des Bergs gesprochen hatte. Bald gabelte sich die Straße tatsächlich auf. An der Kreuzung stand ein Grabstein aus granitischem Kies mit goldener Inschrift:

*Michail Afanassjewitsch Schirnjuk*
*1960–2019*

*Lebendig in unseren Herzen du*
*gingst hinüber zur ewigen Ruh!*
*Der Seele herrlich Drängen wir*
*Ganz widmen in der Liebe dir.*
*Für Opa von seiner Frau und seinen Enkelchen*

Der Gedenkstein war zusammen mit einem Stück Beton aus der Grabplatte herausgerissen worden. Oberhalb des Epitaphs für Michail Afanassjewitsch hatte jemand zynisch mit weißer Farbe aufgesprüht: Nasamonien – geradeaus, Slodych – links, Bauernhof – hinten.

Die linke Straße war breiter, vierspurig und gut asphaltiert. Die Straße vor uns war zweispurig und schon lange nicht mehr ausgebessert worden. Ich schaltete die Stirnlampe aus, fand einen Pfad hundert Meter rechts von der Richtung nach Slodych und zottelte los. Dreißig Kilometer. Das war fast ein Tagesmarsch bei meinem gemäßigten Tempo. Ich spürte ein Grummeln im Magen – das verspeiste Schweinefleisch hatte sich in reine Energie verwandelt, die längst verbraucht war. Der Weg würde nicht einfach werden.

Ich lief weiter und dachte über die Spuren nach. Ich wusste ja nicht, wie diese Ziegenfüßigen aussahen oder wie sehr sich Wildschweine, die theoretisch beim Ort des Verbrechens hatten herumtrampeln können, von Hausschweinen unterschieden, die im Wald nicht anzutreffen waren. Aber die Spuren, die ich beim Bauernhof gesehen hatte, erinnerten nicht nur an diese Abdrücke – sie waren identisch.

Ich nahm das Gewehr von der Schulter, holte etwas Munition aus meinem Rucksack und legte zwei Patronen in die Läufe. Die kleinen Zylinder rutschten mit einem angenehmen Geräusch hinein, als würde jemand in einen Flaschenhals blasen. Außerdem steckte ich mir je zwei Patronen in meine rechte und linke Manteltasche. Ich sicherte die Waffe und bewegte mich vorwärts, wobei ich versuchte, beim Gehen so wenig Geräusche wie möglich zu machen.

Das Gehen fiel mir immer schwerer: Mir kam es so vor, als würde es hier etwas wärmer werden. Hin und wieder tauchte eine schwarze Pfütze auf, mit Vereisungen an den Rändern und Flüssigkeit in der Mitte. Stellenweise blitzte schwarzes Wasser auf dem Grund besonders tiefer Spuren auf. In meiner Hasenfellmütze war mir nun heiß – ich musste mich nach einem Ersatz umsehen.

Aufgrund meiner Unruhe meinte ich, uns würde jemand hinterherschleichen. Deswegen wich ich nochmals hundert Meter nach rechts vom Hauptweg ab und bahnte mir einen Weg über die unberührte Schneekruste. Gerda brachte mit ihrem ganzen Körper, von den Ohren bis zum Schwanz, ihren umfassenden Zweifel zum Ausdruck. Sie war zwar einverstanden gewesen, nach der Begegnung mit diesem aufdringlichen, glatzköpfigen Kavalier Vorsicht walten zu lassen, jedoch nicht geneigt, mit ihrem Bauch das Unterholz zu fegen.

Schließlich schwanden alle Gedanken, verdrängt von heftiger Müdigkeit. Geblieben waren nur Reflexe und Muskelreaktionen. Die hervorstechendste davon war der Schmerz. Wir machten dreimal Rast, bei der letzten fraß Gerda eine Dose mit Futter. Wir hatten noch fünf Hundemahlzeiten übrig, was bedeutete, dass wir unsere Vorräte im Dorf Slodych gründlich auffüllen müssten. Wenn der Hunger unerträglich wurde, nahm ich ein Stück Eis und ließ es im Mund zergehen. Mir war schwindlig, als würde ich unter Stroboskoplicht tanzen. Von Zeit zu Zeit kniff ich die Augen zusammen und sah immer nur das Gleiche – weißen Schnee, Äste und Baumwurzeln, Büsche, durch die wir uns hindurchdrängten, Gestrüpp, das wir umrundeten, dann wieder weißen Schnee, Äste und Baumwurzeln.

Vor allem war – verflucht noch mal – etwas mit der Richtung passiert. Nach einem langen Gang aufs Geratewohl durch den dunklen Fichtenwald hielt ich mich links und versuchte, die Straße oder zumindest den ausgetretenen Pfad zu finden, auf dem wir zuerst gegangen waren. Aber alles, was ich da fand, waren Wolfsspuren und eine zerfetzte Dohle. Die Straße war nicht mehr da, wo wir sie verlassen hatten. Ich tröstete mich damit, dass Straßen manchmal kilometerlange Kurven nahmen, und ging weiter geradeaus (oder in die Richtung, die ich für das »Geradeaus« hielt). Kurz danach stieß ich rechts auf eine asphaltierte Fahrbahn. Ich versuchte im Geiste nachzuvollziehen, wie die Straße uns überspringen und auf der anderen Seite auftauchen konnte, aber es gelang mir nicht. Überhaupt war ich zu müde, um angemessene Schlussfolgerungen zu ziehen. Ich musste einfach endlich ankommen bei … diesem … verfluchten … Gasthaus. Dort ins Bett fallen. Dann Tiefschlaf für etwa vierzig Stunden. Und dann ein halbes Kalb verspeisen.

Verärgert über die verlorene Straße, über Gerda, die mir mimisch demonstrierte, dass man sich im Buckingham Palace längst zur Ruhe gelegt hatte, über die Nacht, die mich vom Weg abgebracht hatte, über mich selbst und über den Landwirt, trat ich mitten auf die Straße und orientierte mich nun an den Markierungen. Mir war schon egal, ob ich auf Ziegenfüßige treffe oder auf Schafshörnige, Krötenmäulige, Katzenschwänzige oder gar den kahlköpfigen Teufel. Ich wollte mich nur noch hinlegen. Aber mir kamen weder Ziegenfüßige noch Zechbrüder entgegen. Mein Bewusstsein flackerte, ein heller Blitz, und ich fragte mich, wie aus einer vierspurigen Fahrbahn eine baufällige zweispurige Straße werden konnte, einfach so. Dann verloren sich meine Gedanken in einer Art Dämmerzustand, da waren nur noch Schritte, Stille, Muskelschmerzen. Dann wieder ein Aufschrecken und ein Anflug von Angst: Warum habe ich keine Menschen mehr gesehen, seit ich vom Weg abgekommen bin? Konnte der Weg zum Dorf Slodych so menschenleer sein? Dann wieder Dunkelheit, Schritte, Bewegungen, Atem. Gerda wimmerte kläglich: »Sir, ich will zur Massage und mich hinlegen.« Als ich wieder zu Bewusstsein kam, musste ich erkennen, dass ich mit dem Rücken auf einem vertrockneten, auf die Straße gestürzten Baum lag. Offenbar war ich kurz eingeschlafen.

Das schaltete meinen Kopf wieder ein. Falls ich kein Bett fände, würde ich auf der Erde einschlafen. Und zwar sehr bald. Und eine Lungenentzündung ist nicht der angenehmste Wegbegleiter.

Da sah ich in der Nähe der asphaltierten Straße einige verbeulte und verrostete Blechdächer. Anscheinend hatten hier die Dorfbewohner früher Fisch, Beeren und Pilze an vorbeiziehende Bojaren aus der Hauptstadt verkauft. Sie mussten also irgendwo gelebt haben. Ich stapfte durch das nahe Unterholz: keine Schneisen, Lichtungen oder Pfade. Ich ging ein Stück weiter, wo auf einer Seite die Bäume auseinandertraten und einen schwarzen Bach freilegten. Ich ging den Bach entlang, erst in die eine, dann in die andere Richtung. Interessanterweise war das Wasser nicht gefroren. Vereisen konnten nur die Uferstreifen.

Ich überquerte eine wacklige Brücke – ein gutes Zeichen, denn an unbewohnten Orten werden keine Brücken gebaut. Ich umrundete einen Hügel und entdeckte mit Raureif bedeckte Schieferdächer.

»Hurra, Kameraden!«, munterte ich Gerda auf. Ihre Schnauze sah nach etwas zwischen »Mahatma Gandhi nach dem Hungerstreik« und dem Porträt des »Ersten Asketen-Hundes der Welt« aus.

Schwankend ging ich durch den harschen, angetauten Schnee und stieß auf einen schneebedeckten Feldweg, der sich in Richtung der Hütten schlängelte. Das Dorf lag so weit von den Verkehrswegen unserer Zeitgenossen entfernt, dass sogar ein originales Straßenschild geblieben war. Darauf stand »Gabljany« – ohne Einschusslöcher oder üble Kritzeleien.

Ich ging die Straße entlang und suchte für mich und Ihre Majestät ein ordentliches Haus. Ein erstaunlicher Anblick: Das Dorf war verlassen worden, bevor die Menschen aufgehört hatten, auf den Sonnenaufgang zu warten. Der Schnee war unberührt – kein einziger Abdruck. Hätten die Bewohner es später verlassen, wären für alle Zeiten Spuren auf diesem weißen Laken geblieben, die niemals schmelzen würden. Außerdem waren die Fensterläden schamhaft geschlossen, vielleicht, damit die Sonne die Vorhänge nicht ausblich und Neugierige keine Chance hatten, die im Haus zurückgelassenen Schätze zu erspähen (Marmeladengläser und ein Transistorradio).

Höchstwahrscheinlich war Gabljany der großen Völkerwanderung zum Opfer gefallen zu jener Zeit, als alle Dorfbewohner, die vormals Fisch, Beeren und Pilze an die durchreisenden Bojaren verkauft hatten, nun selbst Bojaren in der Hauptstadt werden wollten.

Ich versuchte, mich in einen kleinen Steinpalast am Straßenrand zu drängen – die massiven Metalltüren waren mit einem ebenso massiven Innenschloss verriegelt. Die nächste Behausung war bescheidener – ein mit Ziegeln verkleidetes Holzhaus, die Fensterscheiben gesprungen und mit Knetmasse gekittet, eine blaue Tür aus porösen Brettern. Zwar gab es auch hier ein massives Schloss, aber es war ein Vorhängeschloss.

»Wir sind da«, sagte ich müde zu Gerda, nahm mein Gewehr herunter und zertrümmerte mit drei Kolbenschlägen das Schloss. Ich zog die Tür auf – sie knarrte und hing in den Angeln. Dann schaltete ich die Stirnlampe ein.

»Willkommen!« Ich machte eine einladende Geste und ließ Gerda herein.

Sie konnte wohl kaum glauben, dass der Eilmarsch für heute beendet war, zog den Schwanz ein und lief ins Dunkle. Ein Fliegenvorhang trennte die Diele von den Wohnräumen, ein Beweis dafür, dass die Besitzer ihr Haus im Sommer verlassen hatten. Der Hund schlüpfte darunter durch, machte einen Schritt in die Dunkelheit, und plötzlich gab es ein Klirren, und Gerda wimmerte durchdringend.

Ich hob meine Waffe und rannte ihr nach, und das Erste, was ich sah, war der tief gekränkte Blick meines Hundes. Ich weiß nicht, über wen sie schlechter dachte: über die Unmenschen, die beim Verlassen des Hauses eine Bärenfalle an die Tür gestellt hatten, oder mich, der ihr befohlen hatte, dort hinzulaufen, wo Gefahr lauerte.

Gerda hüpfte auf drei Pfoten und wimmerte, ihre rechte Vorderpfote klemmte in einer Falle, die am Kühlschrank befestigt war. Blutstropfen fielen zu Boden. Diese Gutmenschen hatten ihre Gastfreundschaft fein inszeniert – das verstümmelte Opfer konnte nicht einfach aus dem Haus rennen, es blieb hier angekettet.

Ich eilte zu Hilfe, löste die Klammern, die aus besonderem Sadismus mit geschärften Zacken versehen waren, und untersuchte Gerdas Pfote. Der Knochen war gebrochen, die Tatze hing schlaff an Muskeln und Haut. Blut strömte aus der Wunde, die die Klammern gerissen hatten. Ich nahm mein Hemd aus dem Rucksack, riss einen schmalen Streifen ab und wickelte ihn um die Pfote unterhalb des Gelenks, um die Blutung zu stoppen. Dann ging ich in den Hof, schnitt einen trockenen Ast von einem Birnbaum ab, der neben dem Haus wuchs, und machte daraus zwei Schienen, zwischen die ich die Pfote klemmte.

Gerda wimmerte die ganze Zeit. Wenn ich ihre verletzte Pfote berührte, zog sie sie zaghaft zurück. Tränen liefen aus den Hundeaugen. Mit zitternden Händen sagte ich immer wieder: »Halt aus, mein Mädchen, halt aus! Das muss sein, das hilft!« Aber eigentlich glaubte ich meinen eigenen Worten nicht.

Als wir sie als Welpen aus dem Zwinger holten, hatten wir als verantwortungsbewusste Hundebesitzer eine ausgezeichnete Internet-Vortragsreihe über Erste Hilfe für Vierbeiner in kritischen Situationen angehört. Ein imposanter Arzt mit gezwirbeltem Schnurrbart erklärte uns damals recht einprägsam, wie uns schien, was in welcher Reihenfolge zu tun sei, wenn das Haustier von einem Auto angefahren wurde, wenn es sich an Haushaltschemikalien vergiftet hatte oder wenn es im Kampf mit einem anderen Hund verletzt wurde. Außerdem hatte er davon gesprochen, was zu tun ist, wenn der Hund in eine Falle geraten ist.

Ich versuchte, mich wenigstens an irgendeinen der medizinischen Ratschläge zu erinnern, aber das Einzige, was mir noch einfiel, war die Schriftart der Schlüsselwörter, die nach der Erwähnung durch den Arzt eingeblendet wurden, und sein mit Haarlack fixierter Schnurrbart. Durch die Medien sind wir daran gewöhnt, bei jedem Problem Google zu befragen. Oder sich einen angesagten Consultant zu suchen. Die Fähigkeit, sich zu erinnern, wurde zerstört, Wissen in eine Unterart des Showbusiness umgewandelt. Ach, wie bedauerte ich nun, dass ich nie ein Buch über Erste Hilfe für Hunde gelesen hatte.

Verbandsmaterial gab es nicht in diesem verlassenen Haus. Und erst recht keinen Alkohol. Als ich den Kleiderschrank der Fallensteller durchwühlte, fand ich dort ein dünnes Baumwollkleid, das sich als Verbandsmaterial eignete. Ich riss ein Stück aus der Decke heraus, übergoss es mit meinem Whisky, legte es auf die Wunde, um sie zu desinfizieren, und verband sie fest über den Schienen. Ich trug Gerda zum Sofa, setzte mich neben sie und kraulte ihre Ohren und ihren Nacken, bis sie aufhörte zu wimmern, gleichmäßig atmete und einschlief.

Ich bemerkte nicht, wie ich selbst in Schlaf fiel. Ich streichelte sie dösend weiter, umhüllte sie mit Mitgefühl. Im Schlaf hatte ich das Gefühl, als würde ich selbst behutsam von einer großen, flauschigen Pfote am Kopf gestreichelt werden, und durch diese Berührung fühlte ich mich ruhig und sicher. Vielleicht habe ich deshalb geweint.

## Vierter Abschnitt

Die gute Nachricht war, dass mein Verband die Blutung stoppen konnte. Auf dem über die Schienen gewickelten Verband war ein kleiner Fleck hervorgetreten, der sich während unseres Schlafs nicht vergrößert hatte. Die andere gute Nachricht war, dass Gerda beim Aufwachen munter dreinschaute, auch wenn sie das Katzenfutter ablehnte. Über die schlechte Nachricht muss ich nicht groß reden. Wir brauchten dringend Antibiotika. Und deshalb konnten wir nicht im Haus bleiben – wenn es noch irgendwo in der Gegend eine ungeplünderte Apotheke gab, musste ich auf meinen zwei Beinen dort hintrotten.

Im Schein der Stirnlampe lief ich durch die unwirtliche Hütte. Unter den aus den Schrank gefallenen Klamotten fand ich eine Fischermütze – aus Wolle und einfach gestrickt. Jack Nicholson in »Einer flog über das Kuckucksnest«. Ich hoffte, dass sie nicht dem gehört hatte, der die Falle an der Tür hinterließ, die auch einen Menschen hätte verkrüppeln können. Ich zog sie mir über die Ohren – sie war warm genug, beschwerte den Kopf nicht, hing nicht über die Augen, was den Blickwinkel verengt hätte, und beeinträchtigte das Hören nicht.

Ich legte meine speckige, zerzauste, verräucherte und abgetragene Hasenfellmütze auf den Tisch. Die ganze dunkle Zeit über war sie ein Teil von mir gewesen. Ich verließ das Haus mit dem Gefühl, diesen unbekümmerten, fröhlichen und im Kampf unerfahrenen Teil von mir zurückzulassen. Gerda ging sofort voran, gab nun unser Tempo vor. Anfangs versuchte sie, auf drei Beinen zu humpeln, stützte sich dann aber vorsichtig auf die Schiene und trottete voran. Ohne Eile kamen wir zur Straße, ich versuchte, den Hund auf den Arm zu nehmen, aber Gerda winselte unmutig auf, schien sagen zu wollen – ich gehe selbst. Eigensinnig war mein Mädchen.

Jetzt, nach der Rast, wurde mir klar, dass wir die falsche Straße genommen hatten und keineswegs auf Slodych zugingen. Hier gab es weder Händler noch Kumpel oder andere, die die beliebte Route geschäftlich nutzten. Auf dem Pfad zum Bauernhof hatten wir immer wieder irgendwelchen Unrat gesehen. Egal, wo er geht und steht, breitet der Mensch ihn unweigerlich aus. Der Wald ringsum war unberührt. Route 66, Homel – Hades.

Aber in diesem Land, in dem nun die große Stille regierte, hatte es nie ein großes unbewohntes Gebiet gegeben. Wir liefen hier schließlich nicht durch Sibirien oder die Mongolei. Also würden wir früher oder später auf ein Bezirkszentrum, ein Dorf, eine Kleinstadt oder einen anderen Ort mit einem Krankenhaus oder zumindest einer Sanitätsstelle am Busbahnhof treffen. Und dann bestünde die Aufgabe darin, die Gebrauchsanweisungen und Namen der Medikamente zu verstehen. Oder einen Arzt zu finden – je nachdem, wie viel Glück wir hätten.

Die Asphaltstraße machte eine Biegung, und der dunkle Wald, die Straße und der Himmel verschwanden hinter der Kurve auf einmal in einem weißlichen Nichts. Das war so überraschend, dass ich mir die Doppelflinte von der Schulter riss und meine Stirnlampe einschaltete. Ihr Licht ging in der vor uns ausgegossenen, milchigen Suppe unter. Ich näherte mich dem Rand zum Unsichtbaren. Mein Auge erkannte winzige feuchte Fünkchen, die im Lichtstrahl schwebten. Gleichzeitig nahm ich einen Geruch wahr – faulige Erde, die Hoffnung auf den Frühling atmete, aber bereits schlief oder noch nicht erwacht war. Als ich diesen Geruch bemerkte, erinnerte ich mich sofort an alles. Es war Nebel.

Diese weiße Watte hieß »Nebel«. Den hatte ich seit jenen Tagen nicht mehr gesehen, als es in der Stadt noch einen Oktober gegeben hatte. Im Oktober war es in Minsk oft neblig gewesen. Gelbes, nasses Laub im Gorki-Park. Eine Brücke, ein Pavillon, ein Gebäude mit einer Turmspitze traten auf dem grauen Aquarell so hervor, als wären sie mit unmerklichen Pinselstrichen eines Künstlers auf feuchtes Papier gemalt worden.

Der weiße Schleier verdeckte Gerda, ich konnte ihren Atem und das Geräusch ihrer Krallen auf dem Asphalt hören. Jeder vierte Pfotenabdruck war rosa. Der Verband begann undicht zu werden. Weit würden wir nicht kommen.

Wie dumm wir doch früher inmitten dieser Oktoberpracht

gewesen waren. Wir hatten nur auf unbedeutende Kleinigkeiten geachtet, uns über allen möglichen Unsinn aufgeregt und dabei diese unaussprechliche Schönheit um uns herum nicht bemerkt, nicht gewürdigt, nicht erlebt.

Das Rauschen von Reifen auf nassen Straßen, der Geruch von Kaffee aus einem Pappbecher, das violette und orangefarbene Licht von Laternen als Hüter dieses Verkehrsflusses. Gerda blieb auf einmal stehen und begann so laut zu bellen, wie sie konnte. Ich holte sie ein. Ihre Hundeaugen starrten in die Ferne, sie schaute erschrocken, drehte ihre Schnauze in die Richtung, aus der wir gekommen waren. »Komm schon, mein liebes Mädchen«, sagte ich und zerrte an ihrem Halsband, weil ich dachte, dass Gerda sich nur etwas einbildete, aber sie senkte trotzig den Kopf, legte die Ohren an und bellte weiter.

Ich drehte mich um, schaltete meine Stirnlampe auf Maximum, wodurch die Nebelwand um weitere zwei Meter heranrückte. Watte, unterschiedlich dichte Schichten der Undurchdringlichkeit. In ihrem Schutz hätte sich uns ein ganzes Bataillon von Ziegenfüßigen nähern können, und wir hätten nichts bemerkt. Mein Blick fiel auf Gerdas blutige Spuren. Mir wurde mulmig. Auf welche Entfernung konnte ein hungriges Raubtier die verwundete Beute riechen? Zehn Kilometer? Nein, das war wohl aus einem YouTube-Vortrag über Haie. Und welche Bestien gab es in den belarussischen Wäldern? Abgesehen von den Neurern, die kein Lebender gesehen hatte?

Da hörte ich ganz deutlich ein Geräusch. Es kam von hinten und links – dort musste, vom Nebel verhüllt, der Waldrand liegen. Etwas knirschte mit lautem Knall, als wäre ein schwerer, sehr schwerer Fuß auf einen abgefallenen, dicken Ast getreten. »Nur Ruhe«, sagte ich laut. »Haie kann es hier nicht geben, und mit den Streifenhörnchen werden wir schon irgendwie fertig.« Gerda schlug weiter an – ich wusste nicht einmal, ob sie mich warnen oder irgendwen verscheuchen wollte. Zu hören war ein

Rascheln, als versuche jemand, vorsichtig das dichte Gestrüpp am Straßenrand zu durchdringen. Die von allen Seiten mit Wald umgebene Straße war ein guter Schalltunnel, in dem man, wie im Petersdom, selbst ein Flüstern auf große Entfernung verstehen konnte. Und wieder kam ein Rascheln, katzenartig fein. Und genau diese Behutsamkeit eines Jägers, der seine Beute auf keinen Fall verschrecken will, alarmierte mich am meisten.

»Namasté, amigo!«, rief ich, so laut ich konnte. »Buenas noches, verdammt noch mal! Wir können dich hören! Wenn du keine Ladung Schrot abbekommen willst, dann gib Laut, wer du bist! Oder ich schieße!«

In der Stille waren einige vorsichtige, sehr langsame Schritte zu hören. Wer auch immer da war, er hatte einen guten Instinkt. Ich nahm meinen Rucksack ab, stellte ihn vor mir ab, hockte mich dahinter und legte mein Gewehr obenauf. Die Bestie konnte bewaffnet sein, der Rucksack würde keine Kugel aufhalten, kleinkörnigen Schrot jedoch schon. Ich entsicherte meine Flinte.

Gerda bellte angespannt weiter, ihre Schnauze mit ängstlich aufgerissenen Augen verfolgte dieses Etwas und bewegte sich hin und her. Sie witterte jegliche Regungen besser als ich und half mir zu erkennen, wo sich das Wesen befand.

Als ich den Lichtstrahl der Stirnlampe auf Gerda richtete, verlor ich allerdings die Kontrolle über das, was um mich herum geschah. Ich zog Gerda dicht an mich heran und ging tiefer in den Nebel hinein. Unser geheimnisvoller Gast war still geworden. Selbst Gerda hatte aufgehört zu bellen und lauschte auf Geräusche. Wenn sie etwas hörte, bellte sie ein paarmal, legte die Ohren an und lauschte wieder. Wir waren erstarrt, versuchten, einander auszutricksen. Ich blickte in den weißlichen Dunst und hoffte, eine Silhouette zu erkennen, während mein potenzielles Ziel den besten Moment für einen Angriff abwartete. Und auf einmal kam laut schnaubend eine Kreatur angaloppiert. Gerda warnte mich durch ihr Bellen, aber das war nicht mehr nötig: Ich hörte das Getrappel, und auch der Boden erbebte davon. Es war weder ein Pferd noch ein Mann auf einem Pferd. Das Knurren, das die Kreatur bei der Annährung von sich gab, erinnerte an das eines Wolfes. Aber Wölfe sind keine Einzelgänger und jagen normalerweise im Rudel.

Eine riesige schwarze Gestalt kam aus dem Nebel geflogen. Von der Größe her hätte es ein Pferd sein können, zumindest kam es mir auf den ersten Blick so vor. An ein Pferd erinnerte auch der glänzende, wie mit Öl übergossene Körper. Aber im Maul waren Reißzähne erkennbar, und es tropfte Speichel heraus. Beim Austritt aus dem weißlichen Dunst verharrte das Monster für den Bruchteil einer Sekunde im Licht meiner Stirnlampe. Es änderte nicht einmal seine Geschwindigkeit, sondern fegte einfach an uns vorbei, hinterließ dabei Lücken in den Schwaden des Wasservorhangs. Ich drückte beide Abzüge ab, eine Sekunde, nachdem die Gestalt an uns vorbeigerast war. Zu spät.

Warum hatte das Monster nicht angegriffen? Wodurch hatte es sich abhalten lassen? Vom Rucksack, der meine Kehle verbarg? Die dadurch schwer erreichbar schien? Das war im Moment wichtiger als Spekulationen darüber, was für ein Ungeheuer an uns vorbeigestürzt war. Kein Wolf, so viel war sicher. Um ein solches Aussehen zu erlangen, hätte ein Wolf eine Weile neben dem Reaktor von Tschernobyl leben, an der Strahlenkrankheit erkranken, sein ganzes Fell verlieren und sein spitzes Wolfsgebiss gegen eine Art breite, fast tigerähnliche Schnauze eintauschen müssen.

»Mir nach! Standortwechsel!« Gerda gehorchte mir nicht und bellte dem Monster hinterher, also zog ich sie am Halsband und platzierte sie neben den Rucksack. Ich holte die heißen Hülsen aus der Flinte und drückte neue Patronen in den Lauf, die ich aus meiner Tasche nahm.

Eine Zeit lang war es ruhig. Ich meinte sogar schon, das Raubtier sei so erschrocken von den Schüssen, dass es uns nicht mehr angreifen wollte. Dann aber ertönte erneut das Galoppgeräusch. Ich wusste bereits, was mich erwartete. Das Wesen erschien im Lichtpunkt im Nebel genau so lange, wie ein Augenaufschlag dauert. Ich verfolgte es mit der Gewehrmündung, schaffte es aber nicht, meinen Kopf mit der Lichtquelle zu drehen. Eine Bewegung nur, und das Monster war in der Dunkelheit verschwunden, obwohl ich es im Visier gehabt hatte. Ich schoss erneut, aufs Geratewohl, und wieder wusste ich, dass ich keine Chance hatte, es zu treffen.

Diesmal erfasste ich die toten Augen der Kreatur. Rot waren sie, aufmerksam, ohne irgendeinen Ausdruck. Derartige Augen findet man bei Wachhunden, die von bösartigen Besitzern gehalten werden. Und da regte sich bei mir eine Erinnerung. Als hätte ich so etwas schon einmal gesehen. Diese spitzen Ohren und die Schnauze wie bei einer Messerschmitt. Vielleicht nicht von diesen Ausmaßen, aber trotzdem. Die Bestie kam aus unserer, der erklärlichen Welt. Und das gab mir die Hoffnung, dass ich mich zur Wehr setzen konnte. Ich hatte auch ihre Taktik begriffen. Sie erspähte nach und nach unseren Schlupfwinkel und kam immer näher. Das nächste Mal könnte es tödlich enden.

Wieder hockte ich mich hinter den Rucksack, und wieder musste ich Gerda mit Gewalt zu mir ziehen, weil sie vorne stand und bellte. Ich lud die Waffe und riss mir, um den Fehler beim Zielen nicht zu wiederholen, die Stirnlampe vom Kopf und befestigte sie an meiner rechten Hand. Jetzt leuchtete der Lichtstrahl genau dorthin, wohin die Doppelflinte zeigte. Einatmen, ausatmen, Getrappel, das Geräusch von kratzenden Krallen auf dem Asphalt. Und wieder die schwarze Silhouette – ich ließ sie nah an uns heran und drückte erst dann ab. Es krachte – einmal, zweimal, der Abstand war gering, ich verstand nicht, wieso ich nicht treffen konnte, dachte sogar, ich hätte Platzpatronen geladen. Aber warum hatte dann der Schrotschuss Funken auf dem Asphalt geschlagen? Nein, ich war nur ein miserabler Schütze.

Ich dachte über all das nach, während ich mich hinter dem Rucksack versteckt hielt. Ich öffnete das Magazin, zog die heißen Plastikzylinder heraus, griff in meine Tasche nach den Patronen und erstarrte. Sowohl die rechte als auch die linke Tasche waren leer.

Mit zitternden Fingern öffnete ich den Reißverschluss, ertastete die Schachtel, riss sie auf, und schon hörte ich wieder den herannahenden Galopp. Gerda war vorne geblieben, also warf ich Gewehr und Munitionsschachtel beiseite und zog sie zurück in Sicherheit. In diesem Moment tauchte das Monster auf, es bewegte sich direkt auf uns zu, und der Strahl der Taschenlampe an meiner Hand traf es genau ins Auge. Es fauchte, sprang zur Seite und schüttelte den Kopf. Als Geschöpf der Nacht war sein Sehvermögen an eine Jagd in völliger Waldfinsternis angepasst. Die Stirnlampe hatte es geblendet. Die Verzögerung gab mir drei Sekunden, um Munition einzulegen und die Läufe zuschnappen zu lassen. Als das Monster wieder auf uns zusprang – diesmal nicht mehr, um uns auszukundschaften, sondern um uns zu reißen – atmete ich langsam aus und drückte sanft auf den Abzug, genau in dem Moment, als das Brustbein des Raubtiers fast die Gewehrmündung berührte. Ich war darauf gefasst, dass der Schuss wieder keine Wirkung zeigen und die gefletschten Zähne im nächsten Moment ein Stück Fleisch aus meiner Schulter reißen würden.

Aber der Angreifer schien an einer unsichtbaren Wand abgeprallt zu sein – er wurde hochgeworfen, schlug einen Purzelbaum und fiel zurück. Gerda war verstummt, völlig schockiert über das Geschehen. Ich kippte den Lauf des Gewehrs und bückte mich, um die Schachtel mit der restlichen Munition aufzuheben. In der Dunkelheit vor uns quietschte und knurrte etwas. Ich hob mein Gewehr, zielte in die Richtung, aus der die Geräusche kamen, und machte ein paar vorsichtige Schritte. Zuerst sah ich seine riesigen Hinterpfoten – sie zappelten im Schnee am Straßenrand. Dann fiel der Lichtfleck auf einen zerfledderten Körper, dessen Eingeweide durch die Schüsse hervorgetreten waren.

Endlich, zwei Schritte weiter – so mächtig groß war diese Bestie – sah ich eine Schnauze und spitze Ohren. Das blutverschmierte Maul verbiss sich knurrend in den Boden.

Das Monster lag im Sterben, sah aber immer noch gefährlich aus. Als ich seine eingesunkenen, rot umrandeten Augen und sein dunkelgraues, glattes Fell näher betrachtete, wurde mir klar, dass wir beinahe einer riesigen verwilderten Dogge zum Opfer gefallen wären. Vielleicht hatte sich auch bei den Hunden eine umgekehrte Evolution vollzogen. Während die Menschen Kraftwerke plünderten und sich gegenseitig wegen Batterien und Konserven umbrachten, hatte der Hunger die anpassungsfähigste und gutmütigste Rasse unter den Hunden in rasende Killer verwandelt.

Ich hockte neben der Bestie, bis sie aufhörte zu atmen. Ich wollte nicht in die Dunkelheit gehen und ein noch lebendes Monster hinter mir zurücklassen. Gerda lag ganz in der Nähe, die verletzte Pfote ausgestreckt. Das Blut sickerte durch den Verband, wenn auch nicht stark. Ich beschloss, sie gründlich neu zu verbinden, sobald wir einen Unterschlupf erreicht hätten. Schließlich hob ich meinen Rucksack auf, stützte mich auf mein Gewehr und richtete mich auf. Das Scharmützel hatte mich alle Kraft gekostet – jetzt, wo das Adrenalin aus meinem Blut gewichen war, merkte ich, wie erschöpft ich war. So mussten sich Soldaten nach einer Schlacht fühlen. Im Gehen hob ich am Straßenrand einen langen, trockenen Stock auf, der mir, wenn ich mich damit abstützte, das Gehen erleichterte. Der Nebel wurde immer dichter, und ich fragte mich, ob er immer dort war, so, wie über Hruschawka beständig eine kupferne Wolkendecke hing. Ich schaltete die Stirnlampe aus – sie war ohnehin keine große Hilfe – und versuchte, nicht seitlich abzudriften, sondern mich am Ufer des Asphaltflusses zu orientieren.

Wieder hatte ich jegliches Gefühl für Zeit verloren und konnte sie nur noch an der Müdigkeit und dem Hunger messen, die fließend ineinander übergingen. Mal wollte ich unbedingt etwas essen, dann vor allem mich zur Ruhe legen. Plötzlich ertönte in dieser schrecklichen Stille, mitten in der undurchdringlichen Nebeldecke ein munterer Tenor knapp über meinem Ohr:

»Oh, hallöchen!«

Fast hätte ich mich niedergesetzt, dann fluchte ich und tastete nach dem Schalter meiner Stirnlampe. Aber an meinem Kopf fand ich weder einen Schalter noch gar die Stirnlampe, denn ich hatte vergessen, sie vom rechten Handgelenk abzunehmen und wieder aufzusetzen. Als ich schließlich die Waffe von meiner Schulter nahm, das Licht anmachte und meine entsicherte Waffe auf die Stimme richtete, kam ich mir wie ein Idiot vor. Wenn uns bis jetzt nichts angetan worden war, dann bestand wohl auch keine Absicht dazu. Gerda betrachtete meine Aufregung mit Missbilligung. Als wolle sie sagen: Wenn es etwas zu befürchten gäbe, hätte ich längst angeschlagen, du Strohkopf!

Im Lichtstrahl der Stirnlampe stand ein dürrer Mann mit Bartstoppeln. Er trug einen stark abgenutzten Tarnanzug, gegen den sich meine Hasenfellmütze wie ein Stück von der neuesten Haute-Couture-Modenschau in Mailand ausgenommen hätte. Seine Kleidung war nicht nur löchrig. Die Löcher waren durch Flicken abgedeckt, die ihrerseits Löcher aufwiesen. Ich erkannte: Dieser Mann hatte wohl nur deshalb keine Taschenlampe auf mich gerichtet, weil er kein Zink hatte, das er in eine Taschenlampe stecken konnte.

Der Mann im Tarnanzug lächelte freundlich. Seine Zähne befanden sich etwa im gleichen Zustand wie seine Kleidung.

»Hallöchen! Waren Sie das, der da geschossen hat?« Er zeigte in die Richtung, von der er meinte, dass Gerda und ich geschossen haben könnten. Im Nebel schien die Richtung ziemlich allumfassend.

Ich nickte zustimmend und versuchte zu verstehen, was er von uns wollte.

»Ich habe mich gefragt, wer das sein könnte, der da im Wald schießt. Und vor allem einen Schuss nach dem anderen. Entweder hat er zu viel Munition, oder er jagt einen Riesenhirsch. Haben Sie da zufällig Jagd auf einen Riesenhirsch gemacht?«

»Wir wurden von einer großen Bestie angegriffen«, sagte ich unwillig, ohne das Gewehr zu senken.

»Nun ja, ich jage auch gerne. Aber jetzt gibt es kaum noch Tiere in den Wäldern, und Schrot ist auch keins mehr übrig. Also erlegen wir das Wild wie anno dazumal.« Er klappte das Vorderteil seines Tarnanzugs auf und zeigte stolz eine schäbige Holzschleuder.

»Ist es weit bis zum Dorf Slodych?«, fragte ich.

»Bis zum Dorf Slodych ist es so weit wie im Krebsgang nach Krakau.«

»Also ist es weit?«, wollte ich für alle Fälle präzisieren, da ich die Metapher nicht verstand.

»Weit – das ist wie im Krebsgang nach Rakaŭ, mein Freund. Und im Krebsgang nach Krakau, das ist schrecklich weit. Sie sind hier auf der alten Autobahn nach Sluzk.«

»Und wie sind wir hierher geraten?«, fragte ich Gerda ratlos.

»Das Bein Ihres Hundes ist gebrochen«, sagte der Mann.

»Ich weiß«, unser Gespräch war in eine Sackgasse geraten.

»Aber nicht weit von hier gibt es einen anderen besiedelten Ort«, lächelte er breit. »Er heißt Nasamonien. Ich kann Sie hinbringen.«

»Gibt es dort eine Apotheke? Einen Arzt? Wenigstens irgendwelche Medikamente?«, fragte ich und schulterte meine Waffe.

»Gehen Sie und fragen Sie. Ich führe Sie hin. Aber dafür müssen Sie Fungus zwei Zink bezahlen.«

Ich nahm die Lampe vom Handgelenk und befestigte sie oberhalb meiner Strickmütze am Kopf.

»Fungus, das bin ich«, stellte der kleine Mann klar.

»Also gut, los geht's.«

»Nicht doch! Fungus arbeitet nur gegen Vorkasse. Also, zwei Zink, bitte. Sonst gehe ich nicht. Oder drei, wenn Sie wollen, dass ich unterwegs Witze erzähle.«

Unzufrieden grummelnd nahm ich meinen Rucksack ab, ließ meine Hand tief ins Innere gleiten und wühlte lange darin herum, als hätte ich buchstäblich nur wenige Batterien übrig, dann reichte ich dem aufdringlichen Kerl zwei Zink. Er stopfte sie in seinen Jagdbeutel am Gürtel, aus dessen Fächern einige Kieselsteine verschiedener Größe hervorschienen. Dann lächelte er breit und führte uns in dieselbe Richtung, in die Gerda und ich gegangen waren, bevor er uns rief.

»Das war so ein Riesenhund«, konnte ich es nicht lassen, meine Erfahrung mitzuteilen, und zeigte die Größe des getöteten Raubtieres auf Brusthöhe.

»Dabei ist das nur bis zu den Eiern. Die Rübe ist dann noch höher«, stimmte Fungus zu. »Zumindest sagen das alle Fungi, die ihn gesehen haben.«

»Was ist das für ein Dämon, und aus welcher Hölle kommt er eigentlich?«

»Oh, der ist nicht von uns, das kann ich Ihnen sagen! Alle denken, der kommt von uns, aber das stimmt nicht. Uns haben in Nasamonien schon die Gurken gereicht. Wieso hätten wir uns noch einen Hund halten sollen? Aber da drüben, hinter dem Wald, gab es ein Dorf. Eine anderes. Ein ganz großes. Nicht wie Nasamonien. An die zweihundert Häuser. Dort lebte ein Vorsitzender. Der hatte ein riesiges Haus, einen Jeep, bekam Landwirtschaftskredite. Und seine Wirtschaft war natürlich im … Sie wissen schon, wo. Doch das Haus wuchs, auf Kredit. Und dieser Vorsitzende hielt sich eine große Deutsche Dogge. Die liebte der Vorsitzende sehr, denn wenn man schon die Menschen nicht liebt, dann liebt man wenigstens seinen Hund. Als Gott sich erzürnte über uns und den Himmel verdunkelte, nahmen unsere Nachbarn ihre Mistgabeln und zogen zum Vorsitzenden. Und da haben sie ihn dann ein bisschen … Und auch seine Frau und seine Kinder. Denn sie dachten, das käme von des Vorsitzenden Willkür, und wenn sie ihn bestrafen, dann vergoldet die Sonne wieder die ungeernteten Ähren auf den Feldern. Aber nein. Der Vorsitzende lag da. Sein Haus stand in Flammen. Die Sonne jedoch ging nicht wieder auf. Und vor allem konnte dieser Hund da, diese Dogge, entkommen. Und, wie andere Fungi sagen, hat die Dogge zuerst die Männer gefressen, die mit Heugabeln losgezogen waren. Und dann jene, die sie dazu angestiftet hatten. Und dann überhaupt alle. Sie musste ja was fressen. Aber wer weiß schon, in welcher Reihenfolge die Dogge sie alle verspeist hätte, wenn die Leute den Vorsitzenden nicht angerührt hätten.«

»Aber ich habe sie getötet!«

»Ach mein Lieber, jeder, der Nasamonien erreicht, behauptet, er hat dieses Nilpferd getötet. Kann schon sein, wie könnte er sonst zu uns gelangen? Aber wie viele von diesen Doggen muss es dann geben? Unsere Kerle, die Fungi, haben vor Kurzem ein Schwein vom Bauernhof die Straße entlanggetrieben. Sie sagen, da sei ihnen die Bestie erschienen. Und sie hätten mit ihren Knüppeln einfach Hackfleisch aus ihr gemacht. Angeblich. Aber wer glaubt ihnen das schon? Kann man so ein Vieh etwa mit Knüppeln töten? Oder mit einem Gewehr? Da braucht man einen Schraubhuber!« Fungus warf verträumt den Kopf zurück und stellte sich einen »Schraubhuber« vor.

Ich widersprach dieser dunklen ländlichen Metaphysik nicht und beschloss, das Thema zu wechseln.

»Ich komme auch vom Bauernhof.«

»Oh, du wirst also von Bruder Jegorius protegiert?«

»Nein, ich habe ihn gerade erst kennengelernt. Er ist irgendwie verdächtig. Mir ist klar, dass Schweine zu züchten etwa dasselbe ist, wie Zink zu mehren. Aber er ist einfach zu reich. Der hat eine Zigarette geraucht! Eine echte!«

»Wir mischen uns nicht in seine Angelegenheiten«, winkte

Fungus ab. »Auch wir waren ja mal Bauern. Zu lichten Zeiten. Und wenn man ein Schwein kaufen muss, bei wem sollte man das sonst tun?«

Als Fungus über den Glatzkopf sprach, wählte er seine Worte sehr genau – als ob Bruder Jegorius ihn hören und das nächste Mal kein Schwein nach Nasamonien verkaufen könnte.

»Und woher stammst du, wenn nicht vom Bauernhof?«, wollte Fungus wissen.

»Aus Hruschawka.«

»Na das ist ja ein Ding! Und wo ist das?« Er wäre fast stehen geblieben.

»Im ehemaligen Minsk. In der Nähe des Königreichs ›Zentrum‹.«

»Ach, Quatsch!« Fungus konnte es nicht fassen. »Du bist den ganzen Weg von Minsk gekommen? Hierher? Wie geht es dort? Stimmt es, was man sagt? Dass die Frauen die Männer zum Liebesspiel gefangen halten?«

»Das sagt man, ja. Aber das ist wohl nur in einem Stadtstaat so. Im Matriarchat ›Grüne Wiese‹. Und es betrifft nicht alle Männer, sondern nur Sklaven. Und auch die nicht alle. Sondern nur solche, die nach Ansicht der obersten Matriarchin im früheren Leben keinen Respekt vor Frauen hatten.«

»Ich würde als Sklave dort hingehen«, Fungus' Gesicht war so nachdenklich geworden wie kurz zuvor, als er über den »Schraubhuber« räsonierte, und mir wurde klar, dass der Mann nun einen Traum hatte.

Vor uns im Nebel flackerten zwei schwache Lichter. Auch wenn ich Fungus nicht getroffen hätte, wären Gerda und ich ganz sicher dort angekommen. Deswegen stellte sich nun die brennende Frage, ob es notwendig gewesen war, Fungus zwei Zink zu geben. Unser Gesprächspartner beschleunigte sein Tempo, um als Erster das Tor zu erreichen. Noch bevor zwei gebeugte Wächter aus dem Nebel auftauchten, sprach er schon mit ihnen.

»Hallöchen, ihr Fungi! Fungus bringt euch einen Besucher. Wohlhabend und mit Hund. Kommt sogar aus Minsk. Ich fand ihn mitten im Wald, er kämpfte mit der Dogge. Ich habe ein moralisches Recht auf meinen Anteil am Eintrittsgeld. Zwanzig Prozent?«

»Verschwinde, Fungus«, sagte eine der Gestalten träge.

»Wie viel hat er dir abgenommen?«, fragte mich die andere Gestalt.

»Zwei Zink«, antwortete ich ehrlich. »Aber ich hätte auch ohne ihn hergefunden.«

Mein Begleiter hatte sich derweil auf mysteriöse Weise in Luft aufgelöst. Vielleicht verwirklichten sich gerade seine Träume von einem unsichtbaren »Schraubhuber«, der ihn ins gesegnete Matriarchat »Grüne Wiese« brachte.

»Ich komme aus der freien Munizipalie Hruschawka«, wollte ich für alle Fälle klarstellen.

»Heißes Pflaster da bei euch«, gab einer der Wachleute einen unverständlichen Kommentar ab.

»Achte nicht darauf, was Fungus sagt«, riet der andere. Interessanterweise waren ihre Sprechweise und sogar das Timbre ihrer Stimmen fast identisch mit denen dieses Schlitzohrs im Tarnanzug.

Neben den Männern qualmten zwei im Boden steckende Stöcke. Holz gab es genug im Wald, sodass man für die Beleuchtung kein Zink brauchte. Zink gab es in der Siedlung wohl ohnehin nur für den hohlen Zahn. Wie ein Barockautor in einem Reiseroman geschrieben hätte: »Die Kleidung dieser Señores bot einen erbärmlichen Anblick.« Kaum zu übersehen war vor allem das Klebeband, mit dem einer der Wächter die Sohle am Stiefel befestigt hatte.

»Der Eintritt kostet zehn Batterien«, sagte einer von ihnen entschuldigend.

»Anders geht es nicht, wir haben keine Ermäßigungen oder

Sonderausweise«, sagte der andere und beantwortete damit eine Frage, die ihm wahrscheinlich schon zu oft gestellt wurde.

Unzufrieden grummelnd nahm ich meinen Rucksack ab, ließ meine Hand tief in sein Inneres gleiten und wühlte lange darin herum, als hätte ich buchstäblich nur wenige Batterien übrig, und zählte zehn Zink ab.

»Für den Hund brauche ich hoffentlich nicht zu zahlen?«

»Brauchst du nicht«, sagte der erste Mann. »Erst recht nicht für so einen lahmen.«

Während sie sorgfältig die Kapazität der einzelnen Batterien überprüften, wunderte ich mich erneut darüber, wie sehr diese beiden Männer dem ersten Mann, den ich getroffen hatte, ähnelten. Die gleichen ungepflegten, struppigen Bartstoppeln. Ebenso dürr. Die gleiche Hektik in den Bewegungen. Die gleichen spitzen Gesichter mit Knopfaugen. Die gleichen bläulichen Lippen, als hätten sie Heidelbeeren gegessen.

»Alles in Ordnung«, stellte einer der Wächter überrascht fest. Offenbar gerieten sie nicht oft an Gäste, die ohne Murren und mit vollem Zink zahlten.

Er holte einen antik anmutenden Schlüsselbund hervor und stocherte lange im Schloss der Stahltür, die er bewachte. Es war offensichtlich, dass er es genoss, die Tür zu öffnen, weil es seinen hohen sozialen Status unterstrich.

Mir fiel der Zugang zu diesem besiedelten Ort auf. Das Tor hatte ein für unsere Zeit sehr ungewöhnliches Aussehen. Die Stahltüren und der hohe Zaun aus braunem Wellblech kamen noch aus einer Zeit, als die Menschen mit Metallplatten die Grenzen ihrer Grundstücke markierten. In den später entstandenen Stadtstaaten war man gezwungen gewesen, die Grenzen aus dem zu errichten, was es an herrenlosem Material gab. Meist hatte es sich dabei um riesige Betonplatten oder herausgerissene Pflastersteine gehandelt, nicht aber um moderne Metallzäune. Nasamonien schien als geschlossene Feudalsiedlung gegründet worden zu sein, noch bevor die geschlossene Feudalsiedlung zur Hauptform unseres Staatswesens wurde.

Als sich das Tor endlich öffnete, nahm der andere Doppelgänger von Fungus einen Blechbecher aus der Tasche, schöpfte Wasser aus einem kleinen Plastikbecken, das neben der Tür hing, goss sich etwas davon in eine Handfläche, die er mir entgegenstreckte mit dem Befehl: »Trink!«

Ich blickte zweifelnd auf die hagere Hand, die sich, wie der Barockautor gesagt hätte, »nicht durch Reinheit in unverkennbarem Maße« auszeichnete.

»Trink, das ist ein Ritual. Ohne das lassen wir dich nicht durch«, beharrte der andere.

Ich benetzte meine Lippen mit der trüben Brühe und tat so, als würde ich trinken.

Der Wachmann befahl mir:

»Jetzt streck die Hand aus!«

Er spritzte ein paar Tropfen der Flüssigkeit in meine Handfläche, berührte sie und tat so, als würde er trinken.

»Jetzt bist du einer von uns. Du darfst passieren«, sagte er in rituellem Tonfall, der nicht zu seinem schlichten Gesicht, der spitzen Nase und den Knopfaugen passte.

»Drinnen gehst du zum Tischmeister. Er ist bei uns der Chef. Wahrscheinlich sitzt er im Büro«, riet mir der Mann, der die Tür aufgeschlossen hatte.

Ich hatte den Eindruck, dass hinter dem Zaun der Nebel nicht mehr ganz so dicht war, obwohl meine Wahrnehmung vermutlich durch die großen Feuer getrübt wurde, die an einigen Stellen brannten. Sie warfen orangefarbene Lichtflecke auf den feuchten Schleier und ließen die schwarze, milchige Düsternis perspektivisch erscheinen, sodass die Mauer aus Feuchtigkeit nicht mehr ganz so undurchdringlich wirkte. Diese Lagerfeuer schienen eine soziale Funktion zu erfüllen – dort saßen Menschen und unterhielten sich.

Mein Blick wurde sofort von einem hohen Holzturm angezogen, der offenbar einmal ein Feuerwachturm gewesen war. Seine Spitze war in Nebel getaucht. Ich ging an der Mauer entlang, entdeckte ein solides Backsteinhaus hinter dem Zaun, einen verlassenen Lastwagen unter einer Plane, bog ab zu seltsam aussehenden Zellophanzelten, die ebenfalls an der Grenze standen, und entdeckte drei weitere große Wohngebäude, aus deren Schornsteinen Rauch aufstieg.

Nasamonien hätte eher den Status eines Weilers als den eines Dorfes oder eines Stadtstaats verdient. Von einer Apotheke keine Spur. Als ich mich dem Turm näherte, sah ich an dessen Fuße einen mit Brettern verkleideten Stand. Große Stücke eines groben weißen Stoffs waren daran genagelt. Darauf stand mit Holzkohle ein Text gekritzelt. Ich schaltete die Stirnlampe ein. Es war eine Anschlagtafel mit Bekanntmachungen, kombiniert mit den neuesten Weltnachrichten. Es gab also in diesem Weiler keinen zahlungskräftigen Bedarf an wenigstens einigen Exemplaren einer gedruckten Tageszeitung.

Ich bemerkte, dass Einheimische auf mich zutraten, kaum hatte ich die Stirnlampe angeschaltet. Diese Gestalten gingen schweigend neben mir her und betrachteten aufmerksam den Fremden, der sowohl eine Lampe als auch Zink hatte. Besonders gierig wurden diese Details von den Frauen betrachtet. Unter den neugierigen Damen gab es einige veritable Schönheiten, aber alle hatten spitze Nasen, Heidelbeerlippen und Knopfaugen.

»Hallöchen! Soll ich Sie ins Büro bringen?«, schlug ein kleiner Kerl vor, der neben mir auftauchte. »Sie müssen dem Fungus nur einen Zink dafür geben. Oder anderthalb, wenn Sie dazu eine Führung wünschen. Fungus, das bin ich«, ratterte er herunter.

Dieses Nasamonien machte mir Kopfzerbrechen. Ich musterte den Bittsteller und vergewisserte mich, dass er große Ähnlichkeit mit dem Mann aus dem Wald hatte – sogar die Anzahl der Flicken auf seiner Kleidung war in etwa die gleiche. Dieser hier war nur jünger und frecher.

»Das Bein Ihres Hundes ist gebrochen«, fuhr der Bewohner des Weilers fort. »Es wird schwer für ihn, durch den Nebel zu wandern.«

Ich schüttelte den Kopf: Wir kommen allein zurecht. Zwischen drei Kiefern konnte man sich nicht verirren. Hier gab es ein Dutzend Höfe. Ich warf einen Blick auf die Nachrichten an der Anschlagtafel:

*Die Stadt der Sonne bereitet sich auf den bevorstehenden Karneval vor und schränkt den Zugang erheblich ein.*

*Die verbotene Sekte der Sonnenhungrigen behauptet, in der Metrostation ›Bahuschewitsch-Platz‹ des Königreichs ›Zentrum‹ auf Spuren eines schwimmenden Pterodaktylus gestoßen zu sein, des Stammvaters aller fliegenden Ratten.*

*Auf das Wirtshaus ›U Lejba‹ wurde ein Überfall verübt, alle Gäste wurden getötet, es gibt keine Überlebenden. Laut Zeugenaussagen wurde das Verbrechen von Ziegenfüßigen begangen.*

Die nächste Spalte der handgeschriebenen Annalen zwang mich dazu, sehr genau hinzusehen, zu lesen und nochmals zu lesen:

*In der freien Munizipalie Hruschawka hat sich ein Militärputsch ereignet. Um Ordnung und Rechtsstaatlichkeit wiederherzustellen, wurde die gesamte Infrastruktur des Krisengebiets der Obhut des Kommissars für Innere und Äußere Angelegenheiten der Volksdiktatur Kalvaria unterstellt. Zur Verbesserung des Lebensstandards und der Vermeidung von Chaos wurde in der Freien Munizipalie Hruschawka vorübergehend das Sklavensystem eingeführt. Der Bürgermeister wurde verhaftet und in Gewahrsam genommen, weil er im Verdacht steht, zur Verschlechterung der Beziehungen zwischen den Brudervölkern beigetragen zu haben. Er wird von Polizeihelfern unter Kommando von General Manka be-*

*aufsichtigt, die auch über Verstöße gegen die Polizeistunde wachen. Auf Wunsch der Bevölkerung von Hruschawka wird Hruschawka vom Stellvertreter der Volksdiktatur Kalvaria verwaltet. Alle aufständischen Sklaven wurden zum Tode verurteilt.*

Nun habe ich schon eine Weile den Schnauzenausdruck meines lieben Hundls unerwähnt gelassen, und das hat damit zu tun, dass ich Sie nicht verstimmen wollte. Gerda ließ nämlich den Schwanz hängen und sah aus wie Charles de Orléans bei seiner Gefangenschaft im Tower of London. Es tat mir weh, sie so zu sehen. Aber nachdem ich die Nachricht gelesen hatte, kniete ich vor ihr nieder, umarmte sie und saß ein paar Minuten neben ihr. Zwei heimatlose Seelen. Nun konnten wir nirgendwohin zurückkehren. Nur in ein Sklavengefängnis, um in Ketten geschlagen zu werden.

»Gleich finden wir Hilfe für dich«, versprach ich und ging auf das große Haus zu, das am weitesten entfernt vom Eingang der Siedlung stand. Das Feuer daneben warf seinen Schein auf ein riesiges Objekt, anderthalbmal so groß wie ein Mensch. Aus der Ferne sah es am ehesten aus wie ein Bananenmonument. Als ich ein paar Schritte näher gekommen war, schien mir, dass es sich tatsächlich um ein Denkmal handelte: Es stand auf einem Steinsockel mit einer kleinen Tafel. Doch die Heroik des Obelisken blieb rätselhaft. Im Nebel zeichnete sich etwas ab, das entweder ein hinduistischer Lingam oder ein auf den Popo gedrehter Zeppelinkloß war. Mein Auge erkannte sorgfältig geformte Pickel und einen Schnörkel auf der Oberseite des Objekts, der einem Schweineschwanz ähnelte. Es war sicher keine Bombe, keine Rakete oder eine andere Pest, die die Menschheit gutgeheißen hatte, als sie noch solchen Dummheiten wie dem Aufstellen von Denkmälern nachgegangen war. Das Denkmal war alt und stammte definitiv aus der gleichen Zeit wie der Metallzaun um Nasamonien. Ich richtete das Lampenlicht auf die am Sockel angebrachte Tafel und las die ins Kupfer geprägten Worte:

»Gemeine Gurke. Cucumis sativus«. Fast wäre mein Kopf endgültig zerbrochen.

»Hier war früher ein kleiner Bauernhof. Familienbetrieb«, sang ein Tenor neben meinem Ohr. Mir war klar, dass ich es wieder einmal mit jemandem zu tun hatte, der mir helfen oder mich führen wollte. »Wir waren die Gurkenkönige der Region. Die ganze Familie. Nur Fungi. Unsere Ernte haben wir lastwagenweise nach Russland transportiert. Jeder war Millionär. Für ein halbes Zink zeige ich Ihnen gern unsere Gewächshäuser.«

Ich wandte mich ab und näherte mich dem großen Haus hinter der Statue. Der Zaun teilte das Haus genau in zwei Hälften, sodass die Rückseite hinter der Mauer lag. Von dort hinten hörte ich ein lautes Plätschern, als ob jemand im Wasser planschen würde. Das Haus sah absolut nicht aus wie ein »Kontor«, aber die Türen standen offen, und ich wagte mich hinein. Der Raum darin glich einem Büro, das hastig in eine Hotellobby umgebaut worden war. Als Lichtquelle diente hier ein grob gemauerter Kamin mit einem breiten Abzug. Er verbreitete mindestens genauso viel Rauch wie Wärme. Am Schreibtisch des Büros saß ein älterer Fungus. Er hatte eine geöffnete Dose mit Büchsenfleisch vor sich sowie mehrere Blätter, die wie Flachsfasern aussahen. Sein Gesichtsausdruck war herrisch, was darauf schließen ließ, dass er ein in der Verwaltungsarbeit erfahrener Mann war. Er taxierte Gerda und mich mit einem buchhalterischen Blick und gab mir gestisch zu verstehen, dass ich mich zu ihm an den Tisch setzen solle.

»Flüchtlinge?«, fragte Fungus lakonisch.

»So kann man es auch nennen.« Ich legte meine Waffe und meinen Rucksack ab, setzte mich hin und starrte gierig auf das Büchsenfleisch.

»Von Süden«, bekräftigte er ohne fragenden Ton.

»Von Norden. Wir kommen aus Hruschawka.«

»Aus Hruschawka? Heißes Pflaster da bei euch«, wiederholte er die Bemerkung des Wächters. »Aber Sie sind der Erste von dort. Nun gut. Willkommen!« Sein Gesicht drückte die minimale Portion Freundlichkeit aus, die ein der Gastfreundschaft überdrüssiger Hausherr einer agrotouristischen Einrichtung als Mindestvorschuss gewährt. »Ich bin Tischmeister.«

»Ich Antiquar.« Keiner von uns beiden wollte sich in Erklärungen über die Herkunft unserer Namen ergehen.

»Gibt es einen Arzt in Nasamonien?«

Er sah mich an wie einen Spinner.

»Gibt es einen Erste-Hilfe-Kasten? Mein Hund braucht dringend Antibiotika.«

»Antibiotika?«, fragte er ungläubig nach. »Für einen Hund?« Fungus' Lippen hoben sich in den Winkeln.

»Egal, was es kostet. Ich zahle.«

»Ach mein Lieber! Bei uns wurde neulich eine junge Fungulina von der Angina hingerafft, weil es nichts gab, um ihre Kehle zu kurieren. Und da willst du Antibiotika. Wir haben alle Antibiotika längst gegessen. Man muss viel Zink zum Windrad tragen, wenn man Antibiotika haben will.«

»Was ist das, dieses Windrad?«

»Das sind die Händler hier an der Tankstelle.« Offenbar wollte er uns nicht eher hinauskomplementieren, bevor er uns nicht ein paar Batterien abgenommen hatte, die wir hier für die Dienstleistungen hätten lassen können. »Wenn Sie wünschen, geben Sie uns etwas Geld, und wir liefern Ihnen die Medizin. Wie viele Gurken bleiben Sie? Zwanzig? Vierzig?«

»Gurken?« Diese Zeitabmessung verwirrte mich.

»Die Statue am Eingang ist hohl. Macht einen guten Klang. Wir schlagen sie morgens, mittags, abends und nachts. Zwei Gurken sind ein Tag. Vier Gurken sind Tag und Nacht.«

»Und wenn ich für vier bezahle?«, schlug ich vorsichtig vor. »Und falls wir länger bleiben, zahle ich mehr.«

»En gros wäre billiger«, bemerkte Tischmeister kritisch. »Mit Verpflegung, einem Bad und einer Hochzeit zehn Zink.«

»Mit einem Bad?« Ich traute meinen Ohren nicht.

»Und einer Hochzeit. Beide Programmpunkte sind obligatorisch.«

Ich beschloss, keine Fragen zu stellen, ließ unzufrieden grummelnd meine Hand tief ins Innere des Rucksacks gleiten und wühlte lange darin herum, als hätte ich buchstäblich nur wenige Batterien übrig. Die Leute von Nasamonien zogen mir das Geld aus der Tasche wie eine Gurke den Saft aus dem Boden.

»Sie sagten etwas von Verpflegung?«, fragte ich bescheiden und reichte Tischmeister das Zink.

Er nickte stirnrunzelnd zur offenen Dose, riss ein Stück vom Stoff auf dem Tisch ab, legte einen halben Löffel Dosenfleisch darauf und stopfte ihn sich in den Mund.

»Was in aller Welt ist das?«, fragte ich und berührte vorsichtig das weiße Blatt. Bei der Berührung schien mir, es sei nasse Pappe.

»Brot. Wird das in Hruschawka etwa anders gebacken?«, staunte er.

»Bei uns hat es die Form von Brotlaiben.« Ich steckte mir ein Stück in den Mund. Auch vom Geschmack her erinnerte es an nasse Pappe. Aber mit dem Büchsenfleisch zusammen machte es mehr Vergnügen. Als ich dann jedoch Gerda ein kleines Stück Fleisch gab (das sie nicht nahm), runzelte der Besitzer die Stirn. Diesen Menschen fehlte es an Nahrung, Medizin, an allem. Auch wenn sie ihre Dienste für riesige Summen verkauften, waren sie immer noch gierig. Ich schaffte nur drei Löffel Büchsenfleisch, und schon händigte mir Tischmeister hastig einen Kerzenstummel und einen Schlüssel mit Anhänger aus und verfügte:

»Ihr Zimmer befindet sich im ersten Stock auf der rechten Seite. Sobald Sie sich eingerichtet haben, gehen Sie ins Bad. Der Hund darf nicht ins Bad. Dort herrscht Hygiene. Wir haben Morgen, die Glocke hat gerade zum ersten Mal geschlagen. Die Hochzeit beginnt in der Nacht, nach dem dritten Glockenschlag. Sie haben also etwas freie Zeit.«

»Es ist schon wieder Morgen?«, brach es aus mir hervor. »Seit meinem Morgen ist schon eine ganze Menge Zeit vergangen.«

»Zwischen dem Bauernhof und uns sind es zwölf Stunden Unterschied, wir haben das mit einem Bruder überprüft, der irgendwo einen Chronografen auftreiben konnte. Es gab die Idee einer Synchronisierung, aber wir konnten uns nicht einigen, wer sich wem anpassen soll. Wir sind in der Überzahl, sie sind reicher. Wir konnten also nicht übereinkommen.«

Ich hatte das Gefühl, dass Tischmeister im Begriff war, sein Stoffbrot mit den Händen zu bedecken und das Büchsenfleisch in die Tasche zu stecken, um mir zu demonstrieren, dass es unhöflich wäre, mehr Essen zu verlangen. Also stiegen Gerda und ich die Holztreppe hinauf. Das Zimmer war sehr warm, neben der Tür stand ein Eimer mit Brunnenwasser, und das Bett war mit schneeweißer Wäsche bezogen.

Ich zündete alle Kerzen an, die ich im Zimmer finden konnte, ersetzte das Zink in meiner Lampe und wickelte in diesem Licht vorsichtig den Verband von Gerdas Pfote. Das Fell um die Wunde herum hatte seine Farbe verändert und war heller geworden. Die gebrochene Stelle war stark geschwollen und heiß. Kaum hatte ich die Schienen entfernt und die Pfote in die Hand genommen, wimmerte der Hund klagend. Die Pfote hing herab, und aus der Wunde trat Eiter aus. Zärtlich flüsternd entfernte ich die gelbliche Substanz, spülte die Pfote mit Wasser ab und betupfte sie mit einem mit Whisky getränkten Wattebausch. Im Innern, unter der Haut, knirschte der zu Krümeln zerschmetterte Knochen. Mir war unklar, was ich tun sollte. Selbst wenn wir Antibiotika gehabt hätten, wäre eine Operation nötig gewesen. Und ein Röntgenbild. Und ein Gips. Ich legte einen neuen Verband an und platzierte Gerda vorsichtig auf die Decke. Dann nahm ich Heizers Landkarte und begann, die Markierungen sorgfältig zu studieren.

Ich hatte nun einen anderen Blick, achtete weniger auf die Ortsnamen als vielmehr auf Heizers Zeichnungen und Unterschriften. Die unsichere Welt von »Homel«, »Mahiljou« und »Sluzk« passte nicht zu den Wegen, die ich nun gehen musste. Ich erkannte sofort das Trapez des Berges, ließ meinen Blick über die Linie darunter streifen und stieß auf den kleinen Punkt »Nasamonien«. Der Weiler befand sich in einer riesigen »Nebelregion«, die sich über die gesamte Karte erstreckte. Der Weg, den ich von meinem derzeitigen Standort aus südöstlich gehen musste, führte zu einem großen Ort namens »Stadt des Lichts«. Dort floss tatsächlich ein breiter Fluss, den Kumpel umbenannt hatte. Er hatte über die ursprüngliche Bezeichnung das Wort »Eridanos« geschrieben.

Der Weg zur Stadt des Lichts begann unterhalb des »Nebelgebiets«, in der Nähe der Abzweigung dorthin prangte ein mysteriöses »Mercedes«-Symbol an einem Stock. Im weiteren Verlauf der Straße stach ein riesiger Stift hervor, von dem die Strahlen keilförmig nach rechts und links abgingen. »Orakel« lautete die Bezeichnung daneben. Hinter dem Orakel wurde der Weg mit zwei Linien angezeigt, die mit eng stehenden Strichelchen verbunden waren. Da hier eine Bezeichnung fehlte, war nicht zu verstehen, was der Aufklärer mit diesem Staketenzaun gemeint hatte.

Die bereits zurückgelegte Strecke von Hruschawka nach Nasamonien war recht groß. Wenn wir es so weit ohne Kompass geschafft hatten, würden wir vielleicht eines Tages den Endpunkt unserer Reise erreichen. Der so weit entfernt lag, dass er nach dem Maßstab dieser Karte nicht nur außerhalb der Wände meines Zimmers, sondern auch jenseits der Umzäunung von Nasamonien zu suchen war.

Aber wenn man nicht aufbricht, kommt man nicht an. Wenn man nicht sucht, findet man nicht. Wenn man etwas nicht abwarten kann, muss man ihm entgegengehen.

## Fünfter Abschnitt

*Was aber jenseits der Kahlköpfe liegt, weiß niemand mit Bestimmtheit anzugeben, da hohe Gebirge dazwischen aufragen, über die kein Pfad führt und die niemand übersteigt. Jene Kahlköpfe sagen aber, was mir jedoch nicht glaublich ist, auf den Gebirgen wohnten ziegenfüßige Menschen und jenseits dieser wiederum Menschen, die das halbe Jahr schlafen. Das kann ich nun schon gar nicht annehmen.* (Viertes Buch, Melpomene, Vers 25)

*Über die Federn nun, von denen die Skythen sagen, dass die Luft mit ihnen angefüllt und es deshalb nicht möglich sei, das weitere Festland zu sehen oder zu durchwandern, habe ich die Meinung, dass es jenseits von diesem Lande immer schneit, nur im Sommer schwächer als im Winter, wie man sich denken kann. Wer nun schon in der Nähe Schneeflocken hat fallen sehen, weiß, was ich sage. Der Schnee sieht nämlich wie Federn aus, und wegen dieses argen Winters ist dort gegen den Norden das Festland unbewohnt. Federn also nennen, wie ich glaube, die Skythen und ihre Nachbarn den Schnee nach der Ähnlichkeit. Das war denn zu sagen von dem, was von den entlegensten Gegenden erzählt wird.* (4. Buch, Melpomene, Vers 31)

*Die Neurer haben skythische Bräuche. Ein Menschenalter vor Dareios' Kriegszuge hatten sie das Schicksal, dass sie ihr Land ganz verlassen mussten, weil es von Schlangen wimmelte. Denn ihr eigenes Land brachte viele Schlangen hervor, und noch mehr kamen von oben aus den Einöden herbei, sodass sie die Not trieb, ihr Vaterland zu verlassen und sich bei den Budinern anzusiedeln. Diese Leute sind wohl gar Zauberer; denn die Skythen und die im Skythischen ansässigen Hellenen sagen, dass jeder Neurer einmal in jedem Jahre ein Wolf wird auf wenige Tage und dann wieder seine alte Gestalt bekommt. Indessen, was sie da sagen, machen sie mich nicht glauben; sie sagen es aber um nichts weniger und schwören noch dazu.* (4. Buch, Melpomene, Vers 105)

*Die Androphagen haben unter allen Menschen die wildesten Sitten, sie kennen weder Recht noch Gesetz. Sie sind ein Weidevolk, haben gleiche Kleidung wie die Skythen, aber eine eigene Sprache. Sie allein unter den Genannten sind Menschenfresser.* (4. Buch, Melpomene, Vers 106)

*Die Budiner sind das eingeborene und unstete Volk des Landes, und sie allein unter denen in dieser Gegend essen Tannenzapfen; die Geloner aber sind Feldarbeiter, Kornspeiser und Gartenbauer von ganz anderem Aussehen und ganz anderer Hautfarbe. Von den Hellenen werden auch die Budiner Geloner genannt, aber die Benennung ist falsch. Ihr Land ist ganz bewachsen mit allerlei Waldungen, und in der dicksten Waldung ist ein See, groß und wasserreich und umgeben mit Moorland und Rohr, in dem Fischotter und Biber gefangen werden und noch andere Tiere mit viereckigem Gesicht.* (4. Buch, Melpomene, Vers 109)

Ich las Herodot und in meinem Kopf wirbelten Federn oder auch Schneeflocken. Vor zweieinhalbtausend Jahren hatte irgendein Herumtreiber einen Blick auf mein Land geworfen, nichts verstanden und anderen Leuten davon erzählt, die auch nichts verstanden, aber dem Herumtreiber glaubten. Sie hatten diesen Unsinn fleißig von Manuskript zu Manuskript übertragen, es in Klöstern aufbewahrt und *in folio* gedruckt. Und dann wurden sie ausgelacht. Später wurde das Ganze bei *Fiction*, bei *historischer Fantasy* eingeordnet.

Und nun hatte jemand Drittes damit begonnen, auf Grundlage dieses Aberglaubens eine reale Welt zu konstruieren. Da waren sie ja, die »Federn«, eingezeichnet in die Karte, die Heizer bestellt und Kumpel gezeichnet hatte. Hier verlief die Linie, die die Grenze von Herodots »Schneeflocken« markierte – oberhalb des ehemaligen Aschmjany, über Smarhon bis Polazk. Und es machte nichts aus, dass daneben ein Fragezeichen stand. Hier waren sie, die Ziegenfüßigen, in der jüngsten Ausgabe der Weltnachrichten, ebenso wie die Neurer, die sich in Wölfe verwandelten, Androphagen, die ganze Siedlungen verschlangen, Skythen, die mit Androphagen kämpften, ohne vom Pferd abzusteigen. Woher kam diese ganze Welt auf einmal? Aus welchem Loch im Gewebe der Geschichte? Und wo waren die Skythen und die Ziegenfüßigen gewesen, als die Menschen das Atom spalteten, das Higgs-Teilchen modellierten und Minecraft spielten? Vielleicht gab es diese Welt auch gar nicht und war nur die Vision eines Träumenden in dieser Dunkelheit?

Ich legte das Buch beiseite, streichelte Gerda – sie war heiß und schlief tief und fest. »Warte hier auf mich, mein Mädchen«, bat ich, ließ meinen Mantel, den Rucksack mit dem Zink und die Pistole neben ihr liegen, nahm eine Kerze, verließ das Zimmer und ging die Holztreppe hinunter. Im Büro begannen sich einige Leute am Kamin zu versammeln – ich konnte Stimmen hinter der Tür hören, jede von ihnen hatte eine Nuance des Fungus-Tenors. Zu hören waren das Knirschen vom Öffnen des Dosenfleischs und das Klirren von Flaschen. Ich wollte nicht hineingehen, um mich vorzustellen, denn dann konnten diese gierigen Fungi denken, ich wolle ihnen ihr kostbares Essen streitig machen. Stattdessen ging ich eine Etage tiefer und folgte dem Wegweiser, der in Richtung Badehaus zeigte.

Im Frigidarium, oder einfacher gesagt, im kalten Umkleideraum, saßen zwei korpulente, in Laken gehüllte Kerle an einem Tisch. Heutzutage erkennt man den Reichtum eines Fremden auf den ersten Blick an seiner Figur. Je breiter die Taille, umso oligarchischer die Person. Hier saßen zwei überaus wohlhabende Gentlemen. Ihr Reichtum hing in zahlreichen Falten an Hüften und Bäuchen herab. Sogar ihre Hälse waren äußerst bemittelt, der dreifache Umfang. Und das war noch nicht alles. Die Nasen! Ihre Nasen waren breiter als die der meisten Fungi und Funguli-ni. Auf dem Tisch stand eine Plastikflasche mit kaltem Wasser, ein weiteres Zeichen für die außergewöhnliche Gastfreundschaft der Fungi. Die Männer sahen ausgehungert und ein wenig enttäuscht aus.

»Guats Nächtle!«, sagte einer von ihnen. »I bin d'r Mykola. Und der do isch d'r Andron.«

»Ich bin Antiquar.«

»Ko's vielleichd sei, dass'd a weng zom Essa hasch?« Mykola sprach einen interessanten Dialekt. In den Minsker Stadtstaaten wurde so nicht gesprochen.

»Tut mir leid! Tischmeister hat mir nur drei Löffel Büchsenfleisch zugebilligt.«

»A gniggricher Kerl isser, a Geizkrage«, sagte Andron. »Doch sei Braud isch a bliddzsaubrs Weib.«

»Fliachdlenge simma. Ausm Süde«, erklärte Mykola.

»Flüchtlinge?«, fragte ich zweifelnd nach. Beide sahen zu glatt aus.

»Gugg ned uff Androns Bruschd«, lachte Mykola. »Wer wos z'verliern hott, fliad emmer z'erschd.«

»Ohne Zink hättens m'r abbr nedd hergschaffd«, kommentierte Andron ernst.

»A Fliachdleng isch nedd obedingd an armr Deifl«, engte Andron den Gedanken von Mykola ein. »Äll Dauma lang isch's anderschtrom. Fliachdlenge senn of reicha Leud.«

»Goißfuaßa«, erklärte Andron kurz den Grund für die Flucht. »Die senn uns in d'r Siedla neig'hagled.«

»Drei Derfle hemma dromrom g'habt. Als erschdes kams erschde dran. Do ham m'r gschwind g'holfa. Zeemehalde hamma. Schiggd ham m'r de Jongschbonde mit de Galaschnigoffs. Abr älla wurde abg'murgsd. Näggschdes Mal – dos gleicha. Da hams alle vrschdeggerles g'machd.«

»Dena koschd ja nix aado! Die triffd koin Schuss Bulvr«, fügte Andron hinzu.

»Warum nicht?«, fragte ich ungläubig.

»Wia denn! Dia sin nedd von unsra Weld. Nedd von hia. Du

schiaßt dena a ganzas Magazin in'n Buggl – ond's machd iana nix aus!«

»Habt ihr selbst geschossen? Oder hat euch das jemand erzählt? Ich bin vor Kurzem mit einem Hund zusammengestoßen. Da hatte ich auch das Gefühl, er ist verhext. Aus beiden Läufen habe ich ihn mit Schrot überschüttet, aus drei Meter Abstand, aber das tat ihm nichts. Dabei war es nur die Panik. Im Dunkeln zu treffen ist schwieriger. Die Hände haben mir gezittert. Und ich habe ihn nicht mit dem Licht erwischt. Man müsste also einfach nur besser zielen.«

»Bessr ziela«, äffte mich Mykola nach. »Wann's in a Schweinevisasch middem Messr schaust, da willi fei sehn, wie's do schiaßt!«

»Wieso Schwein? Ihr habt doch von ›Goißfuaßa‹, also von Ziegenfüßigen gesprochen!«

»Dui benama sich bloß so. ›Goißfuaßa‹. A Fählr. Ussam Käsbläddle. Dui Schpurn vonna Sau sinn dupfagleich midde Schpurn vonna Goiß. Des isch so hahnebiecha, des glaubschs gar nedd! Des isch a Sau. Verwandlt innan Mensch.«

»Habt ihr sie selbst gesehen?«, fragte ich noch einmal.

»Dui sin ondrwägs midde Gäul. Koscht d'r vorschdella, a Sau uf'm Gäul, midde Machete, dui heiza auf di zua? Willschd di mit so ebbes rangla?«

Es war offensichtlich, dass sie immer noch heftige Zweifel quälte, ob es richtig gewesen war, aus ihrer gewaltsam eroberten Heimat zu fliehen. Aber ich hatte sicherlich kein Recht, sie zu verurteilen oder an ihrer Tapferkeit zu zweifeln. Für alle Fälle fragte ich Mykola und Andron noch einmal:

»Ihr habt sie also ganz sicher selbst gesehen? Zweibeiner mit Schweinerüsseln? Mit Messern?«

Sie verstummten, sammelten Kräfte für eine weitere Runde Gruselgeschichten. Und mir war klar, dass jetzt die zebragestreiften Bisonköpfe an der Reihe wären. Und dass sie von den schweinsköpfigen Ziegenfüßigen natürlich nur gehört hatten. Aber man hätte ein Psychoanalytiker mit zwanzig Jahren Erfahrung sein müssen, um ihnen ein solches Geständnis zu entlocken.

»Ich gehe mal ins Schwitzbad«, unterbrach ich unser Gespräch.

»Oh, des isch fei guad«, ließ Mykola lebhaft das Problemthema fallen.

»Da hats a Wand midda Türe ond a G'heimnis. Wanns drenna bisch, schauschd ma nei, da kosch staune.«

Mit sichtbarem Unmut gossen sie das Wasser in die Plastikbecher, und ich betrat die Schwitzstube. Im Dampfbad war es dunkel, und eine der Wände wurde von einem gut geheizten Kessel gestützt, in dem Steine knirschten. Eine morsche Bodendiele unter meinem Fuß knarrte, und fast wäre ich auf das rot glühende Gusseisen gefallen. Weiter vorn, neben einer zweiten Tür, flackerte eine einsame Kerze, deren schwacher Schein im Dampf unterging. Die Badestube war ordentlich durchgeheizt, das merkte ich, als sich kurz darauf die Haut an meinen Ohren zusammenzog. Hämmerchen klopften in meinem Kopf. Mein Körper bedeckte sich mit Leopardenflecken, ich begann zu keuchen. Mir wurde übel, meine Augen juckten und schienen gleich zu sieden, heiße Tränen flossen daraus, die meine Wangen verbrannten, und meine Wimpern verklebten sich. Noch nie in meinem Leben hatte ich mich so schlecht gefühlt wie in diesem Dampfbad – mein Herz klopfte, meine Lungen sättigten das Blut nicht mit Sauerstoff, meine Haut juckte. Und gleichzeitig war ich zum ersten Mal seit unvorstellbar langer Zeit so richtig bedingungslos und erquicklich erhitzt. Mein Körper hatte nicht einmal mehr gewusst, wie er schwitzen sollte, denn alle meine Schweißdrüsen waren durch die unablässige, allumfassende Kälte verstopft. Alle Poren auf Bauch und Schultern hatten sich durch den permanenten Widerstand gegen die Kälte verschlossen. Und nun tropfte ich wie ein Stearinkerzenstummel.

Mir schien, die Kälte würde nie wieder zurückkommen, und ich würde sie nie wieder in mir, in meinen Eingeweiden spüren.

Als mir schon völlig schwarz vor den Augen war, ging ich ein paar Schritte auf die Tür zu, sah den Kessel daneben nicht, merkte, dass ich die falsche Tür erwischt hatte, riss sie aber trotzdem auf und fühlte, dass ich gleich zu Boden stürzen würde. Plötzlich befand ich mich im Nebel der Frostnacht. Zu meinen Füßen plätscherte schwarzes Wasser, glatte Holzstufen führten hinein. Ich machte einen Schritt, dann noch einen, ohne meinen Körper zu spüren, der von Hitze und den hämmernden Schlägen meines kochenden Bluts erfüllt war. Und als mir das Wasser bis zu den Knien stand, stürzte ich mich hinein. Mein schnell abkühlender Körper zischte. Es fühlte sich an, als würde das kalte Wasser wie Champagner sprudeln. Ich nahm einen Schluck von diesem eiskalten Soda, sodass mir die Zähne wehtaten, doch innerlich fühlte es sich gut an.

Es war ein tiefer und reißender Fluss. Seine unsichtbare Strömung packte mich und zerrte mich von der Holzleiter weg. Ich musste kraulen und paddeln, so gut ich konnte, um nicht weggetrieben zu werden und die Äste eines Weidenbaums zu fassen zu bekommen, der im Nebel kaum zu sehen war. Ich bemerkte das Bürogebäude. Die Tür des Badehauses ging hinter dem Zaun zum Wasser hinaus und war vom Gebiet Nasamoniens aus nicht erreichbar. Nackt im Wasser treibend, war man für das Dorf völlig unsichtbar – eine gute Idee.

Ich kann nicht sagen, dass mir im Fluss nach der höllengleichen Schwitzhütte nicht kalt gewesen wäre. Mein Gehirn registrierte automatisch, dass das Wasser sehr kalt war. Aber für meinen Körper, der noch kochte, spielte das keine Rolle mehr. Ich hing an die Äste der Weide geklammert im Wasser und ließ die schwarzen Wellen um meinen durchhitzten Leib schwappen. Als ich schließlich die Treppe wieder hinaufstieg, fühlte ich mich wie ein anderer Mensch. Alles, was in mir nicht ohnehin schon verbrannt war, schien nun untergegangen.

Im Frigidarium erwartete mich ein sauberes Laken, in das ich mich genüsslich einwickelte. Ich fühlte mich ungefähr so, als wäre ich lange mit einem vierzig Kilogramm schweren Rucksack gelaufen und hätte ihn dann abgenommen und weit hinter mir gelassen. Dabei bezog sich das Gefühl der Erleichterung weniger auf meinen Körper als auf meine Seele. Ich goss mir etwas Wasser ein und stellte fest, dass es jetzt einen deutlichen Geschmack hatte. Mein von der Höllenhitze erschöpfter Körper saugte jeden Tropfen Wasser auf und zelebrierte ihn, als sei es der Nektar himmlischer Blumen. Ich lauschte dem Gespräch zwischen Andron und Mykola, das eine wohlwollende Wendung genommen hatte.

»Was mi am meischda fealed?«, sagte Andron. »Vielleichd wenn i grad mit meim ›Cruiser‹ wia gsengde Sau nach Minsk g'fahra bin. Woisch no, i hen an Dreiliter-Japse? Da kosch fahra, und älle uff d'r Gass rugga fort. Weils'd so grusig ausschausch, midde brauna Scheibn. Dui Scheibn hasch runna glasse, ond em Radio da dudled a schees Lied. ›Smoke on the Water! Dung dung dung! Dung dung dung! Dung dung dung – din din din.‹ A Leba wia zehn jonge Gäul.«

»Und om was issches dia schad? Was ewig abhanda komma isch?«, fragte mich Mykola.

Ich legte den Kopf in den Nacken und tat so, als würde ich nachdenken, obwohl ich jetzt, nach Hitze und Abkühlung, zu träge war, um über solch emotionale Themen zu sinnieren.

»Ond i hab das verlora«, begann Mykola seine Geschichte, ohne meine Antwort abzuwarten. »Allsamol i dräumd hen, dass i nach Babruisk fahr, do isch a großa Subbrmarkt. Wia hoißd des noch? ›Korona‹, gell? Do gibs älles Meegliche. An Deifl voll Suff – Tequila, Cognac, ond des, wia hoißd des no? Becherovka! Ond nadierlich Fleisch: g'räucherde Schweinsohrn, Elchlibba in

Essich, außrdem – Fisch, droggned, gpöggelt, lebig. Ond Wurschd ond Käs mid blaue ond weiße Schbora. Und du gosch ond grabschd ond grabschd. Als seisch im Wald volla Bilzle! Als seied dui Bilzle us'm Boda g'schosse, so viela, brudal viela Bilz! Ond du kosch und kosch ned uffhöra. Die Weld hot älles ghabt. Warum wurd nix aufg'hoba?«

Da ertönte von draußen her ein leises metallisches »Zing«, das die Nostalgiker in Aufregung versetzte. Rasch zogen sie sich an, als ob davon abhinge, ob sie etwas zu essen bekämen oder nicht oder wie viel, falls sie etwas zu essen bekämen.

»Obad hädds gleidad!«, erklärte Andron.

»Fäschd!«, fügte Mykola hinzu.

Das Wort »Fäschd« meinte hier Hochzeit, und das war theoretisch gleichbedeutend mit Spanferkelbraten, gefülltem Hecht, Sülze mit Meerrettich, Fingerstopfwürsten. Deshalb fragte ich, nachdem ich mich wie die Flüchtlinge rasch angezogen hatte:

»Was denn, das wird eine echte Hochzeit?«

Meine Frage war gastronomisch gemeint, nicht matrimonial. Wie jeder Mann, der gerade aus einer Schwitzhütte kommt und den ganzen Tag nur drei kleine Stücke Schweinebüchsenfleisch mit einem grässlichen Pita-Ersatz gegessen hat, war es mir egal, wer wen heiratete und wie hoch die Mitgift war. Doch Andron antwortete vage, und es ging eher um die Ehe als ums Essen:

»Dui Birschles hents iebrdrieba, woisch. Do isch nix z'macha. G'wöhn di dra.« Aus irgendeinem Grund fasste er sich in den Schritt. Die Geste passte nicht wirklich zu der Geschichte der Hochzeit eines anderen.

»Älles isch anderschd heut. Wega dem Arakul. Arakul hots dena beibrachd«, erklärte Mykola noch vager.

»Aber zu essen kriegen wir was?«, fragte ich nun ganz direkt, aber sie antworteten nicht und eilten die Treppe hinauf.

»Orakel – ist das ein Mensch?«, fragte ich Andron hinterher.

»Koi Mensch. Des isch mehr wie a Ambl.«

»A schlimme Ambl! Do kriegsch vor Angschd Fracksausa«, fügte Mykola hinzu.

»Kosch en ebbes froge – mit a Fonzl, wennst hosch, vorn am Turm. Älleamol tud'r andworde.«

»Und woher bekommt er seine Antworten?« Vom Orakel hatte ich schon viele Male gehört, wusste aber verflucht noch mal immer noch nicht, was das war. Auch die Antwort von Andron half mir nicht weiter.

»Der woiß ällas bessr selba, er isch doch Arakul.«

Meine Erwartungen an eine üppige Hochzeitstafel blieben leider unerfüllt. Der kulinarische Traum zerschellte an der harten Realität der Ernährungslage von Nasamonien. Auf dem Tisch, an dem mich Tischmeister begrüßt hatte, standen sechs Dosen Büchsenfleisch, zwei Dosen schwarze Oliven ohne Kerne und ein riesiges Tablett mit acht geviertelten Salzgurken. Es gab auch ungesäuertes Brot, Flaschen mit Trester und Seidel mit irgendetwas Hochprozentigem, was ich daraus schloss, dass der Gestank aus den Seideln strenger war. Auf den Bänken am Tisch saßen zwei Dutzend Fungi. Sie waren gesprächig, gestikulierten und schienen irgendwie beglückt. Braut und Bräutigam waren von dieser Bande bis an den Rand des Tisches gedrängt worden. Ja, ja, Sie haben richtig gelesen, zuerst schaute ich aufs Essen, dann auf die Anzahl der konkurrierenden Münder und erst ganz zum Schluss zum Brautpaar.

Der Bräutigam trug einen eleganten Anzug in changierendem Grau. Die Menschen, die vor ihm in diesem Anzug geheiratet hatten, sowie deren Kinder und Enkelkinder, hätten eine mittelgroße Insel im Pazifik bevölkern können. So schien es zumindest beim ersten Blick auf den abgetragenen Stoff. Der junge Mann war blond und hatte sich zur Feier des Tages die fungischen Stoppeln aus dem Gesicht rasiert. Er war sichtlich betrunken und schaute die Gäste betont freundlich an. Die Braut trug ein gut gewaschenes weißes Kleid, das aus einem kaum verschlissenen Vorhang genäht worden war. Eine Fungulina: jung, spitznasig, mit festlicher Frisur. Angemalte Lippen, die Knopfaugen geschminkt. Hübsch und zappelig – die Gestalt einer Musterschülerin, die puterrot ist vorm Examen. Sie vermied es, die Gäste anzuschauen, und starrte auf das geöffnete Dosenfleisch. Alle verharrten in ungeduldiger Erwartung, ohne das Essen anzurühren, und mein Magen, an dessen Wänden der Hungerwurm nagte, erging sich im Gebet, dass das, worauf alle warteten, schneller beginnen möge. Alle saßen erstarrt da.

Da stand Tischmeister auf. Jemand reichte ihm eine Ziehharmonika, er riss den Blasebalg auseinander und begann zu singen. Seine Stimme war feierlich und streng, als ob er in einem Gotteshaus eine Liturgie vortrüge.

*Mutter schaut nicht in die Fernsehkiste,*
*Ruht nicht mit Olja auf der Gartenbank.*
*Mutter kocht den ganzen Tag Matschanka,*
*zahlt mit Matschanka die Feldarbeit.*

Alle Gäste stimmten bei den letzten beiden Zeilen ein, was ihnen gut gelang: Die Frauen sangen am Ende einer Zeile höhere Töne, die Männer zog es mit ihren Bässen nach unten, und das klang auf gregorianische Weise harmonisch, trotz des idiotischen Textes.

*Tochter hilft dem Mütterlein.*
*Stellt Matschanka auf den Tisch.*
*Bursch ist schon vom Feld zurück,*
*Wäscht am kalten Brunnen sich.*

*Ampfer geht die Mutter sammeln,*
*Tochter ging dem Bursch entgegen,*
*In die Hütte fliegt ein Falke*
*Frisst, was auf dem Tisch gelegen.*

*Mutter weint – kein Essen mehr,*
*Tochter weint – und auch kein Sold,*
*Nun zum Bursch für alle Zeiten*
*muss als Frau das Mädel hold.*

Die letzten beiden Doppelverse wiederholte der Chor fünfmal. Bevor sie verstummten, sangen die Leute fast eine Minute lang das »das Mädel hold« in verschiedenen Tonarten. Das ging sehr zu Herzen. Allerdings war mir, wie immer bei Volksliedern, nicht klar, woher die Tragik kam, aus welchen Wendungen in Melodie und Text. Fälschlicherweise meinte ich, Tischmeister würde nach dem Lied das Festmahl eröffnen. Mit einer weiten Bewegung warf er die Ziehharmonika ab, wartete, bis alle zur Ruhe gekommen waren, sich eingeschenkt und ihre Schnapsgläser genommen hatten. Dann goss er sich etwas aus der Flasche Trester ein und prüfte mit strengem Blick, ob alle ihr Glas gefüllt hatten. Mir drückte man ein Schnapsglas mit etwas Stinkendem in die Hand. Klar, jetzt würde ein Trinkspruch kommen. Und wie immer, wenn man ein widerliches Gebräu im Glas hat, müsste man dieses danach bis auf den Grund leeren. Vielleicht sogar im Stehen.

Der Tischmeister sprach in einem Konferenzton, und an der Art, wie ihm die Fungi lauschten, war zu erkennen, dass er jedes Mal einen neuen Trinkspruch erdachte und sich nicht wiederholte:

»Was trennt den Menschen vom Tierreich?« Er warf den Anwesenden einen Blick zu, der einen Hauch von Zweifel erkennen ließ, ob hier am Tisch Menschen oder Vertreter der Tierwelt saßen. »Was ist es, grob gesagt, was den Menschen zum Menschen macht? Ich sage es euch. Es ist die Fähigkeit, Kinder zu zeugen. Nur Katzen und Hunde betreiben das da zu ihrer Befriedigung. Ein bisschen hoppeln, und schon laufen sie auseinander. Keine Verpflichtung, keine Verantwortung. Der Mensch ist ein vernunftbegabtes Wesen. Er tut dies für die Zukunft. Für das Fortbestehen der Art. Und deshalb haben wir Fungi uns heute hier versammelt, um neue Fungi ins Erwachsenenalter zu begleiten. Jede Gurke enthält 136 Samen. Und nur drei von ihnen sind fähig, zu keimen und neues Gurkenleben hervorzubringen. Wovon hängt ab, welche Samen verwelken, welche von einer Maus gefressen werden und welche keimen und die Erde mit neuen Gurken besamen? Vom Ritual. Nur, wenn wir uns an die Traditionen halten, bleiben wir unverdorben von Maulwürfen, Genverirrungen oder Unkraut! Glück und Frieden sei beschieden unserm jungen Jubelpaar!«

Alle stimmten laut zu, stießen an und tranken. Ich griff nach Brot und Büchsenfleisch, wurde aber angezischt, und fast bekam ich eins auf die Finger. Zu ihrem Ritual gehörte das ununterbrochene Einschenken einer »weiteren Runde«. In dieser Phase wurde mir klar, warum diejenigen mehr Glück hatten, in deren Hände sich Flaschen und Seidel befanden. Die schenkten sich nämlich nur bis zur Hälfte ein, den anderen aber bis zum Rand. Gerade sollte man mit seinem rechten Nachbarn anstoßen: Alle tranken wortlos, aus Respekt vor dem ersten Trinkspruch. Mykola vermied es, das Gebräu vor ihm ganz auszutrinken, woraufhin er angeschrien wurde, er halte das Ritual nicht ein. Nachdem ich fünf große Schlucke des ekelerregenden Gesöffs geschluckt hatte, wurde mir klar, dass ich eigentlich keinen Hunger mehr hatte. Mein Magen war wie mit zähflüssigem Gallert gefüllt, dort gurgelte und blubberte es wie Vulkanlava.

Als erneut eingeschenkt wurde – zum dritten Mal ohne einen Happen dazu –, tauschte ich mein Glas schnell gegen einen Becher, der bis zum Rand mit einer anderen, braunen Flüssigkeit gefüllt war. »Willst du auch unseren Krupnik probieren?«, grinste der Eingießende, als wäre meine Geste eine Art Provokation und nicht der Versuch, während ihres »Rituals« am Leben zu bleiben. Von diesem Getränk ging ein Geruch aus, als hätte ein

Drache eine Tonne Bauernschnaps geleert und würde einem danach ins Gesicht rülpsen.

Nun stießen wir mit dem Nachbarn zur Linken an, wiederum ohne Trinkspruch, wortlos. Ausgetrunken wurde bis zum Grund. Meine List erwies sich als Selbstsabotage. Zwei alkoholische Substanzen, eine schwächer und eine stärker, dabei gleich in ihrem Gestank, verbanden sich in meinem Blut und brodelten. Der Trester wirkte zuerst, knallte in meinen Ohren und machte meine Lippen taub. Dann folgte der Krupnik, spaltete mir fein säuberlich den Schädel, entnahm das Gehirn und ersetzte es durch stachelige Spreu. Der Tisch legte ab und schwamm auf den Wellen des Ozeans, alle meine Nachbarn verwandelten sich in Matrosen, und die hielten mit ihren Ellbogen die Teller fest, damit sie nicht fortgespült wurden. Ihre Gesichter waren errötet, die Augen funkelten höllisch aufrichtig. Alle plapperten etwas, aber niemand hörte zu. Auch ich redete, und zwar davon, dass ich einen Hund oben hatte, der krank war und Hilfe brauchte, und dass ich nicht wusste, wie ich ihm helfen sollte. Da bemerkte ich, wie jemand mit seiner Pranke die letzten Brotkrümel vom Tisch klaubte. Das Büchsenfleisch war längst aus allen Dosen gekratzt. Für mich blieb ein Viertel einer eingelegten Gurke, die einen so starken Schimmelgeschmack in meinem Mund hinterließ, dass Trester und Krupnik im Vergleich zur Gurke wie provenzalisches Rindfleisch schmeckten. Das Essen war mit der Geschwindigkeit vom Tisch gefegt worden, mit der man einen Stiefel zuschnürt. Andron und Mykola schienen schon lange genug hier zu sein, um zu wissen, wie man die lokalen »Traditionen« überlebte: Jeder von ihnen hatte ein großes Stück »Pita« in der Hand, in das Büchsenfleisch gerollt war. Andron bemerkte mein verzweifeltes Gesicht, stieß Mykola mit dem Ellbogen an, und beide reichten mir je ein Röllchen.

Ich verschlang sie, wobei ich mit den Röllchen nicht immer meinen Mund traf, weil das Schaukeln unseres Schiffes unerträglich geworden war. Und dann begann die Ziehharmonika zu dröhnen, eine Melodie ohne Worte, eher traurig als zum Tanz, sie plätscherte wie ein Bach im Felsgestein. Alle drehten ihre Köpfe zur Braut, die schweigend ihren Schleier vom Kopf nahm und ihn auf den mit Trester befleckten und mit Krümeln bestreuten Tisch legte. Sie richtete ihr Haar und ging langsam zur hinteren Tür an der Holztreppe. Als sie das Zimmer betrat, zeichnete sich in der Dunkelheit für einen Moment ein weißes Bett ab. Die Braut ließ die Tür einen Spalt offen stehen.

Die Ziehharmonika dröhnte noch immer, als Andron vom Tisch aufstand, sich mit dem Ärmel den Mund abwischte und ins Zimmer taumelte. Diese Szene ergab für mich nicht einmal mit trunkenem Kopf einen Sinn. An der Tür drehte sich Andron um und sah mich an. Ausgerechnet mich. In seinem Blick lagen Verwirrung und Traurigkeit. Die Tür schloss sich hinter ihm, der Tischmeister hörte auf zu spielen, alle schenkten sich ohne Trinkspruch nochmals ein, und bald dachte niemand mehr daran, dass die Hochzeit ohne die Gefeierte stattfand. Ich kippte noch zwei, einfach nur, weil mir eingeschenkt wurde. Die Alarmsirenen in meinem Kopf, die mich normalerweise vor Dummheiten bewahrten, hatten sich unter dem Einfluss des Krupniks abgeschaltet.

Als Tischmeister ein zweites Mal aufspielte, saß Andron schon wieder bei uns, allerdings nicht in seiner Kleidung, sondern in ein schneeweißes Laken gehüllt. Ich dachte, er sei noch einmal ins Dampfbad gegangen, und aus dem Zimmer der Braut gäbe es eine Art Durchgang zum Badehaus. Ich maß dem Ganzen also keine Bedeutung bei. Nun erhob sich Mykola zum Rieseln einer Moll-Melodie, schaute zum schlafenden Bräutigam, dessen Gesicht in seine auf dem Tisch gefalteten Hände gefallen waren. Mykola stand mit dem Rücken zum Tisch, beugte sich vor und rannte irgendwie hektisch zum Zimmer, dessen Tür noch rechtzeitig einen Spalt aufging.

Dann hatte ich einen Filmriss. Ich ging nach draußen, um Luft zu schnappen, und als ich zurückkam, bemerkte ich, dass meine Handflächen klebrig waren von etwas, das wie Erbrochenes aussah. Es war durchaus möglich, dass ich mich übergeben hatte. Ich weigerte mich, noch mehr zu trinken, mein Kopf klärte sich allmählich, anstelle des Sturms schlugen mir Hämmer direkt auf den Hinterkopf. Mykola saß wieder auf seinem Platz, ebenfalls in ein Laken gehüllt. Er trank konzentriert und vermied es, sich umzusehen.

Ich hoffte, seinen Blick zu erhaschen, um ihm für das Essen zu danken, das er mit mir geteilt hatte. Aber da erhob sich der Tischmeister. Der oberste Fungus richtete die Ziehharmonika und spielte zum zweiten Mal eine schnelle Melodie. Ich drehte meinen Kopf zur Tür und bemerkte, dass gerade in diesem Moment wieder jemand die Tür geöffnet hatte. Der Bräutigam war aufgewacht und schaute mich ausdruckslos an – sein Verstand schien ausgeschaltet, sein Körper schwankte. Ich spürte, wie alle Augen am Tisch auf mich gerichtet waren. Die Männer starrten mich stirnrunzelnd und erwartungsvoll an, die Frauen lächelten verschmitzt, andere nickten aufmunternd in Richtung Tür.

»Mach schon! Geh! Nun!«, sprachen meine Nachbarn mit unterschiedlichem Trunkenheitsgrad, während Andron und Mykola, in deren Augen ich zumindest eine Erklärung für das Geschehen zu finden hoffte, überall hinschauten, nur nicht zu mir. Die Fungi zogen mich schon am Ärmel – sie schubsten mich sanft, stellten mich auf die Beine und leiteten mich zartfühlend zur Tür. Ein betrunkener Kerl in geflicktem Tarnanzug riss sie gastfreundlich vor meiner Nase auf, und dort, im Halbdunkel, konnte ich in der Düsternis eher etwas erahnen als erkennen: weiße Beine, eine zerknitterte Decke, den starren Blick der Braut an die Decke, den unberührten Lippenstift auf ihren Lippen.

»Was … geht … hier … vor?«, lallte ich.

»Na los! Mach! Sie wartet!«

Diejenigen, die mich nicht schubsten, schauten aufmerksam zu. Gelächter war zu hören. Meine Reaktion amüsierte sie.

»Was stellst du dich an wie ein Anfänger? Hast noch nie eine Frau gesehen? Geh rein, sie wartet schon!«

Ich blieb stehen, schaute mich um, schüttelte den Kopf, als wolle ich ein Trugbild abschütteln, und ging langsam zurück, ohne mich umzudrehen, unfähig, meinen Blick von der Braut zu wenden.

»Komm schon, quäl das Mädchen nicht! Eine Schande ist das! Geh und schließ die Tür!«, befahl die Frau, die seit Beginn des Abends an der Seite der Braut gesessen hatte. Wahrscheinlich ihre Mutter. Dabei stieß sich mich weiter in die Dunkelheit.

»Nein! Nein! Was macht ihr!«, rief ich und schüttelte die klammernden Hände ab. Plötzlich war die leise Stimme vom Tischmeister zu hören. Er sprach nicht laut, aber die Menge beruhigte sich sofort, alle lauschten dem Anführer:

»Nasamonien entstand dort, wo sich früher eine Gurkenfarm befand. Acht Familien. Alle waren Fungi. Wir sind alle miteinander verwandt. Deshalb laden wir jetzt Gäste ein. Wegen der Gene.«

»Seid ihr irre?« Die letzte Trunkenheit war verflogen, ich stand mitten im Raum und schrie. »Sind hier alle verrückt geworden?«

»Das ist ein Ritual«, sagte Tischmeisters Stimme, und die Pilzköpfe nickten zustimmend.

Wieder schüttelte ich den Kopf – unwillkürlich. Ich konnte einfach nicht glauben, was ich da sah und hörte.

»Noch nie hat jemand Nein gesagt«, riefen die zahnarmen Münder.

»Ekelst dich wohl, Mistkerl?«

»Vielleicht ist er impotent?«, vermutete ein Ömchen argwöhnisch.

»Vielleicht macht er's nur mit Hunden.«

Die Stimmen rissen jäh ab, als Tischmeister erneut das Wort ergriff.

»Verweigerung des Rituals ist eine tödliche Beleidigung.« Er machte eine Pause, gab mir die Möglichkeit, etwas zu antworten, aber ich war wie betäubt und schwieg. Tischmeister fuhr fort:

»Wer unsere Frauen demütigt, hat in Nasamonien nichts zu suchen.« Jetzt klang seine Stimme neutral, als verkünde er ein Gerichtsurteil.

»Lasst mich wenigstens heute Nacht hier schlafen«, bat ich. »Ich habe für einen Schlummer bezahlt.«

»Schande!«, schrien die Gäste.

»Schafft diesen Abschaum hier raus!«

»Du wolltest nicht ins Bett mit einem heißen Mädchen, also sollen dich die Wölfe im Nebel wärmen!«

»Verkauft mir wenigstens etwas zu essen.« Das hätte ich nicht zu fragen brauchen, die Antwort war vorhersehbar.

»Schnee für dich, kein Essen!«

»Und zum Nachtisch Eiszapfen lutschen!«

»Weg mit dir!«

»Zeigt mir wenigstens, wie ich zur Stadt des Lichts komme.« Bemerkenswert war die Reaktion von Andron und Mykola. Sie drehten ihre Gesichter zur Wand und taten so, als seien sie zu betrunken, um sich einzumischen.

»Wir geben dir fünf Minuten zum Packen«, verkündete nach einer weiteren Pause der Tischmeister sein Urteil.

Ich ging die Treppe hinauf, und hinter mir drängte sich eine wütende Schar aus beleidigten Einwohnern von Nasamonien, gekränkten Verwandten der Braut, gekränkten Verwandten des Bräutigams und gekränkten Trauzeugen, die sich eine Schärpe mit der Aufschrift »Trauzeuge« um die Schulter gelegt hatten. Sie schubsten mich alle von hinten und verfluchten mich.

Gerda war wach geworden und bellte im Obergeschoss. Ich öffnete die Tür und versuchte, mich allein in den Raum zu zwängen, was schwierig war, weil von hinten die Fungi drängten und im dunklen Zimmer die wütende Gerda Radau machte. Seltsam, als ich fieberhaft im Zimmer wühlte, übersah ich nur den Herodot-Band und meinen Wanderstock. Das Gewehr jedoch, den Rucksack, meine Stirnlampe und die Karte nahm ich mit.

Hinab stiegen wir dann in umgekehrter Reihenfolge – zuerst die wütende Gerda, die sich mit Vergnügen in die Gliedmaßen derer verbiss, die nicht rechtzeitig auswichen, dann ich, der sich an ihr Halsband klammerte, und dann Fungi, Fungi, Fungi. Mit Flaschen, Hockern oder schweren Seideln bewarfen sie uns nur deshalb nicht, weil sie Angst hatten, ihre eigenen Leute zu treffen. Doch als wir draußen waren und den Ausweg vom Gehöft durch den Nebel suchten, flogen mir Steine, trockene Zweige und Erdklumpen in den Rücken, auf den Rucksack und meinen Kopf. Und beim besten Willen konnte ich sie nicht für Federn halten.

## Sechster Abschnitt

Wir tauchten in den dichten Nebel hinter der Mauer ein und lösten uns kurze Zeit später darin auf. Wir hatten keinen Fungus gebraucht, um Nasamonien zu finden. Jetzt jedoch hätte ich gern zwei Zink geopfert, damit uns jemand aus Nasamonien herausführte und uns half, auf den ursprünglichen Weg zu gelangen.

Dichter Nebel verändert die Welt. Die Äste der Bäume verlieren nach ein paar Schritten ihre Konturen und verwandeln sich in verschwommene Säulen, die schließlich mit dem Nichts ringsum verschmelzen. Menschen werden zu Klumpen von Feuchtigkeit, die weiße Decke verschluckt die Straße, die Gedanken verlieren ihre Struktur, und man geht einfach weiter in der trüben Hoffnung, dass die Straße einen irgendwo hinführt.

Das Leben auf der Straße unterscheidet sich vom Leben in der Stadt dadurch, dass hier jeder, dem man begegnet, kein Bekannter ist, sondern ein zufällig Entgegenkommender. Wie auf einem Karussell fokussiert man sich eine Sekunde lang auf eine Figur, und wenn man ihr zunickt, ist an ihre Stelle schon der Rücken eines anderen getreten. Schon bald zeigt sich, dass Freundlichkeit und Gutmütigkeit hier sinnlos sind – das Karussell nimmt alles fort, und die neuen Figuren, die es einem unterschiebt, sehen einen zum ersten Mal. Unterwegs hat man keinen Ruf. Unterwegs kann einen niemand bis ins Mark verletzen oder anhaltend glücklich machen, denn alles Gute bleibt nur so lange, bis man weitergeht. Wie auch alles Schlechte. Es gibt also keinen Grund, nachtragend und traurig zu sein. Man muss nur immer weitergehen, und die Bewegung des Karussells schenkt einem neue, freundliche Gesichter und gute Menschen.

Wir kamen recht unbeschwert voran. Offenbar hatten wir uns sogar etwas erholt. Selbst Gerda hüpfte munter auf drei Beinen. Ihre Augen funkelten sarkastisch, und da war wieder ihr verschmitzter, etwas spöttischer Schnauzenausdruck. Und ich hätte mir sogar einbilden können, sie sei wieder gesund, hätte ich mich nicht an das Knirschen der Knochen in ihrer Wunde erinnert und daran, dass sie schon ziemlich lange das Fressen verweigerte. Wir hatten etwa die gleiche Strecke wie von der freien Munizipalie bis zur Umgehungsstraße zurückgelegt, als meine Augen ein interessantes optisches Phänomen registrierten. Ringsum schien es dunkel zu werden.

Es ist schwer zu beschreiben, aber die weißliche, undurchsichtige Trübheit wurde nun von einer tiefschwarzen Dunkelheit abgelöst. Erst nach einer Weile begriff ich, dass wir einfach nur das Nebelgebiet verlassen hatten und ich nun ein weites Feld erkennen konnte, mein Blick fast bis zum Horizont reichte. Die Luft war scheinbar durchsichtiger geworden, und auch das Atmen fiel leichter, und dann zeigte sich im weiten Raum über Hügeln und Wäldern im Dunst des dunklen Himmels ein flackerndes Licht. Der Farbton war ungewöhnlich, anders als bei allen anderen

Lichtquellen unserer Welt: kein Weiß, keines warmes Orange, sondern sehr kalt, scharfkantig wie ein Stern und dabei smaragdgrün. Selbst von hier aus, weit entfernt, schien es nichts mit unserer primitiven Welt aus Zink und fadem Brot zu tun zu haben.

Ein paar Kilometer weiter hielt ich an, um Gerda etwas zu trinken zu geben, denn sie streckte die Zunge heraus und gab mir zu verstehen, dass im Pickwick-Klub gerade Darjeeling Orange Pekoe serviert wurde und Ihre Majestät auch etwas Wasser nicht verschmähen würde. Als ich die Thermoskanne hervorholte, spürte ich eine seltsame Berührung in meinem Gesicht. Wie von dünner, in ihrer Leichtigkeit unsichtbarer Seide. Dann wurde mir klar, dass es sich so anfühlte wie bei einem schnellen Lauf. Luft strich über meine Haut und erzeugte ein Gefühl von Bewegung. Aber gerade bewegte ich mich nicht, sondern die Luft strich von allein über mein Gesicht.

Früher war das normal gewesen. Auch das Wort fiel mir wieder ein: Wind. Eine kühle Brise wehte über die Straße, umspielte mich und Gerda. Die hob die Nase, blinzelte, öffnete das Maul und ließ den Wind über ihr Fell streichen. Sie schien es zu genießen. Seltsam, aber in der vergangenen Welt waren wir so daran gewöhnt gewesen, dass wir es überhaupt nicht beachteten.

Ich ging weiter und dachte träge darüber nach, was die Rückkehr des Windes zu bedeuten haben könnte. Und ob der Wind auch nach Hruschawka zurückgekehrt war oder ob ich nur einen Ort gefunden hatte, an dem es ihn gab. So wie ich zuvor ein Nebelgebiet betreten hatte, das sich dann auflöste. Und wenn der Wind nur hier war, wo fing er dann an und wo hörte er auf? Oder umkreiste er vielleicht die ganze Erde und kehrte genau an diese Stelle zurück? Und wenn er nun überall auf der Welt wehte, bedeutete das dann, dass die Erde sich wiederbelebte und wir bald auch einen Sonnenaufgang erwarten konnten? Jeder Schritt, den ich tat, warf eine neue Frage auf und brachte mich auf neue Gedanken.

Ich schaute geradeaus, und als ich gedankenverloren den Kopf senkte, wäre ich fast hochgesprungen: Zu meinen Füßen schlängelte sich ein schwarzes Wesen in der Größe von Gerda. An den Asphalt gepresst, bewegte es sich völlig lautlos: kein Schnaufen, keine Schritte. Der schwarze Fleck kroch im selben Tempo wie ich. Während ich noch staunte, dass mein nervöses Mädchen bei der Begegnung mit diesem flachen Tier nicht losgebellt hatte, entdeckte ich ein ähnliches Wesen an den Beinen des Hundes. Es bewegte sich nur anders – ruckartig, hüpfend. Ich traute meinen Augen nicht, und als bei mir endlich der Groschen fiel, hob ich den Kopf. Was ich nun am Himmel sah, erklärte die seltsamen Kreaturen am Boden.

Über uns leuchtete ein prachtvoller, heller, wie mit Schnee gereinigter und dem Tuch des Nebels trocken geriebener Mond. Zunehmender Halbmond, mit sichtbaren Kraterflecken am Rand des beleuchteten Areals. Das war es, was die Rückseite der Wolken in Hruschawka beleuchtet und Reytan keine Ruhe gelassen hatte. Der Mond war da, wo er immer gewesen war, er sah ganz normal aus und widerlegte mit seinem profanen Aussehen die Denkbarkeit einer Welt, in der Benzin zum Löschen von Bränden und Batterien zum Bezahlen von Lebensmitteln verwendet wurden. Wenn der Mond noch da war, musste irgendwo auch die Sonne sein. Denn ihr Licht, und nur das, konnte diese Sichel auf die Oberfläche des Nachbarplaneten zeichnen. Und wenn Sonne und Mond nicht verschwunden waren, dann war die Erde rund und der Weltraum unendlich. Für alles gab es also eine Erklärung. Eine normale, logische Erklärung, die nichts zu tun hatte mit den Fantasien, die in den Zeitungen standen.

Der Mond schien hinter einer tief hängenden Wolkendecke, die lückenlos die gesamte Himmelsgeografie hinter mir überzog. Hruschawka, der Berg und auch der Bauernhof konnten das Wunder nicht sehen, das ich hier erlebte. Doch vor uns hing über der Erde der nackte Weltraum: Dort leuchteten helle Sterne, von denen einer besonders hervorstach. Er war viel näher und gab besonders helle, grüne Strahlen von sich. Aus dieser Entfernung hatte man den Eindruck, dass die ungewöhnliche Lichtquelle direkt am Himmel schwebte und dass es sich um ein Raumschiff handelte, das Signale an die Erdlinge sendete.

Ich bemerkte, dass auch Gerda in den Himmel starrte. Genau wie ich genoss sie den Anblick des Monds und betrachtete die in der Ferne verstreuten Diamanten. Während wir, beflügelt von den Sternen, umweht vom Lufthauch und mit dem Abglanz des Monds auf unseren Pupillen dem Horizont entgegenschritten wie zwei Helden aus einem gefühlsduseligen Gedicht der deutschen Romantik, tauchte aus der Dunkelheit eine schwarze Vogelscheuche auf zwei Stützen auf. Ich leuchtete mit meiner Stirnlampe: Es war eine gesprungene Schieferplatte, die anstelle eines verloren gegangenen Straßenschildes aus wertvollem Edelstahl angebracht worden war. Mit seiner weißen Sprühdose hatte der Künstler, dessen Debüt wir auf dem Grabmal neben dem Bauernhaus gesehen hatten, auf die Platte geschrieben:

*Stadt des Lichts nach links*
*Stadt Paris nach rechts*
*Südliche Einöde geradeaus*
*In Paris war ich nicht, von der Stadt des Lichts hörte ich,*
*in der Einöde wurde ich fast abgemurkst.*

Als ich die Lampe ausschaltete, bemerkte ich über dem nächstgelegenen Hügel ein gigantisches »Mercedes«-Logo, dem der Ring des Originals fehlte. So funktioniert unser Gedächtnis: Als ich die drei Klingen erkannte, musste ich zuerst an das Fahrzeuglogo aus der alten Welt denken, und erst dann wurde mir klar, dass es etwas war, was ich auf Kumpels Landkarte gesehen hatte. Ich hatte keine Lust, sofort die Karte herauszuholen, das hätte mir in diesem Moment auch nichts genutzt. Auch so erinnerte ich mich daran, dass der dreizackige Stern die Abzweigung zur Stadt des Lichts markierte. Nach ein paar Schritten bemerkte ich, dass sich das weiße, dreizackige Ding bewegte. Das riesige Gebilde drehte sich langsam und schwerfällig, und bei der hypnotisierenden Art seiner Bewegung musste ich sofort an Windmühlen denken. Was ich da unten sah, war eine übernatürliche Erscheinung, selbst nach den Maßstäben dieses wunderlichen Weges, den ich nach dem Verlassen von Nasamonien beschritt.

Unter dem Turm einer Windkraftanlage erstreckte sich eine miserabel beleuchtete Tankstelle mit einem großen Shop. Die Energie, die mit dem lahmenden Flügel durch den leichten Wind erzeugt wurde, reichte für ein fahles Leuchten des Aushängeschilds »Belneftech…m Re…seshop«. Jemand hatte aus den verloren gegangenen zwei »i« ein Neon-Kreuz gemacht und es über dem Eingang angebracht. Das Kreuz leuchtete allerdings ungleichmäßig, ein Balken flackerte, der andere brannte nur zur Hälfte.

Der Anblick des Windrads weckte Kindheitserinnerungen an die amerikanischen Bombenflugzeugmodelle, die wir während des unbemerkten, aber blutrünstigen *Vorkrieges* aus Kunststoff geklebt hatten. Im schwachen Schein des Tankstellenlichts bemerkte ich, dass auf jedem Flügel der Mühle sorgfältig Kreuze gezeichnet worden waren, wenn auch nicht sehr gleichmäßig.

Die automatischen Türen schoben sich nicht vor uns auseinander, als Gerda und ich uns dem Vordereingang näherten: Entweder war der Bewegungsmelder schon vor langer Zeit ausgefallen, oder es gab nicht genug Strom, um einen solch komplexen Mechanismus zu versorgen. Ich musste die Kunststofftür daneben benutzen. Als ich sie öffnete, läutete im Inneren eine Glocke, die den Inhabern mitteilte, dass ein Kunde eingetreten war. Das Karussell unserer Wanderung hatte uns an einen wirklich bemerkenswerten Ort gebracht. Die Räumlichkeiten entpuppten sich als das weltweit letzte Museum des untergegangenen Konsumkults. Als Mykolas wahr gewordener Traum.

Warm war es hier, die Elektroheizungen funktionierten, und es hätte mich nicht gewundert, wenn es in der Tankstelle sogar Duschkabinen und heißes Wasser gegeben hätte. An der Decke hingen Leuchtstoffröhren, die zwar kaum Licht gaben, aber angeschaltet waren, und in den Regalen lagen Waren, auch wenn die Auswahl bescheiden war. An dieser Stelle werde ich zum mittelalterlichen Inventarisator, dessen knappe Aufzählung um vieles aussagekräftiger war als die adjektivreichen Romane späterer Zeiten. Wenn die menschliche Vorstellungskraft mit voller Kraft arbeitet, ohne von digitalen Geräten aufgesaugt oder durch die Bilderflut erschöpft worden zu sein, dann sind Adjektive überflüssig: Die Saiten des Schönen lassen sich bei Autoren und Lesern durch einfache Abfolgen von Substantiven zum Klingen bringen.

Nun denn: Im Kühlschrank stand Kwass der Marke »Lidski« und »Kaschtan«-Eiscreme. Das Mineralwasser »Darida«, mit Apfel- oder Limettengeschmack sowie auch ohne diesen. Drei Arten von Büchsenfleisch. Konservendosen mit Sprotten, Dorschleber, Hering in Tomate, Calamari in Öl. Tiefgekühlte Flusskrebse. Krabbenfleisch. Blöcke von gefrorenem Lachsfilet. In Essig eingelegte vietnamesische Gurken. Chips (auf den Preis hätte ich nicht schauen sollen, als mein Blick unwillkürlich darauf fiel, war ich sprachlos: 20 Znk!). Eine vergitterte Vitrine mit echtem Alkohol: Kognak »Araspel«, Kugelflaschen von »Versailles« … An diesem Stand gab es keine Preisschilder: Alles war so kostspielig, dass es offenbar nach Gebot abgegeben wurde.

Daneben stand »Belita«-Erdbeershampoo, Kokos-Haarspülung »Liv Delano«, Wärmecremes von »Belbiopharma« und Duschgels aus Pflanzen und Früchten, an deren Geschmack und Geruch ich mich beim besten Willen nicht erinnern konnte. Ein Stück weiter folgten Regale mit Kleidung: neu, ungetragen, sogenannte »first hand«. In der mittleren Reihe stand, majestätisch wie ein heidnischer Stein, ein Kaffeeautomat. Durch die transparente Rückseite waren echte Kaffeebohnen zu erkennen: Braune Körner warteten darauf, von der Mühle zu einem Espresso, Ristretto oder Americano gemahlen zu werden. Alle drei Tasten des Menüs leuchteten blau: Das Wunder funktionierte wirklich.

Oberhalb informierte ein Schild darüber, dass für einen Espresso »10 Znk« zu zahlen seien. Ich schloss die Augen und erinnerte mich an die duftende Flüssigkeit in einer weißen Keramiktasse. Zwei Schlucke, nur zwei Schlucke duftendes Karamell, einer zum Aufwachen, der andere zum Nachdenken. Mein Finger drückte von allein den Knopf. Die Maschine kreischte auf und signalisierte damit, dass sie gleich den Kaffee mahlen wolle, aber auf dem Monitor stand: »Jeton erforderlich. Jetons an der Kasse.«

Währenddessen bewegte sich etwas hinter der Theke: Der Bambusvorhang, der den Verkaufsbereich von einem privaten, abgedunkelten Raum trennte, wurde beiseitegezogen. Eine grauhaarige Frau kam auf mich zu: aristokratische Statur, freundliche Augen, faltiges Gesicht. Das Karussell hat mich gelehrt, rasch meine Schlüsse zu ziehen: »Die Mumins« in der Kindheit, Joyce in der Jugend, Kafka im jungen Erwachsenenalter, der erste Kuss bei Bertoluccis »Little Buddha«, die Erwartungen beim »Kleinen Prinzen«, die große Verliebtheit während der Lektüre von Pamuk, die Familiengründung (mit einem älteren Mann) zu Bölls Romanen. Aber irgendetwas passte nicht. Sie hatte schrecklich freundliche Augen. Was war da noch? »Die Möwe Jonathan« von Livingstone? L. Ron Hubbards »Dianetik«? Sun Myung Moon?

Ich verneigte mich vor der Ladenbesitzerin und entschied mich für eine neutrale, leicht geschraubte Begrüßung: »Ich verneige mich vor der hochwohlgeborenen Pani …« – mit Auslassungszeichen am Ende, die der Frau nahelegten, sich vorzustellen. Die Formulierung »hochwohlgeborene«, die zuvor bei der

Sekretärin des Bürgermeisters, der Sklavin Magdalena, funktioniert hatte, sollte auch hier funktionieren.

»Gott sei in Ihrem Herzen! Ich bin Mutter Tatjana«, füllte sie die Auslassungszeichen aus.

»Wessen Mutter?«, benahm ich mich ein wenig idiotisch. Gerda wühlte mit ihren Pfoten derweil in der Bekleidungsabteilung, schnupperte interessiert an Fischerjacken und Gummistiefeln. Die Ladenbesitzerin hörte die Hundeschritte, sah Gerda aber nicht.

»Mutter Tatjana«, korrigierte sie mich sanft und schaute aufmerksam zu den Reihen mit Jacken und den aufgetürmten Pelzmützen.

»Sehr angenehm! Ich bin Antiquar, komme aus Hruschawka und will in den Süden.«

Hinter Mutter Tatjana zeichnete sich eine Galerie aus dunklen Glaspullen ab. Die Flaschenhälse waren mit geschmolzenem Kunststoff versiegelt. Sie waren offensichtlich manuell verkorkt worden. Die Flaschen, die mir am nächsten standen, trugen fast identische, handgezeichnete Etiketten. »Fruchtbrandwein ›Valerijs Herbst‹, 5 Znk für 0,75«, verkündete das Preisschild. Der Tankstellenshop war ein so zivilisierter Ort, dass er sogar über eine Hausmarke Trester verfügte.

»Da hatten Sie ja Glück mit dem Strom«, sagte ich aufrichtig und sah mich um.

»Gott hat uns ein Windrad gegeben«, lautete ihre Version von »Glück«. »Und Wind, der das Windrad antreibt. Und ein Großhandelslager sowie ausreichend Strom für die Tiefkühltruhen. Überall ist es still und öde, doch unser Generator läuft. Ein Wunder Gottes.« Ihre Augen drückten nun noch mehr Güte aus.

»Toll, dass Sie noch niemand ausgeraubt hat.« Schon längere Zeit hatte ich keine extrem religiösen Menschen mehr gesehen und wusste daher nicht, wie ich mich verhalten und in welchem Moment ich mich bekreuzigen sollte.

»Das ist die Kraft unseres Glaubens«, verkündete Mutter Tatjana. »Und ein wenig die Autorität der Obtschak-Bruderschaft. Sie achten auf die Unversehrtheit des Gotteswunders. Alle Räuber in der Einöde wissen, dass die Brüder auf unserer Seite sind, deswegen helfen sie uns zur Ehre Gottes, unseres Herrn.«

Da tauchte Gerda hinter den Kleiderständern auf. Der Blick der Tankstellenbesitzerin wurde noch gütiger.

»Wie heißt Ihr Freund?«, fragte sie.

»Das ist Gerda. Meine Hündin.«

»Hat es jemand geschafft, ihn zu verletzen?«, stellte Mutter Tatjana eine etwas seltsame Frage.

»Gerda ist in eine Falle getappt. Jemand hat in einer Hütte eine Falle zurückgelassen. Und wir gingen hinein, um dort zu übernachten. Gerda wurde verletzt.«

»Wie ärgerlich«, schüttelte die Frau den Kopf, ihre Augen verströmten Liebe. »Und nun kann er sich wegen der Verletzung nicht zurückverwandeln?«

»Was meinen Sie?« Die Frau sprach in Rätseln.

»Solange er eine Wunde an der Pfote hat, kann er nicht Mensch werden. So einer wie Sie. Dieser Freund da von Ihnen«, behauptete sie, ohne einen fragenden Ton. Ich begann zu zweifeln, ob die Besitzerin Gerda meinte.

»Das ist mein Wauwau. Ich hatte ihn schon vor dem Blackout. Gerda ist eine ganz normale Hündin, leider schon etwas alt.«

Ich erschrak, die grauhaarige Frau könnte gekränkt sein, weil ich das Alter erwähnt hatte. Diese religiösen Leute sind immer so schwer zu durchschauen. Aber sie schien von unserer Anwesenheit entzückt zu sein. Ohne ihre höfliche Miene abzulegen, knöpfte Mutter Tatjana ihren Pelzmantel auf und legte ein großes goldenes Kreuz frei. Als sie dies tat, erwartete sie wahrscheinlich, ich würde zurückweichen wie der Teufel vorm Weihwasser.

»Und was soll mir das sagen?«, fragte ich und schluckte das Unbehagen hinunter, das in der Luft lag.

Sie hob die Augenbrauen, entweder weil sie mich nicht verstand oder weil sie so tat, als würde sie mich nicht verstehen.

»Ich hatte nur den Eindruck, dass Sie das Kreuz für mich hervorgeholt haben.«

Mutter Tatjana fauchte mit einem schwer zu entschlüsselndem Gesichtsausdruck, der als Enttäuschung über meinen Scharfsinn gedeutet werden konnte, oder als Unzufriedenheit darüber, dass das Kreuz keine Wirkung tat. Oder aber es war ein Ausdruck dafür, dass sie, eine normale Gläubige, sich mit Blödsinn wie Vampir-Filmen nicht abgab.

»Mutter Tatjana, ich wollte einfach nur sagen«, plapperte ich weiter, denn das Unbehagen war unerträglich geworden, »dass ich ein gewöhnlicher Mensch bin. Ich komme aus Hruschawka. Bin also quasi ein Flüchtling. Und das ist mein Hundl. Und der verwandelt sich in nichts. Er ist kein Transformers-Roboter. Ich meine, vielleicht tut er das, während ich schlafe, aber ich habe den Hund noch nie mit einem anderen Erscheinungsbild als diesem gesehen. Obwohl es mich sicher freuen würde, wenn sich Gerda in ein hübsches Mädchen verwandelt. Aber nicht, wie Sie jetzt denken … Ein hübsches Mädchen ist einfach ein angenehmer Gesprächspartner und Schönheit … das ist …«, wollte ich scherzen, aber das Gesicht von Mutter Tatjana war erstarrt, und ich konnte ihr kein Lächeln entlocken.

»Ich verstehe, was du meinst, Zauberer«, sagte sie und überschüttete mich mit der Wärme ihres Blicks.

»Warum Zauberer?« Ich war endgültig in eine Sackgasse geraten.

»Sie haben selbst gesagt, Sie sind Antiquar. Nekromantie, Heilkunde – ich weiß alles darüber. Gott selbst hat es mir in der Heiligen Schrift gesagt.«

»Ich bin kein Nekromant, ich bin Antiquar. Also eine Art Bibliothekar. Aus Hruschawka.«

»Und dann haben die Leute Sie verjagt«, half sie mir.

»Nicht die Leute haben mich verjagt. Ich bin von selbst gegangen. Und jetzt herrscht dort Sklaverei. Wie auch immer, das lässt sich in Kürze kaum erklären.«

Das Gespräch war abgebrochen. Die Besitzerin sah mich nur mit mütterlicher Zuneigung an, und ich fand keine Worte, um ihr zu erklären, dass wir Menschen sind. Ich suchte verzweifelt nach einer guten Wendung für unser Gespräch und kam gleich zur Sache.

»Mir wurde gesagt, dass Sie Medikamente haben. Vielleicht sogar Antibiotika.«

»Da sind Sie richtig informiert«, lächelte sie stolz. »Unsere Apotheke ist die beste in der Einöde. Dank der Elektrizität haben wir alles konserviert, was schon längst hätte verderben müssen. Wir haben alle Gruppen von Antibiotika, allerdings sind die Preise nicht gerade erschwinglich.«

»Um auf den Hund zurückzukommen … der, wie Sie sehen, dringend Hilfe braucht. Könnten Sie mir vielleicht ein wirksames Medikament verkaufen? Sie hat eine Entzündung, ich fürchte, es könnte eine Sepsis daraus werden. Nun, und etwas zu essen würde ich gern kaufen. Und«, lächelte ich hilflos, »einen Jeton für einen Espresso.«

»Selbstverständlich!« Mutter Tatjana nickte heftig. »Selbstverständlich ist es unsere Aufgabe, Menschen und Haustieren zu helfen, ihre Leiden zu lindern, Wunden zu heilen. Aber!« Sie sah mir in die Augen, und ich spürte bis in die Eingeweide, dass ich einen überaus guten Menschen vor mir hatte, der auf der Seite des Lichts stand. »Nichts aus meiner Tankstelle wird jemals – solange ich lebe – an einen Zauberer und seinen verwundeten Neurer verkauft werden.«

»Wo haben Sie einen Neurer gesehen?«, schrie ich nervös auf.

»Ihr Freund ist ein Neurer«, konstatierte sie. »Und Sie auch. Ein Heiler vom Stamm der Neurer. Der da hat sich in einen schwarzen Wolf verwandelt. Irgendein guter Mensch konnte ihn mit Gottes Hilfe verwunden, obwohl Neurer in Wolfsgestalt normalerweise unverwundbar sind. Und bald wird er krepieren, denn er kann schon jetzt kaum noch laufen.«

»Sie …« Mir blieb einfach die Stimme weg. »Sie haben keine Ahnung, wie falsch Sie liegen! Das ist ein Hund! Kein Neurer! Und auch kein schwarzer Wolf! Wir haben in einer Wohnung in Hruschawka gelebt, wo ich meinen Lebensunterhalt mit dem Ausleihen von Büchern verdiente. Ich habe eine vom Bürgermeister abgestempelte Abmeldeurkunde«, erinnerte ich mich plötzlich. Natürlich war es eine offensichtliche Übertreibung meinerseits, dieses erniedrigende Dokument so zu nennen. Aber wenn man zu ertrinken droht, hält man sich auch an einem Stück Papier fest, das einen als Idioten bezeichnet.

»Was nützt mir eine Urkunde, die ein Unreiner ausgestellt hat? Was seine Siegel und seine heuchlerischen Worte?« Mutter Tatjana zuckte mit den Schultern und schien sich zu wundern, dass ich Satansbrut sie offenbar für eine Närrin hielt.

Ich möchte anmerken, dass die liebe Gerda kein Wort von unserem Gespräch verstand. Da die Tankstellenbesitzerin ruhig und freundlich sprach, wirkte es wie ein höfliches Gespräch zwischen respektvollen Erwachsenen. Während ich nach Worten für meine Antwort suchte, sprach Mutter Tatjana etwas lauter:

»Die Zeit des Gebets naht. Deshalb möchte ich Sie bitten, den Laden zu verlassen.«

Um das Herz dieser Tante zu erweichen, blieben mir keine Minuten, sondern nur noch Sekunden.

»Warten Sie, einen Moment!« Ich hob meine Hand und spürte erneut den Blick dieser freundlichen grauen Augen, die in den Falten der Höflichkeit ertranken. »Warten Sie! Sie sind ein guter Mensch, das sehe ich. Aber mit Ihrem Realitätsverständnis liegen Sie ein wenig daneben. Und lassen Sie uns an Gott denken. Lehrt er uns nicht Güte? Und Barmherzigkeit?«

»Natürlich tut er das«, stimmte mir die Frau fröhlich zu. »Wir sollen alle seine Geschöpfe lieben.«

Aus der nun folgenden Pause wurde mir klar, dass Neurer und Heiler für sie keine Geschöpfe Gottes waren. Der Handlungsspielraum wurde enger.

»Aber er ist doch gütig, Ihr Gott. Und Sie tun jetzt etwas Böses.«

»Er ist gütig und ruhmreich für alle Zeit.« Wenn sie von Gott sprach, wechselten die Strahlen der Liebe, die von ihr ausgingen, von »Nahlicht« zu »Fernlicht«. »Aber Gott ist nicht nur gut, sondern auch grausam und zerstörerisch. Er ist nicht nur gnädig, nicht nur barmherzig, sondern er prüft, straft und rächt.«

»Ein Gott, der rächt?«, fragte ich eher automatisch noch einmal nach, nur um zu verstehen, welcher Glaube genau zu unserer Vertreibung führte. Denn mir war nun klar, dass es unmöglich war, mit jemandem, der auf Fernlicht umgeschaltet hat, ein Gespräch zu führen.

»Er rächt, straft und prüft.«

»Warum sollte Gott jemanden prüfen?«, murrte ich zweifelnd. »Was ist er, etwa Überlebenstrainer?«

»Hiob aus dem Land Uz zeugte sieben Söhne und drei Töchter und er war herrlicher denn alle, die gegen Morgen wohnten. Und Satan sagte zu Gott, dass Hiob nur gerecht sei wegen seines irdischen Glücks. Und Hiob wurde alles Geld genommen, und alle seine Kinder starben, aber Hiob pries Gott weiter. Und Hiob erkrankte an furchtbarem Aussatz und wurde aus der Stadt vertrieben und saß in Asche und Eiter und kratzte sich mit einer Scherbe den Schorf von seinem Leib, und dennoch pries er Gott. Und da sagte seine Frau zu Hiob, er solle Gott schelten, und Hiob sagte zu ihr: Sollen wir nur das Gute von Gott annehmen und das Böse nicht? Und da trat Gott aus dem Sturm heraus zu ihm und belohnte ihn für seine Geduld und Hingabe, und es wurden ihm wieder sieben Söhne und drei Töchter geboren. Und er wurde doppelt so reich wie zuvor, und Satan war besiegt.«

Ich wollte anmerken, dass ein Gott, der zehn Menschen sterben lässt, um eine Wette gegen Satan zu gewinnen, nicht der Gott ist, zu dem ich beten würde. Aber ich beschloss, meine Erwiderung hinunterzuschlucken – sie hätte die Frau nur noch darin bestätigt, dass wir des Teufels Geschöpfe waren. Ich nahm lautlos das Gewehr von der Schulter, entsicherte es und hob den Lauf. Die Waffe war nicht auf die Frau gerichtet, sondern auf die Terrakotta-Armee von Schnapspullen. Eine Waffe auf einen unbewaffneten Menschen zu richten, hatte ich nicht gelernt und wollte es auch nicht lernen. Ich hätte nicht einmal zur Deutlichmachung meiner Absichten geschossen. Aber Gerda brauchte nun einmal dringend Antibiotika.

Mutter Tatjana schaute auf den erhobenen Lauf mit einem weiteren segensreichen Lächeln. Wenn es sie bisher vielleicht Mühe gekostet hatte, ihr seltsames Weltbild aufrechtzuerhalten, dann wurde ihre Sicht auf die Realität durch diese aggressive Geste, zu der ein guter Mensch niemals fähig gewesen wäre, nur bestärkt.

Die Besitzerin kam hinter dem Tresen hervor, trat an mich heran, nahm den Lauf der Doppelflinte in die Faust und drückte sie sich an ihre Brust, wobei sie das goldene Kreuz verschob.

»Mach schon, du Unreiner, schieß! Ich war schon lange nicht mehr bei der Beichte, weil es nirgendwo auf der Erde noch einen Priester gibt, der sie mir abnehmen könnte. Aber der Märtyrertod spricht mich von allen Sünden frei. Schieß, nun mach! Und dann kannst du selbst im Lager nach Tetracyclin oder Cefuroxim suchen. Und die Hölle wird dir beistehen.«

Ich trat einen Schritt zurück und senkte die Waffe. Die Schlacht war verloren. Mit dem Griff zur Waffe hatte ich alle Chancen verspielt. Was hatte ich mir nur dabei gedacht? Wollte ich sie erschrecken? Eine Frau, die an Himmel und Hölle glaubte? Schlimmer noch, ich hatte nicht einmal böse Absichten gehabt. Und ich tat es nicht für mich. Aber wie mir nun klar wurde, hilft das Böse nie dabei, eine gute Tat zu vollbringen. Niemals.

Warum ließ ich, als ich die Tankstelle verließ, nicht wenigstens ein paar Dosen mit Büchsenfleisch oder wenigstens Hering in Tomate mitgehen? Wenn man mir sie schon nicht hatte verkaufen wollen? Es ist ungerecht, sich etwas gewaltsam anzueignen, hatte ich dem König des Berges erklärt, als er mir Gerda wegnehmen wollte. Wer Gerechtigkeit fordert, darf keine Ungerechtigkeit begehen. Andernfalls nutzt sich der Wert dieses Begriffs im Bewusstsein so stark ab, dass man sich nicht mehr darauf berufen kann, wenn man das nächste Mal in Schwierigkeiten gerät. Und wer weiß, was einem dann weggenommen wird?

Als ich mich weit genug vom Windrad entfernt hatte, dass eine Rückkehr dorthin ausgeschlossen war, schaltete ich meine Stirnlampe ein und holte die Karte hervor. Sie zeigte an, dass die Straße zur Stadt des Lichts rechts vom »Mercedes«-Stern lag. Ich vertraute dem Hinweis und ging nach links.

Mein Vater hatte sich immer sehr gut anhand von Landkarten orientiert. Ihm genügte ein kurzer Blick auf den Autoatlas aus dem Handschuhfach unseres Wagens, um zu wissen, wo er abbiegen musste, wenn er von Nalibaki nach Stoubzy wollte. Unsere Generation hat sich die Weiten durch das Berühren von Bildschirmen mit GPS-Navigation erobert. Ich musste mich also anstrengen, um zu verstehen, dass die Richtungen »umgekehrt« sind, wenn man auf einer gedruckten Landkarte nach unten geht.

Als mein Mädchen sich das erste Mal hinsetzte, dachte ich, sie wolle sich nur ausruhen. Ich öffnete meinen Rucksack und holte ihr Dosenfutter heraus, aber sie wandte ihre Schnauze ab. Gerda atmete sehr schnell, die Augen glänzten. Ich streichelte ihr über den Nacken und sagte in erzieherischem Ton:

»Meine Liebe, wenn du kein Katzenfutter verdrückst, kriegen die Katzen mehr davon. Sie werden es verschlingen, ihr Fell glänzt immer mehr, und dann kommen sie, diese weißen, flauschige Fellkugeln voll Zärtlichkeit, und schnurren dich und mich zu Tode.«

Aber Gerdas Herz, das normalerweise sehr sensibel auf alles reagierte, was mit der Verletzung der Rechte von Katzenartigen zu tun hatte, zeigte keine Reaktion auf meinen Versuch, die Zwietracht zwischen den Arten zu schüren. Sie schaute mich mit ihren feuchten Augen an und schien sagen zu wollen: »Von mir aus. Ich verzeihe ihnen alles.« Ich streichelte sie wieder, und Gerda legte sich erschöpft mit dem Bauch auf den Asphalt. Ja, ich hatte die ganze Zeit gesehen, wie mies es ihr ging. Ich hatte es gesehen, aber meine Augen davor verschlossen.

Nachdem ich ihr den Rücken gestreichelt hatte, gab ich ihr warmes Wasser aus der Thermoskanne zu trinken. Ich saß neben ihr, ruhte mich aus. Nach einer Weile kam ich zu mir, wollte Gerda am Halsband hochziehen, doch sie wimmerte. Ich weigerte mich immer noch zu glauben, dass wir nicht weitergehen konnten. Wir saßen unterm Sternenhimmel inmitten eines Feldes, das seitlich von zwei Waldstücken eingeschlossen war. Keine Hütte, kein Schuppen, kein Licht ringsum. Wir mussten die Nacht an einem warmen Ort mit einem Bett verbringen, das nicht aus Zweigen und totem Laub bestand. Einem Ort, an dem ich Gerdas Pfote verbinden und entscheiden konnte, wie es weitergehen sollte.

»Gerda, wir müssen weiter. Bis zum nächsten Unterschlupf, was es auch sei. Wir können die Nacht nicht im Wald verbringen.«

Der Hund erhob sich heldenhaft, machte ein paar Schritte, erst hüpfend, dann das Bein nachziehend. Aber sie stürzte, atmete rasch und sah mich flehend an. Ich hockte mich neben sie, streichelte mit einer Hand ihre Flanke, steckte die andere unter meine Mütze, rollte mir eine Haarsträhne auf den Finger und zog daran, bis mir die Tränen in die Augen stiegen. Das weitere Vorankommen war ausgebremst. Hier, inmitten von schlammigem Schnee und Schmelzwasser, konnte ich unmöglich den Verband wechseln. Und es war kein Ort zu sehen, an dem ich das unter relativ sauberen Bedingungen hätte tun können. Als ich schon verzweifelt aufheulen wollte, hörte ich hinter mir Hufgeklapper.

Ja, es war unvorsichtig, aber ich schaltete die Stirnlampe an und trat auf die Straße, um die Reiter um jeden Preis aufzuhalten. Kurz überlegte ich, mein Gewehr von der Schulter zu nehmen und die Waffe auf die Pferde zu richten, denn das hätte die Kommunikation ja beschleunigen können. Aber nach dem Vorfall an der Tankstelle beschloss ich, es nicht zu tun. Man sollte keine Waffe in die Hand nehmen, wenn man nicht bereit ist zu schießen. Ein Mordwerkzeug ist beim Reden nicht hilfreich, es stört nur. Dieses rasche Rinnsal von Gedanken rettete mir das Leben. Denn hätte ich auf den Treck gezielt, wäre ich einfach im Vorbeireiten erschossen worden.

Bald konnte ich am Geräusch erkennen, dass da Pferde galoppierten und dass sie zu viert waren. Als ich im Mondlicht einen schwarzen Fleck sah, der auf mich zuraste, erkannte ich, dass es keine Reiter waren, sondern eine seltsame Reisekutsche.

»Halt! Stehen bleiben!«, rief ich.

»Weg da! Wir schießen!«, riefen sie zurück. Ich sah, dass der Lauf einer Kalaschnikow auf mich gerichtet war. Eine andere Stimme rief: »Er ist ungefährlich! Hat die Waffe auf dem Rücken!«

Die Kutsche raste an mir vorbei, hielt sich scharf rechts und kam zum Stehen. Ich nahm meinen Rucksack und meine Waffe von den Schultern und ging mit erhobenen Händen zur Kutsche.

Sie bestand aus dem hinteren Teil eines antiken »Golfs«. Die Motorhaube mit dem Motor, die Vorderachse mit dem Getriebe und der Fahrersitz waren fein säuberlich aus der Karosserie herausgesägt worden. Übrig geblieben waren nur das Heck mit der Achse, die Sitze und der Kofferraum. Dieser »Golf« war früher ein Zweitürer gewesen, was es ermöglicht hatte, unter den Scheiben der Rücksitze an das Metall einen Rahmen zu schweißen, auf dem die Deichsel ruhte. Die Konstruktion sah zwar verwegen aus, schien aber stabil. Allerdings hing sie unter dem Gewicht der Passagiere an den Stoßdämpfern fast bis zum Boden durch.

Vorn schnaubte ein Vierergespann aus guten Pferden. Die Peitsche des Wagenlenkers ragte aus dem Rücksitz heraus, er hatte offenbar das Sagen und quetschte sich zwischen den Passagieren hindurch.

»Licht aus!«, rief man mir von den Sitzen aus zu, und kaum hatte ich gehorcht, trafen mich zwei Lichtstrahle ins Gesicht.

»Das ist ja der Antiquar«, kam eine heisere Stimme aus dem Gefährt, die mir überaus bekannt vorkam.

»Sieht so aus«, antwortete zweifelnd die jüngere, strengere von ihnen.

»Was denn, Antiquar, bist du also unter die Skythen gegangen?«, fragte die erste mit einem boshaften Grinsen.

Im Fuhrwerk wurde ein Diodenlicht angezündet. Es verteilte Flecken aus tödlich weißem Licht auf den Gesichtern und Gestalten dieser allerseltsamsten Gesellschaft, auf die man am Rande eines Felds in der südlichen Einöde unterwegs zur Stadt des Lichts treffen konnte. In der Mitte saß, zusammengekauert und verdreht, der Bürgermeister. Sein Gesicht war stark verändert, seit ich ihn das letzte Mal gesehen hatte. Damals ähnelte er einem unbedeutenden Fürsten auf der Kupfermünze einer Hanse. Jetzt sah er aus wie ein Altwarenhändler, der auf dem Flohmarkt einer westfälischen Kleinstadt mit Kupfermünzen jener Hanse handelt. Oder wie ein Großhändler, der diesen Altwarenhändler mit Kupfermünzen versorgt, um Touristen reinzulegen. Die Distinktion, ohnehin kein prägendes Merkmal seiner Erscheinung, war dem Bürgermeister endgültig abhandengekommen. Er hatte jetzt das Gesicht eines Komödianten, der sich im dramatischen Genre versucht. Hinter dem Bürgermeister saß eine Frau, und näher zu mir, mit Peitsche und Kalaschnikow, Manka. Er hatte mehrere blaue Flecke neueren Datums im Gesicht.

»Wen haben wir denn da!« Ich lächelte breit und ließ meine Hände sinken, als ich sah, dass Manka das Maschinengewehr herunternahm. »Ich habe gelesen, Sie seien im Gefängnis.«

Als ich ein paar Schritte auf das Auto zuging, bemerkte ich, dass die Kofferraumklappe hinter den Rücksitzen offen stand: Da war eine Unmenge von glänzenden Zylindern in den »Golf« gestopft worden. Offenbar hing die Kutsche nicht nur wegen der Fahrgäste durch, sondern auch wegen der schweren Ladung. Der Lichtpunkt der Lampe fiel auch auf eine karierte Tasche, die mir sehr bekannt vorkam.

»Bei uns gab es einen Putsch«, grinste der Bürgermeister traurig. »Ich dachte, alle wären für mich. Und dann stellte sich heraus, dass sie eine starke Hand wollten.«

Er warf kurz einen Blick hinter sich, wo unter der Kofferraumklappe das Zink hervorschimmerte.

»Niemand hat die Menschen gefragt. Als wir eine Demokratie hatten, wollten sie eine Demokratie. Als die Diktatur kam, wollten sie eine Diktatur«, erklärte Manka seine Sicht auf die Situation. »Wer die Waffen hat, kontrolliert den Willen des Volkes.«

»Aber die Freiheit! Ich dachte, sie würden für sie kämpfen.« Der Bürgermeister versuchte mit einer unmerklichen Geste, die Klappe zu richten, aber sie blieb schief, sodass man die Ladung darunter sehen konnte.

»Wir müssen weiter«, verfügte Manka knapp.

»Nur wer sie kennt, kämpft für die Freiheit«, sagte ich. »Denken Sie an Kassandra. Vielleicht gab es unter Ihnen, Herr Bürgermeister, nicht genug Freiheit. Oder vielleicht wurde sie auch nur so genannt: ›Freiheit‹.«

Ich sah den mitleiderregenden alten Mann an und bedauerte meine harschen Worte. Schließlich wurde er in der alten Welt geboren. Wo es Bestechungsgelder, ein Plankomitee und Fünfjahrespläne gab. Er hatte besser sein wollen als seine Vorgänger und alles getan, wozu er mit seinem Nomenklatura-Gehirn fähig gewesen war. Und Freiheit ist keine Haarpracht. Sie wächst nicht so schnell.

Anstatt mir sein Verständnis von Freiheit zu erklären, lehnte sich der Bürgermeister einfach zur Seite. Und da sah ich, wer neben ihm saß. Es war keineswegs die Sekretärin Magdalena.

»Sind Sie das?«, rief ich, aber Kassandra wollte nicht zu mir schauen.

»Sie war uns eine große Hilfe«, lobte sie der Bürgermeister. »Sie wurde aus freien Stücken Sklavin des Statthalters und stahl die Schlüssel zum Gefängnis. Und du redest von ›Freiheit‹.«

Unwillkürlich schaute ich zum Zink im Kofferraum.

»Wir müssen los. Wir werden gejagt«, drängte Manka.

»Seit wir vom Bauernhof weg sind, ist er nervös«, lachte der Bürgermeister. »Ständig erscheinen ihm irgendwelche Reiter.«

»Ich habe eine Bitte. Mein Hund ist verwundet. Er kann nicht weitergehen. Bitte, nehmen Sie uns bis zum nächsten Dorf mit.«

Sie sahen sich gegenseitig an. Manka schüttelte als Erster verneinend den Kopf. Er ließ sich nicht einmal zu einer Erklärung herab. Der Bürgermeister hob nur die Arme und spreizte sie. Anders konnte er seine Geste nicht zur Geltung bringen – seine Ellbogen wurden von den anderen Fahrgästen eingeklemmt.

»Na du siehst ja selbst«, sagte er. »Wir sitzen hier zu dritt. Haben uns gerade so hineingezwängt. Ich kann nicht einmal richtig atmen. Ich fahre mit eingezwängtem Bauch. Da ist kein Platz, Junge. Kein Stück.«

»Der Hund stirbt!«, rief ich ungehemmt. »Gerda geht es sehr schlecht! Vielleicht können wir wenigstens aufs Pferd steigen?«

»Wie das denn? Ohne Sattel«, heulte der Bürgermeister. »Unmöglich.«

»Wir sind sehr schnell. Wenn wir wenigstens traben würden. Aber wir sind im Galopp unterwegs. Nach drei Schritten verunglückst du.« Manka hatte seinen Entschluss gefasst und wollte ihn nicht überdenken. Er drehte sein Gesicht in meine Richtung, und ich bemerkte, wie sehr er sich verändert hatte. Er schien nach der Vertreibung verdummt zu sein: Die Augenbrauen waren hochgezogen, und die Prügelspuren unterstrichen nur seinen neuen, einfältigen Gesichtsausdruck. »Wir werden verfolgt. Das spüre ich. Bald haben sie uns eingeholt. Geh runter von der Straße. Nimm die Pfade. Sonst reißen sie dich in Stücke und weiden den Hund aus.«

Kassandra sagte nichts und starrte weiter in die Dunkelheit hinterm Fenster. Ihr Pelzjäckchen war aufgeknöpft, ihr Haar weiß, ihre Augenbrauen schwarz. Arme, arme Kassandra.

»Wir können nicht länger warten. Auf Wiedersehen!« Er schwang die Peitsche, und die Pferde galoppierten davon.

Ich stand unter dem glitzernden Himmel und gewöhnte mich an den Gedanken, dass wir keine Hilfe zu erwarten hatten. Dass selbst der Deus ex Machina, den ein unsichtbarer Regisseur auf die Bühne gezaubert hatte, gerade davonstob und mich hilflos zurückließ. Als mich Manka aus Hruschawka unbewaffnet in die Einöde, also in den sicheren Tod, entließ, hatte er nicht »Auf Wiedersehen« gesagt. Und jetzt, da er überzeugt war, selbst dem Tod entgegenzureiten, hatte er mir diese höfliche Abschiedsformel zugeworfen. Als ob diese Worte ihn in der Welt der Lebenden verankern würden. Als ob sie allgemein vor etwas schützen könnten. Ich stand neben Gerda – sie schnaufte gleichmäßig, lag auf der Seite. Ich berührte ihr Fell – sie öffnete die Augen und wimmerte kläglich, um zu zeigen, dass sie nicht laufen konnte. Daraufhin setzte ich mir den Rucksack auf, hob den Hund vorsichtig hoch und legte ihn wie ein Lamm auf meine Schultern. Ich versuchte aufzustehen und stützte mich auf die Waffe. Es dauerte etwas, bis ich mich aufrichten konnte.

Gerda war kein schwerer Hund. Aber sie wog genau jene zwanzig Kilo, die zusammen mit dem Gewicht des Rucksacks ein Vorwärtskommen physisch unmöglich machten. Ich verließ die Straße und schlurfte mehr schlecht als recht einen kaum sichtbaren Waldweg im Mondlicht entlang. Aber mir war klar, dass ich nicht sehr weit kommen würde. Das Gewicht drückte mich zu Boden, ich konnte kaum die Beine heben, selbst wenn ich mich auf den Kolben meines Gewehrs stützte. Mein Rücken und meine Knie taten furchtbar weh, sie waren der Belastung einfach nicht gewachsen. Ich hockte mich auf einen umgestürzten Baum, um mich auszuruhen, dabei war ich noch nicht mal einen Kilometer gelaufen. Ich riss einige Fichtenzweige ab und bettete den Hund auf dieses Naturkissen. In der Thermoskanne waren noch zwei Schluck Wasser, die ich Gerda in den Mund schüttete.

Wahrscheinlich verfügt der Mensch über Sinnesorgane, die nicht in Anatomie-Lehrbüchern beschrieben sind, denn als ich wieder das Klappern von Hufen auf dem Pflaster hörte, hielt mich etwas davon ab, meine Stirnlampe einzuschalten und auf die Straße zu treten. Stattdessen griff ich nach meinem Gewehr und trat näher an die Lücke zwischen den Bäumen heran, durch die ich den Asphalt sehen konnte. Vorsichtig klackte ich mit dem Hebel, kippte den Lauf und vergewisserte mich, dass zwei Schuss Munition in der Waffe waren. Danach verbarg ich meine Handgelenke in den Ärmeln und mein Gesicht so tief wie möglich hinter dem Kragen. Erstarrt lauschte ich: Es war kein Wagen, der da kam, sondern es waren Reiter. Viele von ihnen, ein solches Hufgetrappel konnte von einer ganzen Armee stammen.

Das erste Paar flog so schnell an mir vorbei, dass ich nicht einmal die Umrisse erkennen konnte. Sie rasten wie schwarze Riesenvögel – viel schneller, als ein mit Zink beladener Wagen mit drei Passagieren sein konnte. Hinter ihnen breitete sich eine Welle aufgewühlter Waldluft aus, und ich bemerkte einen muffigen Gestank. Dieser Geruch ist mit nichts zu verwechseln: So riechen nur Leichen. Ich war diesem Gestank das erste Mal bei der Beerdigung eines Ertrunkenen begegnet, der eine Woche zuvor mein Klassenkamerad gewesen war. Man hatte ihn spät gefunden, deswegen hielt die Klasse nicht lange an dem zugenagelten Sarg aus. Danach lud uns seine Mutter, die verrückt war vor Kummer, zum Leichenschmaus ein und versprach uns irgendwelche »Magier mit Fleischfüllung«, aber ich konnte drei Tage lang nur Wasser trinken. Jetzt war der Geruch ganz nah, und er kam von den vorwärtsstürmenden, schwarzen Riesenvögeln.

Nach dem ersten Paar folgte das zweite, und genau in diesem Moment konnte ich im Mondschein deutlich die Umrisse ihrer Köpfe erkennen. Sie waren doppelt so groß wie die eines Menschen, mit spitzen, dreieckigen Ohren, wie sie nur Schweine haben. Eiskalt vor Schreck starrte ich auf die folgenden Reiterpaare, und erfasste immer mehr Details: weit aufgerissene Kiefer mit unregelmäßigen Zähnen wie ein Staketenzaun, schiefe, faltige Schweineschnauzen, und aus manchen Mäulern baumelten Zungen, die sich im Takt des Pferdegalopps bewegten.

Die stinkende Prozession zog sich in die Länge: Die leblos wirkenden Bestien kamen paarweise, es waren mehrere Dutzend. Sie sprachen nicht miteinander und schauten sich nicht um. Sie regten sich überhaupt nicht in ihren Sätteln. Bei einigen glänzten Griffe von Zweihandschwertern und großen Schlachtbeilen auf dem Rücken. Mehrere Köpfe waren seitlich und nach unten gebogen, als wären sie teilweise vom Körper abgerissen. Das sah besonders abstoßend aus. Der Größe der Köpfe nach zu urteilen, waren die Grunzer recht groß: Ihre Körper waren von Mänteln, weiten Umhängen und der Dunkelheit verborgen. Mir schien, dass einige von ihnen so etwas wie menschliche Beine hatten. Hufe hingegen konnte ich nicht erkennen, wie angestrengt ich auch schaute.

Nun könnte man sagen, dass ich das Gewehr nur deshalb nicht hob, nicht zielte und auf einige Schweine schoss, weil ich nur zwei Patronen im Magazin stecken hatte. Der Rest war in einer Schachtel in meinem Rucksack. Und selbst wenn ich einen oder zwei Reiter getroffen hätte, wäre ich in der Zeit, die ich gebraucht hätte, um zum Rucksack zu laufen, ihn zu öffnen, nach der Patronenschachtel zu greifen, nachzuladen und weiterzuschießen, von den anderen zu Hackfleisch gemacht worden. Und gleich nach mir auch die unschuldige Gerda. Ich hätte den Opfern dieser ekelhaften Verfolgungsjagd also keinen Dienst erwiesen und dazu noch zwei weitere Todesfälle verursacht. Diese schmeichelhafte Erklärung setzt mich sicherlich in ein besseres Licht.

In Wirklichkeit schoss ich nur deswegen nicht, weil ich zu Tode erschrocken war. Mir war übel – sowohl vom Geruch als auch von diesem Anblick. Ich war so mutlos, dass ich beim besten Willen nicht die Waffe hätte heben und sie halten können. Neben der logischen Begründung fehlender Munitionsreserven gab es da auch das intuitive Gefühl der Sinnlosigkeit, auf leblose Bestien zu schießen. Was schon tot ist, kann man nicht töten – das ist keine Logik, sondern Instinkt.

Sie verschwanden, und das Getrappel hörte auf. Ich jedoch stand noch immer an die Kiefer gelehnt und atmete leise und verlangsamt, damit sie mich nicht hörten. Dann löste ich mich vom Baum, mit dem ich scheinbar verwachsen war, und kehrte zu Gerda zurück, wobei ich vermied, die Äste unter meinen Füßen knacken zu lassen. Gerda kam mir mit besorgt erhobenem Kopf entgegen, starrte mit fieberfeuchten Augen in die Dunkelheit. Ich streichelte und beruhigte sie: »Keine Sorge, es sind die Großhändler, die das verdorbene Katzenfutter in die Stadt des Lichts bringen, das du nicht fressen wolltest. Deshalb riecht es so.« Nachdem ich eine Weile neben ihr gesessen und mich vergewissert hatte, dass kein Getrappel mehr zu hören war, hob ich sie wieder vorsichtig über meinen Rucksack auf die Schultern und betrat, auf mein Gewehr gestützt, den Pfad.

Ich bemerkte noch, dass sich die Nähte meines Mantels durch die langen Märsche mit großer Last aufzulösen begannen. Unter meinen Armen, wo die Riemen des Rucksacks scheuerten, waren kleine Risse entstanden. Ich dachte, dass ich Nadel und Faden auftreiben müsste, oder anders sogar: dass ich das nicht vergessen durfte, sobald wir einen Ort erreichen würden. Und da hörte ich die entfernten Maschinengewehrsalven vor uns. Ich blickte zum Horizont: Über dem Wald flogen Leuchtspuren auf, sie sanken in gleichmäßigen Bogen und verloschen in der Luft, bevor sie zu Boden fielen. Wie ein festliches Geburtstagsfeuerwerk. Aber eine halbe Minute später ertönte das Rattern von Maschinengewehren und das schlangenartige Zischen von Kugeln in der Luft. Nun war klar, dass dort vorne keine Böller in den Himmel geschossen wurden, sondern etwas geschah, was einer Geburtstagsfeier diametral entgegengesetzt war. Der Kampf dauerte weniger als eine Minute. Auf die Kalaschnikow-Salven folgte Schweigen. Und dann herrschte Totenstille.

Ich versuchte, möglichst leicht und geräuschlos aufzutreten, weil ich erwartete, dass die Bande von Ziegenfüßigen nun umkehrte und an uns vorbei in Richtung jener Hölle rasen würde, der sie entsprungen war. Aber die Schweinsköpfe schienen verschwunden zu sein. Denkbar waren nun drei Möglichkeiten: Entweder hatte Manka sie alle erschossen, oder sie kehrten über einen anderen Weg zurück, oder sie waren in der Nähe der Leichen geblieben, um ein Festmahl aus frischem Menschenfleisch zu veranstalten. Auf jeden Fall musste ich vorsichtig sein und mich von der Straße fernhalten. Dreimal hielt ich an, nach jedem Kilometer, weil ich das Gefühl hatte, dass ich neu aufgezogen werden musste. Dass ich unter dieser Last keinen weiteren Schritt tun konnte. Stolpernd suchte ich trockenen Farn zusammen, schichtete ihn auf das Torfmoos, legte mich neben den Hund und fiel sofort in den kurzen, dunklen Schlaf eines entkräfteten Soldaten. Ich rappelte mich auf mit dem Wissen, dass jede Verzögerung für Gerda tödlich sein konnte, dass ich kein Recht hatte, mich auszuruhen, bevor ich für uns nicht eine Unterkunft, ein Bett und sauberes Wasser gefunden hatte.

Aber im Schlaf fand sich, wie so oft, ein Ausweg aus der Situation, die ausweglos schien.

Ich öffnete meinen Rucksack und schöpfte haufenweise Zink heraus. Ich warf Hunderte der silbrigen Patronen in den Dreck unter meinen Füßen, ein Vorrat, der viele Schlummer in einem Bett an besiedelten Orten garantierte. Lasst uns sein wie die Vögel unter dem Himmel, sie säen nicht, sie ernten nicht, sie sammeln nicht in die Scheunen. Möge uns die Straße ernähren. Das Geld fiel ins Moos, rollte ins Farndickicht, unter trockene Äste, verwandelte sich auf dem Weg in einen Silbersee. Um jemanden glücklich zu machen! Ich stieß das ab, was ich in Vorbereitung auf diese Reise fleißig gesammelt hatte. Ich hatte es gesammelt mit dem Gedanken, dass es unmöglich sei, ohne Zink durch die dunkle Welt zu gehen. Ich musste mich rasch von meinem Vermögen verabschieden, bevor ich es bereute. Ich schüttete mehr als die Hälfte der restlichen Vorräte aus dem Rucksack, erleichterte ihn um zwanzig Kilo. Im Wäldchen am Straßenrand blieben ungefähr zweitausend Batterien. Mit uns nahmen wir etwa tausend: genug für das Nötigste.

Dann warf ich die verkleinerte Last auf meinen Buckel, legte den Hund vorsichtig auf meine Schultern und schritt voran, ohne mich umzusehen. Ich hob das Gewehr im Gehen auf, wischte den Kolben mit dem Mantelsaum ab, klopfte Schmutzklumpen und das daran haftende Laub ab und warf sie mir auf den Rücken – es gab keine Notwendigkeit mehr, dass ich mich auf dieser Krücke abstützte. Gerda machte ihre Sache gut und balancierte bei jeder Bewegung wie eine Äquilibristin vom Zirkus. Ihre Pfote, die ich vor der Nase hatte, roch nach schwerer Krankheit. Aber bald würden wir irgendwo ankommen.

Der Weg führte uns aus dem Wald und auf ein Feld. Es lag kaum noch Schnee, er war geschmolzen und in die Niederungen abgeflossen. Die Wolkendecke schob sich hinter mir auseinander und enthüllte Orion. Das Sternbild sah aus wie ein riesiges Pokémon Pikachu, das mit ausgestreckten Ohren und Gliedmaßen sowie mit wehendem Schwanz davongaloppierte. Als ich zu den

Sternen schaute, wäre ich fast über eine weiße Kugel zu meinen Füßen gestolpert. Ich schaute sie an und entdeckte daran ein Ohr. Ein menschliches, leicht abstehendes Ohr. Ohne zu wissen, was ich vor mir hatte, trat ich leicht mit dem Fuß gegen den Ball, drehte ihn um und erkannte, dass es Mankas sauber abgetrennter Kopf war. Ein Auge des Kriegers war geschlossen, das andere starrte auf das himmlische Pikachu. Kein Blut neben dem Kopf, es war offenbar schon gänzlich herausgeflossen. Der offene Mund war voll Erde, und an der Wange klebte ein Zigarettenstummel mit einem verblichenen Filter, der offenbar noch aus der Zeit stammte, als Reisende noch etwas zum Rauchen hatten.

Vorsichtig zwängte ich mich durch das niedrige Gebüsch auf die asphaltierte Straße unweit des Weges.

Als ich die verstreuten, glänzenden Zylinder auf der schwarzen Straße saß, war mein erster Gedanke: Hatte etwa jemand auf die Schnelle mein verstreutes Zink hierhergeschafft? Bei näherer Betrachtung stellte ich fest, dass es sich nicht um Batterien handelte. Es waren Patronenhülsen. Einige Schritte vom Straßenrand entfernt lag eine enthauptete, schwarz gekleidete Leiche, neben ihr eine Kalaschnikow. Ich bückte mich vorsichtig, um Gerda nicht zu stören, hob das Maschinengewehr auf und schaute ins Magazin – es war leer. Ich zog den Abzugbügel – da war nichts mehr in der Kammer. Manka hatte sich bis zur letzten Kugel verteidigt und war aufrecht stehend gestorben.

Ich erkannte in den beiden dunklen Säcken, die etwas entfernt auf dem Boden lagen, den Bürgermeister. In zwei Teile gerissen. Zwei lange, blutige Stücke, bedeckt mit Kleidung. Dazu ein Gesichtsausdruck, als hätte ihn der Tod dabei erwischt, wie er jemanden überredet, gefälschte Hanse-Kupfermünzen zu einem besonders günstigen Preis zu kaufen. Seine Lippen waren gespitzt – falls er versucht haben sollte, mit dem Abschaum zu verhandeln, der seine Wagenkolonne aus der Dunkelheit heraus angriff, hätte mich das nicht gewundert.

Was sie Kassandra angetan hatten, wollte ich mir nicht anschauen, aber ich stieß auf ihre Überreste, als ich zum Pfad zurückging. Sie war mit einem einzigen Treffer ins Herz getötet worden und halb im Sitzen gestorben, mit dem Rücken an einen Wacholderstrauch gelehnt. Aufgeknöpftes Pelzjäckchen, darunter der Kaftan. Eine purpurrote Rose war unter ihrem schönen Busen erblüht. Ihr Gesicht wahrte den teilnahmslosen Ausdruck, mit dem sie meine Wohnung in Hruschawka inspiziert hatte. Sie hatte keine Anstalten gemacht, ihren Angreifern zu entkommen, und sich ihrem Schicksal so demütig ergeben wie früher jedem neuen Besitzer ihres Körpers.

Ich konnte nicht bleiben, um ein Abschiedsfeuer für die Toten zu entzünden, weil ich jemand Lebendem helfen musste.

Ihre Kutsche war verschwunden, was mich kaum verwunderte, denn wie hätte sonst das ganze Zink der Verfolgten abtransportiert werden können. Seltsam, dass die nach totem Fleisch stinkenden Höllenwesen überhaupt Zink brauchten. Was wollten sie damit kaufen? Unschuldige Seelen? Waffen für eine Zombie-Armee?

Bald musste ich einen Schritt zulegen, denn vor mir entdeckte ich erst Schieferdächer von Dorfhäusern, und dann – welch Wunder! – die fernen Lichter einer bewohnten Siedlung. Nun begriff ich meine Aufregung beim ersten Anblick des wolkenfreien Mondes. Für jemanden, der durch die Dunkelheit reist, bedeuten solche Lichtflecke, dass eine Begegnung mit anderen Menschen bevorsteht. Kam nicht daher die Erregung unserer Vorfahren, wenn sie in den dunklen Himmel schauten? Wenn dort etwas leuchtet, dann heißt das, da ist jemand, der sich im Weltall verirrt hat und auf uns wartet.

Das Straßenschild am Dorfeingang war traditionell gestohlen. Aber unter dem Schild befand sich ein massiver Stein. Die rastlose Hand des altbekannten Künstlers hatte darauf eine Kiefer (einen braunen Stock mit grüner Bürste oben), einen

Igel (schwer zu beschreiben, aber es war ganz sicher ein Igel) und einen Storch gemalt, mit einem erkennbaren roten Schnabel, der so lang war, dass er dem Stein »über die Schulter« ragte. Unter all dieser Pracht stand geschrieben:

*Vermeide offenes Feuer im Wald: Das Löschen von Bränden ist eine Belastung für den Staat.*

Der Liebhaber radikaler Expositionen und scharfsinniger Tags, der Gerda und mir bereits wohlbekannt war, hatte dem Storch eine weiße Haartolle verpasst und ihn mit einem Sprühdosenstrich in einen Reiher verwandelt. Einen Sinn konnte ich darin nicht erkennen. Oberhalb der Landschaft stand der Name des Ortes, der mir irgendwie spanisch vorkam: »Silo«.

Das Dorf war ausgestorben. Verrottete Holzhütten, schiefe Dächer. Das einzige Zeichen des Reichtums: Die eifrigen Eigentümer hatten den moosigen Schiefer an ihren Häusern als Dachimitation rot angestrichen. Von Holzwürmern zernagte Balken, aus denen Ställe und Behausungen gefügt waren. Schiefe Bänke, umgestürzte Holzzäune. Elektrische Drähte hingen zwischen den Pfosten wie die Takelage einer verlassenen Galeone, die auf dem weiten, nur von Geistern bevölkerten Ozean umherirrt. Der Verfall war hierher, in den Osten, lange vor dem Blackout gekommen. An einen Laternenpfahl auf der Kreuzung war eine Kunststoffplatte geschraubt. Ich knipste meine Stirnlampe an, um zu lesen:

*Verkaufswagen 13.00–13.15 Uhr jeden zweiten Dienstag im Monat*

Das bedeutete, dass es im Dorf keinen Laden gegeben hatte, aber gelegentlich ein Lastwagen mit lebenswichtigen Dingen hergekommen war. Ich fragte mich, ob die Dorfbewohner von »Silo« die Ankunft der Apokalypse bemerkt hatten. Oder ob für sie fast alles beim Alten geblieben war? Vorher hatten sie kein Geld gehabt, und dann ging das Zink aus. Vorher hatten sie sich nichts am Verkaufswagen leisten können, danach nichts bei den durchziehenden Karawanen.

Nass war es hier: Überall Pfützen, die Gräben am Straßenrand voll Schlamm, überall flossen Bäche, als wäre der Schnee gerade erst geschmolzen und das Wasser noch nicht versickert. Ich wollte keinen Versuch unternehmen, in eine der Hütten einzudringen, um am eigenen Leib zu erfahren, welche Schutzvorrichtungen die Menschen, die unter solchen Bedingungen leben konnten, für ihre Behausungen erdacht hatten. Außerdem konnten einige der Hütten noch bewohnt sein, immerhin mussten die Menschen an der Feuerstelle hinter dem Dorfrand irgendwo schlafen. Von dort tönte immer wieder ein Gitarrenklirren. Die ständige Wiederholung von drei Akkorden. Sie passten so gut in diese Wirklichkeit, dass ich mich fragte, ob sie aus dem Stoff dieses Universums schiefergedeckter Dächer und krummer Masten entstanden waren. Ein smaragdgrüner Stern pulsierte am Himmel wie ein Stroboskoplicht in der Disco, das mal den Takt der Musik traf und dann wieder nicht.

Die drei Akkorde beinhalteten gleichzeitig Melodie und Trommelrhythmus, verhaltenen Frohsinn und unaussprechliche Männersehnsucht. Zu dieser musikalischen Begleitung schlenderte ich die Straße hinunter, vorbei an einigen Backsteinhäusern dieses landwirtschaftlichen Ortes, der von den Dorfbewohnern geplündert worden war zu einer Zeit, als das Plündern von verlassenen Häusern noch kein Trend gewesen war. Schließlich näherte ich mich einem Betonzaun, hinter dem sowohl die Musik als auch die Lichter hervordrangen.

Ich hatte erwartet, auf ein schwer bewachtes Tor mit bewaffneten Posten zu stoßen, aber man konnte den Zaun überall überwinden. Es gab weder einen Eingang, noch gab es Wachposten. An mehreren Stellen waren Betonblöcke von der Straßenseite her umgekippt worden, dort taten sich Öffnungen auf, durch die eine Pferdekutsche ungehindert hätte einfahren können. Jeder Durchgang hatte eine Kohleaufschrift: »Mühle«, »Getreidespeicher«, »Sägewerk«, »Bäckerei«, »Waage«, »Darre«. Hinter dem Zaun befand sich ein großer Innenhof, und dort loderte ein Feuer. In der Mitte, gleich dahinter, befand sich ein hoch aufragendes Gebäude, das am ehesten einem aus Holz gebauten Schloss ähnelte und von einer Reihe silberner Kuppeln gestützt wurde, die so hoch waren wie ein fünfstöckiges Haus. Auf dem Schloss und den Nebengebäuden wuselten die Stirnlampen von Arbeitern, und das Fenster über dem Eingang wurde von flackernden Kerzenlichtern erhellt. Das Gebilde glich einem Kolchose-Fuhrpark, der sich in eine feudale Siedlung verwandelt hatte.

Ich ging ein paar Schritte hinein und erwartete, dass mich jemand rief, Eintritt verlangte und mich nach dem Zweck meines Besuchs fragte. Aber niemand bemerkte mich. Am Feuer saßen ein paar schmuddelige Burschen sowie junge Frauen mit Kopftüchern. Ein Teufel mit rußverschmiertem Gesicht spielte Gitarre. Ein stämmiger Mann stand da und buk frisches Brot auf einem Blech. Das roch so gut, dass mein Magen sofort in die drei Akkorde einstimmte. Er sang ein Ave-Maria, völlig klar. Als mich nur noch wenige Meter von der Gruppe trennten, räusperte sich Gitarrist und fing mit heiserer Stimme, die so verstimmt war wie seine Gitarre, an zu brüllen:

*Dunkel war's, Tanjuscha ging …*
*Und ihr Dima, der war Klempner …*
*Rasch zum Stelldichein er will,*
*Schließt die Klappe nicht, zum Henker.*

Der Koch nahm die Fladenbrote vom Blech und verteilte sie an die Zuhörer. Der Sänger krächzte weiter, und die Jungs hörten ihm mit wohlwollendem Gesichtsausdruck zu.

*Absatzklappern auf dem Strich,*
*Und rot angemalt der Mund …*
*Lange sah man Tanja nicht*
*Dima, hol dir einen Hund!*

Alle lachten auf. Als ich die Gesichter betrachtete, erkannte ich darin keinerlei Spuren der mir vertrauten Welt. Keinen Tom Sawyer. Keinen O'Henry, keinen Ilf und Petrow. Sie waren unbehelligt von jeglichem Bücherwissen und daher für mich nicht zu entschlüsseln.

»Schaut mal, was für'n fescher Kerl da kommt«, rief ein Mädchen.

»Und was hat er für einen Tiger auf den Schultern?«, fragte ein schmuddeliger Junge, und alle lachten wieder.

»Wünsche einen hellen Mond!«, begrüßte mich der Koch respektvoll. Er hatte keine Vorderzähne.

»Gute Nacht!«, neigte ich den Kopf. »Ich bin auf Reisen, ich muss mich ausruhen und Medikamente kaufen. Ich habe keine Wachen gesehen, also entschuldigen Sie …«

»Wir haben keine Wachen«, lachte der Mann mit der Gitarre.

»Sinka macht bei uns die Wache«, übernahm ein zweiter. »Die schlägt aus wie ein Pferd, sogar schlimmer.«

»Möchten Sie etwas Brot?« Der Koch hatte einen frisch gebackenen Laib Brot auf dem Schieber.

Ich nickte heftig mit dem Kopf, setzte vorsichtig den Hund ab und legte ihn auf den warmen, vom Feuer erwärmten Stein. Die Gesellschaft beobachtete mein Tun aufmerksam, sie sahen, dass der Hund krank war, fanden auch darin einen Anlass für Spott und Spaß.

»Was denn, Sinka, Petja trägt dich wohl nicht so auf seinen Schultern?«

»Sei nicht neidisch, Sinka.«

»Sinka, mach für Petja das Hündchen.«

»Quatscht nur so weiter! Ich geb euch eins aufs Maul, dass euch die Zähne rausrieseln«, lachte Sinka.

Wieder brach die Gesellschaft in Gelächter aus. In meinen Händen hielt ich eine Tasse mit süßem Tee und duftendes Brot. Schmatzend fragte ich:

»Ich komme aus Hruschawka. Will nach Südosten. Was ist das für ein Ort hier?«

»Hier war das Getreidesilo des Bezirks.«

Ich war zu sehr mit dem Essen beschäftigt, um darauf zu achten, wer antwortete.

»Zwanzigtausend Tonnen Getreide.«

»Wir sind Korndrescher.«

»Kornfälscher. Wir machen Mehl aus Sägespänen.« Nun war auch klar, warum es im Zaun eine separate Durchfahrt zum »Sägewerk« gab.

»Hören Sie nicht auf den Dummkopf! Imitate herzustellen ist eine Kunst für sich.«

»Nicht zu vergessen die Kartoffelschalen. Und den gemahlenen Buchweizen.«

»Wir ernähren die dunkle Welt.«

»Deshalb haben wir keine Wachen. Es ist sinnlos, uns anzugreifen.« Der Koch war der Wichtigste von allen. »Wenn man das Getreide nicht rechtzeitig wendet, verfault es oder trocknet aus oder keimt, und dann vergiftet sich jeder, der das Mehl kauft.«

Ich hatte das Brot so schnell vertilgt, dass alle verstummten. Ich wartete darauf, dass mein Appetit sie zu weiteren Scherzen animierte.

»Wie lange hast du nichts mehr gegessen, Junge?«, fragte der Gitarrist.

»Sinka, schau mal, wie hungrig er ist. Stell dir vor, wie der lieben wird. Nicht wie Petja.« Der Humorist bekam nun sein Fett ab. »Ausschlagen« tat Sinka mit schwerer Faust mitten ins Gesicht des Scherzbolds. Er wurde aus dem Kreis am Feuer weggeschleudert, erhob sich aber mit einem breiten Grinsen, das demonstrierte, dass Gewalt gegen Urheber schmieriger Witze kein Grund war, beleidigt zu sein.

Der Koch reichte mir bereits ein neues Stück Brot.

»Nimm's ihnen nicht übel. Diese Schicht macht gerade ihre erste Mittagspause. Deshalb die Witze. Der Drang, nach harter körperlicher Arbeit zu lachen, ist so beständig wie die Mondphase.«

Ich nagte am duftenden Fladenbrot und versuchte, diese Metapher mit meinen Beobachtungen abzugleichen. Meinem Verständnis nach hatte der Mond wechselnde Phasen, zeichnete sich also nicht durch Beständigkeit aus.

»Moment mal«, fragte ich nach, »ist der Mond da oben etwa immer so? Immer zunehmend und nie voll oder abnehmend?«

Die Gruppe wurde still, und mir wurde klar, dass ich gleich wieder verhöhnt werden würde, und fügte erklärend hinzu:

»Bei uns in Hruschawka ist der Himmel wolkenverhangen. Sterne sind erst hinter Nasamonien aufgetaucht.«

»Er war in Nasamonien!« Dieser Heiterkeitsausbruch war vorhersehbar gewesen.

»Sinka, vergiss es, der Typ ist für dich nicht mehr zu gebrauchen. Der wurde bereits von den Bräuten dort verbeult.«

Sinka hob erneut das Paddel ihrer Hand, was eine saftige Ohrfeige versprach. Aber der Witzbold war bereits zur Seite gesprungen.

»Seit es dunkel wurde, steht der Mond in der gleichen Phase am Himmel«, meldete sich die Stimme des Kochs. »Im ersten Viertel.«

»Der Mann muss sich ausruhen«, unterbrach ihn das Mädchen in mütterlichem Ton, obwohl sie die Jüngste in der Gruppe war. »Soll er sich erst mal ausschlafen nach der Reise.«

»Wo sollen wir ihn betten?«, ging einer der Korndrescher sofort zu praktischen Dingen über.

»Bei Sinka?«, fragte der Witzbold und kriegte sofort von Petja eins über die Rübe.

»Grinka, der Bäcker, ist mit den Karawanen in die Stadt der Sonne gezogen. Sein Bett ist frei.«

»Das ist dort drüben, neben dem Kornspeicher, im Wohnheim. Die Tür von Grinka ist die zweite auf der linken Seite. Das Zimmer ist klein, aber warm«, erklärte der schmuddelige Junge.

Die berufliche Zugehörigkeit der Leute aus dieser Schicht war leicht zu definieren: Die mit Kohle verschmierten waren die Bäcker, die mit Mehl bestäubten die Müller, und wer mit Spreu übersät war, der arbeitete mit Roggen.

»Wegen der Medikamente gehst du zum Vorsitzenden«, riet mir die Jüngste der Gruppe.

»Dort ist der Eingang«, zeigte Petja auf eine Öffnung in der Mitte des Holzturms. Eine steile Holzleiter führte hinauf.

»Die Obrigkeit sitzt im ersten Stock des Schlosses?«, fragte ich nach und löste damit einen weiteren Lachanfall aus.

»Schloss, ach ja!«

»Palast!«

»Das ist der ehemalige GTK. Der Getreidetrocknungskomplex. Der administrative Teil«, erklärte der Koch. »Und er sieht wirklich aus wie ein aus Holz gebautes Schloss.«

»Aber ruh dich erst mal etwas aus«, riet die Jüngste.

»Willst du noch etwas Brot spachteln?«

Ich hätte noch zwei Stück verdrücken können, aber ich schämte mich, den Leuten ihre harte Arbeit wegzunehmen, damit ein Tölpel wie ich etwas zu essen hat. Also stand ich auf, kroch unter den Rucksack und hob Gerda vorsichtig hoch. Keiner von ihnen machte auch nur eine Andeutung, dass ich für Brot und Bett bezahlen musste.

»Wie viel schulde ich euch?«

Mein Satz löste einen neuen Anfall von Heiterkeit aus.

»Bring Petja bei, wie er Sinka auf seinem Buckel tragen kann.«

»Übernimm meine Schicht im Getreidesilo.«

»Du bist niemandem etwas schuldig«, unterbrach der Koch die Witze. »Kehrt ein Wanderer bei dir ein, dann ist Gott bei dir zu Gast. Du musst ihm zu essen geben, dazu ein Bett und Brot für den Weg.«

Auf dem Weg zum Wohnheim dachte ich, dass mir ihr Gott besser gefiel als der Gott der Tankstellenbesitzerin.

Das Wohnheim war ein Anbau zu einer riesigen Holzscheune, hinter der sich die silbernen Kuppeln der Getreidespeicher befanden. Alle Dielen waren erwärmt, anscheinend befand sich unter dem Boden ein Ofen, mit dessen Hitze der Roggen getrocknet wurde. Vom Eingang aus gab es einen Korridor mit zwei dünnen Wänden. Sie reichten nicht bis zur Decke und teilten den Raum in gleich große Zimmer. Alle Abteile waren unverschlossen – sie wohnten hier wirklich als Gemeinschaft und im gegenseitigen Vertrauen. Als ich Grinkas Tür öffnete, sah ich einen kleinen Tisch, ein einfaches Bett mit einer Strohmatratze und ein Handwaschgefäß, unter dem anstelle eines Abflussrohrs ein Plastikeimer stand. Düster war es hier. Das Licht der einen schwachen Diode, die die gesamte Scheune beleuchtete, kam von oben durch die fehlende Decke.

Auf dem Regal über dem Bett befanden sich einige persönliche Gegenstände des Bewohners: ein Plastikporträt von Vivienne Jolie-Smith noch vor ihrer zweiten Ehe, eine »Snickers«-Verpackung, die akkurat aufgeblasen war, als befände sich darin wirklich ein »Snickers«, und eine Transformers-Megatron-Figur, die ein bisschen aussah wie ein schwarz angemalter Gomselmash-Mähdrescher. Hätte jetzt jemand vorm Haus tatsächlich einen Gomselmash-Mähdrescher angelassen, hätte das Motorengeräusch das Schnarchen hinter der Wand kaum übertönt. Mir schien, dass ein Wesen, das so schnarchen konnte, die Größe eines Wals haben musste. So jemand konnte in einem so kleinen Raum einfach nicht in ein Bett passen.

Ich legte Gerda auf die Decke, zog meine Jacke aus, wusch mir die Hände, stellte die Stirnlampe auf maximale Helligkeit und begann, ihren Verband abzuwickeln. Entweder schlief der Hund tief und fest, oder er schwebte in schmerzhafter Trance. Gerda reagierte auf meine Berührungen, öffnete aber nur widerwillig die Augen und wimmerte jedes Mal, wenn ich die Schiene unachtsam berührte. Die Wunde roch stark, und ich war darauf vorbereitet, wieder Eiter ablassen zu müssen. Aber die Situation war viel schlimmer. Das Fell an der Pfote war leicht rötlich verfärbt, und der abgetrennte Teil schien geschrumpft zu sein. Das abgestorbene Gewebe war ausgetrocknet und schwarz, und die Entzündung hatte sich auf den Rest des Beins ausgebreitet. Die Nekrose hatte den Knochen freigelegt, auf dem deutlich die Risse von der Falle zu sehen waren. Selbst ein Laie konnte erkennen, dass dringend eine Operation nötig war. Und danach eine Antibiotikagabe. Ich wischte mir den kalten Schweiß von der Stirn, legte meinen Pullover unter die verletzte Pfote, um das Bett des Besitzers nicht zu beschmutzen. Die Wunde blutete allerdings nicht mehr.

Ich ließ mein Gewehr und meinen Rucksack neben dem Bett liegen und verließ völlig betäubt den Pferch. Ich ging ein paar Schritte, kam aber zurück, um meine Bürde zu holen – ich würde mit dem Vorsitzenden irgendwie abrechnen müssen. Ich stellte ihn mir als wortkargen, bärtigen Mann in einem Schafspelz vor. Eine Variante von Masaj, den ich in der Nähe des Müllbergs getroffen hatte. In Hruschawka war die Bandbreite verschiedener Menschentypen klein gewesen, aber nun lehrte mich jede Wegkrümmung, dass alte Erfahrungen unterwegs keine Rolle spielten, dass menschliche Unzulänglichkeiten und Besonderheiten sich nie wiederholten und jeder Entgegenkommende einzigartig war.

Das Holzhaus mit Schiefergiebeldach, das ich für einen Schlossturm gehalten hatte, war mit einer einzigen Bretterschicht verkleidet. Die Zuverlässigkeit der Konstruktion erinnerte an die lustigen Winterhäuschen, die während des *Vorkrieges* in den Wohnsiedlungen gebaut wurden, damit die Kinder Schneeballschlacht spielen konnten. Noch vor Frühlingsbeginn waren solche Burgen meist von selbst in sich zusammengefallen, und die Überreste wurden unter den Einheimischen verteilt, die nach Baumaterial gierten. Es schien, man müsste nur ordentlich niesen, um die Scheune zum Einsturz zu bringen. Als ich also hinaufstieg und die morschen Holzstufen unter mir schwankten, vermied ich jähe Bewegungen und atmete sogar möglichst flach.

Durch die schlecht abschließenden Fensterläden drang Licht aus dem Zimmer des Vorsitzenden. Wahrscheinlich erzeugten der Getreidespeicher und die Trockner, die sich im Erdgeschoss des »Schlosses« befanden, genügend trockene Wärme, sodass sich der Vorsitzende nicht um den Bau eines größeren Hauses kümmern musste. Doch haftete der ganzen Siedlung etwas Vorläufiges, Unbeständiges an. Zwanzigtausend Tonnen Getreide sind eine riesige Menge, aber sie ist endlich, wenn sich das Getreide nicht erneuert. Etwas Ähnliches hatte ich in den Hirtenlagern der nomadischen Jesiden auf dem Berg Aragaz in Armenien gesehen. Damals, als mein Leben geregelt und glücklich gewesen war, stand die Unbeständigkeit ihres Lebens in Zelten in großem Kontrast zu meinem gewohnten Alltag.

Im Halbdunkel saß an einem altväterlichen Schreibtisch, der mit grünem Tuch bedeckt war, die Sekretärin. Sie klackerte mit den Holzkugeln auf einem fast antiken Rechenbrett und kritzelte Zahlen in ein dickes Geschäftsbuch. Ihr Gesicht war konzentriert, ihre dünnen Lippen bewegten sich. Ein kunterbuntes Tuch bedeckte ihr Haar und verlieh der Dame des Hauses zusammen mit einem Goldohrring einen subtilen Piratencharme. Ich dachte, mit einer solchen Assistentin am Empfang könnte der Vorsitzende genauso ein Tollpatsch sein wie der Bürgermeister. Das Gefolge macht einen König, die Sekretärin einen Chef.

»Ich grüße Sie, liebe Pani!« Das wilde Aussehen der Sekretärin ließ mich sogar ein wenig in die Knie gehen.

Sie musterte mich kritisch, als würde sie abwägen, an welchem Mast sie mich angesichts meines Gewichts und meiner Größe am besten aufhängen sollte.

»Wünsche einen hellen Mond«, warf sie rituell ein. »Du suchst Arbeit? Auf dem Dreschplatz?« Nach einem weiteren Blick auf mein knochiges Aussehen korrigierte sie sich. »In der Bäckerei vielleicht? Hast du Erfahrung?«

»Sagen Sie mir bitte, wie kann ein Vagabund wie ich zum Genossen Vorsitzenden vordringen?« Ich setzte mich unwillkürlich wieder hin. Und bedauerte, dass ich keine Schokolade dabeihatte. Denn Pralinen wirken auf solche Frauen wie Rum auf Piraten. So funktioniert die Magie der Nomenklatura.

»Sehe ich nicht aus wie ein Vorsitzender?« Die Frau runzelte die Stirn, und mir wurde klar, dass sie mich wahrscheinlich am Bugspriet aufhängen würde. Und zwar am Kopf.

»Verzeihen Sie mir meine geistige Beschränktheit.« Vor Verlegenheit sprach ich nun übertrieben höflich und konnte nichts dagegen tun. »Die Strapazen der langen Reise haben Ihr Gegenüber dümmer gemacht, als er dank seiner Eltern und seiner Erziehung war. Als ich eine solche Frau vor mir sah, konnte ich mir nicht denken, dass …«

»Basta!«, unterbrach sie mich jäh. »Sag, was du zu sagen hast. Ich habe verflucht viel zu tun.«

»Mir wurde gesagt, Sie hätten vielleicht Medikamente.«

»Du wirkst nicht wie ein Kranker. Außer am Kopf vielleicht.«

»Mein Freund. Er muss dringend operiert werden.«

»Eine Operation? Warum hast du nichts an der Tankstelle gekauft?«

»Mutter Tatjana und ich hatten religiöse Differenzen.« Ich verstummte unter den Blicken der Vorsitzenden.

»Was wird aufgeschnitten?«, fragte sie kurz.

»Der Fuß muss abgenommen werden. Ich bin kein Arzt, aber mir ist klar, dass man dafür Schmerzmitteln braucht. Verbände. Antibiotika. Jede Menge Antibiotika.«

»Den Fuß abnehmen?« Ihr Gesicht drückte ein hohes Maß an Verblüfftheit aus. Im Vergleich zu ihrem vorherigen Gesichtsausdruck war das an der linken Augenbraue zu erkennen, die sich um einen Millimeter gehoben hatte. »Sieh an.«

Sie schlug das Geschäftsbuch zu mit einer Miene, als hätte ich den Quartalsplan für einen Doppelzentner pro Hektar nicht erfüllt, ging in die Ecke und öffnete den Safe. In seinem Inneren blitzte ein kleiner Vorrat an Zink auf, eine Flasche »Johnnie Walker Black Label« und eine Schachtel mit einem roten Kreuz. Die Piratin wühlte darin herum und kehrte mit einem größeren und einem kleineren Fläschchen, einer Abschnürbinde, Nadel und Faden, einer verchromten Schere und einigen Einwegspritzen zum Tisch zurück.

»Hier ist alles, was nötig ist. Ich helfe, weil auch ich religiöse Differenzen mit dieser Mistkuh von der Tankstelle habe. Zunächst einmal: Novocain. Es gibt nichts Stärkeres. Du machst eine Injektion intramuskulär und ziehst die Spritze bis zu diesem Strich auf. Aber spül den Kolben mit Wasser aus. Wie viel wiegt dein Freund?«

»Etwa zwanzig Kilo.«

»Dann ein Drittel davon. Halt! Zwanzig Kilo? Bist du mit einem Kleinwüchsigen unterwegs?« Erneut hob sie die Augenbraue.

»Es ist ein Hund. Er wird sterben, wenn ich ihm nicht helfe.«

»Ein Hund? Unsere Medizin ist für Menschen, mein Lieber.« Sie deckte die Gläser mit der Hand ab.

»Er ist ein Mensch. Er hat sich nur in einen Hund verwandelt.« Ich hatte mich hinreißen lassen angesichts der Aussicht, die Medikamente zu verlieren, und war aufs Ganze gegangen. Als mir klar wurde, was ich gesagt hatte, war es zu spät, um einen Rückzieher zu machen, und es blieb mir nichts weiter übrig, als mit zusammengekniffenen Augen voranzustürmen. »In Hruschawka macht das jeder. Das haben wir von den Neurern gelernt.«

Nun geschah etwas völlig Unverständliches. Die eiserne Lady, die mir eigentlich hätte ins Gesicht lachen und mich mit einem Tritt die Treppe hinunterbefördern müssen, verzog plötzlich interessiert die Augenbrauen zur Nasenwurzel und fragte ernst:

»Ist das schwierig? Kannst du mir das beibringen?«

Ich wusste nicht, wie ich antworten sollte. Mein Verstand wollte, dass ich den Rückwärtsgang einlegte und erklärte, dass ich im übertragenen Sinne sprach, dass Gerda für die Welt genauso wichtig war wie ein Mensch. Aber nach den Erfahrungen auf der Straße wusste ich, dass ich bei der Version bleiben sollte, die funktionierte.

»Ich selbst kann es nicht. Aber wenn der Hund überlebt, zeigt er es uns.«

»Also gut«, nickte die Vorsitzende. Ich hatte den Eindruck, dass ich nach dem Unsinn, den ich gefaselt hatte, in ihrer Achtung gestiegen war. »Ein Messer hast du, nehme ich an. Du bist ja nicht völlig dumm. Mit der Schere beseitigst du die Haut- und Fleischreste von den Knochen. Bevor du beginnst, bindest du die Venen mit dem Druckverband ab. Musst du den Knochen absägen?«

Allein von der Frage wurde mir schlecht, und ich schüttelte den Kopf. Es gab wohl keine Notwendigkeit, den Knochen abzusägen. Und die sollte es auch später nie geben.

»Nach der Operation beginnst du, das Cefazolin zu spritzen. Gleiche Dosis wie das Novocain. Intramuskuläre Injektionen alle sechs Stunden. Das reicht für einen ganzen Kurs.«

»Hören Sie«, sagte ich mit Blick auf die Spritze, die Schere und die Ampullen mit den Medikamenten, »ich verstehe, dass Sie sehr beschäftigt sind. Aber vielleicht könnten Sie mir helfen? Sie sind offenbar eine erfahrene Medizinerin.«

»Ich? Eine erfahrene Medizinerin?« Die Vorsitzende zögerte buchstäblich eine Sekunde. »Ich muss hier nur einfach alles regeln. Einer unserer Männer hatte Zahnschmerzen, der Zahn musste gezogen werden. Das hat nicht so gut geklappt. Die Wunde eiterte, also musste ich die Anweisungen für das Cefazolin lesen.«

»Na also! Sie könnten wenigstens die Betäubung machen.«

»Du hast mich nicht verstanden, Vagabund!«, sprach sie durch die Zähne. »Ich mache keine Operation an Lebewesen mit Superkräften. Das könnte wehtun. Der mit dem Zahn fürchtet mich immer noch. Ich will nicht, dass dein Freund mich in Hundekacke verwandelt.«

Mir wurde klar, dass meine Gerissenheit jetzt gegen mich arbeitete. Das war vorherzusehen gewesen.

»Also gut. Wie viel wird das kosten?«

»Anderthalbtausend ›Ladungen‹«, antwortete sie, als hätte sie zuvor die Preisliste konsultiert. »Anzahlung nicht weniger als Tausend, den Rest kannst du mir später bringen.«

»Wie viel?«, hauchte ich benommen.

»Anderthalbtausend. Das ist der Selbstkostenpreis, so viel kostet es an der Tankstelle. Was ist los?« Sie richtete sich verärgert auf. »Glaubst du, ich will Profit schlagen? Aus Medikamenten?«

Ich warf meinen leichten Rucksack ab und begann, die darin verbliebenen Zinkvorräte herauszuschütten. Die Vorsitzende sammelte sie zu Würfeln von je hundert »Ladungen« und schob sie an den Rand des Tisches. Die Auszählung dauerte nicht lange. Die Zeit, in der ich unermesslich reich gewesen war, gehörte der Vergangenheit an. Eintausenddreihundertzweiundzwanzig Einheiten. Die Vorsitzende schaute mich mit Bedauern an.

»Wie weit wolltest du mit so viel Geld gehen?«

Meine Pläne hatten schon längst eine so seltsame Gestalt angenommen, dass es mir sinnlos schien, Menschen von ihnen zu erzählen, die fest auf dem Boden der Tatsachen standen.

»Gut, dann nehme ich eben das Novocain und die Hälfte der Antibiotika.«

»Und wie willst du ohne Geld weiterkommen?«

»Ich brauche kein Zink. In der Stadt des Lichts lebt ein Mann, der mir viel schuldet«, log ich erneut, weil ich Angst hatte, dass sie das Novocain wegnehmen würde.

»Nimm alles, Vagabund. Das Problem mit Antibiotika ist, dass sie nicht wirken, wenn man sie nicht vollständig verabreicht«, sagte sie, und ihre Augen leuchteten fast wütend, als sie ihre Zustimmung gab. »Wenn es dich eines Tages zu uns nach Silo verschlägt, bringst du uns bei, wie man sich in einen Hund verwandelt. Wenn du es selbst gelernt hast. Geh, kümmre dich um deinen Hund.«

Verwirrt ging ich die Treppe hinunter. Wenn Menschen Gutes tun, ist das immer verblüffender, als wenn sie Böses anrichten. Das erwartet man kaum.

Weiter ging es wie in einem bösen Traum – so ist das, wenn man unangenehme Dinge tun muss, zu denen einen das Schicksal bisweilen zwingt. Gerda schlief mit halb geöffneten Augen – nennen wir es Schlaf, obwohl die Worte »Ohnmacht« oder »Fieber« ihren Zustand besser beschreiben. Ich wusch meine Hände, mein Messer und die Schere. Rieb sie mit dem Rest vom »Teacher's« ab. Legte das Bett mit einer Zellophantüte aus, die ich in meinem Rucksack aufbewahrt hatte. Holte die Spritze aus der Verpackung. Gab ihr zwei Injektionen in das Gewebe um den künftigen Einschnitt. Völlig benebelt fragte ich mich, ob ich das Novocain in die verschrumpelte und gelbliche Pfote spritzen sollte, die nach Fäulnis stank, aber irgendwie wachte ich rechtzeitig auf und mir wurde klar, dass sie dort nichts mehr spürte.

Dann schnitt ich die Haut kreisförmig ein – es sah aus, als würde ich Stücke eines Wollteppichs abtrennen, und an dieser unbelebten Wahrnehmung musste ich festhalten. Aber unter dem Teppichstück zeigten sich die Sehnen, sie sahen aus wie dünne mehrfarbige Bänder, manche eher rosa, manche weißlich, und dahinter verlief die elektrische Verdrahtung – eine bläuliche Isolierung, wahrscheinlich aus Kunststoff oder was auch immer zur Isolierung von Drähten verwendet wurde. Kaum hatte ich eines der Kabel durchtrennt, spritzte heiße, schwarze Schmiere heraus, und es roch wie auf einem Markt, wo Tierhälften verkauft werden, und das geschah deshalb, weil ich das Abbinden vergessen hatte.

Ich schaffte es beim dritten Mal, die Pfote abzubinden, das Zuziehen war schwer, meine Finger glitten über den blutigen Druckverband, und es blutete immer mehr, gut, dass ich das fremde Bett mit Zellophan überzogen hatte, und dann hörte das Pulsieren des Drahtes auf, ich schnitt weiter, da war ein Porzellansplitter, ich holte den Splitter heraus und trennte mit einem Messer das tote Ende der Pfote ab. Auf einmal wimmerte Gerda, ohne das Bewusstsein wiedererlangt zu haben, und genau in dem Moment, als die verschrumpelte, tote Pfote an meinem Messer hing, wurde mir schlecht.

Das waren keine billigen Tricks, dass mir schwindlig oder schwarz vor Augen geworden wäre. Es war wirklich zu stickig im Zimmer. Nicht heiß, aber erstickend. Ich atmete ein, ganz tief, damit der Boden unter mir aufhörte zu schwanken und der Klumpen in mir schmolz. Als die Sinnestäuschung endete, fand ich mich auf dem Boden sitzend wieder, mit ausgestreckten Armen. Selbst bewusstlos hatte ich Angst gehabt, etwas zu berühren und die relative Sterilität meiner Hände zu verlieren. Als ich zur Besinnung kam, band ich mit unerwartet routinierten Bewegungen die Gefäße zu und nähte die Haut zusammen, sodass ein ordentlicher Stumpf um den Knochen entstand. Schließlich entfernte ich den Druckverband, spritzte Cefazolin und legte einen Verband an.

Ich wusch mir die Hände und setzte mich niedergeschlagen neben den Hund. Ich bemerkte nicht, wie ich im Sitzen einschlief. Ich erwachte mit relativ frischem Kopf, konnte den Hund jedoch nicht aufwecken. Gerda atmete schnell und war genauso heiß wie vor der Operation. Egal, wie sehr ich sie kraulte, egal, wie sehr ich sie rief, das Mädchen kam nicht wieder zu sich. Ich gab ihr eine weitere Cefazolin-Spritze und begann bereits, das Unausweichliche zu erkennen.

Ich streichelte Gerdas Kopf und erzählte ihr von den Wundern, die ich auf meinen früheren Reisen gesehen hatte, bis sie starb. Wenn ich Hruschawka nicht verlassen hätte, wäre Gerdas Leben deutlich länger gewesen. Ich war schuld an ihrem frühen Tod, und zwar in mehrfacher Hinsicht: Ich war schuld daran, dass sie in eine Falle getappt war, daran, dass ich ihr nicht früher geholfen und nicht früher die notwendigen Medikamente besorgt hatte.

Woran denke ich, wenn die Betrachtung all dieser Tatsachen unerträglich wird?

Dass Gerda wenigstens den Mond und die Sterne sah. Daran, dass sie die Nase hob und blinzelte, als sie zum ersten Mal den Luftzug auf ihrem Fell spürte. Dafür würde wahrscheinlich auch ich ein paar Jahre meines Lebens geben.

# DRITTES NOTIZHEFT

## Erster Abschnitt

Ich goss das restliche Wasser aus dem Handwascheimer in die Thermoskanne und ließ die unbenutzten Antibiotika auf dem Tisch liegen – als Ausgleich für die Unterbezahlung der Medikamente. Die Waffe steckte ich in den leicht gewordenen Rucksack, der Kolben stieß auf den Boden, der Lauf ragte zur Hälfte heraus. So wäre das Gehen bequemer. Aber dann erinnerte ich mich an das Monster, gegen das ich mich im Nebel zur Wehr gesetzt hatte, also packte ich die Waffe wieder aus und schulterte sie: So war es sicherer.

Ich hob den Hund auf, der nun noch schwerer war, und ging mit ihm auf den Hof hinaus. Sofort umringten mich stumm die Korndrescher – irgendwie hatte sich in Silo und in der Bäckerei die Nachricht von meinem Unglück herumgesprochen. Einige klopften mir auf die Schulter, andere erzählten alberne Geschichten, die mich aufheitern sollten.

Die Gruppe führte mich hinter die Tore der Siedlung, wo in der Ferne die Silhouetten alter Eichen zu erkennen waren. Unter den Eichen standen identische Obelisken aus Holz mit Gedenktafeln, und mir wurde klar, dass aufgrund der Abgeschiedenheit und der Armut des Dorfes die Toten immer noch begraben wurden, anstatt sie zu verbrennen. Die Leute hier fürchteten weder Grabräuber, noch wussten sie vom Ausverkauf des Eigentums von

Bestatteten – in den Minsker Stadtstaaten hingegen war Tomb Raider vor einiger Zeit ein ziemlich angesagter Beruf gewesen.

Unter den Ästen eines alten Baumes war bereits eine Grube ausgehoben. Ein Korndrescher, in dem ich Petja erkannte, sprang hinunter und nahm mir die Leiche ab. Die anderen, durchtrainiert auf dem Dreschplatz, überschütteten mein Mädchen innerhalb weniger Minuten mit Lehm. Der Koch erschien. Und während wir zum Zaun des Arbeiterdorfes zurückgingen, tröstete er mich mit diesen Worten:

»So banal es auch klingt, aber es braucht einfach Zeit. Alles heilt. Man muss nur warten. Es ist besser, unter Leute zu gehen. Wir helfen dir gerne mit der Arbeit. Wir verdienen nicht viel Geld, aber ein paar Ladungen kannst du dann sicher von hier mitnehmen.«

»Ich muss weiter«, lehnte ich entschieden ab und bemerkte, dass ich fast überall, wo ich anhielt, in Versuchung gebracht wurde, vom Weg abzukommen. Nach einigem Nachdenken fügte ich etwas hinzu, was mir zuvor unwesentlich vorgekommen war:

»Dort, auf der Straße zwischen Tankstelle und Silo, haben die Schweinerüssel drei Menschen gemeuchelt. Ich wollte den Hund retten, deswegen konnte ich mich nicht um die Überreste kümmern.«

»Wir kümmern uns darum. Aber vor allem muss diese Nachricht dem Orakel mitgeteilt werden. Dieser Straßenabschnitt galt bislang als sicher. Wir müssen die anderen warnen, damit sie auf einen Angriff vorbereitet sind. Wir haben keinen eigenen Lichtmast. Wenn du also in ein Dorf mit Turm kommst, dann bitte die Bewohner, es dem Orakel weiterzugeben.«

Wir verabschiedeten uns, und als ich schon ein gutes Stück gegangen war, fiel mir ein, dass ich für die Reise etwas Brot hätte kaufen sollen. Doch dann erinnerte ich mich, dass ich kein Geld mehr hatte. Und mir nochmals helfen zu lassen wäre unanständig gewesen. Deshalb ging ich einfach weiter.

Der Verlust von Gerda hatte mich in einen schlafwandlerischen Zustand versetzt: Nachdem das Wesen, um das ich mich sorgen sollte, nicht mehr da war, erschienen meine eigenen Sorgen belanglos. Der Rucksack wog fast nichts. Ich hatte Wasser. Das Gehen war leicht und eintönig. An die Stelle auf dem Pfad zurückzukehren, an der ich meinen Reichtum verstreut hatte, erschien mir unzweckmäßig. Nicht nur, weil ich ahnte, dass die Reichtümer bereits von anderen Reisenden aufgesammelt worden waren, sondern auch, weil ich nicht umkehren wollte.

Mich um mich selbst zu kümmern schien mir seltsam: Ich war unverletzt, ging leichtfüßig daher, und wenn mich etwas wirklich beunruhigte, dann die Tatsache, dass ich mich in völliger Dunkelheit befinden würde, sobald die Batterien in meiner Stirnlampe verbraucht wären. Ich musste nun auch keine verlassenen Hütten mehr durchwühlen, konnte mich nur auf meine Augen verlassen. Wenn die scharfen Krallen des Hungers in meinem Magen erwachten und an meinen Eingeweiden kratzten, nahm ich ein paar Schlucke Wasser. Das half eine Zeit lang, mich abzulenken. Das Gehen war von einem Denkwerkzeug zur Methode geworden, die Stille in meinem Kopf zu bewahren. Ich lief, und das war genug. Tote lassen sich nicht lebendig machen.

Bald hatte ich die Wolkendecke so weit hinter mir gelassen, dass ich den Großen Wagen sehen konnte. Der Polarstern lag vor mir, Orion hinten. Das war alles, was ich über die Richtungen wissen musste. Seit sich hinter den Wolken das Firmament gezeigt hatte, verharrte Orion auf seiner Position über den Feldern, aber ich wusste nicht mehr, ob sich die Sternbilder im Laufe der Nacht verschieben oder nicht. Schließlich war das angesichts des seltsamen Mondes nicht so wichtig. Der Mond sah aus, als hätte ihn jemand auf das Himmelsgewölbe projiziert und vergessen, ihn glaubwürdig zu animieren.

Dass ich schon weit gekommen war, konnte ich daran erkennen, wie sich der smaragdgrüne Stern vorn und leicht rechts von mir vergrößert hatte. Ich konnte von meiner Position aus erkennen, wie ungewöhnlich er war: Der Wechsel von Blitzen und Verdunkelungen, das scheinbar gewohnte Lichtalphabet, buchstabierte sich hier in unmenschlicher Geschwindigkeit durch. Der Lichtsender blinkte wie ein Neutronenstern. Ich hatte keine Vorstellung, wessen Hand das Licht im Rhythmus eines Maschinengewehrs ein- und ausschalten konnte. Wie so oft beim Anblick von etwas Unerklärlichem löste die Betrachtung des flackernden Lichts Beunruhigung aus.

Dann wurden die Blitze unscheinbarer und verschwanden für einen Moment ganz. Ungefähr zu diesem Zeitpunkt bemerkte ich, dass die Sterne oben verschwunden waren. Als ich genauer hinsah, bemerkte ich einen schwarzen Wolkenfladen, der am Mond klebte. Darunter befand sich eine Trübung, als hätte die Wolke auf ihrem Weg durch die Milchstraße mit ihrem Hintern Schlamm von dessen Grund aufgewirbelt.

Als ich nach einer Weile aus meiner Benommenheit erwachte, stellte ich fest, dass das Rauschen im Wald um mich herum Regen war. Die kalten Tropfen, die wohl schon einige Zeit vom Himmel fielen, hatten den Boden in einen zähflüssigen Teig verwandelt. Es wäre einfacher gewesen, aus diesem Pfad einen großen Laib aus Matsch zu formen, als ihn weiterhin für den vorgesehenen Zweck zu nutzen. Jeder Schritt erforderte doppelte Anstrengung, ich musste mit voller Kraft die schlammgetränkten Füße bewegen, die sich mit gierigem Schmatzen aus dem Lehm lösten.

Die abgetragenen Militärstiefel wurden nass. Die Feuchtigkeit drang durch die ausgefransten Sohlen, durch zwei Paar Wollsocken und vereiste nun meine Füße. Der Mantel war so nass und schwer, als hätte ich ihn einem bronzenen Lenin-Denkmal abgenommen. Rinnsale liefen mir über das Gesicht, Wasser drang in die Augen. Ich hatte natürlich keinen Regenschirm dabei.

Ich durchwühlte mit den Füßen den Schlamm, bis ich den Asphalt erreichte. Darauf zu laufen war einfacher. Hier musste ich meine Füße nicht aus dem weichen Morast ziehen. Ich bemerkte die Rückkehr des fast vergessenen Kältegefühls. Solange der Rucksack beladen und die Luft trocken gewesen war, hatte ich keine Schauer auf dem Rücken gespürt. Jetzt schüttelte es mich: Beine, Hände, Schultern zitterten, und von einem offenen Feuer brauchte ich nicht einmal zu träumen, denn aus dem nassen Windbruch hätte ich allenfalls Wasser auswringen können. Ich musste so schnell wie möglich die Regenfront hinter mir lassen und eine Möglichkeit finden, mich aufzuwärmen und Kleidung und Schuhe zu trocknen. Aber die Wolke, die am Himmel so klein aussah, wollte nicht verschwinden, und ich hatte das Gefühl, sie sei verzaubert, verändere auf magische Weise ihre Form und dehne sich in die Richtung aus, in die ich lief.

Bald wurde die feuchte Dunkelheit zu meiner Linken von drei Lichtern erhellt, vom »Gürtel des Orions«. Er war hinter einem Vorhang aus Wasserströmen aufgetaucht, blinkte vor meinen Augen und erwies sich als elektrische Beleuchtung über dem Eingang zu einer kleinen Straßenkneipe. Ein dritter Stern funkelte in einiger Entfernung von der Terrasse am linken Flügel des Wirtshauses. Einladend standen die breiten Türen offen, und dort saß auf einem Hocker der mit einem weißen Hemd bekleidete Rausschmeißer des Lokals, der sich über mangelhaft breite Schultern wahrlich nicht beklagen konnte. Neben ihm stand ein altes Kohlenbecken, an dem der Hüne sich wärmte. Sein ganzes Erscheinungsbild stand im Kontrast zum poetischen Namen des Ortes, der in einer als Wassertropfen stilisierten Schrift geschrieben stand: »Vater des Regens«. Der Name ließ darauf schließen, dass der Regen hier ein geografisches, kein meteorologisches Phänomen war.

Aus dem Gesicht des Hünen ließ sich sein literarischer Hintergrund deutlich herauslesen: eine Broschüre »Chinesische Kampftechniken«, der Roman »Wir kämpften für Shaolin«, eine Bruce-Lee-Biografie und ein Handbuch über den Einsatz des Raketenabwehrsystems S-500. Zusammen mit dem im ersten Stock der Kneipe fest installierten, großkalibrigen Maschinengewehr wurde dem Gast zu verstehen gegeben, dass Sicherheit hier hohe Priorität hatte. Als ich in Schussweite seines Blicks stand, hob er träge den Kopf und versuchte zur Begrüßung sogar zu lächeln. Den Bruchteil einer Sekunde noch, und er hätte mich hereingebeten. Aber sein Auge, nicht nur in der Einschätzung potenzieller Gefahren geübt, sondern auch der Zahlungsfähigkeit der Gäste, verriet ihm etwas über mich, das ihn wieder zu Boden starren ließ, womit er mir demonstrierte, dass ich kein Gast im »Vater des Regens« sein konnte. Und dass ich, falls ich dennoch versuchen sollte einzudringen, die Gesichtskontrolle nicht passieren würde. Ich weiß nicht, woran es lag: an meinem, an den Achseln zerfledderten Mantel, meinem nassen Hut oder meinen schlammverschmierten Stiefeln.

Ich stand einen Moment am Eingang und erwog, ihn anzusprechen und zu fragen, ob ich mich in der Küche oder im Haus nützlich machen könne, um mich am Kamin wärmen zu dürfen. Aber der Hüne schaute absolut prinzipienfest an mir vorbei, was darauf schließen ließ, dass ein solcher Dialog ausschließlich meine Demütigung zur Folge haben würde. Deswegen ging ich weiter unter dem Wasserfall von Regentropfen, ohne mich umzuschauen nach dem gastfreundlichen Haus, der heißen Glut, nach der Nähe eines Betts, für das ich nicht zahlen konnte, und nach einer warmen Mahlzeit, deren Greifbarkeit nicht vom Abstand, sondern vom Wohlstand abhing.

»Dieser Regen endet bald«, sagte eine heisere Stimme zu meiner Linken, und ich blieb stehen. Auf der Veranda saß neben einer Tischdiode in Form einer Gartenlaterne eine männliche Figur. Der Unbekannte fuhr an mich gewandt fort:

»Und wenn der Regen bald endet, wäre es dann nicht besser, ihn bei einer Unterhaltung abzuwarten?«

Ich stand regungslos da, weil ich nicht sicher war, ob diese

Bemerkung eine Einladung in dieses gemütliche, aber nicht sonderlich gastfreundliche Wirtshaus war (denn dass es grundsätzlich besser ist, den Regen bei einer Unterhaltung abzuwarten, musste nicht heißen, dass der Mann auf der Veranda sich konkret mit mir unterhalten wollte, es konnte ja auch die theoretische Betrachtung eines wohlgenährten, an seinem Komfort berauschten Herrn sein).

Zweitens durchfuhr mich das Gefühl, das alles schon einmal erlebt zu haben: die Dunkelheit mit spärlichen Lichtern, den Regen, die Kälte und den Wortwechsel mit jemandem, der im Dunkeln saß. Ich öffnete den Mund, um etwas zu erwidern, und wie bei einem Déjà-vu wusste ich auf einmal genau, was ich sagen sollte. Als sei ich auf ein Gleis geraten und könne mich nur in eine Richtung fortbewegen:

»Dauern Regen, Nebel oder Wolken heutzutage nicht mehr ewig?«

»Dieser Regen endet bald«, wiederholte der Mann. Ich bemerkte seine einladende Geste, also war ich tatsächlich aufgefordert, mich zu ihm auf die Veranda zu setzen. Ich trat zögernd näher und bemerkte, dass einige weitere Stufen zu seinem Tisch führten. Hinter ihm standen zwei Kohlenbecken, es war trocken und warm.

»Bitte setzen Sie sich. Gleich werden wir essen«, nickte er und deutete auf einen Stuhl neben dem Kohlenbecken. Schnell entledigte ich mich meines Rucksacks, Mantels und Huts und legte sie auf die Stühle unweit der Kohlen. Sollten sie ein wenig trocknen.

Auch bei dem, was ich nun sagte, hatte ich das Gefühl, es schon einmal ausgesprochen zu haben:

»Ich habe kein Geld, um das Abendessen zu bezahlen.«

Der Herr der Terrasse winkte ab, als wolle er sagen: Eine Lappalie, vergessen Sie's.

Als ich mich neben ihm niedergelassen hatte, kam eine alte Frau aus der Hintertür. Sie stellte meinem Gegenüber einen Teller vor die Nase, darauf lagen ein großer Fisch und Ofenkartoffeln. Neben den Teller legte sie eine Gabel und – das war das Exotischste – ein gutes altes Fischmesser, einen silbernen Spachtel ohne Klinge.

»Forelle«, stellte mir der Fremde den Fisch vor. »Früher gab es davon viele in den Flüssen hier. Doch dann entwickelte sich die Industrie, und die Forellen zogen nach Norden. Sie bevorzugen sauberes Wasser. Und jetzt, wo alle Unternehmen geschlossen wurden, sind sie wieder da. Sogar hier in den Bächen. Ich habe den Besitzern beigebracht, wie man sie fängt. Und dafür werde ich immer kostenlos bewirtet.«

Ich starrte den Mann mir gegenüber an. Wenn ich ihn ansah, hatte ich noch stärker das Gefühl, dass ich gerade eine Wiederholung erlebte. Der Mann kam mir bekannt vor, dabei hatte ich ihn nie gesehen. Seiner Kleidung nach zu urteilen, war er Ausländer. Vielleicht lag es daran, dass er für diese Gegend zu dünn angezogen war. Oder an seiner ungewöhnlichen Kleidung. Das exotischste Detail war ein Stetson Lederhut. In Hollywoodfilmen trugen die Guten weiße Stetsons und die Bösen schwarze. Dieser Hut war grau, hatte die Farbe von stark abgenutztem Leder.

Der Oberkörper des Unbekannten steckte in einer Weste aus rötlichem Wildleder, über der er eine ockerfarbene, breit gerippte Cordjacke trug. Seine pathetischen Stiefel waren entweder wirklich aus Schlangenhaut oder stilisiert. Insgesamt verwies der Kleidungsstil meines Gesprächspartners eindeutig auf eine Subkultur, die zusammen mit der des Mainstreams untergegangen war.

Als ich mein Gedächtnis bemühte, erinnerte ich mich, dass sich in Minsk die Biker mit einer Vorliebe für Harley-Davidsons so gekleidet hatten. Aber einige Details seiner Kleidung, zum Beispiel die zahlreichen Knochenamulette, die an seiner Weste und seinem Jackenkragen befestigt waren, die Ringe an seinen Fingern, die eher zu einem Sufi als zu einem Liebhaber von Hochleistungsmotoren passten, die altmodische Reisetasche, die zu seinen Füßen stand – all das verwies auf kulturelle Codes, die viel älter waren als der Harley-Davidson-Mythos. Sein Gesicht drückte Wildnis, Grenzenlosigkeit und Freiheit aus. Solche Menschen trifft man in unseren Breitengraden kaum an.

Das Gesicht des Mannes auf der Terrasse war kupferfarben, als hätte er einmal einen so starken Sonnenbrand gehabt, dass ihm die Bräune für immer geblieben war. Langes graues Haar, buschige Augenbrauen und ein aufmerksamer Blick. Es war der Blick eines Indianers oder eines alten Cowboys.

Was die Bücher betraf, so las er entweder sehr wenig und in Sprachen, die ich nicht kannte, oder so viel, dass das Lesen als Faktor der Persönlichkeitsbildung keine Rolle mehr spielte. Daher war es mir nicht möglich, ihn mittels der Literatur zu verstehen.

Ich wollte ihn nach seinem Namen fragen und dachte, wenn er so antwortet, wie es heute üblich war, also er nicht seinen Namen nannte, sondern seinen Beruf, würde mir das helfen zu verstehen, was dieser Cowboy machte. Als ich mich aber von der Betrachtung seines Äußeren gelöst und mich dem Tisch zugewandt hatte, erblickte ich vor mir ebenso einen Teller mit Forelle und Ofenkartoffeln, dazu eine dreizackige Gabel und ein Fischmesser. Von meinem Teller stieg noch Dampf auf, was bedeutete, dass das Essen für mich später zubereitet worden war als für mein Gegenüber.

Mein Mund öffnete sich unwillkürlich. Seit meiner Kindheit hatte ich keine Zaubertricks mehr gesehen.

»Guten Appetit!« Er lächelte mich breit an, zog seinem Fisch mit einem Ruck die Haut ab, legte sie beiseite und spießte mit der Gabel ein großes Stück zartes Filet auf. Der Geruch von Basilikum, Zitrone und anderen Wundern, die in dieser Welt absolut unmöglich waren, stieg mir in die Nase. Aber vielleicht wusste der Unbekannte auch, wie man Zitrusfrüchte in völliger Dunkelheit anbaute.

»Sie essen ja gar nicht«, sagte er mit Besorgnis in der Stimme. »Ist der Fisch etwa nicht frisch? Stimmt etwas mit Ihrem Essen nicht?«

Ich schüttelte den Kopf, streifte die Benebelung ab. Da war er doch, der Fisch, der wie von Zauberhand vor mir aufgetaucht war. Verströmte Dampf und Duft. Auch wenn ich fürchtete, verrückt zu klingen, sagte ich vorsichtig:

»Ich habe so ein seltsames Gefühl. Es ist, als ob ich das alles schon einmal erlebt hätte. Ich habe ein Déjà-vu. Es fing an, als Sie nach mir riefen.«

»Ein Déjà-vu zeigt an, dass man aus einer Million Wege, die zum jetzigen Moment führen, denjenigen gewählt hat, der für einen bestimmt war.«

Da ich nichts verstand, beschloss ich, mich dem Fisch zu widmen. Ich setzte einen vorsichtigen Schnitt, aber das Filet hob sich mit der Haut ab, und die Gräten traten hervor. Daraufhin beschloss ich, mit dem Kopf zu beginnen, und während ich ihn absägte, zermatschte ich den ganzen vorderen Teil des Fisches. In meiner Verzweiflung steckte ich mir zwei Kartoffeln in den Mund. Mir schossen fast die Tränen aus den Augen. Ich hatte vergessen, dass Ofenkartoffeln unter der Schale lange heiß bleiben.

»Da es keine Vergangenheit und keine Zukunft gibt, leben wir alle in der gleichen Zeit«, fuhr der Forellengourmet fort. »Wieder und wieder müssen wir unseren Weg gehen. Manchmal machen wir Fehler, die uns weit ins Abseits führen. Manchmal betreten wir den für uns vorgesehenen Weg. Und dann erleben wir ein Déjà-vu. Einem Menschen kann nichts Besseres passieren als ein Déjà-vu.«

Er klang wie ein Sektierer, also beschloss ich, die Verspeisung des Fisches zu beschleunigen – nur für den Fall, dass unsere Kommunikation in unangenehme Gefilde abglitt. Ich warf das Messer weg und begann, den Fisch mit der Gabel zu essen. Das verlief reibungsloser, vor allem als mir klar wurde, dass ich die

Gräten mit der Hand aus dem Mund nehmen konnte. Das sah wahrscheinlich nicht sehr fein aus, aber was konnte man einem Mann vorwerfen, der gerade hinter einer Regenwand hervorgekommen war?

»Wer bestimmt den Weg?«, fragte ich neutral. »Wer entscheidet, wohin wir gehen? Ich dachte, es ist der Mensch selbst? Freier Wille und das alles?«

Entweder dachte er nach oder er gab sich dem gastronomischen Erlebnis hin. Während er schwieg, hatte ich Zeit, mir die Frage selbst zu beantworten:

»Genau dafür ist der freie Wille ja da – damit wir die Möglichkeit haben, vom Hauptpfad der Handlung abzuweichen.«

»Ich heiße Samuel«, sagte er, während er ein weiteres Stück Fisch hinunterschluckte und mir die Hand hinhielt. Hastig wischte ich meine mit Fischsaft befleckten Finger an der Hose ab und schüttelte ihm die Hand. Ich fand, dass er seinen Namen auf ungewöhnliche Weise aussprach. Nicht »Sa-mu-el«, sondern »Sa-ma-el«, mit Betonung auf dem zweiten »a«. Dann fügte er völlig unerwartet hinzu: »Aber Sie können mich Mischa nennen. Das ist einfacher.«

»Ich bin Antiquar«, versuchte ich, ihn zu einem Gespräch über seinen Beruf zu locken. »Bis vor Kurzem lebte ich in Hruschawka. Und jetzt wurde ich zum Wanderer. Ich gehe in den Süden.«

»Mischa« stach mit Messer und Gabel in den Fisch und drehte ihn geschickt auf die andere Seite. Er rührte die Kartoffeln kaum an, was mein Gefühl bestärkte, dass er nicht von hier war. Er sprach sehr deutlich, und abgesehen von seinem eigenen Namen, betonte er alle Worte richtig und irrte sich auch in der Grammatik nicht.

»Bücher«, sagte er nachdenklich und entfernte chirurgisch ein großes Stück Filet oberhalb der Gräten. »Ich erinnere mich an ein ganz besonderes. Geschrieben von einem Russen. Alle dachten, es sei ein Roman über unreine Kräfte. Das hat mich interessiert, was die Leute über unreine Kräfte schreiben. Gogol hat es ja auch getan. Aber in diesem russischen Text ging es überhaupt nicht um unreine Kräfte. Sondern um das, was das größte Übel ist in eurer Gegend. Weshalb hier die unreinen Kräfte herrschen. Es ist die Angst.«

»Die Angst?« Ich ahnte, von welchem Buch er sprach. Offensichtlich war ein normales Gespräch mit »Mischa« unmöglich, denn immerzu schlug er die Richtung ein, die ihm gefiel, und überließ dem Gesprächspartner lediglich die Aufgabe, das Gespräch in entscheidenden Momenten am Laufen zu halten.

»Ja, die Angst. Die Angst beherrschte vor hundert Jahren alles hier. Die Angst regiert auch noch heute. Anderswo ist es auch nicht nett. Aber dort gibt nicht diese ständige Furcht«, seufzte er tief, als könne er die menschliche Furcht in der Luft riechen.

»Aber Sie werden zustimmen, dass es schwer ist, kein Feigling zu sein, wenn einem Ziegenfüßige über den Weg laufen, oder? Mit Schweinerüsseln …«, wandte ich ein.

»Dieser Russe schrieb, das Hauptproblem der Angst bestehe darin, dass sie uns zu allen anderen Sünden verleitet. Ein verängstigter Mensch wird andere verraten, betrügen und töten. Aber das Hauptproblem an der Angst ist, dass sie uns die Augen verschließt. Ein verängstigter Mensch sieht nichts außer seiner eigenen Angst.«

»Aber es gibt auch objektive Gründe«, widersprach ich. »Zum Beispiel, drei Tote auf dem Weg zur Stadt des Lichts. Einem von ihnen wurde so forsch der Kopf abgeschlagen, dass dieser einen Steinwurf weit von seinem Körper wegflog. Der andere wurde in zwei Hälften geteilt. Er war der Bürgermeister von Hruschawka.«

»Und was ist daran so schrecklich?« Samuel schaute mir ganz nüchtern in die Augen, und nun konnte ich mir selbst kaum noch das Gefühl erklären, das mich beim Anblick der spitzohrigen Reitersilhouetten durchbohrt hatte. Der Mann gegenüber schien um mein Gefühl zu wissen, als hätte er gesehen, wie ich hinter einem Baum versteckt erstarrt war voll Angst, mich mit diesen Ungeheuern anzulegen.

»Was daran so schrecklich ist?«, fragte ich wütend. »Zum Beispiel die Tatsache, dass einer der Toten ein Kalaschnikow-Sturmgewehr mit vollem Magazin hatte. Er feuerte alle dreißig Schuss ab und starb trotzdem. Den Schweinerüsseln können menschliche Waffen nichts anhaben.«

»Und das haben Sie selbstverständlich mit eigenen Augen gesehen?« Samuel wischte sich die Lippen mit einer Serviette ab.

»Andere haben es mir erzählt«, zuckte ich mit den Schultern. »Hätte ich es mit eigenen Augen gesehen, würde ich jetzt ebenfalls dort liegen, neben dem Bürgermeister.«

»Soso, andere haben Ihnen das erzählt«, lächelte er, als er meinen Satz wiederholte. »Leute schwatzen gerne hohles Zeug. Es war einmal ein Liebespaar. Das war vor langer, langer Zeit, als die Erde noch nicht überbevölkert war und an einen herrlichen Garten erinnerte. Der Mann liebte seine Einzige. Und als sie im hohen Alter starb, war er von Sinnen vor Kummer, schnitt sich eine Rippe aus dem Körper, schnitzte ein Abbild des Gesichts seiner Frau daraus und sprach damit. Und was haben die Leute daraus gemacht? ›Er nahm eine Rippe … und überzog diese Stelle mit Fleisch … und schuf aus der Rippe eine Frau.‹ Was für ein Unsinn. Kann man etwa aus einer Rippe einen Menschen machen?«

»Und wo haben Sie diese Version von Adam und Eva her?«, fragte ich, ohne zu kauen aufzuhören. »Etwa aus irgendwelchen Schriftrollen von Qumran?«

Wann immer ich etwas fragte, was das Gespräch von der Linie meines Gesprächspartners ablenkte, hörte er einfach auf zu sprechen. So auch jetzt – er hatte sich auf seinem Stuhl zurückgelehnt und starrte in die Wasserströme, die vom Dach der Terrasse herunterliefen. Ich konnte nicht verstehen, worauf »Mischa« hinauswollte. Dass man sich vor den Ziegenfüßigen nicht zu fürchten brauchte? Und was sollte man stattdessen tun? Sie lieben?

»Der Mensch fürchtet das, was er nicht verstehen kann«, sagte ich, während ich eine Kartoffel verschlang. Sie schmeckte dermaßen gut, als habe sie jemand gerade aus dem Beet gegraben.

»Der Mensch fürchtet nicht, sondern staunt über das, was er nicht verstehen kann. Doch wenn die Angst kommt, dann bleibt nichts von diesem Menschen übrig«, zuckte Samuel phlegmatisch die Schultern.

»Aber Sie wollen doch nicht bestreiten, dass eine Welt ohne Sonnenaufgänge beängstigend ist, oder?«

»Ich wüsste nicht, was daran beängstigend sein sollte«, verweigerte er erneut seine Zustimmung.

»Jetzt sagen Sie bloß noch, es sei eine Wendung zum Besseren und dass Ihnen die Dunkelheit gefällt«, wandte ich mit Nachdruck ein.

»Es ist das Unvermeidliche geschehen«, sagte »Mischa« selbstsicher. »Nicht umsonst ist in den alten Büchern vom ›Ende der Welt‹ die Rede. Die Menschen haben das ›Ende der Welt‹ erwartet, dachten aber, dass sie es selbst herbeiführen. Erinnern Sie sich noch an all die Horrorgeschichten vom Anfang des Jahrhunderts? Klimawandel, Vorkrieg, künstliche Intelligenz und der Aufstand der Maschinen. Die Menschheit war so sehr von ihrer Großartigkeit überzeugt, dass sie meinte, auch ihren eigenen Untergang selbst herbeizuführen. Wenn ein Politiker in den Zwanzigerjahren das Wort ›Armageddon‹ aussprach, dachte jeder an den Atomkrieg, als ob der Homo sapiens die stärkste Kraft auf diesem Planeten wäre.«

»Was denn, gibt es noch stärkere Kräfte?« Ich legte meine Gabel beiseite und lauschte. Mich interessierte weniger, was Samuel mir antwortete, sondern wie. Selbst Reytan war sich bei unseren pseudowissenschaftlichen Diskussionen in Hruschawka nie ganz sicher gewesen. Seine exzellente Schulung in den exakten Wissenschaften hatte ihn nicht dazu befähigt, alles zu erklären, was wir am Himmel beobachteten. Deswegen hatte Reytan immer wieder gesagt: »vermutlich«, »nicht auszuschließen«, »ich glaube, dass«. »Mischa« hingegen spekulierte nicht. Er formulierte alles als Feststellung. Allerdings blieb er mir auch diesmal die Antwort schuldig, und so musste ich meine Frage provokanter formulieren:

»Glauben Sie, es ist Vergeltung?«, griff ich Reytans Version auf. »Für unsere Untätigkeit, unsere Laster?«

Er antwortete so, als hätte er mein letztes Gespräch mit Reytan gehört:

»Das Wort ›Vergeltung‹ setzt voraus, dass irgendwo ein rachsüchtiger Übeltäter sitzt, der jemanden für sein Fehlverhalten bestrafen will. In unserem Fall erklärt sich jedoch alles durch die Mechanik der kosmischen Gesetze. Die auf Elektrizität gründende Zivilisation hatte sich erschöpft. Über welchen Zeitraum hätten die weltweiten Gas- und Ölreserven zum Zeitpunkt des Blackouts noch gereicht? Für siebzig Jahre. Danach hätte man nur noch lernen können, wie man effizient Wassermoleküle spaltet, um alles Wasser aus Flüssen und Seen dieses Planeten in Crossover und Limousinen zu schütten, zusätzlich zum Sauerstoff, der bereits in Wasserstoffmotoren gepumpt wurde. Dazu hätte man noch mehr Kernkraftwerke gebaut, um das Verschwinden der Kohlenwasserstoffe zu kompensieren. Und nach hundert Jahren – also einen Augenblick später – wäre die Menschheit garantiert in einer radioaktiven Wüste ohne Wasser und ohne Atemluft zugrunde gegangen. Das war es, worauf die Logik der Elektrizitätszivilisation hinauslief.«

»Und da hat jemand das Licht ausgeknipst?«

»Dieses Etwas hat es so eingerichtet, dass es nicht mehr Licht wurde, so wie es zuvor Licht geworden war.« Samuel sah mir aufmerksam in die Augen. Das Gefühl, er sei während meines Gesprächs mit Reytan und auch in anderen Momenten meines

Lebens anwesend gewesen, wurde unerträglich. »So etwas hat es vorher schon viele Male gegeben. Sie waren ja sicher in der verlassenen Stadt Anuradhapura in Sri Lanka. Und haben die in den Felsen gehauenen Buddha-Skulpturen in der Ruinenstadt Polonnaruwa gesehen, die im Dschungel versinkt. Wie auch die zweitausend Tempel in Bagan in Myanmar. Oder die perfekten, scheinbar lasergeschnittenen steinernen Flachreliefs im Tal der Könige in Ägypten. Oder das Kloster Geghard in Armenien. Oder die Bauten der Maya. Erinnern Sie sich an die achttausend Jahre alte Nephrit-Statue eines sumerischen Priesters? Das alles wurde von Kulturen geschaffen, die kein bisschen schlechter waren als die des elektrischen Zeitalters. Und sie alle mussten zu einem bestimmten Zeitpunkt untergehen, weil sich ihre Logik und Weltsicht erschöpft hatten.«

»Was heißt das, sie ›mussten‹?« Ich überlegte die ganze Zeit, ob ich ihm die Frage stellen sollte, woher er von der Priester-Statue in einem Istanbuler Museum wusste, die mich über eine Stunde nicht »losgelassen« hatte. »Bestimmt Gott das?«

»Gott?« Er holte ein Lederportemonnaie aus seiner Tasche und öffnete es. Darin befanden sich gleichmäßige Reihen von spitzen Zahnstochern. »Gott«, wiederholte er, nickte nachdenklich mit dem Kopf und pulte mit dem Zahnstocher zwischen seinen Zähnen herum. »Ich fürchte, zum gegenwärtigen Zeitpunkt hat das Wort nicht nur seine Herrlichkeit verloren, sondern auch alle seine früheren Bedeutungen. Nachdem Nietzsche sagte, Gott sei tot, und danach unbeschadet blieb, hat Gott seine Autorität eingebüßt.«

»Er blieb unbeschadet?«, versuchte ich, »Mischa« zu widersprechen. »Der arme Kerl ist im Irrenhaus gelandet.«

Doch mein Gesprächspartner schenkte meinen Worten keine Beachtung. Er dachte nach und lauschte auf seine innere Stimme, nicht auf mich.

»Zu verschiedenen Zeiten gab es verschiedene Auslegungen

dessen, was ›Gott‹ ist. Ein zorniger alter Mann, ein rachsüchtiger Himmelskönig, der ganze Städte einäschern konnte, wenn sie seine Gebote nicht achteten, und schließlich der Vater eines jungen Juden – des Retters, einer Mischung aus Stoiker und Revolutionär. All das war notwendig, damit die kognitiven Strukturen der Menschen jener Zeiten die Metaphern verstehen und darin einen Sinn erkennen konnten. Aber unser Jahrhundert, das Post-Nietzsche-Jahrhundert, hat uns gelehrt, dass der Mensch Gott ist. Erinnern Sie sich an die Nachrichten vor dem Blackout? Was war die letzte Verlautbarung der weltweiten Massenmedien?«

Ich kratzte mich am Kinn. Etwas tauchte in meinem Gedächtnis auf, aber nur sehr vage – es war zu viel Zeit vergangen. Er wartete ein paar Sekunden ab und fuhr fort:

»Sie erinnern sich nicht, also ist es unwichtig. Obwohl es sehr viel aussagt über die allgemeine Wahrnehmung des Blackouts … Aber ich meine etwas anderes. In der modernen Sprache könnte man es so ausdrücken: Gott ist weder ein Revolutionär noch ein König, den der Revolutionär zu ersetzen versucht. Er ist kein Mensch und hat keine negativen menschlichen Eigenschaften wie, zum Beispiel, Groll und Rachsucht. Gott ist keine Persönlichkeit. Gott ist ein Algorithmus, der die Abfolge der Ereignisse in Abhängigkeit der getroffenen Entscheidungen bestimmt. Gerissenheit, Grausamkeit und Täuschung sind eine Möglichkeit. Güte, Barmherzigkeit und Mitgefühl eine andere. Gott ist frei von Subjektivität. Es sei denn, die Menschheit zwingt den Algorithmus, Gestalt anzunehmen.«

»Mischas« Ausführungen klangen selbst für meine hohe Belesenheit nun wieder sehr vage. Allerdings hatte ich immer mehr Belletristik als Bücher über Philosophie oder Informatik gelesen. Deswegen versuchte ich, ihn zu einer einfacheren Formulierung zu bewegen.

»Mir hat kürzlich eine religionsbesessene Frau von der Funktionsweise des ›rachelosen Algorithmus‹ erzählt. Konkret ging es um das Schicksal von Hiob aus dem Land Uz. Haben Sie von dem gehört?«

Bei der Erwähnung von Mutter Tatjana stieg in mir eine bittere Woge des Grolls auf. Aber Samuel stocherte nur weiter konzentriert zwischen seinen Zähnen. Daraufhin stellte ich eine weitere Frage:

»Warum konnte dieser Algorithmus die Verbrennungsreaktion von Kohlenwasserstoffen stoppen, die Eigenschaften von Schießpulver dabei aber unverändert lassen?«

»Irgendwie müssen sich die Menschen ja weiter gegenseitig umbringen«, grinste Samuel mit hämischem Blick. Dann fügte er ernsthaft hinzu: »Aber es gibt eine rationalere Erklärung. Die mich aber kaum interessiert.«

Erneut nahm ich das Besteck in die Hand – auf meinem Teller waren ein Haufen Fischgräten und ein ausgedünnter Reigen aromatischer Kartoffeln geblieben. Ich hatte eigentlich keinen Hunger mehr, aber das Essen war zu fein, um etwas auf dem Teller liegen zu lassen.

»Der Bürgermeister und sein Gefolge wurden ohne jegliches Pulver getötet«, bemerkte ich. »Mit einer scharfen Schnur kann man jemanden auch ohne Munition zerstückeln.«

Mein Gegenüber schwieg. Er schien kein Interesse mehr an mir zu haben. Vermutlich hatte er mir alles gesagt, was er mir sagen wollte. Möglicherweise hatte er auch nur mit einem hungrigen Vagabunden wie mir die Mahlzeit teilen wollen. Deswegen fragte ich nun das Wichtigste.

»Die Korndrescher von Silo haben gesagt, sie kümmern sich um die Toten hinter der Tankstelle. Aber sie baten mich, den Vorfall dem Orakel zu melden. Damit er die Nachricht weitergibt und andere Wanderer warnt. Schließlich galt dieser Straßenabschnitt früher als sicher.«

Der Mann mit dem Cowboyhut schien wie ausgeknipst, er starrte, auf dem Zahnstocher kauend, vor sich hin.

»Wissen Sie, ob es hier in der Nähe einen Lichtmast gibt? Oder eine andere Möglichkeit, das Orakel zu informieren?«

»Der nächstgelegene Lichtmast befindet sich in der Stadt des Lichts.« Die letzte Frage beantwortete er mir dann doch. »Auf dieser Seite der Straße hat man keinen Empfang sozusagen, wegen des Niederschlags.«

»Und wie kann das Orakel benachrichtigt werden? Vielleicht wissen Sie von anderen Möglichkeiten?«

»Wozu sollte man es benachrichtigen?« Er kniff die Augen zusammen, als er in den Regen starrte.

»Ist das nicht klar? Um von dem Überfall zu erzählen. Damit er andere warnen kann.«

»Früher habe ich auch gedacht, Wissen sei für etwas gut.« Hier wandte er sich wieder mir zu und schaute mich an. »Schauen Sie, vor jeder Zeitenwende hatten die Menschen die Möglichkeit, auf das gesamte, zuvor angesammelte Wissen zuzugreifen. Die Keilschrift bei den Sumerern, Obelisken in Ägypten, der Olivenhain in Athen, wo Platon seine Nichtstuer versammelte. Und jedes Mal erwartete man sich einen Nutzen. Siebzig Jahre vor dem Blackout tauchte das Internet auf. Das gesamte Wissen früherer Zivilisationen war nun mit wenigen Mausklicks verfügbar. Alle Bücher. Man brauchte nicht einmal mehr in die Bibliothek zu gehen. Alle mathematischen Formeln. Alle Begriffsdefinitionen. Und? War es eine Bereicherung? Hat das jemanden klüger gemacht? Oder von etwas abgehalten?«

Ich schwieg, denn ich erinnerte mich gut an meine sorglosen Abende mit dem Mac. War meine Laune gut, las ich die Nachrichten. War sie schlecht, beobachtete ich, wie Katzen lustig weghüpften, wenn sie beim Fressen hinter sich eine Gurke entdeckten. Ich selbst wurde nach dem Blackout wieder viel intellektueller, denn ich war nun erneut Leser meiner eigenen Bibliothek, auch wenn diese nicht das gesamte Wissen der früheren Zivilisationen enthielt. Bücher sind nutzlos, wenn man sie nicht liest. Das Internet hingegen hatte einem immer das Gefühl gegeben, man habe den heruntergeladenen Text bereits verinnerlicht.

»Ich meine dennoch, es wäre sinnvoll, wenn das Orakel die Nachricht über die Morde an andere Stadtstaaten weitergibt. Die Karawanen sind dann vorsichtiger.«

»Sinnvoll?«, wiederholte Samuel und dachte erneut nach. Und dann sagte er:

»Wenn es doch nur möglich wäre, Wissen in die Köpfe der Menschen zu pflanzen, und zwar so, dass sie nicht zu faul sind, zuzuhören und zu verstehen. Das Böse geht vor allem vom Obskurantismus aus. Ein Mensch erleidet eine Verbrennung und versteht nicht, dass es in der Natur des Feuers liegt, zu verbrennen. Er wird wütend über etwas, was er hätte vermeiden sollen. Aber das Neue ist immer beunruhigend. Weil es dem bestehenden Bild der Realität widerspricht. Und deswegen vermeiden die Menschen das Wissen. Es liegt in ihrer Natur. Alles, was sie wollen, ist Spaß und ein Substrat von Wissen, das man ›Informationen‹ nennt.«

Mir fiel auf, dass »Mischa« sich ständig zu abstrakten Verallgemeinerungen verleiten ließ, während ich versuchte, ein konkretes Problem zu lösen.

»Aber was ist so schlecht an Informationen?«, fragte ich ungeduldig und wedelte mit meiner befleckten Hand. »Unsere Aufgabe ist es, konkrete Informationen an so viele Augen und Ohren wie möglich zu bringen.«

»Das Problem an Informationen ist, dass jene, die selbst nichts gesehen haben, sie an andere weitergeben, die nichts wissen wollen. Daraus folgt, dass alle Informationen letztlich manipuliert sind.«

»Hören Sie!« Ich war mit meiner Geduld am Ende. »Das ist alles sehr interessant, und Sie sind ein sehr geistreicher Kritiker der Gesellschaft und der Medien, aber wir müssen dafür sorgen, dass die Leute, wenn sie bei Silo die Straße betreten, ihre Waffen entsichern.«

»Sie haben doch gerade gesagt, den Schweinerüsseln können Kugeln nichts anhaben«, kommentierte er abfällig.

»Leider! Habe ich Sie richtig verstanden, dass Sie von keiner anderen Möglichkeit wissen als jener in der Stadt des Lichts?«

Mein Gegenüber befingerte ein Knochenamulett, das mit einer Lederschnur an der Klappe seiner Jackentasche befestigt war. Das Amulett ähnelte einem asymmetrischen Stern, der aus sechs miteinander verbundenen Haifischzähnen bestand.

»Also«, sagte er dann, »wenn Sie möchten, können Sie dem Orakel persönlich von diesem Vorfall berichten.«

»Wie meinen Sie das?«, fragte ich erstaunt. »Haben Sie einen tragbaren Lichtsender?«

»Gehen Sie einfach zu ihm und sprechen Sie mit ihm«, sagte Samuel, als hätte er das Orakel schon mehrfach getroffen.

»Moment mal. Mir wurde viele Male gesagt, das Orakel sei kein Mensch, sondern eine Lichtsäule.«

»Das sagt man so«, spottete er lakonisch.

»Eine Lichtsäule, die alles weiß, weil sie alles wissen muss. Und angeblich lebt das Orakel in einem mehrere Kilometer hohen Turm.«

»Die unbedarften Menschen meinen, das Orakel sei eine Art sprechender Lichtquelle mit Superkräften. Tatsächlich ist das Orakel eine eher primitive Beleuchtungseinrichtung, die auf einem alten A400-Fernmeldemast montiert ist. Der reicht natürlich einige Hundert Meter in die Höhe, aber nicht ›mehrere Kilometer‹. Und diese Leuchte ist damit beschäftigt, dass … Aber ich will Ihnen den Spaß nicht verderben. Neben dem smaragdgrünen Stern, den Sie sicher schon am Horizont bemerkt haben, befindet sich ein Feld, das mit einem Metallgitter eingezäunt ist. Dort stehen Warnzeichen, aber die können Sie getrost ignorieren. Der Turm wird von zwölf Stahlseilen gestützt, an jedem befindet sich eine Lampe in einer anderen Farbe. Im Betonsockel des rubinroten Stahlseils führt eine Treppe nach unten, und daneben steht ein Kasten mit einem Zahlenschloss. Dort stellen Sie folgende Zahlenkombination ein: drei, vier, neun, fünf, acht, sechs, neun. Dann öffnet sich der Eingang zum unterirdischen Gewölbe, in dem das Orakel lebt.«

Ich bewegte meine Lippen, als ich mir die Zahlenkombination einprägte. Es gab nichts, worauf ich sie hätte schreiben können, außer dem Schatz, den ich in einem silbernen Visitenkartenhalter am Herzen trug. Aber da wollte ich ganz sicher nichts draufkritzeln. Samuel stand auf und drückte die Ledertasche an seine Brust – er tat das so unerwartet, als stände seine Harley-Davidson plötzlich zur Abfahrt bereit.

»Es ist Zeit für mich zu gehen.«

Ich hob überrascht die Hände. Niemand trug mehr eine Uhr, also konnte man nirgendwohin zu spät zu kommen. Außerdem hatte er mir versprochen, der Regen würde bald enden, und ich konnte nicht verstehen, wohin er bei diesem strömenden Regen wollte.

»Warten Sie, lassen Sie uns zusammen gehen«, schlug ich »Mischa« vor.

»Oh nein! Du musst dich ausruhen. Dort«, er nickte zu den Fenstern des Raumes jenseits der Terrasse, »findest du ein Bett. Es ist für eine ganze Nacht Schlummer bezahlt, aber ich habe es nicht benutzt. Ruh dich gut aus. Morgen hast du einen langen Weg vor dir. Und das Treffen mit dem Orakel. Da ist man besser ausgeschlafen. Ich verabschiede mich.«

Der Cowboy nickte, legte die Finger der rechten Hand an seinen Hut und trat entschlossen in den Wasserfall. Eine Sekunde später war er unsichtbar in den schwarzen Strahlen, die vom Himmel strömten. Ich erkannte noch, dass der Wunderling keine Waffe trug. Solange er hier gesessen hatte, meinte ich, er habe in seinem Zimmer sicher eine Winchester mit Unterhebelrepetierer. Aber er war gegangen, und ich hatte ihn nicht einmal fragen können, wie er ohne eine gute Waffe überlebte.

Ich verschlang den Rest des Essens – nachdem ich mit dem Fisch nicht mehr herummanövrieren musste, schmeckte er eigentlich noch besser. Ich wusch meine Hände im Regen und spähte vorsichtig ins Zimmer. Ich hatte das Gefühl, dass, sobald ich das Zimmer beträte, der Rausschmeißer im weißen Hemd auftauchen und meinen Körper stillschweigend zum Ausfeilen seiner Würgetechnik nutzen würde. Aber hinter der Tür erwartete mich ein warmes, trockenes Hotelzimmer im Vintage-Hygge-Stil und – oh Wunder! – heißes Wasser, Leinenlaken und ein Kleiderschrank, der so riesig war, dass man darin keine Kleidung, sondern Schiffsanker vermutete.

Das Bett war unberührt, am Fußende lag ein Stapel weißer Frotteehandtücher. Nachdem ich meinen Rucksack, meine doppelläufige Flinte und meinen nassen Mantel hereingeholt hatte, gab ich mich sofort der Tätigkeit hin, die jeder professionelle Landstreicher unweigerlich ausübt, sobald er einen bequemen, trockenen und warmen Schlafplatz und heißes Wasser findet.

Sie sind kein Wanderer und haben die Härten des Wanderlebens nicht kennengelernt, wenn Sie jetzt an ein heißes Bad denken, wonach man sich genüsslich mit ausgestreckten Beinen und unbelastetem Rücken im Bett wälzt. Nichts dergleichen! Die Tätigkeit, die mich erwartete, hieß Wäschewaschen. Ich musste den Straßenschmutz und den Schweiß aus meinen T-Shirts, Socken und Hemden spülen, und das alles war gut und schön, bis ich meinen Pullover auszog und ihn in die Wanne tauchte, denn nun sah ich die rosafarbenen und rubinroten Flecken, die nach der Operation darauf zurückgeblieben waren. Erst in diesem Moment, nach dem ausgiebigen Abendessen, als ich in der Wärme saß und bevor ich mich ausruhen und schlafen wollte, weinte ich bitterlich und konnte nicht aufhören beim Anblick von Gerdas Blut im Wasser.

Dann wrang ich meine Wäsche aus und hängte sie auf die Holzstühle, die ich neben den heißen Ofen stellte. Als ich fertig war, fühlte ich mich so müde, dass ich mich kaum dazu durchringen konnte, im Bad die Spuren des Weges von mir abzuwaschen. Als ich schließlich meinen Kopf auf den frischen Kopfkissenbezug legte, roch ich Waschmittel und zartes Parfüm: Der »Vater des Regens« war wirklich ein Gasthaus der Spitzenklasse.

Ich schlief mich aus und setzte im Schlaf meine Gespräche mit Samuel fort. Nun weiß ich nicht mehr genau, was er mir wirklich sagte und was ich nur geträumt habe. Allerdings passiert das oft, wenn die Realität freundlicher ist, als man es erwartet. Oder wenn man auf Menschen trifft, die eher in die Traumwelt passen.

Als ich aus dem Bett stieg, bemerkte ich in der Dämmerung draußen eine Veränderung der Geräuschkulisse. Ich öffnete das Fenster. Kein Regen. Über der Terrasse lag die übliche Stille der Nacht. Das war ein weiterer Moment, nach dem es richtig gewesen wäre aufzuwachen.

## Zweiter Abschnitt

Auf der Veranda erwartete mich eine Papiertüte mit dem »Vater des Regens«-Logo, geprägt mit echtem Siegelwachs. Beim Betasten bemerkte ich zwei warme Lunchboxen aus weichem Kunststoff. In solchen Boxen hatten früher die besseren Restaurants chinesisches Essen nach Hause geliefert.

Mir fiel diese höfliche Art auf, einem Gast mitzuteilen, dass er nun besser Leine ziehen sollte: Einerseits war es kein Rausschmiss, man bot ihm sogar Reiseproviant an. Andererseits würde das Essen kalt werden, wenn man länger bliebe, und die sorgfältige Verpackung sprach dafür, dass Koch und Gastgeber davon ausgingen, dass man es unterwegs verzehrte.

Am Ofen war meine gesamte Kleidung getrocknet, also packte ich schnell meine Sachen zusammen und trat in die Dunkelheit hinaus. Jetzt, nach dem Regen, war der Stern des Orakels gut zu erkennen, obwohl der Mond und einige Himmelssterne noch von der Wolke verdeckt waren. Samuel hatte zwar vorhergesagt, dass der Regen enden würde, aber die Regenwolken hatten sich, wie alles am unbeweglichen Himmel, nirgendwohin bewegt. Wind hatte es nur in der Gegend um die Tankstelle gegeben, im feuchten Wald herrschte stille Nachdenklichkeit.

Der erste Teil des Weges verging im Widerstreit zweier grundlegender Wünsche: vorm Ermüden so weit wie möglich zu laufen oder vorm Erkalten der Speisen nachzuschauen, was sie mir mitgegeben hatten. »Warte ab, du Tölpel, wenn du dir gleich den Wanst vollschlägst, fällt dir das Gehen noch schwerer«, zischte ich meinen inneren Hedonisten an. »Jetzt wird diese Köstlichkeit kalt, willst du dann die Rinde von den Kiefern knabbern? Wir sollten wenigstens nachschauen, was da ist«, widersprach der Hedonist dem Asketen. Selbstverständlich gewann der Hedonist – das tut er unterwegs immer, bis die Mühen der langen Wanderung sein letztes Fettpölsterchen schmelzen lassen und er dem Asketen ebenbürtig wird. Das Schwierigste war, einen trockenen Rastplatz zu finden, denn der anhaltende Regen hatte hier jeden Zentimeter Boden aufgeweicht. Nachdem ich unter der Wolke hervorgetreten war, kam ich zu Bächlein, die sich vom »Vater des Regens« ausbreiteten.

Schließlich erreichte ich ein Gehöft – vier Häuser, drei mit vernagelten Fenstern, eines war offenbar auch nach Einbruch der Dunkelheit bewohnt gewesen. Am Zaun stand etwas mit weißer Sprühfarbe geschrieben, und als ich das Licht einschaltete, sah ich zwei Punkte und einen Bogen, dessen Enden nach unten zeigten. Ein trauriges Emoji – ich glaube, so hatte man dieses Zeichen früher genannt. Vorsichtshalber tastete ich das verwelkte und vergilbte Gras mit dem Lichtstrahl ab – ich wollte nicht in eine Falle oder ein Spannseil geraten. Irgendetwas musste der Künstler gemeint haben, der das Zeichen der Trauer hier aufgemalt hatte.

Die Tür war mit einem Vorhängeschloss abgesperrt, und es gab keine Notwendigkeit, in die Hütte einzubrechen, weil ich doch warmes Essen dabeihatte. Also ging ich zum Holzschuppen. Die Brennholzstapel waren mit Schieferplatten bedeckt, außerdem lag unter dem Vordach ein Baumstamm, in dem eine Axt steckte. Ich zog die Axt heraus und setzte mich, ohne meine Flinte abzunehmen, auf den trockenen Stamm.

Im »Doggybag« fand ich eine Auswahl von Dumplings mit Szechuan-Soße. Das Fleisch hatte den Geschmack von echtem Schwein, üppig gewürzt mit Chili und Kräutern. In der zweiten Schachtel fand ich süß-saure Nudeln mit Stücken, die die Konsistenz von Hühnchen hatten. Außerdem Essstäbchen aus lackiertem Zypressenholz. Während ich die chinesischen Nudeln einsog, bemerkte ich ein weiteres trauriges Emoji an einem der Eichenpfosten des Brennholzverschlags. Neben dem Zeichen war ein Pfeil, der hinter den Brennholzstapel wies.

Während ich noch gierig die Nudeln kaute, knipste ich meine Stirnlampe an und zwängte mich durch den Spalt zwischen Zaun und Scheune. Da war ein Weg, der über den Zaun hinausführte. Ich wollte schon wieder umkehren, als im Licht meiner Taschenlampe eine rechteckige Lücke im Boden auftauchte. Ich trat näher und bemerkte ein doppelläufiges Gewehr, das neben der Grube im vergilbten Gras lag. Auf der rechten Seite waren zwei Hügel in Form von Gräbern aufgeschüttet. Der Sand war an manchen Stellen heruntergerieselt, aber sie hatten ihre Form bewahrt. Ich untersuchte die Kreuze – erst das eine, dann das andere –, ein Kiefernholzbrett, vier Nägel, darüber mit Draht befestigte Birkenrindenstücke mit Holzkohleinschriften. Am ersten Kreuz stand: »Galina, Ehefrau«, am zweiten: »Sneschana, Schwester«. Und die Lebensdaten, mit identischem Todesjahr, und zwar dem Jahr, in dem die Nacht kam und die Zeit stehen blieb. Galina wurde 84, Sneschana 92. Ich ließ die Stäbchen in der Nudelbox und ging zur Grube hinüber, wo ich ebenfalls ein Kreuz am Kopfende bemerkt hatte. Dort verriet die Schrift auf dem Querbalken: »Opa Wassil«, zum Zeitpunkt seines Todes war er 89 Jahre gewesen. Darunter lag ein Stück Birkenrinde, auf das kleine Buchstaben gekritzelt waren. Ich musste den Erdhügel mit der darin steckenden Schaufel umgehen und näher zum Kreuz gehen, um das Geschriebene zu erkennen:

*Nichts zu essen.*
*Kann nichts kaufen.*
*Kann so nicht leben.*

Nachdem ich das gelesen hatte, trat ich einen Schritt zurück, stützte mich auf die Schaufel, ohne noch gänzlich zu verstehen, was hier geschehen war. Ich entdeckte ein weiteres trauriges Emoji, direkt im Gras. Zwei leere Patronenhülsen aus einer doppelläufigen Schrotflinte markierten seine »Augen«.

Schließlich kam ich darauf, auf den Grund der Grube zu leuchten. Die Nudeln fielen mir aus der Hand. Im offenen Grab zeigte das Licht die Stiefel und verblichenen alten Hosen des Verstorbenen, bei dem es sich offenbar um »Opa Wassil« handelte. Ich lenkte das Licht sofort weg, um die Totenruhe nicht zu stören.

Ich nahm die Waffe und kippte den Doppellauf nach unten. In den Läufen steckten zwei Patronen. Eine abgefeuert, die andere noch an Ort und Stelle.

*Kann so nicht leben.*

Der Lichtstrahl stieß erneut auf das ins Gras gemalte Smiley. Der ölige Strich weißer Sprühfarbe verwandelte die dreifache Selbstmordszene in ein Kunstwerk der Moderne. Es war nicht nur ein Hinweis auf ein wichtiges Detail, das die Situation erklärte. Es war die Signatur des Künstlers, unter einem Kunstwerk im Genre der *Appropriation*, das er aus fremdem Leid geschaffen hatte. Und alle, die hierherkamen, schüttelten den Kopf und gingen weiter, »angerührt« von dieser Kunst. Wie Betrachter, wie Galeriebesucher. Es war eine genaue Vorführung dessen, was aus der Kunst geworden war, bevor die Kultur verschwand. Kein Einfühlungsvermögen, keine Menschlichkeit. Nur ein Spiel mit Gefühlen. Nur traurige Emojis. Oder fröhliche, was machte das für einen Unterschied. Instagram-Ethik, Selfie-Empathie.

Die erste Schaufel Sand landete auf dem weißen Fleck neben den leeren Gewehrhülsen. Ich nahm die unversehrte Patrone heraus und stellte die Flinte neben das Kreuz von Opa Wassil. Trat gegen den Hügel aus Sand, der daraufhin in die Grube glitt. Was übrig war, schippte ich schnell hinunter und formte auf dem geschlossenen Grab eine Aufhäufung. Ich fragte mich, ob ich das Richtige getan hatte, denn jetzt könnten Grabräuber auf der Suche nach Schätzen die Leichen ausgraben. Aber dann wurde mir klar, dass Opa Wassils Notiz die Leichen vor Plünderern schützte: Logischerweise gab es hier nichts zu holen. Abgesehen von meinen restlichen Nudeln.

Zurück am Holzstapel, hieb ich mit der Axt Smiley und Pfeil vom Pfosten. Dasselbe tat ich mit dem Zeichen am Eingang. Die Kunst hat den Publikumstest nicht bestanden.

Ich ging durchs Tor, rieb mir die juckenden Blasen an den Handflächen. Ein schönes Festmahl, du Narr. Die Wolke vom »Vater des Regens« blieb weit hinter mir zurück, oben atmete ein klarer Sternenhimmel mit dem Bullauge des Mondes, das von einer schwarzen Blende verdeckt wurde.

Über den schwarzen Samt lief Pokémon Orion. Der schwarze Horizont unter dem diamantenen Himmel sah aus wie ein Ufer, von dem aus man in den Sternensee springen konnte.

Ich wanderte weiter und dachte über den Algorithmus nach, nach dem für Opa Wassil, Oma Galina und Oma Sneschana ein solches Ende vorgesehen war. Gern hätte ich gewusst, womit sie das verdient hatten. Und wie man so etwas als gerecht bezeichnen konnte.

Das smaragdgrüne Licht war schon sehr nah – so nah, dass sein Schein grünliche Flecken auf den nahen Kiefernwald warf. Aus der Dunkelheit ragte ein Turm hervor, ein riesiger Metallmast, der das Leuchtfeuer hinauf zum Himmelsbauch erhob. Die Straße machte hier eine Linkskurve, und ich musste durch das Dickicht stapfen, um zum Orakel zu gelangen. Ich bemerkte, dass vom Pfad aus kein Abzweig in diese Richtung führte – der Weg war nicht ausgetreten, Menschen mieden die Wohnstätte des Propheten. Ich schaltete die Stirnlampe ein, damit ich mir auf meinem Weg durch das Dickicht nicht mit einem scharfen Zweig ein Auge ausstach. Ich bemerkte, dass das Licht schwächer geworden war: Das Zink hatte sich erschöpft und würde bald gänzlich aufgebraucht sein.

Der Wald war hier recht unfreundlich – niedriger Bewuchs, tiefe Finsternis. Je näher ich dem Turm kam, desto mehr vertrocknete Bäume mit abgeplatzter Rinde und abgefallenen Nadeln sah ich. Sie standen da wie versteinerte Pythons. An ihren rissigen Tentakeln klebten zahllose Tannenzapfen, die wie schwarze Schrunden aussahen. Der Tannenwald war kahl, seine rotbraunen Stachelpfoten glichen Wüstendornen. Als der gigantische Turm hinter den Bäumen auftauchte, war der Wald nicht mehr höher als ein Mensch. Keine einzige Kiefer mit geradem Rücken, alle verbogen, verdreht, geradezu verknotet. Unter meinen Füßen buckelten tote Wurzeln – irgendeine Kraft hatte auch sie dazu gebracht, sich zu verkrampfen. Ich schritt äußerst vorsichtig voran: Die Wurzeln klammerten sich an meine Stiefel, wollten mich umwerfen, gegen spitze Äste schleudern.

Ich bewegte mich durch den toten Wald und wurde unruhig. Schließlich hatte Samuel nicht gesagt, was das war, dieses Orakel. Ein Mensch? Oder irgendeine Kreatur? Während der verrostete, rot-weiß gestrichene Metallturm mit seiner Unansehnlichkeit darauf hindeutete, dass er von Menschenhand errichtet wurde, ließ der grün leuchtende Smaragd vermuten, dass ihn eine extraterrestrische Energie speiste. Womöglich wurde er von jemandem kontrolliert, der nicht aus der Welt der Menschen stammte.

Seit das Konzept von Außerirdischen das erste Mal in der Literatur aufgetaucht war, über die fantasiereiche Traumprosa des neunzehnten Jahrhunderts bis hin zu den präapokalyptischen Filmen über den Kontakt mit ihnen, hat sich unsere Vorstellung von Aliens stark verändert. Irgendwann tauchten die Außerirdischen in genau dem Fragment der Realität auf, das die französischen Aufklärer von Gott befreit hatten. Da immer noch vieles auf der Welt unerklärlich und es nach Voltaires Sticheleien nicht mehr angesagt war, über den Schöpfer zu sprechen, vollzogen Außerirdische – Marsmenschen, Saturnianer und dergleichen – zunächst verschiedene Wunder an den Menschen und lehrten sie parallel das »richtige« Leben. Im zwanzigsten Jahrhundert dann wurden die Außerirdischen zu Schreckgespenstern, wechselten in die Katakomben des Grauens, bis sie in unserer Zeit zu gleichberechtigten Partnern im Dialog über Gadgets wurden. Man kann sagen, die Menschheit war in das Zeitalter der Nacht eingetreten, ohne irgendetwas zu befürchten.

Als ich jetzt jedoch durch den verwilderten Wald stapfte, musste ich an all die Horrorgeschichten über Außerirdische und Kontakte mit ihnen denken, von Jan Barszczewskis »Weißer Elster« bis zu Stanisław Lems »Solaris«. Als das undurchdringliche Dickicht schließlich an einem Metallgitter endete, war ich mir nicht mehr sicher, ob ich hinüberklettern wollte.

Der Eisenpfahl mit dem blinkenden Smaragd stand inmitten eines großen, flachen Feldes, umgeben von gewundenem niedrigem Gehölz. Hier und da war die Lichtung mit runden Gruben übersät, neben denen dunkle Säcke lagen. Der Turm war Ehrfurcht gebietend hoch, wurde von dicken Seilen gestützt und hatte oben keine Plattform. Selbst wenn ein Mensch ihn erklommen hätte, hätte er dort keinen Halt gefunden. Ich zerbrach mir den Kopf, welche Technologie unserer Welt dieses Leuchtfeuer aus der Ferne steuern konnte. Ein Servoantrieb? Ein Seil, das zum Anschaltknopf der starken Laterne führte? Und womit wurde die Laterne betrieben? Batterien? Und wie oft pro Stunde musste sie gewechselt werden, um ein so durchdringendes Licht zu erzeugen?

Die Umzäunung war ungewöhnlich. Wenn es in unserer dunklen Welt einen Zaun gab und kein Maschinengewehr danebenstand, wurde dieser Zaun zwangsläufig durchbrochen. Allein um damit den Sieg des Chaos über die Ordnung, der Anarchie über die Begrenzungen zu demonstrieren. An dieser Umzäunung war kein einziger Pfosten umgerissen. Der dünne Maschendraht, der sich traditionell zwischen den Pfosten befand, war weder durchschnitten noch aufgeflochten. Dabei waren weder Pfosten noch Metallgitter billig in einer Welt, in der jede Siedlung unbedingt abgesperrt werden musste. Etwas abseits, im Dickicht, hing ein Schild am Zaun.

Ich richtete das Licht meiner Stirnlampe darauf. Auf gelbem Hintergrund stand neben einem gasmaskenartigen Schädel und zwei Hühnerknochen »MINEN. BETRETEN VERBOTEN«. Ich lehnte mich gegen den Maschendrahtzaun und kratzte mir den Kopf unter der Mütze. Hier lag ein riesiges Missverhältnis vor: Einerseits war da eine unerklärliche, außerirdische Kraft, die die Bäume im Wald verbog. Ein Smaragd, der ohne jegliches menschliches Zutun am Himmel leuchtete. Andererseits gab es primitive »MINEN« wie aus einem Museum des Zweiten Weltkriegs. In einer solchen Situation wäre eine andere Warnung angemessener gewesen: »VORSICHT, BLASTER FEUERT OHNE VORWARNUNG«. Oder »ACHTUNG, NEUTRONEN-DESINTEGRATOR«.

Mich in dieser Weise ermutigend, klammerte ich mich an den Maschendrahtzaun und kletterte hoch. Meine Füße rutschten an den kleinen Zellen ab, und ich wusste, gleich würde ich stürzen und mir den Zwölffingerdarm durchschießen. Oder etwas anderes, das lebenswichtig war. Ich nahm meine Flinte ab, entlud sie und warf sie über den Zaun. Dorthin flog auch der Rucksack. Ich schleuderte ihn so weit wie möglich, damit er, falls es dort wirklich Minen geben sollte, als Erster stürbe. Der Rucksack plumpste ins Gras – alles in allem war er zu leicht, um selbst den empfindlichsten Detonator auszulösen.

Ich ließ mich hinab. Machte einige Schritte auf Zehenspitzen. Hob die Waffe und meine Bürde auf, setzte mir alles vorsichtig auf den Rücken und machte dabei deutlich mehr Bewegungen als nötig. Ein Schritt, dann noch einer. Wer wusste schon, was Samuels Beweggründe gewesen waren, mich in das Minenfeld zu schicken. Vielleicht, um gründlich zu lachen, wenn wieder mal ein armer Kerl zu Konfetti zerfetzt wurde. Vielleicht war das sein Hobby, einen mit Fisch genährten Mann in einen glamourösen Tod zu schicken. Oder er wollte den Ort auf diese Weise von Minen räumen lassen.

Ich ging in die Hocke, und ohne einen Schritt zu machen, tastete ich den Boden ab, soweit ich mich ausstrecken konnte. Dort befanden sich: ein ausgeblichener Zigarettenstummel, ein Kronkorken der Biermarke »Alivaria«. Für ein Minenfeld gab es hier zu viele Hinweise auf sorglose Freizeitgestaltung. Es sei denn, die Minen waren gelegt worden, als die Menschen schon kein »Alivaria«-Bier mehr tranken.

Ich starrte auf die nächstgelegene Grube, neben der ein Strohballen lag, und machte ein, zwei, drei Schritte. Ich redete mir ein, die Minen unter meinen Füßen würden nicht explodieren, wenn ich schnell genug ging, und kam etwa zwanzig Meter weiter. Bis zum nächsten Seil, an dem ein Lämpchen von der Farbe von Saccharin leuchtete, waren es noch zwei Rucksackwürfe. Ein Schritt, noch ein Schritt – und da knirschte unter meinen Füßen der Zünder einer Landmine.

Ich stellte mir vor, wie spektakulär sich gleich meine Einzelteile auf dem ausgeblichenen Gras verstreuen würden, aber die Mine wartete auf etwas. Ohne mein Bein zu heben, ertastete ich mit dem Strahl der Stirnlampe meinen Fuß. Und sah im fahlen Licht eine dunkelgrüne Plastikgabel. Jemand hatte hier ein nettes Picknick veranstaltet. Ich atmete erleichtert auf. Nach ein paar weiteren Schritten nahm ich die Stirnlampe ab, öffnete sie, holte die Batterien heraus und rieb sie zwischen meinen Handflächen. Die Stirnlampe würde noch weniger als eine Stunde funktionieren, und wenn sie gleich den Geist aufgeben sollte, dann besser, nachdem ich das Minenfeld verlassen hatte. Ich wärmte das Zink, legte die Batterien wieder ein und schaltete die Lampe an. Der Lichtstrahl war zwar heller geworden, doch wie lange würde das anhalten?

Schnell ließ ich das Licht über den Teil des Feldes streifen, der mich vom Seil mit dem Rubinlicht trennte. Der Lichtstrahl stolperte über eine menschliche Hand. Sie war reglos und ragte senkrecht aus einem schwarzen Fleck heraus, den ich für einen Strohballen gehalten hatte. Das Bündel lag neben einem Trichter. Ich fragte mich, was ein Strohballen auf einem Minenfeld zu suchen hatte, neben einer Explosionsgrube. Wäre Gerda hier gewesen, hätte sie mich mit ihrem typischen Blick angeschaut, voller Zweifel, ob der Mensch ein vernunftbegabtes Wesen sei.

An die Stelle gebannt, drehte ich mich um, ohne die Position meiner Füße zu verändern. Vom Maschendrahtzaun trennten mich hundert Meter und drei Leichen. Der Zaun kam auf der linken Seite näher, aber mein Rückzug würde am nächstgelegenen Krater vorbeiführen. Doch ich meinte, dass wohl niemand eine Mine zweimal in dasselbe Loch legen würde, schleuderte meinen Rucksack nach vorn, sodass er rollte, und folgte ihm. Nervös, wie ich war, vermied ich es, mit dem Strahl der Stirnlampe die von der Explosion zerrissenen Körper zu treffen, aber in einem Moment fiel er dann doch auf den Toten. Es war kein

Mensch. Auch keine menschliche Leiche. Da blitzten Finger mit rosa lackierten Nägeln auf. Ich richtete die Stirnlampe ins Gesicht – und blickte auf einen kahlen Frauenkopf. Aus Kunststoff.

Ich spuckte aus, ging zu der mit schwarzer Sackleinwand bedeckten Schaufensterpuppe und kickte genüsslich dagegen. Der Torso flog mit ausgestreckten Armen ein paar Meter und platschte auf den Bauch. Auf dem Rücken blitzte eine Art Markierung auf. Wieder einmal die weiße Sprühfarbe. Zwischen den Plastikschulterblättern war sorgfältig die Zahl Sieben gemalt. Das hieß, der haushälterische Galerist hatte jede Schreckfigur nummeriert. Irgendwie kreuzten sich meine Wege in letzter Zeit zu oft mit denen des zynischen Künstlers. Ich inspizierte den Trichter, bemerkte einige Spatenfurchen und ging nun völlig furchtlos zum Seil mit dem rubinfarbenen Licht. Ich fragte mich, womit diese Lichter betrieben wurden – es waren keine Drähte zu ihnen gespannt, sie leuchteten gleichmäßig und stark, als ob eine große Diode mit sechs Zink brannte. Kein Wunder, dass der Ort in allen Metropolen für Angst und Schrecken sorgte – hier ballten sich auf engem Raum allerlei Dinge, die schwer zu verstehen waren. Man hätte gar nicht mehr die Schaufensterpuppen neben den ausgehobenen Gruben zu verstreuen brauchen, um die Leute auf Abstand zu halten.

Die Seile waren an zwei Meter hohen Betonfundamenten befestigt, die sicher so schwer waren, wie ein halber Kampfpanzer. Wahrscheinlich geriet der Turm bei Wind ins Schwanken, wie Gazak nach einem gehörigen Quantum von Carnifex' Gebräu. Ich kletterte die Plattform hinauf und suchte die Oberfläche nach einem Zahlenschloss ab. Aber da oben war nichts. Daraufhin stieg ich hinunter und untersuchte den Boden in der Nähe des rubinroten Sockels. Ich hatte ihn fast einmal umrundet, als ich mit dem Fuß an etwas hängen blieb, das wie eine Lautsprecherbox aussah. Das Gehäuse war glatt, mit einem schmalen Schlitz, der am Deckel entlanglief. Von der Logik der dunklen Zeiten geleitet, nahm ich ein Messer, setzte die Klinge an und begann, im Schlitz herumzustochern, und wer weiß, wie das ausgegangen wäre, hätte ich nicht versehentlich mit dem Daumen auf einen im Metall versenkten Knopf gedrückt. Der Deckel hob sich mit einem pneumatischen Zischen.

Unter dem Deckel befand sich ein smaragdgrün angeleuchteter Zylinder mit Reglern am oberen und unteren Ende. Ich berührte den unteren, drehte daran, und er zeigte die Zahl Neun. Als ich den oberen berührte, ging die Anzeige auf null zurück. Nun galt es, sich an die Kombination zu erinnern.

Der Anblick der Leuchtanzeige überraschte mich so sehr, dass mein Kopf leer war wie eine Kanne vorm Melken. »Drei, vier, acht, neun, fünf, sechs, neun« – verdammt, es funktionierte nicht. Ich fummelte herum, bot der Leuchtanzeige immer neue Kombinationen an, die mein Gedächtnis ausspuckte. Das Einzige, was ich sicher wusste, waren die ersten Zahlen Drei und Vier. Dann folgten ein Loch und die Gedanken an mein silbernes Visitenkartenetui, das etwas enthielt, worauf ich die siebenstellige Kombination hätte schreiben können. »Drei, vier, sechs, fünf, neun, acht, fünf«. Die letzte Taste in der Reihe, die violett leuchtete, piepte erneut und verweigerte den Zugang, die Zahlen setzten sich auf null. Ich fragte mich, wie viele Versuche ich noch hatte, bevor ich von der Tür einen thermonuklearen Schlag auf den Kopf bekam.

Ich drückte und drückte auf die Knöpfe, und mein Herz füllte sich mit Groll, der sich gegen niemanden richtete und deswegen der bitterste von allen war. Da hörte ich hinter mir eine Stimme.

»Hey, was machst du hier?«

Ich drehte mich abrupt um und sah eine lange Gestalt vor mir, die in jeder Hand einen schweren Stein trug. Die Gestalt hielt mir die Steine direkt über den Kopf, ich musste nur noch richtig plattgemacht und entwaffnet werden, dann konnte er meinen Rucksack ausweiden. Aber die Figur war entweder verblüfft über meine Naivität oder unerfahren in der Anwendung physischer Gewalt. Sie wiederholte nur mehrmals:

»Hey, du hast hier eigentlich nichts zu suchen! Bist du ein Wilder oder was? Wilde schaffen es nicht hierher. Hey, was machst du hier?«

Ich richtete mich auf und nahm dabei das Gewehr von der Schulter. Ich stach der Figur mit dem Lauf in die Brust.

»So verwildert bin ich nicht«, erklärte ich die Situation, während ich den weißen Punkt meiner Stirnlampe auf den Mann richtete. Es war ein älterer, dünner Kerl, den ich trotz seiner grauen Bartstoppeln »Junge« nennen wollte. Es gibt solche Typen. Sein Aussehen spiegelte einen ganz bestimmten Background wider. Huxley, Burroughs, Kerouac, Hunter S. Thompson, ein bisschen Castaneda, ein paar Lyrics von Snoop Dogg.

»Hat dich der Hirte geschickt?«, fragte er und hob hilflos seine Hände mit den Steinen nach oben.

»Ich kenne keinen Hirten«, erwiderte ich.

»Hey, ich nenne ihn Hirte. Meine Erfindung«, grinste er. Seine Zähne waren vorgewölbt, sahen aus wie Maiskörner. »Ein Mann mit Hut.«

Er versuchte, über seinem Kopf einen Cowboyhut anzudeuten.

»Einen Mann mit Hut kenne ich«, stimmte ich zu. »Er hat mir den Code für dieses Schloss gegeben. Und ich habe mir irgendwie nicht die Mühe gemacht, ihn zu behalten. Ich war beschäftigt. Und was sind das für ›Wilde‹?«

»Na, die da.« Er wedelte mit der Hand. »Die vor den Toren leben. In der Dunkelheit. Nun, wie kann ich es erklären? Diejenigen, die Zeitung lesen, hey.«

Unter »Wilden« verstand er offenbar alle außer sich selbst. Und Samuel vermutlich. Ich betrachtete den »Jungen«. Er hatte vorstehende Wangenknochen und eine »Ananas«-Frisur: zu Dreadlocks geflochtenes Haar, das oben mit einem Knoten zusammengehalten wurde, aus dem Palmzweige in verschiedene Richtungen ragten. Gern hätte ich sie gepackt und den Ananaskopf aus dem Schulterbeet gerissen. Ich weiß nicht, warum Erwachsene sich solche Frisuren machen, wenn es nicht um eine verlorene Wette geht oder darum, andere zu ärgern. Aber der hier lebte weit entfernt von Barbershops, und vielleicht war diese Frisur die einzige Variante, bei der ihm die Dreadlocks nicht in die Augen fielen. Ich hätte mich eher geschoren, und sei es mit einem Messer.

»Du kannst deine Hände runternehmen«, erlaubte ich ihm. Dabei behielt ich die Waffe in der Hand. Er war nicht mehr im Fadenkreuz, genoss aber immer noch nicht mein Vertrauen.

»Ich wusste übrigens gleich, dass Sie kein Wilder sind«, schwatzte er. »Ich dachte: Nein, das ist kein Wilder. Ein Wilder wäre nie über ein Feld mit Schreckfiguren gegangen. Und den Kasten hätte er nie aufgekriegt. Hätte nur mit dem Messer daran rumgepult. Die Wilden fürchten alles. Der Wald macht ihnen Angst. Die Bäume sind verkrümmt. Früher gab es hier eine Radarstation und danach Satellitensender. Militär. Der Wald wurde durch das elektromagnetische Feld zerstört. Das ist beängstigend für die Wilden. Die kommen nie hierher. Stehen am Gitter, schauen. Dann gehen sie wieder. Um Zeitung zu lesen, hey.«

Ich bemerkte, dass der Stress ihn gesprächig machte, so wie mich die Unbeholfenheit zu Manieren zwang. Gut, dass seine Geschwätzigkeit vor meiner Manierlichkeit eingesetzt hatte. So konnte ich kurze Bemerkungen einflechten und dabei den Anschein eines gefährlichen Machos aufrechterhalten.

»Was ist, gehen wir runter?«, schlug er vor und tippte den Code, während er die Steine mit der freien Hand gegen den Bauch gedrückt hielt. Alle meine Versuche waren weit entfernt vom richtigen Code. Das heißt, wäre er nicht gekommen, hätte ich hier bis zum Morgengrauen festgehangen. »Und vor allem bin ich ja raus, um ein Kilowatt zu holen. Das System hat keinen

Strom mehr.« Aus irgendeinem Grund tätschelte er die Steine. »Hab ich geholt und kam zurück. Und ich sehe – da sitzt einer. Ich denke, etwa ein Wilder? Und dann sehe ich, er drückt die Tasten. Ein intelligenter Mann! Dazu noch mit Gewehr. Und wieso habe ich geglaubt, es sei ein Wilder?«

Während er all das redete, wurde mir so schwindlig, dass ich mich setzte. Ich hatte erwartet, dass sich nach der Eingabe des Codes im Boden eine versteckte Nische öffnet, die den Zugang unter die Betonplatte ermöglicht.

Ich blinzelte, und plötzlich war ich nicht mehr auf einem Feld in einer Oktobernacht, sondern in einem engen, schmalen Betonflur. Hier roch es nach Mäusen. So riecht eine feuchte Bettdecke in einem Landhaus, wo drei Sommer lang niemand gewohnt hat. Die romantische Dunkelheit der sternenklaren Nacht wurde durch die erstickende Finsternis eines Kerkers ersetzt.

»Gleich hört die Übelkeit auf«, erklärte das Plappermaul. »Mir ging es die ersten Male auch so. Hat Ihnen der Hirte nicht gesagt, warum er Sie schickt? Nein? Es ist nur so, dass Sie schon der Dritte sind. Vielleicht will er mir eine Nachricht übermitteln. Warum kommt er nicht selbst?«

Ich streckte mich vorsichtig – Kopf und Schultern stießen an die feuchte Decke.

»Ich bin Semjon Reiher. Genau der!« Er angelte eine Stirnlampe an einer schwarzen Schnur aus seiner Tasche und leuchtete damit auf die Betonstufen, die nach unten führten.

Ich schwieg, denn sein Nachname war mir unbekannt.

»Hey, früher bin ich einer völlig anderen Kunst nachgegangen«, erklärte er. »Aber das hier hat auch was Kreatives.« Er bleckte seine Maiszähne. In seinem Lächeln lag die Gewissheit, dass Semjon Reiher zu sein eine sehr ehrenwerte Sache war.

Im Vergleich zu seiner Stirnlampe hatte meine die Strahlkraft des Mondes im Vergleich zur Sonne. Seine Lampe gab ein ungewöhnliches Licht: Die Form des Lichtflecks war gleich, aber die

Textur des weißlichen Strahls war reicher und dichter. Dadurch wurde die Dunkelheit ringsum noch finsterer und alles, was er beleuchtete, noch heller. Der Lichtstrahl streute kaum und sah so aus wie ein breites Band mit scharfen Kanten. So etwas hatte ich noch nie gesehen.

»Interessante Stirnlampe«, kommentierte ich.

»Ein Geschenk des Hirten«, erklärte Semjon Reiher. »Seine Erfindung. Darin steckt eine ewige Batterie.«

»Eine ewige Batterie?«, fragte ich nach und traute meinen Ohren nicht. Mein neuer Bekannter reichte mir die Lichtquelle. »Ich habe sie sowieso nur für Sie angemacht. Damit Sie nicht stolpern.« Er beäugte die Waffe argwöhnisch. »Ich kenne ja hier alle Kurven, hey, jede einzelne Stufe.«

Ich nahm ihm die Stirnlampe aus der Hand, richtete das Licht meiner verendenden Funzel auf das Geschenk, öffnete den Deckel des Batteriefachs: Da war nur ein Zink, anstelle des zweiten hatte jemand etwas bröckelige Schwarzerde hineingepresst.

»Was ist das? Torf?«

»Das sollten Sie besser nicht anfassen«, entblößte er seine Zähne zu einem Grinsen. »Eine Erfindung des Hirten. Wenn man da rumfummelt, funktioniert es nicht mehr. Und man kann eine gewischt bekommen.«

Ich schloss das Batteriefach und reichte ihm meine Stirnlampe. Er tat zuerst so, als wolle er sie nicht nehmen, nahm sie dann aber doch, als ich sie ihm hinstreckte.

»Als sich hier der Radar befand, war es das Kontrollzentrum des Luftverteidigungskommandos Südwest«, schwatzte Semjon Reiher weiter. »Eine unterirdische Stadt. Komplett abgesichert, und kein Wilder steckte hier jemals seine Nase rein. Alle Eingänge wurden in der Sowjetzeit mit Beton geschlossen. Nachdem die Funkstation umgerüstet wurde.«

Wir stiegen drei Stockwerke hinunter, dort unten war schwarzes Wasser.

»Es gibt noch zwei weitere Ebenen«, sagte Reiher und richtete die Steine unter seinen Armen. »Aber sie sind überschwemmt. Ich frage mich, ob da während des Flutens Menschen waren oder nicht.« Ich konnte an seinem Blick erkennen, dass es ihm gefallen hätte, wenn dort auch Menschen geflutet worden wären.

Zur Seite führte eine halb offene Metalltür, die in einem so langweiligen mattrosa Farbton gestrichen war, dass man sofort erkannte: Sie war eine Hinterlassenschaft des Imperiums des Bösen. Entlang der Wände führten vier dicke, schwarz isolierte Kabel. An einigen Stellen wurden sie herausgerissen, zusammen mit den massiven Stahlplatten, mit denen sie am Beton befestigt waren. Ich folgte Reiher, wobei ich mein Gewehr waagerecht an der Schulter trug – so musste ich es nicht halten und konnte, falls nötig, trotzdem ballern. Wäre dieser Mann plötzlich durch die Gänge losgerannt, hätte ich ihn in diesem halb versunkenen Labyrinth niemals wiedergefunden. Und ich selbst wäre verloren gewesen, hätte umherirren müssen und mich allmählich in einen Minotaurus verwandelt.

Wir liefen durch einen Raum mit Regalen, von denen er sagte, es sei das Büchsenfleischlager der Garnison, fast ebenso unerschöpflich wie die Batterie meiner neuen Stirnlampe, und dann kamen wir in einen Flur voller gruseliger Chemie-Schutzanzüge. Die Umhänge sahen aus wie riesige Fledermäuse und fühlten sich unangenehm an – ich wollte sie nicht einmal mit meiner Waffe oder meinem Rucksack berühren. Neben dem Ausgang aus dem Lager befand sich ein kleiner Raum, über dessen Boden viele schwarze Kabel verliefen. Es roch nach Diesel, aber nicht wie ein frisch betankter »Volkswagen«, sondern wie ein rostiger Traktorenmotor, der zurückgelassen auf einem Feld verrottete. Ein Motor, der seit Langem nicht mehr gestartet oder betankt worden war.

Fast die gesamte Fläche des Raumes wurde von einem mobilen Militärdieselgenerator eingenommen. Kaum vorstellbar, wie dieser unter die Erde gekommen war – er wog sicher eine Tonne, und alle Türen des Betonkastens, in dem er stand, waren doppelt so breit wie seine schmalste Seite. Ein Reifen mit Spikes am Fahrgestell war platt, das Gummi der anderen rissig. Wahrscheinlich hatte diese Elektroenergiequelle schon in den Fünfzigerjahren des zwanzigsten Jahrhunderts irgendwem gedient. Die Konstruktion war mit schwarzen Schlieren eines Heizölgemischs bedeckt.

»Leuchten Sie mal hierher, bitte«, bat Semjon Reiher. Ich stand hinter ihm und erhellte den Raum vor ihm.

Er öffnete die Motorklappe, legte die von Schmiere und verhärtetem Kraftstoff geschwärzten Stutzen frei. Ich konnte einen Blick auf etwas Seltsames werfen – die Konturen eines transparenten Steins mit der Struktur einer Pusteblume. Semjon blies kräftig, und das Phantom wurde zu Staub, zerbröckelte und rieselte hinab. An seine Stelle setzte mein Begleiter einen der Steine ein, die er mitgebracht hatte. Dann schloss er den Motorraum, klappte die Verriegelung des Deckels zu, warf den zweiten Stein unter die Räder und riss am öligen Starterkabel. Nichts. Er riss noch einmal daran. Und dann erzitterte das Gerät und vibrierte. Irgendetwas hatte den unsichtbaren Kolben in Bewegung versetzt. Das Dröhnen war nicht so laut wie bei einem Diesel- oder Benzinmotor, aber der Generator lärmte. Seitlich trat ein Strahl warmer Luft aus. Es roch wie am Heizkessel einer Sauna. Eine Sekunde später flackerte an der Decke eine ovale gelbe Lampe hinter Panzerglas und erwachte zum Leben. Die Glühbirne wurde allmählich mit Strom versorgt und pendelte sich bei etwa einem Viertel ihrer früheren Leistung ein. Man konnte bei diesem Licht zwar nicht lesen, aber es reichte, um die Dimensionen der gesamten Konstruktion zu erkennen, die den ganzen Raum einnahm. Ein geisterhaftes, blasses Licht ging auch in der nächsten Halle an, zu der vom Generator schwarze Kabel mit Gummiisolierung führten.

»Wie funktioniert das?«, schrie ich auf. »Energie aus Steinen?«

»Eine Erfindung des Hirten«, wiederholte Reiher und ließ seine Maiskörner aufblitzen. Ich schaltete die Stirnlampe aus und näherte mich der Anlage, legte meine Hand auf das Metall des Deckels – es war warm.

»Wie ist das möglich? Technologie der Zukunft?«, fragte ich, traute meinen Augen nicht.

»Ach nein!« Reiher hob didaktisch den Finger. »Eine solche Vermutung würde dem Hirten gar nicht gefallen. Er hat immer wieder betont, dass die Elektrizität der Vergangenheit angehört. Die Technologie der Zukunft wird nichts mit Elektrizität zu tun haben. Bei der Technologie der Zukunft wird es darum gehen, mit der Natur zu kooperieren, statt sie auszubeuten. Egal, was man verbraucht: Öl, Wasserstoff, Erde oder Granit. Vor allem dieser Ansatz hat sich erschöpft.«

»Aber das sind doch Steine!« Ich konnte nicht aufhören, mich zu wundern.

»Der Hirte sagte, er habe das bereits vorhandene Gerät leicht optimiert. Das war wohl die einzige Möglichkeit.« Semjon Reiher hielt inne, bevor er endlich mit der ganzen Wahrheit herausrückte: »Hey, ich bin ja selbst ein Mensch aus dem Elektrizitätszeitalter. Mit etwas Subtilerem käme ich nicht klar. So hat er es gesagt.«

Ich öffnete den Deckel. In der Sekunde, als der Generator noch vibrierte, konnte ich mich vergewissern, dass der Stein einfach im Motorraum platziert worden war, ohne besondere Mechanismen zur Gewährleistung seines »Verbrauchs«. Der Motor hustete und verstummte, und eine Sekunde später ging auch die Glühbirne an der Decke aus.

»Das muss geschlossen bleiben. Sonst funktioniert es nicht«, kommentierte aus der Dunkelheit die schuldbewusste Stimme des Mannes aus dem Elektrizitätszeitalter. Reiher verstand nicht mehr von diesem Gerät als ich, und es war sinnlos, ihn nach der Technologie der Quarzit-Zersetzung zu fragen.

Nachdem wir die Lichtquelle wiederhergestellt hatten, gingen wir in die Halle, die an den Generatorraum grenzte. Die Halle hatte eine runde Apsis, wie man sie in katholischen Kirchen findet. Dank des Holzbodens war es hier weniger feucht. Aus einer Nische in der Wand blickte uns ein kunstvolles Mosaikporträt von Lenin an. Der Führer des Weltproletariats, der mit deutschem Geld seine Revolution veranstaltete, die Russland unter Kontributionen vom Krieg mit Deutschland loseiste[5], schielte mit seinem Falkenauge. Es war derselbe Blick, den Samuel gehabt hatte, als er erklärte, das Schießpulver habe seine Eigenschaften behalten, damit sich die Menschen weiterhin gegenseitig töten könnten. Das Buntglas der roten Fahne hinter Lenin leuchtete so grell, als wäre es gerade mit Nagellack bemalt worden.

Neben der Nische befand sich ein Ledersofa, nachlässig bedeckt mit ungewaschenen Kamelhaardecken. Daneben stand ein Tisch mit einem in die Platte eingelassenen Schachbrett. Auf dem Tisch lag neben einer ausgeschalteten Schreibtischlampe ein einsames Buch. Die täglichen Gewohnheiten des Kellermeisters waren genauso leicht zu lesen wie eine Anleitung zur Spurensuche im Wald. Aus irgendeinem Grund hegte ich gegen den Mann mit dem Ananaskopf von Anfang an eine große Abneigung.

Nahe der Tür stand an der Wand ein riesiger Tisch voller Lebensmittel aller Art, geöffnete Schachteln, Dosen, aufgerissene Verpackungen. Ich bemerkte vier Schachteln mit antikem sowjetisch-georgischem Tee. Daneben reihte sich ein Zug ungewaschener, facettierter Trinkgläser, in denen, oberhalb eines Algen-

---

5 In Indien wird Wladimir Uljanow verehrt, weil er die unterdrückte Arbeiterklasse befreite und den Menschen Land und Bildung gab. (Anmerkung des indischen Übersetzers)

hügels, zwei Finger hoch Flüssigkeit mit der Farbe von Urin eines gesunden Menschen stand: heller Bernstein. Die Lebensmittelvorräte waren zusammen mit dem Bunker versiegelt worden, offenbar deshalb, weil sie schon lange abgelaufen waren. Aber was in Zeiten des Lichts als ungenießbar gegolten hatte, wurde nun, in den dunklen Zeiten, noch lange verzehrt. Und zwar von solchen Giraffen wie dem Ananaskopf, der das Glück gehabt hatte, sich mühelos in die gastronomische Schatzkammer des untergegangenen Imperiums einzuschleichen.

»Hier war so was wie der Erholungsraum für die Offiziere der Garnison, hey«, schüttelte Semjon die Palme auf seinem Kopf. »Als der Hirte fragte, von wo aus ich am liebsten steuern würde, habe ich diesen Saal ausgewählt. Denn hier ist mehr Luft.«

Über dem Tisch an der Wand befand sich ein Graffiti, ein Reiher mit Haube auf einem Thron, um dessen Pathos ihn ein Stecher von Gangster-Tattoos des letzten Jahrzehnts des vergangenen Jahrhunderts beneidet hätte. Der Thron war mit Löwenmäulern, Tigerkrallen, Säulen und Pilastern geschmückt. An der Lehne gab es sogar einen kleinen Säulengang.

»Von hier aus wird alles gesteuert.« Er wies mit dem Finger auf die seltsame Installation, die unter dem Graffiti klapperte. Abgelenkt vom Tisch mit dem Stillleben aus Erzeugnissen von Semjon Reihers Lebenstätigkeit, hatte ich ihr zunächst keine Beachtung geschenkt.

Das *Etwas* sah aus wie zwei dicke, verschmutzte Glasscheiben, die miteinander verbunden und an den Rändern versiegelt waren. Zwischen ihnen schimmerte eine kleine, bewegliche Linse aus Wasser. Bei jedem Schritt, den ich machte, erzitterte der Tisch, und die Flüssigkeit erbebte im Takt.

»Hier stand vor allem ein leeres Aquarium. Zweihundert Liter«, erklärte der Mann mit dem Ananaskopf. »So konnten die Offiziere Skalare züchten, wenn sie nicht gerade mit der Vorbereitung des Dritten Weltkriegs beschäftigt waren. Und als der

Hirte mir von seinem Einfall erzählte, fragte ich mich: Wie will er ein so kompliziertes Ding zusammenbauen? Aber er nahm einfach das Glas vom Aquarium, das war mit Knetmasse gefügt, schloss die Tastatur an, verkabelte sie – und fertig! Ein richtiger Erfinder, sage ich nur.«

Zum Tisch führte ein dickes schwarzes Kabel. Unter dem gläsernen »Monitor« befand sich eine vergilbte Tastatur, die es wert war, in einem Museum ausgestellt zu werden. Darauf sah jede Taste wie ein Häuschen aus, mit einer Vertiefung für die Fingerkuppe. Schon immer hatte ich mich gefragt, ob sie leicht zu bedienen waren. Musste der Anschlag so fest sein wie beim Tippen auf einer Schreibmaschine?

»Vor allem weiß ich nicht, warum der Hirte ausgerechnet mich ausgewählt hat. Ich war ein Wanderer. Bin weg von ›Grüne Wiese‹, als die Frauen sich dort die Kerle vorknöpften. Die hatten auf einmal ganz viele Fragen an mich. Hey, nicht jeder versteht ja was von Kunst. Und manchmal muss sie auch ein wenig unter die Gürtellinie gehen. Schwachpunkte ansprechen, so was alles. Ich musste also weg von dort. Wanderte durch die Einöde. Klaute ein bisschen hier und da – wer tat das nicht? Hey, ich denke, der Hirte hat in mir den Schöpfer erkannt. Das hier kann man ja nicht einem Kumpel anvertrauen.«

Wir standen neben dem Tisch. Reiher tippte die ESC-Taste auf der vergilbten Tastatur. Die Taste gab leicht nach, mit einem angenehmen Klick-Geräusch. Ich beneidete die Schriftsteller früherer Zeiten, die das Glück gehabt hatten, an solchen Geräten zu schreiben, die einem Klavier ähnelten. Inzwischen entstanden Wellen im Wasser, die einzelne Buchstaben bildeten – mit Serifen, romanische Schrift:

HELLO MASTER HERON

Die Buchstaben traten nicht im Wasser hervor, sie waren aus Wasser gemacht – die grünliche Ablagerung wich zurück und legte den Text frei. Das Auge bemerkte unwillkürlich die Schichtung eines smaragdgrünen Aquarienpilzes, den vom »Monitor« zu entfernen sich Semjon Reiher keine Mühe machte.

»Das hier, hey, ist ein Hallo. Das ist das Orakel.«

»Das hier?«, hauchte ich.

»Also nein, das Orakel, das bin natürlich ich. Ich bin das Orakel. Und das ist meine Stimme. Mit dieser Stimme spreche ich mit der Dunkelheit. Und mit den Wilden.«

Er nahm eine majestätische Haltung an und ähnelte nun tatsächlich dem schneidigen Reiher auf dem Gangsterthron. Vorsichtshalber rückte ich das Gewehr auf meiner Schulter zurecht, denn ich merkte, dass meine Waffe ihm half, seine Selbstherrlichkeit im Zaum zu halten. Und wirklich, sofort verwandelte er sich zurück in einen Fremdenführer auf Tour durch den Reichstag.

»Oben, neben dem Panoramalichtsender, befindet sich ein Rundscanner. Auch den hat der Hirte aufgestellt. Ich weiß nicht, wie. Ich habe auch nicht gesehen, dass der Hirte da hochgeklettert wäre, und eigentlich schafft das auch niemand. Da fehlt ein zweihundert Meter langes Stück von der Leiter, man könnte allenfalls am Metall hochkraxeln. Der Scanner liest automatisch die Meldungen aus, von siebzehn Lichttürmen aus den Siedlungen, die von hier aus sichtbar sind. Und die sammeln die Nachrichten aus dem Rest der Welt. Alles, was gesammelt wird, leitet das System ohne mein Zutun weiter, wobei die Nachrichten herausgefiltert werden, die schon das zweite Mal die Runde machen. Oft kriege ich auch persönliche Nachrichten. Das ist das Lustigste überhaupt. Die Tschuktschen schreiben: ›Wie sollen wir leben? Sag es uns, oh Großer! Oh Allwissender!‹ Da kann ich mich kaum zurückhalten und schreibe: ›Besteigt eure Ziegen, ihr Ferkel!‹ Oder ich schreibe: ›Trinkt Pisse!‹ Oder: ›Macht Liebe mit dem Acker!‹ Und sie rapportieren: ›Wir verneigen uns vor dir, oh Orakel! Wir trinken! Besteigen! Wird es uns wohlergehen?‹ Und ich antworte: ›Das wird es, ihr Holzköpfe. Wartet nur ab, hey.‹ Und sie warten. Wilde!«

»Wieso Wilde?«, fragte ich gereizt.

»Wer würde sonst solchen Unsinn glauben?«

Ich wollte sagen, er sollte sich selbst mal sehen nach einem Leben in der Dunkelheit mit Räubern und Banditen. In Dörfern, in denen die Menschen Selbstmord begingen, weil sie einfach nichts zu essen hatten. Inmitten von Nebeln, wo verwahrloste Hunde von der Größe seines Dieselgenerators auf Futtersuche waren. Im Finstern, wo als einzige Quelle irgendeines Wissens die Karawanenfahrer galten, die unter diesem toten Himmel Kohle oder Süßigkeiten transportieren.

»Die haben doch alle einen Stich«, fuhr das Orakel fort. »Lesen Sie die Nachrichten?« Seine vorgewölbten Zähne wollten nicht hinter den Lippen verschwinden. Gern hätte ich sie mit meinem Gewehrkolben eingeschlagen. Auf dass die Maiskörnchen platzten und herauskrümelten. Aber ich hörte zu und atmete durch die Nase. Er schwatzte weiter:

»Hier, schauen Sie, lesen wir. Tex. Control M.«

Das Wasser hinter dem Glas nahm die Form von Zeilen an, die sich von unten nach oben bewegten. Die Buchstaben glitten über die von Feuchtigkeit befreite Oberfläche, stiegen aus dem Wasser auf und kehrten ins Wasser zurück.

*Auf Antrag der Einwohner der Bruderschaft Obtschak wurde ihr Territorium der Kontrolle der Volksdiktatur Kalvaria unterstellt, um die Ordnung wiederherzustellen. Der Rat der Autoritäten wurde aufgelöst, die Verwaltung übernimmt der Bevollmächtigte der Volksdiktatur Kalvaria.*

»Jetzt sind sie durchgentrifiziert«, kommentierte das Orakel. »›Wer Pate war, wird Patenonkel‹«, verspottete er die Pazifisten von Obtschak. »Nur physische Gewalt. Nur Blut. Die Wilden brauchen eine starke Hand, die ihren Hals umschließt. Wer mehr Waffen hat, regiert. Töten, zerquetschen, einschüchtern. So läuft's, unfehlbar.«

Wie bei der Überflutung der unteren Ebenen der Radarstation hatte ich den Eindruck, dass Reiher die Grausamkeit nicht verurteilte, sondern sogar begrüßte. Ich fragte mich, ob er auch früher so gewesen war, bevor es ihn an die Schalttafel zur Regulierung der Realität verschlagen hatte.

»Offenbar besteht die Aufgabe des Menschen darin, die Grenzen des Guten auszuweiten. Und nicht, die Welt schlechter zu machen, als sie ist«, murmelte ich grimmig. »Sie hätten kommentieren können, dass das Orakel die Handlungen von Kalvaria verurteilt. Dann hätte das Volk zumindest ein wenig Widerstand gegen die Diktatur geleistet.«

Er fing an zu wiehern und klatschte in die Hände. Das Geräusch hallte durch die Betonkorridore. Dann blickte er mich fröhlich an. Merkte, dass ich nicht gescherzt hatte. Wurde ernst. Schielte zur Mündung meines Gewehrs und fragte freundlich:

»Ich habe das vergessen zu fragen. Was wollen Sie eigentlich von mir? Welchen Wunsch haben Sie? Die anderen da, die hatten ihre Wünsche. Normalerweise frage ich das, nachdem ich alles gezeigt habe und bereit bin, den Gast hinaufzubegleiten.«

Mein Wunsch war es, ihn ein wenig zu vermöbeln. So, dass ihm blaue Flecken auf dem Hintern blieben, aber kein Blut floss. Aber der Ananaskopf war unbewaffnet und nicht geneigt, sich zu prügeln.

»Und worum haben die anderen gebeten? Meine Vorgänger? Die der Hirte geschickt hat?«

»Der Zweite wollte die Tastatur. Um was Eigenes zu tippen. Er übermittelte irgendeinen Blödsinn. Über eine Expedition britischer Wissenschaftler, die sich an den Rand des Erdpfannkuchens begeben haben. Ich hab das so verstanden, dass er früher Journalist war, aber dann durch einen Textroboter ersetzt wurde. Er wollte seine neueste Sensation veröffentlichen. Sich etwas beweisen.«

»Und der Erste?« Ich setzte mich an den Tisch und schaltete die Lampe ein. Ganz langsam füllte sie sich mit Licht und erhellte den dunkelgrünen Einband des Buches.

»Der Erste wollte, dass sein Name in die Geschichte eingeht. Er hieß Zweischwänziger Dachs. Ich schrieb, es sei ihm gelungen, einen Ziegenfüßigen zu töten. Er war total glücklich, als er von hier wegging. Einen Ziegenfüßigen töten! Die werden doch von allen Wilden gefürchtet. Allerdings kam bald danach von den Meteoritensteinbrüchen die Lichtmeldung, der Dachs sei mit durchgeschnittener Kehle gefunden worden. Aber das habe ich aus dem Umlauf genommen. Es kam nicht weiter als bis zu meinem Turm. Damit die Erinnerung an ihn nicht getrübt wird. Also, was wünschen Sie?«

»Ich bin gekommen, weil ich die Mitteilung senden will, dass die Straße zur Stadt des Lichts zwischen Tankstelle und Silo nicht mehr sicher ist«, sagte ich müde. »Die Schweineköpfe haben dort drei Männer getötet, die ich kannte.«

»Schweineköpfe?« Er schien auch das lustig zu finden.

Das Buchcover, das sich im Lichtkreis der Lampe zeigte, kam mir bekannt vor. Format A6. Prägung auf dem Frontispiz. Eine kleine Figur. Eine Muse, Säulen. Ich traute meinen Augen nicht, schlug das Buch auf und hätte fast laut aufgeschrien: Was machte mein Herodot hier? Aber es war nicht mein Herodot. Nur die gleiche Ausgabe. »Denkmäler des historischen Denkens« der Akademie der Wissenschaften der UdSSR. Allerdings mit dem quadratischen Stempel der Garnisonsbibliothek des Luftverteidigungskommandos Südwest. Und einer Inventarnummer sowie einer aufgeklebten Tasche für eine Karteikarte, auf der die Leser registriert wurden. Der letzte war Oberstleutnant M. P. Kukuj gewesen, Februar–April 1982.

»Herodot?« Ich nahm die Waffe wieder von meiner Schulter.

»Wieso?«, fragte er mit dem Tonfall, mit dem Leute normalerweise einen Witz wiederholen, über den niemand gelacht hat.

Er trat vorsichtig aus der Schusslinie, kam zum Tisch und nahm den Band in die Hand. Aus irgendeinem Grund lächelte er.

»Herodot«, bestätigte der Ananaskopf. »Den nehme ich als Inspirationsquelle. Hey, Sie können sich sicher vorstellen, was für eine Aufgabe das ist: eine ganze Welt neu zu erfinden. Vor allem, als ich anfing mit der Übertragung, habe ich gar kein Feedback bekommen. Nur zwei Türme in der Nähe haben funktioniert. Mit Kerzen, die das System immer erst beim zweiten Mal erkannte. Und immer kamen Nachrichten, wer da wieder vor Hunger krepiert war. Ist so was etwa interessant? Deswegen fing ich mit Ergänzungen an. Amazonen. Ziegenfüßige. Da krieg ich rein: Wölfe haben einen armen Kerl gerissen, der Schweine durch den Wald trieb. Und ich bringe in Umlauf: Die Neurer, diese Schweine, haben einen ganzen Zug von Soldaten gerissen! Das hat gleich mehr Wumms! Herodot hätte es gemocht. Oder sie schreiben: Halunken haben eine Ladung Waffen geplündert. Die Wachen wurden abgeschlachtet. Und bei mir: Ziegenfüßige haben den Leuten die Kehle durchgeschnitten! Blut in Strömen, ach, wie es rauscht.«

»Also ist alles erfunden …«

»Was sonst? Das merkt man doch gleich, wenn man Köpfchen hat, oder?«

Ich umklammerte meine Waffe fester. Der Ananaskopf redete gerade über Menschen mit Köpfchen.

»Natürlich ist das irgendwie seltsam. Mittlerweile schreiben sie von selbst: ›Die Ziegenfüßigen haben zugeschlagen‹. Und dann: ›Blutige Hufspuren‹. Und ich denke mir, jetzt haben die Wilden richtig Schiss bekommen. Woher kommen die ›Hufe‹? Woher?« In seinen Augen war etwas wie ein Schatten von Angst erkennbar.

In mir reifte indes eine Entscheidung. Ich verstand nicht, wie ich im Dunkeln spitzohrige Schweineköpfe sehen konnte, wenn dieser ganze Unsinn die Erfindung eines dämlichen Nichtstuers war, den ein mächtiger Spinner in einen Militärbunker gesteckt hatte. Aber es musste etwas unternommen werden. Und dieses

Etwas musste eindeutig etwas anderes sein, als die Verbreitung der Nachricht vom heldenhaften Antiquar, dem weder Neurer noch Ziegenfüßige etwas anhaben können.

Ich hob mein Gewehr und zielte auf den Ananaskopf. Langsam erhob ich mich und beobachtete, wie seine Knie vor Angst einknickten. Ich machte ein Zeichen mit der Flinte, er solle in Richtung seines Arbeitstischs gehen. Als er mir den Rücken zuwandte, konnte ich kaum dem Drang widerstehen, ihm in den Hintern zu treten. Ich atmete durch die Nase. Emotionen lassen sich leichter kontrollieren, wenn man durch die Nase atmet.

»Setz dich an die Tastatur«, befahl ich. Ich hob ihn an der Schulter hoch und drückte ihn in den Sessel, als er versuchte, am Schreibtisch stehen zu bleiben. »Schreib! Schreib das: ›Gute Nacht, dunkle Welt! Mein Name ist Semjon Reiher.‹ Hast du? Wurde es gesendet?«

»Man muss auf Enter drücken«, erklärte er im Ton eines Fremdenführers. »Hier, ich drücke, und es kriecht an den oberen Rand des Glases. Der Sender auf dem Turm startet einen Lichtimpuls. Sind die Worte im oberen Feld des Wassers verschwunden, wurde der Satz gesendet.«

»Gut. Schreib weiter. ›Ich bin ein Mensch wie ihr. Durch ein Missverständnis habe ich Zugang zu diesem Sender bekommen.‹ Hast du?«

»Ja, es wird gesendet. Aber danach wird niemand mehr den Lichtsignalen glauben. Die gesamte Lichtkultur wird sterben. Es kommt zum Chaos! Wozu das Ganze?« Das Wesen, das die Städte des Landes in Angst und Schrecken vor nichtexistierenden Monstern versetzt hatte, warf mir einen fragenden Blick über die Schulter zu. Hätte ich keine Waffe in den Händen gehalten, hätte ich ihm liebend gern mit Fäusten den Rhythmus von »A Hard Day's Night« auf die Rübe getrommelt! Zumindest für die Episode an der Tankstelle. Aber stattdessen fuhr ich ihn an:

»Schreib, und halt die Klappe! Weiter: ›Neurer gibt es nicht, Budiner gibt es nicht, Androphagen gibt es nicht. Ich, Semjon Reiher, habe die Ziegenfüßigen erfunden.‹ Gesendet? Weiter: ›Glaubt nur, was ihr mit eigenen Augen seht.‹ Drück auf Enter. Und jetzt der Schluss. Caps Lock drücken, dann schreib: ›FÜRCHTET NICHTS!‹«

Er drückte auf Enter und drehte sich um. Wir waren einfach zu verschieden. Ich teilte seine Vorstellungen von »lustig« und »nützlich« nicht, und er sah in mir einen Verrückten und konnte nicht verstehen, warum ich diesen Spaß beendete. An seinen Augen konnte ich ablesen, dass er schon überlegte, wie er das Abgeschickte entschärfen könnte. Was würde in den Zeitungen stehen, wenn ich die Stadt des Lichts erreichte? Ich stellte es mir vor: »Ziegenfüßige haben das Orakel gefangen genommen und eine Verleumdung gegen seine Person verbreitet. Aber sie wurden vom Zweischwänzigen Dachs besiegt. Von nun an wird das Orakel wieder die Wahrheit verkünden.«

»Zur Seite!«, befahl ich und spannte den Abzug.

»Was?« Er hob die Hände über den Kopf, blieb aber, wo er war. Und da packte ich ihn mit dem größten Vergnügen am Genick und schleuderte ihn vom Tisch weg. Der Stuhl fiel um, Ananaskopf lag auf dem Boden und kroch auf mich zu, wobei er sich aus irgendeinem Grund mit seinen Händen bedeckte. Er jammerte:

»Lass mich am Leben! Übernimm die Kontrolle über das System! Ich gehe einfach. Hat der Hirte dich deshalb geschickt? Damit du Semjon Reiher ausschaltest?«

Ich hob die Waffe, legte sie an meine Wange, zielte auf das Glas und drückte vorsichtig ab. Klick, klick! Was für eine spektakuläre Szene. Wenn in den Läufen noch Munition gewesen wäre. Wenn ich sie beim Klettern über den Zaun nicht herausgeholt hätte. Fluchend drehte ich die Waffe mit dem Lauf zu mir und stieß mit dem Kolben leicht gegen den »Monitor«. Dieser verwandelte sich kurzerhand in eine Explosion von Glassplittern, Wasser floss auf die Tastatur, Funken flogen auf. Das Licht im Raum flackerte, aber das System überstand den Kurzschluss. Ich stieß mit dem Gewehrkolben gegen die Tastatur und stieß sie zu Boden. Stellte mich darauf – sie hielt sogar dem Stiefeltritt stand. Da hatten sie zu Beginn des virtuellen Zeitalters wirklich zuverlässige Geräte gebaut!

Ich packte den Gewehrlauf mit beiden Händen, als wäre er ein großer Stößel in einem Mörser, und schlug so fest zu, dass sich der Buchstabensalat im ganzen Raum verstreute. Ein weiterer Schlag, und die Tastatur war entzweigebrochen.

Zufrieden betrachtete ich die Verwüstung. Ich ertastete in meiner Manteltasche Patronen, schob sie in die Läufe und ging zum Generatorraum. Der Ananaskopf, der die ganze Zeit mit über dem Kopf zusammengeschlagenen Händen dagesessen hatte, erwachte zum Leben und kroch hinter mir her:

»Nein, nicht! Dort dürfen Sie nicht schießen! Das gibt eine Katastrophe, wirklich!«, kreischte er.

Aber ich stand schon neben dem vibrierenden Metallbison. Ich zielte auf den Deckel und drückte den Abzug. Es krachte dermaßen, als hätte mir jemand den Kopf gesprengt. Der Betonkasten verstärkte das Krachen, und ich war eine Zeit lang taub – in meinen Ohren pfiff es, in der Nase hatte ich stechenden Pulverdampf. Die Patrone hatte das Metall durchschlagen, den Stein zusammen mit der metallenen Motorabdeckung herausgerissen, war an der Wand abgeprallt und nah an meinen Rippen vorbeigeflogen. Ananaskopf stand neben mir und schrie mir etwas ins Gesicht, aber ich konnte ihn nicht hören.

Danach ging das Licht aus, mir war übel, meine Beine gaben nach, und ich dachte, dass mich die zweite Patrone wohl doch getroffen hatte, denn die Decke und die Wände des Bunkers waren jetzt mit märchenhaft schönen Sternen bedeckt. Und Semjon Reiher stand da, redete immer weiter, fuchtelte mit seinen dünnen Schaufelärmchen, an dem die Ellbogen größer zu sein schienen als bei einem gewöhnlichen, »unkreativen« Menschen. Langsam kehrte mein Gehör zurück, ich konnte aufstehen und merkte, dass ich unverletzt war. Und Reiher schrie Folgendes:

»Der Generator versorgt den Eingang mit Strom! Sie hätten nicht schießen dürfen! Das Schloss ist doch elektronisch! Wir hätten für immer hier eingeschlossen werden können! Unter der Erde, in einem Bunker!«

Ich schüttelte den Kopf – meine Ohren taten mir weh. Rauch strömte aus der Waffe.

»Man muss doch überlegen, was man tut! Wenn du strafen willst, dann tu es mit Verstand!«, wies mich das Orakel zurecht. »Beruhige dich! Erst nachdenken, dann handeln! Wie Stalin zu sagen pflegte: Rache ist ein Gericht, das am besten kalt serviert wird.«

Nach der Explosion war er so aufgeregt, dass er nicht einmal mehr Angst vor mir hatte. Ich musste erneut den Gewehrlauf knicken und, um nicht lange im Rucksack zu wühlen, die Patrone hineinstecken, die aus der Selbstmordflinte von Opa Wassil stammte. Reiher schwieg und sah mich abschätzig an.

»Und was soll ich jetzt tun? Wohin soll ich gehen?«, fragte er, als ob ich, der herzlose Besitzer eines Radiosenders, ihn, einen hochgeschätzten DJ, gerade gefeuert hätte.

»Verzieh dich«, befahl ich kurz. »Ich glaube, die Verehrer deiner Kunst sind bereits hierher unterwegs.«

»Aber ich blicke doch null in dieser Welt«, murmelte er verärgert. »Was soll ich nun tun?«

»Geh nach Silo, Freundchen. Weißt du noch, wie man hinfindet? Dort kannst du den Spaten schwingen, um etwas zu essen zu kriegen.«

Da er auf eine Fortsetzung der Diskussion gestimmt war, hob ich meine Waffe und zielte zu didaktischen Zwecken auf den disqualifizierten Propheten. Er knurrte etwas, was klang wie ein hungriger Magen (anscheinend sprach er gerade von den Militärvorräten, die aus dem Bunker geholt werden könnten, denn es gab Dörfer in der Umgebung, in denen die Menschen bereits die Rinde von den Bäumen aßen), wich aber immer weiter rückwärts zurück.

»Hey, ich verstehe das nicht«, rief er, nachdem er sich bereits weiter entfernt hatte, als ein gezielter Schuss reichte. »Was ist mit den Ziegenfüßigen? Gibt es sie wirklich nicht? Sind sie nur eine Erfindung? Von Herodot?«

»Und wie es die gibt«, sagte ich ehrlich. »Ich habe sie mit eigenen Augen gesehen. Ihre Fußabdrücke und ihre Silhouetten. Die teilen einen Menschen mit einer Schnur in zwei Hälften! Gute Reise!«

Er verschwand in der Dunkelheit. Ich stand allein vor dem erloschenen Smaragdauge, das die Welt hatte ordnen sollen, sie aber nur unterjocht hatte.

Ich dachte, dass Stalin natürlich recht gehabt hatte und Rache – wie jede menschliche Übeltat – einen kühlen Kopf erforderte. Aber nur Abschaum rächte sich mit kühlem Kopf. Nur Lumpen schmiedeten fleißig Pläne, um das Böse zu rächen, das sie erlitten haben. Ein Schweinehund wartete, bis seine Hände nicht mehr vor Wut zitterten. Ein anständiger Mann ballte sofort die Fäuste, ohne zu überlegen, ob er sich und seine Absichten verriet. Anständige Menschen reagierten auf Wut ungeschickt, unprofessionell und nachlässig. Deshalb waren sie auch anständige Menschen. Ließ man jemanden, der gut war, zur Ruhe kommen und alles abwägen, würde er gar nichts unternehmen und dem Beleidiger verzeihen.

## Dritter Abschnitt

Bevor ich über den Zaun kletterte, schnappte ich mir eine Schaufensterpuppe, die dort neben einem vermeintlichen Sprengtrichter lag, und zerrte sie zum Maschendraht. Ich riss das Schild mit der Minenwarnung ab und warf es neben sie. Sollten alle, die es interessierte, sehen, wie sich das allsehende und allwissende Orakel vor ihnen, den Wilden, geschützt hatte.

Ich bahnte mir einen Weg durch das dornige Dickicht. Da ich nun wusste, dass der Wald nicht durch schwarze Magie, sondern durch elektromagnetische Strahlung verbogen wurde, spürte ich keinerlei bedrohliche Aura mehr. Der Wald war einfach nur ein Wald. Sehr trocken, da hätte man rasch Holz für ein Feuer sammeln können. Ich schlug mich zu einer kleinen Lichtung durch, riss einige Fichtenzweige ab und schichtete sie auf, um ein Feuer zu entzünden. Ich holte eine Dose Katzenfutter aus dem Rucksack, die Gerda nicht mehr gefressen hatte, und legte sie ins Feuer, um sie aufzuwärmen. Es war nicht so, dass das Katzenfutter dadurch weniger eklig geschmeckt hätte. Ich fühlte mich nur weniger wie eine Katze: Die kochten sich ihr Fressen schließlich nicht auf. Ich stocherte mit dem Messer darin herum und leerte zügig die Dose. So schnell war ich auf die Katze gekommen.

Ich holte die Karte hervor und knipste die Lampe des Orakels an. Oh, bestimmt bedauerte Seine Heiligkeit jetzt, sie verschenkt zu haben! Und zitterte, während sie mit meiner kaputten Stirnlampe über dunkle Felder lief! Als ich den Turm des Orakels auf der Karte entdeckte, wurde mir klar, dass ich mich bereits ein gutes Stück von der freien Munizipalie entfernt hatte. Noch zehn Zentimeter weiter nach unten, und die Landkarte von Belarus würde enden, dann könnte ich nur noch Straßenschildern und Hinweisen von Entgegenkommenden folgen. Aber bis zur Stadt des Lichts waren es noch zwei, vielleicht drei Schlummer. In Anbetracht der Tatsache, dass die vor mir liegende Strecke nicht mit

Siedlungen übersät war, die einen Zuverdienst für Lebensmittel versprachen, kam mir erneut der Gedanke, nach Hause zurückzukehren. Dann aber erinnerte ich mich an die Nachrichten, die ich auf dem Wassermonitor gelesen hatte, und der Wunsch schmolz dahin. Bald würden die Sklavenkommissare von Kalvaria alle Stadtstaaten von Minsk regieren. Die Sehnsucht nach einer starken Hand hatte ihnen bereits einen Großteil des Territoriums innerhalb der Grenzen der alten Umgehungsstraße zugeschanzt. Ich betrachtete die beiden horizontalen Balken, die mit vertikalen Strichen durchkreuzt waren: Dieser Palisadenzaun begann fast unmittelbar hinter dem Orakel und erstreckte sich bis zur Stadt des Lichts. Seine Bedeutung jedoch war völlig unklar. Wie sehr ich mir auch den Kopf zerbrach, ich konnte keinen Sinn darin erkennen.

Ich schüttete die glimmende Feuerstelle zu und betrat den Pfad, machte dabei aber wohl zu viel Lärm, auch wenn mir schien, dass ich wie ein lautloser Schatten zwischen den Bäumen hindurchglitt. Kaum war ich aus dem Dickicht getreten, als mich etwas Hartes in den Rücken stieß und eine stählerne Stimme befahl:

»Halt, stehen bleiben!«

Ich erstarrte, hob automatisch die Hände. Als ich mich umdrehte, sah ich niemanden hinter mir. Nicht einmal das Augenweiß, das ein Mensch normalerweise nur schwer verbergen kann.

»Auf die Knie!«, kommandierte dieselbe Stimme und nahm mir die Waffe von der Schulter.

Ich fügte mich, reckte den Hals und versuchte zu erkennen, welches unsichtbare Wesen mich gefangen genommen hatte. Inzwischen nahmen mir flinke Finger auch den Rucksack ab. Was für ein Kauz! Der meinte wohl, er könne mich ausrauben. Dass ich Wertsachen dabeihätte. Der Angreifer knipste ein Licht an und nahm sich ein Gerät aus dem Gesicht. Ich glaube, es war eine militärische Wärmebildkamera. Ein Nachtsichtgerät. So was wurde auf dem Markt in Hruschawka für ein Zink vermietet und schien die Batterien schneller zu verschlingen als Gerda das Katzenfutter. Fünf Minuten Nutzung verbrauchten zwei volle Ladungen. Aber es war ein nützliches Ding, und ich hatte gern die vier Zink hergegeben, um damit zehn Minuten um den See zu laufen und zu schauen, wie die menschlichen Figuren in verschiedenen Spektren aussahen. Der Mann, der mich angehalten hatte, musste sehr reich sein.

Er durchsuchte schnell meine Taschen, fand das Messer, holte es heraus, öffnete den Rucksack und begann, ihn sehr professionell auszuweiden. Er hatte nichts gemein mit den Dumpfbacken, die dem König des Berges dienten. Eine Taschenlampe, die unter der Mündung eines Maschinengewehrs mit Schalldämpfer angebracht war, leuchtete jede Naht an meinem Rucksack aus. Er bemerkte die Flasche mit den Resten des Markenwhiskys, beschlagnahmte sie aber nicht. Es war also kein Raubüberfall.

»So. Aufstehen. Geh geradeaus«, befahl die stählerne Stimme. Während ich mich erhob, erkannte ich eine schwarz gekleidete Gestalt. Sie bewegte sich völlig geräuschlos, sodass ich auf meinem Weg zur asphaltierten Straße – wohin mich der Angreifer führte – das Gefühl hatte, niemand sei hinter mir und der Freak mit der Wärmebildkamera sei ein Spiel meiner Fantasie.

»Halt, stehen bleiben!«, brachte sich die Stimme hinter mir in Erinnerung, als wir die Straße erreichten. »Hände auf den Rücken, in die Hocke!«

Vorsichtig ließ ich mich auf den Asphalt nieder. In dieser Position mit den Händen auf dem Rücken zu sitzen war sehr unbequem. Mein Körper gab nach hinten nach, also beugte ich mich vor und stellte mich ein wenig auf die Zehenspitzen. Aber nach einem Dutzend Atemzügen taten mir die Zehen weh, und ich musste mich wieder zurücklehnen und meine Brust auf den Knien abstützen. Nach drei Minuten dieses schmerzhaften Balancierens war alles unterhalb meiner Knie so hoffnungslos steif, dass ich keinen Schritt mehr hätte tun können, wenn ich aufgestanden und losgerannt wäre.

Genau damit hatte mein erfahrener Entführer wohl gerechnet, denn er hatte sich nicht einmal die Mühe gemacht, mich zu fesseln. Höchstwahrscheinlich folgte er Instruktionen, die es für solche Situationen bereits vor der Zeit gegeben hatte, als Wärmebildkameras zu einem rund um die Uhr nützlichen Gerät wurden.

Bald darauf konnte ich von der Straße aus Richtung Silo und der Tankstelle ein Pferdetrappeln hören. Die Pferde rannten nicht, sondern liefen gemächlich, und es waren offenbar mehrere. Viele Lichter geisterten dort herum, aus der Ferne sah es aus wie eine Diskothek. Die stumme Gestalt, die neben mir stand, schaltete ihre Taschenlampe dreimal ein und aus und gab so denen, die sich näherten, ein Zeichen. Er bekam Antwort durch ein einmaliges Aufblitzen.

»Aufstehen. Fünf Schritte zum Straßenrand«, befahl er mir.

Ich stellte mich auf meine Beine, die mir fast nicht mehr gehorchten, fiel vorhersehbar wieder auf die Knie und führte so, fast kriechend, seinen Befehl aus. Während ich hinüberrobbte, drang Blut in meine Muskeln, und kleine Nadeln stachen in Waden, Knöchel, Füße. Ich begrüßte meine Gäste mit einem ausdrucksvollen Gesicht: Solche Krämpfe hatte ich mein Lebtag nicht gehabt.

Zuerst traten sechs Gestalten aus der Dunkelheit hervor, drei auf jeder Seite. Sie leuchteten mit ihren Taschenlampen den Asphalt und den Straßenrand aus, vielleicht auf der Suche nach einem Sprengsatz oder einem anderen Hindernis für die Karawane. Ihre Kalaschnikows hatten Taschenlampen unter den Läufen, außerdem trugen sie Maschinengewehre und sogar einen antiken M 79-Granatwerfer bei sich. Die Parade der Schusswaffen zog schweigend an uns vorüber, nur das Metall klapperte bei jedem Schritt. Ihnen folgten drei Wagen auf kapitalen Fahrgestellen mit luftlosen Reifen, die von je vier Pferden gezogen wurden. An den Seiten waren sie mit Panzerplatten verstärkt. Die auf den beweglichen Plattformen installierten Schnellfeuerkanonen, die von Schützenpanzern stammten, verliehen dem Wagen ein ungewöhnlich poetisches Aussehen. Der letzte Wagen, ebenfalls von einer Wachmannschaft umgeben, kam neben uns zum Stehen.

»Was hast du denn da für einen Hübschen?«, fragte eine sarkastische Stimme meinen Angreifer. Ein Scheinwerfer blitzte auf und richtete sich direkt auf meine verzerrte Fratze.

»Habe einen Späher der Schweineärsche gefangen. Der hat sich in den Wäldern beim Orakel versteckt.«

Das Wort »Vorposten« benutzten diese Leute nicht.

»Wissen Sie vielleicht, warum das Orakel erloschen ist?«, fragte eine andere, herrische Stimme aus dem Wagen. Sie redete auch danach immer in einem fragenden Tonfall, selbst wenn sie keine Frage stellte.

»Und wieso macht der hier so ein Gesicht? Hast du ihm den Blinddarm rausgeschnitten oder was?«, fragte die andere, heisere Stimme.

»Ich hab hier wie eine Kröte gehockt. Meine Beine sind steif«, murmelte ich, aber niemand hörte mir zu.

»Dieser Bauer ähnelt einem Spion so wie ich Mosche Dajan, das kann ich euch sagen«, sprach die herrische Stimme von oben und wandte sich danach an mich.

»Wer sind Sie also?«

»Wir müssen los, die Karawane darf sich nicht zerstreuen«, sagte einer der Männer hinter dem Wagen nervös.

»Der Antiquar bin ich. Auf dem Weg in die Stadt des Lichts. Und mit den Schweineköpfen habe ich nichts zu tun.«

»Der sieht völlig elend aus. Und trägt einen Mantel. Wie kommst du darauf, dass er ein Späher ist?«, fragte der Sarkastische.

»Von den Schweineärschen ist er, ohne Zweifel. Er hat kein Zink dabei.«

»He, warum hast du kein Zink dabei?«, fragte die spöttische Stimme.

»Alles ausgegeben«, antwortete ich grimmig.

»Was sollen wir mit ihm machen, Genosse Karawanenführer?«, wandte sich der Sarkastische ironisch an den Herrischen. »Ich schlage vor, ihm die Rübe wegzuschießen, nur für alle Fälle. Um das Risiko zu minimieren. Vielleicht ist er doch ein Schweinearsch.« Mir schien, er machte Witze. Er wandte sich wieder an meinen Angreifer. »Hatte er eine Waffe?«

Der zeigte schweigend mein Messer und meine Flinte.

»Darf ich fragen, wie euer Experte da mit Vornamen heißt?«, ertönte ungeduldig die herrische Stimme aus dem Inneren des Wagens. »Ich bringe sie immer durcheinander, denn sie gleichen einander wie Heringe im Fass des Chazkel Morduchowitsch Schagall, das kann ich euch sagen. Der dritte Schlummer ohne Rast, aber wie man ihn anspricht, das weiß ich immer noch nicht.«

»Der da ist ein Gefreiter des Alpha-Zuges, er dient der Unterstützung der vordersten Front.«

»Und sein Name, den die Menschen ihm gaben, die ihn auf die Welt brachten?«

»Wie heißt du? Sascha, oder?«

»Sergej«, antwortete mein Entführer unsicher. Offenbar hatte er schon selbst seinen eigenen menschlichen Namen vergessen.

»Serjoschenka, mein Lieber, hat dieser Dörfler, den Sie trafen, etwa einen Schweinerüssel? Oder Hufe? Nein? Nun, ich will Ihnen sagen, Serjoschenka, dass es einen riesigen Unterschied gibt zwischen diesem Dörfler und den Schweinerüsseln. Wohin wollten Sie?«, fragte mich die Stimme.

»In die Stadt des Lichts«, hob ich meinen Kopf und blinzelte ins Flutlicht.

»Siehst du, Serjoschenka, den Mann aus der Dunkelheit zieht es ins Licht, zum Wissen, zur Literatur. Wie Scholem Alejchem. Er nennt sich ›Antiquar‹, vielleicht schreibt er sogar Gedichte. Dieser Dörfler hat vielleicht eine große Zukunft, das kann ich dir sagen, Serjoschenka.«

»Wir müssen weiter. Jeder Halt ist gefährlich«, wurde er von hinten erinnert.

»Das wird Sie jetzt überraschen, Serjoschenka, aber wir werden diesen Dörfler mitnehmen, um von ihm zu erfahren, wie die Jugend heute so lebt«, erklärte der als »Karawanenführer« Angesprochene.

»Wie bitte?! Das geht nicht! Niemals! Das ist ein Verstoß gegen das Sicherheitsprotokoll!«, antwortete ihm jemand aus dem Inneren.

»Ach, ich bitte Sie, tun Sie doch nicht so, als ob ich Ihr Passagier wäre. Sie und Ihre gesamte Zahal sind meine Passagiere«, schnitt ihm der Karawanenführer das Wort ab. »Kommen Sie zu mir, junger Mann«, befahl er.

Ich kam auf die Beine und humpelte zum Wagen. Dort wurde ich erneut gefragt, warum ich hinkte. Ich wiederholte den »Kröten«-Satz und bekam zur Antwort etwas von »Genozid« (»Schau an, der Arme kann kaum laufen, eure Leute da haben dem jungen Dichter die Beine verkrüppelt!«), und es endete damit, dass Serjoschenka mich zum Wagen trug und einen scharfen Verweis wegen Verstümmelung der Zivilbevölkerung kassierte. Mein Gewehr und mein Messer behielt er allerdings.

Hinter den Panzerplatten verbarg sich eine geräumige Plattform, vollgestellt mit Stahlkisten. Auf beiden Seiten waren lange Ledersitze hineingequetscht. Die halbrunden Rippen des Planendaches liefen über den Köpfen der Passagiere zusammen. Doch das Tuch war entfernt worden – wahrscheinlich, um der Karawane nach dem Verlassen der Regenzone eine bessere Rundumsicht zu ermöglichen.

An einer der Sitzbänke brannte eine Gartendiode mit einem Drittel ihrer Leistung. Dadurch konnte ich einen kahlköpfigen alten Mann mit Adlernase und einem schuldbewussten Gesichtsausdruck erkennen. In seinem linken Ohrläppchen steckte eine weiße Kugel von der Größe einer Bohne. Sie glitzerte und funkelte, auch wenn kein Licht darauf fiel. Den Gedanken, dass es sich um einen Diamanten handeln könnte, verwarf ich sofort, denn erstens: Wer trug heutzutage noch Diamanten? Und zweitens gab es keine so großen Diamanten. Der Mann mit der Adlernase strahlte Würde aus, auch wenn er ohne besondere Erlesenheit gekleidet war: warm, dunkel, funktionell. Kein erkennbarer Stil. Der Eindruck der Erhabenheit ergab sich aus dem Gesamtbild, und nicht einmal seine Art zu sprechen – wortreich, mit fragendem Tonfall – konnte dieses Bild trüben. Gleich beim ersten Blick auf diese Konstellation war klar, dass der Kahlkopf hier das Sagen hatte.

Ihm gegenüber auf der Sitzbank saß ein bärtiger Mann mit einem Fidel-Castro-Hut. Er wirkte wie der Anführer einer Junta aus einem verarmten lateinamerikanischen Land. Gutmütiges Gesicht, Bäuchlein, ein weißes, verziertes Halfter, das mit einem goldenen Knopf geschlossen war. Der Comandante hatte weiße Lederhandschuhe, die unter der Epaulette seiner gefütterten Militärjacke steckten. Seine Stiefel hatten die Farbe von Milchkaffee. Das Einzige, was dieser Erscheinung fehlte, war eine quadratische schwarze Brille. Und natürlich eine Zigarre. Dafür gab es eine andere, unerwartete Ergänzung: ein großes orthodoxes Kreuz. Das Kreuz verlieh dem Erscheinungsbild des Comandante zusammen mit dem zotteligen Bart und dem kräftigen Hals einen deutlich priesterlichen Akzent. Offensichtlich wäre dieser Befehlshaber von Söldnern ohne ein wenig Geistlichkeit schwer ausgekommen.

Hinten auf der gepanzerten Plattform mit der rundum beweglichen Kanone standen drei junge Soldaten. Wenn der Comandante nicht in ihre Richtung schaute, spielten sie heimlich Karten, fiel jedoch sein strenger Blick auf sie, taten sie, ohne die Karten abzulegen, so, als würden sie einen Gurt mit Patronen bestücken. Zusammen mit dem nachlässigen Fahrer, der aussah, als hätte er drei Tage hintereinander am Steuer gesessen, wirkte die Truppe wie eine Brigade des Bürgerkriegskommandeurs Wassili Tschapajew, die entweder auf dem Weg war, eine Kosakensiedlung von Räubern zu befreien, oder selbst im Begriff war, jemanden zum Wohle der Roten Armee auszurauben.

»Willkommen in der Kohlekarawane«, sprach der Kahlkopf in entschuldigendem Ton und lächelte. »Sie haben es hier mit Leuten zu tun, die das gesamte Gebiet der Minsker Stadtstaaten und die Hälfte aller Siedlungen mit Wärme und Licht versorgen. Wir durchqueren jetzt den unsichersten Abschnitt der Strecke, entschuldigen Sie also die Nervosität dieses Schlemihls. Dreimal sind Vorgänger von mir hier niedergestochen worden. Ich weiß nicht, wer sie sind, eure Schweineköpfe da, aber sie haben eine sehr ungesunde Bindung an die materiellen Besitztümer unserer Welt, das kann ich Ihnen sagen!«

»Ich bin Antiquar«, wiederholte ich, als ich mich neben den Comandante setzte. »Ich komme von weit her, aus Hruschawka. Ich habe die Schweinerüssel in der Nähe der Tankstelle gesehen. Auf die würde ich nur ungern treffen.«

»Oh, Sie brauchen vor diesen Schmendricks absolut keine Angst zu haben!« Der Glatzkopf warf die Hände hoch. »Sie sehen ja, wie viele Experten wir hier haben, wir könnten uns eine Schlacht mit der Hamas liefern. Und ich wage nicht einmal vorherzusagen, wie lange die arme Hamas in diesem Kampf durchhalten würde. Bald wechseln wir beide das Fahrzeug, und dort sind wir gänzlich in Sicherheit.«

»Den Schweinerüsseln können herkömmliche Waffen nichts anhaben«, wiederholte ich vorsichtshalber das, was ich von den anderen gehört hatte.

»Ach, ich bitte Sie, junger Mann! Wenn herkömmliche Waffen ihnen nichts anhaben können, warum sind sie dann so versessen auf herkömmliches Zink? Haben Sie vor allem keine Angst. In diesen Kisten«, er klopfte mit der Hand auf eine Kiste, »sind unsere Einnahmen für die gesamte verkaufte Kohle. Nach Minsk transportieren wir Kohle aus der Stadt des Lichts, und zurück das Geld, um neue Kohle zu kaufen. Ein kleiner Reibach, wissen Sie. Ich frage Sie also: Warum verziehen sich Ihre Ziegenfüßigen und Schweinerüssel, wenn sie die Dreißig-Millimeter-Kanone hier nicht zu fürchten brauchen?«

»Ich wollte auch klarstellen, dass ich nicht vom Land komme und keine Gedichte schreibe.« Keine Ahnung, warum ich mich gezwungen sah, dieses Thema aufzugreifen. »Früher habe ich in Hruschawka Bücher verliehen. Eine große Bibliothek habe ich dort zurückgelassen. Mit Literatur kenne ich mich aus. Deshalb nennt man mich ›Antiquar‹.«

Aber der Karawanenführer ließ sich nicht von dem Gedanken abbringen, der ihn gerade beschäftigte. Bevor er nicht alles gesagt hatte, was ihm zum vorherigen Anlass auf der Zunge lag, wechselte er nicht zu einem neuen Thema.

»Aber sagen Sie mir, warum kommen die Schweinerüssel dann nicht zu uns auf eine kleine Unterhaltung?«, fragte der Kahlkopf. »Wir fahren diese Strecke schon das hundertste Mal. Und nie ist hier jemand. Ich würde ja gerne mal auf einen jungen Schweinerüssel treffen und ihn zu seinen Zukunftsperspektiven befragen. Aber sie sind nie da. Was meinten Sie gerade?«, war endlich mein Satz bei ihm angekommen. »Sie kennen sich mit Literatur aus?«

»Ich habe einiges gelesen in meinem Erdenleben. Es reicht, um zu wissen, dass der Lieblingsschriftsteller Ihres Leibwächters Monteiro Lobato war.«

»Tatsächlich?«, rief der Karawanenführer überrascht aus. »General, Sie haben Bücher gelesen?«

»Ich bin kein Leibwächter«, erwiderte der Mann mit dem weißen Halfter grimmig. Er gehörte zu der Sorte Menschen, die sich gerne über andere lustig machten, aber selbst nicht gern verspottet wurden.

»Und was ist das für ein Schriftsteller, dieser Plappato?«

»Monteiro Lobato, ein Brasilianer. Er lebte im zwanzigsten Jahrhundert und schrieb für Kinder.« Ich war sehr erfreut, dem General eins für den Blinddarm-Witz zurückzugeben.

»Ich habe seit meiner Jugend nur einfach das Lesen vernachlässigt«, rechtfertigte sich der Bärtige. »Der ›Orden des Gelbspechts‹ war das Letzte, was ich in den Händen hielt.«

»Er ist kein Leibwächter, er ist Söldner, und zwar ein respektabler«, lobte ihn der kahlköpfige Comandante. »Aber Sie sind ein gelehrter Mann.«

Ich überlegte, ob ich in dieser Gesellschaft die Geschichte von Aufstieg und Fall des Semjon Reiher erzählen sollte, meinte aber, dass diese Apokryphen sich auch so verbreiten würden.

»Und ich hatte früher, als an unserem Himmel die Sonne gastierte, was aufgrund des örtlichen Klimas sehr selten der Fall war, ein Juweliergeschäft. Im Zentrum von Minsk, gleich neben dem Kino ›Pobeda‹. Erinnern Sie sich vielleicht?«, seufzte der Kahlkopf grüblerisch. »Was waren das für Zeiten! Aber selbst als der Goldpreis fiel, schienen Diamanten ihren Wert zu behalten. Wie ein Abglanz der Ewigkeit. Wie gefrorenes Licht.«

Er berührte unwillkürlich die Bohne an seinem Ohr. Welches Gewicht sie wohl hatte? Anderthalb Karat? Wie konnte sein Ohrläppchen das aushalten?

»Aber dann erlosch die Sonne und mit ihr der Glanz. Jetzt sind alle auf Bernstein versessen, haben sich den ›Eridanos-Fluss‹ ausgedacht. Und die Diamanten sind ans Firmament zurückgekehrt …«

Er warf den Kopf zurück. Oben waren durch die Rippen des heruntergelassenen Planendachs auf dem schwarzen Samt verstreute Brioletten, Marquisen und Prinzessinnen zu sehen. Der gesamte Himmel war mit einem herrlichen Collier umspannt, das im Diamantenstaub kleinerer Sterne versank. Anhänger und Armbänder in allen möglichen Formen waren in der Himmelsvitrine ausgestellt. Und mittendrin eilte ein diamantenes Himmels-Pokémon zum Horizont.

»Genau, wenn man lange hinschaut, kann es scheinen, die Sterne sind kleine Löcher, durch die das wahre Licht des Weltalls scheint. Die Dunkelheit ist ein Staubschleier. Und die Sterne sind Lücken darin.«

Ich antwortete nichts. Man musste schon ein bankrotter Juwelier sein, um die Welt auf diese Weise zu betrachten.

»Und welches ist das schönste Buch über die Sterne, das je durch Ihre Hände gegangen ist?«, fragte er mit demselben grüblerischen Tonfall. Die Erinnerungen machten den kahlköpfigen Kaufmann sentimental bis zur Lächerlichkeit.

Ich dachte nach, denn solche Fragen waren mir nie zuvor gestellt worden. Ich hob den Kopf und warf noch einen Blick auf das Himmels-Pokémon.

»In der Mitte des letzten Jahrhunderts reiste ein junger Schriftsteller von Minsk nach Moskau, um die Meisterschaft des Schreibens zu erlangen. Er war einem kleinen Kreis bereits wohlbekannt, aber es fehlte ihm noch etwas. Vielleicht war es Liebe, obwohl er als Frauenheld verschrien war. Vielleicht waren es Einsamkeit und der Schmerz darüber, dass sein Gefühl nicht erwidert wurde. In Moskau dann lernte er eine Frau kennen, in die er sich Hals über Kopf verliebte. Aber sie war verheiratet und wollte nicht auf ein Leben in Wohlstand und Bequemlichkeit verzichten. Dennoch machte sie ihm Avancen. Der Schriftsteller liebte sie sein Leben lang – ich habe in seinen späteren Tagebüchern Hinweise auf sein Liebesleid gefunden. Dank dieser ungeteilten Gefühle wurde aus dem Schriftsteller ein Uladsimir Karatkewitsch.«

»Aber ich habe nach den Sternen gefragt«, erinnerte mich der Karawanenführer ungeduldig.

»Karatkewitsch beschrieb die Geschichte seiner Liebe – einfach und aufrichtig. Der Roman trägt den Titel ›Die Leoniden kehren nicht zur Erde zurück‹. Die Leoniden sind ein Meteorstrom, ›grünliche Blitze‹, die eine ›Phosphorspur‹ am Himmel hinterlassen – so sah er sie. Einer der Protagonisten beobachtet im neunzehnten Jahrhundert die Leoniden. Sein Leben ist ruiniert, nachdem er einer Frau geholfen hat, deren Mann wegen Beteiligung am polnischen Januaraufstand 1863 zum Tode verurteilt wurde. Dann sieht sein Urenkel die Leoniden am Himmel über Moskau, er liebt eine Frau, die er verliert. Der Roman besteht aus 33 Abschnitten – entsprechend der Anzahl an Jahren, die zwischen jeder Rückkehr der Leoniden zur Erde vergehen. Die Faszination für die Schönheit des Weltalls und seine Unergründlichkeit sind das Einzige, was diese Romanfiguren aus verschiedenen Jahrhunderten miteinander verbindet. Außerdem die Sehnsucht nach etwas Idealem und sehr Menschlichem. Als gäbe es einen Zusammenhang mit der Erscheinung der Leoniden, aber nicht direkt. Wie der ›bestirnte Himmel‹ bei Kant, der in einem Satz über ›Das moralische Gesetz in mir‹ erwähnt wird. In Karatkewitschs Roman gibt es ein Fragment, in dem er die Sterne am Himmel folgendermaßen beschreibt: ›Als ob der Herrgott, wieder ein Kind, Tausende von Streichhölzern entzündet und nachschaut, ob die Menschen immer noch Blut vergießen.‹ Und die Menschen vergießen Blut und werden dies auch weiterhin tun. Nur die Leoniden kehren tatsächlich nicht zur Erde zurück.«

Ich verstummte, weil mir mein eigenes Pathos unangenehm wurde. Deswegen beendete ich meine Rede so:

»Was den Roman betrifft, so hatte er ein schwieriges Schicksal, wie es bei großartigen Büchern oft der Fall ist. Als das Manuskript schon druckreif war, wurde der Bleisatz wegen des Vorwurfs des ›abstrakten Humanismus‹ wieder auseinandergenommen. Der

Vorwurf selbst war ziemlich abstrakt, wie mir scheint. Zu Lebzeiten von Karatkewitsch wurde das Werk nie unter seinem eigentlichen Titel veröffentlicht. Denn das alles geschah unter der Herrschaft des ewigen Generalsekretärs Leonid Breschnew, und in der Behauptung, die ›Leoniden kehren nicht zur Erde zurück‹, witterten die lokalen Behörden die Gefahr, man könne sie wegen dieses Titels an Orte verschicken, von denen es für sie keine schnelle Wiederkehr gegeben hätte. Also änderten sie ihn in das neutrale ›Man darf nicht vergessen‹. Selbst nach Breschnews Tod wurden die ›Leoniden‹ weiterhin unter diesem Titel gedruckt.«

Vor uns zeigten sich Lichter, mein Gegenüber reckte den Hals und starrte in ihre Richtung. Nun sah er einem alten Truthahn ähnlich. Hastig lobte er meine Geschichte:

»Sehr gut. Sie sind ein geborener Erzähler. Ich kann Sie mir sehr gut als Sagenerzähler in der Stadt des Lichts vorstellen. Eine fantastische Karriere! Ein Triumph! Gut gekleidete Paare werden nach Eintrittskarten anstehen. Junge Damen werden ›Bravo‹ rufen und in Ohnmacht fallen … Was denn, trödeln die Mechaniker? Geht es voran? Oder alles starr und stumm? Fahren wir oder müssen wir warten?«

Die letzten Sätze waren an den Kutscher gerichtet, in geschäftlichem Ton, der sich so deutlich von den vorangegangenen Träumereien des Kahlkopfs abhob wie die Helligkeit der Sterne am Himmel von der toten Bohne in seinem Ohrläppchen. Alle um uns herum waren nun wach. Die Jungs ließen ihre Karten fallen, der Schütze kletterte auf die Plattform und brachte seine Kanone in Bereitschaft, sein Gehilfe hockte sich neben den Schwenkmechanismus des Panzerturms. Selbst der Comandante hatte ein Pokerface aufgesetzt und legte seine Wurstfinger auf den goldenen Knopf seines weißen Halfters. Anders als zuvor ähnelte er jetzt eher einem Diktator als einem Priester.

Von vorne ertönte ein scharfer Pfiff – jemand blies auf einer Trillerpfeife.

»Zwei Signale. Alles in Ordnung. Angeheizt«, kommentierte der Lobatu-Bewunderer unverständlich.

»Los geht's, zur Ladefläche«, befahl der Kahlkopf.

Der Kutscher peitschte die Pferde, sie trabten los, und unser Wagen schob sich an die Spitze der Karawane. Die ungefederte Kutsche rumpelte über den Asphalt, neben uns klapperte die Infanterie mit ihren beschlagenen Kampfstiefeln, und vor uns schwebten lautlos die Schatten der Späher. Mit einer solchen Truppe hätten wir den Präsidentenpalast von Hafizullah Amin in Afghanistan einnehmen können, aber alle hatten angespannte Gesichter. Der Karawanenführer runzelte die Stirn, fletschte die Zähne vor Konzentration, und nun war mir klar, wie dieser geschwätzige und auf den ersten Blick wehrlos wirkende Mann seinen Reibach realisieren konnte. Niemand erklärte mehr etwas: Die große Transferoperation von Kapital war in die unsichere Phase der Beladung getreten. Daher stand den Beteiligten nun nicht mehr der Sinn nach Jux mit einem unterwegs aufgegabelten Passagier. Wir bogen von der Asphaltstraße ab und kamen zu einem Holzschuppen.

Am Mast entzündete sich eine fest installierte Diodenlampe. Sie beleuchtete eine Fläche, so groß wie eine Windschutzscheibe, und gab genug Licht ab, dass ich für eine Minute geblendet war. Aber ich wurde bereits von der Plattform gestoßen, und als ich wieder sehen konnte, bemerkte ich, dass die Seitenwände der Wagen heruntergelassen waren und sich die Armee des Comandante die Kisten in einer Kette zuwarf und in den Schuppen beförderte, während die unbeteiligten Kämpfer in einem Halbkreis aufgestellt waren: ein Bein kniend, die Waffe gehoben, zielten sie in die vom Scheinwerferlicht erhellte Dunkelheit.

Der Kahlkopf schien mich vergessen zu haben – ich sah seinen Rücken, der sich in Richtung des riesigen Gebäudes bewegte, das sich aus Armaturen und Schieferplatten zusammensetzte. Ein solches Bauwerk hatte ich bisher nur einmal gesehen – in einem tamilischen Dorf neben einem Elefantengehege. Als ich dem Karawanenführer hinterhereilte, konnte ich erkennen, dass entlang des Weges einige bis zum Silberglanz polierte Stahlträger am Boden verliefen. Eisenbahnschienen, so nannte man das früher. Es regte sich eine Erinnerung in Verbindung mit diesen parallelen Stäben, die durch vertikale Striche gekreuzt waren. Der Palisadenzaun auf der Karte sollte Eisenbahnschienen darstellen. War es etwa möglich, in die Stadt des Lichts zu fahren, statt zu laufen?

Im Pferdestall zeichneten sich nun die Umrisse eines übergroßen Wesens ab. Nein, das wirkte nicht wie ein Elefant, eher wie ein schwarzer Drache mit glänzender Haut. Diese Vermutung wurde verstärkt durch das Geräusch eines schweren Ausatmens vor mir und einer riesigen weißen Dampfwolke, die auf mich zukam. Ich holte den Karawanenführer ein und fragte, das Schnaufen des Monsters übertönend:

»Was für ein Wunder ist das denn?«

»Die genaue Bezeichnung kann ich Ihnen nicht sagen. Da kenne ich mich nicht aus. Den Kaufpreis für Kohle in jedem Stadtstaat vor und nach der Auktion kann ich Ihnen nennen und auch das Limit, oberhalb dessen die Kohle nicht mehr bei mir, sondern bei Moni oder Nalik gekauft wird.« Der Kahlkopf sah zu beschäftigt aus, um mir das anständig zu erklären oder zumindest zu bemerken, worauf meine Frage eigentlich zielte. Ich hätte meine Frage, auf welches »sichere Verkehrsmittel« wir umsteigen, stellen sollen, als unsere Karawane noch aus vier Pferden unter den sorglosen Sternen bestand. »Ich muss gestehen, ich habe wie der letzte Schmock geglaubt, es wäre eine Serienbezeichnung wie SU für Flugzeuge, IS für Panzer, FD für Züge. Wegen des Sternchens. Aber der Lokführer hat mir erklärt, dass es sich um ein Beutefahrzeug handelt, das von den Sowjets umgebaut und auf Nebenstrecken eingesetzt wurde. Ein deutsches. Oder eher ein polnisches.«

Wir näherten uns der schwarzen Armada, und nun waren schwere, rot lackierte Räder, Schlepphebel und Stößel erkennbar. Hinter dem Schleier zeigten sich ein massiver Anhänger, ein Führerstand und eine riesige Karosserie, die völlig mit Warzen von Nieten bedeckt war.

»Als in der Stadt des Lichts die Kohleförderung wieder aufgenommen wurde, kam dem Lokführer und seinen Jungs das örtliche Eisenbahnmuseum in den Sinn. Dort fanden sie dieses Wunderwerk, holten es vom Sockel, machten den Kessel wieder flott und stellten es auf die Schienen«, erzählte der Karawanenführer weiter. Inzwischen fiel mir der bereits erwähnte rote Stern auf, der an die Nase der Lokomotive geschweißt war. Er sah so natürlich aus, als wäre er schon immer da gewesen.

Der Kessel schnaufte und zischte, er verhielt sich eher wie ein lebendiges Wesen als wie ein Mechanismus. Jemand im Führerstand entdeckte uns, sofort leuchtete dort eine schwache gelbe Laterne auf. Eine Sekunde später sprang ein schwarzer, wie aus Kohlenstaub und Heizöl gekneteter kleiner Mann die Stufen herab.

»Und das ist der Lokführer, flink wie Abraham auf dem Fischmarkt«, stellte der Karawanenführer das Kohlemännchen nervös vor. »Fahren wir nun endlich oder bleiben wir hier stehen wie Sara, die so lange an der Ecke auf ihren Verlobten wartet, dass die Schmocks sie ansprechen und Liebe für Geld verlangen?«

Der Lokführer war nur leicht bekleidet: Shorts, T-Shirt und Flip-Flops. Statt sich in der Nacht hell hervorzuheben, waren seine entblößten Körperteile, die mit einer Mischung aus Kohle, Öl und Schweiß verschmiert waren, nicht von der schmutzigen Kleidung unterscheidbar. Der Mann wirkte wie aus Eisen gegossen. Wurden Eisenbahner nicht deshalb so genannt?

»Für Sie der Standardtarif«, sagte er knapp zum Karawanenführer, und wenn er sprach, stachen neben dem Glanz seines Augenweißes auch seine weißen Zähne hervor. »Und wer ist das?«

»Das ist ein sehr guter Bekannter von mir, das kann ich Ihnen sagen. Klug wie Rebbe Elijah Ben Salomon Salman, genannt der Gaon von Wilna. Oh, ich sehe, Sie wissen nicht, wer Elijah Ben Salomon Salman war.«

»Für einen sehr guten Bekannten sieben Zink, zehn mit Rückfahrt«, verfügte der Lokführer.

Bei der Beobachtung seiner Bewegungen und Bemerkungen kam ich zu dem Schluss, dass dieser Mann nicht ohne Beteiligung der Prosa von Andrej Platonow aufgewachsen war. In seiner Jugend hatte er sich für Chlebnikow und Majakowski begeistert. Kein schlechter Mensch, aber kaum wohltätig.

»Entschuldigen Sie bitte«, verbeugte ich mich. »Aber im Moment habe ich kein Geld bei mir. Unterwegs ist mir das Zink ausgegangen, durch eine Vielzahl von Missgeschicken.«

»Wer kein Zink hat, geht zu Fuß«, schloss der Lokführer lapidar.

»Sie können sich nicht vorstellen, wie begabt dieser Mann ist!« Der Karawanenführer klatschte in die Hände. »Schon bald wird er Sagenerzähler in der Stadt des Lichts sein, das können Sie mir glauben! Gut gekleidete Paare werden nach Eintrittskarten anstehen. Junge Damen werden ›Bravo‹ rufen und in Ohnmacht fallen … Fahren wir bald los? Hier herumzustehen ist nicht ungefährlich.«

»Wenn der Passagier so begabt ist, dann zahlen Sie doch für ihn«, schlug der Lokführer vor. »Sieben Zink für die einfache Fahrt, zehn für Hin- und Rückfahrt.«

Die Bemerkung des Eisenbahners fand keinen Widerhall im Herzen des ehemaligen Juweliers. Der Mann, der gerade drei Wagen Zink verladen ließ, tat so, als ob er das Angebot nicht gehört hätte.

»Fahren wir endlich los«, sagte er erneut ohne besonderen Nachdruck.

»Hören Sie«, wandte ich mich an den kohleverschmierten

Teufel. »Ich liebe Züge. Die Bewegung. Den Kessel, den ›Bauch der gesamten werktätigen Menschheit‹, wie bei Platonow. Mein Leben lang träume ich davon, mit einer Dampflok zu fahren. Aber im Moment habe ich wirklich überhaupt kein Geld.«

Er dachte einen Moment lang nach. Etwas rührte sich in seinem Herzen. Literatur ist eine großartige Kraft.

»Wer kein Geld hat, kann auf dem Schlepptender mitfahren.« Er nickte zum Anhänger, der sich hinter dem Führerstand des Mastodons befand.

In den Dampfwolken zeigte sich impressionistisch der Comandante, der nun wieder eher einem Priester als einem Anführer der Junta ähnelte. Daraus schloss ich, dass die Ziegenfüßigen die Gesellschaft der an einem Treffen interessierten Energieträgerlieferanten erneut verschmäht hatten.

»Ladevorgang abgeschlossen«, rapportierte er. »Der Waggon kann angekoppelt werden, dann ist Abfahrt.«

»Vielleicht kann ich mich Ihnen anschließen?«, fragte ich vorsichtig, weil ich mir nicht sicher war, was es bedeutete, auf dem Schlepptender mitzufahren. Sicher würde das nicht sonderlich komfortabel werden.

Der Comandante schielte zu mir herüber, zögerte ausgiebig, ob ich es überhaupt wert sei, eine Antwort von ihm zu bekommen. Schließlich verzog er den Mund und presste hervor:

»In den Waggon mit Zink darf nur die persönliche Wache des Karawanenführers. Wir fahren ohne Artillerie, also muss ich Sie abweisen.«

Ich versuchte, dem Kahlkopf in die Augen zu blicken, aber er schielte immer woandershin – vermutlich wurde er übervorsichtig, wenn es um die Sicherheit einer finanziellen Transaktion ging, und ignorierte dann Gefühle und persönliche Vorlieben.

»Vielleicht geben Sie mir dann wenigstens mein Schießeisen und mein Messer zurück, die mir Ihr Kämpfer weggenommen hat?«, entschloss ich mich zu dieser Bitte, weil ich schon ahnte, dass man mich bei der Ankunft wieder ignorieren und meine Schutzausrüstung nach den Gesetzen des Krieges verschwinden lassen würde.

»Auch das geht nicht«, grinste der Bärtige frech. War das seine Rache für den »Orden des Gelbspechts«? Oder stänkerte er zur allgemeinen Erheiterung nur ein wenig herum? »Erinnern Sie mich an die Konfiszierung, wenn wir in der Stadt des Lichts sind.« Ich hatte das Gefühl, gleich gäbe er die Anweisung, mein Gewehr und mein Messer unterwegs aus dem Fenster zu werfen, damit ich sie nicht versehentlich zurückbekäme.

»Das ist das Einzige, was ich zu meiner Verteidigung habe«, sagte ich zum Karawanenführer. Aber der schien gerade ganz andere Berechnungen im Kopf anzustellen.

Der Oligarch und der Comandante verschwanden im dampfenden Atemhauch des Drachen. Als sich die weißen Schwaden auflösten, waren sie wie weggeblasen. Der Lokführer schaute aus seinem Fensterchen zu mir herunter. Etwas rumpelte im Inneren des Monsters, sein Inneres stieß außer den weißen Schwaden einen verzweifelten Schrei aus, der darauf hinwies, dass sich der Nilelefant gleich in Bewegung setzen würde. Als mir klar wurde, dass die Lok ohne mich losfahren wollte, griff ich nach der Haltestange, die durch die Berührung des Eisenbahners glitschig geworden war, und hangelte mich rasch hinauf. Die Grimasse, mit der mich der Platonow-Typ begrüßte, war nicht gerade die höflichste, die ich in meinem Leben gesehen hatte. Würde ich versuchen, die gesamte Bandbreite an Emotionen, die sich gerade im Blick dieses Stahlelefantentreibers zeigten, in zwei Worte zu fassen, dann käme dabei heraus: »Junge, Junge!«

»Entschuldigen Sie bitte«, blökte ich und merkte, dass mein nervöses Auftreten in krassem Gegensatz zum eisernen Lebensstil dieses Mannes stand. »Ich weiß bloß nicht, was es bedeutet, ›auf dem Schlepptender‹ zu fahren. Wo ist der?« Zur Verdeutlichung wiederholte ich seine Bewegungen und zeigte auf die Rückseite der Lokomotive. Der dort angehängte Waggon war ein genieteter Quader aus schwarzem Metall. Ohne Türen oder Fenster.

»Den Steg entlang bis zur Rückseite des Wassertanks, dort die Leiter hoch.« Er scannte mich mit einem Blick, in dem deutlicher Zweifel lag, ob jemand, der nicht weiß, wo der Schlepptender ist, wirklich Platonow bewundern konnte. Als wäre ich geistig zurückgeblieben, fügte er hinzu: »Im Schlepptender werden Kohle und Wasser gelagert. Hinten geht's hoch auf die Plattform. Hinter der Kohlekiste gibt es einen Vorsprung, da kann man sitzen. Und dort fährst du mit.«

An seinem strengen Gesicht erriet ich, dass der Lokführer selbst schon oft auf dem Schlepptender gefahren war, wie auch die vielen Menschen, die er achtete. Ich musste meine Stirnlampe einschalten, um den Steg zu erkennen, von dem er gesprochen hatte. Der Gang war nicht breiter als ein Brett, aber auf Gürtelhöhe verlief glücklicherweise eine Metallstange, an der ich mich festhalten konnte. Als ich ausreichend viele Schritte gemacht hatte, um nicht mehr zum Vorsprung des Führerstandes zurückklettern zu können, erzitterte der massive Wal, an dem ich klebte, mit seinem gesamten, tonnenschweren Körper. Die Räder ruckten an. Stößel, Schieber, Schlepphebel und ein Dutzend anderer Einzelteile, die sich direkt unter meinen Füßen befanden, kamen rasselnd in Bewegung.

Fast wäre ich vom Steg geflogen. Ich schrie lauter auf, als es einem Bewunderer von Platonow und Dampflokomotiven zustand. Vielleicht hatte mich der Lokführer auf diese Weise testen wollen: Falls ich überlebte, durfte ich mitfahren, falls nicht, wäre ich Schmiere für die Räder.

Ich hangelte mich mit schwitzigen Händen die Eisenstange entlang und kam rasch zum Heck des Schlepptenders. Dort sah ich dann, dass man da nicht einmal stehen konnte: Direkt unter meinen Füßen war die Kupplung mit dem Bremsschlauch, darunter krochen langsam die Schienen vorbei.

Die Lokomotive fuhr ruckartig – ich spürte jede Bewegung des Radantriebs. Wenn sich der Schlepphebel neigte, machten die Räder der Lokomotive ein sehr charakteristisches Geräusch. »Tuck, tuck, tuck« – wie in einem Zeichentrickfilm für Kinder. Es war, als würde man in einem Auto fahren, das jedes Mal, wenn die Kolben im Zylinder hochrutschen, hochhüpft. Aber ich wollte nicht über dem Abgrund hängen und kletterte die wacklige Leiter hinauf, die auf den Buckel des Wals führte. Das »Fahren auf dem Schlepptender« stählte den Charakter. Oben befand sich eine Plattform, die an zwei Seiten durch Wassereinlässe gestützt wurde und mit einer schwarzen Plane abgedeckt war. Als ich sie wegzog, stellte ich fest, dass die Plane ursprünglich dunkelgrün gewesen war und wie alles ringsum mit Ruß überzogen, den der Schornstein der Lokomotive großzügig aufwirbelte. Unter der Plane lag eine Isomatte, die jemand vorsorglich an den Metallteilen des Schlepptenders befestigt hatte. Griff man nach dem schaumigen Kunststoff, war es nicht mehr so beängstigend, oberhalb des schnaubenden Lokomotivriesen zu hängen.

Nachdem es dreihundert Meter zurückgelegt hatte, stieß das Monster einen weiteren dampfenden Atemhauch aus und kam zum Stillstand. Von hinten kroch quietschend ein antiker Holzwaggon heran. Seine Fenster warfen ein gemütliches gelbes Licht auf den Hang, und aus irgendeinem Grund dachte ich an Iwan Bunin und Agatha Christie. Doch bevor mich der Anblick rühren konnte, prallte die Stoßstange des Waggons gegen das Heck der Lokomotive. In der nasskalten Luft ertönte ein Klirren, das sicher bis nach Silo zu hören war. Ich wurde nach vorne geschleudert und schlug mir am Metall des Kohlenkastens fast die Zähne aus.

Unten liefen Männer herum, fixierten die Kupplung, und wieder ertönte ein wehmütiger Pfiff. Nachdem sie einen halben

Meter zurückgerollt war, begann die Lokomotive ihre gemächliche Fahrt in Richtung Stadt des Lichts. Zunächst polterte und knirschte das Monster mehr, als es sich tatsächlich vorwärtsbewegte. Ich wurde hin und her geschleudert, als säße ich auf einem galoppierenden Dinosaurier. Unverbrannte Kohle geriet mir in den Mund, und meine Kleidung und die Matte unter mir waren bald mit schwarzem Staub bedeckt. Aber ich fand schnell einen Weg, mich auf der Plattform in Bauchlage auszustrecken und mich mit der Plane zuzudecken. Auf diese Weise fiel weniger Asche auf mich.

Das Monster bewegte sich mit der Geschwindigkeit eines schamvollen Mannes, der mitten in einer fremden Stadt dringend zur Toilette muss. Aber die Lücken zwischen »tuck« und »tuck« begannen sich zu schließen, und mir schlug eine Brise entgegen, die von einer steigenden Geschwindigkeit zeugte. Während der Beschleunigung war die hektische Arbeit der Kolben und Treibstangen immer weniger zu spüren, die Lokomotive fuhr fast gleichmäßig, dennoch kam bei mir nicht der Wunsch auf, die Matte aus meinen Krallen zu lassen und ohne Schutz zu bleiben.

Der Wind pfiff in meinen Ohren, und die Kälte wurde unerträglich. Schon schien mir die Aussicht, kopfüber auf die Schienen zu stürzen, nicht mehr ganz so tragisch. Das Sitzen im Freien wurde unerträglich, die Kälte war nicht auszuhalten, meine Nase lief, und meinen Kopf umspannte ein Ring aus Kälte. Ich stopfte meinen Rucksack tiefer unter die Plane und kroch wie ein Kosakenaufklärer zur Leiter. Das Abwärtssteigen war noch schwieriger, denn erstens waren meine Finger steif gefroren, zweitens hatte der Zug an Fahrt gewonnen, und auch wenn er sich nicht mehr, wie zu Beginn, um seine Lotachse schwang, ruckelte der Schlepptender immer noch hin und her.

Ich wollte am Bunin-Waggon ankratzen oder zumindest darum bitten, im Führerstand mitfahren zu dürfen: Die Kälte –

nichts kann mehr inspirieren – gab mir die Überzeugung, dass ich jetzt egal wen, egal wovon überzeugen konnte. Ich war bereit, Vorlesungen über den Nutzen der Prosa von Monteiro Lobato für Halsabschneider zu halten, Kohle zu schippen, Wasser zu kochen, Lieder zu singen und Striptease zu tanzen.

Aber kaum war ich am Sockel des Schlepptenders angekommen, sah ich, dass der Personenwaggon von der Lok durch eine solide Tür ohne Klinke getrennt war. Ich konnte allenfalls durch ein Fenster aus dickem Eisenbahnglas in den wohlig warmen Waggon schauen und versuchen, den Blick des Leibwächters zu erhaschen. Aber der war ein harter Kerl und würde mir sofort den Rücken zuwenden.

Als ich mich schon damit abgefunden hatte, dass mir der Erfrierungstod auf dem Tender einer alten Dampflokomotive beschieden war, zwängte ich mich die Stange entlang zum Eingang des Führerstands. Und ich muss sagen, nach diesem Weg, den ich fast blindlings über den schwarzen Abgrund durchlief, gab es kaum noch etwas auf dieser Welt, was mich schrecken konnte.

Dieses Mal empfing mich der Lokführer fast freundlich. Als habe mich nicht die Hundekälte in seine Bude getrieben, sondern der Wunsch, die Funktionsweise des Kessels zu studieren.

»Angekommen?«, fragte er kurz. »Na prima!«

Hier drinnen war es sehr heiß. Wie an Heizers Feuerung in Hruschawka. Nur viel enger. Drei Menschen drängten sich auf einer Fläche von zwei Quadratmetern, die an einer Seite von Metallteilen des Ofens mit einer Temperatur von hundert Grad Celsius begrenzt war. Einer, der Gehilfe des Lokführers, schlief erschöpft im Stehen an die Wand gelehnt. Direkt hinter ihm zogen die mondbeschienenen Felder vorbei. Er wurde hin- und hergeworfen, schien aber diesen Soldatenschlaf gewohnt zu sein und kontrollierte selbst im Tiefschlaf seine Körperhaltung. Wahrscheinlich funktionierte der Stoker in dieser antiken Dampflok nicht. Der arme Kerl musste die Kohle, die der Kessel zum Brennen benötigte, von Hand mit einer Schaufel hineinschippen. Zwischen Manometern, Griffen, Ventilen und Klemmen tummelte sich der Heizer. Äußerlich ähnelte er dem Lokführer, nur sah er viel unglücklicher aus. Der Lokführer wiederum hatte mit seinem Platz den Hauptgewinn gezogen, er stand zwei Schritte vom Ofen entfernt und jeweils gleich entfernt von den seitlichen Türöffnungen. Es machte ihm offensichtlich Spaß, den Heizer anzuschreien und so zu tun, als würde er den Prozess kontrollieren.

»Ich bin da oben völlig durchgefroren«, erklärte ich mein Erscheinen. Ich erkannte auf den ersten Blick, dass es hier keinen Platz für ein viertes Besatzungsmitglied gab. Wenn ich am Eingang stand, behinderte ich den Zugang des Heizers zu einigen Hebeln, zu denen ihn der Lokführer mit einem Bellen schickte.

»Vielleicht kann ich mich nützlich machen?«, schlug ich vor. »Aufräumen, zum Beispiel. Oder, was weiß ich, irgendein Ventil festschrauben?«

Um mein Angebot zu veranschaulichen, drehte ich einige Male an einem blau lackierten Ring, der etwas neuer aussah als der Rest der wundersamen Maschine. Ich hatte noch nicht zu Ende gesprochen, als mir schon klar war, dass ich etwas Unmögliches erbat. Die halbdunkle Kabine stand voll mit Geräten, Kolben, Eisenteilen, Scharnieren mit exotischen Bezeichnungen, die oberhalb der polnischen Begriffe eingeprägt waren. Hier konnte ich nicht helfen, kein bisschen, denn ich verstand überhaupt nichts von alldem. Mehr noch, meine Anwesenheit in der Nähe des Ofens bedeutete, dass jemand von den Experten zum Schlepptender kriechen musste.

Indessen gab das blaue Ventil, an dem ich gedreht hatte, ein leises Zischen von sich, und der Lokführer drehte es schnell wieder auf seine ursprüngliche Position und brüllte aus irgendeinem Grund nicht mich, sondern den Heizer an.

»Wasser wird nur im Extremfall abgelassen! Finger weg vom blauen Ventil! Das wird nur benutzt, wenn's überläuft! Auf den

Pegel achten! Das Manometer steht auf Rot, verdammt noch mal! Halt die Temperatur!«

»Und was passiert, wenn man am blauen Ventil dreht?«, mischte ich mich ein, nur um die Unterhaltung am Laufen zu halten. Je länger ich hier drin war, desto mehr Wärme konnte ich mit meinem Körper aufnehmen.

»Wenn der Pegel zu stark sinkt, hebt's die Decke vom Feuerraum ab. Oberhalb des Ofens muss das Wasser immer bei 100 Millimetern stehen. Fehlt Wasser, kommt es zuerst zur Überhitzung. Die Kontrollstecker schmelzen durch«, rief der Lokführer dem Heizer in den Rücken. Wahrscheinlich musste bei einer solchen Arbeit der Heizer alle zwei oder drei Fahrten ausgewechselt werden, dachte ich, denn die Wartung dieses metallenen Ichthyosauriers schien anstrengender und nervenaufreibender zu sein als früher der Aktienhandel. Und so musste jeder Neuling neu geschult werden, wie er mit diesem Reaktor auf Rädern umzugehen hatte. Der Lokführer fuhr fort mit seiner Einschüchterung: »Nach sechs Minuten hat das Dach 550 Grad erreicht und beginnt sich zu verziehen. Wenn die Temperatur nicht sofort gesenkt wird, bekommt das überhitzte Metall Risse. Im Kessel beträgt die Temperatur zweihundert, in der Atmosphäre kocht Wasser bei hundert Grad. Durch das rasche Hochkochen entsteht zusätzlicher Druck, und die Maschine hört die Engel singen. Der Kessel platzt auf wie eine Banane. In der Stadt der Gefängnisse haben die Jungs eine Dampflok im Museum zum Sieden gebracht, nicht aufs Wasser geachtet – die Lok explodierte, und zwei Stockwerke des Bahnhofs stürzten ein. Sechzehn Leute gar gekocht, und die Besatzung war nicht mehr auffindbar.«

»Verstehe!« Für mich war das alles Abrakadabra aus einem Physiklehrbuch. Damit ich weniger schwankte, griff ich nach der Eisenstange, die über meinem Kopf hervorragte. Aber sie gab nach, etwas zischte scharf, und ich brachte sie auf ihre ursprüngliche Position. »Und wie lange fahren wir überhaupt?«

Bei dieser Frage, die nichts mit der Welt des Kessels zu tun hatte, warf mir der Lokführer einen unfreundlichen Blick zu.

»Soll ich dir das etwa in Minuten sagen?« Er nahm meine Hand vom Hebel und fuhr fort, den armen Heizer zu instruieren. Der eilte von einem Gerät zum anderen wie ein Kernkraftwerksbetreiber in einem Reaktor, in dem eine unkontrollierbare Reaktion eingesetzt hat. »Das Einspritzgerät fürs Wasser«, sagte der Lokführer und klopfte gegen die Stange, an der ich mich hatte festhalten wollen, »ist vorsichtig zu öffnen, mit Blick auf den Druckmesser. Das Auffüllen des Wassers muss langsam erfolgen! Immer den Druck beobachten! Sonst fliegt alles auseinander!«

»Gibt es irgendetwas, was nicht in die Luft fliegt, wenn man es anfasst?«, rief ich an beide gewandt. Aber der Lokführer befand meine Frage keiner Antwort würdig.

»Vielleicht sollten wir ihn oben betten.« Ich nickte in Richtung des Lokführergehilfen, der im Stehen schlief. Oh, wie gerne hätte ich seinen warmen Platz eingenommen! Nachdem ich mich zuvor irgendwo festgebunden hätte.

»Der schläft nicht im Liegen während der Fahrt.« Die Augen des Kommandanten dieses Feuertrupps blitzten auf. Es blieb unklar, ob es sich um eine eigenständige Entscheidung des Schläfers oder um einen willkürlichen Befehl des Platonow-Bewunderers handelte. »Zeit für dich zu gehen«, beendete er die Exkursion. Ich klammerte mich an Stutzen und Manometer und peilte den Ausgang an, aber der Lokführer packte mich an der Schulter. »Du kannst die Kommandoleiter nehmen«, bot er großzügig an.

Er trat einen Schritt zurück und zeigte auf die Metallleiter hinter ihm, die nach oben führte. Über sie konnte man den Schlepptender direkt vom Führerstand aus erreichen, unter Umgehung des wackligen Stegs an der Seite des Kohlenwaggons. Ich hatte nun eine neue Ebene der Beziehung zur Lokomotive erreicht. Diese Leiter war breiter, sie zu besteigen war weniger beängstigend, weil sie an das Metall des Führerstands gelehnt war.

Nur rutschten meine Füße oben auf dem Deckel des Kohlenkastens, und der Wind wollte mich auf die Schienen pusten. Auf allen vieren erreichte ich die rettende Fläche. Ich kroch unter die Plane und zog den Schlafsack und zwei dicke Pullover aus meinem Rucksack. Nachdem ich meine Beine und meinen Körper in den Schlafsack gezwängt hatte, wickelte ich den Pullover über meine Mütze. Dadurch wärmte ich mich kaum auf, konnte aber die Wärme halten, die ich am Ofen aufgesaugt hatte. Ich streckte meine Nase unter dem Vordach hervor und beobachtete die schwarzen Felder, die hier und da von Pappelreihen und kleinen Waldstücken unterbrochen wurden. Ein paarmal kamen wir an entgleisten Vorortzügen vorbei – sie waren zur Seite gekippt wie kaputte Spielzeugwaggons.

Die Dampflok schnaubte und schniefte unablässig – ihr ruckartiges Fortkommen schien kaum mechanisch, als sei die Dampftechnik irgendwas zwischen dem Automatismus der Dieselmotoren und einer Welt, in der man auf gesattelten Tieren reiste, wobei jedes ein eigenes Temperament und einen individuellen Charakter hatte. Nun war mir klar, woher die Besessenheit der italienischen Futuristen für Bewegung gekommen war, woraus Platonow seine Begeisterung für Züge geschöpft hatte: Man musste mit diesem Tier verschmelzen, dem Rhythmus seines Herzens lauschen. Dann hatte man hier, auf der Plattform des riesigen Wassertanks, der sich ruckartig durch die Nacht bewegte, überhaupt keine Angst mehr, sondern nur angenehme Gedanken an das, was mich in der Stadt des Lichts erwartete, deren Name schon etwas Bedeutendes versprach. Auch wenn der Wind unter meine Decke kroch, hielt mich der Schlafsack warm. Als ich einschlummerte, hatte ich ein Gefühl, als ob sich Gerda mit ihrem warmen, im Schlaf entspannten Rücken an meine Beine schmiegte.

## Vierter Abschnitt

Es war die Stille, die mich weckte. Die Stille und das Gefühl von Stillstand. Ich fuhr hoch. Dann zog ich meine Stiefel an und kletterte über die Kommandoleiter in den Führerstand. Erst als ich über dem Abstieg in die Kabine schwebte, bemerkte ich den Gestank. Leichengeruch hing in der Luft. Dieser Geruch ist unverwechselbar.

Gerade hatte ich den Lokführer fragen wollen, warum wir nicht fuhren, aber nun war es klar. Es war der Geruch eines großen Unglücks. Meine Beine bewegten sich vorsichtiger, und ich schlüpfte lautlos in die Kabine, die vom Zischen, Glucksen und von anderen Geräuschen des Heizkessels erfüllt war. Der Anblick ließ mich mit angehaltenem Atem und stockendem Herzen auf den rutschigen Metallboden sinken. Der Lokführergehilfe stand immer noch dort, wo ich ihn schlafend gesehen hatte. Einen Schritt von der Tür entfernt, ungeschützt durch eine Tür oder Glas. Er hatte nicht einmal seine Haltung verändert, lehnte mit den Schultern an der Wand. Aber er hatte keinen Kopf auf seinen Schultern. Stattdessen ragte aus dem schwarzen Rollkragen der Rest seines Halses mit bleichen Wirbeln. Als er geschlafen hatte, waren seine Arme vor der Brust verschränkt gewesen. Jetzt war sein Kopf zwischen die schwarzen Handflächen geklemmt. Er war also vor seinem Tod noch zu sich gekommen und erschrocken. Seine Augen waren weit aufgerissen. Am Augenweiß haftete bereits Kohlenstaub.

Vor dem linken Ausgang lag zwischen den erhitzten Geräten der Heizer. Es war sein Blut, das den Boden so klebrig machte. Sein Tod war offenbar länger und noch qualvoller verlaufen. Ich will es nicht im Einzelnen beschreiben, aber es sah so aus, als wäre der Kerl mit seinen eigenen Eingeweiden erdrosselt worden.

Der Lokführer war nicht zu sehen. Vielleicht konnte er entkommen. Der eiserne Dinosaurier, den die Toten gelenkt hatten, lebte noch. Auf dem Manometer sprang der Zeiger hin und her, Dampf strömte aus den Stutzen, das Metall knirschte vor Druck. Ich duckte mich auf den Boden, kroch bis zur Türöffnung und schaute vorsichtig hinaus.

Das Erste, was ich sah, war der riesige Rüssel eines Schweinehufers, der auf Augenhöhe auf einem Pferd saß, einen Meter von der Lokomotive entfernt. Die riesige, schwarz verhüllte Gestalt verdeckte teilweise das Geschehen. Ein schwarzes Maul, riesige Schlappohren – nichts bewegte sich. Aus dem Maul dieser Kreatur kam kein Dampf. Im Gegensatz zum Pferd unter ihr atmete sie nicht.

Aufmerksam betrachtete ich den Schweinekopf. Geschwollene Augen, eine am bläulich verfärbten Kinn klebende Zunge: Das Ungeheuer war schon seit Wochen tot. Es bewegte sich nicht, und was ich zuerst für sein Zittern gehalten hatte, war nur ein Nachhall vom Pferd, das unter ihm von einem Huf auf den anderen trat. Die tote Gestalt schien nicht fähig zu töten. Hinter ihr, am Boden, bewegte sich etwas, und während sich meine Augen an die von einer schwachen Loklaterne beleuchtete Dunkelheit gewöhnten, konnte ich nur staunen, wie überzeugend das, was ein gewisser Semjon Reiher frei erfunden hatte, zum Leben erwacht war.

Schließlich erkannte ich zwei Gestalten, die neben der Lokomotive herumtrampelten.

»Das reicht doch, oder?«, fragte die eine, sie stand auf allen vieren.

»Nicht genug Fußstapfen. Trampel noch etwas herum.« Vor dem Gesicht der anderen leuchtete der Schein einer Zigarette auf. Tabakrauch hüllte die Figuren ein.

Der »Trampelnde« streckte sich, und ich konnte die Stümpfe von Schweinefüßen in seinen Händen erkennen. Die Gestalt beugte sich vor und tauchte die Hufe in etwas ein. Als ich meine Augen anstrengte, erkannte ich in diesem »Etwas« die aufgerissene Brust des Karawanenführers.

»Der hier ist schon ausgelaufen. Gibt keine Farbe mehr«, war die Stimme von Jegorius zu hören. Und er fügte hinzu: »Und genau aus diesem Grund, Sjoma, lassen wir normalerweise einen Zeugen am Leben. Damit jemand von den Gräueltaten der Ziegenfüßigen erzählen kann. Dann muss man diese Gräueltaten später nicht aufmalen.«

Der Angesprochene trat beiseite, stöberte dort, kam zurück zum Führerstand und zog den Körper des Lokführers am Bein hinter sich her.

»Und was machen wir mit dem?«, fragte der »Künstler« matt.

»Streng deinen Grips an. Das Orakel hat durchgesagt, es gäbe keine Schweinerüssel. Seine Erfindung. Bald werden die ehrbaren Bürger keine Angst mehr haben. Also gib dir schon etwas Mühe.«

»Und was, wenn ich ihm die Nase abschneide?«

»Mach vor allem jetzt die Spuren. Bevor das Blut gerinnt.«

Der zweite Mann schaltete das Licht ein, wodurch ein sauberer Messerschnitt in Nähe des Herzens des Lokführers sichtbar wurde. Er riss dem Lokführer das geschwärzte T-Shirt vom Leib, nahm sich von der »Farbe« und legte eine blutige »Schweinespur« zum Waggon. Plötzlich kam drei Schritte vom Eingang der Lokomotive entfernt jemand aus der Dunkelheit gehuscht – er trug einen schweren Sack und schaute sich kaum um. Dieser dritte Mann näherte sich dem Pferd, auf dem der schweinsköpfige Reiter saß, schlug dessen Mantel zurück und befestigte am Sattel unzufrieden grunzend das, was er mitgebracht hatte. Ich hatte Angst, bemerkt zu werden, deswegen konnte ich für eine bessere Sicht den Kopf nicht allzu weit herausstrecken.

»Dauert das noch lange?«, fragte die Stimme von Bruder Jegorius.

»Zwei Drittel des Waggons noch. Gäbe es Karren, könnte man alles, so wie es ist, in den Kisten verladen. Aber Sie haben ja festgelegt, dass Schweinehufer nicht auf Karren reisen. Deshalb müssen wir alles in Säcke packen. Zwei Stunden werden wir noch buckeln. Aber hätten wir Karren … Das haben Sie festgelegt, ja. Wo steht eigentlich geschrieben, dass Schweinehufer nicht auf Karren fahren können?«

»Keine Widerrede!«, antwortete der Chef kurz. »Und mehr Respekt vorm Boss, bitte schön.«

»Was denn, widerspreche ich etwa?«, nörgelte der Mann, der den Sack gebracht hatte. »Da haben Sie verfügt, dass einer, der sich die Rippen gebrochen hat, das Zink schleppen soll, und ich tue es. Auch wenn ich mir in die Lunge stechen könnte. Und diese Dreckschweine stinken so sehr, dass man sich mit einem Atemzug die Syphilis holt.«

»Ich rieche nichts«, unterbrach ihn die Stimme des Landwirts.

»Nein, wirklich, das Schweinefleisch ist verdorben. Bald kommen die Würmer. Und ich bin hier mittenmang mit gebrochenen Rippen. Besser, Sie hätten Sjoma dafür eingeteilt.«

»An den gebrochenen Rippen bist du selbst schuld«, hob der Anführer seine Stimme. »Hat etwa jemand von dir verlangt, du sollst dich den Kugeln aussetzen? Vom Wachmann dieses Bürgermeisters? Wurde ich getroffen? Nein. Wurde Sjoma getroffen? Nein. Dann bist du wohl selbst schuld. Bedank dich wenigstens für die Panzerweste.«

»An das hier kann man kein weiteres Zink hängen«, seufzte der Verletzte. »Sowieso ist das schon ziemlich viel für ein Pferd. Ich belade jetzt das nächste. Lass uns das Schweinezeug ersetzen. Material gibt es genug.«

»Neue Köpfe gibt's, wenn wir wieder auf dem Hof sind«, stimmte Bruder Jegorius widerwillig zu. »Aber ich rieche nichts.«

Der Kopf des Schweins bewegte sich und flog mit wedelnden Ohren zu Boden.

»So! Kein Gestank mehr auf dem Rückweg«, sang die Stimme freudig, die mir am nächsten war.

»Was hast du da gerade gemacht?«, fragte der Chef mit Nachdruck.

»Den Faulschädel hier runtergerissen. Sie haben selbst gesagt, wir kriegen neue.«

»Du hast ihn runtergerissen, also heb ihn wieder auf und befestige ihn«, befahl die zweite Stimme.

»Warum?«, fragte derjenige mit den gebrochenen Rippen begriffsstutzig.

»Darum! Semjon kriecht hier nicht mit dem Bauch über den Boden und macht Spuren, damit du dann am Tatort eine Erklärung hinterlässt, warum die Schweinerüssel so widerstandsfähig sind. Das nächste Mal zielen sie dann nicht auf die Schweinerüssel, sondern auf dich, Dumpfbacke.«

»Der hier gibt kein Blut mehr her«, stellte Sjoma fest.

»Dann schau mal in die Lokführerkabine, die beiden da drin haben noch so viel, dass es rausgeflossen kommt«, riet ihm der Chef.

Wie der Schriftsteller eines Abenteuerromans aus dem achtzehnten Jahrhundert gesagt hätte, entfaltete sich alles Weitere recht schnell, wie ein Segel auf einer spanischen Galeone. Während Sjoma, der anstelle eines Pinsels mit zwei Hufen bewaffnet war, sich krümmte, stöhnte, sich das Kreuz rieb und die Metallstufen hinaufkletterte, sprang ich in zwei Schritten zur Türöffnung neben dem kopflosen Lokführergehilfen. Ich setzte meinen Fuß in die Öffnung, nun war ich nur noch einen Schritt von meiner Rettung entfernt. Aber ich blieb stehen. Ich ließ mir eine ganze Sekunde Zeit, um in den Führerstand zurückzukehren und das blaue Ventil ganz aufzudrehen. Die Gestalt des »Künstlers« Sjoma zeichnete sich bereits im Durchgang ab, als ich wie ein Taucher auf der anderen Seite des Lokführerstands in die kühle Dunkelheit sprang. Sjoma hörte meinen Aufprall nicht, denn der Führerstand war vom Zischen des Heizkessels erfüllt. Aber Bruder Jegorius regte sich:

»Wer stapft da bei dir herum?«

»Alle, die stapfen konnten, haben sich schon ausgestapft«, antwortete Sjoma. »Die sitzen hier alle entspannt da, wie Diebe in einer Spelunke.«

Ich schmiegte mich an den sandbedeckten Abhang. Sjoma hatte offenbar die Schweinefüße auf dem blutbefleckten Boden getränkt und machte nun Spuren auf der Stufenleiter. Ich kroch vorsichtig die Böschung hinunter, schlich noch tiefer in die Dunkelheit und sprintete davon. Ich fürchtete, nicht genügend Abstand zu haben, wenn die Lokomotive auseinanderflog. Als ich weit genug entfernt war, hockte ich mich hin und starrte in die Dunkelheit. Ich beobachtete die Bewegung kleiner Figuren am metallenen Wal, aber der Zug stand da und dachte nicht daran zu explodieren. Als mir klar wurde, dass mein Sabotageversuch fehlgeschlagen war, ging ich langsam die Gleise entlang – irgendwo an deren Ende musste die Stadt des Lichts ja sein.

Als sich die Dunkelheit um mich herum schloss, krochen mir einige unangenehme Gedanken in den Kopf. Dass ich meinen Rucksack mit Schlafsack und warmer Kleidung auf dem Schlepptender zurückgelassen hatte. Dass meine Doppelflinte mitsamt des Munitionsvorrats und mein Messer im geplünderten Waggon zurückgeblieben waren. Dass ich mit absolut nichts in die Stadt des Lichts kommen würde: ohne Geld, ohne Essen, ohne warme Kleidung sogar. Oder Unterwäsche zum Wechseln oder Ersatzsocken. Bloß gut, dass ich wenigstens die ewige Stirnlampe von Semjon Reiher bei mir hatte – sie hing um meinen Hals. Nachdem mir alle diese Überlegungen gehörig die Laune verdorben hatten, hörte ich hinter mir ein Krachen.

Zuerst spürte ich es an den Schienen – die Vibration übertrug sich schneller, als mich der Schall erreichte. Die Schienen brummten metallisch. Dann bebte der Boden. Und zwar so stark wie bei jenem Erdbeben, das wir einmal gemeinsam in Sumatra erlebt hatten. Schließlich erreichte mich auch das Geräusch – es war nicht laut, aber gewaltig. Es rollte über den gesamten Horizont, nicht wie die Detonation von Munition, sondern als hätte es einen donnernder Explosionsstoß entlang einer gesamten Front gegeben. Gerne würde ich an dieser Stelle hinzufügen, dass wenige Sekunden später der Kopf von Jegorius vor meinen Füßen landete. Oder die Hälfte eines Pferdes angeflogen kam, an dessen Sattel ein Sack mit einem Schweinekopf gebunden war. Oder irgendwas anderes als eindeutiger Hinweis, dass die Mörder gegart, in Stücke gerissen und aus dieser Welt geschleudert worden waren.

Doch dieses ferne Krachen in der Dunkelheit, dem kein Blitz vorausgegangen war und kein Feuerschein folgte, blieb der einzige Beweis dafür, dass der Kessel explodiert war. Und ich weiß nicht und werde nie erfahren, ob die Banditen, oder zumindest einer von ihnen, umgekommen sind. Wahrscheinlich musste ich mir darüber auch keine Gedanken machen. Triumphale Rache ist ein Gefühl, das nur demjenigen Freude bereiten kann, dem keine anderen Gefühle geblieben sind.

Am Bahndamm gab es natürlich keine Pfade. An dieser südlichen Nebenlinie der Eisenbahn, die den Haltepunkt mit dem verlassenen Bezirkszentrum verband, waren keine Siedlungen gewachsen, hatten keine Bewohner Pfade entlang der Gleise breit getrampelt. An der Stelle der Stadt des Lichts, des Mekkas der neuen Zeit, war auf der Karte ein leerer Ring eingezeichnet, als Zeichen für eine Kleinstadt zu Zeiten der Belorussischen Sowjetrepublik. Von seiner Bedeutung her stand sie an vierter Stelle nach der großen Silhouette mit eingezeichneten Straßen, dem Doppelring sowie einem kleinen Kreis, der in der Mitte schraffiert war.

Manchmal blieb ich mit den Füßen im Boden stecken und musste direkt auf die Eisenbahnschwellen klettern. Manchmal reichte der Wald bis an das Gleisbett heran, und stachelige Fichtentatzen versuchten, sich an meinem Mantel festzukrallen.

Beim Laufen merkte ich, dass einige Schienenabschnitte repariert worden waren – dort lagen neue Bohlen: Nachdem die Kohlekarawane ihren Betrieb wieder aufgenommen hatte, war von den Eisenbahnern offenbar mehr als nur die Dampflok restauriert worden.

An Landstraßen, in der Nähe von rostigen Schranken, zeigten sich die Häuschen der Eisenbahner. Aus Backstein gebaut, mit unversehrten Scheiben in den Fenstern, verhießen sie ein Bett und irgendeine Verpflegung. Ich erwog bereits, für meinen nächsten Schlummer in einem von ihnen abzusteigen.

Ohne Rucksack fiel das Gehen leicht, ich vertrieb die schweren Gedanken an die Folgen meines Besitzverlusts, indem ich Lieder summte, an die ich mich erinnern konnte. Ich hob Kieselsteine auf und warf sie vor mir her. Als ich wieder einmal den Kopf hob, um mich umzusehen, erstarrte ich beim Anblick einer neuen Himmelserscheinung, die nochmals zu sehen sich kein Mensch, kein Zweibeiner, kein Bewohner der Finsternis mehr erträumt hatte.

Vor mir, jenseits eines Hügels, auf dem die Schienen ruhten, glühte unzweifelhaft und machtvoll eine rosige Morgendämmerung. Nein, noch war es weit entfernt vom Bild eines blauen Himmels mit dem scharlachroten Leuchten rund um den Sonnenpfannkuchen, der hinter dem Horizont hervorrollt. Aber am Horizont zeichnete sich in Kontrast mit dem tintenschwarzen Abgrund des Firmaments ein klares Leuchten ab. Ich schloss die Augen und blieb ein paar Minuten stehen. Dann schlug ich die Augen auf. Das Licht war immer noch da. Ich wandte ihm den Rücken zu und zählte bis hundert. Drehte mich wieder um. Die Morgendämmerung war geblieben. Ein Freudenschauer durchzog meinen Körper. Ich faltete die Karte auseinander und knipste meine Stirnlampe an. Alles passte: Der eingezeichnete Lattenzaun der Bahnlinie führte nach Südosten. Der Sonnenaufgang musste dort zu sehen sein.

Verrückt vor Freude rannte ich los. Mit einem Blick registrierte ich, wie das rosa Band über dem Boden allmählich wuchs, wie dort, von wo das Leuchten kam, die Sterne immer fahler wurden, sich nacheinander ausknipsten und wie die unteren Pfoten des Himmels-Pokémons an Helligkeit verloren. Ich lief, und das Laufen fiel mir leicht, das Laufen schien ein perfekter Ausdruck von Freude. Ein Tanz des Glücks, das dem Wesen des Menschen eingeschrieben ist. Als mir die Puste ausging, schritt ich langsamer voran und spürte, wie mein Herz mit der Geschwindigkeit eines Disco-Stroboskops pochte und meine Lungen die Brust ausdehnten wie Dampf den Kessel einer überhitzten Lokomotive. Aber ich blieb nicht stehen, lief immer weiter, denn ich war überwältigt von dem Gefühl, dass diese magische Morgendämmerung so lange andauern würde, wie ich – ich allein – daran glaubte, dass sie real war. Und dabei achtete ich nicht darauf, dass dieser Sonnenaufgang, wäre es ein echter Sonnenaufgang gewesen, schon längst den ganzen Himmel in Orange hätte tauchen müssen. Vielleicht kann man vor der Nacht einfach davonlaufen, dachte ich. Vielleicht gibt es Sonnenaufgänge, an die man nur selbst heranreicht, sagte ich mir. Und setzte unablässig einen Fuß vor den anderen. Vorwärts, immer weiter. Mein Kopf hatte längst alles begriffen – dass die Richtung der Eisenbahnschienen nicht dermaßen exakt mit dem Punkt des Sonnenaufgangs übereinstimmen konnte, dass der Ort, dem ich entgegeneilte, diesen speziellen Namen trug, dass die »Sonne« einen verdächtig kleinen Durchmesser hatte. Aber meine Beine stießen sich immer noch vom Boden ab, trugen meinen Körper weiter vorwärts.

Und erst als ich atemlos und erschöpft, verschmiert von Kohlenstaub und Schweiß, endlich klar die Grenzmauer und einzelne Gebäude der Stadt des Lichts erkennen konnte, wurde mir klar, dass ich nicht auf das Wunder einer echten Sonne zu hoffen brauchte. Wie viele andere Menschen vor mir waren wohl ebenso dem Morgenrot entgegengelaufen? Wie viele enttäuschte Herzen hatten sich wohl verkrampft bei der Erkenntnis, dass dieses Morgenrot technogenen Ursprungs war?

Mit schwindender Hoffnung kehrte die Schwere in meinen Körper zurück. Meine Stiefel klebten wieder an den Eisenbahnschwellen, und ich stapfte benommen auf die Metropole zu, den wohl einzigen großen Ort, der nicht in kleinere Stadtstaaten zerfallen war und auf einzigartige Weise illuminiert wurde.

Als ich aus einem kleinen Waldstück heraustrat, bemerkte ich auf dem Hügel eine Kette aus langsam kriechenden Lichtpunkten. Das sah aus wie eine Schnellstraße, auf der sich Autos mit der Geschwindigkeit von Raupen voranbewegten. Es war die Zufahrtsstraße zur Stadt des Lichts. Ich ging die Gleise entlang und genoss daher den Luxus der Abgeschiedenheit. Auf der asphaltierten Straße dort hätte mich eine Schar anderer Landstreicher umringt.

Die Stadtmauern kamen näher, und vor ihnen fühlte ich mich wie ein müder Legionär, der das halbe Römische Reich durchwandert hat. Die Abgrenzung war gewaltig, an manchen Stellen erreichte der Erdwall die Höhe eines neunstöckigen Wohnhauses. Beim Näherkommen erkannte ich riesige Schüttgutwaggons zum Transport von Kohle, die gegen den unteren Teil der Mauer gepresst waren, um sie zu stützen und vor einem Einsturz zu bewahren. Neben der Mauer nahmen sich diese Waggons wie Kinderspielzeug aus.

Ich konnte es mir nicht erklären, aber der mit Erde aufgeschüttete Stadtwall war mit Sträuchern und verkümmerten Bäumen überwachsen, als wären diese Hügel entstanden, bevor die Stadt des Lichts zu einer Siedlung wurde, die eine Abwehr benötigte. Vor allem aber brannten oben am Wall in regelmäßigen Abständen grelle gelbe Kugeln. Und sie sahen nicht wie Fackeln oder Diodenscheinwerfer aus. Es wollte mir nicht recht in den Kopf, aber genauso hatte einmal die Straßenbeleuchtung entlang des Prospekts ausgesehen, die ich durch die entfernten Äste von Pappeln vor meinen Fenstern in Hruschawka hatte sehen können.

Weiter entfernt, auf der linken Seite, befand sich ein weiteres unerklärliches Phänomen. Hinter der Abgrenzung zeigten sich Schornsteine. Das waren keine Spielzeugschornsteine von kohlebefeuerten Kesselhäusern, sondern massive Ziegelschornsteine einer großen Fabrik. Schwarzer Rauch quoll aus ihnen hervor. Die Schwaden zogen in den rötlichen Himmel und bildeten darin einen Tintenfleck. Innerhalb der Stadtmauern gab es eine Art Industrie.

Ich weiß nicht, warum ich meinte, ich könnte die Mauer an der Stelle passieren, wo die Schienen verliefen. Auf meinem Weg zeigte sich nun ein hoher Stahlvorhang, der anderthalbmal breiter war als ein Zug. Er reichte bis zum oberen Ende der Mauer und hatte weder Lücken noch Spalten, durch die ein Mensch sich hätte hindurchzwängen können. Ich stand vor dieser Sackgasse, schaltete die Stirnlampe ein und entdeckte, dass sich oben im Wachturm etwas regte. Aber niemand wollte dieses Tor für einen Fremden öffnen, der sich in der Nähe der Gleise herumtrieb.

Also schaltete ich das Licht aus und versuchte, die Wand zu erklimmen. Aber sie war zu steil, und außerdem ragten dreimannshohe Öltanks aus dem Boden, an denen man nicht vorbeikonnte, ohne sich das Genick zu brechen.

Also beschloss ich, den Wall entlang nach rechts zu gehen – dorthin, wo die Lichterkette von Fußgängern der Mauer zustrebte. Dort musste es eine Zollstelle und einen Grenzkontrollpunkt geben. Doch immer öfter blieb ich mit den Füßen im Boden stecken – er war zähflüssig, auf seiner Oberfläche schimmerten Reflexe der Laternen. Das gesamte Feld war bis zur Straße mit Flüssigkeit getränkt, und die roch keineswegs nach Parfüm. Ich hörte ein gurgelndes Geräusch, und als ich mich zur Mauer umblickte, sah ich dort mehrere Wasserfälle sprudeln. Das bedeutete, dass die Kanalisation in dieser herrlich beleuchteten Stadt nach mittelalterlichen Prinzipien funktionierte. Und ich durfte gerade das Feld beehren, wohin die Kloake abgeleitet wurde. Nachdem ich weitere hundert Schritte gegangen war, blieb ich im unwegsamen Morast stecken, wollte schon zu den Bahngleisen zurückgehen, sank aber fast knietief ein. Ich geriet in Panik und erspürte mit den Füßen einen trockeneren Bereich – er verlief näher an der Mauer.

Als die Angst, im stinkenden Schlamm meinen Lebensweg beenden zu müssen, ihren Höhepunkt erreichte, fiel mein Blick auf eine hübsche Villa oberhalb der Mauer. Holz, Neue Romantik, die Unbeschwertheit des neunzehnten Jahrhunderts. Ganz und gar weiß, wie ein Dampfer. Gelbes Licht aus dem Inneren spielte auf vergoldeten Rosetten. Und warum, fragte ich mich, zeigte sich mir die Schönheit ausgerechnet in dem Moment, als ich versuchte, nicht im unwegsamen Sumpf zu versinken? Ich hatte Pech mit dem Wetter: Beim »Nahe null« von Hruschawka wäre der Boden gefroren, und man hätte hier Fußball spielen können. Aber so … Da bemerkte ich direkt vor meinen Füßen eine menschengroße Puppe in einem mit Gold und Spitze besetzten Wams. Ich schaltete die Taschenlampe ein und sofort wieder aus, weil ich den Toten nicht genauer betrachten wollte. Abgesehen von den freigelegten Knochen (er lag wohl schon lange hier) war die Komik seiner Tracht auffällig. Das Wams war aus einem Stoff genäht, der an Veloursmöbelbezüge erinnerte. Und was ich zunächst für ein Schwert gehalten hatte, war nur ein in Folie eingewickelter Stock. Ein Dutzend Schritte weiter entdeckte ich einen prächtigen Piraten-Dreispitz mit einer künstlichen Straußenfeder von »Ikea«. Unter der schwarzen Perücke des toten Piraten breiteten sich Algen aus. Eine seltsame Trauerkultur war das hier, die Toten in alte Kleider zu hüllen und in den Morast hinter die Mauer zu werfen. Das Sudelfeld, über das ich lief, war nicht nur Teil der Kanalisation, sondern auch ein VIP-Friedhof.

Dem ekelhaften Sumpf entkommen, näherte ich mich der Menschenmenge am Westtor der Stadt des Lichts mit einem derart kernigen Aussehen, dass ich selbst in den Nachtklubs der Unterwelt die Gesichtskontrolle nicht passiert hätte. Auf meinem Mantel hatte sich der Kohlenstaub mit dem Schlamm aus den Abwasserkanälen vermischt, und der im stehenden Wasser gesäuerte Schlamm klebte an meinen Stiefeln und Hosen. Ich wusste nicht, welche Farbe mein Gesicht hatte, aber meine Hände sahen aus wie die Pfoten der berüchtigten Dogge: schwarz, hässlich, mit langen Krallen. Ich tröstete mich damit, dass mein Anblick nicht auffallen würde neben den anderen Besuchern der Stadt, die vom Leben und der langen Wanderschaft gezeichnet waren. Doch was ich jetzt auf der Straße erblickte, wirkte wie eine Warteschlange von Gästen eines Botschaftsempfangs.

Frische Hemden, modische Schals. Schuhe poliert, Hosen mit Bügelfalte, Haare gestylt, Gesichter rasiert. Das Unangenehmste war, dass hundert Meter vorm Eingang, dort, wo der Metallzaun begann, helles elektrisches Licht brannte. Der rettende Schleier der Dunkelheit, hinter dem ich meine Schande verbergen konnte, wurde hier kurzerhand aufgerissen. Die Elektrizität hob jede schwarze Sichel meiner Fingernägel hervor, jedes Krümelchen Holzkohle in meinen Bartstoppeln, jeden Zigarettenstummel, der am Saum meines Mantels haftete. Sie leuchtete meine von den Abwässern der Kanalisation feuchten Spuren auf dem Bürgersteig aus.

Zur Beschreibung meiner Notlage wäre es wiederum angebracht, auf die Sprache eines Abenteuerromans aus dem achtzehnten Jahrhundert zurückzugreifen, aber das erspare ich den Lesern lieber. Glauben Sie mir einfach: Ich fühlte mich wie in jenem archetypischen Traum, wenn man mitten im Gedränge einer Großstadt nackt auf einer Straßenkreuzung steht.

Ich ging zur Warteschlange und reihte mich hinter zwei Herren in Oxford-Mänteln ein. Sie hatten solide Koffer mit einfahrbaren Stahlgriffen dabei. Als ich mich neben sie stellte, rollten sie ihre Koffer weiter, was keineswegs kränkend war und nicht der Befürchtung geschuldet schien, ich könne etwas stehlen. Außerdem setzten sie ihre ehrbare Unterhaltung fort:

»Und ich habe diesmal eine Partie Kondome genommen: Ach, die Sitten, wenn's Karneval ist, oje! Die werde ich für zwanzig Zink pro drei Stück los. Das sind dreihundert Prozent Gewinn. Und du bist noch bei Kaninchen?«

»Nein, Kaninchen, das war in der letzten Saison.« Der Gentleman richtete die Manschetten seines weißen Hemdes, die aus dem Mantel ragten. »Du wirst sehen, die verkaufen sie jetzt an jeder Ecke, ohne Nachfrage. Es braucht eben Geschäftssinn. Erinnerst du dich, wie Wowa Chelsea vor sieben Karnevalen in eine Ladung Laternen investiert hat? Dann haben sie das kohlebefeuerte Heizkraftwerk renoviert, und dann wurde die Stadt beleuchtet. Und Wowa blieb auf seinem Kredit sitzen. Nein, dieses Mal habe ich in Capitanos investiert. Verschiedene Größen, die weibliche Version mit geschminkten Augen.«

»Capitanos sind unheimlich.«

»Die Capitano-Maske ist ein Karnevalsklassiker. Das Lachen über den Tod. Im Mittelalter trugen die Ärzte bei Pestepidemien ähnliche Masken. In den Schnabel legten sie Kräuter, um sich nicht anzustecken.«

Der Erste untersuchte den Ärmel seines Kaschmirmantels, hob dann den Kopf zu den Stadtlaternen und bemerkte kritisch:

»Und was dieses Heizkraftwerk für einen Dreck ausstößt. Selbst die Kleidung ist voll Kohlestaub, siehst du? Gut, dass es am anderen Ende der Stadt gebaut wurde.«

»Tja, was soll man machen«, seufzte der andere. »Ohne das Heizkraftwerk gäbe es kein Licht, und wir hätten keine solche Marge. Die haben die Kohleminen hier ja zur selben Zeit eröffnet, wie ›Credit Suisse‹ in der Schweiz gegründet wurde. In New

York haben die Mitglieder des ›Buttonwood-Abkommens‹ ihre Verträge noch in Coffeeshops aufgesetzt, und es gab nicht mal eine richtige Börse, aber die Familie Walowitsch baute sich hier schon ein Anwesen mit dem Gewinn aus der Kohle. Direkt neben dem Haldenberg.«

»Haldenberg? Was ist das?«, fragte der Erste zögernd. Es schien ihm unangenehm, seine Unwissenheit zu zeigen, egal, worum es ging.

»Dieser Erdwall dort, siehst du ihn? Das ist ein Haldenberg, eine Halde von Kohleprodukten. Die Stadt liegt mittendrin, neben den Kohleminen und den Bergwerken. Und der Hügel, auf dem der Walowitsch-Palast steht, ist aufgeschüttet worden.«

Der Erste hatte das Interesse an diesem Thema verloren, schließlich ging es nicht um einen potenziellen kommerziellen Erfolg. Der Zweite drehte sich zu mir um, schnupperte an der Luft und sagte höflich zu mir:

»Verehrtester, Sie haben ja gar keine Waren dabei. Benutzen Sie doch die ›fast lane‹ auf der rechten Seite. Sie ist für solche, die eine vereinfachte Zollkontrolle durchlaufen.«

Auch das war keineswegs kränkend. Durch den Rat dieses Mannes brauchte ich nun viel weniger Zeit in der Warteschlange zu verbringen. Und tatsächlich – ein Teil der Straße war leer, und darüber hing ein Schild: »Handgepäck bis zu fünf Kilo« mit einem Pfeil nach vorne. Ich umging die Absperrung für die Warteschlange, klopfte mir nochmals den Schmutz von Mantel, Hose und Stiefeln und ging darauf zu. Nur wenige Menschen waren daran interessiert, mit »Handgepäck bis zu fünf Kilogramm« in die Stadt des Lichts einzureisen, also ging ich die restlichen fünfhundert Meter zum Zollamt allein, überquerte die Zugbrücke über den an der Mauer ausgehobenen Kanal und fand mich in der Betonbox der Zollkontrolle wieder.

Diese Kontrolle demonstrierte wenig Respekt vor den Besuchern der Stadt des Lichts. Durch Scharten in den Wänden zeigten drei Maschinengewehrläufe auf einen Tisch, der mit dem Betonboden verschraubt war. Als ich mich dem Tisch näherte, blitzte von oben grelles elektrisches Licht auf, das einem die Seele verbrannte. Die schwarzen Sicheln meiner Fingernägel waren jetzt nicht nur gut sichtbar, sie schienen sogar Schatten zu werfen. Zwei Lautsprecher in den Ecken schnaubten und befahlen ohrenbetäubend:

»Legen Sie zwanzig volle Ladungen auf den Tisch zu Ihrer Linken, um den Eintritt zu bezahlen. Stellen Sie Ihre Tasche in die Mitte des Tisches und verteilen Sie alle Gegenstände aus der Tasche auf der rechten Seite des Tisches.«

»Aber ich habe keine zwanzig Zink«, hob ich die Schultern.

»Legen Sie links zwanzig volle Ladungen hin«, wiederholte der Lautsprecher noch dröhnender.

»Ich habe weder Zink noch persönliche Gegenstände«, sagte ich nun ebenfalls lauter, falls ich schlecht zu hören gewesen war.

»Gemäß der Zutrittsordnung in die Stadt des Lichts beträgt das Eintrittsgeld in die Stadt des Lichts in der Karnevalswoche und an den drei Tagen davor zwanzig volle Zink und an anderen Tagen zehn. Wenn Sie keine zwanzig vollen Zink haben, können Sie keinen Anspruch auf Einlass in die Stadt des Lichts erheben, auch wenn Sie den Zoll erfolgreich durchlaufen haben.«

»Kann ich, zum Beispiel, auf Kredit einreisen? Ich verdiene das Geld und bezahle bei Abreise?«

Die Stimme aus dem Lautsprecher war erneut verstummt, und ich starrte ängstlich zu der auf mich gerichteten Gewehrmündung. Hoffentlich wurde ich nicht erschossen, bevor ich überhaupt merkte, dass das Gespräch beendet war. Doch auf einmal ertönte eine andere, höflichere Stimme im Betonkasten.

»Was soll das heißen, Sie haben keine persönlichen Gegenstände?«, fragte ein anderer Mann weniger laut. Offenbar war er mit seinem Mund weiter vom Mikrofon entfernt.

»Hat sich so ergeben. Keine Tasche, kein Zink.«

»Welche Waffen haben Sie dabei?«, fragte eine weitere Stimme.

»Ich habe keine Waffen. Hat sich so ergeben.«

Danach trat eine so lang anhaltende Schweigepause ein, dass ich schon meinte, hier würden Absagen traditionell durch Schweigen erteilt. Aber als ich mich zum Gehen umwandte, leuchtete über einer der Scharten ein purpurrotes Schild auf: »Warten«. Warten musste ich lange, und ich überlegte, ob ich denen da im Lautsprecher vorschlagen sollte, dass wir uns gegenseitig Witze erzählen. Bloß gut, dass es in diesem »grünen Korridor« keine Warteschlange gab, sonst hätte ich den Verkehr ziemlich aufgehalten. Schließlich erwachte der Lautsprecher wieder zum Leben, diesmal war eine ältere Frau am Mikrofon.

»Nennen Sie Ihren Namen bitte«, schlug die Stimme von Miss Marple vor.

»Antiquar. Ich komme aus Hruschawka.«

»Sind Sie allein unterwegs?« Ein solches Timbre hatte meine Großmutter gehabt, die Englisch an meiner Schule unterrichtete.

»Absolut«, stimmte ich zu. »Ich kam über den Bauernhof, über eine Tankstelle, über Silo und dann entlang der Bahnlinie. Aber der Dampfzug ist nach einem Angriff der Ziegenfüßigen explodiert. Na ja, was heißt schon Ziegenfüßige …«

»Sie wissen wahrscheinlich, dass in unserer Stadt alle dreihundertfünfundsechzig Morgensirenen ein Karneval stattfindet«, erklärte die Stimme in feierlichem Tonfall. So wurden früher die Lottogewinner im Fernsehen bekannt gegeben. »Zuvor«, fuhr das Omilein fort, »legen die Zünfte zusammen mit den Adelsfamilien heimlich die Bedingungen fest, nach denen der Kavalier des Karnevals ausgewählt wird. Die männliche Verkörperung der Festlichkeiten. Die Karnevalsdame wird unter den unverheirateten adligen Töchtern bestimmt.«

Ich nickte wieder, obwohl mir dieses Gespräch schon nicht mehr recht gefiel. Irgendwie erinnerte mich das alles sehr an die Geschichte in Nasamonien.

»Kavalier des Karnevals kann nur ein einsamer Reisender werden. Normalerweise führen wir einen Wettbewerb durch. Dieses Jahr jedoch«, die Stimme hielt feierlich inne, »waren die Bedingungen zu streng, und wir haben keine einzige Bewerbung. Dabei findet der Eröffnungsball schon heute Nacht statt, nach der Abendsirene. Also, geschätzter Antiquar. Wir beglückwünschen Sie, denn Sie sind rechtzeitig eingetroffen. Kavalier des Karnevals muss ein Mann werden, der ohne Waffen und Gepäck in unsere Stadt kommt. Ohne Besitztümer. Mit leeren Händen.«

»Und was bedeutet es, die ›männliche Verkörperung der Festlichkeiten‹ zu sein? Ich meine, rein praktisch?« Ich wollte sofort herausfinden, was im Kleingedruckten des Vertrags stand. Um später nicht Hals über Kopf aufbrechen zu müssen.

»Wir würden Sie gerne im besten Zimmer unseres besten Hotels unterbringen und Sie kostenlos zu allen Veranstaltungen einladen, die für Sie interessant sein könnten. Sie haben eigentlich nur eine einzige Verpflichtung: glücklich zu sein. Und sich von der Karnevalsdame begleiten zu lassen. Nun, und dem Eröffnungsball beizuwohnen.«

»Das sind schon drei Bedingungen«, verzog ich für alle Fälle mein Gesicht.

»Oh, glauben Sie mir, das ist eigentlich nur eine Bedingung. Glücklich zu sein, Zeit mit einer jungen Aristokratin zu verbringen und auf dem Ball zu tanzen – das ist alles ein und dasselbe.«

»Ich muss tanzen?« Wieder runzelte ich die Stirn.

»Eine reine Formalität. Niemand erwartet von Ihnen, dass Sie den Dreischritt des Wiener Walzers beherrschen. Sie müssen sich nur bei der exklusiven Eröffnungsveranstaltung des Karnevals zur Musik bewegen.«

»Bei der exklusiven Eröffnungsveranstaltung?«, wiederholte ich den Teil des Satzes, den ich nicht sofort verstand.

»Ja, bei der exklusiven Eröffnungsveranstaltung …« Ich konnte ihr Lächeln hören. »Sie sind wahrscheinlich zu jung, um sich daran zu erinnern, dass vor Einbruch der Nacht die exklusive Eröffnungsveranstaltung die Hauptform des gesellschaftlichen Lebens in unseren Breiten war.«

Anscheinend unterschätzte sie mein Alter oder überschätzte meine Kenntnisse über das gesellschaftliche Leben.

»Ich bin einverstanden«, sagte ich feierlich in Richtung des Schildes »Warten«.

»Wir hatten keine Zweifel, dass Sie den Jackpot annehmen«, grinste das Omilein erneut ins Mikrofon.

Der mittlere Teil der Wand mit einer eingelassenen Schießscharte knackte und kroch zur Seite. Dahinter zeigte sich ein von Tageslicht erhellter Flur.

»Gehen Sie zum Hotel Metropol. Sie werden erwartet«, sagte die Stimme zu mir. Einen Moment lang dachte ich, dass Miss Marple nach unserem Gespräch in Erscheinung treten würde, aber sie sollte für mich die Stimme aus dem Lautsprecher bleiben.

Ich betrat den Flur. Der Durchgang endete an einem Metallgitter, dessen Flügel sich auseinanderschoben, als ich mich näherte. Nach der Beschaffung von Elektrostrom gaben sich die Chefs dieser Einrichtung scheinbar große Mühe, alle totalitären Praktiken zu erneuern, die in der vorangegangenen Epoche erfunden worden waren. Das wirkte irgendwie unbeholfen und sogar angestrengt. Selbst diese Gitter wurden wahrscheinlich von irgendwelchen Praktikanten des Grenzschutzes per Hand auseinandergeschoben. Doch lag allem hier die Absicht zugrunde, das Ekelhafteste dieser untergegangenen Welt nachzubilden, um wie ein »echter Staat« zu wirken, und sei es, dass Gäste über eine Schallverstärkung angesprochen wurden. Sie hätten besser in eine vernünftige Kanalisation investieren sollen.

Ich verließ den Zollposten, ging eine menschenleere Straße entlang, deren einzige Funktion wohl darin bestand, die Grenzposten von den Vergnügungen der Stadt zu isolieren, bog um eine Ecke und wurde sofort taub und blind. Hinter Häusern im provinziellen Empirestil wurde auf dem Prospekt getrunken, gekotzt, getanzt, getrommelt und in Hörner geblasen. Hier herrschte die Atmosphäre einer großen Partymeile, wie in der alten Welt auf der Pham Ngu Lao in Saigon, der Khaosan in Bangkok, der La Rambla in Barcelona, der Revaler Straße in Berlin. Die Menschen bewegten sich lawinenartig voran und scharten sich um Musiker, die so dicht beieinanderstanden, dass Getöse und Gekreisch zu einer einzigen Kakofonie verschmolzen.

Neben einem Kerl, der auf seiner Gitarre düster »Weißer Schnee, graues Eis« des vergessenen russischen Barden Viktor Zoi schmetterte, hüpften enthusiastische Chansonniers mit kleinen Ziehharmonikas und Geigen umher und interpretierten in gutem Französisch das Repertoire einer bekannten Cabaret-Band. Drei Schritte entfernt standen Ecuadorianer in bunten Ponchos. Sie hatten sich mit konzentrierten Gesichtern in einem Halbkreis aufgestellt und intonierten auf ihren Panflöten jene Melodie, ohne die früher keine Hauptstadt der Welt ausgekommen war. Ihr Gesichtsausdruck ließ einen dabei denken, dass sie in Wirklichkeit den Stoff des Lebens webten, und zwar in einer Weise, die nur Abkömmlinge vom Amazonas beherrschten. Nach den Ecuadorianern wurde die Luft vom Solo eines alten Hippies zerrissen. Beim Zupfen seiner E-Gitarrensaiten sang er breit lächelnd »Wish you were here«, allerdings fehlte ihm die Hälfte der Zähne. Neben ihm stand ein tragbarer Lautsprecher, aus dem die alte Welt als Gitarrenrhythmus von Pink Floyd ertönte.

Und die Menschenlawine rollte voran, ohne sich umzuschauen, ohne zu staunen über die beispiellose Explosion von Vergnügungen inmitten der schwarzen und toten Einöde. Ich ging an einem Verkäufer von chinesischen Lampions vorbei, erwog, einen Hotdog zu kaufen (eineinhalb Zink, aber auch die hatte ich nicht) und erschrak vom Geschrei eines Jungen, der mit einem Stapel von frisch gedruckten Blättern dastand:

»Zeitung ›Der Augenzeuge‹! Wir verkaufen nur Nachrichten von Augenzeugen! Die Volksdiktatur Kalvaria hat die Kontrolle über den Berg übernommen! Der König des Berges ist zur Fahndung ausgeschrieben!«

Nach den Zeitungshändlern folgten die Händler mit weißen Kaninchenmasken. Der Hit der letzten Saison war in allen erdenklichen Formen vertreten, von Pappmasken mit Ohren an einem Holzstab, die man sich vors Gesicht hielt, bis hin zu riesigen flauschigen Helmen mit rosa Plüschohren, dessen erstickendem Inneren man seinen ganzen Kopf anvertrauen musste. Der Maskenhändler sah trübsinnig drein: Niemand kaufte Kaninchen, obwohl viele in der Menge schon für den bald beginnenden Karneval verkleidet waren. Hier traf man auf verschiedene Van Goghs mit Pappmaschee-Gesichtern, auf Harlekine und Pierrots mit unterschiedlicher Ähnlichkeit, auf Malvinas mit Pudel Artemon, auf d'Artagnans und Richelieus (wobei die Richelieus überwogen), auf Fußsoldaten des Imperiums und Prinzessin Leia, auf Indiana Jones, auf die Men in Black, auf Lenin, Gandalf, König Mindaugas und sein Pferd, auf Putin und Trump.

»Junger Mann, kaufen Sie ein Kaninchen! Das Kaninchen symbolisiert Fruchtbarkeit und Glück in der Liebe«, appellierte der Maskenverkäufer ohne jede Hoffnung an mich. Als er bemerkte, dass ich weiterging, fügte er traurig hinzu: »Zwei zum Preis von einem.« Und als ich schon sehr weit weg war: »Ein Kondom gratis dazu.«

So sieht eine Geschäftspleite aus. Ich hätte ihn fragen sollen, ob er Wowa Chelsea hieß.

Natürlich wurden auch Souvenirs feilgeboten: Kühlschrankmagnete in Form von drei Häusern im Empirestil mit beleuchteten Fenstern für drei Zink, die mit AAA-Batterien betrieben wurden. Sticker in Form von Glühbirnen mit der Aufschrift

Town of Light[6] – ein solches Ding für den Kühlschrank hätte ich mir vielleicht sogar gekauft, wenn ich geplant hätte, irgendwann in eine Wohnung mit Kühlschrank zurückzukehren. Nach dem touristischen Trödel kam weiterer Krempel, und zwar Juwelierarbeiten. Und obwohl Gold oder Diamanten schon lange nichts mehr wert waren, lag die Ware hier unter Glasvitrinen, damit zwielichtige Personen nicht in Versuchung gerieten. Die teuersten Stücke wurden mit Lämpchen angestrahlt, so konnten die Steine ihre Vorzüge zeigen. Ich ließ meinen Blick unwillkürlich über die Auslagen streifen und blieb abrupt stehen. Die Leute hinter mir stießen mit mir zusammen und knurrten missmutig.

Zwischen Ohrringen, die mit birnenförmig geschliffenen Halbkarätern besetzt waren und für fünf Zink angeboten wurden, sowie einem Ring mit einem riesigen schwarzen Diamanten zum gleichen Preis lag da ein goldenes Reichskleinod. Es zeigte ein Winkelmaß und einen Zirkel in einem Kreis, mit einer diamantenbesetzten Krone. Ein Freimaurerzeichen.

»Ich sehe hier bei Ihnen etwas, das jemandem gehörte, den ich kannte«, sagte ich zum Verkäufer, der gerade Instantsuppe aus einer Thermoskanne schlürfte.

Begeistert erhob er sich von seinem Plastikstuhl, doch beim Anblick meines Mantels verblasste der kommerzielle Eifer in seinem Gesicht.

»Alles hier hat mal Leuten gehört, die jemand kannte«, erwiderte er phlegmatisch.

---

6 Als meine Übersetzung veröffentlicht war und Bekanntheit erlangte, gingen die Händler am Victoria Memorial und am Eingang zu Fort William dazu über, die hier beschriebenen Souvenirs aus der Stadt des Lichts feilzubieten, die alle in Rajapur aus gefärbtem Kunststoff recycelter PET-Flaschen hergestellt wurden. Ich finde, die Gauner könnten mir wenigstens eine Gewinnbeteiligung anbieten! (Anmerkung des verärgerten indischen Übersetzers)

»Aber wer hat dieses Reichskleinod angebracht?« Ich tippte auf die Glasvitrine, und mein Finger hinterließ einen schwarzen Fleck.

»Ah, das da? Das ist neu, da fehlt noch das Preisschild. Da kam so ein Spitzbart. Mit Augen wie Raskolnikow. Ein Familienerbstück? Kann ich Ihnen für drei Zink überlassen.«

»Er hatte einen spitzen Bart?« Ich versuchte, einen Mephistopheles-Keil anzudeuten, aber er achtete nur auf meine verschmierten Finger.

»Ob nun spitz oder nicht, aber er benahm sich wie Raskolnikow, deswegen habe ich sogar meine Waren durchgezählt, als er weg war.«

Er sah mich in einer Weise an, dass mir klar war, er würde auch nach mir seine Waren durchzählen. Die traurige Nachricht war, dass das Reich des guten Königs in schlechte Hände gefallen war. Die gute Nachricht, dass der König es in die Stadt des Lichts geschafft hatte.

Ich stieß mich vom Ufer ab und tauchte in den Menschenfluss ein, die Strömung nahm mich auf und trug mich vorbei an Röstkastanienverkäufern, Feuerschluckern und Typen, die zu spanischem Rap Purzelbäume schlugen. Da stand ein Mops auf einem Karton, weiß mit schwarzen Flecken, den Hund durfte man für einen Zink fünf Minuten lang streicheln und auf den Armen halten. Dieser Mops machte mich traurig, und ich versuchte, irgendjemandes freundlichen Blick zu erhaschen, denn schließlich liegt es in der menschlichen Natur, anderen in die Augen zu sehen, wenn man sich schwach fühlt. Aber die Leute drehten sich weg. Mir ging der Gedanke durch den Kopf, dass man gerade mit solch verschmutzten Menschen wie mir Mitleid haben sollte, wenn man unterwegs auf sie trifft. Schließlich sind sie die Wehrlosesten unter allen und brauchen vor allem das Lächeln eines anderen.

Die festlich gekleidete Menge war herzlos. Hier tobte ein

Wettstreit von Mode, Stil und Frisuren. Die Menschen maßen einander an ihrer Extravaganz, nicht an der stillen Tiefe in ihren Augen.

Auf einer der menschenleeren Inseln befand sich ein Stand, von dort drang mir ein Duft in die Nase, der meinen Willen ausschaltete und mich wie einen Stier am Nasenring zu sich zog. Alles dort war so, wie es sein sollte: eine rot glühende elektrische Spirale, davor ein Fleischkegel und gebratene Fleischfetzen, die in einem Edelstahlkörbchen in Öl gluckerten. Daneben standen Schüsseln mit Salat, leicht angetrockneten Pommes frites, Kohl und anderen Zutaten für einen Döner. »Groß – 4 Zink, klein – 3 Zink«, stand auf dem Preisschild.

Der Speichel brutzelte auf meiner Zunge wie die Fleischfetzen im Öl, ich wandte mich an den Koch:

»Salaam alaikum, verehrter Wirt. Darf ich fragen, aus welcher Art von Fleisch Ihre Mahlzeit hergestellt ist?«

»Wir verwenden für unsere Döner nur die besten Bio-Hühner, die mit Kartoffel- und Getreidemischungen gefüttert werden.«

»Es duftet einfach nur so, dass …« Ich musste schlucken. »Wie in alten Zeiten. Und da sind keine Ersatzstoffe drin?«

»Sie sind hier in der Stadt des Lichts, beyefendi«, sagte der Händler und wies auf den Fleischkegel, als würde er mir den Ehrenbürger der Stadt vorstellen. »Außerhalb der Stadtmauer kann man Ratten vorgesetzt bekommen und es Döner nennen, oder Kakerlaken-Fleischbällchen und es Köfte nennen, aber nicht in der Stadt des Lichts.«

»Sagen Sie, haben Sie vielleicht besondere Anweisungen zur Bedienung des Kavaliers des Karnevals? Vielleicht eine kostenlose Mahlzeit?« Ich machte ein wichtigtuerisches Gesicht, zog die Schultern hoch und glättete die Falten meines Mantels, sodass eine Kohlenstaubwolke aufflog.

Der Koch sah mich an, als versuche er mich einzuordnen.

»Kavalier des Karnevals …« Nach diesem Blick ließ ich alle Hoffnung fahren.

»Die männliche Verkörperung der Festlichkeiten. Mir würde ein kleiner Döner mit einer doppelten Portion Pommes frites reichen. Ketchup, Mayonnaise, ohne Zwiebeln.«

»Nein, beyefendi, vom Kavalier des Karnevals habe ich noch nie gehört«, bedauerte er. »Die Dame des Karnevals ist sehr leicht zu erkennen. Sie läuft in Tretern aus Holz rum, damit ragt sie über die Menge hinaus. In diesem Jahr haben die Zünfte ein Mädchen von den Pschonkas zur Dame gewählt. Die das Zink schürfen. Sehr reich sind die, diese Teufel. Aber von einem Kavalier des Karnevals höre ich zum ersten Mal. Haben Sie vielleicht eine Essensmarke? Oder eine Visitenkarte?«

Ich schüttelte verneinend den Kopf mit dem Gesichtsausdruck eines Wanderers, der nach Durchquerung der Wüste feststellen muss, dass er nur eine Fata Morgana gesehen hat.

»Dann kann ich Sie leider nicht bedienen, denn die Zünfte werden mich nicht entschädigen.« Den Rest des Satzes hörte ich nicht mehr.

Vor mir sah ich oberhalb der Menge das Wort »Metropol«, ausgeführt in alter TallDeco-Schrift, und mir blieb nur zu hoffen, dass man mich von dort nicht vertreiben würde, wie man mich gerade vom Dönerstand vertrieben hatte.

Hier muss ich anmerken, dass der Blackout das Hotelgewerbe in seinen letzten Zuckungen getroffen hatte. So wie »Uber« und seine Nachahmer die Idee des Taxis zerstörten, und »Lonely Planet« die Idee des Reisebüros abwürgte, so hatte Airbnb mithilfe des Internets das Hotelgewerbe, das es schon länger gab als die Literatur und Theaterkunst, in den Bankrott getrieben. Als die Lichter ausgingen, blieben weltweit nur noch drei Arten von Unterkünften:

1. ein »Gästehaus« für Schurken mit zweifelhafter Bonität, die ihre Unterkunft nicht über Online-Dienste bezahlen konnten

2. ein stundenweise zu mietendes Hotelzimmer für Rendezvous für Paare, die kein Interesse daran hatten, dass ihr gemeinschaftliches Relaxen auf der Rechnung vermerkt wurde
3. ein »Themenpark« für Instagram als Ort, an dem man Selfies machen konnte, die den Followern demonstrierten, dass einem das Zimmermädchen hinterherräumte und man sich am Frühstücksbuffet vollgefressen hat.

Das »Metropol« gehörte selbstverständlich zu keiner der genannten Kategorien von Hotelunterkünften aus der Zeit ihres Niedergangs. Aber es gaukelte einem auch nicht vor, man könne sich dort zu Hause fühlen. Das »Metropol« griff das in den Dreißigerjahren vorherrschende Verständnis des Wortes »chic« auf.

Muss ich an dieser Stelle erklären, dass das Wort »chic« ebenfalls längst Vergangenheit war, zusammen mit Tanzsälen, Dekor, Cocktails und einsamen Edward-Hopper-Figuren?

Das Innere des Hotels war hell wie ein Aquarium: Durch die breiten Fenster konnte man die Rezeption aus Erlenholz sehen, die mit Messingbuchstaben den Namen des Hotels auswies. Die Lobby war im Jugendstil gestaltet, dessen logische Weiterentwicklung die Innenausstattung des »Pobeda«-Autos wurde. Irgendwie war zu spüren, dass das Licht hier die Hauptbedingung für die Zurschaustellung von Reichtum geworden war. Schließlich konnte man im Dunkeln nicht reich aussehen. Dunkelheit macht alle gleich.

## Fünfter Abschnitt

Ich sah einen livrierten Mohren am Eingang und verlangsamte meine Schritte. Ich konnte nicht glauben, dass ich einfach so durch diese Tür gelassen würde. Wenn es dennoch geschehen sollte, dann wohl erst nach einer langen und demütigenden Verhandlung und einer Wiederholung dessen, was mir an der Grenze gesagt wurde.

Um diesen Stress aufzuschieben, trat ich erst einmal zehn Schritte zurück und betrachtete das gesamte Gebäude, um das aufzuspüren, was der Luxus maskierte.

Das »Metropol« war ein dreistöckiges Gebäude mit Flachdach. Wo die Betonwände nicht von einem üppigen Holzdekor verdeckt wurden, zeigten sich die Fugen zwischen den Platten. Dazu Standardfenster – die wurden von 1960 bis 1991 in jedes Wohngebäude der UdSSR eingebaut. In den Wohnhäusern von Hruschawka aus der Chruschtschow-Zeit hatten die Fensterhöhlen dieselbe Form gehabt. Das »Metropol« war früher ein gewöhnliches sowjetisches Hotel in einer kleinen Kreisstadt gewesen. Und damals hieß es wahrscheinlich einfach nur »Hotel«. Zwei Zimmer in einem Block, dazwischen ein Bad. Als die Menschen hier wieder Zugang zu Kohle und Licht bekamen, konnten sie nichts Neues bauen, weil es keine Industrie mehr gab. Stattdessen griffen sie auf das Vorhandene zurück, schmückten es mit Holz und Gold aus, gaben ihm einen pathetischen Namen und wollten nun an die Seriosität eines jeden glauben, der dort eintrat.

Eine Vorgehensweise, die viele postsowjetische Vorgänge zu verstehen hilft.

Nachdem ich mich von der Kulissenhaftigkeit des Hotels überzeugt hatte, ging ich, bereit, neue Demütigungen zu ertragen, auf den »Lakaien« zu. Aber er öffnete nicht nur die Tür vor mir, sondern lüftete auch seinen Hut mit den Worten:

»Herzlich willkommen, Herr Antiquar!«

Ich tat so, als würde mich dieser Empfang nicht überraschen, und ging zum Concierge in einer schwarzen Satinweste und einer burgunderroten Fliege.

»Schön, Sie zu sehen, Herr Antiquar«, sagte er in einem Tonfall, mit dem die Aristokraten von Wilna zuerst Napoleons Truppen und dann die von Kutusow begrüßt hatten.

»Ähm … ich würde gerne …« Ich wusste nicht, wie ich erklären sollte, dass mir Essen und Unterkunft versprochen worden waren.

»Ihr Zimmer ist bereit. Königliche Doppelsuite. Außerdem soll ich Ihnen das hier geben.« Er reichte mir einen Schlüssel mit einem großen »M« als Anhänger und einen Umschlag aus goldschimmerndem Papier.

Ich öffnete den Umschlag. Darin befand sich eine Visitenkarte mit einer knappen Aufschrift. »Gast-Coupon Nr. 16. Übernahme aller Kosten. Überall freien Eintritt.« Daneben ein Siegel mit einem Füllhorn, umschrieben in Kursiv mit: »Rat der Zünfte«. Ich musste an einen Geflügeldöner mit doppelter Portion Pommes frites und eine Dose Cola denken. Nein, nicht einmal das. Ich überlegte, ob ich zuerst duschen und mich dann satt essen, oder ob ich zuerst frisch gebratenes Hähnchenfleisch verdrücken und dann duschen sollte.

»Außerdem werden Sie erwartet«, sagte der Concierge in vertraulichem Tonfall und nickte in Richtung eines Sessels mit hoher Lehne, der so nahe stand, dass die Person, die darin saß, unser Gespräch gut hören konnte.

»Oh, wie schön«, sagte ich, ohne meine Enttäuschung zu verhehlen, dass bei der Wahl zwischen Döner und Dusche ein drittes Element aufgetaucht war.

Aus dem Sessel stand eine junge Frau auf. Ihre Gesichtszüge waren streng und ein wenig kindlich. Teenagerpony, aber ein markantes Kinn. Naive Augen, aber manchmal schauen genau solche Augen einem direkt in die Seele. Sodass einem das Herz aufgeht. Ich hatte das Gefühl, dieses Gesicht schon einmal gesehen zu haben. An ihren Füßen trug sie Holzschuhe. Diese hatten keine Ähnlichkeit mit französischen Sabots oder holländischen Klompen – die Frau trug sie oberhalb der normalen Schuhe. Ihr einziger Zweck war es, den Träger aus der Masse herauszuheben und seine Bedeutung zu unterstreichen.

Sie machte einen Schritt auf mich zu und streckte mir ihre Hand in einem Winkel entgegen, an dem ich unmöglich erkennen konnte, was sie von mir erwartete: einen Händedruck oder einen Handkuss. Also hielt ich kurz ihre Hand in meiner und ließ sie los, fühlte dabei eine gewisse Beschämung. Aber es war besser, sich wegen der nicht geküssten Hand zu schämen, als es unangebracht zu tun.

»Sie können sich gar nicht vorstellen, wie froh wir sind, dass Sie sich angefunden haben, Herr Antiquar.« Die Dame drückte sich genau so aus – nicht »eingefunden«, sondern »angefunden«. »Denn ohne Kavalier kann keine exklusive Eröffnungsveranstaltung stattfinden. Wir müssten sonst den Karneval verschieben.« Sie grinste einfältig, und auf ihren Wangen bildeten sich Grübchen. Wahrscheinlich machte ich ein langes Gesicht beim Anblick dieser Grübchen. Sie fuhr fort: »Und zusammen mit dem Karneval hätte auch meine Hochzeit verschoben werden müssen. Die ist für den ersten Abend nach dem Karnevalsfasten geplant.«

Vielleicht kam es mir nur so vor, aber ihre Augen blieben traurig, als sie von der Hochzeit sprach. Oder war das nur Wunschdenken? Und woher kam in diesem Fall das Wunschdenken?

»Sie sind sicher müde von der Reise?« Sie betrachtete mich besorgter, als ein schmutzverschmierter Landstreicher, der gerade aus der Kanalisation gekrochen kam, erwarten konnte.

»Alles gut«, winkte ich beiläufig ab, auch wenn ich etwas hätte sagen müssen wie »Müdigkeit ist der Tau, den die Sonne der Begegnung mit einem interessanten Menschen trocknet, ma chère!« Meine Liebenswürdigkeit war jedoch leicht angeschlagen und wurde durch eine allzu menschliche Redeweise ersetzt.

»Gestatten Sie, dass ich Sie auf Ihr Zimmer begleite«, sagte sie mit einer Unbefangenheit, aus der selbst der verdorbenste Frauenheld keine Zweideutigkeit herausgehört hätte.

Die junge Frau ging auf die Treppe zu, und ich staunte über die Leichtigkeit ihres Gangs in den hohen Holzschuhen, sie schien über den Boden zu schweben. Ihre Kleidung fiel mir erst auf, als sie die Treppe hinaufging. Ein über die Schultern geworfener, honigfarbener Kaschmirmantel. Darunter lugte der Saum eines Qipao-Kleides hervor, aber keineswegs ein billiges Imitat von Ali Express für zwanzig Dollar. Den tatsächlichen Wert dieses Stücks verriet bereits seine Farbe. Sie war nicht mit dem Huangtu-Gelb von Löss zu verwechseln, das auch das einfache Volk tragen konnte. Es war die Farbe des gelben Kaisers Huangdi, und genau diese Farbe hatte die Redewendung »gelbe Kleidung tragen« hervorgebracht, was bedeutet: »über Menschen herrschen«.

In dynastischen Zeiten wurde jeder, der eine solche Farbe trug, ohne zur königlichen Familie zu gehören, getötet.

Die kleinen, in Gold gestickten Apfelblüten waren an einigen Stellen ausgebessert worden, und diese geschickte Restaurierung ließ den Schluss zu, dass das Kleid von Shanghaier Modeschöpfern genäht worden war, als der Qipao gerade in Mode kam. Vor allem sah das Meisterwerk an der Karnevalsdame so natürlich aus, als hätte sie ihr Leben lang einen zugeknöpften hohen Kragen getragen. Wir blieben vor einer halb geöffneten Zimmertür stehen, deren Nummer mit der auf dem Schlüssel übereinstimmte. Wieder fühlte ich Verlegenheit: Sie hineinzubitten hätte unerwünschte Zusammenhänge geschaffen. Sie nicht hineinzubitten wäre eine Demonstration meiner Verschlossenheit und fehlenden Gastfreundschaft gewesen. Sie wollte ja sicher hinein, warum hätte sie sich sonst hierher geschleppt?

Sie siegte erneut mit ihrer Unbefangenheit, lugte hinter die Tür und fragte:

»Darf ich sehen, wie Sie untergebracht sind?«

Nun folgte eine Lichtshow à la Jean-Michel Jarre. Der ganze Raum war gespickt mit Beleuchtungsapparatur, die Möbel schienen nebensächlich: ein schlichter Tisch aus Nussbaumholz, ein Eichenbett, ein Sofa sowie Sessel im zweiten Block der Plattenbaueinheit, der zur königlichen Doppelsuite umgebaut worden war. Dazu im Badezimmer ein Whirlpool, dessen Abfluss direkt in der Wand endete: Deshalb musste man also in den Hinterhöfen dieser Utopie aufpassen, dass einem nicht der Wasserfall aus einer fremden Toilette auf den Kopf prasselte. Dafür gab es für jedes der beiden Zimmer je sechs Lichtschalter. Sie knipste daran herum und schaute zu mir wie ein Kind, das eine Reaktion erwartete.

Der Raum hatte sich in einen Operationssaal verwandelt: Zwei Hundert-Watt-Lampen an der Decke erhellten ihn mit chirurgischem Licht. Ein weiteres Knipsen und derselbe Raum wurde zum Theater: Eine Achtzig-Watt-Glühbirne mit gelbem Schein beleuchtete die Stores so, dass sie wie ein Theatervorhang aussahen. Dann änderte sich das Licht erneut, jetzt schien nur noch eine Tischlampe im Empire-Stil mit gewölbtem Lampenschirm. Ihr Licht bildete einen runden, geheimnisvollen See auf der Tischplatte aus Nussbaumholz.

Ein weiteres Knipsen und alle Außenlampen waren erloschen. Dafür leuchteten violette Lämpchen auf, die in den Simsen der Gipskartondecke verborgen waren. Dieses Leuchten unterstrich den Retro-Stil der Ausstattung und verwandelte die nostalgische Stimmung in eine ironisch-futuristische, als sei das Zimmer von Außerirdischen erobert worden. Wobei es nicht irgendwelche Außerirdischen waren, sondern jene aus den Filmen der Siebzigerjahre. Ein weiterer Wechsel der Lichtszenerie und der ganze Raum verschob sich hinter den Spiegel: Er wurde so ausgeleuchtet, dass die Spiegelung nun wirklich eine königliche Suite zeigte. Bei der nächsten Stufe ging ein schummriges Nachtlicht über dem Bett an – dieses Licht war zu intim, um es lange angeschaltet zu lassen, und die Karnevalsdame schaltete zunächst auf das chirurgische Licht um und dann, als sie die zweihundert Watt blendeten, auf die retrofuturistische Version.

»Wie gefällt Ihnen das Feuerwerk?«, fragte sie so gerührt, als hätte sie all diese Glühbirnen eigenhändig eingeschraubt.

»Mir war nicht klar, dass wir in Lichtstimmungen leben und nicht in Räumen«, versuchte ich, einen klugen Gedanken zu formulieren. »Und vor allem: Die Möbel sind immer dieselben, aber die Atmosphäre ändert sich.«

»Das ist sicher sehr beeindruckend nach der Dunkelheit?«, las sie begierig meine Reaktion.

»Ja …«, zuckte ich mit den Schultern und zeigte damit, dass es meiner Seele nach allen Eindrücken im Dunkeln an Spannkraft fehlte, um von etwas im Hellen beeindruckt zu sein.

»Und wie ist es da? In der Einöde?«, fragte das Kind.

»In den Städten erfrieren sie, denn alles, was brennbar ist, wurde verbrannt. In den Dörfern gibt es reichlich Holz, aber die Menschen begehen Selbstmord, weil sie nichts zu essen haben. Die Bösen schüchtern die Guten ein, Sklavenhalter bezeichnen sich als Volksdiktatur. Eigentlich ist alles so wie immer.«

»Schade, dass unsere Stadt nicht mehr Menschen aufnimmt«, biss sie sich nachdenklich auf die Lippe, obwohl ihr sicher klar war, dass es hier wäre wie überall, wenn die Stadt von Glückssuchern überschwemmt wäre. Ihr Gesicht wirkte nun sehr erwachsen, sogar weise. »Ihr Kostüm hängt im Schrank. Ruhen Sie sich aus und machen Sie sich fertig. Ich warte unten.«

Ihr Kleid raschelte und umgab mich mit dem Hauch eines Parfüms, das in den Falten verborgen war: Eichenmoos, Iriswurzel, Jasmin, gesammelt vorm letzten Sonnenuntergang. Eine Mischung, die sowohl zu einer Wahrsagerin als auch zu einem unschuldigen Mädchen passte, auf dem der Fluch einer unglücklichen Liebe lag. Die Tür schloss sich, und ich blieb allein im violetten Halbdunkel zurück.

Erwartungsgemäß funktionierte der Whirlpool nicht: Die Elektrizität war nicht stark genug, um das warme Wasser zum Sprudeln zu bringen. Erwartungsgemäß wurden die Shampoos und Duschgels, die in homöopathischen Dosen in Fläschchen mit dem Hotelnamen abgefüllt waren, bereits in der postindustriellen Ära gebraut, deswegen rochen sie eher nach Schlamm als nach der versprochenen libanesischen Zedernkiefer. Erwartungsgemäß machte mir das nichts aus. Nachdem ich den Sudel der Kanalisation abgewaschen hatte, warf ich meinen Mantel und meine Hose genüsslich in den Mülleimer – ich würde sie nicht mehr tragen, selbst wenn es Zeit bräuchte, Geld für neue Sachen zu verdienen.

Ich öffnete den Kleiderschrank und wollte schauen, was für ein Kostüm die Karnevalsveranstalter für mich ausgesucht hatten. Sofort fiel mir die Billigkeit der Materialien und die Geschmacklosigkeit des Schnitts auf: Aus den Nähten ragten Fäden wie bei einer echten Boss by Hugo Boss-Jacke, gekauft auf einem Markt in Hanoi. Das Kleidungsstück war zum einmaligen Tragen gedacht. Das Hemd war aus drei unterschiedlich stark abgenutzten Frauenblusen zusammengenäht worden, deren Weiß sich leicht unterschied. Der Kragen wurde durch einen eingenähten Bierdeckel gestärkt. Ich schlüpfte in eine kurze, knielange Hose aus Satin in der Farbe des Abendhimmels und steckte den einzigen Wertgegenstand ein, den ich bei mir hatte. Das Einzige, was mir die Straße bis jetzt nicht genommen hatte.

Unter die Hose musste ich Kniestrümpfe ziehen – chinesische Synthetik, schmutzig weiß, meine Waden juckten sofort unerträglich. Aber das Interessanteste passierte, als ich die blau bestickten Knöpfe an der Weste schloss und mir den Gehrock überwarf. Erstens wurde mir klar, woher der Satin stammte. Es war ein auf links gedrehter Sitzbezug eines billigen Autos: in den Falten des breiten Schnitts waren die horizontalen Nähte des Sitzbezugs versteckt. Sie waren nicht einmal aufgetrennt worden. Zweitens erkannte ich, wen mein Kostüm darstellen sollte, und diese Erkenntnis warf bei mir Fragen auf.

Ich zog den Gehrock und die Schuhe mit Stahlschnallen an

(ein Damenmodell mit Stilettoabsätzen) und wackelte die Treppe hinunter, wobei ich versuchte, meinen Bewegungen die Grazie der Karnevalsdame zu verleihen. Allerdings ähnelte ich wohl eher einem Reiher, der von einer giftigen Kröte gebissen wurde. Und zwar in beide Beine.

»Das Kostüm sitzt perfekt, Herr Antiquar«, sagte die Schöne in ihrem handgefertigten Qipao und erhob sich vom Sessel.

»Es wurde von einem guten Schneider angefertigt, der nur schlechte Materialien zur Verfügung hatte«, erlaubte ich mir die kritische Bemerkung zu meinem Gewand. Schließlich war ich es, der es trug, also konnte man es als Selbstkritik auffassen.

»Keine Sorge.« Ihr Gesicht drückte Besorgnis aus. »Nach unseren Traditionen darf das Thema der Karnevalskostüme nicht wiederholt werden, deswegen ist ein Kostüm nur für wenige Auftritte gedacht.«

Diese Antwort, so logisch sie auch sein mochte, wirkte zurechtgelegt, aber warum hätte ich misstrauisch werden sollen? Weshalb hätte in meinem Kopf eine Alarmglocke schrillen sollen? Aus welchem Grund?

»Wer hat entschieden, wen ich darstellen soll?«

»Der Rat der Zünfte bestimmt die Bedingungen für die Auswahl des Kavaliers«, sagte sie unsicher. »Die Stadtbewohner nähen sich ihre Kostüme selbst. Wie das bei einem Gast ist, das weiß ich nicht. Ich wurde zum ersten Mal zur Karnevalsdame gewählt. Die ist man nur einmal im Leben. Und viele Mädchen aus adligen Familien warten vergeblich und heiraten dann, ohne einmal Karnevalsdame gewesen zu sein.«

»Haben Sie einen Zeremonienmeister oder einen Chefdesigner, der sich um die Kostüme kümmert?«, ließ ich nicht locker. Ich sah, dass meine Neugierde sie bereits beunruhigte, und zwar nicht, weil sie etwas verheimlichte, sondern weil sie merkte, wie wenig sie selbst wusste. Um sie nicht zu erschrecken, stellte ich meine Fragen in witzelndem Tonfall.

»Nein, einen solchen Posten gibt es nicht. Ich denke, das entscheidet der Schneider.«

»Und woher kennt er die Größe des Kavaliers?«

»Das frage ich mich auch.« Sie biss sich auf die Lippe. Das war eine so nette Angewohnheit, sich beim Nachdenken auf die Lippe zu beißen. Und so vertraut.

»Ich frage mich eher etwas anderes«, lächelte ich wieder, als käme ich zum lustigsten Teil einer heiteren Geschichte. »Können Sie mein Kostüm deuten?«

Die Dame betrachtete mich und wollte etwas sagen, presste aber nach einem Blick auf meine Schuhe die Lippen zusammen. Dann wollte sie doch etwas sagen, aber blieb stumm. Schließlich sprach sie:

»Frankreich, Ende achtzehntes Jahrhundert. Barock kommt aus der Mode, bestimmt aber immer noch die Silhouette. Keine Perücke mehr. Weite Ärmel, knopflose Hemdmanschetten. Keine Spitze an Rockschößen und Ärmeln. Ganz sicher achtzehntes Jahrhundert. Und was den Beruf angeht … Sie tragen kein Schwert, also sind Sie weder Soldat noch Adliger. Oder Sie sind Adliger, aber wollen nicht, dass Ihre Klassenzugehörigkeit erkennbar ist. Die hellblaue Farbe und die Form des Kragens lassen keine Verbindung zum Klerus erkennen …«

»Wenn Sie es nicht sofort erkannt haben, ist es schwer zu erraten«, warf ich leise ein, beeindruckt davon, wie gut sie sich in der Sozialstruktur Frankreichs im achtzehnten Jahrhundert auskannte. »Aber selbst wenn man den Beruf anhand des Stoffbezugs der Knöpfe erkennen könnte, würde das nichts aussagen. Das Kostüm ist eine Nachbildung dessen, was Denis Diderot auf seinem berühmtesten Porträt von Louis-Michel van Loo trägt. Und es ist nicht das Ende, sondern die Mitte des achtzehnten Jahrhunderts. Aber die Philosophen waren der Mode oft voraus, und indem sie den Stil kritisierten, beeinflussten sie ihn.«

Ich hielt inne und hoffte, dass der Name Diderot irgendeine

Assoziation bei ihr hervorriefe. Immerhin hatte sie mich schon zweimal Antiquar genannt. Aber die Dame war verstummt und verstand nicht, was ich meinte. Je länger die Pause dauerte, desto angespannter wurde sie. Schließlich fasste sie sich mit den Händen an den Kopf, wobei ihr Hals gegen den hohen Kragen des Qipao stieß, sodass die Klappe, die den oberen Teil ihrer Brust bedeckte, nachgab. Unter dem Stoff schimmerte ein Scheibchen aus Bernstein hervor. In unserer Welt das teuerste Material für eine Halskette.

»Denis Diderot«, wiederholte sie und überlegte laut. »Herausgeber der ›Encyclopédie‹. Aufklärer.«

»Wichtig ist in diesem Zusammenhang, dass Diderot die Bibliothek Katharinas der Großen zusammenstellte. Die Zarin kaufte seine Bücher, um weniger ungebildet zu scheinen, als sie war. Die Leibeigenschaft hat sie deswegen aber nicht abgeschafft. Auch gab sie das Gold der Paläste nicht für die Bildung der Bauern her. Wichtig ist jedoch, dass Diderot, neben allem anderen, der Erste war, der berufsmäßig eine Privatbibliothek zusammenstellte.«

»Und Sie sind Antiquar. Ein Mann, der Bücher ausleiht. Was für eine Koinzidenz«, lachte sie laut. Sie fand das lustig.

»Ich habe nicht nur Bücher ausgeliehen, sondern auch Privatbibliotheken zusammengestellt«, fügte ich nun schon ohne jede Hoffnung hinzu. »Und selbstverständlich hätte in der Zeit, die ich vom Kontrollpunkt bis hierher brauchte, kein Schneider der Welt einen solchen Anzug nähen können. Scheinbar hat jemand im Voraus gewusst, dass ich hier auftauchen würde.«

Die Dame war von der übernatürlichen Hellsicht des hier ansässigen Schneiders nicht sonderlich erstaunt. Sie war in einer Stimmung (hier machte sich auch ihre mangelnde Lebenserfahrung bemerkbar), in der alle eigentlich verdächtigen Koinzidenzen nicht gefürchtet, sondern belächelt werden. Sie wechselte das Thema:

»Sie müssen sehr hungrig sein. Möchten Sie mit mir essen?«

Ich fragte mich, ob es angemessen sei, eine Dame, die in der Shanghai-Mode der Goldenen Zwanziger gekleidet war, an einen Dönerstand zu bitten, aber sie beendete den Satz folgendermaßen:

»Im ›Metropol‹ gibt es das beste Lokal der Stadt. Ein Themen-Restaurant. Gewidmet dem Amerika der Marilyn-Monroe-Zeit.«

Da sie auf keinen Widerstand meinerseits stieß (er war durch meine Selbstzensur gebrochen), führte mich die Dame zu den Messingtüren, hinter denen uns ein Interieur erwartete, das dem Laden aus Stephen Kings kleiner Stadt der Fünfzigerjahre nachempfunden war. Es war eine Zeit gewesen, in der die Designer noch grübelten, ob eine Milchbar so aussehen müsste wie das Innenleben eines Cadillacs oder ob, im Gegenteil, Cadillacs und Plymouths mithilfe roter Ledersitze als Schnellimbiss mit Burgern, Cocktails und Filterkaffee stilisiert werden sollten.

Wir wurden von einem als Dean Reed verkleideten Oberkellner begrüßt, der mich mit »Antiquar« und die Dame mit »Miss Pschonka« ansprach (was ihr missfiel, wie ich bemerkte). Dean Reed führte uns in die Tiefen des verchromten Raumes und platzierte uns neben die Bühne. Das Mikrofon in der Mitte ähnelte am ehesten einer Granate, entworfen vom Designer des Buick Roadmasters Baureihe 1948. Vor der Bühne befand sich eine kleine Tanzfläche, umrahmt von runden Glühbirnen. Tanzen war hier offenbar beliebt.

Ich schlug die Speisekarte auf, auf deren Titelseite Marilyn Monroe in der klassischen Darstellung von Andy Warhol zu sehen war. Unter dem ewig jungen Sexsymbol stand vor dem Hintergrund der amerikanischen Flagge der Name des Lokals: »Marilyn vom Niagara«.

Ich blätterte mich durch die Seiten: Burger mit Cheddar-Käse, California Chicken Wings, T-Bone-Steak, Pommes frites mit Heinz-Ketchup. Alle Finessen der amerikanischen Küche. Einstmals hatten teure Lokale versucht, die kulinarischen Traditionen armer japanischer Dörfer nachzuahmen, in denen die Menschen nur Reis und Fisch aßen, heute war die Nachahmung von Billigrestaurants der Neuen Welt angesagt. Das Getränkeangebot umfasste eine große Auswahl an Klassikern, vom Cocktail B52 bis zu klassischen Longdrinks.

»Wie ist das möglich?«, brach es aus mir hervor. »Ein Mojito mit frischer Minze und Zitrone?«

»Das ist durchaus möglich.« Miss Pschonka beunruhigte irgendetwas. »An der Mauer bauen einige Kombinate echtes Gemüse an, mithilfe spezieller Lampen. Ein guter Ersatz für Sonnenlicht.«

Auf den Tischen entdeckte ich verchromte Jukeboxen mit einem Loch für Batterien. Verdammt teuer: drei Songs – ein ganzes Zink! In der Zwischenzeit betraten Musiker die Bühne: lackierte E-Gitarren, Trompete, Saxofon. Gleich würde es laut werden. Reiche Leute reden nicht gerne mit jenen, mit denen sie den Tisch teilen.

»Hör mal, mir fällt da grade was ein«, sprach ich die Karnevalsdame mutig mit »Du« an. »Lass uns von hier verschwinden, ja? Du kannst mich auch duzen, und sei nicht so förmlich, ja?«

»Wohin?« Ihr Gesicht drückte Besorgnis aus, aber ich konnte sehen, dass ihre Augen freudig leuchteten.

»Ich habe hier eine Dönerbude gesehen, und seit der Zeit, als die Leute noch dunkle Brillen wegen der Sonne trugen, habe ich keinen Geflügelkebab mehr gegessen. Warum lassen wir nicht das ganze Pathos weg und futtern ein bisschen Hühnerfleisch? Und reden wie Menschen.«

»Nun, ich weiß nicht …« Nach allen dramaturgischen Gesetzen musste sie erst ein wenig zögern. Aber unter ihren Lieblingsfiguren der Literatur waren eindeutig nicht nur Jane Eyre, sondern auch der große Gatsby, also würde sie sicher auf meinen Aufruf zur Revolution eingehen. Ich stand auf, nahm selbstbewusst ihre kalte Hand und zog sie hinaus.

»Bitte! Man schaut uns nach«, hauchte sie, zog aber ihre Hand nicht weg. Und es war ganz sicher nicht Jane Eyre, die ich aus ihrem Flüstern heraushörte.

Wir liefen aus dem »Metropol«, ihre Hand entglitt mir, aber sie blieb an meiner Seite, zwischen uns war eine Art konspirativer Verbindung entstanden. »Pschonka«, »Pschonka«, war ringsum leise zu hören, und irgendwie wollte ich sie schützen vor den Passanten und den lokalen Gepflogenheiten, die mir nicht gänzlich vertraut waren.

»Ehrlich gesagt, mag ich Döner sehr«, warf sie mir fragmentarisch zu, als uns die Menge enger zusammenbrachte. »Aber ich darf nicht.« Wieder wurden wir getrennt. »Adlige essen so etwas nicht.« Pause. Ich versuchte, näher zu ihr zu kommen, aber eine Welle warf mich in entgegengesetzter Richtung zurück. »Meine Familie erlaubt das nicht. Aber manchmal schicke ich Martha … Ich warte auf Sie, also dich. Ich warte etwas abseits, während du einen kaufst.«

Es musste ein Ort für das Festmahl gefunden werden. Aber wie in jeder Stadt mit einer offenen Kanalisation waren alle Gassen stinkend und schmutzig, und über den Prospekt schob sich eine Menschenmenge rasch voran. Wir bogen also in die Gasse hinter einem Haus aus der Stalinzeit ein und kletterten die Feuerleiter zwei Stockwerke hoch. Unter dem Dach brauchten wir keine neugierigen Blicke zu befürchten. Die Karnevalsdame wartete, und ich lief los, um die verbotene Speise zu holen, die Speise der Götter.

Der Koch sprach mich wieder mit »beyefendi« an, notierte sich die Nummer meines Gast-Coupons und fragte besorgt, ob ich nicht platzen würde nach dem Verzehr von zwei großen Dönern. Und er bat mich mit schuldbewusstem Blick um meine Unterschrift auf dem Nachweis, dass ich zwei Döner nehmen würde. »Sonst kriege ich das Geld von den Zünften nicht zurück«, wiederholte er, während seine Hände schon zauberten: Das Hähnchenfleisch zischte, als es von der Pyramide fiel, Tomaten- und Gurkenscheiben wurden auf das Fleisch gehäuft und das Ganze von einem Stück Fladenbrot umarmt, das so gesprenkelt war wie der Mond. Als der Koch die fertigen Kebabs aus dem Elektroofen holte und ich die knusprigen Stellen auf dem Brot am saftigen Hähnchenfleisch sah, dachte ich, dass nun die Herausforderung darin bestand, die Schätze unversehrt zu meiner Komplizin zu bringen.

Die entscheidende Frage beim Verzehr von Dönern ist, wohin der erste Tropfen aus dem aufgerissenen Inneren fällt. Egal, wie sorgfältig der Meister die Dönerecken mit Folie umwickelt, nach ein paar Bissen platzt der Kebab zwangsläufig auf. Deshalb hatte ich zuvor Mantel und Weste abgelegt und stand nun da wie ein Galgen, als ich in das schmackhafte Fladenbrot biss, sodass beim Auslaufen des Döners die Mischung aus Salatsaft, Ketchup und weißer Soße neben meinem Fuß landete. Die Karnevalsdame hingegen hatte ihre Martha offenbar nur in ihren Träumen losgeschickt. Denn beim dritten Biss zog sie sich eine blutige Ketchup-Wunde am Kragen ihres königlichen Kleides zu.

»Oje«, sagte sie.

Was dann geschah, brachte uns sehr nahe. Ich möchte betonen, dass ich nicht mit einer solchen Annäherung gerechnet und sie nicht herbeigeführt habe, auch gar nicht darauf vorbereitet war. Unsere beiden Servietten reichten gerade aus, um die blutige Paste zu entfernen, wobei eine Spur vom »Durchschuss« blieb. Wie immer beim Verzehr von Kebabs, markierte der Klecks die auffälligste Stelle auf einem Kleidungsstück. »Miss Pschonka« knöpfte ihren Kragen auf, wodurch die große Bernsteinkette zum Vorschein kam, und bearbeitete den Fleck erst mit den Fingern und dann mit den Lippen. Erwartungsgemäß wurde ich zu Hilfe gerufen, beschmierte mich dabei aber nur selbst.

Das Mädchen beäugte ängstlich den Fleck, der dank unserer Bemühungen nun weniger rot war, sich aber vergrößert hatte und feucht war.

»Der muss erst trocknen«, sagte sie aufgeregt.

»Mein Fehler. Ich hätte dich warnen sollen, dass Kebabs spritzen«, sagte ich traurig. Doch eigentlich fand ich das nicht traurig, sondern ziemlich lustig, genau wie sie.

»Nein, meine Schuld«, gestand »Miss Pschonka«. »In Wirklichkeit habe ich noch nie einen gegessen. Es war … ein kulinarisches Debüt. Und Martha ist nicht unbedingt auf meiner Seite.«

»Was habt ihr hier bloß für Sitten.« Ich schüttelte entrüstet den Kopf. »Wozu das ganze Geld, wenn man nicht tun kann, was man will.«

Sie biss sich nachdenklich auf die Lippe, wobei ich spürte, dass sie meine Empörung teilte.

»Weißt du, wir müssen den Anstand wahren. Als die Nacht hereinbrach, war hier ein Bezirkszentrum und das Internet ziemlich schwach. Keine Arbeit, kein Geld, keine Perspektiven. Wir hätten als Erste vor Hunger sterben müssen. Aber dank unserer Lebensweise brachten wir es zu Licht, Wärme und Geld. Wird der Karneval nicht geachtet, geht die Kohle aus, und das Licht erlöscht.«

Das mit dem Karneval hatte ihnen natürlich Semjon Reiher vorgeschrieben. Um die »Wilden« zu verspotten. Ich wollte nicht widersprechen und den Aufklärer Denis Diderot spielen. Wenn die eigene Lebensweise auf einem Sammelsurium von Wahnvorstellungen beruht, wird man nur dann einsichtig, wenn diese Lebensweise unbefriedigend ist.

»Und das ›Fasten‹? Du hast vom ›Fasten‹ gesprochen.«

»Das Fasten ist Teil der Karnevalskultur. Genau wie die exklusive Eröffnungsveranstaltung, die Zünfte und der Rest.« Sie seufzte.

»Das heißt, ihr glaubt an Gott?«

»Gott?« Die Dame verstand nicht im Geringsten, warum ich ihn überhaupt erwähnte.

»Fastet ihr, weil ihr gläubig seid?«, fragte ich vorsichtig.

Die junge Dame zögerte und rieb noch einmal die Stelle, an der die Soße das Kleid ruiniert hatte. Offenbar waren Semjon Reiher keine Gründe eingefallen, warum sie fasten sollten. Hatte nicht alles gelesen in der Garnisonsbibliothek. Weil ihm Herodot schon gereicht hatte.

»Wahrscheinlich schon. Wir achten Gott. Gott hat die Menschen in Aristokraten und Bürgerliche eingeteilt.« Sie klang so, als bemühte sie sich, die Worte ihres Tutors zum Thema »gute Manieren« zu wiederholen.

»Und was denkst du darüber?«, versuchte ich, sie aus dem Konzept zu bringen.

»Wäre es nicht finster geworden, würde sich keiner an Gott erinnern«, begann die Frau selbstbewusster zu sprechen, als würde sie innerhalb eines vorgegebenen Rahmens improvisieren. »Nehmen wir an, Gott hätte sich eine zweite Wiederkehr ausgedacht. Wer hätte dann dieser Jesus sein können? Ein millionenschwerer Blogger? Ein Popstar? Der Präsident der Vereinigten Staaten? Sonst würde ihm ja niemand zuhören. Wäre Jesus mit seinen Jüngern staubverdreckt durch die Städte gezogen, wäre sein Wort verloren gegangen. Deshalb war die Nacht notwendig. Die Menschen erinnerten sich an Gott, an die Aristokratie. In der Stadt des Lichts wird der Adel respektiert und der Karneval gefeiert. Deshalb gibt es bei uns Fleisch, Gemüse und Mojito mit frischer Minze.«

Sie lehnte sich an das Treppengeländer, neigte den Kopf und blickte zur festlichen Menge hinunter. Mit dieser stolzen Rührung musste wohl auch Katharina die Große die Bauern ausgewählter Dörfer betrachtet haben, die sich für ihren Besuch mal richtig gewaschen hatten.

»Und wie kann er da zuschauen? Und nichts tun?« Die Stimmungspfade meiner Freundin und mir gabelten sich an dieser Stelle, denn ich teilte ihre Bewunderung für das von Laternen ausgeleuchtete Fest des Sattseins nicht. Und ich meinte ganz sicher einen anderen Gott. Nicht den, der zur Begründung dieser Ungleichheit herhalten musste. »Wie kann es sein, dass es in einer von Ihm geschaffenen Welt denen am besten geht, die Schurken sind und kein Licht im Herzen haben? Wie ist es möglich, dass solche, die andere einschüchtern, über die Schwachen und Eingeschüchterten siegen? Warum dominiert hier, unter den Sternen, das Gefühl der Angst? Die Angst, nicht die Liebe? Wofür soll das alles gut sein?«

Ich schluckte die Bitternis hinunter. Sie biss sich auf die Lippe, Zweifel zeigten sich auf ihrem Gesicht, und ich meinte, die Dame würde meine Worte verstehen. Wenn schon nicht meine Worte, dann doch wenigstens meinen Tonfall. Wir wurden gleich geboren, und auch wenn es in meiner sowjetischen Kindheit keine Gleichheit mehr gegeben hatte, hatten die Reichen nicht gemeint, sie seien von Gott geküsst. Aber die Dame zögerte aus einem anderen Grund. Denn laut sagte sie Folgendes:

»Vielleicht hast du einfach dein Leben falsch gelebt? Und nun meinst du, Gott ist ungerecht? Du bist doch ein Wanderer. Ziehst von Ort zu Ort. Hast kein Gewicht in der Gesellschaft.«

»Ich habe Hruschawka verlassen, weil ich musste. Ich ging mit so viel Geld, wie ich auf meinem Rücken tragen konnte. Ich hatte einen Hund dabei.«

»Einen echten Hund?«

»Ja, Gerda. Sie war übrig von der guten alten Zeit. Unterwegs verlor ich mein Geld, meinen Rucksack, meine warme Kleidung und meine Waffe. Gerda wurde von der Angst der Menschen vor erfundenen Neurern getötet. Was also habe ich falsch gemacht?« Keine Ahnung, warum ich jetzt ausrastete. Vielleicht lag es an der Angewohnheit der Karnevalsdame, sich beim Nachdenken auf die Lippe zu beißen. Und an den Grübchen auf ihren Wangen, wenn sie lächelte.

»Ein Mensch sollte nicht umherziehen.«

»Aber Jesus ist doch umhergezogen.«

»Sicher bist du in fremde Häuser eingebrochen, hast Menschen bestohlen«, sagte sie ohne Vorwurf.

»Tote Menschen«, unterbrach ich sie. »Bestraft mich Gott etwa dafür, dass ich das aß, was die Besitzer nicht mehr brauchten? War das den Toten nicht egal? Wo bleibt die Logik bei diesem Gott?«

Die Dame fühlte sich dem theologischen Disput offenbar nicht gewachsen. Mehr noch, sie schien irgendein Gedanke zu plagen. Bald würde ihre Lippe anfangen zu bluten.

»Aber du hast schließlich die Stadt des Lichts erreicht, hast das gesehen, wofür du alles verlorst: dein Kapital, deine Besitztümer, deinen Hund. Oder ist diese Belohnung zu gering? Einfach hier zu sein? Eigentlich hätten sie dich gar nicht hereinlassen dürfen. Und jetzt kommst du sogar zur exklusiven Eröffnungsveranstaltung. Und tanzt mit der Dame des Karnevals.«

»Meinst du, die Stadt des Lichts war mein Ziel?«, grinste ich.

»Etwa nicht?«

»Eure Stadt ist eine kleine Zwischenstation auf einer langen Reise. Ich muss – das habe ich ausgerechnet – siebentausend Kilometer zurücklegen. Die Route führt durch Russland, Kasachstan, Usbekistan, Afghanistan, Pakistan und Indien. Kannst du dich an derartige Länder der früheren Welt erinnern? Bei einer Geschwindigkeit von fünfzig Kilometern pro Schlummer, was ich natürlich nicht schaffe, muss ich noch 150 Schlummer weiterwandern. Oder das, was früher fünf Monate waren. Aber nur, wenn ich nicht vom Weg abkomme, in keinem Stadtstaat verweile, um Geld für die Weiterreise zu verdienen. An der westlichen Grenze Afghanistans fangen die Berge an. Im Norden Indiens sind sie dann unpassierbar. Ich weiß immer noch nicht, wie ich durch den Himalaja komme.«

»Wohin gehst du? Was hat dich dazu gebracht, eine solche Reise anzutreten?«

Ich füllte meine Lungen mit Luft und ließ sie wieder heraus, ohne zu antworten.

»Dein Kleid ist getrocknet. Wir können zur exklusiven Eröffnungsveranstaltung gehen«, schlug ich anstelle einer Antwort vor.

»Die beginnt erst heute Abend.« Die Dame hatte bemerkt, dass ich vom Thema abwich. Sie drehte sich zu mir um und schüttelte den Kopf, ohne etwas zu sagen. Sie war verärgert, und auch das auf eine sehr vertraute Weise. »Aber wir können zu den Walowitschs gehen und unseren Tanz üben.«

Sie hüllte sich in ihren honigfarbenen Mantel, um die Spuren der gastronomischen Verfehlung zu verbergen, und ging die Treppe hinunter. Diesmal klapperten ihre Holzschuhe laut bei jedem Schritt, und ihre Gestalt neigte sich nicht zu mir. Wir verschmolzen mit der Menge, und unser Gespräch wurde wieder punktuell.

»Pass auf, da ist ein Loch im Bürgersteig«, warnte mich die Dame, und ich bemerkte, dass die Welle von Menschen vor mir langsamer wurde und die Richtung wechselte. Als ich näher kam, bemerkte ich, dass ein Betonblock auf dem Gehweg fehlte. Und durch das Loch konnte man unten einen schwarzen Bach sehen. »Da ist ein Abwasserkanal, in den du besser nicht hineinfällst.« Die Augen von »Miss Pschonka« blitzten auf.

Der Karneval riss uns in verschiedene Richtungen auseinander, aber ich orientierte mich an ihrem gelben Kragen und ging, so schnell ich konnte. Sie im Auge zu behalten war leicht, denn durch ihre Schuhe ragte sie aus der Menge hervor.

In meinem neuen Kostüm hob ich mich nicht mehr aus dem festlichen Treiben hervor, junge Frauen in Columbine-Kostümen, die ihre Gesichter hinter Halbmasken versteckt hielten, lächelten mich an. Hinter dem »Metropol« verlief die Straße bergauf, und die dreistöckigen Stalin-Bauten wurden abgelöst durch protzige Villen im Rokoko-Stil, in denen man bei näherem Hinsehen ebenfalls stalinistische Dreistöcker erkennen konnte, ausgeschmückt mit hölzernen Muschelschalen, Pilastern und (wo genug Geld vorhanden war) mit Säulengängen, deren Architraven malerische Szenen aus dem Leben der Familien der Besitzer zeigten. Die Wappen – so grell wie Etiketten auf bayerischem Bier – waren großzügig ausgeleuchtet. Anhand dieser Wappen konnte man viel über die Fantasie, den Geschmack und die Selbstverliebtheit ihrer Besitzer erkennen.

Pferdekutschen tauchten in der Menge auf, und neben jeder Kutsche lief ein livrierter Schreier, der die Leute beiseitetrieb. In den Händen hielt er eine Peitsche. Die Kutscher hatten zwar ebenfalls Peitschen, benutzten sie aber nicht: Die Pferde waren zu edelblütig, um geschlagen zu werden.

»Das ist die ›Oberstadt‹«, erklärte mir »Miss Pschonka«. Und nach einer Pause, als die Passanten sich wieder zerstreuten: »Hier leben nur Familien mit eigenem Wappen. Die Zünfte, der dritte Stand, die wohnen näher am Heizkraftwerk. Dort ist es auch schön, in der ehemaligen Einzelhaussiedlung. Und sie liegt auf einer Anhöhe, was gut ist.«

Oh ja, in Städten mit einem stinkenden Bach unter den Bürgersteigen war es überaus wichtig, auf einer Anhöhe zu wohnen.

Die Straße führte zu einem holzverkleideten Herrenhaus, hinter dem nichts mehr von der Stadt zu sehen war, nur ein schwarzer Abgrund. Ich erkannte dieses weiße, dampfschiffartige Haus wieder, das ich gesehen hatte, als ich mich den Mauern der Metropole näherte. Die belebte Straße machte hier einen Bogen nach rechts und verlief abwärts. Dort tummelte sich ein gemischtes Publikum, und da waren wieder Straßenhändler, spielten Musiker, doch ehe ich mich's versah, war der Quell des Straßenlebens auf unserem Weg versiegt. Offenbar sollte hier niemand die hohen Herrschaften stören.

»Der Walowitsch-Palast«, erklärte die Karnevalsdame, als wir uns der Abzäunung näherten. »Einst haben ihre Vorfahren die Kohlevorkommen hier erschlossen. Jetzt regieren sie die Stadt.

Ein Teil des Palastes ist für die Öffentlichkeit zugänglich, hier gibt es Führungen, und es finden Adelstreffen statt.«

»Und man lässt uns hinein?«, stellte ich meine Frage ohne große Neugierde.

»Die exklusive Eröffnungsveranstaltung des Karnevals findet hier statt, wir müssen den Tanz einstudieren. Und das ist mein Verlobter.«

»Miss Pschonka« sagte das, ohne den Tonfall zu verändern. Ihr Nicken wies auf ein großes, leuchtendes City-Light-Poster, von dem ein junger Mann in einem modernen sandfarbenen Anzug herunterlächelte. Pferdegesicht, viele gerade Zähne, das Haar in der Farbe seines Jacketts. Der junge Mann saß an einem Schreibtisch, der mit Dokumenten übersät war. Seine Mutter und sein Vater standen hinter ihm und hatten ihm besitzergreifend die Hände auf die Schultern gelegt. Das Ganze erinnerte an ein Shakespeare-Drama. Offenbar waren die Elternhände schwer, denn der junge Mann war leicht gebeugt.

Hinter den Figuren war ein Wappen abgebildet, wohl das einzige geschmackvolle von denen, die ich in der Stadt des Lichts gesehen hatte, allerdings war hier zu berücksichtigen, dass es von Ästheten aus der Zeit von vor zweihundert Jahren gezeichnet worden war.

FAMILIE WALOWITSCH, DIE WELT IST DANKBAR EUCH FÜRS LICHT, stand in Großbuchstaben auf dem unteren Rand des Plakats. Ich fragte mich, wer diese Dankbarkeitsbezeugung bezahlt hatte – die Bürger oder die Familie Walowitsch. Falls es die Bürger gewesen waren, dann stellte sich die Frage, warum die Plakatwand auf dem Gelände des Herrenhauses hinter der Abzäunung stand.

Die bewaffneten Wachen am Tor signalisierten der Dame leicht herablassend, dass wir eintreten durften, und durchsuchten eifrig meinen Mantel. Seit einer Zwischenlandung auf dem Frankfurter Flughafen wurde ich nicht mehr so gefilzt.

»Stellst du mir den Prinzen vor?«, fragte ich, um mit meiner nächsten Frage zu klären, ob wir wieder zum »Sie« übergehen mussten.

»Nein, der Junior ist sehr beschäftigt. Er wird sich bis Ende des Karnevals nicht bei mir melden«, antwortete die Dame rasch.

Das Eingangstor zum Schloss war versperrt, der Pfad für Gäste führte nach links und endete an einem Kassenhäuschen. Schilder taten kund, dass eine Eintrittskarte drei Zink kostete, Schuhüberzieher für alle obligatorisch waren und der Zutritt derzeit »wegen einer Veranstaltung« eingeschränkt sei. Nachdem sie die Kassiererin gegrüßt hatte, befahl mir »Miss Pschonka«, ihr zu folgen. Sie kratzte mit Holzschuhen über den polierten Parkettboden, bog in einen Flur ab und zog den Samtvorhang vor dem Eingang zu einem kleinen ovalen Saal zurück, wo eine große Menschenansammlung auf Sesseln mit roten Lehnen saß. Ich stellte fest, dass die Karnevalsdame gut informiert war, wie man in das Herrenhaus vordringen konnte. Über den Gästeeingang.

Im Saal gab es keine leeren Plätze. Einige Leute drehten ihren Kopf, als sie uns bemerkten, einige schienen der Dame sogar ihren Platz anbieten zu wollen. Aber schließlich tat es keiner. »Dritte internationale Business-Coaching-Konferenz«, verkündete ein Transparent über der Bühne. Vor dem Publikum ging ein Redner nervös auf und ab, das heißt, mir kam es so vor, dass er nervös war, während er selbst wahrscheinlich gesagt hätte, dass er energisch, motivierend und inspirierend wirkte. Die Veranstaltung ließ an eine geheime Masochistenversammlung im Rahmen des noch nicht eröffneten Karnevals denken.

»Sind Sie bereit für eine klare Vision Ihrer Unternehmensziele und für ein Verständnis, welche optimalen Hebel und Instrumente Sie zur Erreichung dieser Ziele benötigen?«, heizte der Moderator die Stimmung der Anwesenden an. Mehrere Personen stießen ein »Ja« aus.

»Sind Sie bereit, Ihre Erwartungen hinsichtlich der Ergebnisse zu ändern, die Ihr Unternehmen erreichen will?« Am Ende jedes Satzes hob er die Intonation fragend an. Da dieser Satz kürzer war als der vorherige, stimmten dem Nervenbündel da vorne diesmal mehr Leute zu.

»Wir sind zur falschen Zeit hier«, sagte die Karnevalsdame leise in mein Ohr. »Das geht bis heute Abend. Wir werden nicht proben können.«

»Sind Sie sich bewusst, welche Ergebnisse unser Gespräch haben muss, damit Sie sicher sein können, Ihre Zeit nicht vergeudet zu haben?«, fragte der Moderator überspannt. Die Syntax seiner Rede war seltsam verdreht, aber ich hätte nicht sagen können, woran es lag.

»Sind Sie bereit, Ihr Interesse an Möglichkeiten der Optimierung Ihres Unternehmens auf einer Zehn-Punkte-Skala zu bewerten und eine Punktzahl von mindestens acht zu vergeben oder andernfalls die Anzahl der Möglichkeiten auf das Optimum zu reduzieren?« Der Saal nickte bereits, ohne nachzudenken. Was wahrscheinlich der Sinn dieses Warm-ups war.

»Das ist der Karnevalssaal, er wird zum Abend für den Ball geräumt«, flüsterte mir die Dame ins Ohr. »Früher war dieser Raum kleiner, dann hat man ihn auf Kosten anderer Räume vergrößert. Siehst du die hölzerne Luke, auf der dieses Onkelchen da steht? Dort war eine Toilette, dieser Teil des Hauses ragt über dem Abgrund. Darunter befinden sich dreißig Meter Leere. Und ein Abfluss an der Sohle des Haldenbergs.«

»Dann erlauben Sie mir, dass ich unseren nächsten Redner auf die Bühne bitte!« Der Showman rollte ekstatisch mit den Augen und schaute zur Decke. »Der legendäre Business Angel, Fainäns Eksekjutiff, Träjner for Gools änd Opporjunities sowie ehrenamtlicher Koutsch unserer Konferenz! Wowa Chelsea!«

Der Saal brach in Applaus aus, und wir eilten davon. Wieder knautschte der Wachmann am Ausgang meinen Mantel, und ich bedauerte, dass ich nichts Wertvolles zur Erinnerung eingesteckt hatte – dann wäre das jetzt nicht so kränkend gewesen.

»Lass uns ins Kino gehen«, schlug meine Begleiterin vor und steuerte die Straßenbiegung an, von wo die Menschenmenge von der Anhöhe des Herrenhauses hinabströmte. Das Mädchen knöpfte ihren Mantel auf, das befleckte Kleid hatte sie wohl vergessen oder achtete nicht mehr darauf. So gefiel sie mir besser. Nach hundert Metern blieben wir an einer lichtdurchfluteten Lobby hinter Glastüren stehen. Auf beiden Seiten des Eingangs hingen Poster einer schlecht gezeichneten Prinzessin Leia aus »Star Wars«. Darauf stand etwas Unverständliches geschrieben.

*»Episode IV«. Erzählerische Filmshow. Sagenerzähler: Sindbad alias Good Comedian. Non-Stop-Shows. Eine musikalische Feerie.*

»Eine erzählerische Filmshow?« Ich traute meinen Augen nicht.

»Als die Nacht anbrach, gab es in unserem Bezirkszentrum kein eigenes Kino. Früher hatte es einen sowjetischen Filmpalast gegeben, aber der wurde in einen Verbrauchermarkt umgebaut«, erklärte die Dame geduldig. »Die Kapazität unseres Heizkraftwerks reichte nicht aus, um die IMAX-Geräte mit 5D und Inner Dolby zu betreiben, welche die Stalker aus den Großstädten angeschleppt hatten. Deswegen sind die Stalker jetzt in den Dorfklubs auf der Suche nach anderen Geräten, und hier wurde in der Zwischenzeit ein eigenes Kinoformat entwickelt. Das gefällt mir sogar besser als Schattentheater oder Wasserspiele. Gleich siehst du es selbst.«

Die Kassiererin akzeptierte meinen Coupon, den ich ihr hinstreckte, aber als sie die Dame des Karnevals erkannte, ließ sie uns durch, ohne einen Eintrag in das Rechnungsbuch zu machen. »Setzen Sie sich hin, wo Sie wollen«, sagte sie. Wir schlüpften durch das Messingdrehkreuz in einen abgedunkelten Raum. Dort stand die Zuschauerzahl in keinem Verhältnis zu ihrer Begeisterung für das Geschehen: Die wenigen Menschen klebten geradezu an der Bühne. In einem Licht-Spot saß ein bärtiger Mann, der sowohl George Lucas als auch Umberto Eco ähnelte. Hinter ihm befand sich eine große Leinwand, auf die ein Bild projiziert wurde – Leia in der Infanteristenuniform des Imperiums, die sich für einen Kuss über Han Solo beugt. Die Zeichnung wurde von Hand und mit Buntstiften angefertigt. Die Nase der Prinzessin war mit zwei Punkten angedeutet – genau wie die Nasen auf den meisten Wappen in der »Oberstadt«. Daraus ließ sich schließen, dass die Stadt des Lichts vorerst kein Mekka für Kunstschaffende geworden war. Der Sagenerzähler wartete, bis wir Platz genommen hatten, und fuhr dann fort:

»Die Diener der Sith drängen von beiden Seiten heran. Durch den Korridor zischen Lasergeschosse aus Blastern …« Unten, in der Dunkelheit neben der Bühne, erwachte das Klavier zum Leben: Der Pianist spielte eine beunruhigende musikalische Phrase, die sich allmählich steigerte und das Gesagte in der Sprache der Musik unterstrich. Der Erzähler fuhr fort:

»Hinten Feinde, vorne Feinde. Prinzessin Leia ist in Gefahr. Sie wendet sich an ihr Gefolge: ›Was werdet ihr tun? Ihr hättet euch einen Fluchtplan überlegen sollen!‹ Und Han Solo zu ihr: ›Meinen Sie, Fräulein, dass ich mich hier ausbeuten lasse?‹ Und zieht einen Flunsch. Er hat keinen Respekt vor Prinzessin Leia, denn im Gegensatz zu Luke Skywalker ist er kein Aristokrat. Han Solo ist nicht nur ein Mann aus dem dritten Stand, er ist Pirat, ein Weltraumproletarier, ein Anarchist. Und wie wir weiter sehen werden, pöbelt er nicht nur gegen Ihre Majestät, sondern versucht auch, sie zu verführen. Bis der Adelige Boba Fett ihn auf Geheiß der Eltern der Prinzessin, die mächtige Senatoren sind, in Karbonit einfriert.« (Hier brachte der Mann am Klavier eine lustige Einlage.)

»Erzählt er auch wirklich diesen Film nach?«, flüsterte ich der Dame ins Ohr. Als meine Lippen ihre Ohrläppchen berührten, konnte ich den Duft ihrer Haare riechen: Eichenmoos, Iriswurzel und Jasmin, gepflückt vor dem letzten Sonnenuntergang in einem Naturschutzwald. Tugend und Versuchung, Vorstoß und Zurückhaltung zugleich.

»Nun, vielleicht hat er das für unsere Stadt ein wenig angepasst.«

»Und nun nimmt die Prinzessin mit ihren manikürten Fingern einen Blaster und schießt in die Wand«, fuhr der Sagenerzähler fort. »Und Han Solo wendet sich an Luke Skywalker und sagt: ›Entweder bringe ich sie jetzt um oder ich verliebe mich noch in sie.‹ Daraufhin springen sie in den Müllcontainer. Nächste Folie, bitte.«

Der Assistent legte eine neue Folie auf einen leuchtenden Sockel mit Arm, durch den die Zeichnung an die Wand projiziert wurde. Sie zeigte Chewbacca, Han Solo, Prinzessin Leia und Luke in einem dunklen Raum. Chewbacca wurde als dunkelhäutiger Sklave dargestellt, und Lukes Hemd war mit Stickereien und Spitzen verziert.

»Worum geht es denn in ›Star Wars‹?« Ich konnte mir nicht verkneifen, noch einmal ihr Ohr mit meinen Lippen zu berühren.

»Vertreter verschiedener Clans wetteifern um das Herz von Prinzessin Leia«, sagte die Karnevalsdame. »Aber Leia heiratet schließlich Luke, der sich dann als Sohn von Darth Vader entpuppt.«

Wie sie in dieser Stadt wohl »Transformers« oder »Alien« adaptieren würden?

»Weißt du, ich mag eigentlich keine dynastischen Sagas. Vielleicht suchen wir uns lieber einen Ort, an dem wir unseren Tanz proben können? Denn normalerweise tanze ich wie ein Elch, der mit einem Laserschwert am Hintern getroffen wurde«, sagte ich, dabei hätte ich diesem dezenten Jasminduft gern endlos etwas zugeflüstert, wenn wir geblieben wären.

Sie drehte mir ihr Gesicht zu und schüttelte stumm, mit zusammengebissenen Zähnen den Kopf.

»Natürlich, wir gehen«, sagte sie bereitwillig, obwohl ich sehen konnte, dass die Handlung sie fesselte. »Sindbad ist nicht der beste Sagenerzähler.«

»Entschuldige«, sagte ich, als wir aus dem Saal kamen, »ich pfeife auf dem letzten Loch, und es tut mir weh, vom Glück und Wohlergehen anderer Leute zu hören.« Dann versuchte ich, das Ganze als Witz abzutun. »Weißt du vielleicht, ob es im Walowitsch-Herrenhaus eine Jobbörse für hoffnungslose Literaturwissenschaftler gibt? Es könnte nicht schaden, wenn ich vorm Verlassen der Stadt ein wenig Zink verdiene.«

»Du brauchst dich um nichts zu kümmern«, antwortete sie ausweichend und klapperte mit ihren Holzschuhen die Treppe hinunter. »Versuch einfach, glücklich zu sein. Denk nicht an morgen. Bis zur exklusiven Eröffnungsveranstaltung müssen wir alle deine Wünsche erfüllen.«

Wir erreichten die »La Rambla«: ohrenbetäubende Freude, grelles, blendendes Licht, Seiltanz und melodische Klänge der Handpans. Ich fühlte mich völlig fremd in dieser »normalen« Stadt, in der fast alles »wie früher« war. Wir flohen bereits vor der zweiten öffentlichen Veranstaltung, und irgendwie war ich mir sicher, dass wir auch aus dem hiesigen Theater retiriert wären, sogar von einem Depeche-Mode-Tribute-Concert.

So viele glückliche Menschen! Als hätten sich hier alle Zweibeiner des Kontinents, die nicht elend waren, unter dem elektrischen Licht zusammengefunden. Mit dem Wissen, dass die Welt, die sie zurückgelassen hatten, schwarz, hungrig und leer war. Dieses prachtvolle Schauspiel von Luxus und Lebendigkeit hatte den Beigeschmack von Dekadenz. Wäre diese karikaturhafte Aristokratie nicht dank des Orakels entstanden, hätte sie sich und den Karneval selbst erfinden müssen als Reaktion auf den Überfluss. Ein Ball inmitten der Pest ist immer der Elite vorbehalten. Was hatte Reytan über unsere frühere Welt gesagt?

Ich verschwieg der Dame meine Gedanken, aber sie spürte trotzdem etwas. Vielleicht war das, was sie nun sagte, aber auch nur die gewöhnliche Bemerkung einer Einheimischen über die Touristenmenagerie:

»Irgendwie ist mir das alles über. Ich möchte mich irgendwo verstecken.«

Nun erwartete ich von der Adeligen den Vorschlag, dem Anwesen ihrer Eltern einen Besuch abzustatten – das hätte der noblen Logik entsprochen. Stattdessen blickte sie mich aufmerksam an und fragte:

»Vielleicht gehen wir zu dir ins Hotel?«

In ihrem Blick lag kein Versprechen. Nur Schüchternheit. Und diese Schüchternheit unterschied ihren Vorschlag vom ersten Eindringen der Dame in meine Behausung. Bei der Vorführung meines Zimmers hatte sie sich benommen, als sei ich ein Pony, das man ihr geschenkt hatte.

Selbstverständlich stimmte ich zu. Ohne mir irgendwelche Hoffnungen zu machen. Auf ihre Schüchternheit zählend. Auch wenn sie Grübchen auf ihren Wangen und aufgebissene Lippen hatte, war die Ähnlichkeit keine ausreichende Grundlage für Gefühle.

In der Ouvertüre von Mozarts »Zauberflöte« gibt es ein Fragment, in dem ein und dieselbe Melodie zunächst voller Optimismus in einer Dur-Tonart erklingt und dann, nachdem sie ihren Kulminationspunkt erreicht hat, in tiefe Traurigkeit wechselt, als sei es Nostalgie nach der vergangenen Heiterkeit. Unser Rückweg zum Hotel entlang der ausgelassenen Mozartschen Straße klang in Moll. Ich wollte die Stadt verlassen, sobald mich die Zeremonie freigab. Nahrung würde ich in der nächsten verlassenen Stadt finden und Zink dort verdienen, wo es weniger glückliche Einwohner gab.

Als wir die Erhöhung des Haldenbergs passiert hatten und die Menge sich in verschiedene Richtungen zu zerstreuen begann, packte mich die Dame am Ellbogen und schmiegte sich an meinen schlecht geschnittenen Mantel. Wir gingen schweigend nebeneinanderher, und zum ersten Mal, so schien es, stimmten unsere Gedanken überein. »Miss Pschonka« ertönte es immer lauter hinter ihr. Sie schien ihren Ruf absichtlich ruinieren zu wollen. Was würde sie ihrem gebissauffälligen Prinzen bei der Hochzeit sagen?

Der livrierte Mohr öffnete die Tür und verbeugte sich tief vor meiner Begleiterin. Dean Reed kam auf uns zugelaufen: »Ihr Tisch wartet auf Sie!« Sein Gesicht verzog sich, als »Miss Pschonka« schweigend um ihn herumging und an meinem Arm die Treppe hinaufstieg. Ballonförmige Empire-Lampen, rote Teppiche mit dem Muster einer dreizackigen Krone, unaufdringlicher leichter Jazz aus den Lautsprechern. In den Fluren des »Metropol« lag sogar ein Geruch wie früher im »Hilton« oder »Renaissance«.

Ein weiser Mann hatte mir im früheren Leben einmal gesagt: Wenn du die Stimmung einer Frau ergründen willst, die nach einem Rendezvous bereitwillig mit dir nach Hause geht, dann schau ihr ins Gesicht, wenn du die Tür öffnest. Vielleicht kannte die Karnevalsdame diesen Trick, denn sie drehte mir den Rücken zu, während ich aufschloss.

Sie trat zuerst ein, wartete schweigend, bis ich die Tür geschlossen hatte, und zog mir dann ohne ein Wort Mantel und Weste aus. Ihre Bewegungen waren hastig, wie die einer Mutter, die ihr in den Dreck gefallenes Kind umzieht. Über ihre Schultern lief eine Welle – sie hatte ihren Honigmantel auf den Boden geworfen und ging ins Bad, ohne die Tür hinter sich zu schließen. Von dort kam das Geräusch von Wasser, und damit ich mir nichts einbildete, war das Reiben von Toilettenpapier über Stoff zu hören.

Ich betrat das Zimmer und untersuchte den Inhalt der Schubladen in den Nachttischen neben den Betten. Wenn Sie wissen wollen, was ein Hotel von seinen Gästen hält, schauen Sie dort hinein. In einem Gasthaus für Betrüger mit schlechter Kreditwürdigkeit ist dort die reine Leere. In einem ikonischen Resort, wo man Fotos für Instagram schießt, eine Bibel vom Gideonbund, ein Stadtführer, ein Camping-Nähset und ein gewachstes Schuhputzschwämmchen. In einem Hotel für Rendezvous … nun ja, das können Sie sich selbst denken.

Das Luxushotel der Stadt des Lichts stellte selbstverständlich kein Nähset zur Verfügung, denn hier stiegen nur Herrschaften mit tadellosen Anzügen ab. Statt eines Stadtführers enthielt die große Schublade eine Auswahl an klassischen Karnevalsmasken: Bauta, Colombine, Moretta, Gatta, Volta und Dama di Venezia. Anstelle der Gideon-Bibel lag dort ein großer Atlas des Sternenhimmels, in den ich mich mit Interesse vertiefte, bis das Klappern von Holz auf dem Fußboden mir anzeigte, dass das Wäschewaschen beendet war.

Die Dame hängte meine feuchte Kleidung über die antiken Messingheizkörper – der Anzug würde schnell trocknen. Sie selbst hatte sich nur den Kragen aufgeknöpft. Ihr Hals war entblößt, und ich vermied es, zu ihr zu schauen. Sie setzte sich neben mich aufs Bett und schaute in das Buch, das ich in den Händen hielt. Der Atlas war auf der Seite mit der Geschichte vom Himmels-Pokémon aufgeschlagen – der Teil, in dem der HERR, der Herrscher über die »Vorratskammern von Schnee und Hagel«, Hiob aus dem Sturm heraus fragt, ob er »den Gürtel des Orion lösen« könne.

»Weißt du, dass die Nacht ein sehr seltenes Phänomen im Weltraum ist?«, fragte sie.

Ich klappte das Buch zu und grinste.

»Dieses ›seltene Phänomen‹ zieht sich aber ganz schön in die Länge.«

»Dass man vom Planeten aus den schwarzen Himmel und ein paar Sterne sehen kann, ist in den meisten Sternensystemen entweder völlig unmöglich oder sehr selten.«

Ich wollte fragen, ob sie das aus einer Nacherzählung von

»Star Wars« aus dem Kino hatte, biss mir aber auf die Zunge. Die Stimmung war zu fragil, um sie mit Ironie zu zerstören.

»Unsere Nacht entstand nur deswegen, weil die Sonne durch eine dichte Staubwolke vom Zentrum der Galaxie getrennt wurde, die kein Licht durchlässt. Sonst würde sie die ganze Zeit strahlen. Ich hatte einen guten Astronomielehrer.«

»Hier wurde noch Astronomie unterrichtet, als die Zeitungen bereits über Neurer und Androphagen schrieben?«, fragte ich erstaunt.

»Den Lehrer hatte ich, noch bevor es dunkel wurde«, antwortete sie leise. »Aber die Astronomie wird bei uns immer noch angewandt.«

Es entstand eine Pause, und um sie zu füllen, holte ich die Masken aus meiner Nachttischschublade, um die Dame mit meinem Spott über die Botschaften des Hotels an seine Gäste zum Lachen zu bringen.

»Damals, als Kind, dachte ich: Was für ein Glück wir Menschen doch haben. Die Nacht. Romantische Dunkelheit. Eine Zeit für Verabredungen. Eine Zeit für die Liebe.«

»Aber dann zeigte sich, dass die Nacht keine optimale Zeit für Verabredungen ist«, fuhr ich fort, während ich an etwas anderes dachte. »Zumindest für Menschen, die sich nahestehen. In der Nacht nehmen die Augen viel weniger wahr. Nachts siehst du denjenigen nicht, den du liebst, du erfindest ihn. Ein Versteckspiel. Nahrung für die Fantasie. Der Tag ist die Zeit der Liebe. Tagsüber, und nur tagsüber, ist der Mensch wirklich nackt. Tagsüber sieht er so aus, wie er geschaffen wurde. Mit all seinen Fehlern. Mit all seinen Sommersprossen und Flecken auf der Haut.«

Das Schweigen, das auf diesen Austausch folgte, hatte eine größere Tiefe – es war eine Art von Schweigen, das man nicht mit einem Witz über Masken beenden konnte. Sie nahm meine Hand und führte mich in die Mitte des Raumes. Ging zu ihrem Mantel und kam mit einem kleinen, tragbaren Lautsprecher zurück. Drückte einen Knopf, und im Raum fing eine triumphale Melodie an zu pulsieren. Wie eine Abwandlung der höfischen Erkennungsmelodie zur sowjetischen Verfilmung von »Sherlock Holmes«.

»Das ist das Intro, zu dem wir tanzen werden«, nahm die Karnevalsdame meine Hände und machte ein paar Bewegungen.

Ich wiederholte ihre Schritte, und unser Getrampel sah sicher ziemlich unbeholfen und gezwungen aus. Wie Prinzessin Leia auf einer Einladung zum Vortrag über den Edelmut der Weltraumaristokratie. Ich legte meine Arme um ihre Taille, und das machte uns nur noch verlegener. So hätten wahrscheinlich zwei Turmkräne getanzt, wenn sie sich zufällig ineinander verhakt hätten. Die Tatsache, dass sie einen halben Kopf größer war als ich, und das Klappern der hölzernen Schuhe auf dem Fußboden, das jede unserer Bewegungen begleitete, verstärkten die Verlegenheit nur. Schließlich endete die Melodie, und ich atmete erleichtert auf. Eine Sekunde später startete automatisch der nächste Track – diesmal mit einfachen Gitarrenakkorden. Eine schlichte Melodie. Ich erkannte sie sofort. Es war wie ein Schlag in die Magengrube. Dann setzte eine Stimme ein. Die nicht sang, sondern sprach. Sie sprach zu jemandem, der ihr sehr nahestand:

*Wake from your sleep*
*The drying of your tears*
*Today, we escape, we escape*

Wir standen da, ohne uns loszulassen.

»Du hast gefragt, wohin ich gehe«, sagte ich, und meine Stimme wurde heiser. »Als es dunkel wurde, war die Frau, die ich liebe, in Pokhara, in Nepal. Sie hatte einen Berg bestiegen, um den Sonnenaufgang zu beobachten. Der dann nicht kam. Ich habe sie verloren, und ich muss sie finden.«

Thom Yorke forderte mich in der Zwischenzeit auf, zu atmen, immer weiterzuatmen, wie atemlos mich dieser Song auch machte, zu dem ich einmal mit einer anderen getanzt hatte. Die ebenfalls Grübchen hatte.

Die Karnevalsdame warf ihre schrecklichen Holzschuhe ab und wurde ganz klein. Sie legte mir ihre Hände auf die Schultern, aber wir bewegten uns nicht und hörten stehend der Musik zu.

»Ist dir klar, dass du sie nicht finden wirst?«, fragte sie.

Ich schüttelte den Kopf, und das konnte bedeuten, dass ich meine Reise keineswegs für sinnlos hielt, oder aber, dass ich wusste, die Verlorene nie finden zu können.

»Ich habe sie gekränkt«, presste ich hervor und hatte Mühe, wieder zu Atem zu kommen. »Sie ging auf Reisen. Ich war sicher, wir würden uns versöhnen.«

»Und wieso gehst du, wenn du weißt, dass du sie nie finden wirst?«

Die Trommeln rumpelten, die Stimme sang ein Crescendo:

*You can laugh*
*A spineless laugh*
*We hope your rules and wisdom choke you*

»Weil ich nur sie liebe«, antwortete ich und konnte nicht weitersprechen.

Die Karnevalsdame umarmte mich, und ich verbarg meine blinden Augen in ihrem Haar. So standen wir da und wiegten uns im Takt des herzzerreißenden Finales:

*Now*
*We are one*
*In everlasting peace*

»Dann erzähle ich dir auch etwas.« Sie riss sich von mir los und wischte sich die Augen.

»Heute Abend, nach unserem Tanz, sollst du hingerichtet werden. So wie sie es mit allen früheren Karnevalskavalieren gemacht haben.«

»Hingerichtet? Wofür?« Ich konnte es nicht glauben.

Sie löste sich aus meiner Umarmung und sprach rasch, als ob sie beichten wollte.

»Der Karneval ist Maskulinum und kann deshalb keinen Kavalier an seiner Seite haben. Stattdessen ist ein Menschenopfer erforderlich. Wie man bei uns so sagt: ›Damit die Kohle nicht versiegt.‹ Nach dem Tanz müssen wir auf der Luke aus Holz stehen bleiben. Der Scharfrichter legt dir eine Schlinge um den Hals, ich gehe zwei Schritte zur Seite, und die Luke öffnet sich. Der Körper hängt für den Rest des Balls über dem Abgrund, und dann wird das Seil mit dem Kavalier in die Kanalisation hinabgelassen.«

»Ich habe die früheren Kavaliere gesehen.« Nun war mir alles klar. »Wirklich, ihre Leichen liegen verstreut im Pfuhl. Aber …« Ich sah ihr in die Augen. »Wie konntest du da zustimmen?«

»Ich bin eine Pschonka. Wir sind aus der Zunft der Energiearbeiter. Mein Großvater war Bergmann, mein Urgroßvater ebenfalls. Meine Eltern sind für die Emissionen zuständig. Sie schürfen Zink. Ich bin keine Adlige. Ich gehöre dem dritten Stand an. Pschonka ist ein sehr einfacher Familienname. Sie machen sich über uns lustig. Und unser Geld reicht nicht aus, um dieses Gelächter zu beenden. Die Familie Walowitsch hat sich bereit erklärt, sich mit uns zu verschwägern. Aber erst, wenn ich Dame des Karnevals war. Dadurch bekommt man den höchsten Status und kann in die Oberschicht aufsteigen.«

Ich stand dort, wo sie mich nach dem Tanz zurückgelassen hatte. Mir fehlten die Worte. Ich wollte fragen, was wir nun tun sollten. Aber ich war mir nicht sicher, ob ein »Wir« jetzt gemeinsam handeln konnte. Im Lautsprecher ertönte ein neuer Track, nach energiegeladenen E-Gitarren-Riffs sang Igor Lagutenko von »Mumij Troll«.

»Hab keine Angst«, sagte sie schließlich und warf einen kurzen Blick auf den Lautsprecher. »Es wird keinen Karneval geben. Wirklich nicht.«

Dann ging sie zum Bett, nahm nach einigem Zögern eine gesichtslose und etwas gruselige Bauta-Maske in die Hand und reichte mir die Gatto-Maske.

»Wie du dir denken kannst, wird man dich nicht durch den Zoll und über die Grenze lassen. Außerdem haben diese Mistkerle überall in der Stadt Überwachungskameras mit Gesichtserkennung aufgestellt. Sobald du dich dem Erdwall näherst, wirst du von einem Gardisten in Zivil festgenommen.«

»Nun ist auch klar, warum es hier immer noch keine richtige Kanalisation gibt«, kommentierte ich.

»Es gibt keine Kanalisation, weil sich die Einwohnerzahl der Stadt im Vergleich zu den alten Zeiten verhundertfacht hat.«

»Und weil schon für die Videoüberwachung und die Lautsprecher an der Grenze ein riesiger Aufwand nötig war. Die hätten besser die Kanalisation ausbauen sollen«, fügte ich hinzu. Aber sie korrigierte mich:

»Sie wäre ausgebaut worden, wenn der Adel nicht auf dem Hügel wohnen würde. Denn die Bedürfnisse aller anderen sind ihnen buchstäblich … scheißegal. Es stinkt nur bei den Armen.«

Sie setzte sich die Maske auf, verbarg ihr Haar und bat auch mich, mein Gesicht zu verbergen. Dann reichte sie mir ihren Mantel und nahm mir meinen Gehrock ab. Einige Zeit verbrachten wir vor dem Spiegel. Die Ärmel ihres honigfarbenen Mantels endeten hoch über meinen Manschetten, in den Achseln zwackte es. Sie trat vor ihren Schuhen auf der Stelle und beschloss klug, sie hierzulassen. Als wir die Treppe hinuntergingen, hörten wir in der Ferne ein leises Heulen. Ein solches Geräusch hatten wohl die Fabriken im Kohlezeitalter gemacht, um die Arbeiter zu einer weiteren sechzehnstündigen Schicht zu bitten.

»Die Abendsirene«, kommentierte sie besorgt. »Wir haben nicht mehr viel Zeit. Bald kommen sie uns suchen.«

Wir rannten die Treppe hinunter, erlaubten dem Mohren, der uns misstrauisch beäugte, die Tür zu öffnen, und stiegen in den ersten Landauer in der Taxischlange. Der Kutscher hatte lange auf Kundschaft gewartet und war bereits eingeschlafen.

»Zum Landgut Pschonka. Schnell. Wir zahlen vier Silberlinge«, sagte sie.

Wir müssen ziemlich wild ausgesehen haben, denn der Kutscher hatte keine Eile, die Pferde anzutreiben.

»Das freut mich natürlich sehr«, sagte er und streckte sich. »Aber könnten Sie im Voraus bezahlen? Dann fahren wir schneller.«

Meine Begleiterin kramte verzweifelt in ihren Taschen. Ich erkannte ihren Irrtum, ertastete in meinem Mantel einige Batterien und reichte ihm fünf davon.

»Wir geben fünf, aber drück auf die Tube!«

»Im Galopp, Seine Durchlaucht.« Er lenkte den Wagen die Gasse hinunter, die parallel zur Allee verlief. »Darf ich fragen, warum die maskierten Herrschaften sich so weit vom Herzen des Karnevals entfernen? Eine private Party? Aber denken Sie jetzt nicht schlecht von mir, das ist ein rein soziologisches Interesse.«

Er gehörte zu der Art von Kutschern, die die ganze Zeit reden. Da sie sich nicht mit ihm unterhalten wollte, klickte die Dame an den Schaltern, und die Lederharmonika des Daches schloss sich über uns. Dann schob sie kurzerhand den Pelzvorhang zu, der die Fahrgäste vom Kutscher trennte. In der Kabine herrschte Dunkelheit, die nur von den Laternen aufgehellt wurde, die hinter den Plastikfenstern flackerten. Als das Haus der Familie Walowitsch auf der anderen Seite auftauchte, sagte meine Komplizin leise, aber ziemlich wütend:

»Die Familie Walowitsch, na klar. Eigentlich heißen sie Gury. Kolchose-Elite. Die saßen nur einfach auf den Ressourcen, als die Zeit stehen blieb. Der ältere von ihnen war Vorsitzender des Bezirksexekutivkomitees, seine Frau war im Stadtexekutivkomitee. Die Gurys. Der schlimmste Bezirk im ganzen Land. Nach Einbruch der Nacht nannten sie sich Walowitsch und bezogen dieses Gut. Eigneten sich ein fremdes Wappen an. Legten sich einen falschen Stammbaum zu. Die Leute hier erinnern sich natürlich an alles. Aber sie schweigen. Wer will sich schon mit den Mächtigen anlegen? So viel zur Aristokratie.«

Wir kamen tiefer in die Dunkelheit und zogen im Galopp durch die Wohngebiete des tristen Teils der Stadt. Hier gab es kaum Fußgänger und noch weniger Lichter. Aber inmitten der schäbigen Baracken der Stalinzeit, der tristen Plattenbauten und der privaten Dorfhäuser waren auch Bauernhöfe und Werkstätten zu sehen. Erst jetzt wurden mir Größe und Ausdehnung des Ortes bewusst – das besiedelte Land erstreckte sich über ein ziemlich weiträumiges Gebiet und schloss mehrere umliegende Dörfer ein. Mit dem Verschwinden der Sonne hatten sich die großen Städte geleert, ihre Bewohner waren in eine vormals nichtexistente Metropole gezogen, und der Magnet hier war die Elektrizität.

Offenbar näherten wir uns dem Heizkraftwerk, denn die Luft wurde immer trüber, voller Smog, und in den Dachrinnen der Schieferdächer sammelten sich schwarze Rinnsale von Staub. Ich konnte es kaum erwarten, sie nach ihrem Plan zu fragen, aber die Dame war offenbar auf einer anderen Wellenlänge.

»Sag mal, wie sieht sie eigentlich aus, die du suchst?« Das Licht reichte aus, um ihre aufgebissene Lippe zu erkennen. »Ist sie schön?«

Wie konnte ich diese Frage beantworten? Natürlich war sie schön. Sehr schön. Aber ging es etwa darum? Nach einigem Nachdenken griff ich in die Tasche meiner Barockhose und zog den flachen Visitenkartenhalter hervor. Ich öffnete ihn und reichte ihr das, was ich die ganze Zeit gehütet hatte.

Wir wohnten damals in einer Hütte auf Stelzen im Bambusdickicht, drei Schritte vom Meer entfernt. An einem geheimen Strand in Kambodscha, der dem Paradies so nahekam, wie so etwas überhaupt möglich ist. Am Morgen wurden wir vom Vogelgezwitscher geweckt – die Bambuswände konnten die Symphonie der Natur nicht dämpfen. Tagsüber badeten wir im Meer, abends aßen wir grünes Curry mit Krabben, das wir mit frisch gepressten Säften hinunterspülten. Als uns das Zeitgefühl schließlich endgültig abhandengekommen war und sich die Notwendigkeit, in den Frost heimzufliegen, im luftigen Schatten des Bambushains aufgelöst hatte, machte ein Wanderfotograf ein Foto von ihr, mit einer Polaroid-Kamera, ich glaube, es war eine Instax, der letzte Versuch, die Menschen wieder an gedruckte Fotos zu gewöhnen in einer Welt, in der die heimischen Fotoalben in Handys und Macs übergesiedelt waren.

Der wunderliche Fotograf hatte schräg ausgesehen – lange graue Haare, ständig eine Zigarette zwischen den Zähnen. Von solchen waren viele an der Küste unterwegs. Wir tranken gerade indischen Chai in einem Café am Strand und sahen zu, wie die Abendsonne im purpurroten Himmel versank. Er trat aus der untergehenden Sonne hervor, und in die Ewigkeit nahm er nur sie mit. Meine Einzige. Bevor wir etwas einwenden konnten. Ich kam nicht mit aufs Bild. Der Typ sagte, er habe das absolute Glück eingefangen. Und dass das Foto *five dollar* kosten und er kein Abendessen kriegen würde, wenn wir nicht einverstanden wären. Ich gab ihm drei, und der Fotograf war völlig zufrieden. Dank meiner damaligen Großzügigkeit hatte ich nun das Foto. Das einzige Abbild von ihr, im roten Licht der Abendsonne.

Die Karnevalsdame nahm das Foto, hielt es ans Fenster, erkannte nichts und tastete nach einem Lichtschalter. Eine am ledernen Dachhimmel befestigte Lampe leuchtete auf. Sie nahm ihre Maske ab und starrte auf das Abbild. Sie lächelte – mit einem Winkel ihrer Lippen.

»Jetzt ist mir alles klar«, sagte sie und gab mir das Foto zurück. »Alles klar.«

Sie schaltete das Licht aus, und ehe ich mich's versah, saß sie ganz nah bei mir. Dann wurde meine Maske gebieterisch hochgeschoben, und ihre Lippen berührten die meinen. Ihr Atem hatte denselben Duft wie ihr Haar: Jasmin, Iriswurzel, Eichenmoos. Ich hatte den Moment verpasst, in dem sie sich auf meine Knie setzte und ihre Hüften an mich presste. Das fühlte sich gut an, und ich wollte, dass sie sich noch fester an mich drückte. Ihr Kleid war bereits aufgeknöpft, und von dort schimmerte helle Haut hervor. Aber ich legte meine Hände auf ihre Schultern und schob sie sanft von mir.

Mit zitternder Hand strich ich ihr über die Wange. Sie war schön, sehr schön. Aber ging es etwa darum?

»Ich wollte nur wissen, wie es ist. Wenn man geliebt wird«, sagte sie und schloss ihre Knöpfe.

Die Kutsche hielt an. Eine dunkle Straße, eine lückenhafte Galerie von Laternenpfählen, ein beleuchtetes Gebäude vor uns.

»Soll ich reinfahren oder steigen die Herrschaften am Tor aus?«, fragte der Kutscher. »Falls ich sie hineinbringen soll, muss ich klingeln, damit uns geöffnet wird.«

Wir richteten unsere Kleidung wie Gymnasiasten, die beim Abschlussball hinter der Bühne erwischt wurden.

»Nein, nicht rein! Wir steigen hier aus«, sagte die Karnevalsdame und sprang als Erste aus dem Wagen. Ich eilte ihr hinterher, immer noch ein wenig zerzaust. Der Taxifahrer machte eine scharfe Kehrtwende und fuhr schnell zurück ins Zentrum, wo eine Menge potenzieller Kunden auf ihn wartete.

Die Schornsteine des Kraftwerks spielten auf dem Pschonka-Anwesen ungefähr die gleiche Rolle wie kleine Eichen unter den Fenstern anderer Herrenhäuser. Das Gebäude stand im Schatten dieser Schlote und stieß Kohlenrauch aus. Sein Gemäuer war schwarz von den Emissionen. Wie am Walowitsch-Haus stand hier eine Werbetafel. Von dort schaute ein Mann mit Undercut-Haarschnitt herab, gekleidet in einen guten Adidas-Trainingsanzug. Ein junger Wolf, der nicht bemerkt hat, dass er gealtert war. Der grauhaarige Boxer lächelte und entblößte dabei etwa siebzig Prozent seiner Zähne, sodass das Plakat wie Werbung für eine Zahnklinik aussah. Neben Pschonka senior stand in entspannter Pose ein Mann mit einem Stetson-Hut, einer Cordjacke und einer Lederweste. Er blickte direkt in die Kamera, während Pschonka senior seinem Kompagnon halb zugewandt war. Aus dieser Aufstellung ging hervor, dass sich der Boxer dem Cowboy ein wenig andiente. Darunter stand: GEMEINSAM ZU BLÜTE UND WOHLSTAND.

»Was macht Samuel hier?«, fragte ich, traute meinen Augen nicht.

»Das ist nicht Samuel. Das ist mein Vater.« Die Karnevalsdame zeigte auf den grauhaarigen Boxer.

»Und neben ihm?«

»Neben ihm steht der Geologe. Ein sehr angesehener Mann in der Stadt. Er hat den Leuten gezeigt, wie man das Wärmekraftwerk wieder in Gang bringt und verlassene Kohlelagerstätten findet.«

»Ach so«, sagte ich, obwohl ich nichts verstanden hatte.

»Der Geologe ist Mitglied des Vorstands der Zünfte und taucht manchmal bei den Adelssitzungen auf. Aber nur, wenn seine Wege durch unsere Stadt führen. Er lebt nie lange an einem Ort, obwohl ihm ein Wappen und ein Palast geschenkt wurden. Er war vor Kurzem hier, für ein Dutzend Sirenen.«

Die Lösung des Rätsels meines Karnevalskostüms lag irgendwo hier.

»Stellst du mich deinem Vater vor?«, fragte ich und konnte kaum Schritt mit ihr halten.

»Vater ist beim Karneval, er wurde zum Ball eingeladen. Wie auch der Rest der Familie.« Sie warf ihre Maske in eine Mülltonne und stellte eine lange Zahlenkombination am Torschloss ein. Als sich das Tor öffnete, rannte sie los, aber nicht in Richtung des Hauses, sondern zu den niedrigen Schuppen, die sich hinter dem Haus befanden und von innen beleuchtet waren. Als wir uns ihnen näherten, kamen mehrere dunkle Gestalten mit Gewehren aus der Dunkelheit. Sie bewegten sich so lautlos wie die Kämpfer der privaten Armee des Comandante. Die Schatten umzingelten uns und blieben schweigend stehen, ohne die Waffen zu heben. Auch wir blieben stehen. Es dauerte einige Sekunden, bis sie die junge Herrin erkannt hatten und sich wortlos in der Dunkelheit auflösten, gleich einer Welle, die zum Meer zurückrollt.

Um jede Hütte herum stand ein solider Metallgitterzaun und alle hundert Schritte eine Laterne. An den Zäunen war überall dieselbe Markierung mit Blitz, Totenkopf und Knochen angebracht. Das stetige elektrische Brummen in der Luft deutete darauf hin, dass die Warnung diesmal keine Spielerei war und man sich beim Berühren des Stahls anderthalb Ampere einfangen konnte.

Durch vergitterte Fenster war das Innere der Schuppen zu erkennen: Über den Fußboden verliefen dicke Kabel, die zu identischen Blechschränken führten. Aus der Ferne sah das aus wie ein Serverraum aus der Kohlezeit. Hätte sich das viktorianische Britannien zum Web-Hosting entschlossen, hätten die Serverräume wohl genauso ausgesehen.

»Was ist das? Will deine Familie einen Supercomputer bauen?«, fragte ich.

»Das ist unsere Silbermine sozusagen. Mein Vater schürft Zink, das habe ich ja schon erzählt«, erklärte Pschonka, ohne ihren Schritt zu verlangsamen. Hätte sie noch die Holzschuhe an den Füßen gehabt, hätten diese jetzt vermutlich nervös geklappert – ihre Stimmung war mir eigentlich verständlich. Wir liefen über ein Feld mit einstöckigen Schuppen, die hier ein ganzes Dorf bildeten.

»Er schürft Zink?«, fragte ich. »Wie das? Werden hier Batterien aus Kohle hergestellt?« Nach der Erwähnung von Samuel hätte mich das nicht verwundert.

»Nicht doch. Die werden aufgeladen.« Die Dame drehte sich zu mir um und schaute wie Gerda, wenn sie an meinem Verstand gezweifelt hatte. »Wir nutzen den Strom aus dem Kohlekraftwerk, um Batterien zu erneuern, die nicht mehr genutzt werden, weil die Ladung verbraucht ist. Gäbe es diese Erneuerung nicht, müsste die Menschheit eine neue Art Geld finden. Denn das Zink verbraucht sich, wenn auch langsam. In Stirnlampen und so was allem.«

»Und warum ›schürfen‹?«, fragte ich nach. »Kommt das nicht aus dem Bergbau? Abbau von Bodenschätzen?«

»Mein Vater sagt gerne, dass seit der Bitcoin-Ära das Wort ›schürfen‹ die Schöpfung von Geld aus der Luft meint. Was übrigens auch auf unseren Höfen hier geschieht.«

Wir verließen das Energiedorf und blieben mitten auf einer Wiese stehen. Das Grundstück der Pschonkas war so riesig, dass man hier Mammuts hätten weiden können. Wobei der Rasen auf einem Teil des Grundstücks nachgewachsen wäre, während die Mammuts auf dem anderen Teil des Grundstücks gegrast hätten. Die erzürnte Schönheit stand auf einer Stelle und klopfte mit ihrem Schuh den Boden ab, als suche sie etwas.

»Aber wir schürfen streng nach den Quoten, die uns die Zünfte und Adelsfamilien vorgeben. Damit wir nicht zu viel Geld produzieren und eine Inflation verursachen. Wir kriegen davon 0,1 Prozent. Alles andere nimmt die Stadt. Aber wir haben genug. Das sagen wir zumindest so.« Sie bückte sich zum Boden hinunter und suchte nun mit der Hand. Schließlich ergriff sie eine Schnur, die unter dem Gras verlief, zog daran und richtete sich auf. Die Schnur gab nach und löste sich aus dem Boden wie ein Faden aus einem Strickpullover.

»Die Stadt kontrolliert, dass wir die Quoten nicht überschreiten: Entlang unseres Zauns sind Kameras angebracht, die darüber wachen, dass keine Ladung unkontrolliert unser Gebiet verlässt. Direkt auf dem Feld können sie keine Videoüberwachung installieren, weil es sich um Privatbesitz handelt.«

Das Seil verfing sich an einer versteckten Halterung, und zu unseren Füßen sackte eine Erdschicht ab. Im Rasen bildete sich ein Loch.

»Na bitte. Was sie nicht wissen: Wenn der Urgroßvater Bergmann war und Großvater ebenfalls, dann kennt man die gesamte Geografie der unterirdischen Bergwerke und kann locker jeden Monat dreißigtausend Silberlinge an Geldmakler weitergeben, die das Geld waschen und es in deine Sparbüchse werfen als Bezahlung für Waren, die du nie verkauft hast. Für eine bescheidene Marge von zwanzig Prozent.«

»Belarus ist das Land der Partisanen«, kommentierte ich das Gehörte staunend.

»Ich habe meinem Vater im Auftrag meiner Mutter hinterherspioniert. Sie hatte bemerkt, dass er sich nach jeder fünften Abendsirene aus dem ehelichen Schlafzimmer schlich und meinte, er hätte sich eine Kurtisane im Rotlichtviertel zugelegt. Unten ist ein stillgelegter Schacht, der an fünf Stellen bis zur Oberfläche reicht, außerhalb der Stadtmauer. Unter der Leiter stehen Karren, mit denen die Männer meines Vaters das nicht erfasste Zink abtransportieren, also stoß dir nicht den Kopf. Am Ausgang vom Schacht befindet sich die Schmugglerstadt, dahinter der Fluss Eridanos. Ihn entlang kommst du nach Süden.«

Sie presste etwas im Boden. Unter dem Rasen lagen Metallplatten, die den Eingang verschlossen. Miss Pschonka zog mir den Gehrock aus und griff nach ihrem Mantel.

»Und du, kommst du nicht mit mir?«

»Hast du eine Lampe?« Sie schüttelte schweigend den Kopf.

Ich holte meine ewige Stirnlampe aus der Tasche und zeigte sie ihr.

»Willst du nicht mit mir gehen?«

»Mit dir?«, fragte sie etwas lauter: »Zusammen? Um deine Einzige zu suchen? Und dann leben wir zu dritt?«

»Wir können doch zusammen hier raus und uns dann trennen? Oder willst du in dieser Karnevalsstadt bleiben?«

»Es wird keinen Karneval mehr geben. Ich kümmere mich darum.« Sie biss sich auf die Lippe.

Ich knöpfte den Gehrock zu und setzte die Stirnlampe auf. Ich sah in ihr gekränktes Gesicht, auf ihre zusammengepressten Lippen. Den Karneval wollte sie abschaffen … Einerseits waren die Eltern wahnsinnig reich. Und an »Experten«, wie der Armee des Comandante, gab es keinen Mangel in der Einöde. Aber ich hätte dieser Stadt gewünscht, dass das Ganze nicht so endet wie für Gavroche bei Victor Hugo. Oder sich nicht auf einen Dynastiewechsel von Walowitsch zu Pschonka beschränkte.

Schneller, als sie sich abwenden konnte, umarmte ich die Dame zum Abschied. Freundschaftlich, aber sehr fest. Ich blieb eine Weile so stehen und klopfte ihr auf die Schultern. Dann nahm ich die Hände weg, schaltete meine Stirnlampe ein und kletterte in die Öffnung. Mir war ein wenig kühl im Kostüm des französischen Aufklärers. Es würde einige Zeit brauchen, bis ich Gegenden erreichte, in denen Kamisol und Gehrock eine angemessene Kleidung waren.

»Warte.« Sie beugte sich über mich, nahm die Bernsteinkette vom Hals und hielt mir ihre leuchtende Hand hin. In diesen Steinchen wohnte die vor Millionen von Jahren eingefangene Sonne. Jede Schicht leuchtete in einem anderen Winkel, sprühte Funken durch Partikel von Baumrinde, Mücken und Gräsern im Harz. Der Bernstein sah aus wie Wiesenhonig.

»Nimm das, du Vagabund. Meine Tränen wirst du nie sehen. Nimm die Tränen der Heliaden mit. Wenn du Geld brauchst, kannst du die Stücke einzeln ausgeben, aber gib sie nicht für weniger als zweitausend Silberlinge weg.«

Ich nahm das Geschenk an, wie siegreiche Ritter bei Turnieren Taschentücher von Damen empfangen haben. Dann beugte sie sich noch tiefer, schloss ihre Augen voller Licht und küsste mich auf die Wange. Und ich blieb etwas länger stehen, als es rein freundschaftliche Gefühle erlaubten.

# EPILOG

Als sich über meinem Kopf die Klappen schlossen, durch die der Himmel sichtbar gewesen war, blieb ich allein zurück inmitten eines stechenden Erdgeruchs. Der Abstieg dauerte wesentlich länger als erwartet. Schließlich tauchten im Schein meiner Stirnlampe Schienen auf, und ich betrat festen Boden.

Zum ersten Mal überkam mich Panik. Im Tunnel war es sehr stickig, ganz anders als im unterirdischen Bunker von Semjon Reiher, wo die Belüftung wohl noch funktioniert hatte. Es wurde sofort eiskalt, es fehlte an Luft zum Atmen. Ich hatte das Gefühl, Erde zu inhalieren. Je mehr ich in Panik geriet, desto weniger Sauerstoff kam in meine Lungen. Und als mir dann einfiel, dass ich nicht nach der Richtung zum Ausgang gefragt hatte, wurde meine Panik noch größer. Mit dem Licht meiner Stirnlampe tastete ich die steinernen Wände ab, rannte zuerst nach links, stieß gegen die Karren, vor denen mich meine Retterin gewarnt hatte, und brach mir fast das Genick. Ich stand da, beruhigte meinen Atem. Ein voller Atemzug reichte nur für ein oder zwei Schritte, dann wurde mir schwarz vor Augen wegen des Sauerstoffmangels. Vorsichtig umrundete ich die Karren auf den rostigen Schienen, und kurz darauf stieß ich auf Bretter, die mir den Weg versperrten. Ich wischte mir kalten Schweiß aus dem Gesicht. Nun erkannte ich die Richtung – sie lag auf der anderen Seite, und dies hier war eine Sackgasse. Immerhin konnte man sich hier nicht verirren.

Ich ging zurück, vorbei an der Eisentreppe, über die ich hinabgestiegen war. Die Luft schien absolut unbeweglich und zäh wie Schwarzerde. Man hätte sie greifen können. Da tat man langsam einen Schritt, und die Lungen pressten sich zusammen, der Mund japste nach der staubigen, nach Erde riechenden Substanz, aber das Herz schlug wild, als hätte man gar nicht eingeatmet. Man lief schneller, um an die Oberfläche zu gelangen, und das Blut pochte bereits im Kopf, die Augen traten vor Anstrengung hervor. Verlangsamte man den Schritt nicht und zwang sich zur Ruhe, wurde man ohnmächtig. Und dann explodierte erneut die Panik. Seltsamerweise war das Gefühl, in einem Sarg, in einem Grab zu liegen, erschreckender als die Begegnung mit dem Hund im Nebel. Dort konnte ich die Angst wegschießen. Hier konnte ich sie nur aus mir herauspressen.

An einigen Stellen wurde die Decke des Schachts durch Bretter und sogar diagonal verlegte Balken gestützt. Bei jedem Schritt rieselte Sand aus der Decke. Ich mochte mir nicht vorstellen, wie viele Bergleute zu Beginn des Kohlezeitalters durch Erdrutsche verschüttet worden waren. Es ragten auch Wurzeln hervor. Wegen der Stickigkeit und meiner Übelkeit schien mir, dass sie mich bei einer Berührung nur noch tiefer ins Erdreich ziehen würden.

Hier brauchte ich nicht auf ein Licht am Ende des Tunnels zu hoffen. Aber ich erwartete, das nahe Ende der Höhle zumindest an einer Luftbewegung zu erkennen. Als ich, entkräftet wie ein Bergmann nach einer vollen Schicht, endlich das Ende des Weges erreicht hatte, wurde mir klar, warum es hier so unerträglich war. Der Ausgang grenzte an einen vertikalen Schacht, der ebenfalls hermetisch mit Metallplatten verschlossen war: Die Nähe der Siedlung hatte die listigen Leute dazu gezwungen, ihre Schmuggelrouten zu verbergen.

Als ich aus dem Schürfloch schlüpfte, fühlte ich mich so, wie sich eine Raupe fühlen muss, die ihren Kokon zerrissen hat, die Flügel ausbreitet und den Triumph ihrer ersten umfassenden Begegnung mit der Luft erlebt. Ich atmete so, wie Perlentaucher atmen, wenn sie aus der Tiefe zurückkehren. Dann kam ich auf die Beine und betrat einen kaum sichtbaren Pfad.

Die Stadtmauer lag weit hinter mir. Riesige Birnbäume breiteten vor mir ihre Äste aus und verbargen eine kleine Siedlung, die nur aus einer Straße bestand. Die Häuser hier waren aus Holz, aber es gab auch zweistöckige Plattenbauten für vier Familien.

Die Nähe eines großen Flusses war bereits in der Luft zu spüren: Von irgendwoher zog Feuchtigkeit, die nur von einer riesigen Wassermasse herrühren konnte. Außerdem sprach die Form der Bäume dafür: hochgewachsen, mit wenigen Ästen und ausgeprägten Kronen. Schlank waren sie, genährt vom Duft des Flusses.

Von meinen Reisen durch Belarus wusste ich, dass man sich von einer bescheidenen Häusergröße nicht täuschen lassen sollte. Eine Straße konnte sich sehr, sehr lange hinziehen, und die Siedlung war dann vielleicht gar nicht so klein. Die Fenster waren in allen Häusern dunkel, aber als ich an einem von ihnen vorbeiging, hörte ich zu meiner Überraschung ein Gitarrenzupfen. Ich klopfte an die Tür und hoffte, die Bewohner nach dem Weg zum Fluss fragen zu können. Die Musik verstummte, aber niemand kam an die Tür. Als ich mich dem Fenster näherte, erkannte ich auf der Rückseite der Scheibe einen schwarz gestrichenen Fensterladen. Ein schwacher Schein von Kerzenlicht drang an den Rändern durch. Ich klopfte kein zweites Mal. Falls hier wirklich Schmuggler lauern sollten, hätte ich als Antwort auf meine Beharrlichkeit eine Portion Schrot in den Magen kriegen können.

Ich kehrte auf den Asphalt zurück und ging gedankenverloren weiter. Die Häuser auf der rechten Seite standen dicht beieinander: Die Zäune bildeten eine undurchlässige Mauer, ein Hof reihte sich an den anderen. Der Ort schien verlassen, aber aus einigen Schornsteinen stiegen Rauchwölkchen auf. Plötzlich durchfuhr es mich. Fast wäre ich in die Knie gegangen. Und dann begann ich fluchend, meine Kleidung abzusuchen, jede Tasche und jede Stofffalte. Ich riss mir den Gehrock vom Leib, knöpfte meine Weste auf und drehte die Hosentaschen um. Doch der Verlust war unumkehrbar. Das Foto war im Landauer geblieben. Ich hatte es in den Händen gehalten, als die Karnevalsdame das Licht löschte und mich küsste. Dabei hatte ich es überrascht auf den Sitz gelegt. Das Bild war beim Fahrer in der Stadt des Lichts geblieben, in die ich nie zurückkehren würde. Die Straße hatte mir auch noch das Letzte genommen. Alles, was ich jetzt noch besaß, war das Kostüm aus dem Hotel.

Ich ließ die Hände sinken. Verzweifelt schlurfte ich über den schwarzen Asphalt, der zum Fluss meines Lebens geworden war. Juri Olescha, einer der scharfsinnigsten Romanciers einer Zeit, als es noch gefährlich gewesen war, ein scharfsinniger Romancier zu sein, hatte in seinem Buch »Kein Tag ohne Zeile« geschrieben: »Ich bin mein ganzes Leben lang gelaufen. Macht nichts, dachte ich, ich werde ankommen. Wo? In Paris? In Venedig? In Krakau? Nein, im goldenen Abendrot. Auch jetzt gehe ich, und mir ist klar, dass ich das goldene Abendrot nicht erreichen kann.«

Wie konnte ich so naiv sein, zu glauben, meine Sonne sei zu Fuß erreichbar? Ich hatte nun nicht einmal ein Erinnerungsstück an sie. Während ich über all das nachdachte, kam ich an einem halb geöffneten Tor vorbei: Der Zaun war dicht mit niedrigen Fichten bepflanzt. Ich hörte ein rhythmisches Geräusch, das wie ein Schmatzen klang. Ich blieb stehen und überlegte, ob ich mich den Bewohnern nähern sollte. Aber ich wollte das Schicksal nicht herausfordern und tappte weiter. Schließlich war ich am Ende des Dorfes angelangt. Die Straße bog nach links ab und führte über ein weites, vom Mondlicht beleuchtetes Feld. Hier war kein Fluss. Ich musste zurück.

Da ich nicht verstand, wie ich das große Wasser übersehen

konnte, drehte ich den Kopf hin und her. Die Silhouetten der Häuser fraßen sich in den Horizont und verstellten den Blick. Schließlich stand ich wieder am Zaun mit dem angelehnten Tor.

»Gute Nacht!«, rief ich in den Hof, aber das rhythmische Geräusch hörte nicht auf. Ich warf einen vorsichtigen Blick hinter die Tannen, konnte jedoch nichts Auffälliges erkennen. Der Hof einer gewöhnlichen Hütte. Dunkle Fenster, Schiefer, eine geschlossene Holztür. Ein rostiges Fahrrad unter dem Vordach. Die Geräusche kamen von irgendwo hinten und scheinbar von unten. Ich achtete auf den Weg, um nicht in eine weitere Falle zu tappen, ging um die Hütte herum und staunte.

Unterhalb eines malerischen Steilhangs glitzerte die Rinne eines breiten Flusses. Von diesem schwarzen Strom gingen eine solche Kraft und Schönheit aus, dass man sich fragte, warum die Menschen heute meinten, ihre Vorfahren hätten sich nur deshalb an Flussufern niedergelassen, weil es das Reisen erleichterte. Der Raum hier hatte eine andere Gestalt, und das lag nicht nur an seiner Schönheit, an den von der Natur geschaffenen, erhabenen Rhythmen. Das Sein selbst hatte hier eine andere Gestalt. Am Ufer dieses riesigen, veränderlichen Spiegels konnte ein alternatives, paralleles Leben geführt werden, neben dem vorherbestimmten. Denn in der Spiegelung auf der Wasseroberfläche trennten sich die Schicksalslinien.

Hinunter zum Wasser führte eine Holztreppe, das Geländer wackelte unter meiner Hand. Im Sand unter einer Kiefer lag neben Eimern und Fischernetzen ein Schlauchboot. Als ich hinunterstieg, wurde mir klar, woher das Schmatzen kam: Ein Mann trat eine Fußpumpe, die Luft in das Boot drückte. Das Boot war halb aufgeblasen. Als ich unten war, hob die Gestalt den Kopf und grüßte mich, den Finger an die Krempe seines ledernen Stetson-Huts gelegt.

»Immer stellt ihr die falschen Fragen«, rief Samuel mir zu. Er richtete sich auf und legte die Hände auf den Rücken. Sein Atem ging schwer von der harten körperlichen Arbeit. Ich trat näher an ihn heran, und er sagte in einem leisen, freundlichen Ton:

»Ihr fragt: ›Weshalb passiert mir das?‹, ›Was ist der Grund, wieso?‹, ›Warum erging es Hiob so?‹, ›Er war untadelig, gerecht, gottesfürchtig und mied das Böse.‹«

Mich interessierte jedoch eine ganz andere Frage. Ich konnte nicht abwarten, bis er fertig gesprochen hatte, um sie zu stellen, also unterbrach ich ihn:

»Wer sind Sie, Samuel? Oder sollte ich Sie lieber den Hirten nennen? Oder den Geologen?« Ich stand nur einen Steinwurf von ihm entfernt, ohne zu wissen, was er vorhatte. »In dem Land, das Sie durchstreifen, gibt es die uralte Sage von einem Gott, der als Vagabund durch die Dörfer zieht, um herauszufinden, wie die Menschen leben. Aber wie ich es verstehe, können Sie wohl kaum die Verkörperung der absoluten Güte beanspruchen.«

»Und der Witz besteht darin, dass es unmöglich ist, die Frage nach dem ›Weshalb‹ zu beantworten«, fuhr er fort in seiner üblichen Art, ihm irrelevant erscheinende Bemerkungen seines Gegenübers zu ignorieren. »Denn die Frage ›Weshalb‹ ist die falsche Frage. Die Frage lautet nicht ›Woher kommt das?‹, sondern ›Wohin soll es mich führen?‹.«

Er trat von der Pumpe zurück, als wolle er mich einladen, ihm beim Aufblasen des Bootes zu helfen. Aber ich rührte mich nicht von der Stelle und wurde laut.

»Man könnte meinen, Sie seien genauso ein Trottel wie dieser Semjon Reiher. Nur, dass Sie sich besser mit den Gesetzen des Universums auskennen. Ich weiß immer noch nicht, wie ich in den Bunker geraten bin und wieder herausgefunden habe. Und dann dieser Generator, der mit Steinen läuft. Woher stammt diese Technologie? Wie ist das möglich? Sind Sie Gott? Oder Satan? Ein Außerirdischer?« Er schob die Pumpe in meine Richtung und seufzte so heftig, als wäre ich ein dummes Kind, das zum hundertsten Mal fragt, woher die Babys kommen. Vielleicht war ich ein so dummes Kind, weil er mir die Antworten schon im »Vater des Regens« gegeben hatte.

»Die Beine tun mir weh. Pump du mal«, bat er in einem Tonfall, mit dem ein gebrechlicher alter Mann seinem Enkel das Holzhacken überträgt. Schon längst war mir aufgefallen, dass mein Temperament immer in den unpassendsten Momenten erwachte. Und dies war einer von ihnen. Ich blieb mit zusammengebissenen Zähnen stehen.

»Du Dummkopf. Das ist schließlich dein Boot«, sagte er spöttisch. »Du wirst darauf schwimmen.«

Beschämt steckte ich das Pumpenventil sofort an die andere Kammer und begann zu pumpen. Das Gummi bewegte sich und füllte sich mit Volumen. Samuel hingegen salbaderte weiter:

»Aber die Frage ›Wohin soll mich das führen?‹ kann jeder beantworten. Jeder, der gefragt hat. Sich selbst. Man muss nur ein bisschen warten, bis der Groschen fällt.«

Ich hörte für einen Moment auf zu pumpen und sagte:

»Es ist schwer, auf der Erde zu leben, wenn es im Himmel kein Gut und Böse gibt. Keine Vergeltung, keine Gnade. Nur die Mathematik der Kausalität. Ein Algorithmus, wie Sie sagen. Wahrscheinlich war Nietzsche der Erste, der das erkannte. Deshalb log er auch, der Dachboden sei unbewohnt.«

»Und was die Wiederkunft Jesu angeht«, sagte Samuel, während er mir seinen Rücken zuwandte, auf den Fluss starrte, dann einen flachen Kieselstein aus dem Sand aufhob und in die Dunkelheit warf, woraufhin das Wasser aufspritzte, »da irrt Sweta Pschonka. Nach ein paar Wundern vor der Kamera wird jeder spielend leicht Betreiber eines YouTube-Kanals mit hundert Millionen Abonnenten. Und für die Verbreitung des Wortes wäre das nicht schlechter, als mit Jüngern durch Galiläa zu ziehen. Wenn! Wenn die Aufgabe nur darin bestanden hätte, eine Lehre zu hinterlassen.«

»Der Sinn liegt also in etwas anderem?«

»Gibt es etwa noch irgendwen auf der Erde, der nicht wüsste, was gut und was böse ist? Wurde das nicht alles schon hundertmal gesagt? Ist es nicht das, was Eltern ihren Kindern in den ersten Lebensjahren beibringen?«

Er setzte sich auf eine Holzkiste neben dem Boot und warf das schwarze Spinnengewebe eines zum Trocknen ausgelegten Fischernetzes von dort herunter. Er ertastete das Luftventil an der Seite des Bootes und drückte es fest zusammen. Lauschte auf das Schmatzen der Luftpumpe. Dann fuhr er fort:

»Was wurde nicht alles erzählt über den Mann von Galiläa. ›Sühnopfer!‹ Viertes Jahrhundert, Konstantinopel, Zweites Ökumenisches Konzil. Damals musste Kaiser Theodosius I. mit dem Arianismus aufräumen. ›Sühnopfer‹! Als ob nicht das ganze Neue Testament davon erzählt, dass der Himmel keine Menschenopfer braucht.«

»Was hätte der Messias also dann tun sollen?«

Beim Wort »Messias« verzog er das Gesicht, als wäre er Hebräischlehrer und hätte in diesem Wort drei Rechtschreibfehler bemerkt.

»Der Menschensohn wandelte unter dem Volk und sprach über das Gute. Und allen war klar, dass er das Gute lehrt. ›Du sollst nicht töten‹, ›Du sollst kein falsches Zeugnis ablegen‹, ›Du sollst nicht stehlen‹. Und was haben sie mit ihm gemacht? Überleg mal, was von dem, was der Galiläer sagte und tat, gegen das Gesetz war? Weshalb wurde er hingerichtet, gekreuzigt? Und wenn wir aus dieser Geschichte systematische Schlüsse ziehen wollen, was könnten wir dann erkennen? Über die Menschen? Über ihre Güte? Oder daraus, dass Nero deinen geliebten Seneca strafen wollte, der etwa zur gleichen Zeit lebte und ungefähr das Gleiche sagte? Weißt du, wie Seneca starb?« Ich schwieg und versuchte das Gesagte zu begreifen. Der Cowboy fuhr fort:

»Betrachte die Situation nicht unter dem Aspekt des ›Weshalb‹. Betrachte sie durch die Brille des ›Wofür‹.«

»Und was dann? Wollen Sie damit sagen, die Menschheit wäre früher an die Elektrizität gekommen, wenn Pilatus Christus nicht hingerichtet hätte? Liegt darin der Sinn Ihres ›Algorithmus‹?«

»Ich will damit sagen, dass das Schicksal unter anderem davon abhängt, was die Menschen einem Helden antun. Manchmal müssen die Schlüsse aus ihrem Verhalten gezogen werden. Und außerdem: Wie kommst du auf die Idee, Elektrizität sei eine Belohnung? Sie hat beispielsweise auch die Atombombe nach sich gezogen. Außerdem möchte ich sagen, dass nach der christlichen Terminologie alle Menschen Söhne und Töchter Gottes sind, und nicht nur diejenigen, die in der Welt herumlaufen und anderen das richtige Leben beibringen wollen. Und unter diesem Aspekt verdient Adam, der sich durch die Dunkelheit zu Eva durchschlägt und auch dann nicht umkehrt, als die Logik ihm eine Umkehr nahelegt, ebenso viel Respekt. Ich verstehe nicht, warum die Liebe zu einem einzigen Menschen schlechter oder minderwertiger sein soll als der sinnlose Traum, die ganze Menschheit zu retten. Wo sie doch überhaupt nicht gerettet werden will.«

Ich hörte wieder auf zu pumpen, erinnerte mich an die Galerie von Frauen, mit denen mich die Straße hatte verkuppeln wollen. Samuel stand auf und zog die altmodische Reisetasche, die ich bereits gesehen hatte, hinter der Kiste hervor.

»Die Ruder liegen im Sand unter dem Boot«, sagte er, während er sich die Tasche über die Schulter warf.

»Lass ein Stück Bernstein hier, wenn du ablegst. Der Besitzer des Bootes ist Fischer, er wird ein neues kaufen müssen, um sich zu ernähren.«

Der alte Cowboy ging ein paar Schritte auf die Treppe zu und drehte sich um. Er rückte seinen Hut nachdenklich zurecht, schaute in den schwarzen Himmel und dann zu mir. Schließlich sagte er:

»Ihr habt die ganze Zeit an der falschen Stelle gesucht. Die Sonne ist nicht erloschen und die Erde nicht in den fernen Kosmos abgedriftet. Es sind nicht die Gesetze der Physik, die sich geändert haben. Sondern eine Instanz, von der der Mensch am wenigsten versteht. Die Zeit. Für die Materie ist die Zeit stehen geblieben. Für Lebewesen schreitet sie weiter voran. Genau deshalb funktionieren chemische Reaktionen nicht mehr, mit Ausnahme derer, die ich als ›kalte‹ Reaktionen bezeichne. Und um zu verstehen, wie sich die Verbrennung von Öl von der Verbrennung von Holz oder von der Elektrizität in einer Batterie unterscheidet, muss man die chemische Theorie der Zeit begreifen, die erklärt, wie sich die Zeit in verschiedenen Substanzen verhält. Und dazu müsste man aufhören, den Planeten zu zerstören und stattdessen auf den Klang der Sterne lauschen. Wenn ihr das versteht, braucht ihr kein Benzin oder keinen Wasserstoff mehr in eure Autos zu füllen.«

Er warf den Kopf zurück und starrte den Mond an, als wolle er anhand seiner Phase genau bestimmen, wann die Menschheit endlich die Beziehung zwischen Zeit und Materie verstehen würde. Dann wandte er sich mir zu und fuhr fort:

»Solange die Zeit steht, wird sich die Temperatur hier auch nicht um ein Grad verändern. Denn auch dafür ist Bewegung erforderlich. Das hier ist nicht der Beginn der Finsternis. Es ist ein Stillstand. Als er einsetzte, befand sich die Morgendämmerungszone auf dem 87. Breitengrad. Hier ist die ewige Nacht, dort der ewige Tag. Aber ihr hattet ja keinen Fernseher mehr, der euch das erzählte.«

Er machte einen weiteren Schritt auf die Treppe zu und legte seine Hand auf das wacklige Geländer. Ich erwartete, dass er wieder ein Wunder vollbrächte, wie zuvor mit dem Fisch. Aber er begann wieder zu sprechen:

»Die Natur ist viel besser geeignet für Kooperation und Koexistenz, als die Menschheit vor der Nacht dachte.« Und dann blinzelte er verschmitzt und zitierte: »›Allerdings finden sich in den Zeugnissen ihrer Vorfahren keinerlei Hinweise darauf, dass es schwierig gewesen sei, sich durch den Raum zu bewegen. Da machte sich jemand auf in die weite Ferne und erreichte den Mond. Keine Hürden, keine Anstrengung, keine Ermüdung.‹ Ich würde gerne noch weiter plaudern, aber ich werde erwartet.« Der Cowboy zeigte mit dem Finger nach oben.

»Im Himmel?«, fragte ich.

Er kicherte und nickte in Richtung Treppe.

»Bei den Schmugglern. Ich soll heute Abend auf einer Hochzeit hier in der Nähe Gitarre spielen. Wir werden heute also ordentlich bechern. Und du musst den Anruf entgegennehmen.«

Bevor ich mich daran erinnern konnte, was »den Anruf entgegennehmen« bedeutete, eilte er die Treppe hinauf, und seine energischen Bewegungen ließen mich glauben, dass er über diese Treppe auch leicht zum Himmel hinaufsteigen könnte.

An der Anlegestelle waren inzwischen seltsame Geräusche zu hören. Wäre jetzt ein Seehund herausgesprungen und hätte auf einem Waldhorn die »Ode an die Freude« geblasen, wäre das weniger seltsam gewesen als diese Klänge. Denn diese Melodie war das Standard-Telefonklingeln des Mac-Telefons. Das Trillern einer elektrischen Nachtigall. Aus einem alten Reflex heraus wunderte ich mich gar nicht und begann mit der Suche nach dem Telefon. Als ich das Ufer abtastete, wurde mir klar, dass die Melodie aus der Holzkiste kam. Als ich sie öffnete, sah ich darin allerlei Angelkram: riesige Rollen mit Angelschnur, Senkblei aus zinnbeschwerten Löffeln, hölzerne Abstandshalter für Angelruten, Schwimmer … Und mittendrin surrte nervös ein altes Apfel-Handy, zerkratzt und mit gesprungenem Display. Ich nahm es vorsichtig in die Hand, in seinem Inneren rollte etwas hin und her. Auf dem kaputten Display blinkte das grüne Anrufsymbol. Der Batteriestand war im roten Bereich. Oben, wo normalerweise der Name des Telefonanbieters und der Empfangspegel angezeigt wurden, befand sich ein alles erklärendes Symbol »no signal«. Ich drückte auf das Hörersymbol und hielt das Telefon ans Ohr.

Das Telefon spuckte die Geräusche einer belebten Straße in mein Ohr. Dort pfiff und gurgelte eine menschenvolle Allee.

»Hallo? Hallo? Ist da jemand?«, sagte ich und konnte es immer noch nicht glauben, dass jemand zu diesem Schrotttelefon durchgekommen war. Selbst wenn sich der Akku nicht schon vor gefühlt einer Million Jahren entladen hätte.

Doch dann wurde der Lärm der Stadt von einer leicht heiseren, aber sehr vertrauten Stimme durchbrochen.

»Hallo? Wie bist du durchgekommen? Wie ist das überhaupt möglich?«

»Ich bin durchgekommen?«, fragte ich automatisch nach.

»Dem alten Mann am Kali-Tempel ist die Fahrradkette abgesprungen. Er hat sich an eine alte Telefonzelle gelehnt und versucht, die Kette zu befestigen. Ich ging hin, um ihm zu helfen, und habe mich vollgeschmiert. Und dann klingelte das Telefon. Wie bist du durchgekommen? Warum funktioniert die Telefonleitung?«

Neben der vertrauten Stimme war das Nuscheln eines alten Mannes zu hören. Der Mann sprach, als habe er die Zungenspitze an den Gaumen gelegt.

»Der Alte sagt, diese Telefone hätten noch die Engländer installiert.«

»Bist du in Nepal?«, fragte ich das Wichtigste. Schließlich war unklar, wie viel Zeit wir zum Reden hätten.

»In Nepal ist es dunkel. Ich bin mit den Händlern durch Sikkim hinunter und habe mich in der Stadt der Morgenröte niedergelassen. Das ehemalige indische Kolkata. Hier haben wir die ganze Zeit einen Zitronenmorgen. Es ist nicht heiß, es weht eine Brise vom Delta. Ich arbeite im Planetarium mit Kindern. Wir verwenden Kerzen anstatt Glühbirnen.«

»Du bist jetzt Spezialistin für Astronomie?«

»Ich bin Spezialistin für das Erfinden von Geschichten. Ich erzähle Mythen über die Planeten und ihre Bewohner. Ich habe ein sehr dankbares Publikum. Wie geht es dir? Wie geht es Gerda?«

Mein Telefon blinkte, was anzeigte, dass der Akku bald leer sein würde. Und ich sprach schnell und unbeholfen.

»Bitte warte dort auf mich! In Kolkata, hörst du? Ich finde dich dort in der Stadt. Ich komme zu dir, und ich habe noch einen langen Weg vor mir, aber warte. Wirst du warten?«

»Du kommst zu mir?«, fragte sie und bestätigte damit, dass sie alles noch gehört hatte.

Das Telefon piepte zweimal, und alle Töne waren verschwunden. Es war nun ein totes Stück Metall. Ich drückte alle Knöpfe, doch leichter hätte man Lazarus wiedererweckt. Etwas rollte laut im Inneren, und ich tastete nach dem Schlitz an der hinteren Abdeckung, steckte meinen Fingernagel hinein und drückte. Das Gerät öffnete sich verdächtig leicht. Ich schaltete die Stirnlampe ein und zog die Augenbrauen hoch bei dem, was ich sah. Das gesamte Innenleben mit Chip, Lautsprecher, Kabeln und dem Akku war längst daraus entfernt worden. In der leeren Hülle befanden sich einige Angelhaken in verschiedenen Größen und eine Sammlung von Kugeln, mit denen man Angeln beschwert. Jemand nutzte das Gehäuse des nutzlosen Geräts als Behälter für kleine Einzelteile, die man sich nicht in die Tasche steckte. Einfacher wäre es gewesen, mithilfe eines Schlauchboots oder eines Astes zu telefonieren als mit diesem Telefon.

Ich pumpte das Boot voll und befestigte die Ruder. Dann zog ich es ans Wasser und tauchte den Bug in den Fluss. Ich holte das Geschenk der Karnevalsdame hervor, trennte vorsichtig einen Stein ab und drückte ihn in den Sand, wo das Boot gestanden hatte. Dann kletterte ich in das schwankende Schlauchboot, versuchte, mich mit der Hand vom Ufer wegzudrücken, wäre fast herausgefallen und musste mich mit dem Fuß abstoßen, um das Boot weiter ins Wasser zu schieben. Meine Schuhe waren voll kaltem Wasser. Schließlich nahm ich das Ruder von der Dolle. Nachdem ich mich damit vom Ufer abgestoßen hatte, trieb das Boot in die Schwerelosigkeit.

Langsam wurde ich gedreht und in die Mitte des schwarzen Flusses gezogen. Anfangs versuchte ich noch zu paddeln, weil ich dachte, dadurch das Vorankommen beschleunigen oder abbremsen zu können. Aber dann merkte ich, dass der Fluss alles selbst machte. Ich konnte mich auf dem weichen Boot zurücklehnen und zusehen, wie die glatte Fläche an mir vorüberzog. Es war wie eine Fahrt auf einer endlosen Rolltreppe. Nach einer Weile hat man das Gefühl, auf einer Brücke zu stehen, und das Dickicht und die schwarzen Silhouetten der Bäume ziehen am Ufer vorbei. Ich musste nur nach dem Ruder greifen, wenn die Strömung mein winziges Boot näher ans Ufer trug, wo sich die Energie des Wassers verflüchtigte. In einem dieser Momente, als ich über die Bordwand schaute, stellte ich fest, dass die Anordnung der schwelenden Lichter in der Tiefe nicht mit der Sternenkarte am Himmel übereinstimmte.

So sah ich zum ersten Mal dieses Wunder. Die Tränen der Heliaden, für die der Fluss Eridanos berühmt war, beschrieben von Ovid, erwähnt von Aischylos und Euripides. An manchen Stellen gab es viel Bernstein, und er loderte hell, als berge das Wasser ganze Städte mit beleuchteten Straßenzügen und Plätzen. Bei schneller Strömung verblasste das Licht zu einem kaum wahrnehmbaren Widerschein: Die tonnenschwere Wassersäule verschlang den Schimmer, und auf der Flussoberfläche zeigte sich die Reflexion der Sterne wie feiner Staub. An seichten Ufern leuchteten die Unterwasserglühwürmchen, als hätte jemand chinesische Laternen in den Fluss geworfen. Erst als eine Stromschnelle das Boot näher ans Land trieb, wurde erkennbar, dass der Bernstein eigentlich in großer Tiefe unter dem schwarzen

Spiegel schlief und von der Oberfläche durch viele Meter reinen Kristalls getrennt war.

Das Gefühl der Kälte wich, mich erfassten Ruhe und Beschaulichkeit. Das Himmels-Pokémon flog am Firmament, während sein Bruder im Wasser sich mit einer Gesellschaft von Lichtern umgab, die sich mit der Geschwindigkeit von Wellen bewegten. Als der Fluss mich aus dem Kiefernwald in eine Ebene trug, dachte ich, dass ich durch das Licht von oben und unten nicht erkennen konnte, wo sich der Horizont befand. Ich spürte, dass Wasser und Luft ein und dieselbe Substanz sind – eine transparente Energie, die das Leben mit Bewegung erfüllt. Und dass jener, der mir dieses Boot gegeben hatte, nicht umsonst die Zeugnisse der Vorfahren erwähnt hatte, die die Schwierigkeiten der Fortbewegung durch den Raum nicht kannten. Als ich dann den Kopf drehte und mich umschaute, sah ich, dass ich mich durch den Himmel bewegte und überall um mich herum Sterne glitzerten.

# Glossar

**Hruschawka** ist der Name einer Minsker Metrostation und eines der ältesten Arbeiterviertel im Westen der Stadt sowie eines Dorfes in der Region Brest in Belarus. Von Mitte des 17. Jahrhunderts bis 1939 war Hruschawka - poln. **Hruszówka** - im Besitz der polnischen Adelsfamilie Reytan. Dort wurde auch **Tadeusz Reytan** (1742–1780) geboren, ein polnischer Adeliger und Abgeordneter des Sejm, der gegen die Erste Teilung Polens 1773 protestierte und später als Symbolfigur der Unabhängigkeit Polens galt.

**Jakub Jodko-Narkiewicz** (1848–1905) - Pianist, Naturwissenschaftler, Arzt. Veröffentlichte bahnbrechende Arbeiten u. a. über die »Elektrographie«, Forschungen zur Aura - und erste Fotografien davon –, über Verfahren zur drahtlosen Übertragung und zum Empfang elektromagnetischer Wellen, die er jedoch nicht patentieren ließ.

**Die »Sechziger«**-Generation sowjetischer Intellektueller, die teilweise aus elitären Familien stammten und von den Jahren des Stalinismus, des Kriegs und der »Tauwetterperiode« unter Chruschtschow geprägt wurden. Sie waren keine Revolutionäre, wollten aber das kommunistische Regime menschlicher gestalten.

**Großvater Masaj und sein Hase** – Anspielung auf das bekannte Gedicht »Großvater Masaj und die Hasen« (1870) von Nikolai Nekrassow.

**Walowitsch** (poln. Wołłowicz, lit. Valavičius) – Adelsgeschlecht mit Ursprung im Großfürstentum Litauen, das im Mittelalter Teile der heutigen Staaten Litauen, Belarus, Ukraine, Russland und Polen territorial umfasste.

# Liegt im Klimawandel vielleicht die große Chance der Menschheit? Hat die Natur einen Plan B?

Es beginnt schleichend: Auf den Halligen erlebt eine Hebamme die Geburt von Zwillingen, die in der Lage sind, unter Wasser zu atmen. In China, am Drei-Schluchten-Stausee, werden solche Menschen bereits »Regenhäute« genannt ...

Die Umweltaktivistin Freya ahnt noch nicht, was sie erwartet, als sie am Vorabend eines dritten Weltkriegs auf Grönland eintrifft: Hier scheint – unbemerkt vom Rest der Welt – eine neue, wasseraffine Menschenart bereits heimisch zu sein. Auch der Hydrotechniker Frodo gehört zu den ersten Mutanten. Auf der Bohrinsel Devon III trifft er zum ersten Mal auf seinesgleichen und eine Sekte, die den steigenden Meeresspiegel als Waffe gegen die alten, neokolonialen Mächte versteht …

»Welt unter *ist ein visionäres Meisterwerk, das auf einzigartige Weise Hochspannung und wissenschaftliche Erkenntnisse verbindet.*«

ISBN 978-3-96509-061-3 · 528 Seiten · Klappenbroschur